FRANCKE

Jack Cavanaugh

Und niemand kennt das Morgen

Südafrika-Saga – Band 1

FRANCKE
Verlag der Francke-Buchhandlung GmbH

ISBN 3-86122-349-X

2. Auflage 1999

Originaltitel: The Pride and the Passion

Publishes by Moody Bible Institute of Chicago, USA

Deutsch von Reimer Dietze
Umschlaggestaltung: Reproservice Jung, Wetzlar
Umschlagillustration: Chris Cocozza
Satz: Druckerei Schröder, 35083 Wetter/Hessen
Druck: St.-Johannis-Druckerei, 77922 Lahr 32712/1999

Francke-Lesereise

1

Liebevoll klappte Margot das hohle Nußgehäuse zu und sprach ein leises Gebet.

Von unten drang ein dumpfer Schlag zu ihr herauf – die Haustür? Rasch ließ sie die Nußschale in den Falten ihrer Röcke verschwinden und starrte mit angehaltenem Atem auf die geschlossene Schlafzimmertür. Das Zimmer wurde nur durch vier Talglichter am Fußende des Bettes erhellt. Das Herz schlug ihr bis zum Hals.

Dann hörte sie den gedämpften Ruf eines Kutschers draußen auf der kopfsteingepflasterten Gasse, gefolgt von klappernden Pferdehufen. Endlich konnte sie wieder atmen. Es war nicht Monsieur Fabarez gewesen.

Sie holte die Nußschale wieder hervor. Lohnte sich das Risiko? Mit schlanken, behenden Fingern machte sie aus der Nuß einen Anhänger, indem sie einen dünnen Faden um die beiden Hälften der Schale schlang.

Vom Bett her kam ein Stöhnen, das Margots Aufmerksamkeit von ihrem Tun ablenkte. Voll Sorge blickte sie zu der drallen Frau hinüber, die dort lag. Wie ein Hügel türmte sich eine karierte Wolldecke, die bis zum Kinn der Frau hochgezogen war. Die Kranke lag mit geschlossenen Augen da und schwitzte heftig.

Margot knüpfte die zwei Enden des Wollfadens zu einem Knoten, so daß man sich die Nuß um den Hals hängen konnte, und sagte flehentlich: „Verlaß mich nicht, Mutter – bitte laß mich hier nicht alleine!"

Die Frau gab ein unruhiges Stöhnen zur Antwort.

Margot legte die Nußschale beiseite und wrang das Tuch aus, das in einer Wanne mit Wasser neben ihr gelegen hatte. Als das Wasser in Bewegung kam, breitete sich im Zimmer der Geruch von Anissamen aus. Margot rümpfte die Nase. Sie mochte das Aroma nicht – es war ein Geruch, der sie an Krankheit und Fieber erinnerte. Die vertrauteren Gerüche von brutzelndem Öl, Tabak und Seife waren ihr lieber. Das alles zusammen war aus einem holländischen Haus nicht wegzudenken.

Das Bett, auf dem die Kranke ruhte, war hochbeinig. Obwohl Margot von hohem Wuchs war, brauchte sie einen Schemel, um an ihre Mutter heranzukommen. Schulterlanges brünettes Haar fiel ihr wie ein Schleier vors Gesicht, als sie sich zu der Patientin hinabbeugte. Mit einer raschen Bewegung links und rechts schob sie es sich hinter die Ohren zurück.

Sanft strich Margot ihr über die Stirn, die runden roten Wangen und die Falten unterm Kinn. Sie zuckte zusammen, als sie durch die naßgeschwitzten Tücher hindurch ihre Hitze spürte.

„Mutter?"

Der Atem der Angeredeten kam mühsam.

„Mutter, kannst du mich hören?" Margot hob die Stimme. Fahrig strich sie ihr ein paar strähnige, klebrige Haare von den Schläfen.

Die Kranke reagierte auf das kühle Tuch. Ihr Kopf schwankte leicht von einer Seite zur anderen. Sie stöhnte kaum hörbar.

Sanft legte Margot ihren Kopf auf den Wolldeckenhügel. „Bitte, Gott", sagte sie, „laß sie leben. Laß sie leben! Ich hab doch schon eine Mutter sterben sehen – muß ich denn jetzt auch noch den unzeitigen Tod meiner teuren Sylvie miterleben?"

* * *

Im Jahre 1685 waren Margots Eltern, Philipe und Aimee de Campion, zusammen mit Tausenden anderen Protestanten aus Paris geflohen. Das Edikt von Nantes, das siebenundachtzig Jahre lang die Rechte der protestantischen Minderheit Frankreichs geschützt hatte, war aufgehoben worden. Damit gerieten die Protestanten in ähnliche Mißhelligkeiten, wie sie vor dem Erlaß des Edikts in Frankreich geherrscht hatten, als am 24. August 1572 die Glocke des Justizpalastes den Massenmord an den Protestanten einläutete. An jenem Tag wurden die Hugenotten, wie man die französischen Protestanten nannte, zu Zehntausenden abgeschlachtet.

Genau dies wiederholte sich nun erneut landauf, landab. Auf dem Thron saß Ludwig XIV. Aus der Überzeugung heraus, der ideale Staat müsse sich durch völlige Uniformität auszeichnen, brach er einen Kreuzzug vom Zaun, um Frankreich von den Hugenotten zu befreien. Kirchen wurden geschleift. Den Hugenotten verweigerte man den Zugang zu verschiedenen Berufen. Protestantische Kinder wurden ihren Eltern entrissen und katholisch erzogen. Die berüchtigte Praxis der Dragonaden wurde eingeführt: Man legte Dragoner bei protestantischen Familien ins Quartier, die die ausdrückliche Genehmigung erhielten, sich so brutal aufzuführen, wie es ihnen beliebte.

Nach alledem holte die Obrigkeit zum letzten Schlag aus: der Aufhebung des Edikts von Nantes. Erneut hob das Abschlachten der Hugenotten an, und Tausende rechtschaffener Familien, darunter auch die Campions, flüchteten sich in entlegene Winkel Frankreichs. Einige gingen auch ins Ausland und nahmen Wissen und Fertigkeiten mit, die schließlich den Feinden Frankreichs zugute kommen sollten.

Philipe und Aimee de Campion fanden Unterschlupf in Asile, einem verschlafenen nordfranzösischen Nest an der Somme. Die strohgedeckten Hütten inmitten der winzigen Felder gaben dasselbe Bild ab wie in jedem beliebigen französischen Dorf. Doch insgeheim war der Weiler ein Zufluchtsort für vertriebene Hugenotten.

Um das Geheimnis des Fleckens zu wahren, pflegten dessen Bewohner nur den allernötigsten Kontakt mit der Außenwelt. Sie verließen sich aufeinander, und jeder trug zu den Bedürfnissen der Gemeinschaft bei, was er vermochte. Adlige, die vormals den Hof in auswärtigen Angelegenheiten beraten hatten, säuberten jetzt die Äcker von Feldsteinen, deckten Strohdächer und schmiedeten nützliche Werkzeuge aus glühendem Eisen. Damen, die von jeher daran gewöhnt gewesen waren, daß eine Dienerschaft nach ihren Bedürfnissen sah, backten jetzt ihr eigenes Brot, schrubbten selbst den Fußboden und nähten ihre Kleider selbst. Abends saßen die Flüchtlinge hinter verrammelten Fenstern und unterwiesen ihre Kinder darin, Gott in protestantischer Manier zu dienen.

Mitten in diese Welt der Unsicherheit hinein gebar Aimee de Campion die kleine Marguerite.

Margot – die Eltern nannten sie bei diesem Rufnamen – besaß nur einige wenige, aber ausgeprägte Erinnerungen an Asile. Sie wußte noch, wie die Furchen auf dem Acker hinter ihrem Haus ausgesehen hatten. Die kleine Margot hatte jede Furche einzeln überspringen müssen, wenn sie ihrem Vater seine Trinkflasche mit Wasser brachte. Ihr stand noch vor Augen, wie er seine schmutzigen Hände an den Hosenbeinen abwischte, um sie dann hoch oben über seinem Kopf herumzuwirbeln. Wenn sie die Lider schloß, konnte sie seine kräftigen Zähne und die Bartstoppeln an seinem Kinn wieder sehen, während sich tief unter ihr der Erdboden schwindelerregend drehte.

In dem Haus in Asile erinnerte sich Margot an die kühlen hölzernen Bodendielen. Sie waren glatt und rochen nach Scheuerseife. Auch wie ihre Mutter vor sich hinsummte, während sie diese Dielen mit einem Schrubber traktierte, und sich dabei, auf derselben Kopfhöhe wie Margot, nämlich dicht über dem Fußboden, leise mit ihr unterhielt, hatte sie nicht vergessen.

Doch eines Tages beim Schrubben hörte das Summen jählings auf.

Margot war damals sechs Jahre alt. Sie hatte einen eigenen Schrubber in der Hand, den sie in denselben Eimer mit Seifenlauge tauchte wie ihre Mutter. Margot wußte noch, wie die Tür krachend aufgeflogen war und ihr Vater einen gellenden Schrei ausgestoßen hatte. An seine Worte erinnerte sie sich nicht mehr, aber den verzerrten Ausdruck seines Gesichts würde sie niemals vergessen. Nie zuvor hatte sie ihren Vater so dreinschauen sehen. Seine vertrauten Züge waren kaum noch zu erkennen. Sein Gesicht war zu einer von Furcht entstellten Fratze geworden. Margot wußte noch, wie sie hilfesuchend zu ihrer Mutter aufgeschaut hatte. Doch sie fand keinen Trost, sondern mußte erleben, daß die maskenhafte Verzerrung des väterlichen Antlitzes ansteckend war; denn sie hatte auch das Gesicht der Mutter befallen.

Alles weitere geschah sehr schnell. Die Hände, die sie so oft liebkost, geneckt und gestreichelt hatten, rissen sie vom Boden empor. Das nächste, woran sie sich erinnerte, war ihr heftiges Schlingern in den Armen des Vaters, während die Eltern in rasendem Spurt vom Haus wegzukommen versuchten. Sie rannten geradewegs in den Fluß hinein – denselben Fluß, von dem Margot eindringlich gesagt worden war, sie dürfe sich ihm nicht einmal nähern –, durchquerten ihn und hasteten in den Wald.

Rund um sie her waren andere Leute aus dem Dorf, und alle rannten, ließen das Wasser aufspritzen, schrien und jammerten. Und jedes einzelne Gesicht war von Schrecken gezeichnet.

Ihr Vater hielt sie so fest gepackt, daß es wehtat. Die Mutter schaute fortwährend zu ihr herüber, streckte im Laufen die Hand aus, berührte sie und rief immerzu: „Nein, nein, nein! Nein, Gott, nein!“

Margot konnte sich erinnern, wie sie sich in dichtem Gebüsch verkrochen hatten, dessen Blattwerk sich lustigerweise wie eine Krone um den Kopf des Vaters gelegt hatte. Doch niemand lachte darüber. Angestrengt versuchte der Vater seinen heftig bebenden Brustkorb zur Ruhe zu bringen, während sie sich eng aneinander kuschelten. Stille senkte sich um sie, und Mutters heiße, feuchte Wangen hatten sich gegen Margots Arm gepreßt.

Dann hörten sie jenseits des Blätterdickichts galoppierende Pferde. Margot stand das Bild von Menschen und Pferden vor Augen, die ziellos in alle Richtungen liefen. Von Stille konnte keine Rede mehr sein. Das Kreischen und Stöhnen von Menschen hallte zwischen den Bäumen wider. Die berittenen Männer stöberten die Menschen auf, die sich im Gebüsch und hinter Baumstämmen verborgen hatten. Flinten spuckten unter dröhnendem Donner Feuer und Rauchschwaden aus. Zweimal sahen sie Pferdeläufe dicht an ihrem Gebüsch vorbeigehen. Jedesmal streiften Schwertklingen das Blätterdach. Beide Male hätten sie sie beinahe berührt.

Nach dem zweiten Vorbeiritt nahm der Vater Margots Gesicht in seine schwieligen, schmutzigen Bauernhände. Sie mußte ihm versprechen, sich auf den Boden zu kauern und keinen Laut von sich geben, egal, was sie zu hören oder zu sehen bekommen werde.

Daraufhin verflüchtigten sich wunderbarerweise seine verzerrten Gesichtszüge, und plötzlich sah sie wieder die vertraute, liebevolle Freundlichkeit in seinen Augen. Sanft zog er ihr Gesicht an das seine, bis sich ihre Nasenspitzen berührten. „Gott schütze dich, meine kleine Marguerite", sagte er.

Die Mutter drückte sie wild an sich, weinend und offenbar unfähig, Worte zu finden. Sie wiegte Margot auf ihrem Schoß und summte dieselbe Melodie, die sie beim Bodenschrubben miteinander gesummt hatten.

Margot erinnerte sich, wie sie schließlich, die Wange an den Boden gepreßt, hingelegt worden war. Noch einmal ermahnte sie der Vater, unten zu bleiben, die Augen geschlossen zu halten und so lange still zu sein, bis Gott ihr sagen würde, daß die Gefahr vorüber sei. So blieb sie liegen und horchte nach Gottes Stimme.

Schon nach kurzer Zeit bemerkte Margot, daß sie in dem Dickicht allein war. Sie machte ein Auge auf.

Außerhalb des Gebüschs sah Margot einige schweißnasse Pferde, die in einem Kreis standen. Einige waren unruhig und bäumten sich von Zeit zu Zeit auf. In den Sätteln saßen schreckliche Männer, die sich häßliche Wörter zuriefen. Zornig fuchtelten sie mit Schwertern und Keulen herum. Inmitten des Kreises standen ihr Vater und ihre Mutter. Die schrecklichen Männer stießen mit ihren Schwertern nach ihrem Vater. Sein Gesicht und seine Schultern waren bereits blutüberströmt. Schließlich sank er auf die Knie. Andere schreckliche Männer prügelten mit Keulen und Knüppeln auf ihre Mutter ein, bis sie zusammenbrach.

Zwei der schrecklichen Männer stiegen ab und schlugen die Eltern aufs neue. Wieder und wieder. Mutter bettelte, sie möchten doch aufhören, Vater zu schlagen. Aber sie hielten nicht inne. Vater rief den Namen Gottes aus, aber die schrecklichen Männer hörten nicht auf.

Selbst als Vater und Mutter schon regungslos dalagen, fuhren die schrecklichen Männer unablässig mit ihren Schlägen fort.

Margot biß sich auf die Finger, um nicht laut aufzuschreien. Sie biß sich die Fingerkuppen blutig, hörte aber nicht auf. Krampfhaft kniff sie die Augen zu, drückte ihr Gesicht in den Boden und wartete auf die Stimme Gottes, die ihr mitteilen sollte, daß die Gefahr vorüber sei.

* * *

Mit der einen Hand hob Margot den schweißnassen Kopf der Kranken hoch, mit der anderen streifte sie ihr den Wollfaden mit der ausgehöhlten Nußschale darüber. Dann ließ sie den Kopf sanft in die Kissen zurücksinken.

Die Augen der Frau flackerten, sie zog die Lider halb hoch. „Margot?"

„Ich bin hier, Mutter."

Müde Augen strengten sich an, das Zimmer zu überblicken. „Monsieur Fabarez?"

Margot tupfte der Frau die Stirn ab. „Er ist noch nicht zu Hause."

Solange Margot denken konnte, nannte Sylvie ihren Gatten Monsieur Fabarez. Nicht ein einziges Mal hatte sie ihn bei seinem Vornamen, Marc, ansprechen hören. Überall im Haus war immer nur von Monsieur Fabarez die Rede.

Und obwohl Margot Sylvie Fabarez seit mittlerweile dreizehn Jahren als ihre Mutter ansah, war es ihr nie leichtgefallen, Marc Fabarez als ihren Vater zu empfinden. Freilich nahm sie auch nicht an, daß es Monsieur Fabarez recht gewesen wäre, wenn sie so empfunden hätte.

Die körperlichen Diskrepanzen zwischen Margot und dem Ehepaar Fabarez stachen derart ins Auge, daß es beinah schon lustig war. Niemand hatte sich von der Neuigkeit überrascht gezeigt, daß Margot nicht die leibliche Tochter der Fabarez' war. Sie war fast einen Kopf größer als beide Eheleute. Sie war schlank, fast hager, während beide Fabarez' von lebenslangem Genuß von Milchprodukten, Fleisch und gebratenen Köstlichkeiten stämmig und untersetzt waren.

Sylvie pflegte sich über die körperlichen Unterschiede zwischen sich und Margot lustig zu machen, als wäre sie ihre leibliche Tochter. „Als Gott uns entwarf", sagte sie oft, „hat er sich meinen Anteil an Anmut für Margot aufgespart. Sie sieht wie eine Doordrechter Schönheit aus, meinen Sie nicht auch?" Jedesmal, wenn diese Frage kam, blähten sich Sylvies feiste rote Backen zu einem breiten, stolzen Grinsen.

Monsieur Fabarez teilte den Humor seiner Frau nicht. Und ebensowenig ihre Liebe zu Margot.

Ein feister Arm arbeitete sich aus dem Deckenberg hervor. Sylvie prüfte ihre Temperatur, indem sie sich den Handrücken an die Stirn preßte. „Warum ist es hier drin so heiß?" fragte sie. Dann, als habe diese Anstrengung alle noch verbliebene Energie aus ihr herausgesaugt, fiel die Hand auf ihre Brust hinab – und landete auf dem Nußgehäuse. Ein fragender Ausdruck huschte über ihr Gesicht. Sie nahm die Nußschale in die Hand und sah sie an. Es dauerte einige Augenblicke, bis sie wahrnahm, was sie da in der Hand hatte.

„Sind da Spinnenköpfe drin?" fragte sie.

Margot schüttelte den Kopf. „Nein, Mutter."

Die Augen der Kranken weiteten sich, Furcht glomm darin auf. „Das darf Monsieur Fabarez aber nicht sehen!" Sie zog ihre andere Hand unter dem Deckengebirge hervor und versuchte die Nußschale zu öffnen.

Mit sanfter Bestimmtheit ließ Margot es nicht zu. „Ich werde dafür sorgen, daß er nicht sieht, was da drin ist", sagte sie beschwichtigend. „Es wird unser Geheimnis bleiben."

Die Augen der beiden Frauen begegneten sich.

Sylvie ließ die Hände sinken. Margot ergriff sie und legte sie auf die Decke.

Die Kranke schloß die Augen. Zwischen ihren vollen roten Wangen zeigte sich ein schmales Lächeln. „Gott lächelte zu mir herab an dem Tag, als ich dich fand", sagte sie.

„Er lächelte auf uns beide herab", antwortete Margot.

* * *

Tagelang harrte die kleine Marguerite in dem Gebüsch aus und wartete auf die Stimme Gottes. Auch als Männer mit Karren kamen und die Leichen ihrer Eltern und der anderen Hugenotten wegschafften, blieb sie still in ihrem Versteck, ebenso, wenn es abends dunkel wurde und sie vor Kälte bibberte. Ihr Magen bereitete ihr fürchterliche Qualen, nächtliche Geräusche ließen sie vor Furcht erstarren – sie aber blieb ihrem Versprechen treu und bewegte sich keinen Schritt aus dem Dikkicht fort.

Eines frühen Morgens, während sie gerade im Traum noch einmal die grauenvolle Szene des Sterbens ihrer Eltern durchlebte, wurde sie durch raschelnde Blätter wach. Aufgeschreckt schoß sie hoch und blinzelte in die helle Sonne. Das Herz drohte ihr vor Angst zu zerspringen.

Das Blattwerk teilte sich. Ein runder Schädel tauchte auf und beugte sich zu ihr herab. Gegen die Sonne sah es aus, als sei er von einem Heiligenschein umgeben.

„Großer Gott! Was haben wir denn hier?"

Nachdem Margots Augen sich an die Helligkeit gewöhnt hatten, erblickte sie in einem freundlichen Gesicht Wangen, die so rund und rot waren, als seien sie zwei Bälle, die an jeder Seite einer Nase festgeklebt wurden. Margot war sich sicher, daß sie in das Gesicht eines der Engel Gottes schaute.

„Im Namen alles Heiligen – mein Kind, was tust du da in diesem Gebüsch? Komm her zu mir!" Ein paar dicke Arme streckten sich nach ihr aus.

Es war zwar nicht die Stimme Gottes, aber Margot überlegte sich, daß Gott wahrscheinlich an dem Tag zuviel zu tun gehabt und deswegen an seiner Stelle einen Engel geschickt hatte.

Wie sich herausstellen sollte, war Sylvie Fabarez tatsächlich eines der besonderen Geschöpfe Gottes, wenn auch nicht direkt ein Engel. Jedenfalls war Margot von jenem Augenblick an überzeugt, daß Gott Sylvie Fabarez gesandt hatte, um sie zu retten, und dieser Überzeugung war sie bis zum heutigen Tag.

Um Sylvies Seite der Geschichte zu ihrem Recht kommen zu lassen: Sie und ihr Gatte waren mit all ihren Habseligkeiten auf dem Buckel auf der Rückreise nach Amsterdam. Sie kamen aus Rouen, wo Fabarez versucht hatte, ein gemeinsames Geschäft mit seinem Bruder aufzuziehen, der eine Schneiderwerkstatt besaß. Es war ein kurzes, erfolgloses Intermezzo gewesen.

Während sie auf der Landstraße entlangzogen, mußte Sylvie ein unaufhörliches Gewitter verbaler Attacken seitens ihres Gatten über sich ergehen lassen. Es war alles ihre Schuld. Sie hätten nie aus Holland fortgehen sollen. Was hatte sie nur auf die Idee gebracht, aus einem Zusammengehen mit seinem Bruder könne irgend etwas Gutes werden? Schließlich hatten sich die beiden Brüder noch nie verstanden! Wie war sie darauf gekommen, daß es jetzt plötzlich klappen könnte?

Marc Fabarez beschuldigte seine Frau, genauso zu sein wie sein Bruder: Alle beide meinten sie ständig im Recht zu sein und taten immerzu, als wüßten sie den Willen Gottes. Also bitteschön, und was war wohl jetzt Gottes Wille für sie? Hungers zu sterben? Und wenn sie so dicke mit Gott war, warum bitteschön hatte Gott ihren Mutterleib verschlossen? Waren nicht Kinder ein Zeichen der Gunst Gottes? Warum gebar sie ihm dann keine Kinder? Konnte sie ihm darauf vielleicht eine Antwort geben?

Inmitten dieser Tiraden drang Sylvie ein Wimmern ans Ohr.

Fabarez verhöhnte sie. Das war kein Wimmern, was sie gehört hatte! Es waren Waldkobolde, die sich wegen ihrer erbärmlichen Umstände über sie lustig machten!

Da hörte sie es wieder. Es kam aus einem Gebüsch.

Fabarez fluchte und ging einfach weiter.

Sylvie neigte den Kopf und lauschte. Als sie das Geräusch nochmals hörte, schob sie die Zweige des betreffenden Gebüschs auseinander, spähte hinein und erblickte keine Kobolde, sondern ein kleines Mädchen, zusammengerollt wie ein Igel.

Während Fabarez vor sich hingreinte und grummelte, das Tageslicht sei bald vorüber und Amsterdam werde keineswegs zu ihnen kommen, sie müßten schon hinlaufen, brachte Sylvie das verängstigte kleine Mädchen mit liebevoller Beharrlichkeit dazu, ihr Stück für Stück die Geschichte seiner Eltern zu erzählen. Endlich kam sie zu dem Schluß, daß Gott das Kind so lange vor jedermanns Augen verborgen habe, bis sie des Weges gekommen sei, und daß das kleine Mädchen also Gottes Geschenk an sie sei. So kam es, daß Margot de Campion sich unter der fürsorglichen Betreuung Sylvie Fabarez' auf die Reise nach den sieben Provinzen der Niederlande, genauer in die Stadt Amsterdam, begab.

* * *

Der holländische Boden, auf dem Margot aufwuchs, barg nur zwei verwertbare Reichtümer, nämlich Sand und Torf. Der Sand stachelte die Ironie der bibelfesten Holländer an, war ihr Land doch buchstäblich auf Sand erbaut – doch der Sand brachte es nicht etwa zu Fall, sondern war seine Rettung. Deiche, Wallanlagen und Warften – alles bestand aus Sand. Und nur diese von Menschen aufgeworfenen Befestigungen hielten die See davon ab, das Land zu verschlingen.

Was den Torf betraf, so ersetzte er Holz als gängigen Brennstoff. Er wurde schichtweise abgetragen, in ziegelartige Quader geschnitten, getrocknet und zum Aushärten in Scheunen gelagert. Die Torfbriketts wurden dann in den Kaminen als Heizmaterial verwendet, sie dienten in den Backöfen zum Brotbacken und in kastenförmigen Holzschemeln mit Löchern im Deckel zum Fußewärmen.

Alles außer Torf und Sand mußten die Holländer einführen: Weizen, Roggen, Kohle, Leder, Metalle, Wolle, Hanf, Holz für den Schiffbau, Farbstoffe. Die Armut ihres Landes an natürlichen Rohstoffen zwang die Holländer geradezu, sich vornehmlich mit Handel zu beschäftigen. Doch eigentlich bedurfte es dazu keines Zwangs: Sie waren begabte Kaufleute, und Holland wurde zu einem Zentrum des Welthandels – eine Rolle, für die das Land ideal gelegen war. Alle großen Schiffahrtsstraßen, die den Nordosten und den Südwesten Europas miteinander verbanden, passierten die niederländischen Küsten. Unter diesen optimalen Bedingungen bauten die Holländer eine große Handelsflotte auf, die alsbald den Welthandel beherrschte.

Mit Recht stellte ein Beobachter fest: „Nie gab es ein anderes Land, das so viel Handel trieb und selbst so wenig verbrauchte. Die Holländer kaufen Waren ohne Ende, doch nur, um sie wieder feilzuhalten, sei es nach Veredelung der Ware, sei es zu besserem Preis. Sie sind die unangefochtenen Fachleute für indische Gewürze und persische Seide, aber sie selbst tragen einfaches Wollzeug und verspeisen ihren eigenen Fisch und ihre Knollen. Ja, sie halten ihre eigenen feinen Tuche in Frankreich feil und kaufen für ihren Hausbedarf grobes Linnen in England!"

In diesem großen Räderwerk der holländischen Wirtschaft spielte Marc Fabarez nur eine untergeordnete Rolle. Er war ein kleiner lohnabhängiger Fischer.

Auf die Fischerei gründete sich ursprünglich der holländische Reichtum, und selbst wenn inzwischen die lukrativen Handelsgeschäfte den Rahm abschöpften, ließ sich am Fischen immer noch gut verdienen. Die Niederlande besaßen einen unausschöpflichen Fischreichtum und wiesen eine der größten und mächtigsten Fischergilden Europas auf. Landauf, landab standen die Fischer und Fischhändler täglich feilschend und Branntwein trinkend zwischen Fässern voll frischen Fischs auf den Märkten.

Marc Fabarez jedoch rangierte am untersten Ende der Gildenhierarchie – nicht etwa, weil es ihm an Erfahrung fehlte. Ihm fehlte es an Benehmen. Er war ein Raufbold, der, wenn er sich einmal nicht selber prügelte, andere zum Schlagen anstachelte. Wohin er kam, säte er

Zwietracht, und diesem Talent verdankte er es, daß er auf jedem Heringslogger, auf dem er anheuerte, stets die niedersten Arbeiten zugewiesen bekam. Ihm kam es zu, sobald die Fangnetze ausgeschüttet wurden, die Fische auszunehmen, also Kiemen und Eingeweide zu entfernen und über Bord zu werfen. Danach wurden die Heringe in Salzlake eingelegt, um sie zu konservieren.

Oftmals blieb er wochenlang von zu Hause weg, was Margot ungemein zupaß kam. Denn der Unterschied zwischen den Zeiten, in denen er zu Hause, und denen, in denen er abwesend war, war der Unterschied zwischen Elend und Glück.

War Monsieur Fabarez zu Hause, so hatte sich der ganze Haushalt um seine Wünsche und Launen zu drehen. Er spielte sich in seiner Kate als kleiner Diktator auf. Nicht nur, daß seine Anwesenheit die tägliche Hausarbeitsroutine unterbrach – sie war wie ein Leichentuch, das sich über alles und jeden senkte, ganz besonders über Margot.

Was sie auch tat, sie hatte keine Chance, sich bei ihm beliebt zu machen. Was auch immer danebengehen mochte, schuld war sie. Und jedesmal, wenn Sylvie eingriff und Margots Partei nahm, quittierte ihr Gatte das, indem er ihr mit dem Handrücken ins Gesicht schlug.

Wenn sie allein waren, bat Margot Sylvie inständig, sie doch nicht mehr zu verteidigen. Die verbalen Hiebe konnte sie ertragen, aber sie hielt es nicht aus, zuzusehen, wie Sylvie ihretwegen geschlagen wurde.

Einmal sah Fabarez, einen Bierhumpen vor sich, Margot beim Feudeln der vorderen Türstufe zu und meckerte ständig, sie arbeite nicht rasch genug. So ging es mehr als eine Stunde. Schließlich packte er sie und schleifte sie den „Heiligenweg“ entlang zum Richthaus, damit sie mit eigenen Augen sehe, wie es faulen Kindern erging.

Der Torbogen, der ins Richthaus hineinführte, wurde von einer furchterregenden Ansammlung steinerner Skulpturen flankiert. Es gab eine weibliche Figur, die die Stadt Amsterdam symbolisierte. Sie war damit befaßt, Delinquenten zu züchtigen, die in schwere Ketten gelegt waren. Oberhalb der Stufe, über der die weibliche Figur thronte, war ein einziges Wort eingemeißelt: CASTIGATIO – Züchtigung.

Gegen eine Kupfermünze pro Nase wurde Fabarez und Margot gemeinsam mit anderen Zutritt gewährt, so daß sie die Unglücklichen begaffen konnten. Fabarez hatte es vor allem darauf abgesehen, sie zu einem bestimmten Gelaß zu zerren: der „Versaufzelle“. In diesem Raum wurde unartigen Kindern, die sich zierten, der Wert der Arbeit nahegebracht. Man sperrte die Kinder in einen riesigen Bottich, in dem es eine Handpumpe gab. Dann wurde Wasser in den Bottich gelassen. Die Lektion war einfach: Wenn die Kinder nicht ertrinken wollten, mußten sie eifrigst pumpen.

Voller Schadenfreude sah Fabarez einem halbwüchsigen Bengel zu, der in stummem Trotz, die Arme vor der Brust verschränkt, so lange dastand, bis ihm das Wasser an die Schultern reichte. Da erst legte er seine Hand an die Pumpe – und nun pumpte er sich fast die Seele aus dem Leib. Johlend brüllte Fabarez dem wasserspeienden Jungen anfeuernde Rufe zu. Für ihn war das Schauspiel ein großes Vergnügen.

Margot fand die ganze Sache abscheulich.

Immer wenn Fabarez zu Hause war, glich die Kate einem Gefängnis. Weder Sylvie noch Margot durften vor die Tür gehen, es sei denn, um eine Besorgung zu machen, die unmittelbar ihm zugute kam. Auch Besucher wurden nicht geduldet. Margot entging nicht, wie sich die Haltung der Nachbarn ihrem Haus gegenüber veränderte, sobald Fabarez' Fangflotte im Hafen lag.

Doch so mißlich das Leben mit Monsieur Fabarez auch war – ohne ihn war es himmlisch. Ihr Leben mit Sylvie Fabarez empfand Margot als ein einziges Glück, wenngleich es nicht ohne Strenge war.

Ihr Tag brach früh an, etwa um halb sechs morgens. Sobald sie wach waren, standen die zwei Frauen auf und tauschten nach holländischem Brauch einen Kuß aus. Sie machten die Fensterläden auf, um das Tageslicht ins Haus zu lassen, und traten auf die Straße, um den Nachbarinnen guten Tag zu sagen.

Unter dem Bimmeln des Milchmanns und des Bäckerjungen, die zu ihren Verkaufstouren aufbrachen, pflegten sie einen ersten kleinen Schwatz zu halten. Der Milchmann schleppte einen Eimer durch die Gegend und brüllte aus Leibeskräften: „Wunderbare frische Milch, noch warm!" Der Bäcker schob eine Handkarre vor sich her und schrie seinerseits: „Heiße Wecken! Schwarzbrot! Gerstenkuchen! Alles noch warm, frisch aus dem Ofen! Frische Rundstücke!"

Allmorgendlich um sechs nahmen sie ihr Frühstück ein. Es war ein einfaches Mahl: Brot mit Butter oder Käse und als Getränk Milch. Anschließend beteten sie miteinander.

Danach begann der Hausputz, eine Tätigkeit, für die die Holländer weltberühmt geworden sind. Sylvie Fabarez hielt sich wie alle holländischen Frauen ihrer Generation auf die blitzblanke Sauberkeit ihres Hauses samt Inventar unglaublich viel zugute. Immerzu war sie damit beschäftigt, jedwedes hölzerne Inventar, ob Schränke, Sitztruhen oder Fußbodendielen, zu schrubben oder abzuledern. Auch die Treppenstufen ließ sie nicht aus. Ihre Fußböden waren ihr so heilig, daß jeder Besucher, der ins Haus kam, aus Stroh geflochtene Pantoffeln verpaßt bekam, in die er samt Schuhen hineinschlüpfen mußte. Und dabei war ihre Reinlichkeit, verglichen mit anderen, noch gemäßigt.

In einer Geschichte, die man sich erzählte, klopfte ein Bürgermeister an eine Haustür und sagte der Hausdienerin, einer vierschrötigen Frau vom Lande, daß er ihre Herrin zu sprechen wünsche. Er schickte sich an einzutreten, aber der Magd entging nicht, daß an seinen Schuhsohlen ein wenig Straßenkot klebte. Ohne ein Wort packte sie den Bürgermeister an den Handgelenken, schulterte ihn wie einen Mehlsack und schleppte ihn quer durch zwei Zimmer, bevor sie ihn auf einer Treppe absetzte. Sie zog ihm die Schuhe von den Füßen und verpaßte ihm ein Paar Pantoffeln. Jetzt erst war ihm erlaubt, ihre Herrin aufzusuchen.

Je sauberer eine Fläche aussah, um so gnadenloser wurde sie von Sylvie mit dem Schrubber bearbeitet. Zweimal wöchentlich wurde alles Mobiliar aus dem Haus geschafft und unter ausgiebigem Wasserverbrauch abgeschrubbt, fallweise auch mit Sand abgerieben oder poliert. Für Sylvie war es nicht ungewöhnlich, an einem Tag dreißig bis vierzig Eimer Wasser nur zum Putzen zu verbrauchen.

An normalen Tagen wurde diese Putzorgie vom Mittagessen unterbrochen. Mittags wurde die tägliche Hauptmahlzeit eingenommen, die normalerweise aus zwei oder drei Gängen bestand, zuzüglich Salat oder Kompott. Zuweilen gab es sogar Nachtisch: Pfannkuchen, Waffeln oder – das war am häufigsten – Reisauflauf. Das Hauptgericht, das am meisten auf den Tisch kam, war *Hutsepot*: feingehacktes Hammel- oder Rindfleisch mit Gemüse und Pastinaken oder Backpflaumen, verfeinert mit ein paar Spritzern Zitronen- oder Orangensaft und einem Schuß kräftigem Essig.

Ans Mittagessen schlossen sich Besorgungen, der tägliche Einkauf und eine weitere Putzrunde an. Umgefähr um drei gab es eine kleine Zwischenmahlzeit: Brot mit Käse, dazu Mandeln, Rosinen oder andere Leckereien.

Irgendwann zwischen fünf und sieben Uhr kamen sie langsam zur Ruhe. Wenn es nicht zu kalt war, pflegten sich Sylvie und Margot dann auf der Bank vor dem Haus niederzulassen. Hier, zwischen dem Haus und der Gracht, sahen sie Kindern beim Spielen und jungen Leuten beim Flirten zu, während sie sich mit den anderen Frauen aus ihrer Straße unterhielten. Diese Erholung im Freien dauerte bis zur Abenddämmerung. Wenn die Dunkelheit hereinbrach, gingen sie ins Haus zurück und bereiteten das Abendessen vor.

So verlief ihr Tag jedenfalls dann, wenn Fabarez nicht zu Hause war. Sonst durften die Frauen das Haus gar nicht erst verlassen.

Um acht oder neun Uhr abends gab es Nachtessen, das im allgemeinen aus den Resten der anderen Mahlzeiten des Tages bestand, vervollständigt durch Butter, Käse oder einem Brei aus altbackenem Brot, der mit Milch verspeist wurde.

Die Zeit zwischen Abendessen und Schlafengehen war Margots liebste Stunde am Tag. War Fabarez zu Hause, so pflegten die Frauen während dieser Zeit zu nähen oder zu sticken. War er aber auf See, so war das eine märchenhafte Stunde.

Der Märchentraum begann eines Tages, als Margot acht Jahre alt war.

Sylvie stellte zwei Stühle einander gegenüber, so daß sie und Margot Knie an Knie saßen. In flüsterndem Ton, geradeso als ob Monsieur Fabarez sie draußen auf See hören könnte, sagte Sylvie: „Was ich dir jetzt erzählen werde, ist ein Geheimnis. Es ist ein uraltes Familiengeheimnis. Meine Großmutter hat es meiner Mutter anvertraut, die gab es an mich weiter, und ich sage es jetzt dir. Was du jetzt hören wirst, darfst du niemals Monsieur Fabarez erzählen, verstehst du?"

Margot nickte eifrig – vielleicht ein wenig zu eifrig. Es gefiel ihr ganz besonders, daß sie in einen Geheimbund eingeweiht werden sollte, der irgendwie gegen Monsieur Fabarez gerichtet war.

Sylvie stand auf und ging an ihren Schrank. Neben Tisch und Stühlen war der Schrank einer der drei wesentlichen Einrichtungsgegenstände einer Holländerin. Sylvies Schrank war eigentlich eine Truhe: ein antikes Stück aus dem Mittelalter, das geduckt auf dem Boden stand. Ihren Deckel mußte man an einem rot-grün dekorierten Handgriff hochziehen. Sie war mit gemalten Szenen aus dem täglichen Leben verziert.

Sylvie steckte ihren Kopf tief in die Truhe; sie suchte nach etwas, das unter den Tüchern, Decken und Laken verborgen war. Als sie es gefunden hatte, hoben sich ihre Augenbrauen. Sie nahm sie einzeln heraus – erst ein Buch, dann noch eins und noch eins – und legte sie vorsichtig auf den Ecken der geöffneten Truhe ab. Dann stützte sie sich an den Seitenwänden der Truhe ab, stemmte sich hoch und nahm ihren Platz Margot gegenüber wieder ein. Die Bücher legte sie sich in den Schoß.

„Das ist mein Schatz," flüsterte sie.

„Bücher?"

„Bücher – na klar!" krähte Sylvie.

„Aber wofür sollen Bücher gut sein, wenn du doch nicht –" Jählings ging Margot das Geheimnis auf. Sie schlug sich mit der flachen Hand auf den Mund. „Du kannst lesen!" rief sie.

Sylvies Augen strahlten. Sie nickte mit dem Kopf.

„Aber wie geht das zu? Ich dachte, du wärst als Bauernmädchen aufgewachsen! Bist du denn in die Schule gegangen?"

„Du hast ein Mädchen vom Lande vor dir, das lesen kann – und schreiben auch!" Sylvie konnte ihren Stolz nicht verhehlen. „Und bald werden wir es beide können. Genau wie meine Mutter mir Lesen und Schreiben beigebracht hat, werde ich es dich lehren. Aber ich muß dich warnen-" Jeder Schalk schwand aus Sylvies Gesicht. Ein hochgereckter, fleischiger Zeigefinger unterstrich die Mahnung. „Lesen zu können ist ein widerborstiger Segen, wie eine dornige Rose. Du mußt aufpassen, wie du damit umgehst und wann du dein Wissen einsetzt. Sonst stellen sich die Borsten auf und pieksen dich."

„Aber lesen und schreiben können muß herrlich sein!" rief Margot aus. „Warum müssen wir das geheimhalten?"

Mit ernüchtertem Gesichtsausdruck fragte Sylvie zurück: „Wie, meinst du, würde Monsieur Fabarez reagieren, wenn er mitbekäme, daß seine Frau besser lesen und schreiben kann als er?"

Vor Margots innerem Auge entstand ein Bild. Sie dachte daran, wie oft sie Fabarez vor einer Zeitung oder einer schlichten Notiz hatte verzweifeln sehen. Umständlich legte er den Finger auf jedes einzelne Wort, wenn er sich mit einem Text abmühte. Jede einzelne Zeile machte ihm so viel Arbeit wie das Jäten eines großen Beetes im Garten. Wenn er dann mit einem Satz zu Rande gekommen war, richtete er sich triumphierend auf, die Augen voller Stolz, als habe er eine Heldentat vollbracht.

„Ja, das verstehe ich", sagte Margot. Aber etwas in ihr hätte sich daran ergötzt, Monsieur Fabarez' Überlegenheit wie einen angestochenen Ballon platzen zu sehen.

„Das hier", Sylvie hielt einen dicken, ledergebundenen Band hoch, „ist die Bibel auf holländisch." Sie nahm das zweite, ebenso aussehende Buch zur Hand. „Und das ist auch eine Bibel, aber auf lateinisch."

Margot blieb der Mund offen stehen. „Du kannst Lateinisch lesen?"

Ein Kopfnicken und ein Lächeln bildeten die Antwort.

„Und hier", das dritte Buch war rot eingebunden, „haben wir ein Buch voller Erzählungen, einige aus der Geschichte, andere aus dem holländischen Sagenschatz. Auch ein paar uralte Geschichten aus griechischer und römischer Zeit sind dabei."

„Aber wie hat deine Großmutter seinerzeit Lesen gelernt?“ fragte Margot.

Sylvie stapelte die Bücher in ihrem Schoß und legte ihre fleischigen Hände obendrauf. „Es ist lange her, da war meine Großmutter, Claertje van Os, bei einer reichen Familie in Leiden, den Blankaarts, in Stellung. Sie war die persönliche Hausdienerin der jüngsten Blankaart-Tochter. Nun, Willem Blankaart bestand darauf, daß all seine Kinder eine gute Allgemeinbildung erhielten. Für jedes Kind stellte er einen persönlichen Hauslehrer ein. Seine Jüngste, Catalyn, interessierte sich nicht die Bohne für irgend etwas von dem, worin der Hauslehrer sie unterrichtete. Sie hatte nur Augen für den Sohn des Bürgermeisters, den sie heiraten wollte, sobald sie das entsprechende Alter erreicht hatte. Während nun der Hauslehrer sich mühte, der desinteressierten höheren Tochter etwas über Sprachen, Musik und Allgemeinwissen beizubringen, saß meine Großmutter, eine Frau von schneller Auffassungsgabe und hoher Intelligenz, Tag für Tag dabei; und was Catalyn nicht lernte, lernte sie. Wie man mir erzählte, konnte meine Großmutter sowohl Griechisch als auch Französisch, Holländisch und Latein. Freilich starb sie, bevor sie ihre Griechischkenntnisse an meine Mutter weitergeben konnte.“

„Was fing Claertje mit ihrem Wissen an, abgesehen davon, daß sie es an ihre Tochter weitergab?“

In Sylvies Augen funkelte es. „Sie pflegte heimlich Dokumente zu lesen – Geschäftsunterlagen, die ihr Hausherr in seinem Arbeitszimmer herumliegen ließ. Unter der Hand gab sie diese Informationen an den Landmann weiter, der ihr den Hof machte. Der konnte mit diesem Wissen am Ende so viel Geld machen, daß er sich freikaufen und Claertje heiraten konnte. Sie kauften einen Webstuhl und fertigten in Leiden jahrelang exklusive Wandteppiche. Dein Urgroßvater wurde ein wichtiger Mann in seiner Gilde.“

Margot konnte die Augen nicht von den Büchern wenden. Darin lag der Schlüssel zu einer glücklichen Zukunft! „Lies mir vor!“ bettelte sie.

Margots Lerneifer gefiel Sylvie. Sie setzten sich Seite an Seite an den Tisch.

Sylvie schlug das erste Buch auf, als sei es das Tor zu den Reichtümern einer großen Stadt. Sie las: „Ein guter Ruf ist köstlicher denn großer Reichtum, und Gunst besser denn Silber und Gold. Reiche und Arme müssen untereinander sein; der Herr hat sie alle gemacht. Der Kluge sieht das Unglück und verbirgt sich; die Unverständigen gehen hindurch und werden beschädigt. Wo man leidet in des Herrn Furcht, da ist Reichtum, Ehre und Leben."

Den Rest des Abends hörte Margot hingerissen zu, während Sylvie erst aus der Bibel und dann aus dem Geschichtenbuch vorlas. Und von jenem Abend an wurde die untere Stube an den Abenden von Fabarez' Abwesenheit Margots Klassenzimmer.

Margot ahnte nur wenig davon, wie schwer es ihr fallen würde, Sylvies Geheimnis zu wahren. Tagsüber beim Schrubben ging sie im Kopf wieder und wieder ihre Lektionen durch. Nur so brachte sie es fertig, nicht mit irgendeiner Frage laut herauszuplatzen. Mehr als einmal mußte sie sich auf die Zunge beißen, um nicht irgend etwas zu sagen, wodurch sie vor den Ohren von Monsieur Fabarez das Geheimnis preisgegeben hätte.

Die Abende, an denen Monsieur Fabarez zu Hause war, wurden qualvoller denn je. Während er schnarchend in seinem Lehnstuhl in der Ecke saß, mußte sie jedes Quentchen ihrer Selbstbeherrschung zusammennehmen, um still dazusitzen und zu sticken, während sie die drei magischen Bücher nur ein paar Schritte neben sich in der Truhe wußte. Noch schwerer hatte sie es an den Abenden, wenn er in die Kneipe ging. Sylvie weigerte sich, die Bücher hervorzuholen – schließlich könnte er mal eher zurückkommen als erwartet und sie beim Lesen ertappen.

Doch die Qualen der Abende, an denen Monsieur Fabarez zu Hause war, wurden durch die Abende, die Mutter und Tochter allein verbrachten, mehr als ausgeglichen. Sylvie war sehr stolz auf ihre Schülerin, und diese liebte ihre Sylvie mehr denn je. Als sie neunzehn Jahre alt wurde, war Margot ihrer Lehrerin im Lesen und Schreiben des Holländischen, Französischen und Lateinischen ebenbürtig.

* * *

Sylvie versuchte die Decken zurückzuschlagen, unter denen sie lag. Das hätte ihr normalerweise keinerlei Mühe bereitet, in ihrem geschwächten Zustand aber überstieg es ihre Kräfte.

„Was machst du denn?" rief Margot aus.

„Meine Töpfe", sagte Sylvie, „ich muß meine Töpfe schrubben."

Margot hinderte sie, aus dem Bett zu kommen.

Die Kranke begann unkontrollierbar zu zittern, so heftig, daß die ganze Bettstelle vibrierte.

Margot schubste sie zurück unter die Decken. „Da siehst du, was du anrichtest“, schalt sie, aber ihr Ton war voller Zuneigung.

„Aber meine Töpfe – meine Küche!“

„Sie sind sauber“, sagte Margot. „Ich hab die Töpfe geschrubbt und die Küche geputzt. Alles ist so, wie du's haben willst.“

„Ist Monsieur Fabarez zu Hause?“ fragte Sylvie aufs neue.

„Noch nicht.“ Margot steckte die Wolldecke unter den Schultern ihrer Mutter fest. Sie tat, was sie konnte, um den Zustand der Kranken stabil zu halten.

Alsbald hörte der Schüttelfrost auf. Sylvie schloß die Augen und fing an zu stöhnen. Ihr Kopf zuckte auf dem durchnäßten Kissen hin und her. „Marc – Marc – bitte, Marc, nimm mich mit dir –“

Margot kam es vor, als hätte sie einen Schlag in die Magengrube bekommen, als sie Sylvie den Vornamen ihres Gemahls ausrufen hörte. Sie versuchte den Schmerz abzuschütteln. Er war schließlich ihr Mann! Warum sollte sie ihn nicht beim Namen rufen? Aber nein, sie war es, die Sylvie liebte, nicht Marc Fabarez! Jedesmal, wenn sein Name erklang, war es ihr wie ein körperlicher Schmerz.

Endlich beruhigte sich Sylvie, und Margot stieg von ihrem Schemel und ließ sich auf einen Stuhl fallen. Seit dem frühen Morgen war sie nicht von Sylvies Seite gewichen, jetzt war sie erschöpft. Die vier Talglichter erleuchteten das Zimmer nur spärlich; schon in ein bis zwei Meter Abstand von ihnen herrschte tiefe Dunkelheit. Im Nachbarzimmer hörte sie die Uhr ticken. Sie schloß die Augen und betete für ihre Mutter.

Sie schrak aus ihrem Gebet hoch, als die Haustür ins Schloß geworfen wurde und schwere Stiefel die Treppe heraufzupoltern begannen. Monsieur Fabarez war heimgekehrt.

Es war, als gellte Sylvies Stimme Margot in den Ohren: *Monsieur Fabarez! Wie oft habe ich Euch gesagt, Ihr möchtet Eure Stiefel ablegen, bevor Ihr in mein sauberes Haus eintretet? Raus mit Euch und die Stiefel ausgezogen! Jetzt gleich, auf der Stelle!* Doch heute abend würde ihn kein Zornausbruch seiner Ehefrau empfangen. Traurig blickte Margot auf die Frau im Bett.

Die Tür zum Schlafzimmer wurde aufgestoßen und knallte laut gegen die Wand. Eines der Talglichter in dem vierarmigen Kerzenständer erlosch.

„Was geht hier vor?“ dröhnte Fabarez. „Wo is' mein Abendessen? Wo steckt ihr alle?“

Augenblicklich durchfluteten starke Gerüche nach Hering, Salzlake und Bier den Raum. Von der Filzkappe über die kurze Seemannsweste bis zu den weiten Hosenbeinen trug Fabarez keinen Faden am Leib, der nicht verdreckt oder zerrissen gewesen wäre. Gesicht und Unterarme starrten vor Dreck und Schweiß. Er hatte sich wieder einmal geschlagen.

Margot legte einen Finger auf ihre Lippen – er sollte still sein. „Mutter ist krank", sagte sie leise. „Seitdem Sie vor vier Tagen aus dem Haus gegangen sind, geht es ihr nicht gut."

„Was'n das für 'ne Krankheit?" fragte Fabarez rasch. Er blieb fein auf Abstand zur Bettstelle und strengte seine Augen an, als ob er sehen wollte, ob da unter den Decken wirklich seine Frau lag.

„Fieber und Schüttelfrost", sagte Margot leise.

„Hast du 'n Arzt gerufen?"

Margot zögerte. Sie konnte antworten, was sie wollte, es würde sowieso verkehrt sein.

„Bist du taub, Mädel?" röhrte er.

„Der Arzt hat sie gestern untersucht."

Fabarez stapfte im Kreis herum und fluchte. „So eine mordsmäßig dämliche Trine!" geiferte er. „Und woher, bitteschön, nehme ich zwei *Stuivers*, um ihn zu bezahlen? Kannst du mir das wohl sagen?"

Der macht sich mehr Sorgen um zwei Stuivers *als um Sylvie!* dachte Margot. Es kostete sie Mühe, seine lärmende Kleinlichkeit zu ignorieren. In beschwichtigendem Tonfall sagte sie: „Der Arzt hat gesagt, im Moment können wir nicht mehr für sie tun, als sie mit Aniswasser zu kühlen. Das hab ich gemacht. Der Doktor hat gesagt, wenn's schlimmer wird, kommt er nochmal und schröpft sie."

„Und was soll mich das wieder kosten?" Fabarez warf die Hände in die Luft. „Und alles wieder nur wegen dir! Du bist schuld!"

„Ich bin schuld?"

„Und ob du schuld bist! Seit dem Tag, an dem Sylvie dich fand, liegt ein Fluch auf uns! Wenn's nach mir gegangen wäre, hätten wir dich da im Wald liegen gelassen, und du wärst verreckt, wie Gott es wollte!"

Diese Offenbarung des Monsieur Fabarez machte Margot nun doch sprachlos. Wenn Sylvie ihr von den Geschehnissen damals erzählt hatte, hatte sie stets den Eindruck erweckt, es habe Monsieur Fabarez ebensosehr am Herzen gelegen, sie aus ihrem Versteck zu retten, wie ihr selbst. Margot versuchte abzuschütteln, was diese verbale Tracht Prügel mit ihr machte, aber es wollte ihr nicht recht gelingen – zu denken, daß sie all diese Jahre unter dem Dach eines Mannes gelebt hatte, der sie lieber tot sehen würde –

Sie trat dichter an Sylvies Bettstelle. Fabarez tat dasselbe. Beide stiegen sie auf die Fußschemel und sahen sich über das Bett hinweg an. Der abgestandene Fisch- und Biergestank breitete sich über der Kranken aus wie ein feindseliger Nebel.

„Was'n das?" Fabarez' Gesicht verzerrte sich zu einem perversen Grinsen. Er deutete auf die Nußschale, die Sylvie am Faden um den Hals trug. Bevor Margot handeln konnte, hatte er schon danach gegrapscht. Er drehte die Nuß in seinen Händen und sagte: „Spinnenköpfe? Ich dachte, du bist nicht abergläubisch, *Marguerite.*" Er sprach ihren Namen aus wie ein Schimpfwort.

Margot schlug das Herz bis zum Hals. Sylvie hatte gesagt, Monsieur Fabarez dürfe auf keinen Fall hineinschauen. So ruhig sie konnte, griff Margot nach dem aniswassergetränkten Lappen und machte sich daran, ihrer Mutter die Schweißperlen von den Schläfen zu tupfen.

Fabarez riß ihr das Tuch aus der Hand. „Das mache ich!" bellte er. „Geh du hin und mach mein Essen fertig!"

Flach atmend lag Sylvie zwischen ihnen. Ein barmherziges Geschick ersparte ihr wahrzunehmen, was über ihrem Bett geschah.

Margot machte keinen Schritt. Sie wollte nicht vom Lager ihrer Mutter weichen.

„Mach mir Essen!" brüllte Fabarez noch einmal. Drohend traten seine gelben Augen aus den Höhlen hervor.

Da stieg Margot vom Schemel und ging die Treppe hinab.

In der Küche warf sie ein Stück altbackenen Brots in einen Napf und goß Milch darüber. Auf einem Extrateller schnitt sie ein wenig Kümmelkäse zurecht und gab ein paar Gurkenscheiben dazu. Dann trug sie Napf und Teller zum Eßtisch und knallte beides nicht allzu liebenswürdig auf die Tischplatte. Die Milch schwappte ein bißchen über, und ein Gurkenscheibchen fiel vom Teller und rollte über den halben Tisch. Margot hob es auf und wischte die verschüttete Milch vom Tisch. Sie gönnte Monsieur Fabarez nicht die Genugtuung zu wissen, daß er sie zornig gemacht hatte.

Nachdem sie ihm noch einen Humpen Bier eingeschenkt hatte, stieg sie die Stufen zum Schlafzimmer wieder hinauf. Sie hoffte, daß das Essen Monsieur Fabarez schläfrig machen würde, so daß er sie für den Rest der Nacht mit der Mutter allein ließe.

Als sie das Schlafzimmer betrat, fand sie ihn auf dem Fußschemel neben der Bettstelle sitzend vor. Der Aniswasserlappen lag neben ihm auf dem Boden. Bei ihrem Eintreten sah er nicht auf, obwohl er genau wußte, daß sie hereingekommen war.

„Du hast sie umgebracht!" sagte er mit leiser, drohender Stimme.

Blitzartig wandte Margot den Kopf zum Bett. Sie sah keine Bewegung unter der karierten Decke. Sie schlang sich die Arme um die Brust. Ihr Herz fühlte sich an, als habe sie ein Blitz getroffen. Sie rannte zur türabgewandten Seite des Bettes und beugte sich über die Mutter. Zaghaft streckte sie die Hand nach Sylvies Gesicht aus.

Die Wangen der Frau, die sonst stets das Aussehen zweier roter Bälle gehabt hatten, waren ohne jede Farbe. Sie schwitzte nicht mehr.

Margot legte die Hand auf die Wange ihrer Mutter. Sie fühlte sich klamm und kühl an. „Mutter!?" Sie rüttelte an Sylvies Schulter – keine Antwort. Es gab kein Lebenszeichen mehr – kein Atmen, kein Stöhnen. Nichts als Stille.

Da erschien gleich einem Geist, der aus dem Grab aufsteht, Fabarez an der anderen Seite der karierten Decke, düster und furchteinflößend. „Du hast sie umgebracht!" schrie er. „Wir haben dich aufgenommen, und so zahlst du uns heim! Du hast meine Frau auf dem Gewissen!" Sein Gesicht bebte vor Zorn, der Schweiß tropfte von seinen struppigen Haaren.

Margot stand völlig taub da. Wie eine schwere Decke senkte sich Kummer auf sie herab. Ihre teure Sylvie – tot? Nein! Das konnte nicht sein! Sie wollte es nicht glauben. Das würde Gott ganz gewiß nicht zulassen! Hatte sie nicht so sehr im Gebet für Sylvies Heilung gerungen? Hatte sie nicht –

Die Nußschale! Sylvies Mahnung hallte in ihrem Hirn wider. Auf keinen Fall darf Monsieur Fabarez sehen, was da drin ist! Augenblicklich schob Margot ihren Kummer beiseite und begann die Schale zu suchen. Die Decke war immer noch bis zu Sylvies Schultern hochgezogen. Sie mußte darunter liegen. Margot tat, als wollte sie den Kopf der toten Mutter bedecken, und hob das Bettzeug an.

„Suchst du das hier?" Da war die Nuß – in Fabarez' Hand! Sie war offen. Mit der anderen Hand ließ er ein Stück Papier baumeln. Es war der Zettel, den Margot zusammengefaltet und in die Nußschale gelegt hatte.

Fabarez hielt sich den Zettel vor die Augen und musterte mit zusammengekniffenen Augen die Buchstaben. Er kämpfte sich von Wort zu Wort und las stotternd: „Fürchte dich nicht, ich bin mit dir; wei – wei –"

„Weiche nicht", sagte Margot.

„Weiche nicht, denn ich bin dein Gott; ich stärke dich, ich helfe dir auch, ich erhalte dich durch die rechte Hand meiner –"

„Gerechtigkeit", half Margot nach.

„Wer ist hier gewesen?" Fabarez schwenkte das Papier hin und her, als sei es ein Beweisstück vor Gericht. „Wer hat das geschrieben? Wer war in meinem Haus?"

Es wäre Margot ein Leichtes gewesen zu lügen, ihn glauben zu machen, der Arzt habe den Vers notiert. Aber etwas in ihr ließ sie anders handeln.

„Und die Wörter hier", Fabarez musterte erneut den Zettel, indem er ihn sich dicht vor die Augen hielt, „die kann ich noch nicht mal lesen! Was is'n das – 'n Zauberspruch?"

Liebevoll legte Margot ihre Hand auf Sylvies Schulter. Voll stiller Bewunderung und Zuneigung sah sie ihre Lehrerin an. „Das sind lateinische Wörter", sagte sie, ohne aufzuschauen. „Sie sagen: Gott gebe dir Kraft, meine Geliebte!"

Fabarez legte den Kopf schief und musterte sie aus vorquellenden gelben Augen. Jetzt herrschte sein Zorn über ihn wie ein Dämon. „Geliebte?" schäumte er, „Geliebte? Wer hat das geschrieben? Ich befehle dir, mir das zu sagen – auf der Stelle!"

Stolz hob Margot den Kopf und sagte: „Ich. Ich habe es geschrieben."

2

Mit flackerndem Blick starrten die gelben Augen Margot von der anderen Bettseite aus an. Langsam schüttelte Monsieur Fabarez seinen verschwitzten Kopf. Es war offensichtlich, daß er sich weigerte zu glauben, daß Margot die Bibelstelle und die lateinischen Sätze, die er in der Nußschale gefunden hatte, zu Papier gebracht hatte.

Sie begriff sein Dilemma: Zwar haßte er sie, aber er wußte genau, daß sie keine Lügnerin war und auch nicht zu Halbwahrheiten neigte.

Seine Augen drohten vor lauter Schreck aus den Höhlen zu treten, als er plötzlich auf eine Lösung kam, die seiner abergläubischen Natur entsprach: „Hexerei!“ krächzte er.

Margot sah, wie seine Verblüffung in Furcht überging, und wußte mit einem Mal, wie es aussah, wenn ein Mensch von dämonischem Schrecken gepackt wurde.

Fabarez machte einen stolpernden Schritt rückwärts, fiel von seinem Schemel und landete krachend auf dem Fußboden.

Margot mußte sich auf die Zehenspitzen stellen, um ihn noch über das Bett hinweg sehen zu können. Nußschale und Papier lagen neben ihm.

Fabarez mühte sich ab, wieder auf die Füße zu kommen, indem er sich an dem Tisch abstützte, der den vierarmigen Kerzenständer trug. Als er es bis auf die Knie geschafft hatte, wurde er gewahr, daß nur noch drei der Kerzen brannten. Man konnte regelrecht hören, wie er den Atem anhielt.

„Drei Kerzen! Ein Omen des Todes!“ murmelte er. Dann starrte er Margot mit wüstem Blick an, zeigte anklagend mit dem Finger auf sie und schrie: „Hexe! Hexe! Hexe!“

„Macht Euch nicht lächerlich!“ entgegnete Margot. „Ich bin keine –“

„Hexe! Hexe!“ Fabarez hörte ihr gar nicht zu. Er starrte abwechselnd Margot und die drei Kerzen an. „Hexerei!“ sagte er mit heiserer Stimme. „Das erklärt es! Das erklärt ’ne Menge Dinge, die sich hier die ganze Zeit abgespielt haben, seit –“

„Unsinn!“ schrie Margot. „Weder Sylvies Tod noch daß ich lesen kann hat irgendwas mit Hexerei zu tun. Ich habe jahrelang Lesen gelernt.“

Indem er sich Zentimeter für Zentimeter an der Wand hochschob, peinlichst darauf bedacht, Margot ja nicht den Rücken zuzuwenden, kam Fabarez langsam auf die Füße. „Hab ich doch tatsächlich 'ne Hexe unter meinem Dach aufgezogen", brummelte er mit einem Seitenblick auf die Nußschale und den Zettel auf dem Boden. „'n Zauberspruch is' das, nix anderes! 'n Zauberspruch. Du has' meine Sylvie mit 'nem Zauberspruch umgebracht!"

„Das ist absurd!" schrie Margot. „Es ist doch ein Bibelvers!"

„Der Teufel war in der Wüste bei Jesus und hat auch Bibelverse aufgesagt – zu nix als Bösem!" Fabarez zitterte. In Bächen lief ihm der Schweiß zu beiden Seiten des Gesichts herab und tropfte von seinem Kinn. Er redete mehr und mehr zusammenhangloses Zeug.

„Das ist ganz üblich, daß man Bibelverse in eine ausgehöhlte Nuß tut und jemandem, der krank ist, um den Hals hängt", sagte Margot. „Und die Worte der Schrift sind kein Fluch! Es ist ein Gebet in lateinischen Worten, sonst nichts!" Doch ihre Worte schienen Fabarez gar nicht zu erreichen. „Es ist nichts Böses!" schrie sie noch einmal.

Fabarez verdrehte seine Augen gen Himmel und begann panisch zu beten: „O Gott, Vater im Himmel, beschütze mich vor der bösen Frau hier in diesem Zimmer!"

Auch Margot verdrehte die Augen, aber bei ihr geschah es aus Ratlosigkeit. „Könnt Ihr mir nicht vielleicht mal zuhören?"

„Binde sie in der Kraft deines Heiligen Geistes-"

„Werdet Ihr wohl aufhören, so zu beten!? Nur weil ich lesen kann, bin ich noch keine Hexe!"

„. . .und überantworte ihre Seele der Hölle, dem Ort, der ihr zukommt für alle Ewigkeit!"

„Ich kann schon seit elf Jahren lesen!"

„Und beschütze mich vor ihren bösen Kräften!"

„Sylvie hat's mir beigebracht!" kreischte Margot. „Sylvie hat mich Lesen gelehrt!"

Marc Fabarez hielt inmitten seines Gebets inne. Seine Hand schoß auf sie zu wie eine Klaue. „Geh weg von meiner Frau, du Weibsteufel!" schrie er. „Fort von ihr! Fort von ihr mit deiner schwarzen Magie!" Quer über seine tote Frau hinweg versuchte er sich auf Margot zu stürzen.

Instinktiv wich Margot zurück, verlor jedoch das Gleichgewicht und fiel rückwärts von ihrem Schemel.

Bevor sie sich wieder aufrappeln konnte, hatte Fabarez bereits das Bett umrundet und stand nun unmittelbar über ihr. Seine beiden vorgereckten Hände glichen krummen Klauen, bereit, reflexartig ihre Beute zu packen. Mit einer Stimme, die einem das Blut in den Adern gefrieren ließ, fiel er in einen monotonen Singsang: „He-he-xe, He-he-xe, He-he-xe –“

Margot wich vor den Klauen in die dunkle Zimmerecke zurück. „Ich bin keine Hexe!“ schrie sie. „O Gott, hilf mir doch! Ich bin keine Hexe!“

Fabarez hörte nicht auf sie. „He-he-xe! He-he-xe! He-he-xe –“ Wie ein Boxer tänzelte er vor ihr herum und ließ immer wieder seine Klauen vorschnellen, um sie zu packen.

Margot drückte sich in die Ecke, so fest sie nur konnte. Sie kauerte sich zusammen wie ein in die Enge getriebenes Tier. Die Knie hatte sie hoch an den Körper gezogen und die Arme darum geschlungen.

Fabarez' klauenartige Hände schnellten wieder und wieder vor, und jedesmal kamen sie ein wenig dichter an sie heran.

„He-he-xe! He-he-xe! He-he-xe!“

Margot steckte den Kopf zwischen ihre Knie. „Im Namen Gottes, laß mich in Ruhe!“ schrie sie. „Verschwinde von mir!“

Der Singsang hörte auf.

„Wir wern ja sehn, ob du die Wahrheit sagst“, ließ sich Fabarez' Stimme, mittlerweile heiser vom Schreien und Lamentieren, vernehmen. „Die Wasserprobe wird deine Schuld erweisen!“

Das nächste, woran Margot sich erinnern konnte, war, daß er die Schlafzimmertür ins Schloß geworfen und verriegelt hatte. Eilig trampelte er die Treppe hinab. Dann hörte sie nur noch gedämpft, wie die Haustür zugeworfen wurde.

Alles war wieder still. Margot kauerte in ihrer Ecke und vermochte ihr Zittern nicht zu kontrollieren. Immer noch drückte sie den Kopf gegen ihre Knie und weinte.

Ohne Zweifel war Fabarez im Begriff, den Bürgermeister und den städtischen Herold herbeizurufen. Zu deren Obliegenheiten gehörte es, Beschuldigungen wegen Hexerei zu überprüfen. Er hatte von der Wasserprobe gesprochen. Vor Margots geistigem Auge passierten die üblichen Verfahren Revue, mit denen man Hexerei-Vorwürfe nachzuprüfen pflegte.

Eine verbreitete Methode, eine Hexe zu entlarven, bestand darin, daß man der Verdächtigen Hände und Füße zusammenband – die Finger einer Hand an die Zehen des entsprechenden Fußes, so daß sie verschnürt war wie ein Paket – und sie dann in tiefes Wasser warf. Ertrank sie, so war ihre Unschuld erwiesen, blieb sie aber an der Wasseroberfläche, so galt das als Nachweis für Hexerei, und die Betreffende wurde auf dem Scheiterhaufen verbrannt.

Ein anderes Verfahren war, die Arme der Verdächtigen bis zu den Ellbogen in siedendes Wasser zu tauchen. Verbrühte das Wasser ihr die Arme, so stand ihre Unschuld fest.

Bei einer weiteren Methode kam man ohne Wasser aus: Man stellte die verdächtige Person auf eine Waage. Diesem Verfahren lag die Überzeugung zugrunde, daß Hexer und Hexen weniger wogen, als man ihrer Körpergröße und Statur zufolge annehmen mußte. Wurde das Gewicht einer verdächtigen Person als normal festgestellt, so ließ man sie nach Zahlung einer Geldstrafe frei. Andernfalls galt ihre Hexerei als erwiesen, und sie wurde lebendig auf den Scheiterhaufen geworfen.

Margot wischte sich die Tränen ab und schüttelte ungläubig den Kopf. Sie fühlte sich, als sei ihr Kopf mit Watte ausgestopft; ihre Gedanken tappten blind herum und suchten nach irgendeinem Strohhalm von Wirklichkeit. Gewiß würde sich der Bürgermeister als vernünftiger Mann erweisen. Sie würde ihn davon überzeugen können, daß dies alles ein Irrtum war – ganz bestimmt. Schließlich – was lag denn schon gegen sie vor? Der Inhalt einer Nußschale. Die geifernden Beschuldigungen eines Fischers. Die Würdenträger würden die Worte auf dem Zettel als lateinischen Text identifizieren und sehen, daß es kein Fluch war.

Doch wie sollte sie erklären, daß sie des Lesens mächtig war?

Zwar war an ihrer Erklärung wahrhaftig nichts Schlimmes – aber wer sollte sie glauben? Die Plötzlichkeit, mit der alles offenkundig geworden war, ließ es schon wie Zauberei erscheinen. Gestern noch hatte sie nicht lesen können – heute konnte sie es. Kein Mensch konnte bezeugen, daß sie jahrelang gelernt und geübt hatte. Es wußte ja nicht einmal irgend jemand, daß Sylvie lesen konnte! Es war doch ein so sorgfältig gehütetes Geheimnis gewesen! Wer also sollte glauben, daß eine einfache Frau einer anderen beigebracht hatte, lateinisch zu lesen und zu schreiben?

Margot hob den Kopf und musterte ihre geliebte Sylvie, wie sie dort still auf dem Bett lag. Sie stand aus der Ecke auf und bestieg noch einmal den Fußschemel.

„Liebe, liebe Sylvie“, flüsterte sie, während sie der Frau zärtlich ein paar dünne Haarsträhnen aus der kühlen Stirn strich, „meine Lehrerin, meine Freundin, meine Mutter –“

Margots Augen füllten sich mit Tränen, während sie ihre Sylvie ein letztes Mal ansah. Sie war erst eine kurze Weile tot, doch ihr Körper sah schon irgendwie unnatürlich aus. Das Leben, das die leibliche

Hülle beseelt hatte, war fort. Die Wangen der Frau waren nun ohne jede Farbe, schlaff und grau hingen sie herab. Der Mund war eine humorlose, schmale Linie. Der Körper war übrig, aber Sylvie war fort.

„Wo bist du wohl jetzt, meine Liebe?“ schluchzte Margot. „Ob du wohl gerade jetzt all die Dinge erlebst, von denen wir lasen? ‚Denn so wir glauben, daß Jesus gestorben und auferstanden ist, also wird Gott auch, die da entschlafen sind, durch Jesum mit ihm führen.‘ Hat Jesus dich willkommen geheißen, als du eintrafst? Hat er sich gefreut, dich zu sehen? Bist du dort glücklich, Sylvie? Ich vermiß dich jetzt schon so sehr, daß es mir richtig wehtut. Kannst du was für mich tun? Kannst du meine Mutter und meinen Vater besuchen? Du wirst sie finden, indem du die Ohren spitzt. Meine Mutter summt immer – ungefähr so –“

Margot schloß die Augen und summte die Melodie, die ihre Mutter an dem Tag gesummt hatte, an dem sie umgebracht wurde.

„Kannst du ihnen sagen, daß ich immer noch an sie denke?“ flüsterte sie. Sie ließ den Kopf auf Sylvies reglose Brust sinken. Wie Regentropfen fielen ihre Tränen auf die Wolldecke hinab.

„Hab vielen Dank, meine Liebste! Danke, daß du mich aufgenommen hast, mich gelehrt – mich geliebt. Ich vergesse dich niemals. Niemals!“

Von ferne waren tumultartige Laute zu hören, die auf der Straße herankamen. Dank der Wasserfläche der Gracht konnten sich die Geräusche ungehindert ausbreiten. Margot hob den Kopf, um besser hören zu können. Ihr war, als könne sie inmitten des Lärms die rauhe Stimme Fabarez’ ausmachen.

Was sollte sie tun? Was konnte sie vorbringen, um den Bürgermeister zu überzeugen, daß sie keine Hexe war? Während ihre Gedanken auf der Suche nach einem glaubhaften Argument von einer Entschuldigung zur nächsten stolperten, wanderten ihre Blicke ziellos im Zimmer herum.

Da hatte sie eine Idee, und die Augen kamen zur Ruhe. Warum sollte sie sich überhaupt verteidigen? Für was kämpfte sie denn? Für das Recht, in einem Haus zu leben, wo sie nicht erwünscht war? Hier gab es nichts mehr für sie, nichts, das sie hielt. Jetzt, wo Sylvie fort war, gab es keinen Grund mehr, hierzubleiben.

Der Straßenlärm war jetzt unmittelbar vor dem Haus zum Stillstand gekommen. In den nächsten Sekunden würde die Haustür sich öffnen, und sie würde eine Kavalkade von Stiefeln die Treppe heraufstapfen hören.

Mit einem letzten liebevollen Blick flüsterte sie Sylvie zu: „Du wirst immer in meinem Herzen wohnen. Auf Wiedersehen, meine liebe Sylvie. Auf Wiedersehen."

Dann riß sie sich von der Bettstelle los, rannte zur Schlafzimmertruhe, riß den Deckel hoch, griff sich an Bettzeug, was ihr unter die Hand kam, und faltete die Laken wie Flaggentücher auseinander. Sie knüpfte die Laken an den Ecken zusammen, so daß sich eine Kletterhilfe ergab, die sie an einem Fuß der schweren hölzernen Bettstelle befestigte. Mit dem anderen Ende ihres „Seils" in der Hand rannte sie zum Fenster.

Hastig entriegelte sie das Fenster und spähte in die Seitengasse hinaus. Wo sie in die Kanalstraße mündete, rottete sich eine Anzahl Männer zusammen. Alle trugen Fackeln in den Händen. Im Erdgeschoß öffnete sich krachend die Haustür.

„Hier rauf!" bellte Fabarez' Stimme.

Margot suchte noch einmal die Gasse ab. Soeben verschwand der letzte der Männer um die Hausecke. Sie stieß die Fensterflügel auf und warf ihre zusammengeknüpften Bettücher hinaus.

Jetzt kamen die Schritte die Treppe herauf.

Margot fielen die Nußschale und der Zettel ein.

Die schweren Schritte polterten auf den Stufen, während Margot noch einmal um das Bett herum rannte und sich den Papierschnipsel vom Boden schnappte.

Die Schritte hielten vor der Tür inne.

„Also los, Mann, weiter!" schrie eine fremdartig hoch klingende Stimme. „Schließ schon auf!"

„Aber wenn nu' diese Hexe das Zimmer verflucht hat?" antwortete Fabarez unsicher. „Oder sich selbs' in 'n schreckliches Monster verwandelt? Kann nich vielleich' jemand anders als erster –?"

Margot rannte wieder ans offene Fenster.

„Quatsch, Mann! Schließ die Tür auf!"

„Ihr wißt ja nich', was die Hexe für 'ne Macht hat – aber ich!" Fabarez versuchte seinen schwindenen Mut zu verhehlen.

Margot steckte den Kopf aus dem Fenster. Draußen war die Luft rein. Sie schürzte ihren Rock und schwang ein Bein über die Brüstung.

„Dann gib mir endlich den Schlüssel!" forderte die Fistelstimme.

Man hörte ein Schlüsselbund klappern. Es folgte ein klirrendes Geräusch, als ob die Schlüssel runtergefallen wären.

„Blödmann!" rief die Fistelstimme. „Halt, paß doch auf! Du hättest mich fast die Treppe runtergeschubst! Geh da weg, Mann! Ich hol' die Schlüssel."

Margot schwang ihr anderes Bein über die Fensterbrüstung. Sie packte ihre Bettücher und kletterte nach unten. Als sie ans Ende kam, merkte sie, daß ihr „Seil" zu kurz war. Bis zum Boden war es noch über einen Meter.

Von oben hörte sie, wie die Schlafzimmertür aufgestoßen wurde.

Margot ließ den Bettlakenzipfel los und stürzte ab. Der Aufprall auf die Gasse war hart, ihr Rücken schmerzte. Unverwandt starrte sie zum Schlafzimmerfenster hinauf.

Da ertönte in der Stube eine Stimme: „Guckt doch mal – da, am Fenster!"

Margot sprang auf und war mit einem Satz dicht an der Hausmauer, unter der Kante des überstehenden Strohdachs. Vom Schlafzimmerfenster aus nicht zu sehen, rannte sie im Schatten der Gasse vom Kanal weg. In der engen Mauerschlucht warfen ihre Schritte ein lautes Echo. Nach einer Weile blieb sie stehen und drückte sich tief in eine schattige Nische. Zitterndes Fleisch preßte sich gegen kühle, rauhe Klinker.

Sie sah zurück und konnte in Sylvies Schlafzimmerfenster drei Köpfe erkennen, jeder weit vorgereckt, um an den anderen vorbei in die Gasse schauen zu können, die sie in beiden Richtungen absuchten. Einer der Köpfe war der von Fabarez.

„Sieht danach aus, daß sie sich mit dem Bettzeug hier runtergelassen hat", sagte die Fistelstimme, als läge das nicht auf der Hand. Die Stimme gehörte einem rundgesichtigen, bärtigen Mann mit schwarzem Umhang und ebensolchem Hut.

„Täuscht Euch nicht, ehrenwerter und gestrenger *Seigneur*!" rief Fabarez. „Vielleicht will sie auch bloß, daß wir *denken*, sie wär' hier in die Gasse runtergeklettert."

„Was soll das heißen?"

„Sie is' 'ne *Hexe*!" schrie Fabarez. „Sie kann sich doch auch inne Fledermaus verwandelt ham oder in 'n Raben und is' weggeflogen!"

Der Besitzer der Fistelstimme schnaubte vernehmlich und zog seinen Kopf wieder ein. Die beiden anderen taten es ihm gleich.

Auf Zehenspitzen schlich Margot die Gasse zurück, bog in die Kanalstraße ein und gab sich alle Mühe, völlig unbeschwert zu erscheinen, während sie auf das Zentrum Amsterdams zuzuschlendern begann.

* * *

Margot war erst ein kurzes Stück gegangen, als das Dröhnen einer Pauke sie aufschreckte. Die Uhr war zehn, und die städtischen Nachtwächter wurden zum Dienstantritt gerufen. Ausgerüstet mit Laternen, Handrasseln und Piken würden sie auf den Straßen Wache gehen und aufmerksam nach Feuern Ausschau halten. Sollten sie auf irgendwelche Probleme stoßen, die sie nicht selbst zu lösen vermochten, so würde das Schnarren der ratschenartigen Rasseln die Einwohner wachmachen und zu Hilfe rufen. Margot würde sich in den dunklen Schatten halten müssen, um ihren wachsamen Augen zu entgehen.

Zwar tat sie nichts Verbotenes, indem sie sich nachts auf der Straße bewegte, aber klug war es auch nicht gerade. Eine junge Frau ohne Begleitung erweckte Aufsehen und beschwor schwierige Situationen geradezu herauf. Wenn ein Nachtwächter auf sie stoßen sollte, würde er darauf bestehen, sie zu Monsieur Fabarez' Haus zurückzubegleiten. Und das war der letzte Ort, an dem sie jetzt sein wollte.

Sich dicht am Rinnstein der bebauten Straßenseite haltend, eilte sie neben dem gepflasterten, gewölbten Fahrdamm zu ihrer Linken entlang. Nahe an den Hauswänden war die Dunkelheit am tiefsten. Außerdem grenzte die andere Straßenseite an einen Kanal, und es gab kein Geländer, an dem sie sich hätte festhalten können, falls sie im Dunkeln stolperte.

Sie kam an eine Straßenecke und blieb stehen. Noch vor einigen Augenblicken war es ihr richtig erschienen, aus dem Hause Fabarez zu flüchten. Doch jetzt stand sie an einem Kreuzweg und hatte keine Ahnung, welche Richtung sie einschlagen sollte. Wie ein Fieberanfall packte sie die Angst. Unschlüssig stand sie da und fing wieder an zu zittern.

Der gewölbte Fahrdamm, den sie entlanggegangen war, war einer von einer ganzen Reihe parallel verlaufender Straßen, die jeweils einen Kanal säumten. Diese sogenannten Grachten, von Böschungsmauern eingefaßte Wasserwege, zweigten fächerförmig vom Amsterdamer Hafen ab, an dem die Börse und das Rathaus der Stadt lagen. Die Querstraße, an die sie gekommen war, gehörte zu einem Netz von Wegen, die vom Hafen ausgingen wie die Speichen eines Rades.

Margot schaute beide Straßen hinauf und hinunter. In der Dunkelheit fiel es ihr noch schwerer, sich zu entscheiden, welchen Weg sie einschlagen sollte. Zwar hatte man in regelmäßigen Abständen Öllaternen aufgehängt, aber in einer düsteren Nacht wie der heutigen halfen die nur wenig. Jede Laterne erhellte nur einen Umkreis von wenigen Metern.

Über dem Kanal kroch Nebel zu ihr heran, der an den Böschungen emporstieg, als wollte er aus dem Kanalbett herausklettern, um sich in den Straßen auszubreiten. In der anderen Straße näherte sich aus Richtung Hafen die weinselige Stimme eines Betrunkenen. Zwei Seeleute traten Arm in Arm in den Kegel einer Ecklaterne. Es war schwer zu sagen, wer von den beiden den anderen stützte.

Noch sahen sie Margot nicht. Behende sprang sie außer Reichweite der Laterne und entschied sich, dem Nebel und nicht den Matrosen den Vorzug zu geben. Je weiter sie kam, um so dicker wurde der Nebel. Bald fand sie ihren Weg nur noch dadurch, daß sie sich von einer Türstufe zur nächsten tastete.

Die Absurdität ihrer Lage ließ sie bitter auflachen. Was war das größere Problem – den Weg nicht vor Augen sehen zu können oder gar nicht zu wissen, wohin? Sie kam an die nächste Straßenecke, und ihr kurzer Anfall von Galgenhumor verflüchtigte sich.

Daß sie an einer Ecke stand, merkte sie daran, daß die Häuserzeile neben ihr aufhörte. Sehen konnte sie nicht einmal einen halben Meter weit, so dick war die Nebelsuppe. Die Laterne, die die Straßenecke erhellen sollte, nahm sie nur als einen verschwommenen gelben Fleck wahr, in dem sich hoch über ihr die Konturen einer Hausfassade abzeichneten. Margot hatte Angst, auch nur einen Schritt weiterzugehen, und drückte sich gegen die Hauswand.

Da tauchte plötzlich ein zweiter gelber Lichtball auf, diesmal aber einer, der hin- und herpendelte. Gleichzeitig hörte sie jemanden pfeifen – die Nachtwache! Der Mann kam direkt auf sie zu.

Margot mußte ein Wimmern unterdrücken. Sie tastete sich Hand über Hand um die Hausecke herum und folgte vorsichtig der Seitenstraße, die zu einer Hafenpier hinabführte.

Nachdem sie gewahr geworden war, wie deutlich man im Nebel hörte, tat sie, was sie konnte, um ihr heftiges Atmen zu unterdrücken. Das leise Pfeifen des Nachtwächters hörte sich an, als stünde er direkt neben ihr, dabei war der Schein seiner Laterne noch nicht einmal um die Ecke gekommen.

Margot tastete sich weiter an den Hauswänden entlang. Immer wieder blickte sie rasch zurück.

Da zeichnete sich der Lichtkegel des Wächters im Dunst ab. Das Pfeifen hörte auf. Margot rührte sich nicht vom Fleck. Die Lampe wurde nicht mehr hin- und hergeschwungen. Jetzt konnte man in ihrem Schein schemenhaft die Gestalt ausmachen, die sie trug. Der Mann wirkte mehr wie eine Erscheinung denn wie ein Mensch.

Hatte er sie gehört?

Margot preßte sich die Hand an die Brust und versuchte mit aller Kraft den Atem anzuhalten. Sie fühlte ihren wilden Herzschlag.

Da setzte das Pfeifen wieder ein. Es war eine heitere Melodie. Auch das Licht schaukelte aufs neue. Er kam auf sie zu!

Sie ließ alle Vorsicht fahren, drehte sich um und sah zu, daß sie weiterkam. Rasch glitten ihre Finger an den Hauswänden entlang. Mit den Füßen tastete sie vorsichtig den Untergrund ab wie ein Blinder mit seinem Stecken.

Da hörte die Wand an ihrer Seite auf, ohne jede Vorwarnung. Ein Torweg? Margot machte einen behutsamen Schritt, dann noch einen, und streckte ihre Hand aus, um die gegenüberliegende Wand zu fassen zu kriegen. Doch sie berührte nichts als Nebel.

Das Pfeifen und der schwankende Lichtkegel schlossen allmählich zu ihr auf.

In ihr stieg Panik hoch, als hätte sie einen Stoß in die Magengrube bekommen. Was sollte sie tun – weitergehen? Würde sie dann nicht geradewegs in einer Gracht landen? Sie fuchtelte mit beiden Händen vor sich herum und machte noch einen Schritt, fand aber nichts als Luft und Dunkelheit.

Das Pfeifen wurde lauter. Margot kam es vor, als pfeife ihr der Mann direkt ins Ohr.

Vorsichtig machte sie einen weiteren Schritt und stieß mit dem Zeh an etwas. Eine Stufe? Sie beugte sich vor. Es mußte eine Art Treppe sein. Wo es eine Treppe gibt, muß es auch eine Mauer geben, dachte sie. Sie tastete mit der Hand nach dem Fuß der Treppe und betrat behutsam die unterste Stufe. Dann bewegte sie sich seitwärts die Stufen hinauf, um nach der Mauer zu suchen, die die Treppe säumte. Sie schob sich weiter und weiter, doch da kam nichts.

Wie breit ist denn diese Treppe bloß?

Eine weitere Stufe und noch eine – aber nichts von einer Wand. Da dämmerte es ihr. Was für Bauwerke hatten so breite Treppen? Klar: Kirchen! Jetzt wußte sie, wo sie war. An dieser Kirche war sie schon vorbeigekommen. Es war eine riesige katholische Kathedrale, die nach der Niederlage des spanischen Königs Philipp II. zu einem protestantischen Gotteshaus geworden war. Die Sandsteinstufen der Freitreppe waren durch die rauhe Salzluft schon rundgeschliffen.

Immer noch auf allen Vieren, tastete sich Margot die Freitreppe hinauf. Gerade als sie oben ankam, passierte der schwankende gelbe Ball die Kirche. Hastig wollte sie nach einem Versteck suchen, da stolperte sie.

Wieder hörte das Pfeifen auf, und der gelbe Lichtball stand still.

„Halloah?“ Eine tiefe, furchterregende Stimme. „Ist da wer? Hier ist der Nachtwächter! Antwortet, wenn Ihr dort seid!“

Margot lag in ihrer ganzen Länge auf der zweitobersten Treppenstufe und gab sich alle Mühe, mit dem Gestein zu verschmelzen.

Unten an der Treppe bewegte sich der Lichtkegel mal hierhin, mal dorthin. Offenbar war sich der Wächter nicht sicher, woher das Geräusch gekommen war. Eine ganze Weile geschah nichts. Die Kante der obersten Treppenstufe drückte gegen Margots Rippen. Es tat weh.

Mit schabenden Füßen vollführte die Phantomgestalt eine unbeholfene Pirouette. Dann setzte sich das Licht widerstrebend wieder in Bewegung und entfernte sich, diesmal ohne Pfeifen.

Bis sie den Lichtkegel nicht mehr sehen konnte, rührte Margot sich nicht vom Fleck. Dann rappelte sie sich auf und tastete sich zu dem massiven hölzernen Portal hinauf. Ihre Hand fand einen großen eisernen Ring. Sie hob ihn an und zog. Die Tür quietschte in den Angeln – viel zu laut –, aber sie ging nicht auf. Daraufhin tastete sich Margot an der Wand entlang, bis sie an eine dunkle Ecke kam. Dort brach sie zusammen.

Um nicht unkontrollierbar zu zittern, kauerte sie sich wie ein Bündel zusammen, breitete ihren Rock über die Knie und schmiegte sich an die Mauer. Doch die Kleider boten ihr keinen Schutz gegen die kalten Steine, und der Nebel streifte ihre Haut mit klammen Küssen.

Gekrümmt wie ein verängstigtes Kind zappelte und zitterte Margot vor sich hin. Sie konnte nicht aufhören, an ihren Kleidern herumzuzupfen, zog mal hier, zerrte mal dort. Sie hatte doch nichts Verkehrtes getan! Warum also fühlte sie sich wie eine Verbrecherin? Wie hatte es dazu kommen können? Noch heute morgen hatte sie in Wärme und Sicherheit gelebt! Sylvie war dagewesen, und alles war, wie es sein sollte.

Sie mochte sich alle Mühe geben, die Tränen zurückzuhalten – sie mußte doch weinen. Ihr ganzes Leben war mit dem von Sylvie verwoben gewesen. Wohin sollte sie jetzt gehen? Was sollte sie essen, wo leben?

Sie legte die Stirn auf die Knie und betete still: „O Herr, zeige mir deinen Weg! Laß mich so stark sein wie meine Sylvie.“ Doch auch nach dem Gebet spürte Margot keinen Zustrom an Mut. Sie fühlte nichts als Kälte, Elend und grenzenlose Einsamkeit.

Nach einer Weile überwältigte sie die Erschöpfung. Immer wieder glitt sie in einen Dämmerzustand hinein. Zwischendurch, wenn sie bei wachem Bewußtsein war, versuchte sie über die Möglichkeiten nachzudenken, die sie hatte. Eines war klar: Sie mußte fliehen. In Amsterdam konnte sie nicht bleiben. Hier würde Monsieur Fabarez sie finden. Und der Bürgermeister samt dem städtischen Herold würden ihm auf dem Fuße folgen. Doch wohin sollte sie gehen – zurück nach Frankreich?

Halb wach und halb im Traum sah sie sich selbst die Straße ziehen, die aus Amsterdam hinausführte, unter einem der zahllosen Torbögen in der Backsteinmauer hindurch, die Amsterdam zur Landseite hin abschirmte.

Am Fuß dieser Mauer lebten Hunderte von obdach- und mittellosen Männern, Frauen und Kindern in unbeschreiblichem Elend. Schon im Traum wurde ihr schlecht von dem fauligen Gestank, dem Dreck und den Fliegenschwärmen. Sie sah sich von Kindern mit leeren Augen umringt, die ihr die Hände entgegenstreckten und um ein Geldstück oder einen Bissen Brot bettelten. Sie langte in ihre Tasche, um ihnen etwas zu geben. Doch die Tasche war leer und ihre anderen Taschen auch. Sie hatte nichts zu geben. Aber es kamen immer mehr Kinder. Sie bettelten und drängelten. Sie versuchte ihnen zu erklären, daß sie nichts besaß, aber sie hörten nicht zu. Ein wahres Meer fuchtelnder Hände bedrängte sie.

Dann nahm sie mit Schrecken wahr, wie sich die offenen, ausgestreckten Hände in gierige Klauen verwandelten. Sie klammerten sich an ihren Armen fest. Sie packten sie am Rock, an den Ärmeln. Sie zerrten sie nach unten, unaufhaltsam. Sie versuchte sie abzuschütteln, aber es waren zu viele. Vielzuviele Hände, und alle zerrten an ihr. Ihre Knie gaben nach. Sie sank zu Boden. Ihre Kleider hingen in Fetzen. Um sie herum summten Schwärme von Fliegen. Und war es nicht recht so? Sie hatte doch nichts. Sie besaß kein Zuhause. Sie war doch eine von ihnen! Ohne Dach überm Kopf, ohne Essen, ohne Hoffnung.

Jäh schreckte Margot hoch. Nach wie vor saß sie in Finsternis und Nebel, mit nichts als nackten Steinen um sich. Aber der Traum tat seine Wirkung, und mehr noch als vorher bedrängte sie die Frage: Was sollte werden? Wenn sie nicht nach Frankreich konnte, was dann?

Da kam ihr ein faszinierender Gedanke: die See!

Eines von Sylvies Büchern hatte eine Sammlung von Erzählungen enthalten, von denen viele, deren Thema Gottes Vorsehung war, die See zum Schauplatz gehabt hatten. In einer Geschichte ging es um die Belagerung der Stadt Leiden im Jahre 1574.

Von Mai bis September belagerten die Spanier die Stadt und schnitten sie von jeglicher Versorgung und Hilfe ab. Die Leidener Bürgermiliz mochte noch so tapfer kämpfen – langsam fiel die Stadt Hunger und Seuchen anheim. Dann sandte Gott durch ein Wunder einen schweren Sturm, der über Land und Meer hinbrauste und die spanischen Schiffe zum Rückzug zwang. Die Befreiung Leidens wurde zum nationalen Epos der sorgenden Vorsehung Gottes. Die Überlebenden hielten mit ihren Erzählungen die Erinnerung an jenen Tag wach, an dem sich die See, der Wind und die Polder (niederländisch: eingedeichtes Land) erhoben, um auf Seiten der Gerechten zu kämpfen.

Margots liebste maritime Erzählung indes war „Der bemerkenswerte Bericht über die Reise der *Nieuw Hoorn*". Diese Geschichte hatte alle Zutaten großer Literatur: Unglück, Tugend und einen heldenhaften Ausgang.

Die Geschichte begann an Bord der *Nieuw Hoorn*, eines gigantischen Ostindienseglers, dessen Besatzung und Passagiere 206 Köpfe zählte. Angesichts der durchschnittlichen Mannschaftsstärke holländischer Schiffe – zwölf Mann – barg dieses große Schiff natürlich ein ungeheures Verlustrisiko. Der Geschichte zufolge fing das Schiff in der hinterindischen Sundastraße Feuer, was zu einer folgenschweren Explosion der Pulverfässer führte. Der Kapitän wurde hoch in die Luft geschleudert, bevor er in den Ozean stürzte, was er auf wundersame Weise überlebte.

72 Menschen hatten das Glück, die Explosion zu überleben, fanden sich aber in kleinen Booten hilflos treibend wieder. Diese Situation stellte ihren Glauben an Gott und ihre Bereitschaft, sich seinem Willen zu fügen, auf eine schwere Probe. Im Kampf gegen den Hungertod unterlagen sie der Versuchung des Kannibalismus. Nach langen Auseinandersetzungen kam die Mehrheit dahingehend überein, daß zuerst die Knaben unter ihnen gegessen werden sollten. Nachdem man mit ihnen fertig wäre, wollte man Lose werfen, die darüber entscheiden sollten, wer das nächste Opfer würde.

Der gottesfürchtige Kapitän war schockiert, daß die Leute die Hoffnung auf Gott fahren lassen wollten und sogar solche Dinge in Erwägung zogen. Er betete, daß Gott eine solch grauenvolle Verzweiflungstat nicht zulassen möchte. Schließlich hatte er insoweit Erfolg, als sie die Verwirklichung ihres Vorhabens für drei Tage aufschoben, so daß Gott so lange Gelegenheit hatte, sie auf andere Weise zu retten.

Nachdem zwei Tage vorüber waren, befielen den Kapitän selbst

Zweifel an der göttlichen Vorsehung. Doch dann, am dritten Tag, bekamen sie Land in Sicht.

Indes, die Schwierigkeiten waren noch nicht vorbei. Als sie die Küste erreichten, fielen blutrünstige Eingeborene mit Giftspeeren über sie her und töteten etliche Schiffbrüchige. Doch den Christen unter diesen – denjenigen, die sich dem Gedanken widersetzt hatten, die Knaben aufzuessen – gelang die Flucht. Am Ende wurden die Überlebenden durch ein vorbeifahrendes Schiff gerettet und kamen sicher nach Hause. Zu ihren Ehren wurde ein großes Bankett veranstaltet. Der gottesfürchtige Kapitän brachte einen Trinkspruch aus und lobte Gott dafür, daß er über die Gottesfürchtigen unter ihnen gewacht und für sie gesorgt hatte.

Ein Entkommen um fünf vor zwölf. Geprüft werden durch die See. Es waren Geschichten, die bestätigten, daß die Holländer Gottes Volk waren. Diese Geschichten hatten Abend für Abend, wenn Sylvie ihr vorlas, Margots Seele erregt. Und jetzt, in den mitternächtlichen Schatten der Kirchenmauern, fachte die Erinnerung an diese Geschichten aufs neue ihre Hoffnung an.

„Mit jenen Geschichten hat Gott mich für diesen Augenblick zubereitet", flüsterte sie. Sie mußte gegen die Müdigkeit ankämpfen, die ihre Lider schwer machte. „Durch meine geliebte Sylvie hat Gott mir vorhergesagt, daß meine Rettung durch die See geschehen werde."

Und während der Nachtwind kühl über ihre Wangen strich, kuschelte sich Margot an die Kirchenmauer und träumte davon, wie Gott ihr am nächsten Morgen zu Hilfe kommen würde.

* * *

Als Margot das nächste Mal die Augen aufschlug, wurde der Himmel schon hell. Nebel und Dunkelheit waren verschwunden. Sie wischte sich mit dem Ärmel übers Gesicht und machte einen Buckel. Die Umstände ihrer Übernachtung machten sich schmerzhaft in ihrem Kreuz bemerkbar. Alle Gelenke waren steif. Außerdem war sie bis ins Mark durchgefroren.

Für den Augenblick lag die Straße ruhig, doch Margot wußte, daß es nicht lange so bleiben würde. Schon bald würden in ganz Amsterdam die Straßen zum Leben erwachen und vom Handel und Wandel der Stadt Zeugnis ablegen.

Von ihrem erhöhten Standort aus sah sie zu, wie über den Dächern einer Reihe von Hafenspeichern die Sonne aufging. Die ersten Strahlen beschienen die Fenster eines dreistöckigen Gebäudes. Die Glasscheiben sahen aus, als seien sie aus Gold. Margot mußte lächeln, denn die goldenen Fenster erinnerten sie an ein Erlebnis ihrer Kindheit.

Es war zur selben Morgenstunde gewesen. Monsieur Fabarez war zu seiner ersten Fangfahrt seit der Rückkehr nach Holland aufgebrochen. Margot saß auf der Bank vor dem Haus, während Sylvie für irgendeine Verrichtung ins Haus gegangen war. Heute wie damals war die Sonne aufgegangen und hatte die Fenster der Häuser jenseits des Kanals angestrahlt, so daß sie wie goldene Scheiben aussahen.

Als Sylvie wieder aus dem Haus trat, fand sie die kleine Margot starr vor Staunen über die goldenen Fenster. Sie gelobte, eines Tages auch in einem Haus mit goldenen Fenstern zu wohnen. Sylvie gab sich alle Mühe zu erklären, daß die Fenster drüben sich überhaupt nicht von ihren eigenen unterschieden – doch vergeblich: Margot bestand darauf, jene Fenster seien wirklich und wahrhaftig aus Gold gemacht.

Als Margot älter geworden war, lachten sie und Sylvie noch oft über die goldenen Fenster. Doch als sich Margot an diesem Morgen die schmerzenden Muskeln rieb, um auf die Füße zu kommen, kamen ihr die goldenen Fenster nicht kindisch vor. Sie erschienen ihr vielmehr wie ein Zeichen Gottes, eine Bestätigung dafür, daß Gott über sie wachte und daß alles so werden würde, wie es in seinem guten Willen stand.

Ohne irgendwelche Habseligkeiten mit Ausnahme der Kleider, die sie am Leibe trug, schritt Margot de Campion die Kirchentreppe hinunter und schlug den Weg zum Hafen ein, voller Vertrauen, daß Gott sie führte. Schon nach einer Weile war sie nicht mehr allein auf der Straße: Die Bäcker und Milchmänner machten ihre Runden.

Sie kam in eine Straße, die direkt zum Hafen hinunterführte, und hielt den Atem an: *Jedes* Haus, auf das sie blickte, hatte goldene Fenster! Gott führte sie Richtung See, das war sicher. Festen Schrittes und mit einem Lächeln auf den Lippen ging sie die Straße entlang.

Als sie das Ende der Straße erreichte, entfaltete sich vor ihr die frühmorgendliche Geschäftigkeit des Amsterdamer Hafens. Wohin sie sah, waren Seeleute an der Arbeit: Da wurde Fracht verstaut, Kisten wurden abgefahren und Taue geteert. Stolz lag ein riesiger Ostindienfahrer am Kai. Sein grün gestrichenes, mit reichen Schnitzereien verziertes Heck, in das die Fenster der großen Kajüte eingelassen waren, ragte majestätisch empor. Und auch diese Fenster sahen aus, als bestünden sie aus Gold.

Ohne Erfolg versuchte Margot ihre Röcke und Ärmel zu glätten und fuhr sich – hätte sie doch nur einen Kamm! – mit den Fingern durchs Haar.

Als sie die Pier betrat, begrüßte sie der salzige Geschmack des Hafens. In der Luft lag so viel Salz, daß ihre Haut zu brennen anfing. Über ihr schrien die Möwen. Schon zu dieser frühen Stunde war der Hafen bevölkert, und der Strom von Menschen, die aus allen angrenzenden Straßen auf die Piers traten, riß nicht ab.

Margot bahnte sich einen Weg zwischen wahren Türmen aufeinandergeschichteter Käselaibe, Fässern verschiedenster Größe und Bergen prall gefüllter Jutesäcke hindurch. An der Bordwand des Schiffes drängten sich Pferdekarren, auf denen emsige Arbeiter damit beschäftigt waren, angefahrene Waren auf den Frachter zu verladen.

„Achtung, Fräulein!" Der Warnruf kam von hinten und gellte Margot direkt ins Ohr.

Erschrocken sprang sie aus dem Weg, gerade noch rechtzeitig, um einem bärtigen Matrosen zu entgehen, der einen schweren Sack über die Schulter geworfen hatte und sie wahrscheinlich glatt umgerannt hätte.

„Vorsicht!" Margot blieb stehen. Diesmal waren es zwei Mann, die ein Faß zwischen sich rollten. Auch sie hätten sie beinahe umgeworfen. Wo immer sie stand, stand sie jemandem im Weg.

Eine ganze Weile blieb sie auf einem Abschnitt des Kais stehen, wo es sicher zu sein schien. Dann sprach sie einen braungebrannten, bärtigen Mann an, der auf jeder Schulter ein kleines Faß trug: „Entschuldigung, ich hätte gern mit dem Kapitän –"

„Aus'm Weg, Frollein!" brummte der Mann und schob sich an ihr vorbei.

Margot warf die Hände in die Luft und rief, ohne jemand Bestimmten zu meinen: „Ich will doch nur mit dem Schiffer reden!" Niemand achtete auf sie. „Dann werde ich ihn eben selbst finden!" sagte sie.

Entschlossen drehte sie sich um und fand sich Angesicht zu Angesicht mit einem Pferd. Direkt vor ihrer Nasenspitze blähten sich riesige braune Nüstern. Margot machte einen Satz nach hinten, verlor die Balance und stürzte seitwärts auf einen Haufen Kornsäcke. Von seinem Bock herab blickte sie der Kutscher an, schüttelte ungläubig den Kopf und sagte: „Fräulein, das hier ist kein Ort für Sie."

Margot blinzelte gegen die Sonne. Sie schirmte mit einer Hand ihre Augen ab und versuchte sich mit der anderen hochzuhieven. „Mir ist nichts passiert", sagte sie. „Danke für Ihre Besorgnis."

Der Kutscher schnalzte den Pferden zu, ließ die Zügel klatschen und murmelte irgendetwas Abfälliges über „Weiber".

„Das Mindeste, was Sie für mich tun könnten, nachdem Sie mich schon zu Fall gebracht haben“, schrie Margot ihm nach, „ist, mir zu sagen, wo ich den Kapitän dieses Schiffes finde!“

Entweder der Kutscher hörte sie nicht, oder er achtete einfach nicht auf sie – jedenfalls setzte er seinen Weg fort, ohne sich auch nur noch einmal nach ihr umzudrehen.

Sich vorsichtig durch den Hafenverkehr schlängelnd kämpfte sich Margot schließlich bis an die Stelling des Schiffes vor.

Kaum hatte sie einen Fuß darauf gesetzt, als sie jemand beim Arm packte.

„Na, wohin wolln wir denn wohl, Frolleinchen?“

Margot drehte sich zu dem Mann um, der ihren Arm wie in einem Schraubstock hielt. Er war groß – so groß, daß sie zu ihm aufsehen mußte – und mager. Seine Wangen waren nicht nur hager, sondern eingefallen. Anstelle einer Nase zierte sein Gesicht ein schmales, kurzes Gebilde, das wie ein Schnabel aussah. Auf dem Kopf trug er eine grüne Filzkappe.

„Ich muß den Kapitän sprechen“, sagte Margot.

„Erwartet er Sie?“ Er sagte das so, daß es mehr wie eine Herausforderung denn wie eine Frage klang.

„Nicht direkt“, erwiderte Margot.

„So, so, nich' direkt“, wiederholte der Wachhabende, während er sie anstarrte. „Stehn wir denn auf der Passagierliste?“

„Nein.“

„Nein – so, so. Dann sind Sie wohl 'ne Verwandte vom Käpten – oder womöglich seine Herzdame?“ In seine Augen trat ein hinterhältiges Glitzern.

„Selbstverständlich nicht!“ rief Margot.

„Selbstverständlich nicht“, echote der Wachhabende.

Margot runzelte die Stirn und versuchte mit einem Ruck ihren Arm freizubekommen. Doch die langen, dünnen Finger des Seemanns lagen wie eine eiserne Fessel um ihren Oberarm. „Mein Herr, bitte lassen Sie mich los!“ sagte sie mit fester Stimme.

Der Matrose ließ überhaupt nicht locker, sondern musterte ihr Gesicht. Dann schob er sie auf Armeslänge von sich fort und sah sie mit unverhüllter Begierde von oben bis unten an.

„Wenn Sie die Güte hätten, den Kapitän davon zu unterrichten, daß ich mit ihm sprechen möchte –“

„Eher nich“, brummte der Mann. „Wir laufen heut' aus. Der Käpten hat keine Zeit nich' für Geselligkeiten.“

In Margots Abneigung gegen diesen Mann mischte sich wachsende Furcht. Sein eiskalter Tonfall und seine schrägen Blicke machten ihr eine Gänsehaut.

„Ich muß aber darauf bestehen“, sagte sie, während sie nochmals versuchte, sich aus seinem Griff zu befreien. Doch es war hoffnungslos. Gegen die Kräfte dieses Mannes kam sie nicht an.

„Und ich muß drauf bestehn –“ Er äffte sie schon wieder nach, unterbrach sich aber mitten im Satz. Ein weiterer unverhohlener Blick folgte. „Wissen Sie“, fuhr er dann fort, „ich wüßte vielleicht ja auch selbs' was mit Ihnen anzufangen-“

„Laß mich los, du ungehobelter Dreckskerl!“ schrie Margot.

Die ledernen Hautfalten, die die Wangen des Mannes bildeten, zogen sich wie ein Bühnenvorhang zur Seite und entblößten schwarzfleckige Zähne. „So mach ich meine Weiber – so richtig mit heißem Blut!“ nuschelte er.

„Zum letzten Mal, lassen Sie mich los!“

Der Seemann rümpfte seine Schnabelnase und schloß ein Auge. „Ich wüßte ja“, sagte er, „wassu tun müßtest, um an Bord zu komm' –“

Margot hörte auf, sich in seinem Griff zu winden.

„Wir müßten nur 'ne Vereinbarung zum beiderseitigen Nutzen treffen“, fuhr er fort. „Tussu was für mich, tu ich was für dich.“

Margot stand da wie versteinert.

Der Hohlwangige beugte sich zu ihr herab. Sie schloß die Augen und versuchte zurückzuweichen, hatte aber keine Chance, von ihm freizukommen. Er hatte einen Mundgeruch wie ein Seelöwe nach einem Herings-Festschmaus.

„Nu, Kleine?“ flüsterte er.

Sein Gestank ließ sie zurückschrecken. Nur sein Klammergriff hielt sie davon ab, rückwärts ins Wasser zu fallen.

„Was sachsu zu meim klein' Vorschlach?“

Eine weitere Welle Heringsgestank schlug über ihr zusammen. Er verknotete ihr den leeren Magen. Was sollte sie tun? Schreien? Ihm einen Tritt versetzen? Aber wenn er sie dann losließe? Dann würde sie mit Sicherheit ins Wasser fallen und zwischen Bordwand und Kaimauer geraten.

Jetzt war er ihr so nahe, daß sie seinen heißen Atem auf ihrem Gesicht fühlte. *Lieber Gott, hilf mir!* betete sie im stillen.

Da bekam sie eine Inspiration.

Sie ließ ihren Kopf schlaff zur Seite kippen, seufzte auf und gab in den Knien nach.

Der Mann mußte sie auffangen, wollte er nicht mit ihr zusammen von der Stelling ins Wasser stürzen.

Margot seufzte erneut. Die Augen halb geschlossen, rollte sie mit den Pupillen. Aus ihren Mundwinkeln troff Speichel. Sie begann sich zu wiegen und steigerte sich zu wilden Zuckungen. Dabei gab sie Geräusche von sich, die wie das Knurren eines Hundes klangen. „Was machs'n du?" brüllte der erschrockene Matrose. „Bissu krank oder was? Was'n mit dir los?" Panisch blickte er sich um, offenkundig ratlos, was er mit einer Frau anfangen sollte, die zuckend und knurrend vor ihm zu Boden sank.

„Timmons! Wainwright! Her mit euch!" brüllte er. „Helft mir mal mit dem Weib hier! Die hat die Pest oder was weiß ich!"

Margot spürte, wie zwei Paar Hände sie unter den Armen packten.

„Was solln wir'n mit ihr anfangen?" fragte eine Stimme.

Margot sabberte, zuckte und knurrte unablässig.

Als nächstes merkte sie, wie sie fortgezerrt wurde. Ihre Schuhe schrapten über die Stelling. Nach ungefähr zehn Schritten setzte sie die Füße auf und stellte sich aufrecht hin.

Die zwei Matrosen erschraken über ihre plötzliche Stärke und Gelassenheit und ließen sie los. „Vielen Dank, meine Herren", sagte sie zu ihnen. „Von jetzt an schaff' ich's alleine."

Ihre Gesichter waren so verdattert, daß sie beinah laut aufgelacht hätte.

Margot drehte sich nach dem hohlwangigen Wachhabenden um. „Wenn Sie sich besser in Ihrer Bibel auskennten, mein Herr", sagte sie herablassend, „hätten Sie diesen Trick durchschaut. Genauso entkam David Achisch, dem König von Gat. Erstes Buch Samuelis, Kapitel einundzwanzig!"

Damit zog sie ihre Röcke zurecht und stolzierte über den Kai davon.

* * *

Margot hatte sich auf einen Stapel Kornsäcke verkrochen und versuchte mit den Gefühlen fertigzuwerden, die die Begegnung mit dem hohlwangigen Seemann in ihr ausgelöst hatten. Sie zitterte, diesmal echt, und kämpfte mit den Tränen. Dieser ganze Morgen hatte sie fertiggemacht. Der bienenstockgleiche Hafen, das Gefühl, nicht hierherzugehören – oder nirgendwohin, besser gesagt –, die widerliche

Anmache des Matrosen – Wenn das hier Gottes Wille für sie war, warum war es dann so schwierig, auf das Schiff zu kommen?

Plötzlich wurde Margot die Absurdität der ganzen Situation bewußt, und sie lachte laut auf. Sie wußte nicht einmal, wohin das Schiff fuhr! Andererseits – was machte es für einen Unterschied, ob sie in Indien, in der Karibik, den amerikanischen Kolonien oder in England landete? Sie mußte nur wegkommen!

Sie konnte sich doch wegen des Schiffs nicht getäuscht haben – oder doch? Es hatte doch goldene Fenster!

Margot sackte in sich zusammen und ließ geschlagen den Kopf hängen. Ihre Lider waren schwer, sie fühlte sich müde. Tränen rannen ihr die Wangen hinab. Sie wollte aufgeben, nach Hause gehen, sich in Sylvies fleischige Arme werfen und Sylvies sanfte Stimme hören, die ihr alles erklärte.

Doch plötzlich wurde ihr etwas klar, und sie straffte sich. Sylvie würde sie keineswegs hätscheln! „Wer hat dir jemals gesagt, das Leben sei leicht?“ hatte Sylvie an einem ganz besonders schwarzen Tag einmal zu ihr gesagt. „Und wenn das jemand gesagt haben sollte, hättest du recht daran getan, ihm nicht zu glauben! Du mußt dir alles hart erkämpfen, und wenn es dir gelingt, die Hälfte von dem zu erreichen, was du wolltest, dann halte dich für gesegnet. Denk' an Hiob! Alles, wofür er sein Leben lang gearbeitet hatte, wurde ihm an einem einzigen Tag genommen. Doch er weigerte sich, Gott die Treue zu brechen, und daraufhin gab ihm der gute Herr all das Verlorene zurück, und mehr als das. Aber glaub' ja nicht, daß das einfach für Hiob war!“

Mit einem Satz sprang Margot von den Kornsäcken. Mit den Augen suchte sie die Pier nach einem Mann ab, der wie ein Schiffer aussah. So oder anders – sie würde auf dieses Schiff kommen! Sie war sich sicher: wenn es ihr bloß gelänge, mit dem Kapitän zu reden, würde sie ihn überzeugen können, sie arbeiten zu lassen, und –

Sie konnte einen Aufschrei nicht unterdrücken. Fabarez – er kam auf sie zu!

Sie sah sich um, wo sie sich verstecken könnte.

Doch es war zu spät. Er hatte sie bereits gesehen.

3

Fabarez kam auf Margot zugeschossen, so schnell ihn seine stämmigen Beine voranbrachten. Er hob die Faust und rief irgendetwas – was, konnte Margot im Hafenlärm nicht verstehen. Noch lag die halbe Länge des Kais zwischen ihm und ihr, aber der Abstand wurde rasch kleiner.

Instinktiv wich Margot zurück. Panisch wandte sie den Kopf mal hierhin, mal dorthin – gab es denn keinen Platz, wohin sie laufen und wo sie sich verstecken konnte? Doch, da! Die Fässer dort! Sie waren baumhoch aufeinander gestapelt. Sie duckte sich dahinter. Jetzt konnte er sie nicht mehr sehen, aber die Gefahr war nicht vorüber.

Sollte sie den Versuch machen, vor ihm wegzurennen? Direkt hinter ihr mündete die Straße ein, durch die sie ins Hafengebiet gekommen war – das war eine Möglichkeit. Zu ihrer Linken gab es eine weitere Straße; sie führte zu den Lagerhäusern. Auf der rechten Seite gab es kein Entkommen, dort lag das Hafenbecken.

Da fiel ihr Blick auf eine große schwarzglänzende Kutsche mit goldenen Beschlägen, die direkt an der Pier abgestellt war. Der Kutscher saß wie eine Statue auf dem Bock, die Zügel lose in der Hand. Neben dem offenen Schlag lehnte ein hochgewachsener, beeindruckender junger Mann mit blonden Haaren, der Margot mit amüsiertem Grinsen beäugte. Wenigstens hatte sie den Eindruck, er beäuge sie. Der Mann warf einen Blick in Fabarez' Richtung, dann schaute er wieder Margot an. Er hielt sich eine Hand vor den Mund und kicherte!

Der Seitenblick des Mannes in Fabarez' Richtung holte Margot auf den Boden der Tatsachen zurück. Sie drückte ihren Kopf in die Ritze zwischen zwei Fässern und sah hindurch. Er war schon fast bei ihr! Sie warf dem Mann neben der Kutsche einen Blick zu. Er stand mit gekreuzten Armen da, ein breites Grinsen auf dem Gesicht. Sie blinzelte wieder zwischen den Fässern hindurch und sah Fabarez immer näher kommen. Da legte sie beide Hände gegen eines der Fässer, paßte den richtigen Moment ab und drückte mit aller Kraft dagegen. Die leeren Fässer polterten auf einen arglosen Fabarez nieder und ließen ihn zu Boden gehen.

„Hexe! Haltet sie auf, sie is' 'ne Hexe!" schrie Fabarez im Liegen. Dann stieß er eine Reihe wüster Flüche aus, während seine Arme und Beine fuchtelnd und trampelnd damit beschäftigt waren, die Fässer abzuwerfen.

Wie der Blitz schoß Margot die Straße entlang. Sie kam in eine breite Gasse, die zwischen zwei turmhohen Backsteinspeichern durchführte, und gelangte in ein Grachtenviertel voller schmaler Gassen und Stege. Ganz anders als der belebte Ladekai war dieser Teil des Hafenviertels nahezu menschenleer. Es gab einen schmalen, klappbaren Fußsteg über einen Kanal. Sie rannte darüber und zog dann den Steg hoch, damit Fabarez ihr nicht folgen konnte.

Augenblicke später tauchte er pustend und fluchend zwischen den Speichergebäuden auf. Als er sie sah, bremste er ab und pirschte sich an sie heran wie eine Katze, die einen Vogel beschleicht. Am anderen Ufer des Kanals setzte er sich hin.

„Laßt mich in Ruhe!" schrie Margot.

Keuchend hob Fabarez seinen Zeigefinger und fing wieder mit seinem *Hexe-Hexe*-Singsang an.

Margot lehnte sich an die Backsteinmauer des Speichers und rang nach Luft. „Ich bin keine Hexe!" rief sie erschöpft.

Fabarez sah den Kanal hinauf und hinunter. Er suchte nach einer Möglichkeit, auf ihre Seite zu gelangen. In beiden Richtungen gab es etwa hundert Meter weit weg je einen weiteren Steg. Er ging auf den zu seiner Linken zu.

Margot reagierte, indem sie auch nach links lief, so daß sich der Abstand zwischen ihnen vergrößerte.

Fabarez hielt an. Margot tat es ihm gleich.

„Laß den Steg runter!" befahl er.

„Springt doch rüber!" gab sie zurück.

Über die Gracht hinweg starrten sie sich an. Fabarez beugte sich vor, um zu Atem zu kommen. Mit einem verdreckten Hemdsärmel wischte er sich den Schweiß von der Stirn.

Diesen Moment der Unaufmerksamkeit nutzte Margot aus und machte vorsichtig ein paar Schritte nach rechts. Fabarez hob den Kopf und ging in dieselbe Richtung. Margot blieb wieder stehen.

Da traten auf Margots Seite des Kanals ein Stück von ihr weg zwei Arbeiter aus der Tür eines Speichers. Sie mühten sich mit einer riesigen Kiste ab, die sie zwischen sich trugen. Einer der beiden ging rückwärts, wobei er über seine Schulter blickte, um einen der Stege zu fassen zu kriegen.

„Kameraden!" rief Fabarez sie an. „He, Kameraden! Ich hab 'ne Hexe in die Enge getrieben! Ihr kriegt 'ne Belohnung, wenn ihr mir helft, sie einzufangen!"

Die Seeleute mit der Kiste sahen Margot an.

Die schrie: „Ich bin keine Hexe!“

„Ich schwör’, daß es die Wahrheit is’!“ bellte Fabarez. „Letzte Nacht hat sie meine Olle mit’m Fluch umme Ecke gebracht, und dann is’ sie durch ’ne zue Tür abgehauen, als ich nach’m Bürgermeister gelaufen bin!“

Die Matrosen tauschten Blicke aus und setzten ihre Kiste ab. Fabarez hatte sich bereits in Richtung des anderen Fußsteges in Marsch gesetzt. Auf Margots Seite der Gracht zweigten keinerlei Gassen ab, so daß er ihr auf diese Weise den einzigen Fluchtweg abschnitt. Von der anderen Brücke her kamen jetzt die beiden Seeleute zögernd auf sie zu.

Margot wartete ab, bis Fabarez den halben Weg zu seiner Brücke zurückgelegt hatte. Dann ließ sie den Steg, den sie hochgezogen hatte, wieder hinunter.

Fabarez sah es und kehrte um.

Margot mußte die Brücke wieder hochziehen.

„Die kannst du genausogut runterlassen!“ Er fuchtelte mit der Hand herum. „Du entkommst sowieso nich’ mehr.“

Die Matrosen waren jetzt dicht herangekommen.

Margot ließ den Steg Steg sein und rannte vor ihnen weg. Fabarez rannte am anderen Ufer neben ihr her, wobei er einen leichten Vorsprung hielt, damit sie den nächsten Steg nicht vor ihm hochziehen konnte.

Doch Margot hatte etwas anderes im Sinn: Sie wollte versuchen, in eines der Speicherhäuser zu kommen.

Jeder Speicher verfügte über zwei Eingänge: ein hohes und breites Portal, das dem Warenverkehr diente, und eine normalgroße Tür. Margot dachte sich, daß sie eines der großen Portale wahrscheinlich nicht aufbekäme, und konzentrierte sich folglich auf die kleineren Türen.

Sie lief zur ersten Tür und drückte auf die Klinke – abgesperrt!

Fabarez wurde gewahr, was sie vorhatte. „Schnappt sie euch, Kameraden! Schnappt sie!“ kreischte er.

Margot rannte zum nächsten Speicher und rüttelte an der Tür. Wieder abgesperrt – wütend biß sie sich auf die Unterlippe.

Die dritte Lagerhaustür war mit einem schweren Holzbalken und zwei Vorhängeschlössern gesichert. Hier versuchte sie es gar nicht erst, sondern lief gleich weiter zum vierten Speicher, der dicht beim nächsten Kanalsteg lag. Fabarez hatte schon seinen Fuß auf die Brücke gesetzt. Diese Tür war ihre letzte Hoffnung.

Sie ließ sich öffnen.

Über ihre Schulter warf Margot einen Blick auf Fabarez. Was sie sah, gefiel ihr: Vor Staunen hatte er die Augen weit aufgerissen. Sie trat in das Lagerhaus und warf die Tür hinter sich zu. Dunkelheit verschlang sie. Das einzige Licht drang durch ein paar kleine, schmierige Fenster ein, die weit über ihr angebracht waren. In der Dunkelheit suchte sie nach einem Türschloß oder einem Riegel, doch da war nichts. Das gute Geschick, das ihr einen Fluchtweg eröffnet hatte, schlug rasch ins Gegenteil um. Wie sollte sie Fabarez und die zwei Seeleute draußen halten, wenn sie die Tür nicht verriegeln konnte?

Von draußen hörte sie rasche Schritte und das Japsen eines Mannes, der das Laufen nicht gewohnt war. Sie drehte sich um und lehnte sich mit dem Rücken gegen die Tür, wiewohl ihr klar war, daß sie mit ihrem Gewicht nicht die geringste Chance hatte, drei ausgewachsene Männer davon abzuhalten, sich den Zutritt zu erzwingen. Blinzelnd versuchte sie ihre Augen an das trübe Zwielicht zu gewöhnen. Allmählich sah sie, was das Lagerhaus enthielt: reihenweise Kisten, Fässer und Tonnen, die sich bis fast unter die Decke stapelten.

Margot verließ die Tür und rannte an mehreren Kisten- und Tonnenstapeln vorbei, um irgend etwas zu finden, das sie als Waffe benutzen konnte – ein Werkzeug, eine Flasche, irgendwas. Doch es gab nichts als verschlossene Kisten und Fässer. Sie fand nichts, womit sie sich hätte verteidigen können.

Da flog mit einem Krachen, als würden die Scharniere aus den Wänden gerissen, die Tür des Speichers auf. Ein Lichtstreifen fiel durch die Öffnung, gefolgt von drei düsteren Figuren. Sie kamen vorsichtig, einer nach dem anderen, herein.

„Is' sie wirklich 'ne Hexe?" fragte gerade einer der Matrosen.

Fabarez, der voranging – wie Margot an der wohlvertrauten krummen Silhouette der ersten Gestalt erkannte –, antwortete: „Glaubt mir, Kumpels, sie isses. Sowas hab ich noch nie gesehn. Sie hat meiner Ollen schier 's Herz rausgeschnitten, wirklich! War grad drauf und dran, es als Opfer für den schwarzen Unterweltsteufel zu verbrenn', als ich sie erwischt hab."

Margot stockte der Atem. Sie konnte es nicht glauben. Wie konnte er sowas sagen?

„Sie steckt mit'm Teufel unter der Decke", fuhr Fabarez fort, während er sich mit den Händen vorantastete, da sich seine Augen noch nicht an die Dunkelheit gewöhnt hatten. „Hab ich vorher schon gewußt – immer schon eigentlich."

Einer der Matrosen hinter ihm sprach ein Stoßgebet um Schutz vor der bösen Macht der Hexe.

Margot verkroch sich geräuschlos hinter die dritte Kisten- und Fässerreihe. Sie fand einen engen Zwischenraum zwischen einem Stapel Fässer und einem Haufen Kornsäcke. Mit dem Hinterteil voran kroch sie tief gebückt in die Nische hinein und schob dann vor sich zwei Säcke zusammen.

„Nehmt jeder eine Reihe", hörte sie Fabarez sagen, „und schreit, wenn ihr sie seht!"

Dann war alles still. Sie harrte und lauschte ungeduldig auf irgendwelche Geräusche, die ihr verrieten, wo die Männer waren. Doch es war nichts zu hören.

Als sie das Gefühl hatte, lang genug gewartet zu haben, entschloß sich Margot, den unteren Zipfel eines Kornsacks gerade so weit zur Seite zu schieben, daß sie ein Gucklöchlein bekam. Sie hielt den Atem an und gefror zu einer Statue – da waren ein paar ausgebeulte Seemannshosen nur ein paar Zentimeter vor ihrer Nase.

Durch den Sack konnte sie nicht sehen, in welche Richtung der Kerl blickte. Es kam ihr jedenfalls so vor, als starre er direkt auf sie herab.

Dann schlurften die Füße des Matrosen aus ihrem Sichtfeld – er ging weiter.

Margot begann wieder zu atmen. Sie wartete einige Augenblicke, dann schob sie rasch den Sack beiseite und sah nach, wie weit er schon weg war. Er hatte schon mehr als den halben Durchgang zwischen den Warenstapeln hinter sich und wandte ihr den Rücken zu.

Sorgsam darauf achtend, daß sie ja keinen Laut verursachte, kroch Margot aus ihrem Versteck hervor. Rückwärts schlich sie auf die Tür zu, wobei sie in jeden Gang zwischen den Kisten und Fässern scharf hineinspähte, bevor sie sich an ihm vorbeidrückte. Unentdeckt glitt sie an dem Gang vorbei, in dem sich der zweite Seemann befand. Fabarez mußte den ersten genommen haben, den, der dem Ausgang am nächsten war. Als sie dahin kam, sah sie ihn, wie er, abwechselnd sich rekkend und bückend, sich den Gang entlangarbeitete. Irgendwoher hatte er einen Stock, mit dem er in jedem noch so kleinem Zwischenraum herumstocherte.

Geräuschlos bewegte sich Margot auf die offenstehende Tür zu. Noch einmal warf sie einen Blick auf Fabarez. Er lag auf den Knien und fuchtelte mit seinem Stab zwischen zwei Fässern herum.

Sie trat unter der Tür ins Helle – da fiel gleich einer schwarzen Flagge, die ihren Standort verriet, ein langer Schatten quer über den Innenraum des Lagerhauses.

„He, Kumpels! Sie is' anner Tür!" krächzte Fabarez' heiseres Organ.

Mit einem Satz war Margot aus dem Gebäude. Sie schirmte ihre Augen gegen das helle Morgenlicht ab und rannte zum Fußgängersteg.

Hinter ihr stürzten die drei Verfolger aus der Tür des Lagerhauses. Sie zögerten, weil die Helligkeit sie blendete, aber nur für einen Moment. Dann ging das Rennen von vorne los.

Margots Lunge brannte, und ihre Beine fühlten sich an wie Pudding. *Ich kann nicht mehr! Ich kann mich nirgendwo verstecken. Es hat keinen Zweck – sie kriegen mich doch.* Ihr stand vor Augen, wie man sie zu einem riesigen schwarzen Kessel voll kochenden Wassers führte und sie zwang, ihre Hände hineinzutauchen.

Sie zwang ihre schmerzenden Füße durch die Gasse, die zum Hafen zurückführte. Ein Blick über die Schulter zeigte ihr, daß zwar Fabarez nicht mehr mithielt, die beiden Seeleute aber zu ihr aufschlossen.

Unmittelbar vor dem Kai stellte sich ihr eine schwarze Kutsche in den Weg, so daß ihr einziger Fluchtweg versperrt war. Margot blieb aus vollem Lauf stehen. Jetzt war alles vorbei. Selbst wenn sie noch weiter hätte rennen können – sie war in einer ausweglosen Sackgasse gelandet.

Der Schlag der Kutsche flog auf.

„Herein!" rief eine Stimme.

Margot zögerte.

„Herein mit Ihnen! Sie sind Ihnen unmittelbar auf den Fersen!"

Mit einem Satz war Margot in der Kutsche.

Der Schlag fiel hinter ihr ins Schloß. Bellend erteilte der Kutscher den Pferden seine Befehle. Das Fuhrwerk schnellte vorwärts, und Margot landete unversehens auf dem Schoß des einzigen Insassen – des blonden Mannes, der sie wegen ihres Mißgeschicks ausgelacht hatte.

„Meine Güte – ist das nicht eine elegante Vorstellung?" sagte der Mann freundlich.

Margots Wange preßte sich gegen seine Nase. Sie taumelte zur anderen Seite der Kutsche.

Mit demselben breiten Grinsen wie vorhin am Hafen strich sich ihr Retter Hose und Weste glatt und rückte den Degen zurecht, der an seiner Seite hing.

Nach einer Weile wagte Margot, vorsichtig zu ihm hinüberzuschauen. Doch nur kurz, dann blickte sie rasch aus dem Fenster.

Schon weit hinter ihnen waren die zwei Matrosen zum Stillstand gekommen. Zwischen den Häusern kam mit erhobener Faust Fabarez zum Vorschein. Er schien aus Leibeskräften zu brüllen.

„Keine Sorge", sagte der lächelnde junge Mann, „vor denen sind Sie sicher."

Immer noch nach Atem ringend nahm Margot auf der Sitzbank der Kutsche Platz. Entspannen konnte sie sich freilich nicht. Zwar stimmte, was der Fremde gesagt hatte: Vor Fabarez war sie sicher, zumindest für den Augenblick. Doch sie würde es kein bißchen an Wachsamkeit fehlen lassen, bis sie auch vor dem ansehnlichen Mann ihr gegenüber sicher sein würde.

Der Mann, der es sich gegenüber bequem gemacht hatte, stellte sich als Uys van Jaarsfeld vor. Alles an ihm zeugte von Wohlstand, angefangen von den weißen Schlitzärmeln mit purpurnem Innenfutter aus Leinen bis hin zu seinen enganliegenden schwarzen Beinkleidern mit französischen Borten, dem funkelnden Degen und seiner geschliffenen Sprache.

Sogar der stetige Tritt der Zugpferde zeugte von seiner hohen Position. Normale Leute gingen in Amsterdam zu Fuß oder befuhren die Kanäle. Nur die Reichen besaßen solche Kutschen wie die, in der sich Margot jetzt als Passagier wiederfand.

Der Mann selbst war von ebenso gediegener und feiner Art wie sein Äußeres. Das lange blonde Haar, über das er häufig mit weißen, fein manikürten Fingern hinstrich, umrahmte ein Selbstbewußtsein ausstrahlendes, wenn nicht forsch zu nennendes Gesicht. Nichtsdestotrotz umgab ihn etwas Weiches, beinahe Weibliches. Zwischen ruhigen Augen saß eine schmale Nase. Im Einklang mit der aktuellen Mode trug er keinen Bart.

Wenn er einen hätte, sähe er sogar noch attraktiver aus, dachte Margot. Seine Wangen wirken etwas schwächlich, ein Bart würde ihm einen kraftvolleren Ausdruck geben.

„Gefalle ich Ihnen?" fragte van Jaarsfeld, immer noch lächelnd.

Margot lief rot an. „Bitte verzeiht, mein Herr. Ich hatte nicht die Absicht zu –" Sie senkte den Kopf. Nervös spielte sie in ihrem Schoß mit den Fingern.

„Nein, bitte laufen Sie nicht vor mir weg." Van Jaarsfeld streckte seine Hand aus und legte sie auf die ihre.

Solch eine zarte Hand hatte Margot noch nie berührt. „Ich werde Euch wohl kaum weglaufen können, mein Herr", sagte sie, ohne aufzuschauen.

„Aber Ihre Augen sind davongelaufen", sagte van Jaarsfeld sanft. „Sehen Sie mich doch an."

Die Berührung seiner Hand fühlte sich zwar gut an, aber Margot war nach wie vor nicht wohl dabei. Er näherte sich ihr zu rasch.

Als sie nicht hochschaute, umfaßte die Hand ihr Kinn. Da hob sie widerstrebend den Kopf, die Augen aber blieben gesenkt.

„Sie müssen vor nichts Angst haben", sagte er besänftigend. „Sehen Sie mich an."

Langsam hob Margot den Blick. In Armeslänge Abstand waren blaßblaue Augen fest auf die ihren gerichtet. Instinktiv wollte sie beiseiteschauen. Doch sie widerstand diesem Impuls und hielt seinem festen Blick stand.

In seinen Augenwinkeln zeigten sich Lachfältchen. „Das ist schon viel besser", sagte er. „Viel besser, jawohl."

Damit zog er sich zu Margots Erleichterung auf seine Seite der Kutsche zurück.

„Dann also. Wie heißen Sie?"

Margot war sich nicht sicher, ob sie ihren Namen preisgeben sollte. Er wartete geduldig ab.

„Margot de Campion."

„Ein hübscher Name. Wirklich hübsch. Wollen Sie mir nicht erzählen, Mademoiselle de Campion, was das für Rüpel waren, die Ihnen da nachstellten?"

Erneut zögerte sie – sie wollte einem Mann, den sie überhaupt nicht kannte, nicht zuviel erzählen. Andererseits fühlte sie, daß sie ihm etwas schuldig war. Schließlich hatte er sie gerettet. Also beschrieb sie ihm in aller Kürze ihre Beziehung zu Monsieur Fabarez und erzählte die Ereignisse der letzten paar Tage bis zu dem Punkt, wo sie auf die Kutsche gesprungen war. Die Nußschale allerdings ließ sie aus. Daß Fabarez sie der Hexerei beschuldigt hatte, erwähnte sie nicht, sondern sagte nur soviel, daß er irgendwie zu der Überzeugung gekommen sei, Margot sei schuld am Tod Sylvies.

„Armes Kind", tröstete van Jaarsfeld und fügte mit besorgtem Blick hinzu: „Und diese Krankheit, an der die gute Frau starb – Sie haben wohl an sich nichts Ähnliches bemerkt?"

Margot schüttelte den Kopf.

„Dafür müssen wir Gott danken", sagte er, offensichtlich erleichtert.

Ob es nun der Erschöpfung, der Schwäche aus Mangel an Essen oder dem beständigen, beruhigenden Hufklappern der Pferde lag – jedenfalls ließ sich Margot mehr und mehr in den weich gepolsterten Sitz sinken und konnte nichts dagegen tun. Ihr Begleiter erwies ihr mitfühlende Wärme, die ihre Ängste dahinschmelzen ließ.

Ein paarmal bemerkte sie, wie er ihre Figur anstarrte – oder interessierten ihn nur ihre Kleider? Hatte nicht auch sie seinen Aufzug studiert, um etwas über ihn zu erfahren?

„Und wie kam es, daß Sie am Hafen waren?“ wollte van Jaarsfeld wissen.

„Ich hoffte, auf ein Schiff zu gelangen, und zwar auf das grüne.“

„Die *Adler*? Und was in aller Welt wollen Sie in Kapstadt? Das heißt, falls Sie sich in Kapstadt ausschiffen wollten. Wie jemand, der etwas in Indien zu schaffen hat, sehen Sie allerdings nicht gerade aus.“

Kapstadt. Den Namen hatte Margot in Sylvies Seegeschichtenbuch gelesen. Sie wußte, daß der Ort am südlichsten Zipfel des afrikanischen Kontinents lag und die Fahrt dahin etwa die Hälfte der langen Reise nach Indien ausmachte. Aber das war auch alles, was sie mit dem Namen zu verbinden wußte.

„Ein Neuanfang“, antwortete sie. „Ich hoffe, dort einen neuen Anfang machen zu können.“

Ein keckes Grinsen huschte über van Jaarsfelds Gesicht. „Sie gehören aber nicht zu den ‚Nichten des Königs‘, oder?“

„‚Nichten des Königs‘? Wer soll das sein? So, wie ich angezogen bin, werdet Ihr wohl kaum meinen, ich sei königlicher Abstammung?“

Lachend schüttelte er den Kopf. „Aber nein. Als ‚Nichten des Königs‘ bezeichnet man Frauen, die nach Kapstadt gehen, um dort einen Siedler zu heiraten. Sie sind Waisen ohne eigene Mitgift. Gegen eine moderate Mitgift und die freie Überfahrt willigen sie ein, einen Kolonisten zu ehelichen.“

„Einen Mann, den sie noch nie vorher gesehen haben?“

Ihre verblüffte Reaktion schien van Jaarsfeld zu amüsieren.

„Ganz bestimmt bin ich keine der ‚Nichten des Königs‘!“ rief sie aus. „Nie im Leben würde ich einwilligen, einen Mann zu heiraten, den ich noch nie gesehen habe!“

Ihr leidenschaftlicher Widerspruch löste ein breites Lächeln aus, das viele weiße Zähne entblößte. Wie zur Kapitulation hob er beide Hände. „Aber greifen Sie mich doch nicht an!“ lachte er. „Es war doch nur eine unschuldige Frage!“

Margot spürte, wie ihr das Blut in die Wangen stieg. Ihre Überreaktion war ihr peinlich.

„Würde es Sie in gleicher Weise verletzen“, sagte van Jaarsfeld vorsichtig, „wenn ich fragte, ob Sie denn in der Lage wären, die Überfahrt auf der *Adler* zu bezahlen?“

Leise antwortete Margot: „Nein, ich wäre nicht verletzt. Und es wäre ein Mißverständnis, anzunehmen, ich hätte die Absicht gehabt, eine Überfahrt zu buchen; denn ich besitze keinerlei Mittel. Ich hatte vor, mir die Überfahrt dadurch zu sichern, daß ich dem Kapitän meine Dienste anbot."

„Sie sind also Matrose?" sagte er grinsend.

Margot wandte sich ab. „Ihr verspottet mich."

„Vergebung." Erneut warf van Jaarsfeld die Hände in die Luft. „Das war ungalant von mir." Er räusperte sich, um den mißglückten Scherz herunterzuspielen. „Also sagen Sie mir doch bitte, Mademoiselle de Campion, ist es Ihnen denn geglückt, vom Kapitän eine Stellung angeboten zu bekommen?"

Margot berichtete von ihrem eher widerwärtigen Zusammenstoß mit dem Wachhabenden an der Stelling und davon, daß es ihr nicht gelungen war, den Kapitän überhaupt auszumachen.

„Welch unangenehme Begegnung", erwiderte van Jaarsfeld nachdenklich.

Eine Weile fuhren sie schweigend weiter. Bis dahin hatte Margot vor lauter Erleichterung darüber, daß er sie den Klauen des Monsieur Fabarez entrissen hatte, noch gar keinen Gedanken daran verschwendet, wohin er sie wohl bringen mochte. Die vorübergehende Unterbrechung ihrer Unterhaltung indes gab ihr Gelegenheit, sich diese Frage zu stellen. Sie beugte sich vor und sah aus dem Fenster. Als sie erkannte, wo sie waren, begann ihr Herz erneut vor Furcht zu rasen.

Die Kutsche war auf einer der Ringstraßen um die Stadt herumgefahren. Soeben kamen sie von der gegenüberliegenden Seite her wieder im Hafen an! Ein unterdrückter Aufschrei entfuhr ihr.

„Keine Sorge!" sagte van Jaarsfeld rasch. „Ich bin selbst auf der *Adler* eingeschifft."

Mit einem Satz war Margot am Fenster; ihre Augen suchten den ganzen Kai nach einem Zeichen der Anwesenheit von Monsieur Fabarez ab. Achtete jemand auf die vorbeifahrende Kutsche, so konnte er in dem Geviert des Fensters wie auf einem Gemälde ihr Gesicht sehen.

Van Jaarsfeld langte ein zweitesmal quer durch die Kutsche. Sanft berührte er ihren Arm und sagte beruhigend: „Monsieur Wie-auch-immer kann Ihnen nichts tun. Ich gebe Ihnen mein Wort darauf. Ich vermag Sie zu beschützen. Sehen Sie, ich bin der Eigner der *Adler*."

Ungläubig starrte Margot ihn an.

Van Jaarsfeld zuckte andeutungsweise mit den Schultern. „Nun, genaugenommen gehört sie der Niederländisch-Ostindischen Compagnie. Doch ich bin einer der Siebzehn." Als dieses Stichwort bei

Margot nichts auslöste, fügte er erklärend hinzu: „Ich bin einer der Direktoren der Gesellschaft."

„Heißt das, nachdem Ihr mich gerettet habt, werdet Ihr mich nun einfach wieder auf den Kai werfen?" fragte Margot.

„Aber meine Dame, nicht doch! Sie tun mir unrecht!" Er sagte das, als hätte man ihm einen Dolch ins Herz gestoßen.

Margot mußte ein Lächeln unterdrücken.

Er richtete sich auf und sagte: „Ursprünglich hatte ich vor, den Kutscher anzuweisen, Sie zu fahren, wohin auch immer Sie möchten."

„Und jetzt?" fragte Margot.

„Kommen Sie mit mir nach Südafrika!"

Dieses Angebot kam so unvermittelt, daß sie völlig perplex war. Sie senkte den Blick. „Das – Monsieur van Jaarsfeld, ich könnte nicht – Das wäre nicht recht."

„O nein – ich hab's völlig falsch angefangen", sagte er entschuldigend. „Ich versichere Ihnen, Mademoiselle de Campion, daß meine Absichten ehrbar sind."

Margot sah ihn an.

Er sah wirklich ehrlich aus. „Wissen Sie", fuhr er fort, „ich habe eine wunderhübsche Verlobte, die meine Rückkehr nach Amsterdam kaum abwarten kann. Wir kennen einander seit unserer Kinderzeit, und seit wir fünf waren, haben wir vorgehabt zu heiraten. Niemals würde ich ihre Liebe verraten!"

Margots Lippen formten ein Lächeln, bevor sie es verhindern konnte.

„Nein, meine Dame – so hübsch Sie auch sind, ich werde Ihnen keinerlei Avancen machen. Was ich Ihnen anbiete, ist Hand gegen Koje für eine Überfahrt nach Kapstadt."

„Und was müßte ich an Bord tun?"

„Es war der allerungünstigste Zeitpunkt", erläuterte van Jaarsfeld. „Gerade als ich mich auf diese Reise vorbereitete, wurde die gute Frau krank, die mir als Kammerzofe diente. Sie diente schon in unserer Familie, bevor ich zur Welt kam, und hat sich um mich gekümmert, solange ich zurückdenken kann. Und ich konnte mich nicht entschließen, irgend jemandem sonst aus unserer Dienerschaft ihre Stelle anzuvertrauen."

„Und dieses Vertrauen wollt Ihr in *mich* setzen? In jemanden, dem Ihr soeben erst begegnet seid?"

Grinsend entblößte van Jaarsfeld seine makellosen Zähne und strich sich eine dünne Haarlocke hinters Ohr. „Das sieht doch wie vorbereitet aus, meinen Sie nicht? Sie sind auf eine Überfahrt mit der *Adler* aus, und ich brauche eine Kammerzofe. Doch ich muß gestehen, wenn es um Ordnung geht, zähle ich zu den niedersten Barbaren."

Langsam schüttelte Margot den Kopf. „Ich weiß nicht recht –"

„Sie können doch putzen, oder?" fragte er.

„Wenn ich irgendwas von Sylvie Fabarez gelernt habe, dann Putzen."

„Was hält Sie dann davon ab, mein Angebot anzunehmen? Wir werden getrennte Unterkünfte haben, falls es das ist, was Sie beunruhigt. Und ich werde Ihre Dienste entgelten, über die freie Überfahrt hinaus. Und sobald wir da sind, werde ich Ihnen Referenzen ausstellen, die Ihnen helfen werden, sich in der Kolonie eine Stellung zu suchen."

Nachdenklich zog Margot ihre Nase kraus. Was wollte sie mehr – was er ihr anbot, war weitaus mehr, als sie zu hoffen gewagt hätte. Was also hielt sie ab? Irgend etwas schien einfach nicht in Ordnung zu sein.

„Ich möchte Sie folgendes fragen", sagte van Jaarsfeld. „Falls es Ihnen gelungen wäre, den Kapitän aufzutreiben, und falls er Ihnen eine Dienststellung angeboten hätte – sagen wir, Aufwarten und Putzen in der Messe –, hätten Sie diese Stellung angenommen?"

„Selbstverständlich", entgegnete Margot.

„Warum zögern Sie dann, mein Angebot anzunehmen? Es kommt Ihnen doch entgegen, oder etwa nicht? Macht es für Sie denn einen solchen Unterschied, daß ich es bin, der Ihnen Arbeit anbietet, und nicht der Kapitän?"

Margot mußte zugeben, daß der Unterschied ohne Bedeutung war. Was also hielt sie zurück? Man bot ihr doch eine Überfahrt auf dem Schiff mit den goldenen Fenstern an!

Sie deutete eine Verbeugung an und sagte: „Monsieur van Jaarsfeld – Eure neue Kammerzofe."

* * *

Es dauerte nicht lange, bis sie bereit waren, an Bord zu gehen. Margot sah zu, wie van Jaarsfelds Schrankkoffer an Bord gehievt wurden, als ihr plötzlich bewußt wurde, daß sie selbst noch nicht einmal Kleider zum Wechseln und keinerlei Toilettenartikel bei sich hatte. Als sie van Jaarsfeld ihre Verlegenheit gestand, tätschelte er beruhigend ihre Hand und sagte, daß jeder Versuch, im Augenblick ihren persönlichen Bedarf zu decken, angesichts ihrer derzeitigen Beziehungen zu Monsieur Fabarez verheerend enden müsse.

Er rief seinen Kutscher herzu und rasselte eine Reihe von Anordnungen herunter, woraufhin sich der Bedienstete augenblicklich in Bewegung setzte. Als die Kutsche flott davonfuhr, ließ van Jaarsfeld Margot wissen, daß er den Kutscher angewiesen habe, alle persönlichen Kleidungsstücke und Utensilien zu besorgen, die sie brauchen werde. Er versicherte, alles werde noch vor dem Auslaufen am Schiff eintreffen.

Margot folgte ihm an die Stelling.

Dort schob nach wie vor der nach Hering Riechende Wache. Er entbot van Jaarsfeld einen eleganten Diener, während er Margot einen vorsichtigen, wenn nicht argwöhnischen Blick zuwarf. Obwohl er van Jaarsfeld zusicherte, seine Kajüte sei bereit, weigerte sich dieser, seine Räume zu beziehen, bevor er nicht eine sehr bedeutsame Angelegenheit mit dem Schiffer geklärt habe.

Der Seemann beorderte einen einfachen Matrosen, den Schiffsführer herbeizuholen. Dann standen sie zu dritt da und warteten auf den Kapitän.

Van Jaarsfeld nahm jetzt eine Haltung vornehmer Unduldsamkeit an. Er hielt die Nase hoch, sah niemanden direkt an und sprach kein Wort. Dafür trat er mit ermüdender Regelmäßigkeit von einem Fuß auf den anderen.

Der Wachhabende dagegen kratzte sich mit dreckigen Fingern an der schnabelförmigen Nase, schniefte vor sich hin und warf Margot verstohlen-bedrohliche Blicke zu.

Margot war wohl von den dreien diejenige, die sich am unbehaglichsten fühlte. In der Öffentlichkeit empfand sie van Jaarsfeld als viel distanzierter und formeller, als er es im privaten Umgang gewesen war. Eine doppelte Sorge drängte sich durch seine Reserviertheit auf.

Erstens schien er die vulgären Seitenblicke, mit denen der Wachhabende sie musterte, gar nicht wahrzunehmen. Sie fing an, sich zu fragen, ob van Jaarsfeld tatsächlich zu seinem Versprechen stehen würde, sie zu beschützen. Und dann war da ja noch Fabarez, den sie keineswegs vergessen hatte. Vielmehr rechnete sie jeden Augenblick mit seinem Auftauchen. Zwar hatte sie ihren Standort auf der Pier so gewählt, daß sie nicht bloß den Wachhabenden im Auge behalten, sondern auch nach Fabarez Ausschau halten konnte. Doch mußte sie sich immerzu fragen, was Fabarez wohl tun würde, wenn er sie erspähte – oder was sie im Falle ihrer Entdeckung täte. Würde van Jaarsfeld ihr immer noch zu Hilfe eilen, wenn Monsieur Fabarez mit seinem *Hexe-Hexe*-Singsang anfangen würde?

„Ah, Monsieur van Jaarsfeld!" Ein dröhnender Baß vom oberen Ende der Stelling her.

Van Jaarsfelds einzige Antwort bestand in der Andeutung eines höflichen Lächelns. Er begrüßte den Kapitän erst, als dieser neben ihnen auf der Pier stand.

Der Schiffer war ein mittelgroßer, stämmiger Mann mit dem Aussehen und Gang einer Bulldogge. Sein rötlich-brauner Teint, der um so mehr ins Auge stach, als er sich ungehindert über den ganzen kahlen Schädel erstreckte, zeugte von einem langen Leben auf See. Als er die Stelling herabkam, lächelte er zwar, es sah aber wie ein erzwungenes Lächeln aus.

„Es scheint, als hätten wir ein Problem, Kapitän", sagte van Jaarsfeld.

„Ja?" Das Bulldoggengesicht legte sich in Falten. Sofort gewärtigte der Mann Ärger.

„Dieser Mann hier ist das Problem!" Van Jaarsfeld deutete auf den Wachhabenden, dessen Gesicht vor Schreck erstarrte. „Er ist vorhin in übler, rüpelhafter Weise über meine Kammerzofe hergefallen." Dabei zeigte er auf Margot. „Bitte, ist das die Art und Weise, die wir während dieser Reise von Ihren Männern zu erwarten haben?"

Der Kapitän wandte sein Bulldoggengesicht Margot zu. „Stimmt das, Fräulein? Ist van Wyk über Sie hergefallen?"

Margot sah den Seemann an.

In seinen Augen las sie eine pure Morddrohung.

Dennoch nickte sie und sagte: „Ich mußte mich krank stellen, damit er mich losließ."

Die Bulldogge packte van Wyk an der Weste und bellte: „Schnapp dir deine Sachen und sieh zu, daß du von meinem Schiff kommst!"

„Aber Käpten –" protestierte der Wachhabende.

„Nichts aber!" schnitt ihm der Kapitän das Wort ab. „Du kannst dich noch glücklich schätzen. Hättest du das auf See gemacht, so hätte ich dich höchstpersönlich über Bord geschmissen. Du hast fünf Minuten Zeit, vom Schiff zu kommen!"

Van Wyk fletschte die Zähne, als wollte er den Kampf aufnehmen, besann sich aber eines Besseren. Mit der Bulldogge konnte er es nicht aufnehmen. Wie ein begossener Pudel schlurfte er die Gangway hinauf, um seine Siebensachen einzusammeln.

„Ich entschuldige mich, Mademoiselle", sagte der Kapitän zu Margot. „Soll nicht wieder vorkommen."

„Vielen Dank, Kapitän. Ich bin sicher, daß es nicht wieder vorkommen wird", antwortete Margot.

„Sind wir bereit zum Auslaufen, Kapitän?" fragte van Jaarsfeld.

„Mit der Flut, Monsieur van Jaarsfeld", antwortete der Schiffer. „Mit der Flut."

Damit stiegen die zwei Männer die Gangway hinauf, van Jaarsfeld voran, der Kapitän nach ihm. Margot ging am Schluß.

* * *

Van Jaarsfelds Kajüte war geräumig – größer als die des Kapitäns, worauf hinzuweisen van Jaarsfeld sich beeilte. Zweifellos trugen die drei Fenster, die im verzierten Heck des Schiffes lagen, zu dem Gefühl von Geräumigkeit das ihre bei. Jedenfalls in Anbetracht der unter Seeleuten üblichen Klagen über winzige Löcher von Kabinen war dieser Raum überaus großzügig. Er war größer als das gesamte Erdgeschoß des Fabarezschen Hauses.

In der Mitte der Kajüte standen drei große Schrankkoffer. „Ich werde mal gleich damit anfangen, sie auszupacken", sagte Margot.

„Prima", erwiderte van Jaarsfeld, während er sich die Haare kämmte. „Ich muß sowieso mit dem Kapitän die Ladeliste durchgehen."

„Habt Ihr bestimmte Vorlieben, was Ihr wohin haben möchtet?" fragte sie.

„Machen Sie's so, wie Sie's für richtig halten. Wenn wir ausgelaufen sind, können Sie mich mit Ihren Entscheidungen vertraut machen."

Margot wandte ihre Aufmerksamkeit den Koffern zu. Die Tür der Kajüte fiel ins Schloß, und sie war allein. Erst als van Jaarsfeld gegangen war, fiel ihr ein, daß sie ihn gar nicht nach ihrer eigenen Unterkunft gefragt hatte. *Dafür wird mehr als genug Zeit sein,* überlegte sie sich. *Ich sollte lieber was tun für mein Geld.*

Die nächste Stunde brachte sie damit zu, van Jaarsfelds Truhen auszupacken. So viele Kleidungsstücke auf einmal hatte sie noch nie im Leben gesehen: Lederhandschuhe. Seidenhandschuhe. Bestickte Taschentücher. Ledergürtel. Fast zwei Dutzend verschiedene Manschettenpaare. Vierzig Paar Hosen. Einhundertfünfzig Oberhemden mit ebensovielen Kragen und Halskrausen. Mehr als ein Dutzend Hüte – obwohl van Jaarsfeld heute den ganzen Tag barhäuptig unterwegs gewesen war. Bei der Eitelkeit, mit der er auf den rechten Sitz seines Blondschopfes achtete, erschien es Margot nicht sehr wahrscheinlich, daß er oft Hüte trug.

Sie legte ein Dutzend Nachtmützen, zwei Dutzend Nachthemden und sogar ein Sortiment von Zierdolchen weg. In einem Koffer befanden sich Papiere, Geschäftsbücher und Schreibutensilien, die sie säuberlich auf dem eleganten hölzernen Schreibtisch im französischen Stil zurechtlegte.

Nachdem alles verstaut war, bereitete Margot van Jaarsfeld das Bett. Dann fand sie ein Putztuch und machte sich daran, alle hölzernen und messingnen Flächen der Kajüte so lange zu polieren, bis sie sich darin spiegeln konnte.

Sie war gerade fertig, als das Schiff ablegte. Gebannt starrte sie aus den Heckfenstern, als die Leinen losgeworfen wurden und die *Adler* sich von der Kaimauer zu entfernen begann.

Vom Oberdeck hörte sie einen Singsang, als intoniere ein Männerchor eine Gebetslitanei. Vorsänger war der Kapitän; er sang einen Befehl nach dem anderen aus. Auf jeden dieser Befehle antwortete jeweils eine andere Seemannsstimme, mal laut und nahebei, mal verhalten aus der Ferne. Sie sangen Wörter, die sich für Margot anhörten, als stammten sie aus einem fremden Idiom. Es war ein Jargon, der wie alle anderen völlig an seinen Verwendungszweck angepaßt zu sein schien.

„Alle Mann Anker auf, ahoi!"

„Steuer frei in den Strom!"

„Klar bei den Rahen!"

„Rauf mit euch und los das Tuch!"

Margot suchte Halt an einem Pfeiler – das Deck unter ihren Füßen kam in Bewegung. Das Schiff entfernte sich immer weiter von der Pier. Da sah sie ihn.

Monsieur Fabarez – er stand am Kai. Zufällig blickte er in ihre Richtung und sah sie am Heckfenster des Ostindienfahrers stehen. Der Schreck in seinem Gesicht wich rasch einem Ausdruck des Zorns. Zum Schiff hinüberschreiend und auf Margot zeigend rannte er den Kai entlang. Doch die *Adler* zollte seinem Gebrüll keine Aufmerksamkeit. Sie brachte mehr und mehr Wasser zwischen sich und die Kaimauer und ließ ihn zurück.

Margot fühlte sich schwach. Der Anblick des kleiner und kleiner werdenden Monsieur Fabarez auf der Pier des Amsterdamer Handelshafens ließ all die Gefühle der letzten zwei Tage auf einmal über sie hereinbrechen. Sie war müde und hungrig. Seit sie gestern für sich und Sylvie ein paar Käsehappen und ein bißchen Obst zubereitet hatte, hatte sie kein Stück mehr gegessen.

Sylvie.

Der Gedanke an ihre geliebte Sylvie ließ ihr die Tränen in die Augen steigen. Ob Sylvie sie wohl jetzt sehen konnte? Wußte sie, daß Margot im Begriff war, all den Geschichten vom Meer, die sie miteinander gelesen hatten, eine weitere hinzuzufügen? Es waren immer Geschichten gewesen, in denen es um Rettung ging. So wie es mehrmals vorgekommen war, daß die See hochgegangen war, um sich gegen die Bewohner dieser tiefgelegenen Lande zu wehren, war sie jetzt dabei, sie aus den Klauen des Monsieur Fabarez zu retten, indem sie sie einer fernen Küste zutrug, wo sie ein ganz neues Leben beginnen würde.

Mittlerweile konnte man die Gestalten an der Pier nicht mehr voneinander unterscheiden. Amsterdam verschwand in der Ferne wie ein verblassendes Juwel. Die *Adler* lief jetzt mit der stetigen Strömung des Flusses Ij, die das Schiff auf Wasserflügeln der Nordsee entgegentrug.

„Die auf den Herrn harren, kriegen neue Kraft, daß sie auffahren mit Flügeln wie Adler, daß sie laufen und nicht matt werden, daß sie wandeln und nicht müde werden." Diesen Vers aus dem Jesajabuch flüsterte Margot bei ihrem letzten Blick auf die Stadt, in der sie groß geworden war.

Es war erst ein paar Stunden her, daß sie zitternd zugesehen hatte, wie die aufsteigende Sonne des frühen Morgens die Fenster der *Adler* in Gold getaucht hatte. Jetzt stand sie hinter einem dieser goldenen Fenster und war in Sicherheit. In der Tat: Gott hatte sie gehört und ihr Gebet beantwortet.

4

„Danke, Herr!“

Sorglos die Arme über dem Kopf schwenkend tanzte Margot fröhlich in van Jaarsfelds geräumiger Kajüte herum.

Eine ganze Weile waren ihre Gefühle zwischen zwei Extremen hin- und hergeschwankt. Einerseits war ihr nach Weinen zumute, hatte sie doch Sylvie verloren; andererseits hatte Gott aus ihrem Verlust Segen erwachsen lassen: Er hatte sie gerettet und in eine angenehme Umgebung gestellt – wie Ruth in der Bibel, die an einem Tag arm und hungrig Nachlese auf einem Gerstenfeld hielt, tags darauf aber in den Armen des reichen Boas für immer sicher war. Was Margots schwankende Gefühle dann doch zur Freude hin ausschlagen ließ, war der Gedanke, daß Sylvie, wäre sie am Leben, die erste gewesen wäre, die sich mit ihr gefreut hätte. Nachdem dieser Gedanke in ihr groß geworden war, konnte Margot ihre Gefühle nicht länger unterdrücken. Sie wallten in ihr auf und brachen sich als überschäumende Dankbarkeit Bahn.

Plötzlich begann sich der Boden unter ihr zu neigen. Sie stolperte zur linken Seite und konnte sich gerade noch an der Ecke des Schreibtisches festhalten. Sie mußte kichern. Diese ihre neue Welt hatte eine wellig wogende Oberfläche. Sie würde eine Zeit brauchen, um sich daran zu gewöhnen, aber das tat ihrem Willen zu lernen keinen Abbruch. Jede Einzelheit dieser neuen Welt wollte sie erforschen.

„Keine Zeit wie die jetzige“, sagte sie zu sich selbst und öffnete schwungvoll die Kajütentür. Draußen nahm ihr die salzige Luft erst einmal den Atem. Frisch war es, kühl und belebend. Ganz anders als an den brackig-schmutzigen Kanälen in der Stadt. Sie trat auf das sonnenüberflutete Deck hinaus.

Vor dem klaren Himmel waren Seeleute emsig in der Takelage beschäftigt. Während der Erste Offizier knappe Befehle hervorstieß, turnten sie wie Eichhörnchen auf einem Baum in den Rahen herum. Knatternd flatterten die Segel unter den Händen der Matrosen im Wind und blähten sich dann mit jenem unverwechselbaren scharfen Ton, den nur das Zusammentreffen von ausgespanntem Segeltuch und Wind verursachen kann, auf. Es war ein majestätischer Anblick. In ihrer ganzen Pracht sahen die riesigen Segel über ihrem Kopf wie eingefangene weiße Wolken aus.

Das Schiff legte sich weit nach links über und gewann an Fahrt. Auf unsicheren Füßen tapste Margot zur Reling hinüber, um sich festzuhalten, und sah den kleinen Kabbelwellen zu, die im Sonnenlicht glitzernd gegen die Bordwand klatschten. Sie drehte den Kopf in den Wind, so daß ihr langes braunes Haar wie eine Flagge zu flattern begann – ein herrliches Gefühl.

Noch immer hatten sie Land in Sicht. Jenseits des Decks, an Steuerbordseite, zeichnete sich wie ein Schemen in der Ferne eine große Insel ab. Jedenfalls ging Margot davon aus, daß es eine Insel war; denn sie konnte nicht mit Sicherheit sagen, ob die Küstenlinie irgendwo weiterging. Auch wenn sie noch nicht weit genug gereist waren, um die Zivilisation hinter sich zu lassen, fiel es Margot nicht schwer, sich die Insel als ein fernes Land vorzustellen, in dem Eingeborene mit fremdartigen Bräuchen und einer nie gehörten Sprache lebten.

„Was hat das Frauenzimmer an Deck zu suchen?"

Der Ruf kam von hinten. Margot schnellte herum. Der Erste Offizier zeigte mit dem Finger auf sie. „Jawoll, Sie mein' ich! Runter von meinem Deck!" bellte er.

Margot sah sich verlegen um. Es sah aus, als habe die ganze Mannschaft die Arbeit unterbrochen, um sie anzustarren.

„Weg hier, weg, weg!" brüllte der Erste Offizier.

Margot verstand nicht, warum er so wütend war. Sie tat doch nichts Verkehrtes und stand auch niemandem im Weg.

Er schrie immer noch. „Sind Sie taub? Runter von meinem Deck!"

Ängstlich raffte Margot ihre Röcke zusammen und nahm Kurs auf die Kajüte. Doch kaum hatte sie einen Schritt getan, als das Schiff in ein Wellental glitt. Unter ihr senkte sich das Deck. Panisch suchte ihr Fuß nach etwas, das nicht mehr da war, und sie kam in einer sehr wenig damenhaften Weise zu Fall.

Von allen Seiten und von oben kamen die Pfiffe und das Gelächter der Seeleute, was ihnen den wüsten Zorn des Ersten Offiziers eintrug, der erst über seine Leute, dann über Margot fluchte, so lange, bis sie endlich in der Kajüte verschwunden war.

Sie warf die Tür hinter sich zu und lehnte sich dagegen. Ihr Herz klopfte zum Zerspringen, so wütend und zugleich gedemütigt fühlte sie sich. Tränen des Zorns flossen über ihre Wangen. Soviel also zum Thema „die neue Umwelt erforschen". War dieser Erste Offizier im Ernst der Meinung, das Deck gehöre ihm? Die Frage machte sie nachdenklich. Womöglich gehörte es ihm wirklich. Sie war in einer neuen Welt, und jede Welt hat ihre eigenen Gesetze.

Margot nahm sich vor, kein Wort über den Zwischenfall zu verlieren, bis sie etwas von den Gesetzen an Bord begriffen haben würde. Und das erste Gesetz, in das sie Einblick zu nehmen beschloß, hatte mit den Rechten des Ersten Offiziers an Deck zu tun.

Dann nahm sie das Innere der Kajüte wahr, und jählings ging ihr auf, daß sie ein weiteres Problem hatte.

„Was ist denn hier passiert?" schrie sie auf.

Es sah aus, als hätte jemand ungestüm den ganzen Raum durchsucht. Alles, aber auch alles lag auf dem Boden: Bücher, Papiere, Schreibutensilien – alles, was sie so säuberlich auf dem Schreibpult zurechtgelegt hatte, war jetzt in allen Ecken des Raumes verstreut. Gerahmte Sinnsprüche und kleine Zeichnungen, die sie in einem der Koffer vorgefunden und sorgfältig im Raum verteilt hatte, damit das Ambiente wohnlich würde, waren achtlos durch die Gegend geworfen.

Wer hatte das getan? Sie war doch gar nicht lange fort gewesen! War Monsieur van Jaarsfeld hereingekommen und hatte etwas gesucht? Doch geziemte es einer zivilisierten Person, auf diese Weise etwas zu suchen? Schön, er hatte ihr gesagt, daß er ein Barbar sei, wenn es um Ordnung gehe, aber das hier überstieg all ihre Erwartungen. So wie die Kajüte aussah, mußte er regelrecht gewütet haben.

„Jedenfalls hoffe ich, daß er gefunden hat, was er suchte", murmelte sie, während sie damit begann, die herumgeschmissenen Papiere und Bücher aufzuheben und wieder auf dem Tisch zu plazieren.

Gerade hatte sie etwa die Hälfte des Durcheinanders behoben, als das Schiff in einige hohe Wellen lief. Die Papiere auf dem Tisch schnellten über die Kante, gefolgt von den Büchern und allem Sonstigen. Verblüfft starrte Margot die Gegenstände an. Dann brach sie in Gelächter aus.

Also war es überhaupt nicht Monsieur van Jaarsfeld gewesen!

„Irgendeiner sollte die Leute vor den merkwürdigen Eigenschaften dieser meiner neuen Welt warnen!"

An der Kajütentür pochte es zweimal kurz. Sie öffnete sich schwungvoll, und van Jaarsfeld stolzierte herein, gefolgt von zwei Seeleuten, die eine Truhe schleppten. Als sie das Durcheinander auf dem Boden sahen, blieben alle drei wie angewurzelt stehen. Die Matrosen blickten als erstes auf das Chaos, dann, unsicher, auf Margot und schließlich auf van Jaarsfeld, als seien sie neugierig auf dessen Reaktion.

Van Jaarsfeld stemmte die Hände in die Hüften.

Margot stand hilflos inmitten der Kajüte und der um sie verstreuten Papiere, Bücher und Bilder und sagte: „Ich wollte gerade aufräumen."

* * *

Die Truhe, die die Seeleute herbeigeschleppt hatten, enthielt Kleider und Gegenstände des persönlichen Bedarfs für Margot. Ein Bein entspannt über die Armlehne seines Sessels gelegt, sah van Jaarsfeld ihr zu, während sie sich die Sachen ansah. Es schien ihm zu gefallen, die wachsende Verblüffung zu beobachten, mit der sie eine Robe nach der anderen aus der Truhe hervorholte.

„Zweifellos werden einige davon entweder zu groß oder zu klein sein", sagte er.

„Sie sind atemberaubend!" rief sie aus, während sie sich ein gelbes Kostüm anhielt, um zu prüfen, ob es ihr passen würde. Es stammte von einem französischen Schneider und war geschmackvoll mit Spitzen und Schleifchen aus Satin versehen. „So extravagante Sachen habe ich noch nie im Leben getragen!" Sie drehte sich zu van Jaarsfeld um, um seine Ansicht zu hören.

Er nickte zwar wohlwollend, sein Gesicht aber drückte alles andere als Begeisterung aus.

„Stimmt irgendwas nicht?" fragte Margot.

Er winkte ab. „Nichts von Bedeutung."

Margot war nicht ganz überzeugt.

Sein Haar war zerzaust vom Wind, und trotz seiner Eitelkeit, was die Haartracht betraf, machte er keinerlei Anstalten, es in Ordnung zu bringen. Er sprach in knappen, abgehackten Sätzen und sah ungnädig drein. „Da müßte noch ein blaues drin sein", sagte er und wies auf die nahezu leere Truhe. „Ich habe Willem spezielle Anweisung gegeben, ein solches mitzubringen. Ich hoffe, es paßt."

Margot durchsuchte die übrigen Kleider. Sie fand eines, das in Taubenblau gehalten war, und zog es heraus. Es hatte ein eingearbeitetes enges Mieder mit passender Hüftschürze. Margot zog die Stirn in Falten.

„Gefällt's Ihnen nicht?" Van Jaarsfeld setzte sich gerade hin. Er schien über ihre Reaktion ernstlich verstimmt zu sein.

„Doch, es ist prachtvoll!" rief Margot.

„Warum runzeln Sie dann die Stirn?"

„Das hier sind nicht die Kleider einer Kammerzofe."

Er ließ sich wieder in den Sessel sinken und sagte: „Aber sicher sind sie das! Sind Sie jemals im Jaarsfeldschen Herrenhaus gewesen und haben gesehen, was die Hausmägde dort tragen?"

„Aber diese Sachen sind viel zu elegant zum Arbeiten!“ rief Margot, während sie das blaue Kleid hochhielt, wie um ihre Aussage zu beweisen.

„Mademoiselle de Campion“, sagte er in liebenswürdig-herablassendem Ton, „Sie müssen noch eine Menge über Reichtum und gesellschaftliche Positionen lernen. Da kommt es wahrlich auf das Äußere an. Würden Sie irgend etwas Geringeres als das da tragen, solange Sie in meinen Diensten stehen, so würde mein Rang als einer der Siebzehn in Zweifel gezogen werden.“

Margot musterte das Kleid in ihrer Hand. „Das nehme ich an.“

Doch er hörte ihr nicht zu. In seinem Gesicht zuckte es.

„Monsieur van Jaarsfeld, geht es Euch auch bestimmt gut? Ihr seht nicht gerade so aus.“

Erneut winkte er ab, diesmal aber mit deutlich weniger Enthusiasmus, und sagte: „Probieren Sie's an.“ Er zeigte auf das blaue Kleid, machte aber keinerlei Anstalten, von seinem Sessel aufzustehen.

„Mit dem größten Vergnügen“, sagte Margot. „Sobald Ihr Euch entfernt habt.“

Ein schwaches Lächeln umspielte seine Mundwinkel. Stöhnend erhob er sich aus dem Lehnstuhl. „Solange Sie sich umziehen, werde ich mal mit dem Kapitän über Ihr Quartier reden.“ Gebeugt wie ein alter Mann durchquerte er den Raum.

Margot wollte etwas sagen, besann sich aber. Schon zweimal hatte er die Besorgnis, die sie geäußert, übergangen.

Das blaue Kleid paßte ihr und drei weitere ebenso. Nur die Länge machte ihr Sorgen: Beim Gehen sah man ihre Knöchel. *Das wird wohl die neueste Mode sein, sann sie, aber Sylvie hätte einen Anfall gekriegt, wenn sie mich jemals in derart kurzen Kleidern gesehen hätte!*

* * *

Bei Sonnenuntergang war van Jaarsfeld noch immer nicht zurück. Margot stand an den Heckfenstern und bewunderte das Bild der See, während die Sonne unterging. Noch niemals hatte sie eine solch exquisite Mischung natürlicher Farbtöne gesehen.

Sie zündete die Lampen in der Kajüte an und wartete. Und wartete.

Dann klopfte es dreimal heftig an die Kajütentür, was van Jaarsfelds Ansehen als Herr von Benimm bei ihr hob – schließlich mußte ihm klar sein, daß sie längst wieder angezogen war. Lächelnd öffnete sie.

Vor der Tür stand ein etwas kurzgeratener Seemann mit sonnengebräuntem Jungengesicht. In den Händen hielt er ein Tablett mit Essen. „Abendbrot", sagte er.

Margot stieß die Tür ganz auf, und der Seemann stellte das Tablett auf den Tisch. Dann war er auch schon wieder hinaus. Er hatte sie nicht einmal angesehen. Vielmehr hatte er sich alle Mühe gegeben, an ihr vorbeizuschauen.

Margot konnte nicht umhin, sich zu fragen, ob dieses Benehmen wohl etwas mit dem Ergehen des Wachhabenden an der Stelling zu tun hatte.

Auf dem Tablett stand eine Platte aus chinesischem Porzellan, auf der genug Essen für zwei Personen angerichtet war: Hammelfleisch, grüne Bohnen, Käse, Brot und eine Schale Reispudding. War das nun ihr Abendessen oder das van Jaarsfelds? Das hatte der junge Seemann nicht gesagt, und ihr war nicht eingefallen, danach zu fragen. Vielleicht war man an Bord knapp mit chinesischem Porzellan, und sie beide sollten sich die Leckereien auf der Platte teilen.

Sie wartete auf die Rückkehr van Jaarsfelds. Er würde es schließlich wissen.

Fast eine Stunde saß Margot vor dem Essen, ohne es anzurühren, obwohl sie der Essensgeruch zur Verzweiflung trieb. Der Tag war so aufregend gewesen, daß sie gar keine Erschöpfung gespürt hatte, obwohl es nichts zu essen gab. Doch das Aroma des Hammelbratens erinnerte ihren Magen daran, daß er seit gestern keinerlei Zufuhr empfangen hatte. Sie war fast am Verhungern, und da stand das Essen vor ihr!

Margot kam an einen Punkt, wo sie es nicht mehr aushielt zu warten. Präzise und fair teilte sie das Essen in zwei Portionen auf, wobei sie es sich nicht nehmen ließ, die Bohnen einzeln zu zählen. Es kam eine ungerade Zahl heraus, und sie schob die überzählige Bohne auf van Jaarsfelds Seite, bevor sie sich daran machte, ihre Portion zu verschlingen.

Nachdem sie alles gegessen hatte, lehnte sie sich im Sessel zurück und gab sich alle Mühe, ihren Magen zu überzeugen, daß sie satt war. Doch sie konnte tun, was sie wollte – ihre Augen wanderten immer wieder zu der zweiten Portion auf der chinesischen Platte.

Sie aß die überzählige Bohne auf. Das löste zwar Schuldgefühle in ihr aus, aber es mußte sein.

Doch sie brachte es immer noch nicht fertig, die Augen von dem übrigen Essen auf der Platte abzuwenden. Endlich vertilgte sie es.

Alles. Wenn van Jaarsfeld zurückkommen würde, würde sie ihm eben erzählen, es sei nur eine Platte mit Abendessen in die Kajüte gebracht worden.

* * *

Erst Stunden später taumelte er in das Gelaß. Er war vornübergebeugt, preßte eine Hand gegen seinen Magen und hatte alles im Sinn, bloß kein Essen. Er sagte, er habe den ganzen Tag damit zugebracht, über der Reling zu hängen. Schon seit Stunden war sein Magen völlig leer, und jetzt kamen nur noch trockene Rülpser.

„Aber hier drin ist es ja noch schlimmer", sagte er, indem er sich aufs Bett fallen ließ. „Wonach in aller Welt riecht es hier?"

„Hammelbraten."

Das entlockte van Jaarsfeld nur ein Stöhnen, und er preßte die Hand noch fester auf den Bauch. „Wenigstens bin ich nicht allein", sagte er. „Die halbe Mannschaft hängt über der Reling." Mit einem Ausdruck tiefer Verwirrung hob er den Kopf. „Warum sind Sie nicht seekrank? Sind Sie vorher schon zur See gefahren?"

„Noch niemals", gab Margot unschuldig zur Antwort. „Aber mir geht's prima."

Sein Blick war ernstlich verstört, als er den Kopf ins Kissen zurückfallen ließ. „Das ist jetzt meine zweite Überfahrt nach Kapstadt", sagte er. „Beim letztenmal hab ich die ersten zwei Tage nach der Ausfahrt aus Amsterdam gedacht, ich sterbe. Wo dies doch die zweite Reise ist, hatte ich gehofft, das alles nicht nochmals durchmachen zu müssen."

Margot fand ein Tuch und tupfte ihm das Gesicht ab, während sein Kopf hin- und herrollte und der Schweiß ihm von der Stirn rann. Ihre Gedanken schweiften zu einem anderen Krankenbett, höher als dieses hier. Doch damals war es Sylvies Gesicht gewesen, das sie abgetupft hatte. Erst gestern morgen, und es schien schon so lange her zu sein.

„Gibt es einen Arzt an Bord?" fragte Margot. „Soll ich ihn holen?"

„War schon bei ihm – kann nichts machen."

„Kann ich Euch irgendwas besorgen oder irgendwas tun, damit Ihr's bequem habt?"

Van Jaarsfeld schnitt eine Grimasse, während er gegen eine weitere Welle der Übelkeit anzukämpfen versuchte. Margots Frage beantwortete er nur mit einem Kopfschütteln.

Sie drückte das Tuch gegen seine Stirn. „Wenn ich nichts mehr für Euch tun kann, ziehe ich mich zur Nacht in mein Quartier zurück." Sie stand auf. „Soll ich jemanden bitten, es mir zu zeigen?"

„Oh – das-", sagte van Jaarsfeld. „Ähm – sie sind noch nicht fertig."

Argwöhnisch zog Margot die Augenbrauen hoch.

„Sie haben Sie nicht gerade erwartet", erklärte er. „Der Raum, der als Quartier der Kammerzofe vorgesehen war", er verzog stöhnend das Gesicht, „ist von unten bis oben mit Segeltuch vollgepackt. Der Schiffer sagt" – ein neuer Anfall von Brechreiz –, „es kann zwei bis drei Tage dauern, bis sie alles raus haben."

„Und wo bleibe ich so lange?" fragte Margot ungehalten. „Denn hier drin bei Euch kann ich ja wohl keinesfalls wohnen."

„Bis das Segeltuch raus ist, gibt's keinen anderen Platz an Bord."

„Dann schaff' ich es selber raus!" rief Margot. „Sagt mir bloß, wo ich damit abbleiben soll!"

„Haben Sie gesehen, wie groß diese Segel sind?" Er unterdrückte schon wieder den Brechreiz. „Um sie zu schleppen, braucht man drei, vier kräftige Männer."

Margot verschränkte die Arme. Sie würde auf jeden Fall eine brauchbare Lösung für dieses Problem finden müssen.

Während sie grübelnd dastand, kämpfte sich van Jaarsfeld an den Rand seines Bettes und schwang die Beine über die Kante.

„Was macht Ihr da?" fragte Margot.

„Das Ganze ist mein Fehler", sagte er. „Sie werden hier schlafen. Ich bleibe die Nacht über an Deck." Vornübergebeugt schlurfte er Richtung Tür.

„Es ist nicht Euer Fehler", widersprach Margot. „Ihr könnt doch nichts für die Erkrankung Eurer Kammerzofe. Es tut mir leid. Ich hätte nicht so schroff zu Euch sein sollen, wo Ihr mir soviel Freundlichkeit erwiesen habt."

Er schlurfte weiter auf die Tür zu.

„Wartet!" sagte sie. „Ihr seid krank, Ihr werdet in diesem Bett schlafen. Ich gehe an Deck."

„Vielen Dank, aber Frauen sind an Deck nicht zugelassen. Die Matrosen werden dann zu sehr abgelenkt." Er langte nach dem Türknauf.

„Ihr seid nicht in dem Zustand, die Nacht an Deck zu verbingen!" beharrte Margot. Sie ergriff seine Hand und führte ihn zum Bett zurück. „Hinlegen!" befahl sie. „Ich werde irgendwo in einer Ecke einen Schlafplatz finden."

Van Jaarsfeld leistete keinen Widerstand mehr. Auf seinem Gesicht zeigte sich sogar ein schwaches Lächeln. „Macht es Ihnen keine Angst, die Nacht allein mit mir zu verbringen?"

„In dem Zustand, in dem Ihr seid, könnte ich Euch am Boden fesseln, bis mir jemand zu Hilfe käme", entgegnete sie, ihrerseits lächelnd. „Ruht Euch aus – vielleicht fühlt Ihr Euch am Morgen besser."

Damit wandte sie sich ab und hielt Ausschau nach einem Winkel, in dem sie es sich am Boden bequem machen könnte.

„Bleiben Sie bei mir, bis ich eingeschlafen bin." Van Jaarsfeld hatte die Augen geschlossen und streckte schwach seine Hand nach ihr aus.

Margot ergriff sie. Sie fühlte sich kühl und klamm an. „Aber nur, bis Ihr schlaft", sagte sie, tätschelte ihm die Hand und setzte sich auf die Bettkante.

„Übrigens", sagte er, ohne die Augen aufzumachen, „in dem Kleid sehen Sie sehr hübsch aus."

* * *

In der zweiten Nacht erging es Uys van Jaarsfeld keinen Deut besser, nachdem er den ganzen Tag stöhnend im Bett verbracht hatte.

Margot kümmerte sich um ihn. Essensgeruch, sagte er, mache es nur noch schlimmer, so daß sie ihre Mahlzeiten eilig herunterschlang.

Sie saß auf der Bettkante, bis er endlich einschlief. Van Jaarsfelds blondes Haar, das normalerweise dick und füllig war, klebte ihm am Kopf. Seine Haut war kalkweiß. Farblose Lippen öffneten sich kaum, auch wenn er durch den Mund atmete.

Margot langte in ihre Tasche und ertastete ein Stück Papier. Es war der Zettel mit der Bibelstelle und dem lateinischen Spruch, den sie in die ausgehöhlte Nuß getan und Sylvie um den Hals gehängt hatte. Seit jenem Abend trug sie ihn bei sich. Beim Umziehen hatte sie ihn in der Tasche ihres Kleides wiedergefunden.

Leise sprach sie die Worte aus: „Fürchte dich nicht, ich bin mit dir; weiche nicht, denn ich bin dein Gott; ich stärke dich, ich helfe dir auch, ich erhalte dich durch die rechte Hand meiner Gerechtigkeit." Dann den lateinischen Satz – „Gott gebe dir Kraft, meine Geliebte-" –, aber den las sie nicht laut. Er war einfach zu persönlich, einzig und allein für Sylvie.

„Haben Sie etwas gesagt?" Im Halbschlaf hob van Jaarsfeld den Kopf.

Hastig stopfte Margot den Zettel in ihre Tasche zurück. Er hatte sie schon mal in Schwierigkeiten gebracht. „Schlaft weiter“, sagte sie besänftigend.

Schon als sein Kopf das Kissen berührte, ging sein Atem wieder in gleichmäßigem Rhythmus. Margot hatte Zweifel, ob er überhaupt jemals richtig wach wurde.

Sie strich ihm ein paar dünne Haarsträhnen aus der Stirn. In der kurzen Zeit, die sie van Jaarsfeld kannte, hatte er sie ihre jugendliche Wichtigtuerei vergessen lassen, in der sie zu behaupten gepflegt hatte, sie werde niemals heiraten; denn Ehefrauen seien nichts anderes als die Leibsklavinnen ihrer Männer. Dieser Mann hier war anders. Er dachte an andere. Während ein ganzer Hafen voller Männer ihre Notlage ignorierte, hatte er sie gerettet – nicht nur ein-, sondern zweimal: erst vor Monsieur Fabarez und dann vor jenem Unhold an der Gangway, van Wyk. In der Kutsche hatte er ihr zugehört und ihr Sympathie entgegengebracht, und schließlich bot er ihr eine Dienststellung an, damit sie aufs Schiff gelangen konnte.

Margot erinnerte sich an seine Bemerkung, daß er bei seiner Rückkehr nach Amsterdam zu heiraten gedachte. Aber bis dahin konnte sich doch noch viel ändern. Wer wollte sich erdreisten zu sagen, daß Gott nicht sie beide zusammengeführt habe?

Diese ihre Gefühle kamen ihr selber fremd vor, aber sie kam nicht umhin zu denken, daß dies sehr wohl eine Hin- und Rückreise für Margot de Campion werden könne und daß sie beim Wiedereinlaufen in Amsterdam nicht mehr die Kammerzofe Uys van Jaarsfelds sein werde, sondern seine Zukünftige.

* * *

Am dritten Tag nach der Ausreise von Amsterdam fühlte sich van Jaarsfeld stark genug, um aufzustehen. Am Nachmittag schlenderte er zur Kajüte des Kapitäns, um sich zu erkundigen, wie es um Margots Quartier stehe. Und zum Abend aß er etwas, das kein Risiko barg – Schiffszwieback.

Einen Teil des Nachmittags hatte er am Schreibtisch mit dem Abfassen von Briefen und dem Führen seines Tagebuchs verbracht.

„Margot, haben Sie eine Schule besucht?“ Van Jaarsfeld sah sie über seine Lesegläser hinweg an, während sie das Bettzeug wechselte.

Die Frage brachte Margot ins Grübeln. Wie zufällig wanderte ihre

Hand in ihre Tasche. Der kleine Zettel war immer noch da. *War er etwa wacher, als ich dachte? Hat er gesehen, wie ich ihn las?*

„Nein, ich war nie in einer Schule. Warum fragt Ihr?"

Er nahm den Kneifer von der Nase und rieb sich die Augen. „Ich dachte nur, wenn Sie schreiben könnten, würde ich Sie zu meiner Privatsekretärin machen, und Sie könnten diese Briefe für mich schreiben. Ich für meinen Teil hasse es nämlich."

Margot lachte. „Meint Ihr wirklich, die Welt würde eine Frau als Sekretär akzeptieren?"

Van Jaarsfeld stimmte in ihr Lachen ein. „Das wäre schon ein kleiner Skandal, nicht wahr?"

„Ach, übrigens", sagte sie, um vom Thema wegzukommen, „was hat denn der Kapitän gesagt?"

„Der Kapitän?"

„Als Ihr mit ihm gesprochen habt wegen meines Quartiers. Ist es jetzt fertig?"

„Oh, ja, ja", sagte van Jaarsfeld, der sich immer noch die Augen rieb. „Das heißt, eigentlich nein. Nein, sie sind noch nicht soweit. Scheint, als ob er nicht so recht weiß, wo er mit all den Segeln hin soll. Er kann sie ja nicht gerade über Bord schmeißen, wissen Sie. Hat aber gesagt, wir sollten uns keine Gedanken machen. Spätestens in ein, zwei Tagen wird die Kammer hergerichtet sein."

Er stand vom Pult auf. „Ich werd' mal an Deck gehen und mir die Beine vertreten." Eilig verließ er die Kajüte.

Margot starrte ihm durch die geschlossene Tür nach. *Wie lange kann es dauern, eine kleine Kammer auszuräumen? Ganz sicher gibt es auf einem Schiff dieser Größe eine Segelkammer!* Im Ergebnis dieses Gedankens sprang eine sonnenklare Erkenntnis in ihrem Kopf auf: *Es kann nicht angehen, daß sie Passagierkajüten zum Lagern von Segeltuch brauchen!* Wie zur Bestätigung ihres aufkeimenden Verdachts stand ihr eine lächerliche Szene vor Augen, nämlich wie Matrosen sich mit einem großen Stück Segeltuch durch eine schmale Kabinentür zu zwängen versuchten. *Nein, die Segel holen sie aus der Segelkammer empor, oder etwa nicht?*

Ein weiterer Gedanke beschlich sie – ein unangenehmer. Während sie das Bettzeug aufschüttelte, deklinierte sie ihn durch. *Hat mich Monsieur van Jaarsfeld angelogen? Ganz bestimmt nicht!* Doch je mehr sie darüber nachsann, desto unsicherer wurde sie. Sie fing an, in der Kajüte auf und ab zu gehen. Je länger sie das tat, um so zorniger wurde sie. *Was mach' ich bloß? Was mach' ich bloß?*

Sie blieb in der Mitte der Kajüte stehen und rief laut aus: „Was soll ich tun? Was weiß ich schon von Schiffen? Ist es so unvorstellbar, daß sie möglicherweise eine Passagierkajüte zur Aufbewahrung von Segeln benutzen?“ Für den Moment war Uys van Jaarsfeld entlastet. Jedenfalls, bis Margot Gelegenheit fand, mit dem Kapitän zu reden. „Was ich sobald wie möglich tun werde-“

Ihr Blick fiel auf die Schriftstücke auf dem Tisch. Mehrere kürzlich verfaßte Briefe lagen fächerförmig übereinander auf der Schreibplatte. Es handelte sich um eine Art Berichte. Sie waren lateinisch geschrieben. Doch was ihre Aufmerksamkeit fesselte, war ein großformatiges Buch von der Machart einer Buchhaltungskladde: van Jaarsfelds Tagebuch. Zuoberst auf der aufgeschlagenen Seite, die holländisch beschrieben war, prangte das Datum: 12. Oktober 1715. Dann folgte der Text:

Die letzten zwei Tage lag ich krank; es war eine äußerst unersprießliche Erkrankung merkwürdigster Art. Zeitweilig war ich mir fast sicher, daß ich aus diesem sterblichen Leben in die Ewigkeit übergehen würde – was Gott verhüte! Indessen ist es mir dank meiner starken Konstitution und meines unbeugsamen Willens geglückt, vom Rand des Abgrundes zurückzutreten. Während ich dies schreibe, komme ich schon wieder zu Kräften. Ich habe wenig Zweifel, daß ich im Ergebnis dieser mysteriösen Erkrankung – welche die Schiffsärzte, die jede Hoffnung auf Genesung meinerseits schon fahren gelassen hatten, absolut ratlos machte – stärker sein werde denn je.

Was den gegenwärtigen Stand der Dinge anbetrifft, so befinde ich mich auf einem Schiffe voller Hornochsen, von denen der Kapitän der allererste ist. Er ist ungehobelt, dumm und primitiv. Würde die Compagnie dieses Schiff mit afrikanischen Schimpansen bemannen, so wäre es besser geführt als jetzt.

Indessen wird die Überfahrt nach Kapstadt nicht ohne ganz entzückenden Zeitvertreib verlaufen. Ganz kurz vorm Auslaufen hatte ich das Glück, im Amsterdamer Hafen eine hübsche kleine Tulpe zu finden. In aller Bescheidenheit muß ich mich doch für den Genius beglückwünschen, dessen es bedurfte, um sie an Bord zu locken. Wenn ich zurückkomme, muß ich daran denken, Jürgen von meiner brillanten Eröffnungsvariante im Verlobungsspiel zu erzählen. Es war ein rechter Geniestreich! Ich habe behauptet, ich hätte eine Liebste seit Kinderzeiten, die ungeduldig meine Rückkehr erwarte. Diese List zeitigte zwei erstaunliche Ergebnisse. Erstens beruhigte sie meinen kleinen Leckerbissen dahingehend, daß sie dachte, ich sei restlos einer anderen zugetan. Und zweitens weckte sie um so mehr ihre Begierde nach mir. Wie sagt Jürgen so überaus zutreffend: Nichts macht eine Frau schärfer, als im Teich einer anderen zu fischen.

Was nun die Tulpe anbetrifft, die gegenwärtig meine Kajüte teilt, so werde ich sie heute abend pflücken. Sie ist ein derart hübsches Ding, daß ich ihrer wohl kaum überdrüssig sein werde, bis wir unseren Bestimmungshafen erreichen. Aber dann muß ich sie loswerden, denn dort wartet meiner eine exotische afrikanische Blüte, die hübsche Rachel van der Kemp.

Diese Wildblume habe ich während meiner ersten Kapstadtreise gezähmt, und jetzt ist es an der Zeit, die Ernte früherer Bemühungen einzufahren. Nur widerstrebend gestehe ich, daß ich, um jener habhaft zu werden, zu der unweisen Taktik Zuflucht nehmen mußte, ihr die Ehe zu versprechen. Doch damals war ich noch jünger und dümmer. Seitdem habe ich dazugelernt und weiß heute, daß ich das, was ich will, auch ohne derlei drastische Hilfsmittel bekommen kann-

Die Kladde flog durch den Raum und klatschte gegen die Kajütentür. Margots Hände zitterten vor Wut. Die Zähne hatte sie so fest zusammengebissen, daß ihr der ganze Kiefer wehtat. Sie mußte das tun, um nicht alle Papiere auf dem Schreibtisch in Fetzen zu reißen, den Tisch umzuwerfen und alles, was in der Kajüte nicht niet- und nagelfest war, durch die Tür aufs Deck zu schleudern oder, noch besser, gleich alles über Bord zu werfen, so daß van Jaarsfeld den ganzen langen Weg nach Südafrika in einer leeren Kajüte sitzen und immer dieselben Klamotten tragen müßte.

Zu denken, daß er keck diese Worte niedergeschrieben hatte, während sie bloß ein paar Armlängen weit weg damit beschäftigt gewesen war, sein Bett zu machen! Ein weiteres Buch flog durch den Raum und klatschte gegen die Kajütentür.

„Wie konnte ich bloß so blind sein?" schrie Margot sich selber an. Daß Männer sie in ihrem Egoismus mißbrauchen wollten, daran war sie gewöhnt, das erwartete sie schon beinahe. Doch kaum erwies ihr ein Mann einen Funken Zuneigung und Verständnis, schon war sie verliebt! In Wirklichkeit war das nur ein Köder gewesen, um sie an den Haken und in sein Bett zu kriegen!

„Wie konnte ich bloß so blöd sein?"

Ein drittes Buch flog durch den Raum.

* * *

Voll angekleidet rollte sich Margot auf ihrer Decke im hintersten Winkel der Kajüte zusammen. Hell fiel das Mondlicht durch die Heckfenster, gegen die sich die leere Schreibplatte deutlich abzeichnete. Margot lauschte mit weit offenen Augen auf das Knarren des Schiffes und achtete darauf, daß ihr nicht die kleinste Bewegung an Bord entging. Mit einer Hand umklammerte sie einen von van Jaarsfelds Silberdolchen. Er sollte nur kommen – sie war bereit.

Ein knarrendes Geräusch alarmierte sie. Es war ein kurzer, scharfer Ton, anders als das tiefe, stöhnende Knirschen des Schiffes im Seegang. Ihr Herz fing wie verrückt zu schlagen an. Sie sah eine Gestalt mit einem Tuch um die Hüften ins Mondlicht treten. Van Jaarsfelds langes blondes Haar begann regelrecht zu glänzen, und seine nackten Schultern waren mit bläulichem Schimmer überzogen.

Er war zurückgekommen, nachdem Margot gerade das Tagebuch und die anderen Bücher, die sie quer durch die Kajüte geschleudert hatte, aufgelesen hatte, und den Rest des Tages bei ihr geblieben, so daß es ihr unmöglich gewesen war, hinauszuschlüpfen, um mit dem Kapitän zu sprechen. Als die Sonne untergegangen war, hatte Margot sich klargemacht, daß sie bis zum Morgen zu warten haben würde, um die notwendigen Abklärungen hinsichtlich ihres Quartiers zu treffen.

Den ganzen Abend hatte der Unhold um sie gebalzt. Sie hatten von feinem chinesischem Porzellan diniert. Er hatte ihr Wein eingeschenkt und sie mit Komplimenten, wie hübsch sie doch in dem taubenblauen Kleid aussehe, überhäuft. Und die ganze Zeit hatte er ohne Unterlaß gelächelt. Seine Worte waren so zuckersüß, daß ihr fast schlecht davon wurde. Er lachte über alles und jedes und verhehlte nicht, daß er sie fortwährend anstarrte. Er führte Gelegenheiten herbei, ihren Blick zu suchen, ihre Hand zu berühren oder ihr über die Wange zu streichen. Es war die meisterhafte Vorführung eines männlichen Paarungsrituals.

Doch Margot zeigte sich immun gegen all das. Daß sie um van Jaarsfelds wahre Motive wußte, beraubte seinen Charme aller Romantik.

Sie hatte ein einfaches Ziel für die Nacht: van Jaarsfeld davon abzuhalten, sie zu „pflücken". Dieses Ziel verfolgte sie mit einem doppelten Plan: Zum einen strahlte sie eine mürrische Laune aus, um alle etwaigen Knospen romantischer Stimmung schon im ersten Moment ihres Aufkeimens abzukneifen; zum zweiten versuchte sie ihn dazu zu animieren, viel Wein zu trinken, dies in der Hoffnung, da er körperlich noch nicht wieder so ganz auf dem Damm war und deswegen die ermüdende Kraft des Alkohols um so mehr ihre Wirkung tun würde. Für den Fall, daß beides nicht funktionierte, traf sie eine weitere Vorkehrung: Sie schnappte sich einen seiner Schmuckdolche aus dem Koffer und verbarg ihn unter ihrer Bettdecke.

„Margot? Schlafen Sie?"

Auf Zehenspitzen schlich van Jaarsfeld durch die mondhelle Kajüte.

„Was wollt Ihr?" Ihre Worte kamen laut und scharf. Sie hallten so energisch durch den Raum, daß sie beinahe selbst darüber erschrak.

„Ich habe Angst, wieder krank zu werden", sagte er schwächlich.

„Das kommt wahrscheinlich nur vom Wein. Ihr habt eine Menge getrunken."

„Nein, nein, es ist nicht der Wein. Es ist die Krankheit, da bin ich ganz sicher."

Was sollte sie tun? Er kam immer mehr auf sie zu. Sie mußte rasch handeln, das wußte sie. Sie schnellte vom Boden hoch. Mit der linken Hand hielt sie den Dolch in den Falten ihres Rocks verborgen.

Ihr plötzliches Aufspringen überrumpelte van Jaarsfeld, so daß er einen Schritt zurücktrat. Nach wie vor aber schnitt er ihr den Weg zur Tür ab. Er starrte wie blöde auf ihr Kleid.

„Ihr legt Euch nieder", sagte Margot. „Ich hole den Arzt."

„Wissen Sie denn nicht mehr?" widersprach er. „Der Arzt hat gesagt, er könne nichts tun. Sie waren es, die mich gesundgepflegt hat. Alles, was ich brauche, um mich besser zu fühlen, ist Ihre sanfte Hand auf meiner Stirn."

Lächerlich sah er aus, wie er da mit einem Tuch um die Hüfte mitten in der Kajüte stand. Ohne Hemd und Rock zeigten seine mageren Schultern eine merklich abfallende Linie. Unterhalb seiner Brust wölbte sich der Bauch zu einem ansehnlichen Wanst. Das Mondlicht hob die unvorteilhaften Konturen seiner Statur unbarmherzig hervor.

„Aber was ist, wenn es nun eine ganz andere Krankheit ist", versetzte Margot aufgeregt, „etwas völlig Verschiedenes, schlimmer als die vorige und am Ende tödlich? Ich könnte mir niemals verzeihen, wenn ich untätig herumsäße, während Ihr einem fremdartigen ozeanischen Fieber zum Opfer fielt! Nein, nein, ich werde den Doktor holen – um Euretwillen!"

Mit seiner freien Hand packte van Jaarsfeld sie am Arm. Sein Griff war weitaus fester als der eines kranken Mannes. „Ich versichere Ihnen", sagte er nicht weniger kräftig, „es ist dieselbe Krankheit. Kommen Sie jetzt, helfen Sie mir, mich hinzulegen."

Er zog sie zu seinem Bett. All ihre Instinkte drängten Margot zu kämpfen, zu schreien, bevor es zu spät war; doch sein Griff war so fest, daß sie es für klüger hielt, einen besseren Augenblick abzuwarten.

Er erinnerte sie an den Wachhabenden an der Stelling. Der hatte sie am selben Arm gepackt, und zwar an derselben Stelle und mit gleicher Unerbittlichkeit. Würde sie erneut eine Geisteskrankheit vortäuschen müssen, um von ihm wegzukommen? Doch nein, bei van Jaarsfeld würde dieser Trick nicht funktionieren. Er hatte ja zugehört, als sie dem Kapitän erzählte, wie sie eine Krankheit vorgegeben hatte, um dem Seemann zu entwischen.

Ohne ihren Arm loszulassen, ließ sich van Jaarsfeld auf das Bett sinken.

Margot saß wieder auf der Kante wie vordem.

Van Jaarsfeld nahm ihre Hand und plazierte sie auf seiner Stirn. Dann schloß er die Augen, grunzte zufrieden und sagte: „Hm, das tut gut." Er schob ihre Hand an seine Wange, dann auf seine Lippen. Zart, aber unerbittlich preßte er seine Lippen gegen ihre Handfläche, den Handballen und das Gelenk.

„Und wie tut das?" fragte sie, indem sie ihm die Spitze seines Dolchs an die Kehle drückte.

Erschrocken riß van Jaarsfeld die Augen auf. „Wie – was soll das denn jetzt? Was ist das für eine Behandlung?" stotterte er.

„Die Behandlung, die Ihr verdient", entgegnete Margot.

Er lachte gezwungen auf. „Sie überraschen mich, Mademoiselle de Campion. Allerdings finde ich Ihre Art von Humor nicht sehr amüsant."

„Seht Ihr mich lachen?" erwiderte Margot. „Dies hier ist meine Kur für Eure Erkrankung. Und es scheint, als ob sie anschlüge. Ich sehe keine Spur von Krankheit mehr. Und das Fieber ist auch weg, seht Ihr?"

„Das ist – also, so vergelten Sie mir meine Güte? Mit einer Klinge an meiner Kehle?"

„Dafür, daß Ihr mich vor Monsieur Fabarez gerettet habt, werde ich Euch immer dankbar sein. Ich fürchte indes, daß Eure Motive nicht völlig selbstlos waren. Als ich einwilligte, Eure Kammerzofe zu sein, erklärte ich mich nicht bereit, für Euch die Hure zu spielen!"

Nervös auf den Dolch schielend, schluckte er. „Nun ja, das war deutlich, meine Liebe. Wenn Sie denn jetzt so freundlich wären, das Ding da von meinem Hals zu nehmen?"

Margot hatte ihn in die Enge getrieben und zögerte, ihren Vorteil aufzugeben. Doch was sollte sie tun – bis zum Morgen auf seiner Bettkante sitzen und ihm den Dolch an den Hals halten?

Ohne die Klinge zu bewegen, sagte sie: „Am Morgen werden wir beide mit dem Kapitän reden und dafür sorgen, daß meine Unterkunft auf der Stelle bereitgemacht wird. Verstanden?"

„Verstanden", sagte er eilfertig.

„Und Ihr müßt mir versprechen, daß Ihr die Nacht über auf dieser Seite der Kajüte bleibt."

„Meine Verehrteste, nach dem, was sich soeben zugetragen hat, bin ich kaum in der Stimmung –"

Sie drückte die Messerspitze gegen seine Kehle. „Versprecht es!"

„Ich versprech's! Ich versprech's! Nur bitte – bitte erstich mich nicht!"

Margot hatte keine andere Idee, als sich auf ihre Seite der Kajüte zurückzuziehen und bis zum Morgen auf der Hut zu sein. Langsam zog sie die Klinge zurück, beließ es aber bei ein paar Zentimetern. Mit jeder Faser ihres Körpers rechnete sie damit, daß er den Versuch machen würde, sie zu entwaffnen.

Doch er unternahm nichts dergleichen.

Den Dolch immer noch auf ihn gerichtet, stand sie da.

Er wischte sich mit dem Unterarm über die Stirn und seufzte schwer. Sein Brustkorb hob und senkte sich japsend, als habe er soeben ein Rennen bestritten – und verloren. Sie glaubte kaum, daß er ihr heute nacht noch mehr Schwierigkeiten bereiten würde.

Ihr Fehler war, ihm den Rücken zuzuwenden.

Im selben Augenblick, als sie das tat, hörte sie seinen Schurz rascheln. Bevor sie irgendwie reagieren konnte, sprang er sie an, packte sie bei den Hüften und warf sie zu Boden. Der Dolch entfiel ihr und rutschte außer Reichweite.

Er war mit seinem ganzen Gewicht über ihr. Das nächste, was Margot wahrnahm, waren die Balken des darüberliegenden Decks, die sie von unten sah. Van Jaarsfeld lag auf ihr und preßte seinen Kopf gegen ihren Hals.

„Du wirst für diese Reise bezahlen, ob freiwillig oder unfreiwillig!" sagte er. Sein Atem war heiß und feucht.

Unter dem Gewicht seines Körpers konnte Margot sich nicht rühren. Sie traktierte seinen Nacken und seine Schultern mit Faustschlägen. Sie bewirkten nichts. Sie versuchte mit den Armen zwischen ihre Körper zu kommen, um ihn wegzustemmen. Doch er schob sie mit den Unterarmen zurück, während seine Hände am Kragenband ihres Kleides herumnestelten.

„Nein! Tut's nicht! Bitte tut das nicht!" Tränen rannen ihre Schläfen hinunter. Doch sie hatte keine Chance, und das machte sie wütend. Sie vermochte ihn nicht aufzuhalten, wie sehr sie sich auch anstrengte.

Abgesehen von seinem schnaufenden Atem gab er nicht den geringsten Laut von sich, so sehr nahm ihn seine Gier in Anspruch, sie auszuziehen. Er riß an ihrem Kleid, weil er es nicht über ihre Schulter bekam. Immer stärker zog er an dem Stoff – ohne Erfolg. Er hob den Kopf, um der Sache auf den Grund zu gehen. Dabei hielt er ihr ein Ohr Zentimeter vor den Mund.

Margot biß mit aller Kraft hinein.

Van Jaarsfeld jaulte vor Schmerz auf und versuchte sich freizumachen. Wie ein Hund, der sich in einen Ledergürtel verbeißt, packte Margot nur um so fester zu. Er versuchte sie abzuschütteln. Margot biß noch fester zu.

„Laß los!" kreischte er. „Laß los, laß los, du –" Er kam nicht von ihr frei.

Jetzt lag er nicht mehr fest auf ihr. Margot gelang es, ein Bein freizubekommen. Erst als sie das geschafft hatte, ließ sie sein Ohr los.

Van Jaarsfeld warf den Kopf zurück und griff sich mit beiden Händen an das verletzte Ohr. Bevor er noch zu sich kommen konnte, stemmte sie ihren Fuß gegen seinen Brustkorb und stieß ihn mit aller Kraft, wie ein Katapult, quer durch die Kajüte. Krachend stieß er gegen die Bettstelle.

Einen Moment zögerte Margot – der Dolch oder die Tür?

Eine Hand noch immer am Ohr, rappelte sich ein zornglühender van Jaarsfeld hoch.

Im selben Moment, in dem er sie erreichte, packte Margot den Dolch und schnellte herum, ihm entgegen. Die Spitze der Waffe zielte auf sein Gesicht.

„Rühr mich nicht an!" schrie sie.

Er wich zurück, blieb aber in Reichweite.

Beide atmeten schwer. Margot schielte zur Tür.

„Du gehst nirgendwohin", stieß van Jaarsfeld nach Luft schnappend hervor. Er faßte sich an das verletzte Ohr und wimmerte. Das Ohr war blutig und geschwollen. „Dafür wirst du bezahlen!" drohte er und kam wieder auf sie zu.

Margot stieß ihm den Dolch entgegen.

Erneut wich er zurück.

Sie erkannte ihren Vorteil und führte noch einen Stoß. Er wich weiter zurück. Ein weiterer Stoß – ein weiterer Schritt rückwärts. Auf diese Weise kämpfte sie sich den Weg zur Tür frei. Van Jaarsfelds

Blicke schossen im Raum herum; verzweifelt suchte er nach einer Möglichkeit, das Gesetz des Handelns wieder an sich zu bringen. Schließlich stürzte er sich auf den Dolch.

Darauf war Margot vorbereitet. Sie schlitzte ihm den Unterarm auf. Blut quoll hervor. Van Jaarsfeld heulte auf, umschloß die Wunde mit der anderen Hand und kreischte: „Da siehst du, was du mir antust!"

„Wenn du nicht noch mehr davon willst, bleib weg von mir!" schrie sie und schwenkte den blutigen Dolch.

Mit der freien Hand tastete sie nach dem Türknauf. Sie wollte nicht wieder die Augen von ihm abwenden wie beim letztenmal. Sie fand den Knauf, stieß die Tür auf und machte einen Schritt zur Seite. Das war ein Fehler.

In dem Moment, als die Hand mit der Waffe hinter der Tür verschwand, machte van Jaarsfeld einen Satz und quetschte sie zwischen Tür und Pfosten ein.

Damit hatte Margot nicht gerechnet. Das Türblatt knallte gegen ihre Brust. Ihr Kopf donnerte an den Türpfosten. Sie wollte schreien, hatte aber keine Luft dazu. Der Dolch fiel scheppernd zu Boden.

Van Jaarsfeld preßte sich mit vollem Gewicht gegen das Türblatt und zischte: „Ich habe gesagt, du gehst nirgendwohin!"

Er war zu stark. Sie konnte sich nicht rühren. Immer härter drückte die Tür gegen ihren Brustkorb, so daß sie kaum noch Luft bekam. Ihr einziger Vorteil bestand darin, daß van Jaarsfeld sie, solange er die Tür gegen sie preßte, nicht ins Innere der Kajüte zurückzerren konnte.

„Ich krieg' keine Luft!" japste sie.

Er ließ nicht nach.

Sie sah aufs Deck hinaus, um Hilfe zu finden. Doch es war spätabends, das Schiff fuhr mit Minimalwache, und weit und breit war niemand zu sehen. Und außerdem, würde ihr überhaupt jemand zu Hilfe eilen? Wie viele Seeleute waren auf dem Kai zugange gewesen? Und nicht einer von ihnen hatte auch nur den geringsten Versuch unternommen, Monsieur Fabarez' habhaft zu werden. Wie konnte sie hoffen, dieselben Seeleute würden sie jetzt vor einem mächtigen Direktor der Compagnie in Schutz nehmen?

Sie wurde schwächer, weil sie keine Luft mehr bekam. „Ich – ich – ich krieg' keine – Luft!" hechelte sie. „Wie – wollt Ihr – meinen – Tod erklären?"

Diese Bemerkung machte sichtlich Eindruck auf van Jaarsfeld. In der Tat, ihr Tod würde unangenehme und ungewollte Aufmerksamkeit auf ihn lenken. Er verringerte leicht seinen Druck auf die Tür.

Mehr brauchte Margot nicht. Sie atmete tief durch und schrie: „Feuer! Feuer! Feuer!"

Van Jaarsfeld stemmte sich wieder mit voller Kraft gegen das Türblatt. Ihre Schreie erstarben.

Doch es war zu spät. Einer der Seeleute auf Wache hatte ihre Rufe gehört und gab den Alarm weiter: „Feuer unter Deck! Feuer unter Deck!"

Augenblicklich tauchten von überallher Seeleute mit Eimern und Decken auf. Der Kapitän war einer der ersten. Van Jaarsfeld blieb nichts anderes übrig, als Margot freizugeben.

„Wo brennt es?" bellte Kapitän Bulldogge.

Van Jaarsfeld zerrte Margot ins Kajüteninnere. Sie landete auf dem Boden. Durch eine Ritze in der Tür redete er mit dem Kapitän: „Es ist alles ein Irrtum, Käpten. Es brennt überhaupt nicht."

„Feuer! Feuer! Feuer!" brüllte Margot erneut.

„Laßt mich da rein!" forderte der Kapitän.

„Ich versichere Ihnen, Kapitän", erwiderte van Jarsfeld verärgert, „daß es in meiner Kajüte nicht brennt."

Da gellte Margots Stimme aus dem Hintergrund: „Wird es aber, wenn ich nicht auf der Stelle mit dem Kapitän reden kann!"

„Macht die Tür auf!" befahl der Kapitän.

„Kapitän, ich gebe mein Wort darauf –"

„Ich sagte, öffnet die Tür!" Donnernd hallte die Stimme des Kapitäns über das Deck.

Widerstrebend gab van Jaarsfeld die Tür frei.

Der Kapitän schob ihn beiseite. Er hatte den Schmuckdolch in der Hand und untersuchte ihn, indem er die Klinge fortwährend hin- und herdrehte. Argwöhnisch hatte er eine seiner Augenbrauen hochgezogen. Dann stemmte er die Hände in die Hüften und stellte sich zwischen Margot, die immer noch auf dem Boden lag, und van Jaarsfeld, der ein Bettuch vor sich hielt, um seine Blöße zu bedecken.

In der Türöffnung drängten sich die Gesichter der Seeleute.

„Also bitte, hätte irgendwer die Güte, mir mitzuteilen, was hier vor sich geht?" röhrte der Kapitän.

5

„Sehen Sie, Mademoiselle ..."

„... de Campion."

Der Kapitän stand gegen die Kante seines Schreibpultes gelehnt und sprach in väterlichem Ton mit Margot. Die Kajüte, in der sie saßen, war bedeutend kleiner als die van Jaarsfeldsche. Sie enthielt nur eine schlichte Koje und ein zerkratztes, abgenutztes kleines Schreibpult mit einem Stuhl. Außerdem gab es Platz zum Aufstellen einer Truhe. Damit war der kleine Raum aber auch so voll, daß kaum noch zwei Erwachsene darin Platz hatten.

Margot saß, die Hände im Schoß, auf der Truhe und schaute zum Kapitän auf.

Nach einem längeren, unergiebigen Wortwechsel in der Kajüte van Jaarsfelds hatte der Kapitän sie in seine Kammer mitgenommen. Der Direktor der Compagnie hatte Margot des Versuchs beschuldigt, ihn im Schlaf zu ermorden. Die Bißwunde an seinem Ohr und seinen aufgeschlitzten Unterarm strich er als Beweismittel dafür heraus, daß ihr dies beinahe gelungen wäre. Mademoiselle de Campion hingegen bestand darauf, daß sie sich lediglich gegen seine perversen Avancen zur Wehr gesetzt habe.

Wären die zwei Kontrahenten Seeleute gewesen, so hätte der Kapitän sie alle beide die Nacht über in Ketten gelegt und wäre den Dingen am folgenden Morgen in aller Ruhe auf den Grund gegangen. Der Umstand jedoch, daß van Jaarsfeld der ranghöchste Vertreter der Compagnie an Bord war, zwang ihn, diplomatischer vorzugehen.

Der Kapitän der *Adler* haßte Diplomatie. Viel lieber war ihm das Gesetz der See, demzufolge er der unumschränkt herrschende König seines Schiffes war – was er in der Tat war, solange es sich um das Schiff selbst und die Mannschaft handelte. Bevollmächtigte der Compagnie indessen, also die Eigentümer seines schwimmenden Königreiches, genossen gewisse Privilegien und Immunitäten, darunter das Anrecht, daß man gegen sie erhobene Anschuldigungen nicht ohne weiteres Glauben schenkte.

Jetzt wollte der Schiffer zur Sache kommen. „Mademoiselle de Campion", sagte er begütigend, „es mag ja sein, daß Monsieur van Jaarsfeld heute nacht ein bißchen grob mit Ihnen umgesprungen ist. So sind Männer zuweilen. Ich will das gar nicht beschönigen, aber so ist das Leben nun mal. Aber Sie müssen zugeben, daß Sie ihn auch nicht gerade zart angefaßt haben."

„Er hat bekommen, was er verdiente", sagte Margot kurz angebunden.

„Warum versuchen Sie's nicht nochmal und gehen in die Kajüte zurück?" sagte der Kapitän in überredendem Tonfall. „Vielleicht entschuldigt er sich ja."

„Auf keinen Fall verbringe ich noch eine Nacht in *der* Kajüte!" Trotzig verschränkte Margot die Arme. „Ich bestehe auf meine eigene Unterkunft."

„Aber es gibt kein anderes Quartier."

Sie biß sich auf die Unterlippe. „Bevor ich meine Einwilligung gab, als Kammerzofe Monsieur van Jaarsfelds an Bord zu kommen, hat er mir versprochen, daß ich eine separate Unterkunft bekommen würde. Er sagte mir, Ihr wärt dabei, eine Kammer für mich herzurichten, die noch zur Lagerung von Segeltuch gebraucht würde, aber sobald Ihr sie freigeräumt hättet ..."

Der Kapitän kratzte sich am Kopf. Davon hörte er zum allerersten Mal. „All unsere Ersatzsegel lagern wir in der Segelkammer", sagte er. „Vielleicht haben Sie ihn mißverstanden. Ich kann mir nicht erklären, wie Monsieur van Jaarsfeld auf eine derartige Idee gekommen sein sollte."

Ohne Erfolg versuchte Mademoiselle de Campion ihre Tränen zurückzuhalten. „Ich weiß ganz genau, wie er auf diese Idee gekommen ist. Er hat sie sich in seinem verdorbenen Hirn ausgedacht."

Ihre Tränen ließen die Bulldogge aufseufzen. Dem Kapitän war es weitaus lieber, Seeleute zur Räson zu bringen – die heulten wenigstens nicht.

„Mademoiselle de Campion", versuchte er es erneut, „jetzt haben Sie drei Nächte lang das Bett mit Monsieur van Jaarsfeld geteilt – warum also nicht weiterhin?"

„Ich hab nie das Bett mit ihm geteilt!" donnerte sie. „Er hat mich nicht angerührt, außer heute nacht, wo er versucht hat, mich zu vergewaltigen. Aber niemals würde ich zulassen – ich würde ... ihn ... niemals ..." Die Tränen erstickten ihre Stimme.

Ratlos schüttelte der Kapitän den Kopf. „Bitte weinen Sie nicht, Mademoiselle de Campion."

Margot wischte sich die Tränen ab. „Es tut mir leid, Euch Ungemach zu bereiten, Kapitän." Sie sah zu ihm auf. „Ich bitte um Entschuldigung – ich weiß noch nicht mal, wie Ihr heißt."

„Danckaert", antwortete der Kapitän, „Kapitän Danckaert."

„Nun, Kapitän Danckaert, ich weiß, daß es delikat für Euch sein muß, diese ganze Reise lang einen der Siebzehn an Bord zu haben."

„Wie meinen Sie? Einen der Siebzehn?" fragte der Kapitän.

„Na ja, Monsieur van Jaarsfeld."

Der Kapitän verschränkte die Arme. Er setzte sich auf die Schreibtischkante und grinste. „Sagen Sie, Mademoiselle de Campion, wie wurden Sie eigentlich die Kammerzofe des Monsieur van Jaarsfeld?"

* * *

Ohne ihrer Fähigkeit zu lesen oder Monsieur Fabarez' Hexenvorwurf Erwähnung zu tun, erzählte Margot, wie es zu ihrem Zusammentreffen mit van Jaarsfeld gekommen war. Dabei vermied sie peinlich, zu verraten, wie sie davon Wind bekommen hatte, erwähnte aber van Jaarsfelds Plan, sie zu verführen.

Die meiste Zeit, die ihr Bericht in Anspruch nahm, hörte der Kapitän aufmerksam zu. Von Zeit zu Zeit schüttelte er still den Kopf.

Dann fragte er: „Und er hat Ihnen tatsächlich erzählt, er sei einer der Siebzehn?"

„Ist er das denn nicht?"

„Sein Vater gehört zum Kollegium der Siebzehn. Uys van Jaarsfeld ist lediglich ein Beauftragter in Diensten seines Vaters. Und nach allem, was ich von ihm gehört habe, ist er auch das nicht etwa durch eigenes Verdienst geworden, sondern lediglich durch Beziehungen."

Kapitän Danckaert sann eine Weile vor sich hin. Dann fuhr er fort: „Es scheint, daß unser Monsieur van Jaarsfeld nicht nur der Arbeit, sondern auch der Wahrheit entfremdet ist – was Ihre Anwesenheit an Bord erklärt." Er seufzte. „Wie auch immer, das verhilft mir auch nicht zu einer Lösung des Problems."

„Ich gehe keinesfalls in seine Kajüte zurück", beharrte Margot.

„Tun Sie doch", sagte der Kapitän und rutschte von seiner Tischkante. „Aber Sie werden nicht bleiben. Folgen Sie mir."

Sie gingen übers Oberdeck zu van Jaarsfelds Kajüte. Als der Kapitän nachdrücklich an die Tür pochte, blieb Margot in gebührendem Abstand hinter ihm stehen.

Nach einem Augenblick tauchte Uys van Jaarsfelds Gesicht auf.

„Wir kommen, um die Truhe der Dame zu holen", sagte der Kapitän.

Van Jaarsfeld sah am Kapitän vorbei und funkelte Margot an. „Die Dame“, er sprach das Wort aus, als habe er etwas Verdorbenes gegessen, „besitzt keine Truhe.“

„Aber ich bitte Sie, Monsieur van Jaarsfeld. Schließlich haben Sie mich beim Auslaufen zwanzig Minuten aufgehalten, damit wir das Ding noch an Bord hieven konnten.“

Jetzt traf van Jaarsfelds zornglühender Blick den Kapitän. Er sprach mit der Herablassung, die ein Herr von Stand einem etwas schwerfälligen Diener entgegenbringt. „Alles in dieser Kajüte gehört mir. Das Kleid, das sie trägt, gehört mir. Sie besitzt nichts – nicht das Geringste!“

Nach wie vor hinter dem Kapitän stehend, konnte Margot sehen, wie dessen Hals flammend rot anlief und sich seine rechte Hand zornig in der Hosennaht verkrallte. „Monsieur van Jaarsfeld“, sagte er mühsam beherrscht, „Sie werden sicher nicht von Mademoiselle de Campion erwarten, daß sie die ganze Reise ein und dasselbe Kleid trägt, oder? Im übrigen, was wollen Sie mit Frauenkleidern? Ich bin sicher, daß Ihnen keines davon paßt.“

Der Versuch des Kapitäns, es mit Heiterkeit zu schaffen, war an van Jaarsfeld vergeudet.

„Wenn das alles ist, Kapitän, wünsche ich Ihnen eine gute Nacht.“

Van Jaarsfeld versuchte die Tür seiner Kajüte zuzumachen, doch der Kapitän ließ es nicht zu. Margot konnte fast physisch wahrnehmen, wie in diesem Augenblick eine Wandlung bei Danckaert vorging: Aus dem magenkranken Diplomaten wurde wieder Kapitän Bulldogge.

Dieser knurrte: „Lassen Sie es mich anders sagen, Monsieur van Jaarsfeld. Entweder Sie bringen auf der Stelle die Truhe zum Vorschein, oder ich lasse Sie in einen Frachtraum unter Deck verfügen – wenn es sein muß, in Ketten –, während Mademoiselle de Campion für den Rest der Reise den Komfort Ihrer Kajüte genießt.“

Immer noch den Überlegenen herauskehrend, straffte sich van Jaarsfeld. „Sie vergessen, mit wem Sie reden, Kapitän. Ich bin Bevollmächtigter der Niederländisch-Ostindischen Compagnie.“

„Nein, mein Herr, Sie vergessen, mit wem Sie reden. Ich bin der Kapitän dieses Schiffes. Darf ich Sie an das Gesetz der See erinnern? Auf einem Schiff gilt nicht Gerechtigkeit oder Ungerechtigkeit. Hier gibt’s nur zwei Dinge: Pflichterfüllung oder Meuterei. Und zur Pflicht eines jeden an Bord gehört es, die Befehle des Kapitäns auszuführen. Alles andere ist Meuterei. Also frage ich Sie, Monsieur van Jaarsfeld, beabsichtigen Sie zu meutern?“

Van Jaarsfeld klappte der Unterkiefer herunter. Fassungslos starrte er das Bulldoggengesicht an. „Sie werden es nicht wagen, mich in Ketten zu legen."

„Ich werde alles tun, was vonnöten ist, um die Ordnung auf diesem Schiff aufrechtzuerhalten."

„Dann ist dies unwiderruflich Ihr letzter Törn für die Niederländisch-Ostindische Compagnie."

„Sobald Sie nach Amsterdam zurückkehren, mögen Sie Ihr Bestes tun, um mich aus dem Dienst zu entfernen. Ich wiederum werde mich mit einem Bericht zur Wehr setzen, der detailliert enthüllt, wie Sie eine unschuldige junge Dame zu verführen versucht haben, indem Sie angaben, einer der Siebzehn zu sein. Ferner, wie Sie sie gegen ihren Willen zur Hurerei zu zwingen versuchten. Ich bin sicher, daß die hochwohllöblichen Siebzehn vom Phantasiereichtum Ihrer Lügengeschichten und dem Ausmaß Ihrer Geilheit sehr angetan sein werden, Herr Bevollmächtigter."

„Ich versichere Ihnen, Kapitän –"

Jetzt ging ihm die Bulldogge an die Kehle. „Wem, meinen Sie, werden die Siebzehn wohl zustimmen? Mir, dafür, daß ich meine Pflicht als Kapitän dieses Schiffes getan habe? Oder Ihnen, dafür, daß Sie ein unschuldiges Mädchen verführt haben, nur um Ihre Lust zu befriedigen?"

Sekunden später stand die Truhe an Deck. Van Jaarsfeld höchstselbst hatte sie aus der Kajüte gezogen.

* * *

Mit zwei Matrosen im Schlepptau, die die Truhe zwischen sich trugen, führte der Kapitän Margot in den Laderaum hinab.

„Wo gehen wir hin?" fragte sie.

„An den einzigen Ort, den ich habe, um Sie unterzubringen."

Nachdem er eine Laterne angezündet hatte, führte er sie über zwei steile Niedergänge in den Bauch des Schiffes. Sie tauchten in eine stinkende Unterwelt ein, die einem Brechreiz verursachte – keine Spur mehr von der frischen Luft der offenen See. Das erste Ladedeck war übel, das zweite unerträglich. Als der scharfe Gestank ihre Atemwege attackierte, mußte Margot keuchen und husten.

„Wenn wir in rauhe See kommen, ist es noch schlimmer", sagte der

Kapitän. „Dann schwappt das Bilgenwasser über. Aber nach einer Weile gewöhnen Sie sich dran.“

Das bezweifelte Margot. An einen derart erstickenden Geruch würde sie sich niemals gewöhnen können. Sie folgte dem Kapitän durch ein Gewirr von Abteilungen. Ohne die Laterne hätte man die Hand vor Augen nicht sehen können. Schon die zwei Matrosen hinter ihnen konnten kaum etwas erkennen, nachdem ihnen der Kapitän und Margot das meiste Licht wegnahmen. Sie stießen gegen Sülle und Deckstützen, schrammten sich zweifellos Ellbogen und Knöchel auf und fluchten leise vor sich hin.

Sie kamen an eine Tür, und der Kapitän blieb stehen. Da es schon spät war, klopfte er nur verhalten an. Als keine Antwort kam, hielt er die Laterne hoch und öffnete. Noch intensiverer Gestank quoll hervor – es roch nach Seuche. Jetzt zuckte sogar der Kapitän zusammen.

Als sie hinter dem Kapitän durch das Schott trat, sah Margot verblüfft, daß in der schmalen Kammer sechs junge Frauen hausten. Sie lagen in Hängematten, von denen an jeder Seite der Kammer drei Stück befestigt waren.

„Die ‚Nichten des Königs‘“, stellte ihr der Kapitän die schlafenden Frauen vor. „Den Rest der Reise werden Sie hier mit ihnen logieren. Was Ihren Schlafplatz betrifft“, er ließ den Schein der Laterne auf der Suche nach einem freien Fleckchen, das es nicht mehr gab, rund um die Kammer kreisen, „so müssen Sie halt mit denen zurecht kommen.“

Er bedeutete den Seeleuten mit der Truhe, ihre Last inmitten der Kammer, zwischen den Hängematten, abzustellen. Dann zündete er noch ein Talglicht für Margot an und wünschte ihr eine gute Nacht. Unmittelbar bevor er die Tür hinter sich zumachte, hob er noch einmal die Laterne und musterte sie mit einem langen Blick. Im Schein der Lampe wirkten die Runzeln in seinem Gesicht noch tiefer, so daß er mehr denn je einer Bulldogge glich.

„Mademoiselle de Campion“, sagte er, „bis nach Kapstadt werden wir vier bis fünf Monate brauchen. Wir sind gerade mal fünf Tage von Amsterdam weg. Sie werden mir doch nicht die ganze Reise über Schwierigkeiten machen, oder?“

Während Margot sich noch bemühte, eine angemessene Antwort zu finden, setzte der Kapitän ein Lächeln auf und blinzelte ihr zu. Dann war er verschwunden.

Kaum war die Tür geschlossen, als eine der Schlafenden zu stöhnen anfing. Dieses Warnsignal kannte Margot. In einer Ecke der Kammer fand sie einen Eimer und ein Tuch. Sie schaffte es gerade noch rechtzeitig, bevor das Mädchen anfing, sich zu übergeben. Mit jedem Schwall lief ihr Gesicht blutrot an, und die Halsmuskeln strafften sich zum Zerreißen. Sie beugte sich so weit aus der Hängematte heraus, daß Margot fürchtete, sie würde herausfallen. Nach einer Weile würgte das Mädchen bloß noch und ließ sich erschöpft in die Hängematte zurückfallen.

Voll Mitleid schaute Margot das kranke Mädchen an. Sie war vierzehn oder fünfzehn Jahre alt. „Du armes, armes Ding", flüsterte Margot beruhigend und tupfte ihr das Gesicht ab.

Das Mädchen sah sie durch halbgeöffnete Lider an. Als sie Margots Gesicht nicht erkannte, machte sie die Augen ganz auf.

„Bist du – bist du ein Engel?" fragte sie.

Margot lächelte. „Aber nein, Liebe. Ich bin kein Engel."

Das Mädchen war nicht überzeugt. „Bist du meinetwegen gekommen? Muß ich sterben?"

Margot wischte ihr über die Augenbrauen. „Nein, Liebe. Du wirst nicht sterben."

In diesem Moment begann eine zweite junge Frau zu stöhnen. Margot eilte zu ihr und half ihr. Kurz darauf übergab sich ein drittes Mädchen.

Den größten Teil der Nacht ging Margot von einem Mädchen zum nächsten und half, so gut sie konnte. Endlich ging es allen besser. Der Seuchengestank in der geschlossenen Kammer und ihre eigene Erschöpfung ließen sie fürchten, daß sie bald genauso übel dran sein würde wie ihre neuen Gefährtinnen. Sie sah sich nach einem Platz um, wo sie sich hinlegen konnte. Es gab keinen. Alles, was die Zelle noch an freier Fläche geboten hatte, wurde jetzt von ihrer Truhe eingenommen.

Margot machte es sich so bequem wie möglich, indem sie sich auf den Boden setzte und ihren Rücken gegen die Truhe lehnte. Um sie herum waren nur die Schlafgeräusche der Frauen zu hören.

Herr, diesmal hast du mich in den Bauch des Walfisches kommen lassen, betete sie. *Muß ich hier wirklich die nächsten fünf Monate verbringen, bis er mich endlich ausspeit?* Sie dachte einen Augenblick über ihre Misere nach und fuhr dann fort: *Und wenn er mich ausspeit, wo werde ich dann sein? Wie werde ich in jenem Ninive leben?* Seufzend dachte sie: *Immerhin hab ich durch all dies was über Männer gelernt. Ich hab gelernt: Wenn du vor einem Ungeheuer wegläufst, mußt du dich, bevor du einem Retter in die Arme springst, überzeugen, daß er keine Schlange ist.*

Margot zog ihre Knie an die Brust, schlang die Arme darum und benutzte sie als Kissen für ihren Kopf. Völlig erschlagen schloß sie die Augen. Im Halbschlaf spulte sich eine Reihe unerwünschter Bilder vor ihrem inneren Auge ab: Fabarez, der anklagend den Finger gegen sie hob; der Wachhabende an der Gangway, der ihren Arm umklammerte und sich mit seinem Heringsgestank gegen sie preßte; van Jaarsfeld, der an ihren Kleidern riß.

* * *

„Wer bist du, und was macht das Ding hier?"

Die unfreundliche Stimme kam von hinten. Margot schlug die Augen auf – einmal und noch einmal; sie wollten ihr nicht gehorchen. Der Boden war hart und ihre Glieder steif.

„He, Prinzessin! Ich red' mit dir!"

Margot zwang sich, den Schlaf abzuschütteln, und sah sich um. Aus allen Hängematten bis auf eine war ein Augenpaar unverwandt auf sie gerichtet. Und die vorherige Benutzerin der leeren Hängematte, eine große, hagere junge Frau mit füllig gelocktem, lang getragenem kastanienbraunen Haar, stand hinter ihr und hatte einen Fuß auf die Truhe gesetzt.

„Du da auf'm Boden! Bist du plemplem oder was? Ich hab dich gefragt, was du hier machst."

Margot rappelte sich hoch und strich einige Falten an ihrem taubenblauen Kleid glatt. „Der Kapitän hat mich heute nacht hergebracht", antwortete sie. Dann fiel ihr ein, daß sie sich vielleicht vorstellen sollte, und sie fügte hinzu: „Ich heiße Margot. Und ihr seid –"

„Hier gibt's keinen Platz für dich, Prinzessin. Du wirst anderswo unterkommen müssen." Die Hochgewachsene trat mit dem Fuß gegen die Truhe. „Und sieh ja zu, daß du das Ding hier mitnimmst!" Sie hatte eine laute Stimme und ein schroffes Auftreten. Alles paßte perfekt mit ihrer höhnischen Grimasse zusammen.

„Dem Kapitän zufolge gibt es keinen anderen Platz", entgegnete Margot mit einem entschuldigenden Schulterzucken. „Und warum übrigens nennst du mich dauernd Prinzessin?"

„Guck' dich doch an!" schnaubte die Frau. „Solche Klamotten, wie du trägst, haben nur Reiche oder Leute bei Hofe!"

„Ich weiß, wer du bist!" Eine hellere Stimme, aus einer der Hängematten. „Du bist der Engel!"

Margot lächelte. Dem ersten Mädchen, um das sie sich während der Nacht gekümmert hatte, ging es offensichtlich besser. Ihre Lider waren noch schwer, trotzdem hatte sie unglaublich runde Kulleraugen.

„Ich freue mich, daß es dir besser geht", sagte Margot. „Aber ein Engel bin ich nicht." Dann, mit einem Seitenblick auf die Hochgewachsene: „Und reich oder von königlicher Herkunft bin ich auch nicht."

„Auch mich hat sie heut' nacht getröstet!" sagte ein drittes Mädchen.

„Mich auch! Jetzt fällt's mir wieder ein", ließ sich eine Vierte vernehmen.

„Is' mir wurscht, was du gemacht hast oder welche Klamotten du trägst", unterbrach die Große, Dominante. „Hier kannst du nicht bleiben. Es is' jetzt schon zu voll."

„Das ist Suzette", sagte das Mädchen mit den Kulleraugen. „Sie ist immer so. Ich heiße Katje."

„Schön, dich kennenzulernen, Katje", sagte Margot.

Katje übernahm es, auch die anderen vorzustellen. „Das hier sind Anna und Aletta, die anderen beiden, denen du heut' nacht geholfen hast. Da drüben haben wir Marie; sie redet nicht viel. Und schließlich Clara."

Margot nickte jeder von ihnen zu.

„Also, jetzt hast du alle gesehn!" rief Suzette. „Und jetzt raus!"

„Danke, daß du uns heute nacht geholfen hast." Anna ignorierte Suzettes Ausbruch. „Das war echt lieb von dir."

Margot zuckte die Schultern. „Letzthin hab ich 'ne Menge Zeit als Krankenpflegerin zugebracht." Sie dachte an Sylvie, und die Traurigkeit kam wieder hoch. Sie verdrängen zu wollen, hatte keinen Zweck, also versuchte sie es erst gar nicht. Schließlich waren ihre Gefühle, und mochten sie auch unangenehm sein, neben den Erinnerungen das einzige, was ihr von der Frau geblieben war, die sie aufgezogen hatte. „Wie lange seid ihr krank gewesen?" fragte sie die Mädchen.

Suzette antwortete an ihrer Stelle: „Oh, wir hatten hier drin 'n richtiges Tollhaus von Krankheiten! Grad mal zehn Minuten, nachdem wir die Segel gesetzt hatten, fingen die alle zu kotzen an."

„Und dann sind sie immer noch krank? Das ist merkwürdig", sagte Margot. „Monsieur van Jaarsfeld war nur zwei Tage krank. Danach war er wieder wohlauf und marschierte an Deck herum."

„Wenn sie den hier unten in so'n Rattenloch gesteckt hätten, wär' er auch noch immer krank!" keifte Suzette.

„Aber ihr seid doch bestimmt nicht die ganze Zeit hier unten gewesen, oder?" Allein den Gedanken fand Margot grauenvoll. Sie waren so tief im Inneren des Schiffes, daß sie nicht einmal sagen konnten, ob es Tag oder Nacht war, es sei denn mit Hilfe eines Chronometers. Die Luft stand vor Gestank. Das allein genügte, um auch die Stärkste krank werden zu lassen.

„Wir dürfen aus der Kammer nich' raus." Suzette verzog das Gesicht. Sie sprach in barschem Ton. „Wir würden den Schiffsbetrieb störn!"

Es fiel Margot nicht schwer zu erraten, wer das angeordnet hatte: „Befehl vom Kapitän?"

Rundherum nickten Köpfe.

„Entschuldigung, meine Damen", sagte Margot und bedeutete Suzette, ihr Platz zu machen, „ich muß mit jemandem reden."

Tatsächlich trat Suzette beiseite.

Margot mußte über die Truhe hinwegsteigen. Damit sie das schaffte und gleichzeitig an Suzette vorbeikam, mußte sie sich an den aufgespannten Hängematten festhalten.

Suzette zeigte auf die Truhe. „Nimmst du das Dings hier nich' mit?"

„Ich glaub', du solltest lieber nich' hier rausgehen!" rief Katje. „Man hat uns verboten, die Kammer zu verlassen."

„Ich bleib' nicht lange weg", antwortete Margot. Sie blieb unter der Tür stehen, um an einer Wandkerze ein weiteres Talglicht anzuzünden. „Übrigens", sagte sie dann, „in der Truhe findet ihr so ähnliche Kleider, wie ich eins anhab', und zwar in verschiedenen Größen. Bedient euch! Alles, was euch paßt, könnt ihr euch nehmen. Richtet euren Dank an Monsieur Uys van Jaarsfeld von der Niederländisch-Ostindischen Compagnie!"

* * *

Selbst untertags war der Laderaum so düster, daß Margot das eine Talglicht nicht genügte, um den Weg zu finden. Als sie die Idee gehabt hatte, war es ihr sehr einfach vorgekommen, an Deck zu steigen und den Kapitän wegen der Lebensbedingungen der Frauen zur Rede zu stellen. Doch jetzt, nachdem sie zehn Minuten lang im Dunkeln herumgestolpert war, schien es ganz und gar kein einfaches Vorhaben mehr zu sein. Was die Sache um so schlimmer machte, war die beängstigende Einsicht, daß sie tief in den Eingeweiden des Schiffes herumirrte und nicht die geringste Ahnung hatte, wo sie sich befand oder wie sie an ihr Ziel kommen sollte.

Aber es stand noch aussichtsloser: Sie hatte sich nur mit einem Kerzenstummel auf den Weg gemacht. Es würde nicht mehr lange dauern, bis er vollends niedergebrannt sein würde. Dann würde sie die Hand vor Augen nicht mehr sehen. Margot begann sich zu fragen, wie viele Tage sie wohl im Schiffsbauch herumirren könnte, bevor irgend jemand nach ihr suchen würde.

Sie fing an, jede Tür aufzustoßen, an der sie vorbeikam. Dabei entdeckte sie, wo Reservesegel und –leinen aufbewahrt wurden. Sie fand ein Waffenarsenal und ein Pulverlager. Sie fand Vorratskammern voller Tonnen mit Frischwasser und aufgestapelter Bierfässer. Was sie nicht fand, war ein Niedergang zum Oberdeck.

Die Flamme des Talglichts brannte mittlerweile gefährlich dicht an ihrer Hand. Sie konnte die Hitze bereits auf der Haut spüren. Ein Gefühl der Furcht packte sie. Sie war so oft umgekehrt, um so viele Ecken geschlichen, daß sie sich nicht einmal mehr sicher war, ob sie zu der Kammer der Mädchen zurückfinden würde – und zwar mit einer Kerze. Ohne Licht – daran wagte sie gar nicht zu denken.

Da stolperte sie über ein paar Stufen. Es war ein nach oben führender Niedergang. *Jeder Weg, der nach oben führt, kann mir nur recht sein,* sagte sie zu sich selbst. Sie erklomm die Stufen und drückte die Klappe auf, die sie nach oben hin abschloß. Kaum hatte diese sich quietschend geöffnet, als ihr Blick auf gut ein Dutzend Seeleute fiel, die alle eher weniger bekleidet waren.

Sie stieß ein „Oh!" aus und ließ den Deckel wieder zufallen.

Das verursachte einen Luftzug, der ihre Kerze endgültig löschte. Margot stand im Dunkeln. Von jenseits der Ausstiegsklappe erschollen Flüche und ungebärdige Ausrufe jeder Art und Gattung.

„Ich schwör', es war 'n Frauenzimmer!" schrie eine Stimme.

Sekunden später flog der Deckel wieder auf, und Margot wurde emporgezerrt. Hastig versuchte sie ihr Mißgeschick zu erklären und bestand darauf, daß die Seeleute – die mittlerweile alle irgendwie ihre Blöße bedeckt hatten – sie zum Kapitän führten.

Eine Schar von Matrosen tat ihr den gewünschten Gefallen – einige in einer gewissen Erbitterung darüber, daß einer Frau, die einem Schiff sowieso nur Unglück bringen konnte, auch noch erlaubt wurde, überall an Bord herumzustreunen, andere aus schierer Freundlichkeit. So oder so: was auch immer das tägliche Einerlei unterbrach, war ein Ereignis.

Während ihre Eskorte sie Richtung Oberdeck geleitete, versuchte Margot die positive Seite ihres Mißgeschicks zu sehen. Immerhin hatte sie eine Möglichkeit gefunden, an Deck zu gelangen. Die negative Seite zeigte sich in ziemlich dramatischer Manier, als sie des Gesichtsausdrucks des Kapitäns bei ihrem Auftauchen gewahr wurde.

Die Bulldogge sah überhaupt nicht glücklich aus, sie so bald wiederzusehen. Und an ihrer Seite hatte sie Männer, die sie entweder für ein schlechtes Omen hielten oder als willkommenes Vergnügen ansahen. Es war klar, daß sie nicht mit den allerbesten Aussichten in diese Debatte über die Zustände im Frauenquartier einstieg.

Folglich entschied sie sich, die Ausgangslage zu verändern. Sie ging zum Angriff über. Sie schob ihre Eskorte beiseite und pflanzte sich mit einem regelrechten Sperrfeuer von Klagen und Anschuldigungen vor dem Kapitän auf, die sie hervorsprudelte, bevor er oder irgend jemand sonst auch nur ein Wort sagen konnte.

„Etwas in dieser Art hätte ich von einem skrupellosen Unhold wie Uys van Jaarsfeld erwartet – Ihr dagegen, Kapitän, verblüfft mich! Ich hätte das für unter Eurer Würde gehalten. Die Bedingungen, unter denen zu leben Ihr diese sechs Mädchen, diese sechs jungen, entzükkenden Damen, zwingt, sind unerträglich! Ist Euch eigentlich klar, daß sie die ganze Zeit, seit wir aus Amsterdam fort sind, krank gelegen haben? Ist Euch klar, daß Ihr von Glück sagen könnt, wenn überhaupt eine von ihnen diese Reise überlebt – angesichts des üblen Lochs, in dem sie vegetieren müssen? Es ist eine Schande, Kapitän Danckaert! Jawohl, eine Schande!“

Der Kapitän hob die Hand, um etwas zu sagen.

Doch Margot ließ ihm keine Chance dazu. Mit streitlustig erhobenem Zeigefinger fuhr sie fort: „Wenn Ihr Viehzeug im Laderaum transportieren würdet, behandeltet Ihr es besser! Ihr habt schon Vieh in die Kolonien verschifft, nicht wahr, Kapitän? Wie würden wohl die Kolonisten reagieren, wenn ihre Tiere bei der Ankunft in Kapstadt abgemagert, krank und halbtot wären? Ich sag' Euch, wie! Sie würden kochen vor Wut! Also, Kapitän, Ihr habt sechs kränkliche, dürre Frauen unter Deck. Frauen! Frauen, Kapitän, nicht Kühe, nicht Weinfässer, nicht Kornsäcke – Frauen! Frauen aus Fleisch und Blut!“ Mit den Händen auf den Hüften schloß sie: „Und jetzt will ich wissen, wie Ihr dieser widerwärtigen Situation abzuhelfen gedenkt!“

Die Seeleute starrten sie an, als sei sie von einem Dämon besessen. Kapitän Danckaert sah drein, als wollte er ihr jeden Moment den Kopf herunterreißen. Kurz bevor er explodierte, lächelte Margot ihn an und zwinkerte, genau wie er es in der Nacht getan hatte.

Das nahm ihm allen Wind aus den Segeln.

Er wandte sich an einen ihrer Begleiter und fuhr ihn an: „Wo ist sie hergekommen?“

„Sie kam auf einmal aus ’m Niedergang in unserm Logis, Käpten.“

Der Kapitän zog die Augenbrauen hoch und wandte sich fragend an Margot.

„Ich hab mich verlaufen“, sagte sie entschuldigend.

Die Bulldogge bellte die Matrosen an. „Zurück ins Logis! Damit werd’ ich allein fertig!“

„Aber, Käpten –“

Der Kapitän schnitt ihm das Wort ab. „Ich diskutier’ das später mit dir, Swenson! Du hast in zwei Stunden Wache, stimmt’s?“

„Jawohl, Kapitän.“

„Dann nimm ’ne Mütze Schlaf!“

„Jawohl, Kapitän.“

Der Kapitän wandte sich Margot zu und bellte: „Und Sie kommen mit mir!“

* * *

Sie saßen sich in seiner Kabine gegenüber, genau wie in der vergangenen Nacht – er auf der Kante seines Schreibpultes, sie auf der Truhe.

„Also, was soll das Ganze?“ fragte der Kapitän erschöpft. Seine ganze Art war viel weicher, wenn er keinen seiner Männer um sich hatte.

„Genau das, was ich Euch an Deck sagte. Die Mädchen sind krank, und es wird schlimmer werden, wenn nicht etwas unternommen wird, um ihre Lebensbedingungen zu verbessern.“

„Sie sind dort untergebracht, wo die Gesellschaft es angeordnet hat“, erklärte der Kapitän.

„Aber das ist ein Frachtraum!“ rief Margot.

„Sie *sind* Frachtgut!“ rief der Kapitän zurück.

Margot starrte ihn an. Sie konnte es nicht glauben.

„Sie sind keine zahlenden Passagiere“, erläuterte er. „Diese Mädchen sind Waisen, die in Amsterdam keine Zukunft haben. Sie werden durch die Compagnie und auf Kosten der Compagnie verfrachtet, um an einsame Bauern verheiratet zu werden. Soweit es die Compagnie betrifft, ist das ein Geschäft und sonst gar nichts!"

„Aber es sind Menschen! Und ich glaube Euch gut genug zu kennen, um zu wissen, daß Ihr Euch bei dieser Geschichte nicht wohlfühlt, mag die Gesellschaft sie hundertmal als Frachtgut behandeln – unwohl genug, um Euch um ihr Wohlergehen zu kümmern!"

Die Bulldogge sah sie mit amüsiertem Gesichtsausdruck an. „Sie meinen mich zu kennen – hab ich das richtig verstanden?"

Ohne das Gesicht zu verziehen antwortete Margot: „Ich weiß, daß Ihr Euch genausogut hättet entscheiden können, Monsieur van Jaarsfeld zufriedenzustellen, indem Ihr mich ihm überlassen hättet. Aber Ihr habt es nicht getan."

Sie musterten einander in stiller Freundlichkeit.

„Was also soll ich tun?" fragte Kapitän Danckaert schließlich.

„Laßt die Frauen einmal täglich an Deck, damit sie etwas frische Luft bekommen."

„Kommt nicht in Frage!"

„Warum?"

„Sie würden die Mannschaft völlig außer Rand und Band bringen! Es würde die Gefahr von Verletzungen oder tödlichen Unfällen heraufbeschwören! Die Seefahrt ist auch so gefährlich genug, ohne daß die Matrosen sich den Hals nach ein paar Frauen an Deck verrenken."

„Dann laßt uns nachts an Deck. Nachts wird doch nur mit minimaler Wache gefahren. Ich verspreche, daß wir nichts tun, was irgendwie ablenkend wirken könnte."

Der Kapitän rieb sich das Kinn. „Paßt mir immer noch nicht so ganz", sagte er.

„Aber Ihr könntet es zulassen?"

„Eine Stunde pro Nacht – länger nicht."

„Vielen Dank, Kapitän Danckaert!"

Die Bulldogge grinste Margot schief an. „Wir haben fünf lange Monate vor uns, Mademoiselle de Campion! Fünf lange Monate."

6

Als Margot – in Begleitung zweier Seeleute, denen vom Kapitän nachdrücklich eingeschärft worden war, ja keine Umwege zu dulden – in die Kammer der Frauen zurückkehrte, waren diese gerade dabei, sich herauszuputzen. Jede trug eines der Kleider aus der Truhe Uys van Jaarsfelds. Jede bis auf Suzette.

„O Margot, sind die wundervoll!" krähte Katje, während sie sich voller Glück in einem blaßgelben Seidenkleid hin- und herdrehte.

Margot mußte über die tanzende Fee lächeln. *Viel besser*, dachte sie in Erinnerung daran, wie elend das Mädchen in der vergangenen Nacht ausgesehen hatte. Heute waren ihre Augen klar, wenn auch noch nicht hell, und lustige Grübchen unterstrichen ihr Lächeln. Margot hatte den Eindruck, daß dies die normale Katje war: sorglos und heiter. Zwar zeigten die drei kranken Mädchen noch Anzeichen der hartnäckigen Erkrankung, aber die Kleider schenkten ihnen einen Augenblick des Entkommens aus ihrer käfiggleichen Zelle.

Vier andere Mädchen stimmten mit Katje in ein wahres Loblied der Dankbarkeit ein, während sie herumtanzten und die Röcke fliegen ließen, so gut es in der drangvollen Enge eben ging.

Nur Suzette lehnte mit verschränkten Armen und ungnädigem Gesicht am Schott.

„Hat dir keines der Kleider gepaßt?" fragte Margot.

„Weiß nich. Hab keins anprobiert", antwortete Suzette unwirsch.

„Warum nicht?"

Katje antwortete für Suzette: „Sie denkt, wir machen uns zu Narren."

Suzette warf Katje einen finstern Blick zu und verteidigte sich: „Ich brauch' keine Gesellschaftsrobe nich, um mir 'n Mann an Land zu ziehn. Vielen herzlichen Dank."

„Ich seh' das so", mischte sich Aletta mit ihrer glockenhellen Stimme ein, während sie die Spitzenapplikationen an ihrem rosafarbenen Kostüm zurechtzupfte, „daß ich in so'm Kleid vielleicht auch 'nem etwas reicheren Mann ins Auge stech'."

Verhaltenes Kichern von allen Seiten zeigte, daß ihre Gefährtinnen ihrer Analyse beipflichteten, was den Aufmerksamkeitsfaktor ihrer neuen Gewänder anging.

„Ich weiß ja nich, wie's euch geht", sprach Aletta weiter, „aber ich jedenfalls hab's satt, immer nur hungrig und arm zu sein. Wenn das

Kleid hier den Unterschied zwischen 'nem Krauter, der nach Kuhmist stinkt, und 'nem wohlhabenden Typen mit'm eigenen Weingut ausmacht, dann lohnt sich's allemal."

„Mir is' wurscht, womit mein Mann sein Geld verdient", krähte Katje, „solang' er bloß 'n Mann is'!"

Die ganze Kammer kicherte und gluckste.

Margot zog sich der Magen zusammen. Sie mußte an Fabarez, den Mann an der Stelling und van Jaarsfeld denken. *Wenn's nicht der richtige Mann ist, kann es schlimmer sein, einen Mann zu haben, als sich nach einem zu sehnen – viel schlimmer.* Aber sie zog es vor, nichts zu sagen. Sie wollte den Mädchen nicht die Freude an den Kleidern verderben.

Suzette stand immer noch abseits und rümpfte die Nase über die anderen. „Ich hab noch nie für'n Mann etepetete getan und werd' auch jetzt nich damit anfangen. Entweder er nimmt mich, wie ich bin, oder er läßt es bleiben!"

„'n nettes Kleid anzuhaben hat nix mit etepetete zu tun!" verteidigte sich Clara. Es war der erste Satz überhaupt, den Margot von ihr hörte. Sie war ein schlichtes, breitschultriges Mädchen mit glanzlosem roten Haar und kräftigen Augenbrauen. „Für mich is' das 'ne ganz praktische Sache", fuhr sie fort. „Diese Größe hier kann Margot nich anziehen, is' ihr viel zu groß. Entweder ich zieh's an, oder es bleibt inner Truhe liegen und wird von den Motten gefressen."

„Als ob bei *dir* so'n Fummel irgendwas ändern würde!" schnaubte Suzette.

Diese Gemeinheit traf ins Schwarze. Clara war offensichtlich tief verletzt. Unisono schalten die anderen Mädchen Suzette wegen ihrer gehässigen Bemerkung.

Doch Suzette brachte alle zum Schweigen. „Ich für mein' Teil weiß, daß ich als Waise aufgewachsen bin! Wir ham keine Fummel getragen und uns auf'm Tanzboden gedreht. Ich hab noch nie im Leben 'n Seidenkleid angehabt, und jetzt werd' ich auch nich damit anfangen."

„Ich find' das unmöglich, wenn du dich so damit hervortust, 'ne Waise zu sein", widersprach Marie. „Wir sind alle im selben Waisenhaus gewesen! Wieso denkst du, du bist was Besseres als wir?"

Suzette stieß sich von ihrem Schott ab und machte drohend einen Schritt auf Marie zu.

Schnell trat Margot zwischen die beiden. „Suzette, auch ich hab bis vor zwei Tagen noch nie so'n Kleid angehabt", sagte sie.

Das schien für die anderen eine überraschende Neuigkeit zu sein. „Wir dachten, du wärst reich!" rief Katje aus.

„Klar is' sie reich!" schrie Suzette. „Das is' bei reichen Leuten Mode, allen vorzujammern, wie arm sie sind!"

Margot lachte auf. „Ich bin nicht reich. In Wirklichkeit bin ich euch viel ähnlicher, als ihr denkt. Ich bin auch 'ne Waise."

„Aber ganz sicher!" mokierte sich Suzette. „Weil ja auch alle Waisen mit 'ner Wagenladung voll teurer Seidenklamotten reisen!"

„Soll das heißen, daß du auch eine von den ‚Nichten des Königs' bist?" krähte Katje.

„Falls ihr glaubt, daß ich nach Kapstadt unterwegs bin, um mir 'n Mann zu suchen, dann liegt ihr verkehrt", sagte Margot.

Dann erklärte sie, wie es gekommen war, daß sie an Bord der *Adler* war, und erzählte ihnen die Ereignisse, die sie in ihren Verschlag unter Deck gebracht hatten. Dabei betonte sie besonders, wie freundlich Kapitän Danckaert mit ihr umgegangen war, womit sie zu einer wichtigen Mitteilung kam.

„Der Kapitän hat heut' nacht eine Überraschung für uns", sagte sie.

„'ne Überraschung? Was denn für 'ne Überraschung?" krähte die vor Aufregung hüpfende Katje. Sie sah aus wie ein kleines Mädchen, das mit der Garderobe seiner Mutter Verkleiden spielt.

Suzette sah sie mißbilligend an.

Margot hatte zwar ihren Spaß an Katjes Freude, konnte aber nicht anders, als sich zu fragen, was wohl die Zukunft diesem Kind bringen würde, das noch so jung war und doch schon den Kopf mit Männern und Heiraten voll hatte. Wie würde Katje in zehn Jahren sein? Würden ihre Augen immer noch funkeln? Würde sie immer noch dieselbe Unschuld ausstrahlen wie heute? Warum konnten sich Katje und die anderen nicht damit zufriedengeben, jung und unberührt zu sein?

* * *

Margot fühlte sich unter dem Sternenhimmel wie ein Königskind. Das Gesicht nach oben gerichtet, konnte sie sich nicht entscheiden, woran sie sich mehr freuen sollte: an der Lichterpracht, die den Himmel übersäte, oder der frischen Luft, die über ihre Wangen strich?

„Margot, was für 'ne herrliche Überraschung! Wie in aller Welt hast du *das* hingekriegt?" rief Katje.

„Ihr müßt nicht mir danken, sondern dem Kapitän", antwortete

Margot. Sie mußte über die kindliche Freude ihrer jungen Freundin lächeln.

Katje hatte beide Arme waagerecht von sich gestreckt und tanzte mitten auf dem Deck im Kreis herum. Jede auf ihre eigene Art, genossen es die Mädchen, an der frischen Nachtluft zu sein. Sie liefen auf dem Deck hin und her, so weit es ging. Sich frei bewegen zu können, war das Größte für sie. Ihre seidenen Gewänder – nur Suzette trug nach wie vor Wolle – glitzerten im Mondschein wie leuchtende Farbtupfer inmitten einer ganz in Grau und Blau daliegenden Umgebung. Ihr Kichern und ihre Freudenrufe übertönten das Flattern der Segel.

„Mademoiselle de Campion – auf ein Wort bitte!" Die schroffe Stimme des Kapitäns paßte überhaupt nicht zu der weiblichen Ausgelassenheit.

Seide raschelte, als sich die „Nichten des Königs" um ihn scharten, überschäumend vor Dankbarkeit für seine Erlaubnis, daß sie diese Zeit an Deck verbringen durften.

Die Bulldogge schob sowohl die Dankesäußerungen als auch die Mädchen selbst beiseite, wiewohl nicht einmal sein verkniffener Gesichtsausdruck ihren Überschwang zu dämpfen vermochte.

Margot rettete die Situation für den Kapitän dadurch, daß sie die Mädchen ermahnte, sie dürften nur eine Stunde an Deck bleiben. Dann war sie mit Kapitän Danckaert allein.

„Was soll das heißen – *meine* Überraschung für sie?" röhrte der Kapitän, so gut er es im Flüsterton vermochte.

„Ich hielt es für netter, wenn die Mädchen dächten, es sei Eure Idee gewesen. Dafür lieben sie Euch!"

„Ich will nicht geliebt werden, Mademoiselle de Campion! Ich bin der Kapitän! Einen Kapitän liebt niemand! Das geziemt sich einfach nicht. Im übrigen habe ich diesem Unterfangen nicht zugestimmt!"

„Eine Stunde an Deck jede Nacht!" rief Margot. „Das habt Ihr selbst gesagt!"

„Aber ich habe nicht meine Zustimmung zu einem pompösen Ball gegeben! Sehen Sie hin! Sie haben versprochen, daß sie die Männer nicht ablenken würden! Als ich eben an Deck kam, fraß jeder einzelne meiner Seeleute – jeder, ohne Ausnahme – mit seinen Augen diese Frauen auf! Die sollen Wache gehen und nach Piratenschiffen Ausschau halten, nicht nach Frauen!" Energisch schüttelte er den Kopf. „Das geht so nicht. Nein, das geht so nicht!"

Margot mußte zugeben, daß der Anblick beschwingter, attraktiver Frauen in seidenen Kleidern für die Männer an Deck eine Ablenkung bedeuten mußte. Keinesfalls aber war sie bereit, ihre Decksstunde dranzugeben.

„Kapitän, die kurze Zeit, die die Mädchen an Deck verbracht haben, hat schon Wunder bei ihnen gewirkt. Falls Ihr sie die ganze Reise über einsperrt, werdet Ihr einige von ihnen einbüßen. Ich werde mit ihnen reden, daß sie leiser sind, und ich werde sie veranlassen, andere Kleider anzuziehen. Morgen nacht werden sie so farblos sein, daß sie mit dem Deck verschmelzen. Gebt uns zumindest noch eine Nacht – nur eine! Wenn es morgen genauso läuft, bleiben wir unter Deck, bis wir vor Kapstadt Anker werfen."

Margot hatte den Verdacht, daß es selten vorkam, daß die Bulldogge auf dem Schiff irgendein Zugeständnis machte. Vermutlich hatte er ihr gegenüber schon jetzt mehr nachgegeben als jemals einer Mannschaft während seiner ganzen Laufbahn.

Er verzog das Gesicht, als bereite das Sprechen ihm Schmerzen, und sagte: „Eine Chance noch."

In der folgenden Nacht schlichen die Mädchen auf Deck herum, als seien sie in einer Kathedrale. Der Kapitän erschien, sah einige Zeit finster zu ihnen herüber und verschwand wieder. Danach wurde kein Wort mehr über die Angelegenheit verloren, und während der restlichen Reise kamen die Mädchen Nacht für Nacht eine Stunde lang an Deck.

* * *

Mehrere Tage und Nächte lang sorgte Margot für die „Nichten des Königs" wie ein Hirte für seine Herde. Sie dachte an den Traum, den sie während ihrer letzten Amsterdamer Nacht auf der Kirchentreppe gehabt hatte, den Traum von den armen Kindern draußen vor den Stadtmauern. Lebhaft erinnerte sie sich an ihr Gefühl der Hilflosigkeit, als sie sie um Essen und Geld anbettelten und sie ihnen nichts geben konnte.

Margot war sich nicht sicher, wieso sie jenen Traum mit den Mädchen hier in Verbindung brachte; was sie aber wußte, war, daß sie im Hinblick auf die Hilfe, die die Mädchen brauchten, anders als im Traum nicht mit leeren Händen dastand. Sie hatte ihnen etwas zu geben – nicht bloß die Kleider, sie bedeuteten nichts. Sie besaß Mitleid, Weisheit und Wissen. Ihr Mitleid hatte sie gleich in der ersten Nacht erwiesen.

Und während sie ihnen diente, hatte sie etwas über sich selbst gelernt: daß ihr nämlich das Durcheinander nichts ausmachte und daß die üblen Gerüche sie nicht so angriffen wie andere Leute. Sie lernte, daß es ihr, während sie sich um die Kranken kümmerte, zuallererst um deren Wohlergehen ging. Wenn sie Schmerzen hatten, tat es *ihr* weh. Und wenn die, um die sie sich sorgte, Anzeichen der Besserung zeigten, fühlte sie sich zutiefst befriedigt, mehr als jemals zuvor in ihrem Leben.

Doch sie wollte mehr für diese Mädchen tun, als sich bloß um ihr äußeres Wohl zu kümmern. Sie wollte ihnen wenigstens etwas von der Weisheit weitergeben, die sie von Sylvie empfangen hatte. Dank ihrer geliebten Sylvie besaß sie ein Bibelwissen, wie es die meisten Frauen nicht kannten. Und je mehr sie darüber nachdachte, um so mehr verlangte es sie danach, diesen Mädchen etwas davon mitzuteilen.

Sie hatte erwogen, ihnen Lesen beizubringen, diesen Gedanken aber als zu riskant verworfen. Was sie ihnen aber vermitteln konnte, waren die Wege Gottes. Sie konnte sie die Weisheit lehren, aus der sie Trost ziehen konnten, wenn sie ihn wirklich brauchen würden. Weisheit, die sie zu weisen Müttern machen und ihnen die Kraft geben würde, durch die Schwierigkeiten zu kommen, die sich mit größter Wahrscheinlichkeit vor jeder von ihnen auftürmen würden.

Eines Tages fragte sie sie: „Was ist eure Lieblingsgeschichte in der Bibel?"

„Bibel?" fragte Suzette mit krausgezogener Nase.

„Ja, ihr habt doch bestimmt eine Lieblingsgeschichte", sagte Margot.

Die Mädchen starrten sie samt und sonders an, als hätten sie noch nie im Leben von der Bibel gehört.

„Ja, aber ihr habt doch sicher die Kirche besucht, während ihr im Waisenhaus wart", beharrte Margot.

Sie sahen sich verwirrt an und riefen dann unisono: „Madam Hofmeyr!" Jetzt begannen alle auf einmal von dieser Madam Hofmeyr zu erzählen.

„Wer ist Madam Hofmeyr?" fragte Margot dazwischen.

„Madam Hofmeyr war 'ne alte Frau", erklärte Katje, „ungefähr 'n Meter zwanzig groß und genauso breit ..."

Alle Mädchen brachen in Gelächter aus und nickten.

„. . .die uns Sonntag für Sonntag im Gänsemarsch in die Kirche schleppte. Sie hatte immer 'ne Rute dabei und hat sie kräftig an uns ausgelassen. Du brauchtest nur sowas Schlimmes tun wie mal grinsen – am Sabbat! –, schon kriegtest du eins drübergezogen."

„Einmal hat sie Aletta welche draufgeklatscht, weil sie sich beim Gebet anner Nase gekratzt hat“, sagte Anna, worauf Aletta verlegen grinste.

„Wenn du uns nach unsrer Lieblingsgeschichte ausser Bibel fragst, das is’, als wenn wir sagen sollten, wo wir’s am liebsten haben, wenn’s wehtut“, sagte Suzette lachend. Sie beugte sich zu Clara hinüber und fragte: „Was is’ dir lieber – ’ne Ohrfeige oder ’n Fellvoll?“

Eine lächerliche Frage, über die die Mädchen erneut lachen mußten.

„Und wir mußten absolut stillsitzen“, brummte Marie. „Immerzu, ohne Ende, während der Priester vor sich hin leierte und sabbelte und nicht aufhörte.“ Sie machte es vor, indem sie sich kerzengerade aufrichtete und dabei das Gesicht verzog.

Ihr Gelächter hallte von den Wänden ihres Verschlages wider. Ein paar der Mädchen hielten sich vor Lachen den Bauch, andere ließen sich glucksend auf die Seite fallen oder wischten sich die Tränen vom Gesicht.

Margot lächelte geduldig. Zuerst hatte sie ein Lächeln aufgesetzt, um ihre verletzten Gefühle zu verbergen. Sie hatte Zurückweisung empfunden – hatte sie ihnen doch eine ernsthafte Frage gestellt, und sie wußten nichts Besseres, als sich auf ihre Kosten halb totzulachen! Sie wollte doch nichts anderes, als etwas mit ihnen zu teilen, was ihr wichtig war. Und sie machten sich bloß darüber lustig!

Dann ging ihr etwas auf. Sie selbst brachte die Bibel mit ihrer geliebten Sylvie in Verbindung, ihre Kameradinnen aber mit Schmerzen und Langeweile. Außerdem hatte sie, als Sylvie anfing, sie die Bibel zu lehren, schon einen Wissensdurst gehabt, der den Mädchen völlig abging. Sie würde sie erstmal durstig machen müssen.

Beim Stichwort Durst hatte sie eine Idee.

„Habt ihr jemals die Bibelgeschichte von der Frau gehört, die fünf Männer hatte?“

„Fünf Männer!“ krähte Katje erschrocken und lustvoll zugleich.

Margot nickte. „Und sie lebte mit dem sechsten Mann.“

Damit hatte die Lehrerin die Aufmerksamkeit ihrer Klasse.

„So ’ne Geschichte gibt’s inner Bibel gar nich!“ rief Suzette aus.

„Und ob!“ beharrte Margot. „Soll ich sie euch erzählen?“

In sechs begierigen Gesichtern, alle dicht an dem ihren, klappten die Münder zu, während die Ohren aufgingen, um die Geschichte der Frau zu hören, die fünf Männer hatte. Margot erzählte ihnen von der Begegnung Jesu mit der Samariterin am Jakobsbrunnen: wie er sie – eine Samariterin, der er von rechts wegen feindlich hätte gesonnen sein müssen – um etwas Wasser bat und ihr seinerseits ewiges Wasser versprach. Und wie die Frau in der Geschichte dann um so mehr geschockt war, als sie hörte, daß Jesus alles über sie und ihren Lebensstil wußte. Trotzdem blieb er bei ihr und redete mit ihr!

„Das war eine Frau, die dachte, sie würde in Männerbeziehungen ihr Glück finden“, schloß Margot, wobei sie Katje direkt in die Augen sah. „Doch nachdem sie sechs Beziehungen gehabt hatte, war sie nach wie vor nicht glücklich. Jesus lehrte sie, daß wahres Glück nicht durchs Heiraten kommt, sondern von Gott.“

Margot sah von einem Gesicht zum anderen und erblickte etwas ganz Neues. Die Gesichter hatten einen Ausdruck, den Margot noch nie bei ihnen wahrgenommen hatte. Sie waren nachdenklich! Die Mädchen sannen tatsächlich über das nach, was sie ihnen erzählt hatte! Sie hatte ihnen geistliche Speise gegeben, und sie kauten wirklich darauf herum.

„Margot, was ist deine Lieblingsgeschichte in der Bibel?“ fragte Aletta.

Sie wollten mehr hören! Margot konnte ihre Freude kaum bezähmen. Sie lächelte die Mädchen mit demselben Stolz an, mit dem sie von Sylvie angelächelt worden war.

„Wahrscheinlich is' das mit der Jungfrau Maria Margots Lieblingsgeschichte inner Bibel“, sagte Suzette affektiert. „Ich hab noch nie eine getroffen, die 'n Kopp inne Wolken hatte und nicht vonner ‚Jungfräulichkeit‘ begeistert gewesen wär' – als wenn's Wer-weiß-was-Tolles wär', 'ne Jungfrau zu sein!“

Aha – sie waren nicht *alle* lernbegierig.

„In Wirklichkeit ist die Sache mit Abigail meine Lieblingsgeschichte in der Bibel“, sagte Margot.

„Nie von gehört“, sagte Suzette mit einem Anflug von Geringschätzung.

Doch die anderen Mädchen machten *scht*!, und Aletta krähte: „Ich will die Geschichte hörn!“ Da war es still.

„Abigail war eine kluge, schöne Frau“, begann Margot. „Sie lebte in den Tagen, da Saul der König Israels war. Sie war mit einem Mann namens Nabal verheiratet, was soviel bedeutet wie ‚Narr‘. Zwar war Nabal reich, aber er war auch unbeherrscht, versoffen und schlecht in allem, was er tat. Israel durchlebte schlimme Zeiten, nachdem der König Saul nicht mehr das Wohlwollen Gottes genoß. Gott hatte schon seinen Nachfolger berufen, einen Hirtenjungen namens David. Als Saul davon hörte, geriet er in Rage und versuchte David umzubringen. So kam es, daß David in die Berge flüchten mußte, um sein Leben zu retten. Mit ihm flohen sechshundert rechtschaffene Männer. Diese streiften jahrelang mit ihm durchs Land, während die Schergen des Königs Saul ihnen nachstellten. Einmal lagerten David und seine Männer auf dem Grund und Boden Nabals. David sandte Nabal Boten und entbot seinen Gruß, verbunden mit der Bitte, etwas von seinem Überfluß mit den Männern Davids zu teilen, die Hunger litten. Das war keine ungewöhnliche Bitte. Es war die Zeit der Schafschur, ein Anlaß zum Feiern, zu dem man sehr gut und reichlich zu essen pflegte. Nabals Hirten erzählten ihrem Gebieter davon, wie David und seine Männer sie draußen auf den Weiden gut behandelt hatten, indem sie sie vor Nabals Feinden in Schutz nahmen. Doch Nabal beantwortete das Ansinnen Davids, indem er sagte: ‚Wer ist der David? Es werden jetzt der Knechte viel, die sich von ihren Herren reißen. Sollte ich mein Brot, Wasser und Fleisch nehmen, das ich für meine Scherer geschlachtet habe, und den Leuten geben, die ich nicht kenne, wo sie her sind?‘ Als David diese Worte Nabals zu Ohren kamen, rief der Hirtenkönig seinen Männern zu, ihre Schwerter zu ergreifen. ‚Dieser Mann hat mir für meine Güte Böses erwiesen!‘ sagte er. Dann marschierte er mit vierhundert Mann auf Nabals Anwesen los.“

Gespannt darauf, wie die Geschichte ausgehen würde, riß Aletta die Augen auf. Sogar Suzette hörte gut zu. Margot mußte innerlich schmunzeln.

„Als einer der Knechte Nabals Abigail von der Freundlichkeit Davids gegenüber den Hirten und von Nabals brüsker Antwort informierte“, fuhr sie fort, „erteilte sie den Sklaven eiligst den Befehl, zweihundert Laibe Brot und Wein und bereits zubereitetes Schaffleisch auf Packesel zu laden, dazu mehrere Scheffel Mehl, hundert Rosinen- und zweihundert Feigenkuchen. Damit ritt sie dann David entgegen, um ihn noch vor Nabals Anwesen abzufangen. Sie fiel David zu Füßen und sagte: ‚Mein Herr, setze nicht ein Herz wider diesen Nabal, den heillosen Mann; denn er ist ein Narr, wie sein Name heißt, und Narrheit ist bei ihm.‘ David sah die tapfere Frau freundlich an und sagte zu ihr: ‚Zieh mit Frieden hinauf in dein Haus; siehe, ich habe deiner Stimme gehorcht und deine Person angesehen.‘ Ferner sagte er ihr, wäre sie nicht zu ihm gekommen, so hätte er alles Männliche in Nabals Haus gemeuchelt. Als Abigail nach Hause zurückkehrte, fand sie ihren verdorbenen Mann betrunken vor, so daß sie ihm an jenem Tag nichts mehr von alledem erzählte, wohl aber am nächsten Morgen. Sie sagte ihm alles, was sie getan hatte. Er regte sich dermaßen auf, daß sein Herz versagte und wie ein Stein wurde. Es dauerte nur wenige Tage, da schlug Gott ihn mit dem Tode. So rettete eine kluge und mutige Frau ihr Haus vor der Vernichtung, die der Hochmut und die Dummheit ihres Mannes heraufbeschworen hatte."

Margot lehnte sich zurück und wartete auf Reaktionen.

Als erste sprach Suzette. „Wenn Abigail so klug war", sagte sie, „warum hat sie dann 'n Mann geheiratet, dessen erster Name ‚Narr' war?"

„Ähm, ja ... Nun, ich glaube .. Manchmal, wißt ihr – ja, damals wurden Heiraten von den Familien eingefädelt. Wahrscheinlich hat ihr Vater das mit ihrer Verheiratung arrangiert."

Daß Margot von ihrer Frage ziemlich überrumpelt worden war, gefiel Suzette offenkundig. „Denn kann ihr Vater sie ja nich grade geliebt ham", schlußfolgerte sie. „Wer würde denn 'ne Heirat von seiner Tochter mit 'm Dösbaddel einfädeln, wenn er sie liebhat!?"

Margot gab sich damit zufrieden, daß die Schuld für Abigails verfehlte Heirat einem kurzsichtigen Vater in die Schuhe geschoben wurde. „Was ich weiß", sagte sie, „ist, daß sogar heute viele Frauen dumm sind, wenn's ums Heiraten geht. Die kluge Frau, die mich aufgezogen und mir alles beigebracht hat, was ich weiß, hat ebenso einen Mann wie Nabal geheiratet, mit dem Unterschied, daß der ihre noch nicht mal reich war. Aber ein Narr, das war er ganz sicher. Daraus habe ich den Schluß gezogen, daß kluge Frauen, wenn es um Männer geht, manchmal dumme Entscheidungen fällen. Darum hab ich mich entschlossen, niemals zu heiraten."

„Was willst du – niemals heiraten? *Niemals*?" krähte Katje ungläubig.

Die Haltung, mit der Katje diese Frage stellte, enttäuschte Margot. Ihre Hoffnung war gewesen, daß die biblische Geschichte von allen Mädchen am meisten Katje ansprechen würde – nicht gerade mit dem Ergebnis, daß sie der Ehe absagte, aber doch mit dem Erfolg, daß sie nicht mehr so besessen davon sein würde.

„Ich kann die Sache nur so sehen", erwiderte Margot, „daß Abigail besser dran war, nachdem Nabal tot war."

* * *

Für eine Stunde oder länger pro Tag brachte Margot die Mädchen dazu, über biblische Geschichten zu diskutieren und auch zu beten. Sie erzählte ihnen von der tapferen Deborah, der Frau, die sich an die Spitze einer Nation stellte, als kein Mann den Mut dazu hatte, von der großartigen Königin Esther, die den tückischen Anschlag eines bösen Mannes überlebte, und von Lydia, einer reichen Kauffrau, die den Apostel Paulus während seiner missionarischen Bemühungen in Philippi finanziell unterstützte.

Nach zwei Monaten Geschichtenerzählen war Margots Vorrat erschöpft, und manche Begebenheit hatte sie schon mehr als einmal erzählt. Sie zog in Erwägung, den Kapitän zu fragen, ob es an Bord eine Bibel gebe, aus der sie und die Mädchen lesen könnten. Doch als sie eben im Begriff stand, ihn darauf anzusprechen, schoß ihr durch den Kopf, daß diese Frage implizierte, daß es jemanden gab, der das Buch auch lesen konnte. Es lag auf der Hand, daß keines der Mädchen des Lesens mächtig war. Sie waren Waisen. Damit besann sie sich eines Besseren. Nach einer Bibel zu fragen, kam der öffentlichen Bekanntmachung gleich, daß sie lesen konnte. Nein, sie fragte ihn lieber nicht.

Zuerst machte sie diese Einschränkung traurig. Doch dann fiel ihr ein, daß das Christentum jahrhundertelang in Blüte gestanden hatte, ohne daß die Menschen gedruckte Bibeln besessen hätten. Dann konnten auch die Waisenmädchen im stinkenden Laderaum der *Adler* zum Glauben finden!

Noch ein anderer Gedanke kam ihr, der die ganze Situation in ein neues Licht tauchte, gleichsam eine Atmosphäre geistlicher Romantik hervorrief. Sie besaßen keine Bibel und mußten in einem beengten Loch ausharren. War das nicht genauso wie bei den ersten Christen, die ihren Glauben im Verborgenen, in den Katakomben unter den Straßen Roms, leben mußten, immer in Angst vor Entdeckung? Diese Leidensverbindung zur Geschichte des Christentums gab Margot neue Schubkraft.

* * *

Selbst nach Einführung ihrer täglichen Bibel- und Gebetsstunde und der Decksstunde zur Nacht hatten die Mädchen immer noch genug Zeit, um sich zu langweilen. Diese Langeweile schlug sich gewöhnlich in einem Ärgernis nach dem anderen nieder. Auch Margot stellte nach zwei Monaten des Eingeschlossenseins zu ihrem Mißvergnügen fest, daß sie sich mehr und mehr in den endlosen Kreislauf der Zankerei, des Meckerns und Keifens hineinziehen ließ. Etwas mußte geschehen.

Ein weiteres Mal ging sie auf den Kapitän zu. Sie schlug ihm vor, den Mädchen Arbeit an die Hand zu geben.

„Kommt nicht in Frage!“ schnappte Kapitän Danckaert blitzartig.

„Aber die reißen sich noch in Stücke, wenn sie nichts haben, um sich die Zeit zu vertreiben!“ argumentierte Margot. „Was würdet Ihr mit faulen Seeleuten machen?“

„Sie an die Arbeit scheuchen.“

„Seht Ihr.“

„Nein, ich sehe nicht. Diese jungen Damen sind keine Seeleute. Und ich hab wahrlich genug Probleme, ohne mir noch den Kopf darüber zu zerbrechen, ob 'n Haufen Weiber ausreichend beschäftigt ist!“

„Wenn sie nicht irgendwas Sinnvolles zu tun bekommen, schlagen sie sich gegenseitig noch tot!“

„Sagen Sie mir Bescheid, wenn's soweit ist.“

Margot schenkte seinem Sarkasmus keine Beachtung. „Wir könnten doch saubermachen“, schlug sie vor. „Wir könnten den Boden schrubben.“

„Das Deck scheuern.“

„Meinetwegen – auch das Deck scheuern.“

„Nein. Ich habe Sie soeben berichtigt. Auf einem Schiff schrubbt man keinen Boden, man scheuert ein Deck.“

„Kapitän!“

„Tut mir leid, Mademoiselle de Campion, aber ich kann keine Frauen brauchen, die meine Decks scheuern. Jeder Matrose an Bord würde hier oben rumstehen und ihnen zusehen. Außerdem wird sowieso alles, was nötig ist, in geregelter Weise zur rechten Zeit getan. Verzeihung – aber ich kann mir nicht eine einzige Sache denken, die Ihre Mädels auf einem Schiff tun könnten. Verstehen Sie bitte: Männer sind jahrhundertelang ohne Frauen zur See gefahren und haben's doch irgendwie fertiggekriegt zu überleben. Alles, was zu tun ist, tun wir.“

Margot verdrehte genervt die Augen nach oben. Da sah sie in einem Segeltuch einen winkelförmigen Riß. „Was macht Ihr damit?“ fragte sie.

„Womit?“

Margot zeigte auf den Riß.

„Flicken. Wir flicken es.“

„Frauen verstehen sich aufs Nähen“, sagte sie. „Haben wir jahrhundertelang gemacht und es doch irgendwie fertiggekriegt zu überleben." Kaum war ihr das entschlüpft, da hätte Margot etwas dafür gegeben, den Kapitän nicht mit seinen eigenen Waffen angegriffen zu haben.

Kapitän Danckaert starrte sie an und fing dann an zu lachen. „Sie haben eine scharfe Zunge, Mademoiselle de Campion. Aber sie ist mit einem scharfen Verstand verbunden. Sie gefallen mir."

Aus dem Munde einer Bulldogge war dies das höchstes Lob. An Margot war es nicht vergeudet. Sie war sprachlos. Doch dann begann sie sich zu fragen, ob das Kompliment des Kapitäns nicht bloß ein neuer taktischer Versuch war, in der Debatte die Oberhand zu behalten.

Doch so verhielt es sich nicht. „Also schön", lenkte er ein, „ihr könnt die Segel flicken. Aber das kann man richtig oder falsch machen. Ich muß einen meiner Männer abstellen, der euch beipult, wie man es richtig macht."

„Vielen Dank, Kapitän", sagte Margot und wollte gehen.

„Noch etwas."

Sie drehte sich wieder um.

„Wir sind immer knapp dran mit gespleißten Reepen. Wenn Ihre Damen nähen können, können sie auch lernen, wie man Reepe spleißt. Für beides braucht man feine Finger. Glauben Sie, Ihre Damen könnten das hinkriegen?"

Margot lächelte. „Vielen Dank, Kapitän."

* * *

Die Frauen machten die Entdeckung, daß das Beste am Segelflicken und Reepespleißen war, daß sie es nicht in ihrer Kammer zu machen brauchten. Man brachte sie ein Deck höher in einen Laderaum, der über die volle Breite des Schiffes ging. Über ihnen gab es eine große offene Luke, die ihnen Ausblick auf den Himmel und, was der allergrößte Segen war, Frischluft ohne Ende gewährte.

An zwei aufeinanderfolgenden Tagen gesellte sich je ein Seemann, jedesmal ein anderer, zu ihnen und erklärte ihnen, wie man auf seemännische Weise Reepe spleißt und Segel flickt. Den am ersten Tag eingeteilten Seemann machte die Gegenwart von sieben weiblichen Wesen so hibbelig, daß er drei Anläufe brauchte, um eine einzige Flicknaht zu fabrizieren, was er unter normalen Umständen im Halbschlaf und bei Windstärke neun auf der Topprah eines Mastbaumes fertiggekriegt hätte. Sein Nachfolger stach sich mit der Nadel dermaßen in den Schenkel, daß er den Arzt konsultieren mußte.

Nichtsdestotrotz begriffen die Mädchen rasch. Binnen kurzem arbeiteten sie tüchtig und zeitgerecht. Und nach einer Woche stattete ihnen der Kapitän einen Überraschungsbesuch im Laderaum ab, um ihnen zu ihrer guten Leistung zu gratulieren.

* * *

Margot gab sich Mühe, nicht einzunicken. Die Mädchen hatten sich in dem großen Laderaum Kisten im Kreis zurechtgestellt, auf denen sie saßen und Flicknähte fertigten. Garnknäuel lagen zu ihren Füßen, und zwischen den Kisten ringelten sich die Fäden wie Schlangen. Über ihnen zeigte sich in dem riesigen Oberlicht ein wolkenloser, strahlend blauer Himmel. Die Verbindung von freundschaftlichem Klönschnack und warmen Sonnenstrahlen, die durch die Luke hereinschienen, machte Margot schläfrig. Ihre Finger wurden langsamer, die Lider fielen herunter, und nach und nach sanken ihr die Hände in den Schoß, während der Schlaf sie einhüllte wie eine warme Decke.

„Van Doorn! Klar zur Wende!“

Der Schrei ließ Margot hochschrecken. Als nächstes folgte auf dem Oberdeck über ihren Köpfen ein Getrappel wie von einer Stampede. Krachend schlug die Luke zu und wurde verlascht.

Nachdem sich die Augen der Mädchen an die Dunkelheit gewöhnt hatten, starrten sie einander verdattert an.

Katje war die erste, die wieder Worte fand: „Margot, meinst du, die ham vergessen, daß wir hier drin –“

Das Schiff legte sich weit nach Steuerbord über. Die Frauen purzelten von ihren Kisten.

„Bemannt die Kanonen!“ Die Stimme des Kapitäns war laut genug, um auch durch die geschlossene Luke verstanden zu werden.

Leise ließ sich ferner Donner vernehmen.

„Is’ das, was ich glaub’, daß es is’?“ fragte Suzette.

„Was glaubst du denn, was es is’?“ wollte Katje wissen.

„Hört sich an wie Kanonendonner“, antwortete Suzette, „so, als ob wer auf uns feuern tät’.“

Über ihren Köpfen wurden die Vorreiber zurückgeschoben, und die Luke flog auf. Seeleute sprangen wahllos auf ihr Deck herab.

„Das da!“ Einer von ihnen wies die anderen an, nach einem Segel zu greifen, das die Mädchen tags zuvor geflickt hatten. Er biß die Lippen zusammen, und sein Blick zeigte, daß er unter hohem Druck stand. Sich den Frauen zuwendend, rief er: „Geht in eure Kammer zurück! Jetzt sofort!“ Dann, wieder zu den Männern: „Los, los, los!“

Wie eine Glucke breitete Margot die Arme aus und sammelte ihre Mädchen um sich. Dann gingen sie miteinander auf den Niedergang zu, der zu ihrer Kammer hinabführte. Dabei schrie Margot durch das Getöse dem Seemann, der das Kommando führte, zu: „Was ist passiert?“

Eine Reihe Seeleute plagte sich damit ab, das schwere Tuch durch die Luke zu hieven.

„Los, los, Bewegung!“ Mehr bekam sie nicht zur Antwort.

„Sie sollen mir sagen, was los ist!“

Der Seemann warf ihr einen verärgerten Blick zu. Dann sagte er: „Wir werden angegriffen! Smythe – das Ende da! Schnapp es dir! Nee – ja, so! Genauso! Und jetzt Bewegung, los, los!“

„Von wem angegriffen?“ schrie Margot.

„Gnädigste, sehen Sie zu, daß Sie in Ihre Kammer kommen!“

„Von wem?“ beharrte Margot.

Der Seemann schob sie auf den Niedergang zu. „Von Piraten!“

7

Das Schiff legte sich weit über, so daß die Mädchen gegen das Schott fielen.

„Was machen wir bloß?“ schrie Katje, während sie sich an einer baumelnden Hängematte festzuhalten versuchte.

„Nix könn' wir machen!“ rief Suzette zur Antwort. „Wenn die an Bord komm', vergewaltigen sie uns! Und wir könn' *nix* machen, um sie davon abzuhalten!“

Alle Mädchen schrien jetzt durcheinander. Katje weinte.

„Ruhig, Mädchen! Ruhig – beruhigt euch doch!“ versuchte sich Margot in dem Lärm Gehör zu verschaffen. „Der Kapitän wird das nicht zulassen! Beruhigt euch!“

„Und wie will er sie aufhalten?“ schrie Suzette.

„Vergewaltigen? Werden die das *wirklich* tun?“ Katje war einer Hysterie nicht fern.

Marie brach mit gehetzten Blicken in einer Ecke zusammen. Eine Hand preßte sie sich an den Mund. Neben ihr kniete Anna, die besänftigend auf sie einredete.

„Wär' ja nich das erstemal für Marie“, sagte Suzette stumpf.

„Halt's Maul! Halt' bloß dein Maul!“ schrie Anna sie an. Dann sagte sie beruhigend zu Marie: „Hör' nich auf die! Dir wird nix passiern.“

„Margot, was solln wir bloß machen?“ rief Aletta. Ihre Unterlippe zitterte. Die Tränen konnte sie kaum noch zurückhalten.

„Ich sag' euch, was wir machen!“ sagte Margot. „Wir werden beten.“

„Das ist natürlich 'ne tolle Hilfe!“ kreischte Suzette. „Beten hält keine Piraten nich auf!“ Doch in ihren Augen flackerte die Angst.

Margot wußte, daß Suzette sich ebenso fürchtete wie alle anderen, nur daß sich bei ihr anstelle von Tränen Feindseligkeit Bahn brach. Sie packte das Mädchen bei den Schultern und blickte ihm streng in die Augen. „Jetzt hör' mir zu: ‚Aus sechs Trübsalen wird er dich erretten, und in der siebenten wird dich kein Übel berühren.‘ Das ist Gottes Verheißung für uns, und wir werden ihn beim Wort nehmen!“

Während die Kanonen der *Adler* auf dem Deck über ihnen donnernd Salve auf Salve abfeuerten, sammelte Margot ihre Mädchen zum Gebet. Mit Annas Unterstützung gelang es ihr, Marie zu überreden, aus ihrer Ecke aufzustehen. Katjes Hand mußte sie mit Gewalt von der Hängematte lösen. Als endlich alle auf den Knien lagen, begann Margot zu beten. Obwohl ihre Gesichter nur Zentimeter voneinander entfernt waren, mußte sie schreien, damit die anderen sie verstehen konnten.

Plötzlich tat es über ihnen einen lauten Donnerschlag, gefolgt von enormem Krachen und Knirschen splitternden Holzes. Das Schiff stampfte fürchterlich. Rauch drang in ihre Kammer. Ihre Augen fingen an zu brennen, und sie mußten würgen.

„Alle hinaus!“ schrie Margot gellend und keuchend. Sie versuchte die Tür der Kammer aufzudrücken, aber sie rührte sich nicht. Sie preßte ihren ganzen Körper dagegen, doch die Tür bewegte sich keinen Millimeter. Der Qualm in der Kammer wurde immer dichter.

„Hilf mir!“ schrie Margot an Suzette gewandt. Zu zweit rannten sie mit den Schultern gegen die Tür an. Endlich ging sie ein paar Zentimeter auf, wobei sie knirschend auf dem Deck entlangschrapte. Durch den Spalt drang noch mehr Rauch ein, er wurde geradezu in die Kammer hineingesogen. Würgend und keuchend mühten sich Margot und Suzette mit der Tür ab. Clara schob ihre breite Schulter zwischen sie und half auch mit. Sie brauchten noch mehrere Anläufe, dann gelang es den dreien mit vereinten Kräften, die Tür soweit aufzudrücken, daß sie sich alle hindurchquetschen konnten.

Nachdem alle aus der Kammer heraus waren, sammelte Margot sie um sich. Außerhalb des engen Gelasses war der Rauch nicht mehr ganz so dick, aber die Mädchen keuchten und würgten nach wie vor. Im Gänsemarsch folgten sie Margot einem engen Durchgang entlang.

Margot tastete sich in der Dunkelheit von Deckstütze zu Deckstütze voran. Obwohl sie mittlerweile den Weg kannte, kamen sie nur langsam vorwärts. Zum einen war es vollkommen düster, zum anderen machte die *Adler* immer wieder schnelle Kurswechsel, so daß das Schiff von einer Seite zur anderen hin- und hertaumelte.

Rumms!

Die Druckwelle einer Detonation warf die Mädchen um. Margot hob den Arm vors Gesicht und drehte sich rasch zur Seite, um sich vor den Holzstücken und –splittern zu schützen, die auf sie herabregneten. Als sie die Augen wieder aufschlug, bot sich ihr ein bizarrer Anblick: Eine Kanonenkugel, die durch die Bordwand eingeschlagen war, beendete ihre Reise, indem sie wie ein harmloser Ball gegen ihren Fuß kullerte. Ein Rauchfähnchen stieg von ihr auf – ein schauriger Anblick. Rasch schob sie die Kugel von sich.

Als das Schiff aus einem Wellental gehoben wurde, konnte sie durch das Loch in der Bordwand in der Ferne den Ausgangspunkt der Kanonenkugel sehen: ein Schiff, verschwommen hinter dem Rauchschleier seiner Geschütze. An seinem Großmast flatterte die berüchtigte Totenkopfflagge.

„Ist jemand verletzt?" schrie Margot, während sie sich hochrappelte.

Sie hatten ein paar Schrammen und Prellungen abbekommen, aber keine ernsthaften Verwundungen. Während sie sich gegenseitig auf die Beine halfen, starrten die Mädchen das Loch in der Bordwand an. Der Anblick der offenkundigen Verletztheit der *Adler* schien sie zu lähmen.

„Los, los! Kommt, mir nach!" Ein paar von ihnen mußte Margot regelrecht von dem Loch wegzerren.

An Oberdeck herrschte das Chaos. Kapitän Danckaert stand neben dem Steuermann und brüllte abwechselnd diesem und den Männern droben auf den Rahen Befehle zu. „In den Wind gehen! In den Wind gehen!" rief er mehrmals nacheinander. „Sie dürfen nicht achteraus von uns kommen!"

Die zahllosen Männer, die emsig in der Takelage arbeiteten, wirkten vor dem Hintergrund der riesigen Segel so winzig, daß Margot unwillkürlich an einen Ameisenhaufen erinnert wurde. Über ihnen spannte sich das wolkenlos blaue Himmelszelt, dasselbe, das sie noch vor kurzer Zeit in den Schlummer gelullt hatte. Es war unberührt von der hektischen Betriebsamkeit an Bord des Schiffes, unbekümmert von dem menschlichen Drama, das sich unter ihm abspielte.

„Wo bleiben meine Geschütze?" donnerte der Kapitän. An den Ersten Offizier gewandt: „Van Doorn, gehen Sie runter und bringen Sie diese Kanonen zum Feuern!"

Hier an Deck klang der ferne Geschützdonner viel schärfer. Nach jeder Salve stiegen an der Bordwand des Piratenfahrzeuges weiße Wölkchen empor. Über ihnen knisterte die Luft, als ein paar Kugeln den Großmast nur knapp verfehlten. Ein Geschoß lag zu kurz und warf seitwärts von ihnen eine mächtige Salzwasserfontäne auf.

Seinen Zierdolch gezückt, tanzte ein ekstatischer Uys van Jaarsfeld an Deck herum. Er fuchtelte mit seinem Schwert, als ob dieses das Piratenschiff vertreiben könnte. Seine Augen waren weit aufgerissen und glasig, die Unterlippe zitterte. Er sah aus, als würde er jeden Augenblick anfangen zu heulen.

Rumms! Rumms! Rumms!

Unter Margots Füßen erzitterte das Deck. An beiden Seiten der *Adler* quollen dicke weiße Rauchwolken empor.

Sekunden später tauchte van Doorn wieder auf. „Volltreffer unter

Deck, Käpten! Schwere Verluste. Jacobus hat jetzt wieder vier Geschütze klar."

„Schnappen Sie sich jede Hand, um ihm zu helfen! Wir brauchen mehr Geschütze!" befahl der Kapitän. Im selben Augenblick nahm er die Mädchen wahr. Auf Margot zeigend, bellte er: „Unter Deck! Bringen Sie diese Mädels unter Deck!"

„Wir können den Verwundeten helfen!" schrie Margot.

„Unter Deck! Sofort!" Sein Gesicht war verzerrt vor Wut, aber es zeigte auch einen Anflug von Besorgnis.

Margot schob die Mädchen zum Niedergang zurück.

Ein Deck tiefer hörte Margot Stöhnen und Schmerzensschreie. „Bleibt dicht zusammen!" befahl sie den Mädchen und arbeitete sich in die Richtung vor, aus der die Schreie kamen. So kamen sie aufs Geschützdeck.

Rumms! Rumms! Rumms! Rumms!

Feuer- und rauchspeiend donnerten vier Kanonen. Die Detonationen wurden von den hölzernen Schotten zurückgeworfen und gellten Margot in den Ohren. Dicht neben dem Durchlaß, durch den sie das Deck betreten hatten, klaffte ein Loch in der Bordwand. Weniger als einen Meter unterhalb davon rauschte der Ozean vorbei. Neben dem Loch lagen verendeten Tieren gleich zwei umgekippte Geschütze. Die Verwundeten und Toten waren über das ganze Deck verstreut.

Van Doorn, der Erste Offizier, erblickte die Mädchen. „Spinnt ihr?" schrie er. „Raus hier!"

„Wir können uns um die Verwundeten kümmern!" schrie Margot.

„Dabei könnt ihr umkommen!"

„Das können wir auch in unserer Kammer! Sie ist schon voller Rauch!"

Der Artillerieoffizier packte van Doorn am Arm und rief ihm etwas zu, wobei er auf eine der Kanonen zeigte. Das lenkte die Aufmerksamkeit des Ersten von den Mädchen ab.

„Zieht ihnen die Hemden und Hosen aus; nehmt alles, was ihr kriegen könnt, zum Verbinden!" rief Margot den Mädchen zu. „Wenn ihr meint, ihr schafft das nicht, dann geht an die Seite und steht nicht im Weg!"

Claras Gesicht sah gelb aus. Sie und Suzette lehnten sich ans Schott. Die übrigen gingen von Seemann zu Seemann und verbanden den Männern die Wunden. Den Toten bedeckten sie die Köpfe.

Hinter ihnen spien zornige Kanonen unter grollendem Donner ihr Verderben aus. Das Deck war voll von Qualm und dem sandig-beißenden Geruch von Schießpulver. Das Schiff erzitterte von neuem, als es eine weitere Breitseite abbekam.

Nachdem alle Toten und Verwundeten versorgt waren, holte Margot ihre Gefährtinnen zusammen wie eine Glucke und sah mit ihnen zu, wie die Kanonen abgefeuert wurden. Jedes Geschütz wurde von einer Gruppe von Männern bedient, die unter dem Kommando von Jacobus, dem Artillerieoffizier, stand. Margot sah sich die beiden Kanonen an, die leblos auf der Seite lagen.

„Clara! Hilf mir!" rief sie dem breitschultrigen Mädchen zu.

Clara war beim Anblick der Verwundeten schlecht geworden. Sie zögerte.

Margot trat zu einer der umgekippten Kanonen. „Hilf mir, die hier aufzurichten!"

Wenn es ohne Blut abging, war Clara eilfertig zu helfen. Mit einem Satz sprang sie Margot zur Seite. Die beiden Mädchen gaben sich alle Mühe, die Kanone aufzurichten, aber sie war zu schwer. Da kam ihnen Suzette zu Hilfe, und zu dritt schafften sie es. Das Geschütz stand wieder auf seinen Rollen.

Der Lärm, den sie dabei verursachten, erregte aufs neue van Doorns Aufmerksamkeit. „Was macht ihr da?" schrie er. „Haut ab! Von Deck!"

Margot nahm den Ladestock in die Hand, eine lange Stange, um deren Ende ein schwammartiger Lappen gewickelt war. „Zeigt mir, wie man sie lädt!" rief sie gellend.

„Ich sag' das nicht nochmal!" brüllte van Doorn. „Weg mit euch von dem Geschütz!"

Margot starrte ihn an. Sie wich weder zurück, noch legte sie den Ladestock aus der Hand. Sie zeigte auf ein Gefäß, das auf dem Deck stand. „Katje! Das ist das Lademaß! Tu Pulver hinein!"

Fragend sah Katje van Doorn an.

Der sah ihr direkt in die Augen und befahl: „Ans Schott!"

Das zierliche Mädchen griff nach dem Gefäß.

Van Doorn stürmte auf Margot zu. Sein Gesicht war rußverschmiert und verschwitzt. Die Nase nur Zentimeter von der ihren entfernt, schrie er sie an: „Sofort runter von diesem Deck!"

Margot ließ sich nicht einschüchtern. „Der Kapitän hat gesagt, er brauche noch Geschütze. Wir können ihm eines mehr zur Verfügung stellen."

„Ihr werdet uns allesamt in die Luft jagen!" schrie van Doorn.

„Nicht, wenn Ihr uns sagt, wie man's macht!" schrie Margot zurück.

Van Doorn griff nach dem Ladestock, aber Margot ließ ihn nicht los. Er versuchte ihn ihr zu entwinden – ohne Erfolg. Das nächste, was Margot wahrnahm, war Clara, die plötzlich neben ihr stand. Das breitschultrige Mädchen griff ebenfalls nach dem Ladestock. Dann taten Suzette, Aletta, Anna, Marie und Katje es ihr gleich.

Er starrte eine nach der anderen an.

Dann bellte er: „Also schön!"

Die Mädchen triumphierten.

„Als erstes müssen wir die Kanone verankern", sagte er. „Sonst haut der Rückschlag sie glatt durch das Schott." Van Doorn kniete neben der Lafette nieder und befestigte sie mit einem dicken Tau an einem Haken, der in der Bordwand angeschlagen war.

Clara sah ihm zu und machte dann dasselbe mit einem zweiten Tau an der anderen Lafettenseite.

Van Doorn wies jeder von ihnen eine Aufgabe zu und händigte ihnen die jeweils dafür notwendigen Utensilien aus. Er zeigte auf die anderen Geschütze und erklärte ihnen Schritt für Schritt den Vorgang des Schießens: laden, scharfmachen, zielen, feuern, die Kanone reinigen für den nächsten Schuß. Clara und Suzette als den Kräftigsten fiel die Aufgabe des Ladens zu. Außerdem mußten sie auf ein Signal von Margot hin das Rohr in die Feuerposition ausrichten. Margot wurde die Verantwortung übertragen.

Die anderen Geschütze hatten schon längst wieder zweimal geschossen, bevor ihre Waffe fertig war. Auf ein Kopfnicken van Doorns hin gab Margot das Zeichen zum Feuern. Sekundenlang zögerte sie, als sie mit der Lunte hantierte, dann machte es ohrenbetäubend *Bumm!*, und es gab einen heftigen Rückschlag.

Beeindruckt zog van Doorn die Augenbrauen hoch.

Katje klatschte in die Hände und hüpfte wie ein Mastkalb.

„Gar nicht übel", sagte der Erste Offizier, „gar nicht übel."

„Wie jetzt?" schrie Margot. „Wir haben nicht getroffen. Das Projektil schlug weit vor dem Bug des Piratenschiffs ein!"

„Aber ihr habt's abgeschossen! Das ist schon mal was", sagte van Doorn.

„Das hilft uns überhaupt nichts, solange wir das Schiff nicht treffen!" sagte Margot zornig. „Ladet sie neu, Mädels!"

Bei den nächsten zwei Schüssen zielte Margot selbst und war um so enttäuschter, als sie sich alle beide als völlig harmlos erwiesen.

„Margot! Sieh nur!" schrie Katje unter Tränen und zeigte auf das Piratenschiff.

Das Fahrzeug hatte seinen Kurs geändert. Es lief jetzt direkt auf sie zu. Die Besatzung hatte offenbar die Absicht, die *Adler* zu entern.

„Wir *müssen* sie versenken, bevor sie hier sind!" schrie Margot. „Los, verpassen wir ihnen noch eine!"

Ihre vierte Kugel durchschlug kurz vor dem Heck das Deck des Piratenschiffes. Schwarzer Rauch quoll aus dem Einschußloch. Mehrere der Mädchen hüpften vor Freude. Selbst der Erste Offizier van Doorn entbot ihnen ein anerkennendes Kopfnicken. Mit dem fünften Schuß trafen sie den Großmast des Kaperfahrers. Die Segel erschlafften und klatschten aufs Deck herunter. Die Totenkopfflagge wurde mitgerissen.

Das Piratenschiff drehte in den Wind und schlich sich davon.

Der Jubel auf dem Geschützdeck der *Adler* war fast so laut wie die Geschütze selbst.

* * *

Erschöpft ließen sich die Mädchen aufs Deck fallen und lehnten sich gegen das Schott. Ihre Gesichter, Arme und Kleider waren schwarz von Schießpulver.

Ein vor Stolz glühender Kapitän Danckaert marschierte herein. „Wunderbare Treffer, Männer!" brüllte er. „Gut gemacht!" Da sah er die Mädchen und blieb abrupt stehen. „Was soll'n das hier?" Die Frage ging an van Doorn.

„Darf ich vorstellen: Ihre neuen Artillerieschützen!" sagte dieser grinsend. „Der Schuß, der den Großmast des Kaperers traf, kam von ihnen!"

Der Kapitän stemmte die Hände in die Hüften und schüttelte ungläubig den Kopf. Dann sagte er zu Margot: „Ich dachte, ich hätte Sie in Ihre Kammer zurückbeordert?"

Margot lächelte ihn an. „Freut es Euch denn nicht, daß ich es mit Befehlen nicht so genau nehme?"

* * *

Viereinhalb Monate nach der Ausreise von Amsterdam wurde ein guter Teil der Mannschaft und der Fahrgäste der *Adler* krank: Skorbut. Es war eine fürchterliche Krankheit mit oft tödlichem Ausgang, aber sie war auf langen Seereisen nichts Ungewöhnliches. Skorbut kam so oft vor, daß die Besatzungen holländischer Schiffe die Forderung erhoben hatten, am Kap der Guten Hoffnung, das etwa auf halbem Wege zwischen den Niederlanden und Indien lag, eine Proviantstation zu errichten, wo sie sich mit frischem Obst und Gemüse versorgen, ein paar Tage ausruhen und mit den Eingeborenen der Khoikhoistämme um Vieh feilschen konnten. Normalerweise kamen dort die Skorbutkranken binnen weniger Tage wieder zu Kräften. Doch einige traf es immer.

Margot erwischte die Krankheit nicht gleich. Von den „Nichten des Königs" war Suzette die erste, die schlapp wurde und Entzündungen hatte. Bald darauf zeigten sich ähnliche Symptome bei Katje, dann folgten Anna, Marie und Clara. Nach dem, was Margot zu Ohren kam, gab es fünfundvierzig Seeleute, die befallen waren.

„Margot, ich fühl' mich so schwach", stöhnte Suzette aus ihrer Hängematte. Sie konnte kaum die Augen offenhalten.

Margot tätschelte ihr die Hand und sagte: „Ruh' dich einfach aus. Es gibt sowieso nichts, was du tun könntest."

„Ich bin noch nie krank gewesen", sagte Suzette. „Nie im Leben, nich' mal im Waisenhaus. Hab immer gedacht, wer krank is', is' schwach. Andere wurden krank, aber ich nich'!"

„Du hast Glück gehabt, so gesund zu sein."

Sie lächelte schwach. „Jetz' hab ich wohl nich' mehr soviel Glück."

Schon wieder fand sich Margot in der Rolle wieder, bei jemandem am Bett zu sitzen und Trost zu spenden. Im stillen betete sie: *Herr, willst du mir dadurch etwas zeigen?* Suzette so schwach und hilflos zu sehen tat ihr weh. Suzette war immer so stark gewesen, auch wenn ihre Stärke sich oft als Aufsässigkeit zeigte.

„Weissu noch, als die Mädels krank warn?" fragte Suzette. „Damals, als die Reise anfing – weissu noch? Wo du die erste Nacht hier wars'."

„Klar weiß ich das noch."

„Ich hab auf sie runtergeguckt, weil sie krank warn und hier rumgestunken ham. Hab sie richtig gehaßt. Und dich auch, weil du sie wie Babies behandelt has'. Dachte, Mann, sind die verpimpelt. Ich hatte keine Ahnung."

„Jeder wird mal krank", sagte Margot.

„Aber du nich."

Margot drückte dem Mädchen weich die Hand. Sie sagte Suzette nichts davon, daß sie befürchtete, diesmal nicht davonzukommen. Sie hatte einen Blutgeschmack im Mund. Ihr Gaumen fühlte sich an wie ein Schwamm, die vorderen Zähne waren lose. Während der letzten paar Tage waren ihre Gelenke steif und heiß geworden, und sie blutete bereits unter der Haut wie die anderen auch. Aber das Schlimmste war die Müdigkeit. Sie war so schrecklich, schrecklich müde. All das waren Skorbutsymptome.

„Ich hab mich in dir getäuscht", sagte Suzette zu Margot. „Verzeihs' du mir?"

„Es gibt nichts zu verzeihen." Margot tätschelte Suzettes Hand. Sie war schlaff. „Suzette?"

Keine Antwort.

„Suzette?" Margot strich dem Mädchen über die Wange. „Suzette?"

Es war kein Leben mehr in ihr.

„O nein!" schrie Margot. Sie hob Suzettes Hand hoch und drückte ihr einen Kuß auf den Handrücken. Dann betete sie: „Lieber Gott, schließ sie in deine Arme wie ein kleines Lämmlein."

„Margot? Alles in Ordnung?" Das war Aletta, das einzige der Mädchen, bei dem sich noch keine Skorbutsymptome gezeigt hatten.

„Es ist wegen Suzette", sagte Margot, „sie ist –"

„Margot!"

Aletta griff Margot unter den Arm, damit sie nicht zu Boden fiel. „Komm hier rüber und leg dich hin."

Durch halbgeöffnete Lider sah Margot schemenhaft die Körper der anderen Mädchen in den Hängematten. Alle hatten die Augen zu und waren so schrecklich still – wie Suzette? Und jetzt gesellte sie sich zu ihnen – müde. So furchtbar müde.

Aletta schleppte sie zu der einzigen Hängematte, in der niemand lag. Doch Margot widerstrebte: „Das ist doch deine Hängematte!"

„Du brauchs' sie jetzt mehr als ich", beharrte Aletta.

Margot wollte immer noch nicht. Dabei stellte sie sich nicht an. Der wahre Grund für ihr Widerstreben bestand nicht darin, daß sie Aletta keine Unannehmlichkeiten bereiten wollte. Der wahre Grund war Angst. Margot hatte Angst, daß sie, sobald sie sich einmal hinlegte, nie wieder aufstehen würde. So wie Suzette – die arme, erschrockene Suzette.

Aber ihrer Angst wohnte keine Kraft inne. Ihre Gliedmaßen waren einfach nur schwach. Und obwohl ihr Gehirn unablässig Warnsignale aussandte, hatte sie Alettas freundlichem, aber unerbittlichem Druck nichts entgegenzusetzen. Bald hatte sie die hin- und herschaukelnden Balken des darüberliegenden Decks vor Augen, während Alettas besorgtes Gesicht aus ihrem Blickfeld verschwand.

„Lieber Herr Jesus, heile doch bitte meine liebe Margot", betete Aletta.

Meine liebe Margot.

Dieselben Worte hatte Margot am Bett Sylvies ausgesprochen, bevor diese starb – „meine liebe Sylvie". Jetzt sprach sie jemand über ihr aus – über ihrem Totenbett? Margot wehrte sich gegen diesen Gedanken. Aber sie mochte kämpfen, wie sie wollte, sie konnte nichts gegen die Krankheit tun, die das Leben aus ihr heraussaugte.

Meine liebe Margot.

Wie schön das klang! Es bedeutete, daß Aletta ebensolche Zuneigung zu ihr empfand, wie sie sie für Sylvie empfunden hatte. Dieser Gedanke wärmte ihr das Herz. Jetzt wollte sie um so mehr leben – wenn nicht für sich selbst, dann für Aletta und die anderen Mädchen.

Ein Gedanke stieg in ihr auf, ein starker Gedanke. Sie wiederholte ihn Mal um Mal: *Ich bin Monsieur Fabarez und seinen Hexerei-Anschuldigungen entronnen; ich bin Monsieur van Jaarsfeld und seinen lüsternen Avancen und Lügen entronnen; und ich bin den Piraten entronnen. Herr, ich bin doch nicht so weit gekommen, um jetzt im Krankenbett zu sterben!*

Über ihren Köpfen erklang lautes Getrappel von vielen Stiefeln.

„Was ist das für ein Geräusch?" stöhnte sie.

Aletta hob horchend den Kopf. „Weiß nich."

„Genauso'n Krawall ... wie bei den ... Piraten." Margot wollte Aletta mit den Händen klarmachen, sie solle zur Tür gehen, um nach der Ursache des Tohuwabohus zu schauen, aber sie konnte nicht mal eine Hand heben. Und auch die Augen konnte sie keinen Augenblick länger offenhalten.

Das nächste, was sie mitbekam, war, daß jemand sie schüttelte.

„Sieh nach, woher ... der Lärm ... kommt", sagte Margot.

„Hab ich schon!" rief Aletta aufgeregt. „Land! Sie ham Land gesichtet! Wir sind bloß noch einen Tag vonner Tafelbucht entfernt! *Einen Tag*! Margot, wir ham's geschafft – Kapstadt! Wir ham's geschafft!"

Von Margot kam keine Antwort. Sie wollte lächeln, konnte aber nicht. Es kostete einfach zu viel Anstrengung.

„Jetzt mußt du wieder gesund werden, Margot! Du mußt einfach!"

Alettas Worte hörten sich wie Bienengesumm an. Für Margot versank die Welt allmählich hinter dem Horizont. Sie bedeutete ihr nichts mehr – sollte sie versinken.

Da drang in der Dunkelheit eine andere Stimme an ihr Ohr, nicht die von Aletta. Es war eine andere, vertraute. Sie sprach sanft. Irgend jemand redete mit ihr, rief sie beim Namen.

Sylvie! Es war Sylvies Stimme!

„Wo bist du?“ rief Margot. „Sylvie! Sprich doch lauter! Ich komme – ich komme!“

8

Drei Wünsche hab ich, keinen mehr;
zuerst: zu lieben meinen Herrn und Gott,
nicht erstreben weltlich Labsal –
ersehnen, worum die Klügsten baten sehr:
ein ehrsam Leben im hies'gen Jammertal.

Wie ein Echo hallte das Gebet in den Winkeln von Margots Hirn wider. Es war ein Gebet, das Sylvie ihr beigebracht und das die gottesfürchtige Frau selbst tagtäglich gebetet hatte. Und es bildete den ersten Gedanken, den Margot hatte, als sie aus ihrem finsteren Delirium erwachte.

Die rohen Balken über ihrem Kopf lieferten ihr das erste Anzeichen dafür, daß sie nicht tot war; denn ihre himmlische Wohnung würde ganz sicher nicht aus angejahrten, roh zusammengezimmerten Holzbalken gemacht sein. Als nächstes registrierte sie den Geruch. Der war mit Bestimmtheit nicht himmlisch – Bilgenwasser. Ein unangenehmer, aber auch unverwechselbarer Geruch. Also war sie immer noch an Bord der *Adler*.

Sie seufzte und hoffte, dieses Seufzen werde irgend jemanden herbeirufen. Tat es aber nicht.

Immerhin funktionierte ihr Gehirn; denn sie dachte – obwohl sie es schwierig fand, auch nur die geringste Aufgabe zu bewältigen, zum Beispiel, die Augen offenzuhalten. Sich aufrecht hinzusetzen lag jenseits aller Denkmöglichkeiten. Wie sie so unbeweglich dalag, hörte sie nichts außer dem gelegentlichen Knirschen der Schiffsbalken. Sie hatte einen trockenen Mund, eine geschwollene Zunge und fürchterliche Kopfschmerzen.

Erneut seufzte sie, und wieder kam niemand.

„Aletta? Katje?" Ihre Stimme war nur ein Hauch, kaum hörbar. Beim Versuch, die Wörter zu formen, klebte ihr die Zunge an Wangen und Gaumen fest. Ihr Ruf blieb ohne jede Antwort.

Trotz des zu erwartenden Schmerzes faßte Margot den Entschluß, daß sie versuchen müsse, den Kopf zu heben und sich umzusehen. Zur Vorbereitung atmete sie mehrmals tief durch. Beim dritten Atemzug hielt sie die Luft an. Hals- und Bauchmuskeln strafften sich. Zuerst bewegte sich gar nichts, aber dann hob sich ihr Kopf langsam an. Er war bleischwer, wie ein Stein, aber sie brachte es fertig, ihn einige Zentimeter hochzuhieven und leicht in Richtung Kammerinneres zu drehen. Doch dann schaffte sie es nicht länger, und der Kopf plumpste wieder nach hinten. Hinter ihren zuckenden Lidern explodierten schmerzhafte Lichtblitze.

Sie hatte genug gesehen, um zu wissen, daß sie allein war. Die anderen Hängematten waren leer.

Sie werden doch nicht tot sein, Herr? Bitte nicht sie alle!

Von ferne ertönte ein stakkatoartiges Poltern: hölzerne Absätze auf Schiffsplanken. Jemand kam raschen Schrittes näher. Ihr war das nicht geheuer, wußte sie doch nichts vom Schicksal der Mädchen. Was, wenn die Person, die da herankam, ihr nicht freundlich gesonnen war? Wie sollte sie sich wehren? Sie war so schwach und verletzlich.

Vor der Tür hörten die Schritte auf. Mit schrapendem Quietschen ging die Tür langsam auf. Margot mühte sich ab, noch einmal den Kopf hochzubekommen, um wenigstens eine kleine Vorahnung von dem zu gewinnen, was auf sie zukommen mochte. Doch es half alles nichts, sie schaffte es nicht. Je mehr sie sich abkämpfte, um so mehr geriet sie in Panik.

„Margot?"

Eine weiche, feminine Stimme. Und eine vertraute.

Das hoffnungsfrohe Gesicht Alettas erschien in Margots Blickfeld. In den Augen des jungen Mädchens glitzerten Freudentränen. „Margot! Du bist ja wach! Gott sei Dank! Ich dachte schon, ich hätt' dich verloren!"

Erschöpft, aber erleichtert brachte Margot ein schwaches Lächeln zuwege. Unwillkürlich fielen ihr die Augen wieder zu.

Wasser plätscherte, dann spürte sie ein kühles, feuchtes Tuch auf ihrer Stirn. Dazu stieg ihr der strenge Geruch von Anissamen in die Nase. Sie seufzte zufrieden.

„Gott sei Dank! Gott sei Dank!" sagte Aletta immer wieder, die Stimme halb von Tränen erstickt. „Gott sei Dank, daß du aufgewacht bist!"

„Die – andern?" fragte Margot und schlug die Augen wieder auf. „Was ist – mit den andern?"

„Ach, denen geht's gut!" krähte Aletta fröhlich, aber ein bißchen zu laut. „Außer Suzette natürlich. Sie is' tot. Das weißt du noch, oder? Has' doch neben ihr gestanden, als –"

„Ja. Ich weiß", sagte Margot im selben feierlichen Ton, den Alettas Stimme plötzlich angenommen hatte. „Wo sind die anderen?"

Aletta kicherte. In ihren Augen glitzerte es jetzt. „Sie sind alle mit ihren Männern auf und davon!“ Sie nickte begeistert. „Mit ihren Männern, jawoll! Sobald wir ’nen Fuß an Land setzten, wurde jede von uns geschnappt, vom Fleck wech!“

„Hast du auch einen Mann?“

Aletta warf sich in die Brust. „O Margot! Er is’ soo niedlich! Und nett! Als ich ihm erzählt hab, was du mir bedeutes’, hat er gesacht, es is’ ihm recht, wenn ich hergeh’ und mich um dich kümmer’, bis es dir besser geht-“

-oder du stirbst.

Das sagte Aletta nicht, aber Margot fiel es nicht schwer, den Gedanken zu Ende zu bringen. „Klaas, also, das is’ mein Mann“, sie errötete, „ja, also- Er hat gesacht, wenn du ersma laufen kanns’, könn’ wir dich vielleich’ mit zu uns nehm’, damit ich mich um dich kümmern kann, bis du wieder gesund bis’.“

„Wie lange hab ich geschlafen?“ fragte Margot.

„Mit heute vier Tage“, antwortete Aletta, während sie sich aus Margots Blickfeld entfernte. „Geh nich wech! Ich komm’ gleich wieder. Jetz’, wo du wach bis’, werd’ ich was besorgen, daß es dir besser geht!“

Geh nicht weg? Margot hätte lachen müssen, wenn ihre Kraft dazu ausgereicht hätte. *Wohin, meint Aletta, sollte ich wohl gehen?*

Als Aletta zurückkam, hatte sie einen Krug und einen Becher bei sich. Sie schenkte eine trübe Flüssigkeit ein. Dann hob sie Margots Kopf hoch und half ihr, einen kleinen Schluck zu trinken. Das kühle Getränk netzte Margots ausgedörrte Zunge. Im nächsten Moment aber zog es ihr die Augen und den Mund zusammen.

„Es is’ sauer“, sagte Aletta. „Hätt’ ich dir sagen solln.“

Margot schüttelte unwillkürlich den Kopf. „Das kann man wohl sagen!“

„Zitronensaft. Ziemlich stark, aber echt gut für dich. Hier, ich hab noch mehr.“

Der zweite Schluck rief bei Margot dieselben Gesichtsverzerrungen und erneutes Schütteln hervor.

„Ich weiß nich, warum, aber irgendwie hab ich den Skorbut nich gekriegt. War wohl Glück. So konnt’ ich mich um die andern kümmern, genau wie du dich die erste Nacht um uns gekümmert hast. Und nach zwei Tagen Zitronensaft ging’s allen wieder total gut!“ Kichern. „Gut genug, um sich den Männern vorzustelln!“ Sie gluckste vor Vergnügen. „O Margot! Du hätts’ die Gesichter von den Mannsbildern sehn solln, als wir mit den Seidenkleidern an Deck kam’! Hab noch nie im Leben so viele offene Münder gesehn! Nach 'n paar *Minuten* warn alle Mädchen in festen Händen. Alle – sogar Clara! Und da sind noch 'n gutes Dutzend Männer, die bloß drauf warten, daß es dir besser geht."

„Danke, nein", sagte Margot. „Kein Interesse."

„Da solltest du vielleich' nochmal drüber nachdenken. Sind 'n paar dabei, die wo –"

Margot schnitt ihr das Wort ab. „Womit verdient dein Gatte seinen Lebensunterhalt?"

Aletta platzte fast vor Stolz. „Er hat 'n Weingut und 'ne Weinpresse, in Stellenbosch!"

„Stellenbosch?"

„Weiter im Land drin. Hab's noch nich gesehn, aber so, wie Klaas erzählt, hört sich's zu gut an, um wahr zu sein!"

„Das freut mich für dich, Aletta."

„Und du wills' wirklich nich nochmal drüber nachdenken? Da sind 'ne Menge gute –"

„Ganz sicher nicht", sagte Margot und beendete die Debatte, indem sie die Augen zumachte.

* * *

Die nächsten zwei Tage bestand Margots Welt aus dem hölzernen Verschlag mit den sechs Hängematten tief im Bauch der *Adler*. Je besser sie sich fühlte, um so mehr bedrückte sie der enge Verschlag. Fast fünf Monate lang war er ihr Zuhause gewesen. Und obwohl er ihr jetzt, wo sie ihn nicht länger mit sechs anderen teilen mußte, direkt geräumig vorkam, sehnte sie sich danach, mal eine andere Farbe als Braun zu sehen und Luft atmen zu können, die keinen Beigeschmack von Bilgenwasser hatte.

Die meiste Zeit, die sie wach lag, war Aletta bei ihr. Abends ging sie von Bord und verbrachte die Nacht mit ihrem Ehemann in der Kolonie. Aber jeden Morgen war sie kurz nach Margots Erwachen wieder zur Stelle.

Am Morgen des dritten Tages erhob sich Margot aus der Hängematte und fühlte sich kräftig genug, an Deck zu gehen. Gerade war sie mit Ankleiden fertig, als sie Schritte kommen hörte, Schritte, die zu schwer und zu lang klangen, um die von Aletta zu sein. Kaum hielten sie inne, als es auch schon leise an der Tür klopfte.

„Mademoiselle de Campion?“

Lächelnd öffnete Margot die Tür. Es war Kapitän Danckaert.

Das Bulldoggengesicht schien sich zu freuen, sie zu sehen. „Ich freue mich zu hören, daß es Ihnen besser geht“, sagte er so weich, als befürchte er sie mit ruppigen Tönen zu verletzen.

„Vielen Dank, Kapitän. Es geht mir viel besser. Eigentlich hab ich gerade auf Aletta gewartet. Ich dachte, ich spazier' mal hoch an Deck. Das heißt natürlich, falls Ihr nicht der Meinung seid, ich könnte die Mannschaft ablenken.“

Ein schiefes Grinsen zeigte, daß der Kapitän wußte, wovon sie sprach. „Aletta kommt heute morgen nicht“, sagte er.

„Ach?“

„Wir haben gerade 'ne Nachricht bekommen. Sie wollte vorbeikommen und sich verabschieden, aber ihr Mann hat entschieden, daß sie unverzüglich nach Stellenbosch abreisen.“

Margots Augen füllten sich mit Tränen der Enttäuschung. „So konnte ich ihr nicht mal für ihre Güte danken.“

„Nach Stellenbosch kommt man binnen eines Tages, wenn man früh aufbricht und zügig reitet“, sagte der Kapitän. „Und Klaas Starrenburg hat's immer eilig. Er ist keiner, der lange irgendwo faul rumsitzt.“

Margot erschrak: Der Kapitän beschrieb Starrenburg ganz anders, als Aletta ihn bezeichnet hatte. „Was wißt Ihr über Alettas Gemahl?“ fragte sie. „Wird er Aletta gut behandeln?“

„Soweit ich mit Klaas zu tun hatte, kann ich sagen, er ist ein anständiger Mann. Arbeitet hart; hat deutsches Temperament; nicht gerade gefühlsduselig. Er wird für Aletta sorgen und sie beschützen. Das ist mehr, als die meisten Männer tun. Machen Sie sich keine Sorgen. Sie werden sie wiedersehen, da bin ich ganz sicher. Bei 'nem Fest oder sowas.“

Margot nickte zwar, aber erleichtert war sie keineswegs. Sie dachte an die Beziehung zwischen Sylvie und Monsieur Fabarez. Sie betete still, daß Aletta in ihrem neuen Leben glücklich werden möchte.

„Bin ich gut genug?“ fragte der Kapitän.

„Gut genug? Ich verstehe nicht.“

Der Kapitän hielt ihr einen angewinkelten Arm hin. „Als Gesellschafter. Sie sagten, Sie hätten vor, an Deck zu gehen. Darf ich Sie begleiten?“

Margot fühlte, wie sich ihre Wangen röteten. Es war ein gutes Gefühl. Nach ihrer Krankheit war ihr jedes gute Gefühl willkommen.

„Wie liebenswürdig von Euch, Kapitän!“ flötete sie und nahm seinen Arm. „Es wäre mir eine große Ehre!“

Kapitän Danckaert führte sie durch das mittlerweile vertraute düstern-hölzerne Gewirr von Deckstützen, Laufstegen und Laderäumen und über die zwei Niedergänge hinauf an Deck. Je höher sie kamen, um so besser wurde die Luft. Genau, wie sie es in Erinnerung hatte.

Noch von unten erhaschte sie durch die Ladeluke einen ersten Blick auf den Himmel. Es war nur ein holzgerahmter Flecken Blau, aber nach den endlos scheinenden Tagen, während derer sie nichts anderes angestarrt hatte als rauhes braunes Holz, war es der exquisiteste Flekken Blau, den sie jemals zu Gesicht bekommen hatte. Sie mußte stehenbleiben, bloß um ihn anzustarren.

Der Kapitän blickte sie leicht ratlos an. Dann, nach einer Weile, setzten sie ihren Aufstieg gen Oberdeck fort.

So lieblich der Flecken Blau auch gewesen war, er hatte sie nicht auf das Farbenpanorama einstimmen können, das sie regelrecht ansprang, sobald sie auch nur den Kopf aus dem Niedergang gehoben hatte. Zuerst verschwammen all die Farben im weißen Sonnenlicht. Dann, sobald sich ihre Augen von der Düsternis des Laderaums auf die Helligkeit des klaren Tages umgestellt hatten, raubte ihr die Fülle des Anblicks, der sich ihr bot, den Atem. Gegen das blaue Himmelszelt kontrastierte ein mächtiger, oben flacher Berg, dessen Front aus einer Vielzahl in verschiedensten Farbtönen schimmernder Klippen bestand. Sprachlos sah Margot zu, wie eine weiche weiße Wolke herankam, als würde Gott sie schieben, sich oben an den Berg schmiegte und dann in die Schluchten und über die Klippen des Abhanges hinabsank.

„Der Tafelberg“, sagte der Kapitän, den das Schauspiel nicht minder zu fesseln schien. „Scheint Sie beeindrucken zu wollen“, fügte er hinzu. „Ich bin hier schon oft vor Anker gegangen, aber dies ist erst das zweite Mal, daß ich den Berg so sanft umwölkt sehe wie jetzt.“

Zu ihrer Rechten erhob sich ein größerer Hügel, vom Kapitän Signalberg genannt, was sich durch die Masten und Flaggen, die sich rund um den ebenfalls ziemlich flachen Gipfel gruppierten, ohne weiteres erklärte. Schon der Signalberg alleine wäre einem in der Tiefebene aufgewachsenen Mädchen majestätisch erschienen. Doch neben der Herrlichkeit des Tafelberges war der Hügel nur mäßig bemerkenswert.

Am Fuße des Tafelberges zog sich die Kolonie Kapstadt entlang.

Weiß getünchte Häuser mit den vertraut geschwungenen holländischen Giebeln säumten breite, unbefestigte Fahrwege. Zur Linken befand sich eine massige, aus grauem Stein gemauerte Festung, die der Kapitän „die Burg“ nannte. Über ihren Schanzen flatterte stolz die rot-weiß-blaue Flagge der Holländer.

Zwischen Siedlung und Schiff erstreckte sich ein umtriebiges Hafengelände. Darauf waren einige der merkwürdigsten Leute zugange, die Margot jemals gesehen hatte.

„Sind das Khoikhoi?“ Sie zeigte auf zwei kurzgewachsene Männer, die zwischen sich an einer Stange einen großen, schaukelnden Eimer trugen.

Sie trugen kurzgeschnittenes, dicht gelocktes Haar. Ihre Haut wirkte wie Leder und war dunkelbraun. Der vordere Mann wandte den Kopf und rief dem hinteren gellend etwas zu. Was aus seinem Mund kam, war ein Erguß von Schnalzlauten und sonstigen Tönen, die anders waren als alles, was Margot bis dato gehört hatte.

„Oh, Sie haben von den Khoi gehört?“ Der Kapitän blickte überrascht drein.

„In maritimen Erzählungen, die man mir zu Hause vorgelesen hat“, antwortete Margot.

„Khoikhoi nennen sie sich selbst. Wir betiteln sie als Hottentotten.“

„‚Stotterer‘“, grübelte Margot. Den Namen hatte sie schon gehört. „Hört sich tatsächlich an, als stotterten sie.“

Zwischen holländischen Seeleuten und Hottentotten verstreut gab es Angehörige verschiedenster sonstiger Nationalitäten: Franzosen, Deutsche, braune Malayen, Schwarze aus dem Landesinneren und andere, die Margot nicht ohne weiteres zuordnen konnte.

Plötzlich ergriff die Heiterkeit des Tages von ihr Besitz. Ihr Kopf wurde leicht, und sie mußte sich an den Arm des Kapitäns klammern, um nicht ins Taumeln zu geraten.

„Ich helfe Ihnen hinunter“, sagte er.

Sie packte seinen Arm fester. „Bitte laßt mich noch bleiben – nur noch einen Augenblick!“

„Hier wird's noch genauso aussehen, nachdem Sie sich ausgeruht haben“, sagte er und schob sie Richtung Niedergang.

Nach einem ausgedehnten Nickerchen war sie wieder an Deck, und erneut faszinierte sie, was es zu sehen und zu hören gab. Als die Sonne unterging und Dunkelheit sich über die Kolonie senkte und den Steilhang des Tafelbergs verhüllte, beobachtete sie, wie Fackeln und Laternen die Szenerie belebten. Doch das waren Lichter minderen Werts, verglichen mit den strahlenden Sternen, die am Himmel funkelten.

In diesem Augenblick wurde Margot bewußt, daß sie gleich am ersten Tag Südafrika verfallen war. Es war so anders als die dichtbevölkerten Kopfsteingassen und die schmutzigen Grachten Amsterdams. Dieses neue Land war weit, grün und jung.

Sie verschränkte die Arme, um sich gegen die steife Brise zu schützen, die übers Deck fegte. Sie hatte sich immer vorgestellt, daß ferne Länder eine fremdartig-exotische Atmosphäre hätten. Aber als sie hier vor Kapstadt stand, verspürte sie keinerlei Gefühl von Fremdheit. Ganz im Gegenteil: Sie kam sich vor, als sei sie dazu gemacht, hier zu leben. Obwohl sie noch gar keinen Fuß auf den Boden des afrikanischen Kontinents gesetzt hatte, wußte sie, daß dies ihr Zuhause werden würde.

Zufrieden lehnte sich Margot de Campion an die Reling des Schiffes. Sie dachte an einen Psalmvers und flüsterte: „Aus der Bedrängnis rief ich den Herrn an, und der Herr antwortete mir mit weitem Raum, frei und offen."

* * *

Arm in Arm mit Kapitän Danckaert schlenderte Margot vor sich hin. Hinter ihnen gingen pflichtschuldigst zwei Matrosen, die ihre Truhe schleppten. Weder Margot noch der Kapitän hatten es eilig. Er schien genauso stolz zu sein, ihr die quirlige Kolonie zu zeigen, wie sie begierig darauf war, sie zu sehen.

Sie hatten soeben den Gemüsemarkt betreten, ein weites, offenes Areal, auf dem sich eine bunte Auswahl der Menschheit tummelte: Gemüsehändler, Seeleute, ein junger Holländer, der an einer Stange zwei Wassereimer trug, aneinander gekettete Sklaven schwarzer und brauner Hautfarbe, die im Gänsemarsch durch die Gegend geführt wurden, zwei erlesen gekleidete, wohlhabende Bourgeois, die buchstäblich Bauch an Bauch standen und über irgend etwas lachten.

Margot sah den Kapitän an. „Wie kann ich Euch jemals für all das danken, was Ihr für mich getan habt?"

Der Kapitän tätschelte ihr die Hand. „Sie können es wiedergutmachen, indem Sie mir versprechen, dem Gouverneur keinen Ärger zu bereiten."

Beide lächelten.

„Ich mein's ernst", sagte Margot. „Ich wünschte, ich könnte irgendetwas für Euch tun. Ihr wart so überaus freundlich zu mir."

„Unsinn!" versetzte er. „Wenn ich Sie anders behandelt habe als andere Leute auf dem Schiff, dann deshalb, weil ich Respekt für Sie empfinde. Und Respekt erntet man nicht einfach so, den muß man sich verdienen."

Sie bogen in eine Seitenstraße ein, die von Geschäften aller Art gesäumt war. Da gab es Schuster, Putzmacher, Bäcker, auch eine Kneipe. Von der Straße gelangte man auf einen ausgedehnten Exerzierplatz, an dessen gegenüberliegender Seite das Tor zu der grauen steinernen Burg stand.

„Ich will mich nicht streiten", nahm Margot die Unterhaltung wieder auf, „aber Ihr habt mich nicht nur ein wenig anders behandelt als die übrigen Leute auf dem Schiff. Ihr habt mir eine besondere Behandlung zukommen lassen."

Instinktiv legte sich das Bulldoggengesicht in Falten. Es lag auf der Hand, daß der Kapitän es nicht gewohnt war, daß man seiner Auffassung nicht beipflichtete.

„Ihr seid aus Euch herausgegangen, um mir eine Stellung hier im Gouverneurspalast zu verschaffen", sprach Margot weiter. „Das hättet Ihr nicht zu tun brauchen. Und ich glaube auch nicht, daß Ihr das einfach so für irgend jemanden getan hättet."

„Manche Leute verdienen eine besonders Behandlung", sagte er matt, aber mit einem Funkeln in den Augen.

Margot blieb stehen und zwang den Kapitän damit, es ihr gleichzutun. Wie Schatten verhielten auch die zwei Matrosen hinter ihnen den Schritt. Mit einem dumpfen Geräusch stellten sie die Truhe auf der staubigen Straße ab.

Margot flüsterte, damit die Schatten ihre Worte nicht verstehen konnten. „Ich habe Verständnis dafür, daß Ihr das Bild eines harten Mannes aufrechterhalten müßt. Ich möchte nur, daß Ihr wißt, daß Ihr mir das Gefühl gegeben habt, etwas Besonderes zu sein, und dafür werde ich Euch immer danken."

Sein qualvoll verzogenes Gesicht ließ darauf schließen, daß der Kapitän und die Welt der Gefühle bestenfalls entfernte Verwandte waren. Er warf einen unbehaglichen Blick auf die zwei Matrosen und erwiderte dann, ebenfalls flüsternd: „Ich bin nie verheiratet gewesen und werde es auch nie sein. Welche Frau, die bei klarem Verstand ist, würde wohl jemals einen häßlichen Seehund wie mich haben wollen?" Erneuter Blick Richtung Matrosen. Diese zeigten äußerlich keinerlei

Interesse an ihrer Unterhaltung. Dennoch fuhr er noch leiser – so leise jetzt, daß Margot sich alle Mühe geben mußte, um überhaupt etwas zu verstehen – fort: „Und obgleich ich nicht zu heiraten beabsichtige, habe ich mir aus irgendeinem verrückten Grund immer eine Tochter gewünscht. Nicht zu fassen, oder? Keinen Sohn – eine Tochter!"

Margot mußte ein Gefühl der Rührung unterdrücken. Ihr Lächeln zeigte warmes Verstehen.

„Und – nun ja . . ." Der Kapitän senkte den Kopf. „Ich hab mir eine Tochter, wenn ich sie denn hätte, immer genauso vorgestellt wie Sie. Sehen Sie, deshalb handle ich im Hinblick auf Sie so, wie ich es tue."

In Margots Augen glitzerten Tränen. „Vielen Dank, Kapitän", sagte sie. „Es macht mich stolz, daß Ihr so über mich denkt."

„Erzählen Sie bloß nicht überall herum, was ich Ihnen gerade gesagt habe!" befahl er.

In warmem, einvernehmlichem Schweigen schritten sie auf die Burg zu. Dann sagte der Kapitän in väterlichem Tonfall: „Ohne Zweifel werden Sie, solange er in der Kolonie ist, von Zeit zu Zeit van Jaarsfeld über den Weg laufen. Er wird Sie in Ruhe lassen. Dafür habe ich gesorgt."

„Danke", antwortete Margot. „Nach den Einzelheiten frage ich lieber nicht."

„Das ist auch am besten", entgegnete der Kapitän.

* * *

Durch den steinernen Torweg der Burg betraten sie den Gartenhof. Margot konnte jetzt erkennen, daß die Burg in der Form eines fünfzackigen Sterns angelegt war, wobei man die Spitze jedes Zackens zu einem Kastell ausgebaut hatte. Während der Kapitän mit ihr auf die Residenz des Statthalters zuging, erklärte er ihr, daß jedes Kastell nach einem der Territorien des Oranierprinzen benannt war. Auf eines nach dem anderen zeigend, ging er sie der Reihe nach durch: Buren, Leerdam, Oranje, Nassau und Katzenellnbogen.

Im Mittelpunkt des Burginneren befand sich ein Brunnen. Die Residenz des Statthalters lag rechter Hand, ein langgestrecktes weißes Bauwerk mit einem breiten, von einem schmiedeeisernen Geländer eingefaßten Balkon, den man über zwei seitliche Wendeltreppen betreten konnte.

„Hier werden Sie in guten Händen sein", sagte der Kapitän. „Und wenn ich auch nur ein wenig Menschenkenntnis besitze, sind Sie, wenn ich auf der Rückreise hier Station mache, längst der amtierende Gouverneur."

Margot lächelte. Seine Stichelei war gut gemeint. Der schwerste Teil ihres Starts in ein neues Leben würde sein, sich von ihm zu verabschieden.

Der Abschied kam überraschend schnell.

Der Kapitän ließ sich durch den Türhüter anmelden und teilte sein Anliegen mit. Und der Handel, durch den Margot in die Dienste des Statthalters wechselte, war im Handumdrehen erledigt. In Minutenschnelle erschien die Mamsell, die die Aufsicht über die Putzkolonne des Gouverneurs führte – eine große, vierschrötige Frau, die ihr blondes Haar zu einem mächtigen Dutt zusammengerollt hatte –, und zog Margot mit sich fort. Das geschah mit demselben Gefühlsaufwand, als hätte der Kapitän einen Sack Korn abgeliefert.

Margots Einweisung dauerte genau so lange, wie sie brauchten, um die Eingangshalle zu durchqueren. In schroffer Manier wurde ihr befohlen, den Mund geschlossen und die Hände fleißig zu halten, ferner sich um nichts als die eigenen Angelegenheiten zu kümmern. Würde man sie beim Stehlen, beim Lügen oder in irgend jemandes Bett ertappen, so würde sie auf der Stelle hinausgeworfen. Dasselbe gelte selbstverständlich, falls sie etwa schwanger werden sollte. Man verlange nichts weiter von ihr, als daß sie ordentlich und pünktlich ihren Putzpflichten nachkomme. Dafür werde man ihr Kost und Logis stellen und ein kleines Entgelt zahlen.

„Dort wirst du schlafen." Der ausgestreckte Arm der Frau war so stämmig wie ein Baumstumpf. Sie zeigte auf das erste einer Reihe von Betten, deren an jeder Seite des Zimmers fünf standen.

Zwei schwarze Diener trugen Margots Truhe herein.

„Stellt sie dort ans Ende des Bettes."

Sie gehorchten und verließen im Laufschritt das Zimmer.

Zu Margot sagte sie: „Du hast fünf Minuten, um deinen Kram auszupacken; dann meldest du dich bei mir vorn an der Haupttür, da, wo du reingekommen bist! Ich heiße *Mevrouw* Hilda."

Damit fiel die Tür hinter der Matrone ins Schloß.

Der Raum, in dem Margot sich befand, war spartanisch. Es gab Betten, kleine Truhen neben einigen Betten, aber keine von der Größe der ihren darunter, derjenigen, die einst Uys van Jaarsfeld zu eigen gewesen war. Ja, ihre Truhe war so voluminös, daß sie den halben Durchgang zwischen den Bettreihen blockierte. Die anderen Mädchen würden sich irgendwie an ihr vorbeischlängeln müssen, um ihre Schlafplätze zu erreichen. Aber es gab keinen anderen Platz, an den sie sie hätte stellen können, und auch keine andere Möglichkeit, ihre Kleider unterzubringen. Was also hatte *Mevrouw* Hilda wohl gemeint, als sie sie anwies, ihre Sachen auszupacken?

Margot ging den ganzen Raum ab, wobei das Klacken ihrer Absätze auf dem polierten Holzboden sich an den steril weißgetünchten Wänden brach. Den Rest der fünf Minuten saß sie schweigend auf ihrer Bettkante. Dann stand sie auf, um sich zu *Mevrouw* Hilda zu begeben, nicht allerdings, ohne zuvor die Falten auf dem Bett zu glätten, die sie beim Hinsetzen verursacht hatte.

* * *

Putzen hatte für Margot etwas Heilsames an sich. Holz und Metall so lange zu polieren, bis es glänzte, verschaffte ihr eine warme innere Befriedigung, geradezu eine Art Erfüllung. Wenn ihr am Ende des Tages das Kreuz wehtat und Muskelkater sich einstellte, rechnete sie sich das als Auszeichnung an, als Zeugnis ihrer harten Arbeit. Schließlich hatte Sylvie sie gelehrt, daß die Fähigkeit zu arbeiten eine Weise war, mit der die Menschheit ihre Gottesebenbildlichkeit auszudrükken vermochte. Denn die Bibel sagte: Als Gott die Welt erschuf, arbeitete er sechs Tage lang und ruhte am siebten. Und wenn Margot am Putzen war, tat sie – auf einer viel, viel niedrigeren Ebene selbstverständlich – irgendwie das gleiche: Sie erschuf eine Ordnung aus Chaos.

Sicher, ihr fehlten die geistige Anregung und die Führungsrolle, die sie unter den Mädchen auf der *Adler* genossen hatte. *Mevrouw* Hilda wußte gezielt zu verhindern, daß unter den Dienstmädchen der Putzkolonne engere Freundschaften entstanden, indem sie sie tagsüber stets einzeln in verschiedenen Zimmern arbeiten ließ und das Tagwerk bis spät in die Nacht hinein ausdehnte. Selbst wenn es Arbeiten zu verrichten gab, für die mehr als eine Kraft notwendig war, torpedierte *Mevrouw* Hilda jeden sozialen Kontakt, indem sie ständig hinter den Mädchen stand und ihnen auf die Finger sah. Es war weder notwendig noch gestattet, daß die Mädchen sich unterhielten, denn *Mevrouw* Hilda befahl ihnen jeden einzelnen Schritt. Keine Stimme außer der ihren gab auch nur einen Ton von sich.

Sie voneinander zu isolieren war die Methode der Mamsell, die Ordnung unter den Bediensteten aufrechtzuerhalten. So stellte sie sicher, daß niemals zwei Charaktere miteinander in Konflikt gerieten, daß es kein leeres Geschwätz, keine verletzten Gefühle und vor allem keine Verschwörung gegen ihre Person gab. Sie trieb es so weit, daß sie sogar im selben Zimmer wie die Mädchen schlief, damit sie auch nachts nicht miteinander schwatzten.

Margot mußte auch lernen, daß *Mevrouw* Hilda niemals irgend jemanden für seine Arbeit lobte. Wenn hingegen eine Aufgabe nicht zu ihrer Zufriedenheit verrichtet wurde, mangelte es ihr nicht an Worten. Mehrmals täglich hörte Margot das schrille Organ der Mamsell durch die Halle gellen und über Flecken, Staub, Spinnweben oder irgendwelche verschütteten Flüssigkeiten lamentieren. Wenn man ihr zuhörte, konnte man den Eindruck gewinnen, Schmutz in jeder Form sei ein sich totstellender Dämon, der eruptiv zum Leben erwachte, wenn man ihn nicht auf der Stelle vertrieb.

Zu manchen Zeiten hörten *Mevrouw* Hildas Tiraden eine ganze Stunde lang nicht auf. Doch wenn sie Margots Arbeit überprüfte, war das anders. Dann machte sie fast einen enttäuschten Eindruck, weil sie in den Zimmern, in denen Margot gearbeitet hatte, so wenig fand, worüber sie loskeifen konnte.

Nachdem *Mevrouw* Hilda Expertin im Austreiben von Schmutz war, gelang es ihr freilich allemal, auch in jedem von Margot geputzten Zimmer mindestens einen Schmutzdämon zu finden. Doch Margot ließ die Scheltorgien der Frau stets an sich abprallen. Sie wußte: Solange sie so putzte, wie Sylvie es ihr beigebracht hatte, konnte sie stolz auf ihre Arbeit sein, auch wenn man sie an *Mevrouw* Hildas Vorstellungen maß.

Dennoch fing Margot an, sich zu fragen, wie *Mevrouw* Hilda wohl reagieren würde, wenn sie trotz all ihrer Bemühungen nicht mehr das geringste Fitzelchen Schmutz fände. Sie brauchte mehrere Anläufe, aber eines Tages bekam sie es hin, ein Zimmer so lange zu bearbeiten, bis es buchstäblich keimfrei war.

Margot ließ sich ihre Heiterkeit nicht anmerken, als *Mevrouw* Hilda zur Inspektion heranrauschte und nach schlummernden Dämonen zu forschen begann. Nachdem die Chefin eine Inspektionsrunde erfolglos beendet hatte, begab sie sich auf eine zweite, wobei sie ihre Anstrengungen verdoppelte. Als auch das nichts erbrachte, geriet *Mevrouw* Hilda außer sich. Sie wurde geradezu besessen. Über eine Stunde lang quetschte sie ihren Kopf hinter Möbelstücke, krabbelte auf allen vieren herum, steckte Finger und Nase in Winkel und Spalten – prüfend, schnuppernd, ächzend und stöhnend. Dann endlich gab sie auf.

Mit beleidigtem Gesicht und hängenden Schultern stand *Mevrouw* Hilda vor Margot. Sie sah aus, als hätte man ihr einen Streich gespielt, den sie nicht leiden konnte. Schließlich fiel ihr nichts anderes ein, als sich krächzend zu räuspern und abzutreten.

Von jenem Tag an achtete Margot stets darauf, wenigstens einen Staubfussel für *Mevrouw* Hilda übrigzulassen. Das, so meinte sie, war das mindeste, was sie tun konnte, schien doch die Entdeckung von Schmutz der Mamsell einen Sinn im Leben zu geben.

9

Sowohl der Gouverneur als auch andere Vertreter der Compagnie pflegten aufschlußreiche Dokumente achtlos auf ihren Arbeitstischen herumliegen zu lassen, nicht anders als van Jaarsfeld es in seiner Kajüte auf der *Adler* gehalten hatte. Im allgemeinen hatten sie ja auch keinen Grund, sich vorzusehen. Üblicherweise waren Bedienstete nicht des Lesens kundig. Ja, der Alphabetisierungsgrad in der Kolonie lag so niedrig, daß selbst die meisten Freibürger ohne weiteres in den Papieren auf dem Schreibtisch des Gouverneurs hätten herumstöbern können, ohne dadurch auch nur einen Deut klüger zu werden.

Die Ausnahme war Margot. Und obwohl sie nicht herumschnüffelte, lagen genügend Papiere und Briefe offen vor ihren Augen herum, um ihr ein Bild über den generellen Zustand der Kolonie zu vermitteln.

Sie bekam eine Petititon französischer Siedler zu Gesicht, die darüber Klage führten, daß das Französische in der Kolonie unterdrückt würde. Das Gesuch verdeutlichte, daß die Hugenotten ihre Identität im Tiefsten an ihre Sprache gebunden sahen, daß sie sich aber zunehmend weniger des Französischen bedienen konnten, nachdem die Mehrheit der Siedler holländisch sprach. Darüber hinaus argwöhnten sie, daß der Wille der *Vereenigde Oostindische Compagnie*, der Niederländisch-Ostindischen Compagnie, dahin gehe, daß sie zwangsweise ihre angestammte Sprache aufgaben.

Neben der Petition lag ein Brief, der offenbarte, daß diese Befürchtungen nicht unberechtigt waren. Dem Schreiben entnahm Margot, daß die Compagnie nicht nur dem Gesuch der französischen Siedler ablehnend gegenüberstand, sondern der Gouverneur Befehle erhalten hatte, die Franzosen über die ganze Kolonie zu zerstreuen, um sicherzustellen, daß sie überall eine Minderheit blieben. Die Compagnie hegte Befürchtungen, daß sich die Hugenotten im Falle eines Falles mit einer französischen Flottille verbünden würden, sollte Frankreich jemals Appetit auf Kapstadt verspüren.

Solcherlei unbeholfene Politik war typisch für die Niederländisch-Ostindische Compagnie. Soweit Margot mitbekam, übte die Gesellschaft über sämtliche Handelspreise und –verträge sowie die Beschäftigung von Arbeitskräften strikte Kontrolle aus. Aus dem Blickwinkel der Compagnie war die Kolonie nur insoweit von Interesse, wie sie den Bedürfnissen des Mutterlandes diente. Folglich war ihren Bürgern auferlegt, exakt so viel Getreide, Fleisch, Gemüse und Wein zu produzieren, wie die Compagnie benötigte, und zwar zu von dieser festgelegten Preisen.

Selbstverständlich waren damit Konflikte zwischen der Gesellschaft und den Freibürgern, die das Land bearbeiteten, vorprogrammiert. Ferner begünstigten die gegebenen Verhältnisse die Korruption, wofür der vorige Gouverneur ein Beispiel gewesen war.

Margot las, daß der Gouverneurssitz sieben Jahre vor ihrer Ankunft von einem ausgewachsenen Skandal erschüttert worden war. Ihr fiel eine Klageschrift der Bürgerschaft in die Hände, derzufolge Gouverneur Willem van der Stel ein hochmütiger, ehrgeiziger, habgieriger und verlogener Mann war, der sich der Ressourcen, der Arbeitskräfte und der Arbeitszeit der Compagnie bediente, um sich einen privaten Landsitz namens *Vergelegen* errichten zu lassen. Darüber hinaus setzte er seine Gouverneursmacht dazu ein, die Produkte der Kolonie persönlich aufzukaufen, und schuf sich Freunde, indem er persönlichen Bekannten lukrative Kontrakte zuschanzte. Darunter war ein einträglicher Fleischkontrakt mit den van der Kemps, einer Familie, deren Name in den Berichten über die nun folgenden Unruhen immer wieder an herausragender Stelle auftauchte.

Die Beschwerde an das Direktorium der Siebzehn war von dreiundsechzig Freibürgern unterzeichnet und mit einem auslaufenden Schiff nach Holland geschmuggelt worden.

Als van der Stel von der Eingabe Wind bekam, handelte er umgehend. Zunächst faßte er seinerseits eine Eingabe ab, die zu unterschreiben er mittels Bestechung und nackter Gewalt zweihundertvierzig Männer nötigte. Sodann ließ er etliche der Freibürger, die ihre Namen unter die erste Bittschrift gesetzt hatten, in Eisen legen, um sie mittels Kerker und Folter zum Widerruf des Dokuments zu bewegen, was viele auch taten. Eine bemerkenswerte Ausnahme bildete Pieter van der Kemp, ein bekannter Viehhändler und Plantagenbesitzer auf Klaarstroom, einem ausgedehnten Anwesen, nach dem Gouverneur van der Stel gelüstete. Es lag am Fuße der sogenannten *Hottentotten-Holland-Berge.*

Nachdem die Siebzehn in Amsterdam die Bittschrift der Freibürger erhalten hatten, setzten sie eine Untersuchungskommission ein. Aufgrund der Ergebnisse wurde Gouverneur van der Stel nach Holland zurückbeordert und nach einem langen Prozeß aus den Diensten der Compagnie verstoßen. Das war ein großer Sieg für die Freibürger der Kapkolonie. Er vermochte indes die Spannungen, die zwischen ihnen und der Compagnie bestanden, nur geringfügig zu mildern.

Es gab jedoch nicht nur interne Konflikte, sondern auch Bedrohungen von außen. Margot las, daß die Kolonie gerade einmal zwei Jahre vor ihrer Ankunft von einer schlimmen Pocken-Epidemie heimgesucht worden war. Der Bericht, der ihr vorlag, hielt fest, daß die Tragödie ihren Lauf genommen hatte, nachdem ein Geleitzug, auf dem die Seuche gewütet hatte, in die Tafelbucht eingelaufen war. Zur Katastrophe führte dabei, daß diejenigen, die auf See von der Seuche befallen worden waren, sich wieder erholt hatten. Wären diese Kranken nämlich verstorben, so hätte man ihre Kleider verbrannt. Da sie aber wieder genesen waren, schaffte man diese in Wäschesäcken zwecks Reinigung ins Sklavengelaß der Kolonie.

Es dauerte nur Tage, bis die Seuche unter den Sklaven ausbrach. Die Menschen starben wie Fliegen. Bald darauf zeigten sich auch bei den ersten Weißen Anzeichen der Pocken, und binnen kurzem waren zwei bis fünf Tote täglich zu verzeichnen, so daß man mit dem Herstellen von Särgen nicht nachkam. Als dann ohne erkennbaren Grund die Tauben tot vom Dach des Gouverneurspalastes zu kullern begannen, deuteten die Menschen das als Vorzeichen einer Katastrophe.

Es war eine zutreffende Deutung. Noch ehe die Seuche wirklich überwunden war, hatte sie bereits ein Viertel der Kolonisten hinweggerafft. Viel schlimmer aber erging es der einheimischen *Khoikhoi*-Bevölkerung. Sie hatte der Seuche keinerlei Abwehrkräfte entgegenzusetzen, und so kamen in kürzester Zeit Scharen von Hottentotten ums Leben. Ganze Sippen wurden so ausgelöscht.

Einem niederländischen Beamten zufolge „starben die Hottentotten zu Hunderten. Wohin man sah, lagen die Sterbenden auf den Straßen und fluchten den Holländern, von denen sie sagten, sie hätten sie verhext".

Margot fand weitere Dokumente, die die ständig schlechter werdenden Beziehungen zwischen Eingeborenen und Kolonisten zum Gegenstand hatten. Die von den Siedlern als „Buschmänner" titulierten *San*-Stämme blieben abweisend bis bedrohlich. Gelegentlich überfielen sie abgelegene Gehöfte. Die Hottentotten hingegen hatten jahrelang mit den Europäern Handel getrieben. Zwar gab es auch unter ihnen einige Sippen, die sich feindselig verhielten, andere jedoch arbeiteten für die Kolonisten, vorzugsweise für Familien, die Viehzucht betrieben. Immerhin fühlten sich die Weißen sowohl von „Buschmännern" als auch Hottentotten bedroht genug, um auf örtlicher Ebene freiwillige Bürgerwehren aufzustellen, die den entlegenen Ansiedlungen als Schutz- und Polizeimacht dienten.

Keineswegs war Margot voller idealistischer Träume von einem Land, da Milch und Honig fließen, in Kapstadt eingetroffen. Aus Sylvies Büchern war sie gut unterrichtet über die Gefahren, die neuen Ansiedlungen in exotischen fremden Gegenden und Klimazonen vonseiten wilder Tiere und unfreundlich gesonnener Eingeborener drohten. Doch erst als sie die achtlos liegengelassenen Papiere in der Residenz des Gouverneurs las, wurde ihr klar, in welchem Maß ihr Schicksal jetzt mit dem der Kolonie verknüpft war.

Diese Papiere waren keine allgemeinen Erzählungen über ein fernes Land. Die Menschen, deren Namen in diesen Berichten auftauchten, liefen auf denselben Straßen herum wie sie selbst. Und die hier festgehaltenen Ereignisse und Daten gehörten zum Leben dieser Menschen. Von nun an war deren Geschichte mit ihrer eigenen verwoben. Deren Risiken waren auch ihre Risiken, deren Gefährdungen auch die ihren. Sie würden zusammen Erfolg haben oder zusammen scheitern.

* * *

Seine Stimme ließ sie erschaudern. Es war derselbe Schauer, der ihr jedesmal den Rücken hinunterlief, wenn jemand mit den Fingern knackte. Es war die Stimme van Jaarsfelds.

Neben dem seinen klackte auf dem hölzernen Boden der Eingangshalle noch ein zweites Paar Absätze. In der Hoffnung, van Jaarsfeld und sein Begleiter würden daran vorbeigehen, huschte Margot aus dem Türrahmen des Zimmers, das sie gerade putzte. Das Gespräch der beiden Männer bestritt allein der wollüstige Bevollmächtigte. Je näher sie herankamen, um so lauter tönte seine Stimme.

„Hier hinein“, hörte sie ihn sagen.

Erschrocken riß Margot die Augen auf; jeden Moment erwartete sie ihn zu erblicken. Doch es kam niemand herein. Als nächstes hörte sie, wie zwei Stühle über den Boden geschleift wurden, dann ein geräuschvoll stöhnendes Pusten, als van Jaarsfeld sich auf dem seinen niederließ. Sie hatten sich in das gegenüberliegende Zimmer begeben.

Ihr nächster Gedanke war, aus dem Zimmer zu schlüpfen. Sie wollte auf keinen Fall in der Nähe dieses Mannes sein, nirgendwo. Sie war sogar willens, den Zorn *Mevrouw* Hildas zu erdulden, der auf sie herniederprasseln würde, wenn sie das Zimmer nicht fertigputzte. Das war noch nie vorgekommen, aber es war ihr lieber, als ihm zu begegnen.

„Wann kann ich Rachel sehen?“ fragte er. „Seit ich letztes Jahr gen Amsterdam in See gestochen bin, habe ich an niemand anders denken können.“

Margot bekam eine Gänsehaut. *So ein Schuft!*

„Auch Rachel kann es kaum erwarten, Sie zu sehen“, sagte die andere Stimme. Sie klang tief, weich und zutraulich.

„Es enttäuscht mich, daß Sie sie nicht mitgebracht haben.“ Van Jaarsfeld ließ seine Stimme pikiert klingen.

„Das hier war keine Gesellschaftsreise“, bekam er zur Antwort. „Sie werden sie bald genug sehen.“

Wie schön für dich! dachte Margot. Wer auch immer er war – schüchtern war er jedenfalls nicht.

„Werden Sie ihr meine Liebe übermitteln?“

„Aber sicher.“

Die Unterhaltung stockte. Lange war aus dem anderen Zimmer keinerlei Geräusch zu vernehmen. *Was machen die?* fragte sich Margot. *Sich anstarren?*

Da sagte van Jaarsfeld: „Ich mag Sie, Jan. Unsere Familien werden hervorragend zueinander passen. Und diese Heirat wird in ein ganz neues Zeitalter der Zusammenarbeit zwischen der Compagnie und der Kapkolonie münden. Und so wie die Heiratsverbindungen alter Zeiten wird sie auf dem Verschmelzen zweier starker Familien gründen: der van Jaarsfelds und der van der Kemps!“

Den Namen hab ich doch schon mal gehört! dachte Margot. *Jawohl – Rachel van der Kemp! Stand in van Jaarsfelds Tagebuch. Was schrieb er noch gleich von ihr? Richtig, er nannte sie eine exotische afrikanische Blume – ja, und dann erwähnte er, wie unklug es von ihm war, ihr die Ehe versprochen zu haben, nachdem er doch gelernt habe zu bekommen, was er wolle, ohne zu einem solch drastischen Mittel zu greifen. Dieser Schuft! Und das arme, arme Mädchen!*

Margot hörte weiter zu: Van Jaarsfeld erging sich über die glorreiche Zukunft der beiden Familien. Ihre Hand umklammerte den Putzlappen so fest, daß sie zu zittern begann. Sie wußte um die wahre Zukunft der Rachel van der Kemp, sollte van Jaarsfeld seinen Willen bekommen.

Ich muß ihn aufhalten – aber wie?

Sie dachte, wenn sie nur einen Blick auf den anderen Mann, van der Kemp, erhaschen könnte, würde sich vielleicht eine Möglichkeit bieten, ihn später ohne van Jaarsfeld abzupassen und zu warnen. Sie konnte ihre Stimmen so deutlich hören, daß sie nahe bei der Tür sitzen mußten. Doch ob sie sie würde sehen können, und zwar ohne daß van Jaarsfeld *sie* sah? Es war ein Risiko, aber sie mußte es eingehen.

Sie drückte sich an die Wand direkt neben der Tür, beugte sich zögernd vor und lugte dann rasch um den Türpfosten herum. Im gegenüberliegenden Zimmer wandte ihr van Jaarsfeld den Rücken zu. Er plapperte immer weiter, und sein sorgfältigst gestriegelter Blondschopf wedelte eifrig hin und her.

Ihm gegenüber saß auf einem gleichen Stuhl ein tiefgebräunter Mann von Anfang dreißig. Er schien van Jaarsfeld zu mustern und sich ein Bild von ihm zu machen. Er hatte kantige Gesichtszüge. Sein Kinn war von einem dreieckigen Grübchen zerfurcht. Plötzlich sah er auf, und scharfe blaßblaue Augen durchbohrten Margot, wie sie hinter dem Türpfosten hervorspähte. Als sein Blick den ihren traf, wölbten sich die vollen Brauen hoch.

Margots Lippen entrang sich ein unterdrückter Aufschrei, und sie erschauerte. Was sollte sie tun? Sich zurückziehen und ein Versteck suchen? Nein, das würde einen kindischen Eindruck machen. Aber dort bleiben, wo sie war, konnte sie auch nicht – es sah gar zu lächerlich aus, wie sie sich am Türpfosten den Hals verrenkte.

Beiläufig untersuchte sie den Pfosten und tat so, als bemerke sie einen Schmutzfleck. Sie kniff die Augen zusammen, um den imaginären Fleck genau zu sehen, kratzte mit dem Fingernagel an etwas herum, das gar nicht da war, und machte schließlich kurzen Prozeß mit dem nicht existenten Übel, indem sie beinahe aggressiv mit dem Lappen darauf herumwischte. Dann stellte sie sich unter die Tür und wischte an dem einen Pfosten hinauf, am Sturz entlang und auf der anderen Seite wieder zum Boden hinunter. Bei alledem versuchte sie sich so zu verhalten, als nähme sie die Männer an der anderen Seite des Korridors überhaupt nicht wahr.

Van Jaarsfelds monotones Geschwätz zeigte, daß er keinen Verdacht geschöpft hatte. Margot indessen konnte es sich nicht verkneifen, noch ein Auge von van der Kemp zu erhaschen. Scheinbar unbeteiligt ließ sie ihre Blicke in seine Richtung schweifen.

Er starrte sie an! Vor den Mund hielt er einen erhobenen, gekrümmten Zeigefinger. Er konnte ein amüsiertes Grinsen nicht verbergen.

Margot wurde rot. Jetzt war es an ihr, eine Augenbraue hochzuziehen. Ärgerlich drehte sie van der Kemp den Rücken zu und zog sich in das Zimmer zurück, wo er sie nicht mehr sehen konnte.

Van Jaarsfeld salbaderte weiter, völlig unberührt von dem ersten Zusammentreffen Margot de Campions und Jan van der Kemps.

* * *

„Monsieur van der Kemp! Auf ein Wort bitte!"

Es war später Nachmittag. Margot war gerade im Begriff, ihren Arbeitstag abzuschließen, und rechnete jeden Augenblick mit dem Auftauchen *Mevrouw* Hildas, als sie Jan van der Kemp an der Tür des Zimmers, in dem sie arbeitete, vorbeigehen sah. Sie wußte nicht, ob er sie gehört hatte oder nicht, also rannte sie los, um ihn noch zu erwischen. Just als sie durch die Tür schoß, kam er um die Ecke. Sie prallte von seinem Brustkorb ab wie ein Ball, und hätte er sie nicht aufgefangen, so wäre sie rücklings zu Boden gestürzt.

Seine Größe überraschte sie. Er war weitaus größer, als sie ihn sich vorgestellt hatte: fast einen Meter achtzig. Sein Griff war hart, sie kam sich vor, als sei sie unversehens in einen engen Felsspalt gerutscht. Blaßblaue Augen schauten auf sie herunter.

„Bitte entschuldigen Sie, Monsieur!" haspelte Margot.

„Französisch?" Er sprach das Wort aus, als hinterlasse es einen unangenehm pelzigen Belag auf seiner Zunge. „Wir sind hier in einer holländischen Kolonie. Hier spricht man niederländisch. Es heißt *Mijnheer* und nicht Monsieur."

Er redete auf eine Weise mit ihr, die Margots Zorn erweckte: wie ein Erwachsener, der ein Kind zurechtweist. „Lassen Sie mich los, dann werde ich holländisch reden, *Mijnheer* van der Kemp!" Ihr Tonfall äffte den seinen nach.

Das gefiel ihm gar nicht. Seine ohnehin schon kühlen blauen Augen verengten sich zu schmalen Schlitzen.

Margot war fest entschlossen, sich nicht einschüchtern zu lassen und nicht den Blick zu senken, obwohl von seiner Gegenwart eine Strenge ausging, die sie innerlich beengte. Doch es gelang ihr, stur zu bleiben und keinen Fußbreit Boden aufzugeben.

Er ließ sie los.

„Was wollen Sie?"

Sie antwortete nicht sofort, sondern brachte erstmal ihre Ärmel und ihren Rock in Ordnung, obwohl beides unnötig war. Sie wollte Zeit gewinnen. Sie hatte sich die Worte, die sie sagen wollte, so sorgfältig zurechtgelegt, und jetzt konnte sie sich an nichts mehr erinnern!

„Nun, *Mejuffrouw*? Sie haben mir doch hinterhergerufen, oder täusche ich mich?"

Margot mußte verstohlen lächeln. Er hatte sie als „Fräulein", nicht als „Frau" angesprochen.

„Jawohl, *Mijnheer*", antwortete sie. „In der Tat, ich habe Sie angerufen. Es geht um Rachel."

„Meine Schwester? Was ist mit meiner Schwester? Woher kennen Sie sie?" Er reagierte aufgebracht, alarmiert, ja feindselig.

„Ich – ich kenne sie gar nicht", stammelte Margot. Daß er so hitzig reagierte, verunsicherte sie. „Aber – *Mijnheer* van Jaarsfeld, den kenne ich. Und – nun ja-" Sie riß sich zusammen, um die Worte wieder hervorzukramen, die sie sich zuvor zurechtgelegt hatte. „Sehen Sie, die Hochzeit Ihrer Schwester mit *Mijnheer* van Jaarsfeld-"

„Was ist damit?"

„Sie sollte nicht stattfinden. Ich meine, sie sollte ihn nicht heiraten." Es kam irgendwie alles verkehrt heraus.

Die blauen Augen van der Kemps durchbohrten sie. „Ich vermag nicht zu sehen, daß Sie das irgend etwas angeht", versetzte er kalt. „Wenn Sie mich also entschuldigen."

Bestürzt blieb Margot zurück, als er ihr den Rücken zuwandte und den Korridor entlangzugehen begann. „Sie sind mir ein schöner Bruder, wenn Sie willens sind, Ihre Schwester zu opfern, bloß um Ihre Beziehungen zur Compagnie zu verbessern!"

Die Worte, die sie ihm hinterherschleuderte, hatten eine merkliche Auswirkung. Wahrscheinlich hätte sie ihn auch nicht mehr treffen können, wenn sie mit der Faust auf ihn eingeschlagen hätte.

Er schnellte herum, ohne zunächst etwas zu sagen. Er ging zwei, drei Schritte auf sie zu, den Zeigefinger drohend erhoben. Er mußte sein Temperament zügeln, so als hätte er es mit ein paar durchgehenden Gäulen zu tun. „Ich warne Sie! Halten Sie Ihre neugierige Nase aus den Angelegenheiten meiner Familie heraus!"

Seine Wut war ansteckend, so daß Margots Erwiderung ihm nicht nachstand. „Ich bin nicht neugierig!" rief sie. Seine Anschuldigung hatte sie tief verletzt. „Aber ich halte nicht meinen Mund, wenn ein paar selbstgefälligen Mannsbildern Geschäfte wichtiger sind als das Schicksal von Menschen! Ich kann nur sagen: Sie und *Monsieur* van Jaarsfeld haben einander wirklich verdient!"

„Margot! Wirst du wohl deine Zunge im Zaum halten!" Das war

eine vor Schreck ganz bleiche *Mevrouw* Hilda. Sie war plötzlich wie aus dem Nichts aufgetaucht und schob ihre breite Gestalt hastig zwischen Margot und van der Kemp. Erst konnte sie sich nicht genug bei *Mijnheer* van der Kemp entschuldigen, dann ließ sie eine Kaskade von Beschimpfungen auf Margot niedergehen und forderte schließlich, daß auch sie sich entschuldigte.

„Ich werde mich nicht dafür entschuldigen, das Richtige getan zu haben!“ schrie Margot sie an.

Da schlug Hildas riesige Hand mit roher Gewalt zu. Die Ohrfeige war so heftig, daß Margot zu Boden ging. Noch ehe sie sich wieder berappeln konnte, griff die Matrone nach ihrem Arm und zerrte sie in den Flur hinaus, ohne ihre beflissenen Entschuldigungsergüsse an die Adresse van der Kemps auch nur zu unterbrechen.

Schließlich hob der breitschultrige Freibürger eine Hand und sagte irgend etwas, aber mittlerweile hatte *Mevrouw* Hilda ihre Aufmerksamkeit wieder Margot zugewandt, und ihre lauten Beschimpfungen übertönten die Worte des Mannes.

* * *

Noch nie zuvor hatte Margot eine solche Tracht Prügel bezogen, wie *Mevrouw* Hilda sie ihr verabreichte. Die erste Nacht danach war sie unfähig zu schlafen. Die blauen Flecken und Blutergüsse taten so weh, daß es in ihrem Kopf gnadenlos hämmerte. Außerdem wußte sie nicht, wie sie liegen sollte: In jeder Position kam sie auf einer weichgeklopften Körperpartie zu liegen. Es war nicht zum Aushalten.

Doch der körperliche Schmerz war nicht das Schlimmste. Als schon längst keine blauen Flecken mehr an ihr zu sehen waren, hörte *Mevrouw* Hilda noch lange nicht auf, ihren Zorn an ihr auszulassen. Die dicke Matrone war nicht jemand, der eine Tracht Prügel verabreichte und es damit gut sein ließ. Stunde um Stunde, Tag für Tag trieb sie Margot in den Zimmerfluchten des Palais regelrecht vor sich her. Nicht eine Minute ließ sie sie aus den Augen.

Was immer es an Schmutzarbeiten zu verrichten gab, fiel automatisch Margot zu, und sie mußte sie unter den Augen einer allgegenwärtigen, im Befehlston herumbrüllenden *Mevrouw* Hilda erledigen. Keine Arbeit vollführte sie rasch genug. Keine genügte den Ansprüchen der tyrannischen Mamsell, die sie mit einem wahren Trommelfeuer von Beschimpfungen belegte, welches schließlich das Seine tat: Die glühende Entschlossenheit, die einst in Margots Augen gebrannt hatte, wurde ausgelöscht, und übrig blieb nichts als ein starrer, leerer Blick und der feste Vorsatz, nie wieder etwas zu unternehmen oder zu sagen. Es lohnte nicht. Es war besser, gar nicht erst eine Meinung zu haben, sich nur um den eigenen Kram zu kümmern und sich aus dem Leben anderer Leute herauszuhalten.

Eine der Methoden, mit denen *Mevrouw* Hilda es ihr heimzahlte, bestand darin, sie mit größter Selbstverständlichkeit zu „freiwilligen" Zusatzarbeiten heranzuziehen. So wurde sie einmal nach einem langen Putztag dazu eingeteilt, in der Küche bei der Vorbereitung eines Dinnerempfangs für den Compagnie-Bevollmächtigten Uys van Jaarsfeld mitzuhelfen. Zudem mußte sie während des Essens die Gäste bedienen und sich hinterher am Aufwasch beteiligen.

Wenn alles wie geplant ablaufen würde, könnte sie vielleicht drei, vier Stunden schlafen, bevor sie sich an die gnadenlos überwachten Putzaufgaben des nächsten Tages machen mußte. Doch der Küchenklatsch wußte: würde der Empfang sich so lange hinziehen wie im letzten Jahr, als Uys van Jaarsfeld zu Gast war, so würde sie Mühe haben, mit der einen Arbeit halbwegs zu Rande zu kommen, bevor sie sich an die nächste machen mußte.

Margot war das mittlerweile ziemlich egal. In einer Kolonie, die einem Mann wie Uys van Jaarsfeld hohe Ehren erwies und ihm blindlings, im Interesse des Geschäfts, ein unschuldiges Mädchen für sein Vergnügen überließ, lagen die Dinge ohnehin auf tragische Weise schief.

10

Der Parkettboden im Speisesaal des Gouverneurs glänzte so sehr, daß man den Eindruck hatte, es seien doppelt so viele Leute anwesend. Die Spiegelbilder der Gäste waren wie farbige Schatten der Kapstädter *Hautevolee*, wenngleich die Herrschaften überwiegend in zurückhaltend nobles Schwarz und Weiß gewandet waren. Niederländische Herrschaften, Deutsche, Franzosen – alle hatten sie sich von den wiederkehrenden Pflichten ihrer täglichen Geschäfte losgerissen, um einen beschwingten Abend zu verbringen.

Die langgestreckten, U-förmig aufgestellten Tafeln, an deren Außenseiten die Gäste Platz genommen hatten, waren mit makellosem Silber und blaugemustertem chinesischem Porzellan gedeckt. Ununterbrochen huschten Bedienstete mit Platten voll frischgebackenem Brot, in Scheiben geschnittenem Rinder- und Hammelbraten, verschiedener Fischgerichte und kandierter Früchte hinter den Gästen hin und her. Über dem Ganzen lag das Aroma starken Kaffees. Im Hintergrund spielten Spinett und Harfe; allerdings war die Musik in dem Getöse, das die laute Unterhaltung der Gäste verursachte, kaum zu hören. Offenbar hatten die Leute lange auf gesellschaftlichen Kontakt verzichten müssen.

Die Bediensteten waren peinlichst darauf bedacht, nicht in den Innenraum zwischen den Tischen zu geraten. Dort zu stehen war, als wollte man die Aufmerksamkeit auf sich ziehen, und die Dienerschaft wußte sehr wohl, daß ihr diese nicht zukam: Sie hatte allein dem Gouverneur und seinen Gästen zu gelten.

Gouverneur Chavonnes und Uys van Jaarsfeld als Ehrengast des Abends saßen an hervorgehobener Position am Kopftisch, so daß alle übrigen Gäste sie sehen konnten. Zur Linken van Jaarsfelds saß eine strahlende junge Dame – Margot nahm an, daß es Rachel van der Kemp war – mit vollem dunklen Haar, dessen Locken ihr bis auf die Schultern hinabfielen. Sie hatte einen blassen Teint, der ihr Haar dunkler erscheinen ließ, als es tatsächlich war. Ihre blauen Augen hatten einen natürlichen Schimmer. Sie hatte feine, geschwungene Lippen, und ihr Mund schien von Natur aus zu lächeln. Ihr ganzes Auftreten strahlte Unschuld und Sorglosigkeit aus. Sie war eine exotische afrikanische Blume, genau wie van Jaarsfeld es in seinem Tagebuch ausdrückte.

Zu ihrer Linken saß ein älterer Herr, den Margot für ihren Vater hielt. Das war nicht nur eine Annahme, sondern eine Schlußfolgerung, denn neben ihm wiederum saß Jan van der Kemp, und die zwei Männer waren einander so ähnlich, daß man sie, wäre nicht der offensichtliche Altersunterschied gewesen, für Zwillinge hätte halten können. An Jans linker Seite saß ein weiterer van der Kemp, wie Margot ebenfalls schloß. Auch er hatte das typische Aussehen der Familie, obwohl er mehr Rachel glich als der männlichen Seite. Er hatte dasselbe dunkle Haar, das er, der Mode der Zeit entsprechend, schulterlang trug. Und während die anderen van der Kemps kurzgeschoren und glattrasiert waren, trug er einen elegant gestutzten Schnurrbart.

Diese Eindrücke gewann Margot mittels rascher, verdeckter Seitenblicke, für die sie sich selber schalt. Lange bevor die Gäste eingetroffen waren, hatte sie sich entschieden, ihren Dienst zu verrichten und sonst nichts. Und nachdem sie jetzt wußte, wo van Jaarsfeld und die van der Kemps ihre Plätze hatten, würde sie alles tun, um diesen Bereich zu meiden. Sie war entschlossen, weder jemanden anzuschauen noch mit jemandem zu sprechen. Sie würde sich um ihren Kram kümmern und auftragen, sonst nichts.

„*Mejuffrouw*! Hallo, *Mejuffrouw*!" Die Stimme, die von den rauh verputzten weißen Wänden widerhallte, klang unangenehm vertraut. Sie gehörte Uys van Jaarsfeld.

Margot tat, als hörte sie ihn nicht. Sie konzentrierte sich darauf, das Glas eines grinsenden Franzosen erneut mit Wein zu füllen. Die Flasche in ihrer Hand stammte von den kolonieeigenen Weingütern. Vor einer Weile hatte der Gouverneur stolz verkündet, für welchen Wein er sich entschieden habe, und dabei dessen heimischen Ursprung hervorgehoben.

„*Mejuffrouw*!"

Beim Klang der van Jaarsfeldschen Stimme zog sich ihr der Magen zusammen. Ihre Nerven vibrierten vor Schreck. Sie wußte intuitiv, daß er nach ihr rief. Doch sie achtete seiner nicht und fuhr mit dem Einschenken fort. Nur – wie lange würde das klappen? Das Glas lief schon fast über. Langsam hob sie den Flaschenhals an.

„*Mejuffrouw*! Sie da drüben! Könnte mir jemand bitte mal die Aufmerksamkeit dieser Aufwarterin verschaffen?"

Eine runzlige Hand legte sich sacht auf ihren Handrücken. Margot sah auf, und ihr Blick begegnete dem eines älteren Franzosen mit lichtem grauen Haar. Mit entschuldigendem Lächeln wies er in die Richtung van Jaarsfelds.

Mit einem Kopfnicken nahm Margot die wortlose Mitteilung des Alten zur Kenntnis.

Außer aus dem Raum zu laufen, fiel ihr keine Möglichkeit ein, van Jaarsfeld zu entgehen. Also richtete sie sich auf und schritt an der Außenseite der Tafel entlang auf den grölenden Ehrengast zu. Den Blick allerdings hielt sie gesenkt, ansehen wollte sie ihn nicht.

„Nein, nein!" dröhnte van Jaarsfelds unangenehme Stimme. „Hierher, in die Mitte! Sie haben schon viel zu lange gebraucht, um sich hierher zu bemühen!"

Margot sah auf.

Van Jaarsfeld bedeutete ihr, in den Mittelraum zwischen den Tischen zu treten. Im Saal erstarb die Unterhaltung. Jetzt sah jedermann sie an.

Widerstrebend kehrte Margot um und betrat den mittleren Bereich wie eine Bühne.

Als sie vor van Jaarsfeld stand, streckte er ihr sein Glas entgegen und schnauzte: „Hat lang genug gedauert!"

Beim Eingießen sah Margot sich vorsichtig um. Der Gouverneur musterte sie finster. Auch nur einen der van der Kemps anzusehen, brachte sie nicht über sich.

Als das Glas gefüllt war, wandte sie sich zum Gehen.

„Einen Moment!" rief van Jaarsfeld ihr nach. „Komm nochmal zurück, Mädchen!"

Margot biß sich auf die Unterlippe und kehrte um. Mit gesenktem Kopf trat sie vor ihn.

„Sieh mich an, Mädchen!" dröhnte van Jaarsfeld. Er war entschlossen, seinen überlegenen Stand herauszukehren.

Margot war klar, daß es unklug war, aber ihre Sturheit siegte. Sie hob den Kopf nicht. „Habt Ihr noch einen Wunsch?" fragte sie höflich.

Da ertönte eine andere Stimme. Tiefer, befehlsgewohnt. „Mädchen, wie heißt du?" Es war der Gouverneur.

„Margot de Campion", kam leise die Antwort.

„*Mijnheer* van Jaarsfeld ist unser Gast", blaffte der Gouverneur. „Du wirst tun, was er sagt!"

Zögernd hob Margot den Kopf.

Van Jaarsfelds affektiertes Grinsen war geradezu aufreizend.

„Ich kam nicht umhin zu bemerken", sagte er in ölig-herablassendem Tonfall, „daß du die einzige Weiße unter allen Aufwarterinnen bist."

Das stimmte. Alle anderen Bedienungen waren Malayinnen oder Schwarze.

„Ich nehme an, du bist Holländerin?" Er spielte mit ihr.

Margot schwieg.
„Antworte dem Herrn!“ befahl der Gouverneur.
„Französin“, ließ sich Margot ein. „Aber in Amsterdam aufgewachsen.“
Van Jaarsfeld zog die Brauen hoch. Das schien ihn wirklich zu überraschen. „Dann sag mir“, fuhr er fort, „wie eine so hübsche kleine Französin wie du zu so niederen Diensten kommt? Bestraft man dich für irgend etwas?“
Widerstrebend nickte Margot.
Van Jaarsfelds Gesicht verzog sich zu einem frechen Grinsen. „Das muß ja etwas wirklich Schlimmes gewesen sein, wenn man dich so erniedrigt. Würde es dir was ausmachen, uns zu erzählen, um was es sich handelte?“
„Lieber nicht.“
„Sag es ihm!“ verlangte der Gouverneur.
„Ich ließ es an Ehrerbietigkeit fehlen“, sagte Margot leise. Es verlangte sie, Jan van der Kemp anzusehen, um seine Reaktion mitzubekommen, war er doch derjenige, demgegenüber sie es an Respekt hatte fehlen lassen. Doch sie kämpfte die Versuchung nieder.
Uys van Jaarsfeld nickte gedankenverloren. „Ich hoffe sehr, daß du deine Lektion gut gelernt hast“, sagte er in hochmütigem Ton. „Jemand wie du sollte niemals vergessen, wo sein Platz ist. Das ist alles. Du kannst jetzt gehen.“
Das war auch nötig, sonst hätte Margot sich womöglich nicht länger beherrschen können und hätte dem arroganten van Jaarsfeld die Weinflasche auf den Schädel gehauen. So aber senkte sie den Blick und machte sich aufs neue daran, den Gästen die Gläser zu füllen. Doch während sie zwischen den Tafeln hin- und herging, spürte sie im Rükken deutlich den Blick Jan van der Kemps.

* * *

Zu fortgeschrittener Stunde wandte van Jaarsfeld seine Aufmerksamkeit mehr und mehr Rachel zu. Es machte Margot ganz krank, zuzusehen, wie der schmierige Handlungsbevollmächtigte um sie herumsummte wie eine Biene, die auf den rechten Moment wartet, eine Blüte zu bestäuben. Je mehr Wein er trank, um so ungenierter preßte er sich an sie. Rachel mußte man zugutehalten, daß sie ihm jedesmal auswich. Ihrem Gesicht war deutlich anzusehen, daß sie van Jaarsfelds öffentlich zur Schau gestellte Vertraulichkeit unangenehm, um nicht zu sagen widerwärtig fand.

Margot überlegte, wie sie anstellen könnte, dem Bevollmächtigten etwas über den Anzug zu kippen. Dabei ging es ihr nicht darum, ihn zu verbrühen, sie wollte nur seine Glut etwas ablöschen. Doch dann besann sie sich und dachte an ihre selbst aufgestellten Richtlinien für den Abend: *nicht hinsehen! Nichts sagen! Es geht dich nichts an – halt dich raus!*

Doch Margot hörte nicht auf ihre innere Stimme. Sie war gerade dabei, ein Tablett voller Fischgräten und –reste abzutragen, und fragte sich, wie diese sich wohl auf dem van Jaarsfeldschen Haupte machen würden, als sie unwillkürlich zu den van der Kemps hinüberschaute. Jan starrte sie an. Seine Augen, sonst von durchdringendem Blau, waren weich, mitleidig. Hatte er zwei und zwei zusammengezählt? War er drauf gekommen, daß ihre Bestrafung Folge einer Auseinandersetzung mit ihm war?

Eine plötzliche Bewegung ließ sie den Kopf drehen: abrupt rückte van Jaarsfeld Rachel noch ein Stück mehr auf die Pelle. Das Mädchen hatte gerade ihr Weinglas in die Hand genommen und sich ihm zugewandt. Rachel schrie auf, als sich das scharlachrote Naß von oben bis unten über van Jaarsfeld ergoß. Auch ihr eigenes Kleid bekam etwas ab. Fluchend sprang van Jaarsfeld auf und tupfte wie wild mit einer Serviette an sich herum. Er hatte nur Augen für sich selbst.

Rachel murmelte einige gepreßte Entschuldigungen und eilte hinaus. Jan wollte ihr nachgehen, aber sie wies ihn ab.

So wie van Jaarsfeld tödlich beleidigt an sich herumwischte, mußte Margot sich abwenden, um nicht laut loszuprusten. Es war die perfekte Vorstellung. Verrückt! Und je mehr Margot darüber nachdachte, um so lustiger wurde es.

Dann ging ihr die Wahrheit auf. Der Zwischenfall war kein Mißgeschick! Rachel hatte ihn mit Absicht herbeigeführt! Sie hatte schon vorher das Weinglas in der Hand gehabt, und es war vorhersehbar gewesen, daß van Jaarsfeld immer mehr schwankte. Das junge Mädchen hatte den richtigen Zeitpunkt abgepaßt und van Jaarsfeld genau das angetan, was Margot hatte tun wollen! Dazu paßte auch ihr Abgang: keine Tränen, nicht einmal Verlegenheitsröte im Gesicht!

Unter dem Vorwand, dem Mädchen zu Hilfe zu eilen, stellte Margot das Fischgrätentablett ab.

Doch dann hielt sie inne. *Das geht dich nichts an! Nichts tun – nichts sagen!*

Trotzdem ging sie dem Mädchen nach.

* * *

Margot huschte einen langen, düsteren Korridor entlang, wobei sie immer wieder über ihre Schulter blickte. Sie kam zu dem Zimmer, das den Damen für ihre persönlichen Verrichtungen diente. Es war mit einer Fülle von Spiegeln, Bürsten, Kämmen, Waschbassins und Handtüchern ausgestattet. Sie fand es leer vor.

Dann hörte sie von einem angrenzenden Flur her eilige Schritte. Doch sie hatte den Verdacht, daß ihre Sinne sie täuschten, und hielt sich lieber außer Sicht, um nicht entdeckt zu werden. Hinter der Ecke, wo sie stand, hörte sie das schnelle *Klack-klack-klack* van Rachels Absätzen auf dem hölzernen Boden. Aber über diesen Flur konnte das Mädchen so viele Räume erreichen, daß Margot geduldig abwartete. Rachels Schritte verlangsamten sich, und Margot hörte sie eine Türklinke niederdrücken. Sobald sie es knarren hörte, lugte sie um die Ecke und sah gerade noch rechtzeitig, welche Tür ins Schloß fiel.

Margot nahm ihre Schuhe in die Hand, damit ihre Annäherung nicht bemerkt werden würde. Rasch, aber geräuschlos überwand sie den Zwischenraum und blieb eine Tür vor der stehen, durch die Rachel getreten war. Margot wußte, daß die beiden Türen in zwei miteinander verbundene Zimmer führten. Ohne einen Laut drückte sie die Klinke nieder und schlüpfte hinein.

Sie hatte Glück: Die Zwischentür, die die beiden Nachbarzimmer verband, war geschlossen. Aus dem Nebenraum hörte sie Stimmen. Sie flüsterten nicht, sondern sprachen laut und deutlich, so daß man jedes Wort verstand. Margot trat an die Verbindungstür und zog sie leise einen Spalt weit auf.

Rachel hatte keinerlei Licht gemacht, aber das Zimmer lag im blaugrauen Mondschein. Eines der breiten Fenster stand offen, und sie lehnte sich hinaus und redete mit jemandem, der draußen stand.

Margot konnte die andere Person nicht sehen, doch Rachels aufgekratzte Stimme und ihr häufiges Kichern machten es ihr nicht schwer zu erraten, was es mit dem ganzen Täuschungsmanöver und diesem geheimnisvollen Rendezvous auf sich hatte.

Unversehens drehte Rachel sich um und warf einen raschen Blick ins Zimmer.

Margot sprang zurück. Hatte das Mädchen sie gesehen? Doch die Frage beantwortete sich von selbst, als das Kichern und Tuscheln von vorn losging. Margot beugte sich wieder vor, bis sie Mädchen und Fensteröffnung erneut im Blick hatte.

Sie sah eine ausgestreckte braune Hand, die Rachel zärtlich über die Wange strich. Wohlig schloß Rachel die Augen, hob ihre Hand und liebkoste ihrerseits die Hand, die sie streichelte. Ihre weiße Haut, vom Mondlicht noch hervorgehoben, stach scharf von der Hand ab, die sie berührte.

Dann tauchte ein Gesicht auf, das Gesicht eines jungen Mannes. Er hatte kurzes dunkles Haar und dunkle Augen, die wie hypnotisiert an Rachel klebten. Seine vollen Lippen teilten sich zu einem Lächeln und entblößten unglaublich weiße Zähne.

Rachel schlug die Augen auf und beugte sich vor. Ihre Lippen berührten sich, zuerst flüchtig, dann fester.

„Oh! Ich kann nicht länger bleiben!“ stöhnte Rachel. „Ich muß zurück!“

„Ich weiß“, flüsterte der Junge. „Aber ich will nicht, daß du gehst.“

„Ich will auch gar nicht gehen.“

Sie küßten sich wieder.

„Ob wir jemals zusammensein können?“ fragte der Junge.

„Wenn ich das nur wüßte“, antwortete sie traurig. „Ich bete jeden Tag darum.“

Sie küßten sich.

„Ich bete auch, daß Gott uns seinen Weg zeigt.“

„Es muß einen Weg geben.“

Ein weiterer Kuß.

„Ich muß gehen, sonst kommt jemand und schaut nach mir.“

„Gute Nacht, mein Liebes.“

„Paß auf, Matthew. Bitte paß auf!“

Margot schlich sich von der Tür weg, trat wieder in den Korridor hinaus und wartete.

Augenblicke später ging die Tür des Nachbarzimmers auf. Rachel schlüpfte heraus und machte die Tür leise zu. Erst als sie sich zum Gehen wandte, erblickte sie Margot.

„Oh!“ Erschrocken griff sie sich an die Kehle.

„Lassen Sie mich Ihnen helfen, den Fleck von Ihrem Kleid zu entfernen“, sagte Margot.

* * *

Margot und Rachel saßen Knie an Knie in der Damentoilette, und Margot rubbelte auf dem purpurroten Weinfleck herum. Ihrem verbissenen Vorsatz, sich nicht in die Angelegenheiten anderer Leute hineinziehen zu lassen, zum Trotz empfand Margot spontane Zuneigung zu diesem Mädchen und verspürte den Wunsch, ihm zu helfen.

„Das war brillant – ich meine die Art, wie Sie Ihren Abgang vom Bankett inszenierten", sagte Margot.

„Wovon in aller Welt redest du?" krähte Rachel unschuldig.

Margot hörte auf zu wischen und sah sie an.

„War das so offensichtlich?" fragte Rachel. Ihre Stimme zitterte, während die Finger unruhig an ihrem Spitzenbesatz herumfummelten.

Margot beugte sich vor und tätschelte dem Mädchen die nervösen Hände. „Bei mir ist Ihr Geheimnis sicher. Aber wir müssen über Ihr Dilemma reden." Damit wandte sie sich wieder dem Fleck im Kleid zu.

„Meinem Dilemma?"

„*Mijnheer* van Jaarsfeld."

„Ach, *das* Dilemma."

Margot hörte wieder auf und sah sie an. „Hat Ihr Bruder Ihnen irgendwas über mich gesagt?"

„Welcher?"

Also gibt es zwei Brüder, dachte Margot und antwortete: „Jan. Hat er Ihnen irgend etwas über mich oder *Mijnheer* van Jaarsfeld gesagt?"

Rachel schüttelte unschuldig den Kopf. „Du hast mit Jan über mich gesprochen?"

„Indirekt. Ich habe versucht, ihn wegen *Mijnheer* van Jaarsfeld zu warnen. Ich hab's nicht gut hingekriegt, er dachte, ich mische mich in Ihre Angelegenheiten ein, und wir sind in einen ziemlich hitzigen Streit geraten. Bevor ich noch viel sagen konnte, trat *Mevrouw* Hilda dazwischen. Darum bin ich heute abend hier."

Rachels Gesicht hellte sich auf; offenbar gefiel ihr, was sie hörte. „Deshalb mußt du bedienen? Diese scheußliche Szene mit *Mijnheer* van Jaarsfeld – das hat mir so leidgetan. Es war so gemein von ihm. Aber-" Sie mußte kichern und hielt sich die Hand vor den Mund. „Das war alles wegen Jan? Meinem Bruder Jan?" Sie wurde so aufgeregt, daß sie nicht mehr stillsitzen konnte.

Margots Bemühungen, den Fleck aus dem Kleid zu bekommen, waren unter diesen Umständen zwecklos. Sie konnte nicht anders, als mitzulachen, obwohl sie eigentlich nicht recht wußte, worüber sie lachte. „Es freut mich", sagte sie, „daß ich Sie erheitern konnte."

„Bitte verzeih!" lachte Rachel. Sie streckte die Hand aus und ergriff Margots. „Du müßtest meinen Bruder kennen. Er ist immer so streng und steif. Die Vorstellung, wie er in der Residenz des Gouverneurs von einer Frau gemaßregelt wird, ist köstlich. Einfach köstlich!"

Als sie sich endlich wieder beruhigt hatte, mußte sie sich die Tränen aus den Augen wischen. „Entschuldige bitte", sagte sie, „aber du müßtest meinen Bruder wirklich kennen, um dem folgen zu können. Er ist ein guter Mann, aber er versteht keinen Spaß. Ich glaube, er weiß gar nicht, wie man Spaß hat."

Nach einem letzten Versuch mit dem Fleck hob Margot die Hände. „Wie dem auch sei, den Fleck hier krieg' ich nicht weg, und Sie müssen auf den Empfang zurück. Sie sind schon zu lange fort. Und ich hab Ihnen immer noch nichts über *Mijnheer* van Jaarsfeld gesagt."

„Kannst du das später tun?"

„Ich werd' wahrscheinlich erstmal *Mevrouw* Hildas Handrücken zu spüren bekommen, weil ich den Speisesaal verlassen habe."

Kaum waren diese Worte ihren Lippen entschlüpft, wünschte sie, sie nicht gesagt zu haben.

Auf Rachels Gesicht zeichnete sich Entsetzen ab. „Du wirst bestraft, weil du mir helfen wolltest?" rief sie.

„Das wäre nicht das erste Mal", witzelte Margot. „Sehen wir zu, daß Sie wieder auf den Empfang kommen."

Rachel rührte sich nicht vom Fleck. „Es war Jan", sagte sie. „Du wurdest geschlagen, weil du versucht hast, mit Jan zu reden, stimmt's?"

„Es lag nicht an ihm."

Rachel nahm Margots Hände in die ihren. „Das tut mir so leid." In ihren Augen standen Tränen.

Was für eine empfindsame Seele, dachte Margot.

Aus den Tränen wurde unvermittelt Zorn. „Jan hätte dich verteidigen müssen!" schäumte sie. „Glaub mir, ich werd' ihm die Meinung geigen!"

„Aber er wußte doch nicht, daß ich bestraft werden würde!" rief Margot. „Er wußte es nicht!"

Von der Tür erklang ein weibliches Räuspern. „Ich hoffe, ich störe nicht allzusehr." Eine hochgewachsene Frau in einem schlichten Wollkostüm stand unter der Tür. „Rachel, bist du in Ordnung? Jedermann fragt nach dir."

„Danke der Nachfrage, *Mevrouw* Vermaas. Mir geht es gut. Diese wundervolle Dame hatte die Freundlichkeit, mir zu helfen." Aus Rachels schimmernden Augen blitzte eine Botschaft der Dankbarkeit zu Margot herüber. „Nochmals vielen Dank", sagte sie. Dann beugte sie sich zu Margots Ohr herab und flüsterte: „Ich komm' morgen früh vorbei, dann reden wir weiter."

Margot nickte und sah *Mevrouw* Vermaas nach, wie sie Rachel zur Dinnerparty zurückgeleitete.

* * *

Wie schon im Jahr zuvor genoß Uys van Jaarsfeld die Party in vollen Zügen, um nicht zu sagen, er saugte sie bis aufs Mark aus. Um neun Uhr wurde auf dem Signalhügel ein Böllerschuß abgegeben – das allabendliche Zeichen, mit dem alle braven Bürger aufgefordert wurden, sich zu Bett zu begeben, und das die nächtliche Bürgermiliz zu ihrer Patrouille rief. Doch sobald Gäste den Versuch machten, sich zu entschuldigen, bestand van Jaarsfeld darauf, daß sie noch blieben. Wenn das nicht wirkte, posaunte er lauthals hinaus, daß es ihm immer sehr viel leichter falle, Kolonisten einen Gefallen zu erweisen, die er als gute Freunde ansehe, und daß er nichts mehr schätze als einen Abend mit guten Freunden. Solcherlei verschleierte Drohungen brachten viele dazu, länger zu bleiben, als sie eigentlich beabsichtigt hatten. Doch als es auf ein Uhr morgens zuging, hatten auch diejenigen Gäste, die sich leicht einschüchtern ließen, genug von Wein, Musik und den van Jaarsfeldschen Beiträgen. Der Speisesaal hatte sich geleert, und das Aufräumen begann.

Drei Stunden später fiel Margot müde bis auf die Knochen in ihr Bett, nicht ohne daß *Mevrouw* Hilda den Kopf vom Kissen hob und sie dafür schalt, daß sie so spät komme und dann noch so laut ins Zimmer platze. Margot indessen war zu kaputt, um sich noch über die Pfeile, die auf sie abgeschossen wurden, zu ärgern.

Sie konnte ein paar Minuten länger als eine Stunde schlafen, bevor die fleischige Matrone an ihrem Bettgestell rüttelte und sie in einen neuen Arbeitstag trieb.

* * *

Am nächsten Tag zur Kaffeezeit schlenderte der Gouverneur durch die Halle. An seinem Arm hing eine heitere Rachel van der Kemp.

Mit dem Schrubber in der Hand hörte Margot den Gouverneur *Mevrouw* Hilda ansprechen.

„*Mevrouw* Hilda, diese reizende junge Dame hier" – er tätschelte Rachel die Hand – „würde gern ein paar Worte mit einer Ihrer Bediensteten wechseln."

„Stimmt etwas nicht?" Die Matrone schaute besorgt drein.

„Ganz im Gegenteil", antwortete der Gouverneur. „Es verhält sich so, daß eines Ihrer Mädchen gestern abend in einem recht delikaten Mißgeschick Rachel zu Hilfe eilte. *Mejuffrouw* van der Kemp verspürt den herzlichen Wunsch, ihr persönlich Dank zu sagen."

„Da ist sie ja – da drüben!" Rachel machte sich vom Statthalter los und ging zu Margot hinüber. „Vielen herzlichen Dank!" schwallte sie. „Ich werde dir immer danken!"

Rachels Dankbarkeitshymnen ließen *Mevrouw* Hilda das Gesicht verziehen. Auch im Ausdruck des Gouverneurs zeichneten sich widerstreitende Gefühle ab, als er in Margot die Bedienstete wiedererkannte, die am Abend zuvor vor seinem und van Jaarsfelds Tribunal gestanden hatte.

Rachel wandte sich um und sprach den Gouverneur an: „Wäre es gar zu anmaßend, wenn ich mir eine Weile unter vier Augen mit *Mejuffrouw* de Campion ausbäte? Es würde mir so viel bedeuten!"

Vielleicht machte der Gouverneur sich Gedanken über den Einfluß, den Margot auf das Mädchen ausüben könnte, aber beim Anblick von Rachels gewinnendstem Lächeln schob er sie beiseite und sagte: „Aber ganz und gar nicht – nicht wahr, *Mevrouw* Hilda?" Deren Antwort wartete er gar nicht erst ab, sondern fuhr, an Rachel gewandt, fort: „Ich fürchte, Sie werden mich jetzt entschuldigen müssen, meine Liebe, ich habe in zehn Minuten einen Termin in meinem Büro. Warum machen die jungen Damen nicht einen kleinen Spaziergang durch den Park der Gesellschaft? Gerade heute morgen sagte mir meine Gattin, daß die *Errötenden Jungfrauen* in voller Blüte stehen!" Damit verließ er eiligen Schrittes die Halle.

Rachel streckte Margot die Hand hin, und die beiden schlugen denselben Kurs ein. Margot brauchte keine Phantasie, um sich die finsteren Blicke auszumalen, mit denen *Mevrouw* Hilda ihnen nachstierte, bis sie sie nicht mehr sehen konnte.

* * *

Sie hatten sich auf eine steinerne Bank im Park der Compagnie gesetzt, und Margot lehnte sich entspannt zurück, ließ die Sonne ihr Gesicht wärmen und inhalierte in vollen Zügen die frische Luft. „Ich bin einfach zu lange da drinnen eingepfercht gewesen. Ich hatte schon beinahe vergessen, wie wunderschön dieses Land ist."

Rachel saß an ihrer Seite. Ihr schien die weibliche Gesellschaft noch mehr Freude zu bereiten als die friedliche Atmosphäre des Parks.

Die zwei Frauen mochten einander – Margot war es, als würde sie Rachel schon Jahre kennen. Während sie sich von der Burg in den Park begaben, dachte sie über dieses Gefühl sofortiger Vertrautheit nach. Sie fand keine andere Lösung, als daß es irgend etwas mit van Jaarsfeld zu tun haben müsse – in dem Sinne, daß Menschen, die dasselbe Unglück erleben, häufig zusammengeschweißt werden.

„Wie kam es, daß Sie die Verlobte *Mijnheer* van Jaarsfelds wurden?" fragte Margot.

„Mein Vater hat das eingefädelt."

„Um besserer Beziehungen zur Compagnie willen?"

Das schien Rachel zu schockieren. „Aber nein! Das würde Vater mir niemals antun! Wie kommst du auf so einen Gedanken?"

Margot zuckte die Schultern. „Durch *Mijnheer* van Jaarsfeld. Wie sonst?"

Rachel schüttelte den Kopf. „Nein, so ist es nicht." Sie zögerte, zupfte an einem Fingernagel herum und fuhr dann fort: „Mein Vater hat mir das zwar nie ausdrücklich gesagt – er pflegt mit mir die Dinge nicht zu bereden wie mit Jan und Breyton –", sie hob den Kopf, und die Augen strahlten, „aber er liebt mich. Er liebt mich sehr, daran zweifle ich nicht." Sie konzentrierte sich wieder auf den Fingernagel. „Jedoch meinem Bruder zufolge –"

„Jan?"

Rachel nickte. „Jan, ja. Er hat mir gesagt, daß Vater aus zwei Gründen die Verlobung mit *Mijnheer* van Jaarsfeld herbeigeführt hat. Erstens denkt er, wenn ich in eine wohlhabende Familie einheirate, werde ich immer versorgt sein. Und zweitens meint er, in Amsterdam wäre ich sicherer – und seine Enkel auch, wenn sie denn kommen."

„Und Ihre Mutter, wie geht es ihr dabei?"

„Meine Mutter ist tot."

„Oh, das tut mir leid. Darauf hätte ich kommen können, nachdem

Sie gestern abend bei dem Empfang nur in Begleitung Ihrer Brüder waren."

„Mutter kam bei einem Überfall um. Ein Pfeil eines Buschmannes. Ich glaube, deshalb will Vater mich auch nach Amsterdam schicken. Er meint, dadurch würde er mich davor bewahren, ein ähnliches Schicksal zu erleiden. Mehr als einmal hab ich ihn sagen hören, wenn immer mehr Siedler in die Kolonie kommen, werden auch die Überfälle der Buschmänner und Hottentotten zunehmen."

„Und statt dessen will er Sie in die Klauen des *Mijnheer* van Jaarsfeld geraten lassen?"

„Was soll das heißen?"

„Was wissen Sie über Uys van Jaarsfeld?"

Rachel zuckte die Schultern. „Daß er ein wichtiger Vertreter der Compagnie ist. Und daß er sagt, er liebe mich und wolle mich heiraten."

Margot erzählte ihr, was sie mit van Jaarsfeld erlebt hatte, einschließlich seines Märchens über ein Mädchen, das in Amsterdam auf ihn warte, und der Lüge, daß Margot eine separate Kajüte erhalten werde. Auch was sie im van Jaarsfeldschen Tagebuch gelesen hatte, vertraute sie Rachel an: seine Beschreibung Rachels und seine vorgeblichen Absichten mit ihr. Schließlich erwähnte sie noch die Drohung des Kapitäns für den Fall, daß van Jaarsfeld in Kapstadt versuchen sollte, seine Rechnung mit Margot zu begleichen.

Als sie später darüber nachdachte, war sie erstaunt, wie leicht ihr über die Lippen gekommen war, daß sie lesen konnte. Daraus hatte sie stets ein wohlbehütetes Geheimnis gemacht, doch irgendwie fühlte sie sich sicher dabei, es Rachel zu erzählen.

„All das hast du selber in seinem Tagebuch gelesen?" Rachel war rot geworden. „Sobald wir in Amsterdam angekommen wären –"

„– hätte er Sie verlassen", beendete Margot ihren Satz.

Da wurde Rachel leichenblaß.

Margot legte ihr den Arm um die Schulter.

„Was soll ich jetzt machen?" schluchzte Rachel.

„Sag's deinem Vater!" drängte Margot. „Sag ihm, daß Uys van Jaarsfeld ein lüsterner Schurke ist!"

Rachel schien sich die Reaktion ihres Vaters auszumalen. Ihre Blicke huschten nervös in der Gegend umher. Doch dann änderte sich etwas. Sie richtete sich straff auf. In ihren Augen stand jetzt ein Ausdruck der Entschlossenheit. Die Andeutung eines Lächelns zauberte kleine Grübchen in ihre Mundwinkel. Es war ein geradezu dramatischer

Umschwung, so wie wenn die Sonne hinter einer dunklen Wolke hervorlugt. Und Margot konnte sich recht gut vorstellen, woran das Mädchen wohl dachte.

„Wann wirst du deinem Vater von Matthew erzählen?“ fragte sie.

Rachel riß die Augen weit auf. „Woher weißt du das? – Natürlich! Du hast uns gestern abend gesehen!“

Margot nickte. „Liebst du ihn?“

Rachels Lächeln und ihre versonnenen Augen genügten als Antwort. „Er liebt mich auch“, beeilte sie sich zu sagen. „Aber Vater kann ich nichts von ihm sagen. Es ist aussichtslos. Er würde mir niemals erlauben, Matthew zu heiraten.“

„Warum nicht?“

„Was soll das heißen, warum nicht? Du hast ihn doch gesehen, oder? Matthew ist ein Mischling! Sein Vater ist Holländer, aber seine Mutter war eine malayische Sklavin. Einer solchen Heirat würde mein Vater niemals zustimmen!“

Margot kam sich dämlich vor, weil ihr das nicht eher aufgegangen war. Die niederländischen Calvinisten der Kapkolonie sahen sich selbst als göttliches Bundesvolk. Gottes Bundespflicht bestand darin, das Volk in ein verheißenes Land zu führen, in diesem Falle Südafrika. Im Gegenzug gaben die Menschen Gott das Versprechen, seine Gebote zu halten, dieselben Gebote, die er einst dem Volk Israel gegeben hatte. Unter diesen Anweisungen nun gab es eine Warnung vor Mischehen mit den „Völkern des Landes“, so etwa in Deuteronomium 7,3-4: „Und sollst dich mit ihnen nicht befreunden: eure Töchter sollt ihr nicht geben ihren Söhnen, und ihre Töchter sollt ihr nicht nehmen euren Söhnen. Denn sie werden eure Söhne mir abfällig machen, daß sie andern Göttern dienen; so wird dann des Herrn Zorn ergrimmen über euch und euch bald vertilgen.“

„Immerhin“, sagte Rachel leise, „werde ich nicht mehr nach Amsterdam müssen, wenn Vater vom wahren Charakter des *Mijnheer* van Jaarsfeld erfährt.“

„Dafür können wir doch dankbar sein.“

„Und wer weiß? Ich kann also weiter hier sein. Matthew ist auch hier. Vielleicht tut Gott ja ein Wunder, und wir werden doch irgendwie heiraten können. Er hat ja schon größere Wunder als dieses getan!“ Dabei strahlte sie.

Margot vermochte ihren Optimismus nicht zu teilen. Was sollte Rachels Vater davon abhalten, eine Heirat mit einem anderen Amsterdamer einzufädeln? Einfach nur Uys van Jaarsfeld von der Bildfläche zu verbannen tat ja der doppelten Besorgnis ihres Vaters noch lange nicht Genüge.

Doch davon sagte Margot nichts, als sie zusammen zur Burg zurückschlenderten. Die Luft war klar, die Sonne schien warm, und Rachel war heiterster Stimmung. All das zusammen verlieh auch Margots Lebensgeistern den so bitter nötigen frischen Auftrieb.

Doch mit jedem Schritt türmten sich die ehrfurchtgebietenden Mauern der Burg höher vor ihr auf und damit auch die tyrannische Präsenz von *Mevrouw* Hilda.

11

Noch zwei Wochen nach dem Marathonempfang für Uys van Jaarsfeld zeigte *Mevrouw* Hilda keinerlei Anzeichen von Milde gegen Margot. Tag für Tag, Zimmer um Zimmer spielte Margot für die Frau die Rolle der Hände, Arme und Beine. Was auch immer es zu tun gab, sie mußte es unter der Anwesenheit ihrer Zuchtmeisterin tun, die ohne Aufhören meckerte und meckerte und meckerte. Nichts, was sie tat, war recht. Sie war zu langsam, zu nachlässig, zu faul.

Die tyrannische *Mevrouw* Hilda liebte es, ihre Mädchen mit Bibelsprüchen zu bombardieren, während diese arbeiteten. Zum Unglück der Mädchen kannte sie nur Sprüche, in denen es um Faulheit ging. In der Hand der Matrone wurde jeder Spruch zu einem Knüppel, den sie dem Mädchen, das ihr gerade am nächsten war, überzog – in diesem Falle Margot.

„Wie der Essig den Zähnen und der Rauch den Augen tut, so tut der Faule denen, die ihn senden!" deklamierte sie, als Margot sich eine Sekunde lang aufrichtete, um ihren schmerzenden Rücken zu strekken. Ein andermal hieß es: „Wer lässig ist in seiner Arbeit, der ist ein Bruder des, der das Seine umbringt." Oder: „Faulheit bringt Schlafen, und eine lässige Seele wird Hunger leiden."

Es gab keine Chance, dem Weib zu entrinnen. Außer wenn *Mevrouw* Hilda rasch die Arbeit eines anderen Mädchens überprüfte, verbrachte Margot jede Stunde, in der sie nicht schlief, in der Gegenwart ihrer bombastischen Gestalt. Ihre ganze Existenz drehte sich ums Fußbödenschrubben, Silber- und Möbelpolieren, um Ausfegen, Staubwischen und Feudeln. Niemals sah sie etwas anderes als die Innenräume der Gouverneursresidenz, außer beim Fensterputzen.

Einmal, nachdem es eine ganze Woche hindurch pausenlos so gegangen war, war Margot morgens in einer düsteren Gemütsverfassung aufgewacht, die sie tagelang ununterbrochen quälte. Sie konnte machen, was sie wollte, es gelang ihr nicht, die Depression abzuschütteln. Sie ertappte sich, wie sie ohne direkten Anlaß weinte. Auch der Schlaf schenkte ihr keine wirkliche Ruhe mehr. Die einzige vorübergehende Erleichterung bezog sie aus Tagträumen, in denen sie sich vorstellte, davonzulaufen.

* * *

Erst dachte Margot, sie habe irgend etwas gehört. Auf einer Trittleiter stehend, stützte sie sich mit der einen Hand an der Wand ab, während sie in der anderen einen Staublappen hatte, mit dem sie so hoch wie möglich zu reichen versuchte, um die Oberkante eines Bilderrahmens abzuwischen.

„Warum hörst du auf?" bellte *Mevrouw* Hilda. „Weiter da rüber! *Dort* ist die Mitte!" Ein plumper Finger zeigte von unten auf die Mitte des Bilderrahmens. „Los, hierher! Weiter hier rüber!" kommandierte sie.

Margot wich zurück. Sie legte eine Hand an ihr Ohr. „Ich meinte, etwas gehört zu haben."

„Du hast keine Zeit, irgendwas zu hören!" polterte *Mevrouw* Hilda. „Der einzige Ton, auf den du hören solltest, kommt von meiner Stimme! Los, wieder an die Arbeit! Mach diesen Rahmen fertig! Wir müssen gleich die Halle feudeln!"

„Es hörte sich an, als ob jemand weinte." Margot zog die Augenbrauen hoch und strengte sich an, trotz *Mevrouw* Hildas Gezeter etwas zu hören.

Diese stampfte wiederholt mit dem Fuß auf den Hartholzboden auf, so daß Margot wirklich nichts mehr hören konnte. Sie versetzte Margot einen Streich gegen die Fußknöchel – höher kam sie nicht. „Wenn du nicht an die Arbeit zurückgehst, wirst *du* gleich heulen!"

Da trat jemand unter die Tür.

„Rachel!" entfuhr es Margot.

Ungeachtet der Proteste *Mevrouw* Hildas stieg Margot von der Leiter. Noch bevor sie das Mädchen erreichte, war Rachel schon am Türpfosten zusammengesunken. Ihr Haar war vom Wind zerzaust. Sie hatte rote Augen und Tränenspuren auf den Wangen.

„Rachel, was ist passiert?" Margot benutzte die eine Hand, um Rachel aufzuhelfen, während sie ihr mit der anderen ein paar lose Haarsträhnen aus der Stirn strich.

Die Hände in die Hüften gestemmt, aber ohne etwas zu sagen, gesellte sich *Mevrouw* Hilda zu ihnen. Rachel brach erneut in hemmungsloses Schluchzen aus. „Oh, Margot! Können- wir- reden?"

„Nein!" schrie *Mevrouw* Hilda. „Margot hat zu arbeiten!"

Rachel sah die Matrone aus geröteten Augen flehend an. „Bitte, *Mevrouw* Hilda! Ich *muß* mit Margot reden!"

Auf *Mevrouw* Hildas Lippen formte sich bereits das Wörtchen nein. Doch überraschenderweise verschluckte sie es. Margot fand es nie heraus, aber ihre Erklärung war, daß die Matrone sich wohl daran erinnerte, wie der Gouverneur Rachel behandelt hatte, als diese das vorige Mal um Margots Gesellschaft bat. Doch wie dem auch sei, *Mevrouw* Hilda gab Rachels Bitte statt.

„Ich muß noch nach 'n paar anderen Mädchen sehen", sagte sie. „Benutzen Sie dieses Zimmer hier."

„Danke, *Mevrouw* Hilda", sagte Rachel schwächlich.

Doch da war der Fleischberg auch schon aus dem Zimmer und schlurfte den Korridor entlang. Margot half Rachel zu einer Chaiselongue, zog ein Taschentuch hervor und wischte dem Mädchen Augen und Wangen ab. „Rachel, sag, was ist bloß los?"

Allein die Frage löste einen weiteren Weinkrampf aus. Doch irgendwie brachte Rachel es inmitten all des Wehgeschreis fertig zu sagen: „Vater besteht darauf, daß ich *Mijnheer* van Jaarsfeld heirate!"

Margot glaubte sich verhört zu haben. „Hast du ihm erzählt, was *Mijnheer* van Jaarsfeld mir anzutun versucht hat?"

Schniefend nickte Rachel.

„Und er besteht immer noch darauf, daß du ihn heiratest?"

„Ja!" Rachel strömten die Tränen übers Gesicht. „Erst wollte er mir noch nicht mal zuhören. Sagte, er weigere sich, an Dienstmädchengeschwätz Anteil zu nehmen. Und als ich ihn dann endlich so weit hatte, daß er mir zuhörte, behauptete er, du wärst wahrscheinlich darauf aus, *Mijnheer* van Jaarsfeld eins auszuwischen, weil er dich fallengelassen hätte. Er sagte, er müßte ein Narr sein, um das Wort eines Dienstmädchens über das eines Bevollmächtigten der Compagnie zu stellen."

Margot legte einen Arm um sie und zog sie an sich heran. „Das tut mir so leid, Liebes", murmelte sie. „Es tut mir so unendlich leid." Doch sosehr sie auch diesen Gang der Dinge verabscheute, verstand sie andererseits die Reaktion von Rachels Vater. Schließlich kannte nicht jeder Uys van Jaarsfeld so wie sie. Für die meisten Leute war er ein hochgeachteter Vertreter der Compagnie. Und Margot – nun ja, sie war tatsächlich ein Dienstmädchen. Es mußte niemanden überraschen, daß *Mijnheer* van der Kemp nach dem Prinzip „Im Zweifel für den Angeklagten" verfuhr.

„Irgendwie hat *Mijnheer* van Jaarsfeld von der ganzen Sache Wind bekommen", sagte Rachel. Sie hatte sich jetzt, wo sie sich aussprechen konnte, allmählich besser im Griff. „Gestern kam er zu Pferd nach Klaarstroom raus. Er sagte meinem Vater, ihm sei zu Ohren gekommen, daß böswillige Gerüchte über ihn verbreitet würden, so daß er die erste Gelegenheit, die sich ihm geboten, nutze, um die Dinge zurechtzurücken."

Rachel entzog sich ihrer Umarmung und blickte Margot mit einem äußerst sonderbaren Ausdruck an.

„Was ist?" fragte Margot.

„Er war so seriös, so glaubwürdig. Selbst ich begann zu denken, daß du dich vielleicht geirrt hättest – daß du womöglich den Zwischenfall etwas hochgespielt hast."

Margot straffte sich. „Rachel, ich versichere dir, Gott sei mein Zeuge –"

Rachel legte Margot die Hand auf die Schulter. „Ich weiß, ich weiß. Mein Vater lud Uys van Jaarsfeld dann ein, zum Abendessen zu bleiben. Danach machte er mit mir allein einen Spaziergang." Rachels Augen füllten sich aufs neue mit Tränen. „O Margot, es war widerwärtig! Seine Hände betatschten mich überall – ich konnte ihn nicht davon abhalten! Er zwang mich zu Boden – und wäre nicht gerade der Alte Knob vorbeigekommen, so hätte ich mich nicht gegen ihn wehren können-"

„Der Alte Knob?"

Rachel betupfte sich Augen und Nase. „Ein Hottentotte, der für meine Familie arbeitet. Er heißt Knobkerrie, aber alle nennen ihn den Alten Knob."

Margot nickte verstehend.

„Was soll ich bloß machen?" schluchzte Rachel.

Margot zog sie wieder an sich heran und strich der Jüngeren übers Haar. „Ich weiß es auch nicht", sagte sie leise. „Wenn nur Kapitän Danckaert noch hier wäre –" Sie setzte sich abrupt auf. „Aber ja – das ist es: Kapitän Danckaert! Er wird deinem Vater meine Geschichte bestätigen, wenn er aus Indien zurückkehrt!" Rachel blickte verwirrt drein, und Margot erläuterte: „Er ist der Schiffer der *Adler.*"

„Versteh' ich immer noch nicht."

„Das ist das Schiff, auf dem du nach Amsterdam fahren sollst. Sobald es vor Anker geht, werde ich Kapitän Danckaert veranlassen, bei deinem Vater vorzusprechen und ihm alles zu erzählen."

„Wir sollen in drei Monaten auf der *Perle* nach Amsterdam absegeln. Das hat jedenfalls *Mijnheer* van Jaarsfeld gestern abend zu meinem Vater gesagt."

Vor der Rückkehr der Adler! dachte Margot. Van Jaarsfeld hatte ins Kalkül gezogen, daß Kapitän Danckaert ihm möglicherweise Schwierigkeiten bereiten würde! Dieser Bandit! Jedesmal zog sie gegen ihn den kürzeren!

„Da seid ihr ja!"

Eine männliche Stimme hallte von den Mauern wider. Die breite Statur Jan van der Kemps füllte die Türöffnung aus. Margot erinnerte sich der scharfblickenden blauen Augen, aber wie hochgewachsen und muskulös er war, hatte sie vergessen. Als sie ihn das letzte Mal gesehen hatte, hatte er an einer Speisetafel gesessen. Er brauchte nur ein paar Schritte, um zu ihnen zu kommen.

„Ich geh' nicht zurück!" schrie Rachel und kuschelte sich dichter an Margot.

Margot reagierte, indem sie sie noch enger umschlungen hielt – sollte der ältere Bruder nur versuchen, sie auseinanderzureißen!

Die breiten Schultern sackten herab. „Rachel! Dir bleibt keine Wahl, als –"

„Natürlich hat sie eine Wahl!" rief Margot zornig.

Jan ignorierte sie. Seine Worte galten allein Rachel: „Vater hat mich geschickt, um dich nach Hause zu holen. Eigentlich sollte ich heute morgen mit dem Alten Knob zu den Tieren rausreiten, aber als wir entdeckten, daß du fort warst, befahl mir Vater, statt dessen dich zu suchen."

„Um sie in den Stall zu sperren wie ein streunendes Tier?" fragte Margot.

Er zog die Schultern hoch, als müsse er sich gegen Prügel schützen. Seine Wangen röteten sich, die Lippen waren fest zusammengepreßt.

„Margot", sagte Rachel leise, „laß es nicht an Jan aus; er ist –"

„Er ist im Begriff, dich nach Hause zu schleppen, um dich in die Hand eines lüsternen Rohlings zu übergeben! Das ist er im Begriff zu tun!"

„Margot, du verstehst nicht! Auch Jan mag *Mijnheer* van Jaarsfeld nicht leiden."

Ungläubig starrte Margot den rotgesichtigen Baum von einem Mann an, der vor ihr stand. Dann sagte sie zu Rachel: „Wie kann er dann dastehen und nichts unternehmen, während du einem Mann ausgeliefert wirst, dessen einzige Absicht es ist, dich zu benutzen und danach wegzuwerfen?"

„Weil das Vaters Entscheidung ist", sagte Jan. Seine Stimme klang fest, überzeugt.

„Aber dann irrt Ihr Vater!" rief Margot.

Jan war unerbittlich. „Ob er recht hat oder nicht, er ist unser Vater. Ist das so schwer zu verstehen, *Mejuffrouw* de Campion? Oder haben Sie in Amsterdam das Fünfte Gebot außer Kraft gesetzt, das da lautet: ‚Du sollst deinen Vater und deine Mutter ehren, auf daß du lange lebest in dem Lande, das dir der Herr, dein Gott, gibt'?"

Das Bibelzitat traf Margot an einer schwachen Stelle. Und Jan zitierte die Schrift so, daß sie merkte, es war ihm nicht bloß ein billiger Spruch. Er glaubte daran, glaubte daran so sehr, daß er willens war, sich dem Gebot zu beugen, selbst wenn es gegen seine persönliche Meinung stand. Was sollte sie dagegen sagen? Sie konnte Rachel nicht gegen ihren Vater aufstacheln – aber sie wollte das Mädchen auch nicht van Jaarsfeld ausliefern.

„Nein, ich habe das Fünfte Gebot nicht außer Kraft gesetzt", erwiderte sie leise. „Aber es muß doch einen Weg geben, auf dem man *Mijnheer* van Jaarsfeld daran hindern kann, seinen Willen zu bekommen."

„Gott wird es hinausführen", sagte Jan, und wieder war das nicht leichthin gesagt, sondern in voller Überzeugung. Er streckte Rachel die Hand hin. „Komm, gehen wir nach Hause."

„Wartet!" bat Margot. „Wenn euer Vater den wahren Charakter *Mijnheer* van Jaarsfelds kennte, würde er dann immer noch auf der Heirat bestehen?"

„Selbstverständlich nicht", sagte Rachel.

Jan musterte Margot, unschlüssig, was er von ihrer Frage halten sollte, solange er nicht wußte, worauf sie hinauswollte.

„Wenn also *Mijnheer* van Jaarsfelds wahrer Charakter", fuhr Margot fort, „vor aller Welt entblößt würde –"

„– dann würde Vater sofort die Hochzeit absagen!" rief Rachel. Doch der Sonnenstrahl der Hoffnung wurde sofort wieder von dunklen Wolken überlagert. „Aber wie sollten wir das bewerkstelligen?"

Ja – wie? Van Jaarsfeld war ein Charmeur ersten Ranges und beherrschte die Kunst der Verstellung. Doch dann hatte Margot eine Idee: sein Tagebuch! Na klar! Aber wie sollte sie da herankommen? Man müßte es aus seinem Quartier stehlen. Und das kam ihr nicht recht vor. Ein Gebot brechen, um einen Lumpen bloßzustellen? Etwas Verkehrtes tun, um etwas Verkehrtes ans Licht zu bringen? Nein, darauf würde sich Jan niemals einlassen, und sie selbst konnte es auch nicht.

Dann hatte sie es. „‚An ihren Früchten sollt ihr sie erkennen'", rezitierte sie.

Es dauerte einen Moment, bis Jan begriff, aber dann schien ihm ein Licht aufzugehen. Ein warmes Lächeln trat auf sein Gesicht.

Diese Reaktion gefiel Margot. Sie gefiel ihr mehr, als sie sich selbst eingestehen wollte.

Rachel sagte: „Kapier' ich nicht."

„Wir werden *Mijnheer* van Jaarsfeld dazu bringen, seinen wahren Charakter zu zeigen", erklärte Margot, „indem wir ihm genau das geben, was er will."

Rachel blickte nicht durch und antwortete nur mit einem Kopfschütteln. Doch als Margot und Jan einen genauen Plan zu entwerfen begannen, fiel bei ihr der Groschen, und in ihren Augen blitzte es anerkennend auf.

Um nicht belauscht werden zu können, steckten die drei die Köpfe zusammen und sprachen flüsternd. Margot entdeckte bestürzt, daß sie nicht geahnt hatte, was Jans Nähe in ihr auslösen würde. Während er sprach, ertappte sie sich dabei, daß sie mehr darauf achtgab, wie seine Lippen die Silben formten, als auf das, was er tatsächlich sagte. Sie beobachtete, wie seine Augen einen weicheren Ausdruck annahmen; sie glichen jetzt kühlen, blaßblauen Seen. Er verströmte einen erdigen Geruch, der zu seiner Hautfarbe paßte; man merkte ihm deutlich an, daß er ein Mann war, der den größten Teil des Tages im Freien verbrachte. Gerade war sie dabei, sein Kinngrübchen näher zu besehen, als er sich plötzlich ihr zuwandte.

„Wir werden jemanden brauchen, der das Burggelände kennt", sagte er. „So können wir kontrollieren, ob van Jaarsfeld angebissen hat. Außerdem denke ich, daß wir nichts dem Zufall überlassen sollten. Margot, können Sie einen Diener oder eines der anderen Mädchen dazu bringen, uns zu helfen?"

Es dauerte eine beträchtliche Weile, bis der Frage Margots Antwort folgte. Doch diese dachte nicht darüber nach, was sie sagen sollte, sondern ließ sich auf der Zunge zergehen, wie er ihren Namen ausgesprochen hatte.

Jan und Rachel sahen sie erwartungsvoll an.

Margot gab sich alle Mühe, ihre Gedanken zu sammeln. Schließlich hatte sie Klarheit, aber bevor sie etwas sagte, blickte sie prüfend Richtung Tür. Nein, es konnte kein Zweifel bestehen. „Ich könnte keinem vertrauen. *Mevrouw* Hilda hält uns auf Abstand voneinander. Ich kenne einfach niemanden gut genug."

„Matthew kann das machen!" rief Rachel. Die Freude, den Jungen in ihren Plan einzubeziehen, stand ihr ins Gesicht geschrieben.

Margot tat, was sie konnte, um sich nicht anmerken zu lassen, daß ihr der Name etwas sagte. Sie wußte ja nicht, ob Jan in Rachels Beziehung zu Matthew eingeweiht war, deswegen wollte sie nichts preisgeben. Jans Blick allerdings signalisierte, daß er zumindest eine Ahnung von dem Jungen hatte. Es war kein erfreuter Blick.

„Aber er ist genau der Richtige, genau das, was wir brauchen!" beharrte Rachel und zerrte ihren Bruder am Arm.

Derweil verlor sich Margot in dem Gedanken, wie sich Jans Arm wohl anfühlen mochte.

Schließlich lenkte Jan widerstrebend ein und gestand Matthews Beteiligung an ihrem Plan zu.

„Wir werden auch noch jemanden brauchen, der eine Botschaft zu Papier bringen kann", sagte Jan und fügte rasch hinzu: „Eine weibliche Hand natürlich."

„Margot kann schreiben!" verkündete Rachel.

Das kam so unversehens, daß Margot völlig unsicher war, wie sie sich jetzt verhalten sollte. War es klug gewesen, Rachel ihr Geheimnis anzuvertrauen?

„Du kannst doch schreiben, stimmt's?" fragte Rachel. „Ich denk' mir, wenn du lesen kannst, kannst du auch schreiben."

Zögernd nickte Margot Rachel zu und sagte: „Ja, ich kann schreiben."

In Jans blaue Augen trat ein Ausdruck von Härte – keine Spur mehr von Freundlichkeit. Im Gegenteil, seine Gesichtszüge waren abweisend. „Dann ist ja alles klar", sagte er.

* * *

Der dunkelhäutige Matthew Durbin hielt sich mit Hilfsarbeiten in der Küche des Gouverneurs über Wasser. An manchen Tagen arbeitete er, an anderen wurde er gleich wieder heimgeschickt. Bezahlt wurde er selten. Meistens nahm er anstelle eines Lohns Speisereste mit nach Hause. Am Abend des van Jaarsfeldschen Empfangs war mehr übriggeblieben, als er schleppen konnte.

Jan und Rachel van der Kemp trafen ihn in der Küche an. Matthew ließ sich mit Feuereifer darauf ein, Rachel und ihren Bruder bei deren Plan zu unterstützen, obwohl er sich unter dem strengen Blick, den Jan van der Kemp ihm zuwarf, nicht recht wohlfühlte. Er erhielt Anweisung, kurz vor elf Uhr abends am Portal der Residenz zu warten. Außerdem wurde ihm genau eingeschärft, was er sagen und tun sollte.

Nachdem der Handel abgeschlossen war, wandten sich die van der Kemps zum Gehen – nicht ohne daß Rachel sich nochmal zu ihm umdrehte und ihn liebevoll anstrahlte. Matthews Herz stand in hellen Flammen.

* * *

Als *Mevrouw* Hilda zurückkam und Jan bei Rachel und Margot sitzen sah, verbeugte sie sich leicht und ließ sie allein. Nachdem freilich Jan und Rachel gegangen waren, war Margot der Matrone erneut auf Gedeih und Verderb ausgeliefert.

Die herrschsüchtige Aufseherin ließ sie bis weit in den Abend hinein arbeiten, um die Zeit aufzuholen, die sie vertan hatte, um mit den van der Kemps zu schwatzen. Als die Uhrzeiger weiter und weiter vorrückten, begann Margot sich damit abzufinden, daß ihr Plan eine Totgeburt werden würde. Er hatte keinerlei Chance auf Erfolg, wenn sie nicht in der Lage sein würde, die Notiz zu Papier zu bringen und van Jaarsfeld unter die Tür zu schieben.

Der Plan wurde dadurch gerettet, daß eine der anderen Dienstmägde herbeigerannt kam, um *Mevrouw* Hilda zu rufen. Anscheinend war eines der Mädchen auf feuchtem Boden ausgerutscht und hatte sich den Kopf an einem Eimer gestoßen, was mit einer Platzwunde an der Stirn endete.

Bevor sie sich auf die Socken machte, um nach dem Mädchen zu sehen, befahl *Mevrouw* Hilda Margot, ihre Arbeit zu Ende zu bringen und dann schlafen zu gehen. Exakt das tat Margot, nachdem sie einen Bogen Papier aus einer Schreibtischschublade gezogen, mit den zwischen den dreien abgesprochenen Worten die Botschaft an van Jaarsfeld darauf geschrieben und den Zettel unter die Tür des Bevollmächtigten geschoben hatte.

Sie hatte keine Möglichkeit herauszufinden, ob er den Zettel auch las. Ihr blieb nichts übrig, als im Dunkeln zu warten. Doch ihr Herz klopfte so stark, daß nicht einmal an Dösen zu denken war. Vom anderen Ende des Zimmers war lautes Schnarchen zu hören – ein sicheres Zeichen dafür, daß *Mevrouw* Hilda in tiefem Schlummer lag. Auch von den anderen schlafenden Mädchen war gelegentlich ein leises Stöhnen oder ein Rascheln zu hören. Margot drehte den Kopf und sah zum Fenster hinüber. Die halb geöffneten Fensterläden waren im Mondlicht deutlich zu erkennen. Es war beinahe Vollmond. Wenn alles nach Plan lief, konnte Vollmond nur hilfreich sein.

Margot wälzte sich von einer Seite auf die andere, wobei sich ihr Fuß in den Decken verfing. Sie versuchte sich freizustrampeln, aber der Fuß steckte irgendwo fest. Sie setzte sich auf und entwirrte die Decken mit der Hand, so daß sie sich wieder frei bewegen konnte. Dann seufzte sie laut und fragte sich, wie spät es wohl sein mochte.

Sie mußte ständig daran denken, ob van Jaarsfeld den Zettel wohl gelesen hatte. Ob er überhaupt schon in sein Zimmer gekommen war, nachdem sie ihn unter der Tür durchgeschoben hatte? Kopfschüttelnd dachte sie daran, wie schwierig es war, ihn überhaupt durch die Ritze unter der Tür zu stecken.

* * *

Uys van Jaarsfeld las den Zettel, den er in der Hand hielt:

> *Heute abend 11 Uhr. In meinem Zimmer. Ein Hausdiener bringt Dich hin. Seit dem Empfang muß ich immerzu an Dich denken.*
>
> *Du kannst Dir nicht vorstellen, wie lange ich mich nach diesem Augenblick gesehnt habe!*

Den zusammengefalteten Zettel hatte er auf dem Fußboden gefunden, als er in sein Zimmer zurückgekehrt war. Er las ihn nochmal, wobei sich sein Gesicht zu einem wölfischen Grinsen verzog. Gedankenverloren hob er die Hand und strich über sein langes blondes Haar, während er darüber nachsann, welche der vielen hübschen Puppen auf seinem Empfang es wohl gewesen war, die ihm diese Nachricht geschrieben hatte.

* * *

„Wie spät ist es?" fragte Rachel.

„Fast elf."

Die Arme gekreuzt und die Stirn fast an der Fensterscheibe, sah Jan unverwandt in den Innenhof der Residenz hinaus. Das Mondlicht, das durchs Fenster schien, machte seine markanten Gesichtszüge ein wenig weicher.

„Danke, daß du das für mich tust“, sagte Rachel leise.

Jans Lippen verzogen sich zu einem angedeuteten Lächeln. „Dafür ist die Familie da“, sagte er, ohne den Blick vom Hof zu wenden.

Jan hatte zuerst seiner Schwester und sich selbst ein Gästezimmer in der Residenz organisiert und dann einen Kurier nach Klaarstroom hinausgeschickt, um seinen Vater davon zu unterrichten, daß er Rachel gefunden habe und sie am nächsten Tag heimkehren würden.

„Glaubst du, daß irgendetwas passiert?“ fragte sie und schaute ihrerseits auf den Hof hinab, wo alles ruhig war.

„Wenn, dann sollte es bald sein“, antwortete Jan mit einem Seitenblick auf seine Schwester. Er konnte es nicht fassen, daß sie in so kurzer Zeit eine derart hübsche junge Frau geworden war. Er wünschte, ihre Mutter wäre noch am Leben, um Rachel so zu sehen. Ganz sicher wäre sie stolz. Rachel bemerkte, daß er sie ansah, und fragte: „Ist was?“

Jan sah wieder zum Fenster hinaus. „Nichts.“

„Gefällt Margot dir?“

Er zog die Augenbrauen hoch und brummelte irgendetwas Unverständliches.

„Ich mag sie“, sagte Rachel. „Ich bewundere sie, daß sie das für uns tut. Sie müßte es ja schließlich nicht. Sie gehört nicht zur Familie.“

Jan starrte schweigend in den Hof hinaus.

„Und dann, daß sie lesen und schreiben kann! Man fragt sich doch, wieso eine gute gläubige Frau wie sie nicht schon längst einem vornehmen Herrn ins Auge gestochen ist.“ Rachel musterte das Gesicht ihres Bruders. „Ich glaube, sie fühlt sich von dir angezogen. Ich hab gesehen, wie sie dich angeschaut hat.“

Jan zog die Nase kraus und sagte: „Wo van Jaarsfeld bloß bleibt?“

* * *

„Was? Bist du sicher?“

Van Jaarsfeld stand unter seiner Tür und fröstelte. Kurz vor elf hatte er hinausgeschaut und den wartenden Matthew Durbin entdeckt.

„So lauten meine Anweisungen, *Mijnheer*“, sagte Matthew.

Den Mund dicht am Ohr des Jungen, flüsterte van Jaarsfeld: „Wer ist deine Herrin? Na los, Junge, du kannst es mir ruhig sagen.“

Offenkundig erschrocken, machte Matthew einen Satz. Er hatte die Augen aufgerissen und schien den Tränen nahe. „Man würde mich halbtot prügeln, wenn ich Euch das anvertraute!“ stieß er hervor.

Van Jaarsfeld beobachtete den Jungen genau. Nein, der spielte ihm nichts vor. „Mit nichts als meinem Nachtgewand?“ sagte er.

Matthew nickte. „So sagte sie mir. ‚Achte darauf, *Mijnheer* van Jaarsfeld zu sagen, daß er nur sein Nachgewand tragen soll!‘“

Der Handlungsbevollmächtigte leckte sich die Lippen. Es hatte etwas Perverses an sich, nur in ein Nachthemd gehüllt auf dem Wege zu einem heimlichen Rendezvous durch die Residenz des Gouverneurs zu stolzieren. Aber es gefiel ihm. Augenblicke später trat er erneut aus seinem Zimmer: mit nichts als seinem Nachthemd auf dem Leib.

„Hier entlang, *Mijnheer*“, sagte der Junge.

Matthew führte den notdürftig bekleideten Bevollmächtigten die ganze lange Rückfront des Gouverneurspalais’ entlang. Mehrmals stieß van Jaarsfeld unterdrückte Flüche aus, wenn er mit seinen nackten Füßen auf spitze Steine getreten war. Nahe des Brunnens umrundeten sie die Ecke des Hauses und konnten den Innenhof überschauen.

„Du wirst mich doch nicht im Nachthemd mitten auf dem Hof herumstolzieren lassen!“ tuschelte der Bevollmächtigte.

„Es ist gleich um die Ecke!“ gab Matthew Durbin flüsternd zur Antwort. „Das zweite Fenster. Bevor jemand auch nur einen Blick auf Euch erhaschen kann, seid Ihr schon drin!“

Van Jaarsfeld zögerte. Doch je mehr er darüber nachdachte, um so mehr stachelte die zusätzliche Gefahr seine Begierde an. Schließlich nickte er und preßte hervor: „Also weiter!“

* * *

Quietschend wurde erst der eine, dann der andere Fensterladen zur Seite geschoben. Margots Kopf schnellte herum. Während das volle Mondlicht das Fenster erhellte, schlug ihr Herz zum Zerbersten. Van Jaarsfeld hatte angebissen! Er kam tatsächlich!

Sie sah ihn die Fensterflügel öffnen – sie selbst hatte vorm Zubettgehen den Riegel zurückgeschoben. Die Gestalt, die sich gegen den Mondschein abzeichnete, hielt inne und drehte sich um.

Hatte er sie womöglich durchschaut? Sie hielt den Atem an.

„Da drin ist es dunkel", hörte sie ihn flüstern. „Bist du sicher, daß es das richtige Zimmer ist?"

„Jawohl, *Mijnheer*", wurde ihm geantwortet.

Margot erkannte die Stimme wieder. Es war Matthew.

Die Gestalt im Mondlicht hob ein Bein über die Brüstung. Deutlich zeichneten sich die wohlbekannten Umrisse van Jaarsfelds, hängende Schultern und leicht vorgewölbter Mittelbau, in der Fensteröffnung ab. Draußen spritzte Matthew davon. Sein Job war erledigt.

Mit angehaltenem Atem lauschte Margot und wartete darauf, daß van Jaarsfeld den ersten Schritt in das dunkle Zimmer wagte. Sobald er drinnen sein würde, war es an ihr, laut loszukreischen, so daß alle aufwachten.

„Ich bin's, meine Liebe", flüsterte van Jaarsfeld im Dunkeln, während er mit ausgestreckter Hand herumtappte wie ein Blinder. „Sag was, Süße, und ich bin bei dir!"

Margot holte tief Luft.

Doch bevor sie noch schreien konnte, stolperte der Handlungsbevollmächtigte über irgend etwas. Er verlor das Gleichgewicht und taumelte mit fuchtelnden, panisch haltsuchenden Händen an einer Bettstelle entlang. Da bekam er etwas zu fassen und verkrallte sich daran. Es war ein Fuß *Mevrouw* Hildas, der unter ihrer Bettdecke hervorlugte.

Die stämmige Frau schoß kerzengerade hoch und stieß einen tiefen, kehligen Schrei aus.

Im nächsten Augenblick schossen überall Körper hoch. Alle schrien und kreischten, van Jaarsfeld nicht ausgenommen. Es war das blanke Chaos.

Dann pflanzte sich eine ehrfurchtgebietende Figur inmitten des Tumults auf und nahm die Sache in die Hand: *Mevrouw* Hilda. Sie hatte sich irgendwoher einen Besen geschnappt, den sie jetzt benutzte, um den Zügellosen aus dem Zimmer zu scheuchen. Der Besen zischte in wildem Schlag auf und nieder.

Van Jaarsfeld krabbelte zwischen den nackten Füßen der erschrokkenen Mädchen herum wie ein in die Enge getriebenes Tier, das sich nach einem Schlupfwinkel umsieht. Jedesmal wenn er versuchte, auf die Knie zu kommen, kassierte er einen Schlag mit dem Besen und sackte wieder zusammen. Endlich gelang es ihm, ans Fenster zu kommen. Einen Augenblick hing er halb drinnen, halb draußen. *Mevrouw* Hilda förderte seinen Abgang mit einem wüsten Schlag aufs Hinterteil.

Vierkant klatschte er unter dem Fenster der Mägdeschlafkammer auf den Boden.

In diesem Stadium der Dinge sah der Plan vor, daß Jan van der Kemp, durch den Trubel wach geworden, van Jaarsfeld unter dem Fenster in Gewahrsam nehmen sollte. Doch es kam anders. Die Person, die für einen nicht ganz planmäßigen Fortgang der Dinge sorgte, war *Mevrouw* Hilda.

Nicht damit zufrieden, daß der Eindringling wieder draußen war, setzte ihm die Matrone durchs Fenster nach. Auch als ihr Zielobjekt sich ihrer Reichweite entzog, hörte sie nicht auf, sondern manövrierte ihrerseits ihre massige Gestalt durch die Fensteröffnung.

Margot nahm zusammen mit den anderen Mädchen den einfacheren Weg durch den Korridor und die Vorhalle in den Innenhof.

Das erste, was Margot sah, als sie durch das Portal trat, war ein überrumpelter Jan van der Kemp, der soeben dem jaulenden van Jaarsfeld auswich, dem wiederum eine nicht minder lautstarke *Mevrouw* Hilda auf dem Fuße folgte.

Mittlerweile war das ganze Anwesen wach, und aus allen Richtungen kamen Leute herbeigeeilt. Fast in jedem Fenster der Gouverneursresidenz hatte jemand ein Talglicht entzündet, und mindestens ein neugieriges Gesicht preßte sich gegen die Scheibe. Wie bei einer Polonaise reihte sich eine Menge Leute, darunter der Statthalter selbst samt Ehefrau, hinter van Jaarsfeld und *Mevrouw* Hilda auf. Margot stellte sich zu Jan und Rachel. Die drei tauschten schulterzuckende Blicke aus und schlossen sich dem Umzug an.

Am Brunnen holten sie den Eindringling und seine Verfolgerin ein. Um den Brunnen herum war ein kleiner flacher Teich angelegt, in dem ein panischer van Jaarsfeld herumsprang, während *Mevrouw* Hilda auf der anderen Seite des Brunnens wie ein junges Nilpferd herumplanschte. Gouverneur Chavonnes benötigte mehrere Minuten, um die Ordnung wiederherzustellen.

Dann kam die Geschichte des spätabendlichen van Jaarsfeldschen Beutezuges zutage.

Umgeben von vielen Zeuginnen, schilderte *Mevrouw* Hilda, nicht ohne dem Handlungsbevollmächtigten mehrfach mit dem Besenstiel zu drohen, wie sie durch einen außer Rand und Band geratenen Unhold geweckt worden war, der sich soeben an ihr zu vergehen versuchte.

Aller Augen richteten sich auf van Jaarsfeld, der im Nachthemd mit hängenden Schultern in knietiefem Wasser stand. Ein paarmal versuchte er sich haspelnd zu verteidigen, mußte aber einsehen, daß es für einen Mann, der im Nachthemd in ein Zimmer voll schlafender junger Damen klettert, keine Entschuldigung gab. Also kapitulierte er wortlos.

Der Gouverneur tobte. Er kündigte einen detaillierten Bericht an das Direktorium der Siebzehn an und befahl dem Bevollmächtigten, auf dem nächstbesten Schiff gen Amsterdam zurückzusegeln.

Der krönende Gipfel aber kam erst, als die Menge sich bereits zu zerstreuen begann. Van Jaarsfeld blieb regungslos in dem Tümpel stehen, bis *Mevrouw* Hilda in einigermaßen sicherer Entfernung war. Als er gerade herauskommen wollte, trat eine rotgesichtige junge Frau auf ihn zu. Ohne ihre Stimme zügeln zu können, machte sie den durchnäßten Bevollmächtigten zur Schnecke. Es stellte sich heraus, daß er am selben Abend mit ihr zu einem *Tête-à-tête* verabredet gewesen war, das er zugunsten eines geheimnisvolleren Treffens, nämlich mit der unbekannten Schreiberin des Briefes unter seiner Tür, abgesagt hatte. Voller Wut verpaßte ihm die Rotgesichtige noch einen letzten Schubs, bevor sie sich abwandte.

Van Jaarsfeld verlor die Balance und klatschte rückwärts in das Bekken.

Die van der Kemps und Margot sahen zu, wie er sich aufrappelte. Er sah sie und wollte schon etwas sagen, besann sich aber eines Besseren. Dann tappte ein tropfender Uys van Jaarsfeld quer über den Hof auf sein Zimmer zu.

„Er tut mir beinahe leid“, sagte Rachel.

Margot und Jan tauschten verstohlene Blicke aus. In ihren Augen brach sich das Mondlicht. Und eine Weile konnten sie sich nicht voneinander abwenden.

12

Aus Gründen, die ihr niemand erklärte, wurde Margot zu einer Arbeit eingeteilt, die nicht unter der unmittelbaren Überwachung *Mevrouw* Hildas stand. Vielleicht hatte eines der anderen Mädchen irgend etwas verzapft, was die bissige Zuwendung der Matrone erforderlich machte; möglich war auch, daß diese zu der Überzeugung gelangt war, Margot habe für ihre Indiskretion genug gebüßt. Wie dem auch sein mochte, Margot fühlte sich erleichtert, daß sie nicht länger tagein, tagaus unter den Argusaugen der Bibelsprüche zitierenden Aufseherin schuften mußte.

Schon nach ein paar Minuten des Alleinseins bemerkte Margot, wie sehr ihr *Mevrouw* Hildas bedrückende Anwesenheit zugesetzt hatte. Melodien summend und Bibelverse – aus anderen Büchern als dem der Sprüche – aufsagend genoß sie ihre wiedergewonnene Freiheit. Sie schwelgte in Erinnerungen an friedvolle Abende mit Sylvie und träumte mit offenen Augen von Jan van der Kemp, obwohl sie sich diese Tagträumereien selbst nicht eingestehen mochte.

Margot zog es vor, ihre täglichen Gedanken an Jan unter der Rubrik „Sorge um Rachel" abzubuchen: Wie war Rachel doch glücklich zu schätzen, jetzt, wo ihre Mutter tot war, einen liebevollen Bruder wie Jan zu haben; wie gut hatte sie es, zu wissen, daß ihr Bruder stets in ihrer Nähe war, wenn sie ihn brauchte; und wie stolz konnte sie sein, einen Bruder wie Jan zu haben – mit solch ausdrucksvollen Gesichtszügen, breiten Schultern und blauen Augen-

Allein arbeiten zu können brachte es auch mit sich, daß Margot erneut Gelegenheit fand, ihren Blick dann und wann auf Papiere fallen zu lassen, die offen auf den Schreibtischen der Mitarbeiter des Gouverneurs herumlagen. Die meisten dieser Dokumente hatten mit unzähligen strengen Reglements zu tun, derer sich die Niederländisch-Ostindische Compagnie bediente, um das Leben ihrer Untertanen in der Kapkolonie unter Kontrolle zu halten.

Margot wurde klar, daß der Gouverneur alle Macht in der Kolonie in der Hand hatte, wobei er selbstverständlich seinerseits den Anweisungen des Direktoriums der Siebzehn zu Amsterdam Folge zu leisten hatte. Bei der Gesetzgebung vor Ort stand ihm ein sogenannter Polizei-Rat, bestehend aus sieben Würdenträgern, zur Seite. Auch die in der Kolonie selbst erlassenen Reglements waren Legion. Sie betrafen so gut wie jeden Aspekt des Geschäfts- und Privatlebens der Einwohner. Selbst die Zeiten, in denen die Bäcker ihre Ware ausliefern durften, waren genau verordnet.

Persönlichste Angelegenheiten des Zusammenlebens waren präzise geregelt, wie zum Beispiel die Frage, ob es einer Dame erlaubt war, eine Schleppe oder Kleider aus Seide oder Satin zu tragen, oder auch die, wieviel Geld eine Beerdigung oder ein Hochzeitsbankett kosten durfte, wie viele Bedienstete die Angehörigen der verschiedenen Stände beschäftigen durften oder ob es statthaft war, daß ein Kutscher Livree anhatte.

Dieser Wust von Regeln erinnerte Margot an das Leben auf einem Schiff, wo das Wort des Kapitäns Gesetz war – nun ja, zumindest *sollte* es auf einem Schiff so zugehen, es sei denn, der Kapitän hatte für jemanden eine weiche Stelle im Herzen, in welchem Falle es diesem Jemand möglich wäre, ihn zu etwas zu bewegen, was er normalerweise bestimmt nicht tun würde.

Beim Gedanken an Kapitän Danckaert mußte Margot lächeln. Sein Bulldoggengesicht fehlte ihr, genau wie der finstere Blick, mit dem er zu ihr gesagt hatte: „Sie werden mir doch wohl nicht die ganze Reise hindurch Schwierigkeiten bereiten?"

Die Gedanken an das Bordleben auf der *Adler* riefen auch die „Nichten des Königs" in Erinnerung. Margot fragte sich, wie es ihnen wohl gehen mochte. Seit ihrer Ankunft in der Kolonie hatte sie von keiner von ihnen etwas gehört, geschweige denn sie gesehen. Ob Katje jetzt, wo sie endlich einen Mann hatte, nach wie vor glücklich war? Sie dachte an Marie, Anna, Clara und Aletta und wünschte sich, sie könnte Aletta noch einmal dafür danken, daß sie während ihrer Krankheit noch bei ihr geblieben war, nachdem die anderen längst über alle Berge waren.

Die Erinnerungen erfüllten Margots Herz mit einem wehmütigen Verlangen. Sie ging zu einem Lehnstuhl und ließ sich hineinfallen. Schlaff hingen ihre Arme an den Seiten des Stuhls herunter. Den Kopf legte sie gegen die Lehne.

Es war eine Ironie des Schicksals: So eingesperrt, wie sie hier in der Residenz des Gouverneurs war, hätte sie ebensogut an Bord eines Schiffes ihr Dasein fristen können. Nur höchst selten einmal erlaubte man ihr, einen Spaziergang zu unternehmen. Zu den Menschen der Kolonie hatte sie keinerlei Kontakt. Nie fand sie Gelegenheit, die Sonne und den blauen Himmel zu genießen.

Wie oft mochte Gott wohl eine Wolke über den Tafelberg geschickt haben, seitdem sie hier war? Sie hatte keine Möglichkeit, das herauszufinden. Sie war völlig abgeschnitten von der Welt, von der Kolonie, von ihren Freunden vom Schiff. Von Rachel und Jan van der Kemp. Es war, als sei sie inmitten der Gouverneursburg allein auf hoher See, allein mit *Mevrouw* Hilda als Kapitän und einzigem Besatzungsmitglied.

Margot schloß die Augen und betete: „Herr, wenn es dein Wille ist, so mach es doch möglich, daß ich gelegentlich mal rauskomme und Kontakt zu Menschen finde." Namen erwähnte sie nicht, doch während sie betete, stand ihr das Bild Jan van der Kemps vor Augen.

Aus dem Korridor erklang das Geräusch schwerer Schritte: entweder ein kräftiger Mann oder *Mevrouw* Hilda, die ihre Arbeit kontrollieren kam. Margot sprang mit einem Satz auf und begann wie eine Besessene das Holz des Stuhles zu polieren, auf dem sie gesessen hatte.

* * *

Der Mann mit dem vierschrötigen Kinn, der ihr die Tür aufhielt, lächelte nicht. Margot trat ein. Der Gouverneur stand hochaufgerichtet hinter seinem Arbeitstisch.

An der gegenüberliegenden Seite des Zimmers standen ein paar Stühle aufgereiht, auf denen zu ihrer Überraschung Katje und Aletta saßen, getrennt durch zwei Männer. Die Männer saßen beide mit verschränkten Armen, unbewegten Gesichtern und hart dreinblickenden Augen da. Noch mehr als das verstörte Margot, daß keines der Mädchen bei ihrem Eintreten auch nur aufsah.

Die Schritte, die Margot auf dem Korridor des Gouverneurspalastes hatte näherkommen hören, waren diejenigen des Mannes gewesen, der ihr jetzt die Tür aufhielt. Er hatte sich als *Mijnheer* Daniel Krog, Mitglied des Polizei-Rates, vorgestellt. Nachdem er sich vergewissert hatte, daß er tatsächlich mit Margot de Campion sprach, wies er sie an, ihm in das Amtszimmer des Gouverneurs zu folgen.

Krog verweigerte ihr jede Auskunft darüber, in welcher Angelegenheit sie vom Gouverneur vorgeladen wurde. Nur soviel sagte er, daß sie auf der Stelle erwartet werde. Margot machte noch eine Äußerung des Inhalts, daß *Mevrouw* Hilda wissen sollte, wo sie sich aufhielt, die von Krog kurz angebunden in dem Sinne beantwortet wurde, daß der Gouverneur wichtiger sei als *Mevrouw* Hilda.

Jetzt bedeutete der Gouverneur Margot, vor ihn hinzutreten. Er hielt sich nicht mit irgendwelchen Förmlichkeiten auf. Während der paar Schritte bis zu ihm, warf sie einen Seitenblick auf die Mädchen.

Katje hob leicht den Kopf. Rotgeweinte, sorgenvolle Augen begegneten ihr, bevor das Mädchen rasch wieder zu Boden schaute.

„*Mejuffrouw* de Campion?"

„Ja bitte?"

„Dort drüben sitzen Danie Lelyveld und Klaas Starrenburg, beide aus Stellenbosch. Ich glaube, ihre Frauen sind Ihnen bereits bekannt."

Die Männer blieben sitzen. Als Margot zu ihnen hinübersah, starrten sie sie an. Von den Frauen hob keine den Kopf.

„Ja, Katje und Aletta kenne ich. Wir sind gemeinsam auf der *Adler* aus Amsterdam gekommen", erwiderte Margot.

Als sie Margot ihren Namen aussprechen hörte, begann Katje zu weinen, worauf ihr Gatte sich zu ihr hinüberbeugte und sie anschnauzte, sie solle still sein.

„Und Sie teilten Ihr Quartier mit diesen Frauen?" fuhr der Gouverneur fort.

„Jawohl, wir wohnten gemeinsam."

„Und worüber redeten Sie während dieser Zeit?"

Margot lächelte. „Es war eine lange Überfahrt, *Mijnheer* Gouverneur. Wir haben über vieles geredet."

Dafür kassierte sie eine schallende Ohrfeige des *Mijnheer* Krog, Mitglied des Polizei-Rates. „Für deine Frechheit!" brüllte er sie an.

Das Klatschen der Ohrfeige hallte, verstärkt durch den Holzfußboden, von den Wänden wider. Katje zuckte zusammen und wimmerte.

Margot faßte sich an die Wange. Sie war ganz heiß. Auf ihrer Zunge lag der Geschmack von Blut.

„Wenn es dem Gouverneur beliebte, sich etwas genauer auszudrükken", sagte sie, „wäre es mir eine Freude, seine Frage zu beantworten."

Eine weitere Ohrfeige, die durch den Raum schallte. Der erste Schlag hatte wehgetan und Zorn in ihr hochsteigen lassen, beim zweiten füllten sich ihre Augen mit Tränen. Margot hielt sich die Wange und massierte ihr Kinn.

Der Gouverneur trommelte ungeduldig mit den Fingerknöcheln auf der Tischplatte herum. „Haben Sie diese Frauen gelehrt, sich ihren Ehegatten gegenüber ungehorsam und respektlos aufzuführen, oder haben Sie nicht?"

Margot sah zu den Männern und Katje und Aletta hinüber. Alle vier saßen unbeweglich da, die Männer starrend, die Frauen mit gesenkten

Köpfen. Aletta bewegte die Lippen, sagte aber keinen Ton. Betete sie vielleicht?

„Nein! Ich habe ihnen biblische Geschichten erzählt!“ antwortete Margot.

„Biblische Geschichten?“

„Zum Beispiel die Geschichte von Abigail und Nabal.“

„Da! Genau das war der Name!“ Lelyveld war aufgesprungen und zeigte mit einem dicken Finger anklagend auf Margot. „Nabal! Das heißt Dummkopf! Hat Katje mir gesagt. Die Frau da hat Katje beigebracht, daß alle Männer Dummköpfe sind!“

Katje hob den Kopf und schrie: „Das hab ich nich gesacht! Ich hab gesacht, du bis' genauso'n Dickkopp wie Nabal!“

Der Gouverneur hob den Kopf, wodurch er Lelyveld bedeutete, sich zu beruhigen.

Hinter dem Rücken ihres Gemahls formte Katjes Mund lautlose Worte für Margot: „Es tut mir leid!“

Starrenburg war nicht willens, die Sache auf sich beruhen zu lassen. Er sprang auf und rief: „Das is' nich die einzige Geschichte, die dieses Frauenzimmer auf dem Schiff den Mädchen erzählt hat! Sie hat ihnen auch beigebracht, daß die Frauen vorangehen und die Dinge in die Hand nehmen sollten, wenn die Männer zu ängstlich wärn!“

„Die Deborah-Geschichte“, sagte Margot leise.

„Ja, und wenn Frauen mehr Geld ham als Männer“, spach Starrenburg weiter, „dann sollen sie nett sein und den Männern aus der Patsche helfen, indem sie ihnen was davon abgeben!“

„Frauen sollen mehr Geld ham als Männer?“ Das ging offenbar nicht in Lelyvelds Schädel. Davon hatte Katje ihm anscheinend nichts erzählt.

Margot hatte selbst Schwierigkeiten, Starrenburgs Bemerkung mit irgendeiner biblischen Begebenheit in Verbindung zu bringen.

Da sah Aletta zum erstenmal auf und sagte: „Lydia und der Apostel Paulus.“

Margot sah, daß die junge Frau an einer Seite ihres Gesichts eine Narbe hatte.

„*Mijnheer* Gouverneur“, sagte Margot, „was ist verkehrt an diesen Geschichten? Es sind Geschichten aus der Bibel!“

Ihre Demarche trug ihr eine weitere Ohrfeige ein. „Du hast nur zu reden, wenn du angesprochen wirst!“ wies Krog sie zurecht.

Starrenburg schüttelte den Kopf. „Solche Bibelgeschichten hab ich noch nie im Leben gehört!“

Lelyveld stieß seinen Zeigefinger wiederholt in Margots Richtung. „Jedenfalls isses so, daß dieses Weib unsere Frauen verdorben hat! Meine eigene Frau hat mich 'n Dösbaddel genannt!"

Diesmal erhob der Gouverneur beide Hände. „Das reicht jetzt!"

Lelyveld war noch nicht fertig; er machte den Mund auf, um weiterzureden.

„Es reicht!" dröhnte der Gouverneur.

Im Zimmer wurde es still. Lelyveld und Starrenburg blieben stehen.

Der Gouverneur sprach zu Margot. „Das mögen ja biblische Geschichten sein", sagte er, „aber warum diese Geschichten und nicht andere, wie Pauli Wort: ‚Die Weiber seien untertan ihren Männern als dem Herrn'? Ich fürchte, Sie haben Ihre Nase in Dinge gesteckt, von denen Sie keine Ahnung haben. Damit haben Sie diesen Frauen und ihren Gatten betrüblichen Schaden zugefügt."

Margot biß sich auf die Unterlippe. Sie wollte sich verteidigen, wußte aber, daß jedes weitere Wort ihr nur eine neue Ohrfeige eintragen würde. Doch selbst wenn man ihr eine Stunde Zeit und eine faire Anhörung einräumte, würde der Gouverneur vermutlich seine Meinung nicht ändern.

Dieser sprach jetzt zu den Ehemännern. „Ich werde diese Frau zur Bestrafung *Mevrouw* Hilda überliefern, unter deren Aufsicht sie ohnehin steht. Seien Sie versichert, daß sie künftig keine Gelegenheit mehr finden wird, auf leichtgläubige Gemüter Einfluß zu nehmen. Was Ihre Gemahlinnen betrifft, ist der Schaden nun einmal angerichtet. Ihre Zurechtweisung und Bestrafung obliegt Ihnen selbst. Ich wüßte nicht, was ich sonst noch tun könnte."

Allein der Gedanke an eine weitere Tracht Prügel durch *Mevrouw* Hilda ließ Margot die Hände zittern. Doch noch schlimmer als die zu erwartende körperliche Disziplinierung war der Anblick von Katje und Aletta, die wie entlaufenes Vieh hinausgezerrt wurden. Aletta ging an Margot vorbei und wagte nicht, sie anzusehen. Katje dagegen warf ihr einen raschen Blick zu, der Margot fast das Herz brach. Die zierliche Frau, die so heiter und glücklich gewesen war und sich so sehr auf ihre Heirat gefreut hatte, sah sie mit Augen an, die starr waren vor Furcht.

Krog geleitete Margot in das Zimmer zurück, in dem sie beschäftigt gewesen war, bevor sie zum Gouverneur vorgeladen wurde.

Margot versuchte weiterzuarbeiten, wußte sie doch, daß alles nur um so schlimmer werden würde, sollte sie bei *Mevrouw* Hildas Rückkehr die Arbeit noch nicht vollendet haben.

Aber ihre Gedanken konnten nicht von Katje und Aletta lassen. Sie hatte ihnen Gutes erweisen wollen, aber es war zum Bösen ausgeschlagen. Hatte sie einen Fehler gemacht, indem sie den Mädchen auf der *Adler* ihr Bibelwissen mitgeteilt hatte? Sie brauchte nur an den Blick denken, den Katje ihr zugeworfen hatte, oder daran, daß Aletta sich geweigert hatte, sie überhaupt anzuschauen, und schon kamen ihr die Tränen.

Und dann das Damoklesschwert, das in Gestalt der Züchtigung durch *Mevrouw* Hilda über ihr schwebte! Sie wußte, daß es diesmal schlimmer werden würde als bei der vorigen Tracht Prügel. Der Gedanke daran ließ aufs neue ihre Hände zittern. Sie konnte machen, was sie wollte, das Zittern hörte nicht auf. Jeder Laut aus dem Korridor ließ sie zusammenfahren – *Mevrouw* Hilda? Es war nicht die Matrone, aber das verschaffte ihr keine Erleichterung. Sie würde ja doch kommen, so oder so. Um die Schläge würde sie nicht herumkommen. Ungläubig blickte Margot auf ihre flatternden Hände. *Beruhige dich!* Sie ging ans Fenster und sah hinaus – vielleicht würde ein Blick in den blauen Himmel oder auf den Tafelberg ihrem Herzen wieder Frieden geben? Doch auch diese Hoffnung wurde enttäuscht. Das, was sie sah, fuhr ihr vielmehr wie ein Blitz durchs Herz. Ihre Knie wurden weich, und sie mußte sich an der Fensterbank festhalten, um nicht zusammenzubrechen.

Voller Schrecken sah sie Monsieur Fabarez entschlossenen Schrittes quer über den Hof auf das Gouverneurspalais zukommen.

* * *

„Herein, *Mejuffrouw* de Campion!"

Der Gouverneur hatte nicht umsonst eine überaus ungnädige Miene aufgesetzt. Es waren nur Minuten vergangen, seit er sie entlassen hatte, als er den vierschrötigen Krog zum zweitenmal an diesem Tag losschicken mußte, um Margot vorzuladen. Diesmal freilich wußte sie, was sie erwartete.

Vor dem Tisch des Gouverneurs stand ein runzliger, besudelter Monsieur Fabarez. Kaum war sie über die Schwelle, als er schon kreischte: „Das is' die Hexe!" Zu Margot sagte er: „Hasse nich gedacht, daß ich hinter dir herkomm', wa'?"

Sein Anblick und der Klang seiner Stimme ließen Margot einen eiskalten Schauer den Rücken hinunterlaufen.

„Kennen Sie diesen Mann?“ fragte der Gouverneur.
„Jawohl, *Mijnheer* Gouverneur.“
„Hat es seine Richtigkeit mit dem, was er von Ihnen sagt?“
„Was sagt er denn von mir?“
Krog hob die Hand, um ihr einen Schlag zu versetzen.
Der Gouverneur schüttelte den Kopf.
Krogs Hand verharrte mitten in der Luft, dann ließ er sie sinken.
„Sind Sie eine Hexe? Haben Sie seine Frau umgebracht?“
Das war zuviel für Margot. Katje und Aletta. Krogs Ohrfeigen. Die Angst vor *Mevrouw* Hilda. Das plötzliche Erscheinen Monsieur Fabarez'. Und jetzt noch die Erinnerung an Sylvies Tod und die Nacht, in der sie von zu Hause geflüchtet war. Sie fing an zu weinen.
Unter Tränen sagte sie: „Nein, *Mijnheer* Gouverneur, es stimmt nicht. Ich habe Sylvie Fabarez geliebt. Sie war mir Mutter, nachdem meine richtige Mutter umgekommen war.“
„Sind Sie eine Hexe?“
„Nein, *Mijnheer* Gouverneur, ich bin keine Hexe.“
„Sie lügt!“ kreischte ein hysterischer Fabarez, während er drohend auf Margot zukam.
Krog trat zwischen sie, und Fabarez wich zurück.
„Ein Fluchzauber!“ schrie er. „Mit'm Fluchzauber hat sie's gemacht! Hat ihn inne Nußschale getan und meiner Ollen um'n Hals gebunden!“
„Ein Bibelwort war es“, erklärte Margot. „Sylvie lag im Fieber.“
„Da warn auch noch Wörter, wo ich noch nie vorher gesehn hab!“ blökte Fabarez.
Margot zögerte, dann sagte sie: „Lateinische.“
Der Gouverneur zog die Augenbrauen hoch. „Lateinische? Und wer bitte hat den lateinischen Satz aufgeschrieben, den Sie der Frau um den Hals gebunden haben?“
Margot sah Fabarez an.
Dunkle, schmutzige Augen durchbohrten sie mit Haß.
Krog hob die Hand, um zuzuschlagen. „Der Gouverneur hat dich was gefragt!“
„Das war ich“, sagte Margot leise.
„Das waren Sie?“ fragte der Gouverneur.
Mit erhobenem Kopf und klarer Stimme antwortete Margot: „Ich habe den lateinischen Satz geschrieben.“
Skeptischen Blicks schob der Gouverneur ihr quer über den Tisch einen Bogen Papier und eine Feder zu und sagte: „Zeigen Sie es mir!“

Margot griff nach der Feder, beugte sich vor und schrieb auf Latein: „Gott stärke Dich, meine Geliebte." Dann hielt sie den Bogen dem Gouverneur hin, und dieser las. „Genau diese Worte waren auch in der Nußschale."

Der Gouverneur war von den Socken, daß eine seiner Hausmägde lateinisch konnte. Er hielt den Zettel Fabarez unter die Nase und fragte: „Sind das hier die Worte, die Sie auf dem Wisch in der Nußschale gesehen haben?"

Schmierige Hände langten nach dem Papier und hinterließen Schmutzflecken auf dessen Rand. Fabarez mußte sich anstrengen, um sich der Worte zu erinnern. Schließlich stieß er hervor: „Kann sein, kann nich sein. Für mich sieht ein Zauberspruch wie der andere aus."

„Das ist kein Zauberspruch", beschied ihn der Gouverneur. „Sie hat geschrieben: ‚Gott stärke Dich, meine Geliebte.'"

„Aber sie kann gar nich lesen und schreiben!" schrie Fabarez.

Fragend sah der Gouverneur Margot an.

„Sylvie hat's mir beigebracht."

„Da haben wir's!" Fabarez knüllte das Papier zusammen und schmiß es triumphierend auf den Boden. „Jetzt hat sie sich in ihren eignen Lügen verfangen! Meine Olle konnte nich die Bohne lesen und schreiben!"

Ein weiterer fragender Blick des Gouverneurs in Margots Richtung.

Jetzt kam alles heraus. Margot hatte keinen Grund mehr, etwas zurückzuhalten. „Sylvies Mutter hat es ihr beigebracht, und sie hat es mich gelehrt. Es war ein Geheimnis, gehütet aus Angst vor der Reaktion der Mannsleute, sobald sie herausfinden würden, daß ihre Frauen lesen konnten."

„Auch Latein?" fragte der Gouverneur.

„Ebenso wie Französisch. Sylvies Mutter konnte auch Griechisch, aber sie starb, bevor sie das an ihre Tochter weitergeben konnte."

„Hexerei – schlicht und einfach!" tönte Fabarez. „Inner Nacht, als meine Olle starb, bin ich zum Bürgermeister. Als wir zurückkam', war die Hex' verschwunden! Verschwunden – oder davongeflogen!"

„Ich bin durchs Fenster entkommen."

„Warum liefen Sie davon?" fragte der Gouverneur.

„Ich hatte Angst vor dem, was Monsieur Fabarez mir antun wollte."

„Macht die Wasserprobe mit ihr!" forderte Fabarez. „Dann seht Ihr, daß ich die Wahrheit sag'!"

Der Gouverneur wandte sich an Margot. „Haben Sie irgendeinen Fürsprecher?"

Spontan dachte sie an Jan van der Kemp, aber diesen Gedanken ließ sie eiligst wieder fallen. Er kannte sie kaum – wie sollte er etwas über ihren Charakter aussagen? Dann sagte sie: „Ja, es gibt jemanden, aber er wird nicht so bald zur Stelle sein: Kapitän Danckaert von der *Adler*. Er wird, sobald er zurückkehrt, meinen guten Leumund bestätigen."

Der Gouverneur senkte den Kopf, und irgend etwas an dieser Geste ließ Margots Herzschlag aussetzen. Genauso sahen Leute immer dann aus, wenn sie eine schlechte Nachricht zu überbringen hatten. Ernst sagte der Statthalter: „Die *Adler* ist ein paar Tage nach dem Auslaufen draußen vor der Küste gesunken. Alle Seelen an Bord gingen verloren, einschließlich Kapitän Danckaert. Es tut mir leid, Ihnen das sagen zu müssen."

Das konnte Margot nicht mehr verkraften. Erst Katje und Aletta, dann Monsieur Fabarez und jetzt Kapitän Danckaert. Sie hatte keine Kraft mehr in sich.

Der Gouverneur ließ einen Stuhl bringen, und Krog konnte ihn gerade noch hinter Margot hinstellen, bevor sie rücklings zusammenbrach.

„Das is'n Hexentrick!" quäkte Fabarez und machte einen Satz nach hinten, als würde sie sich jeden Moment in einen feuerspeienden Drachen verwandeln.

„Halten Sie den Mund, Mann!" befahl der Gouverneur.

Vor Margots Augen drehte sich das Zimmer im Kreis. Sie konnte den Kopf nicht oben halten. Vom Magen her war ihr übel.

Zu Fabarez sagte der Gouverneur: „Wen können Sie als Fürsprecher beibringen?"

„Mein' Käpten natürlich."

„Holen Sie ihn her."

„Was? Ihn herbringen?"

„Jawohl – bringen Sie ihn her!"

Fabarez zog das Gesicht in Falten. „Weiß nich ... Er is'n vielbeschäftigter Mann ..."

„Sie bringen ihn hierher!"

Fabarez machte einen Satz und hastete auf die Tür zu. Auf der Schwelle drehte er sich halb um und sagte: „Werd' ihm sagen, dasser Gouverneur ihn sehn will!"

„Finden Sie ihn und schaffen Sie ihn her!" wiederholte der Hausherr.

* * *

Es dauerte fast eine Stunde, bis Fabarez mit einem widerstrebenden Kapitän im Schlepptau zurückkehrte.

In der Zwischenzeit tat Margot ihr Bestes, um ihre innere Ruhe wiederzufinden. Mit gesenktem Kopf weinte sie still vor sich hin, wischte sich die Tränen ab, machte sich Vorwürfe, nicht stark genug gewesen zu sein, und fing von neuem zu weinen an. Der Gouverneur und Krog schoben derweil auf dem Tisch des Gouverneurs Papiere hin und her, debattierten über einige Dinge laut und tauschten sich über andere flüsternd aus, so daß Margot nichts verstehen konnte.

Fabarez' Kapitän war ein haariger Mann. Sein Kopf, sein Kinn und seine Arme waren ganz von dichtem schwarzem Haarwuchs bedeckt.

Kaum war er über die Türschwelle, als der Gouverneur ihn wiedererkannte: „Kapitän Vorster!" Als Begrüßung mußte dem Seemann ein Kopfnicken genügen.

„Gouverneur!" Das Nicken wurde erwidert.

Der Gouverneur faßte für den Kapitän die bisherige Diskussion zusammen. Als er Margots Fähigkeit, lateinisch zu schreiben, erwähnte, sah der Kapitän sie argwöhnisch an. Als er von Fabarez' Behauptung sprach, Margot sei eine Hexe, schaute der Kapitän Fabarez an. Soweit Margot sehen konnte, war es ein Blick voller Frustration.

„Sie *is*' 'ne Hexe!" ereiferte sich Fabarez. Er sah seinen Kapitän an, zeigte aber auf Margot.

„Ruhe!" brüllte der Statthalter. Dann sagte er in zivilisiertem Tonfall zum Kapitän: „Ich hab Sie hergebeten, Vorster, um Antwort auf zwei Fragen zu erhalten."

„Als da wären?" Der Kapitän hatte eine tiefe Stimme und sprach in kurzen, abgehackten Sätzen, die erkennen ließen, daß er ans Befehlen gewöhnt war. Margot spürte bei ihm nichts von der verborgenen Wärme, die sie bei Kapitän Danckaert erlebt hatte.

„Erste Frage: Wissen Sie von irgendwelchen Untersuchungen, die in Amsterdam gegen diese Frau geführt werden?"

Vorster kratzte sich den Bart. Es sah aus, als wollte er darin eine Fliege fangen. „Wie heißen Sie gleich wieder, *Mejuffrouw*?"

„Margot de Campion", antwortete Margot leise.

„De Campion …", wiederholte Vorster. Dann schüttelte er den Kopf. „Nicht daß ich wüßte, Gouverneur."

„Ich hab doch gesacht, sie is' nie vor Gericht gekomm'!" mischte sich Fabarez ein. „Sie is' aus'm Fenster abgehauen oder hat sich in 'ne Maus verwandelt oder sonstwas gemacht, was Hexen so tun."

Der Gouverneur schlug mit der flachen Hand auf den Tisch. „Ich habe gesagt, Sie sollen ruhig sein!" Kapitän Vorster schüttelte den Kopf und verdrehte die Augen.

„Zweite Frage", fuhr der Gouverneur fort, ohne den Blick von Fabarez zu wenden. „Können Sie den guten Charakter dieses Mannes bestätigen?"

Der Kapitän zog die Augenbrauen zusammen, so daß sie ein großes, buschiges V bildeten. Er zeigte auf Fabarez. „Seinen guten Charakter?"

Der Gouverneur nickte.

Die Antwort des Kapitäns kam für alle Anwesenden einschließlich Fabarez überraschend. „Keiner auf dem Schiff möchte mit ihm die Kajüte teilen. Keiner will ihn in seiner Wache haben. Und ich kann ihnen keinen Vorwurf daraus machen. Er ist 'n Prahlhans und 'n Dummkopf. Fast fünf Monate lang haben wir ihn Lügen ausspeien hören, wie 'n Wal das Wasser ausspeit. Zweimal mußte ich seine Kameraden hart bedrohen, sonst hätten sie ihn bei Nacht außenbords geschmissen. Um es frei heraus zu sagen, Gouverneur, ich hab die Schnauze voll von ihm und meine Besatzung auch. Nein, ich werde mich nicht für den guten Charakter dieses Mannes verbürgen."

„Verstehe", sagte der Gouverneur. „Und ich stimme Ihnen zu, auch wenn ich den Mann erst kurze Zeit kenne."

Fabarez pflanzte sich vor dem Schreibtisch des Gouverneurs auf, beugte sich vor und schrie: „Diese Frau is' 'ne Hexe! 'ne Hexe, verstehst du? Und wenn du sie nich plattmachst, wird diese ganze Kolonie hier binnen Jahresfrist vom Wasser überflutet wern!"

„Nehmen Sie Ihre Hände von meinem Tisch, *Mijnheer* Fabarez!" befahl der Gouverneur und erhob sich.

Fabarez begann umherzuhüpfen wie von der Tarantel gestochen und brüllte aus Leibeskräften: „'ne Hexe! Gott helfe uns allen! Sie is' 'ne Hexe!"

Krog rief die Wache herbei. In Sekundenschnelle war Fabarez umstellt. „Raus hier mit ihm!" befahl Krog. „Raus aus dem Burgbezirk! Und laßt ihn ja nie mehr herein!"

Der schmutzige, stinkende Fabarez wurde aus dem Zimmer geschleift. Auf dem ganzen Weg durch den Korridor und über den Innenhof konnte man ihn noch lamentieren hören, bis seine Stimme endlich zu einem Nichts verebbte.

Der Kapitän sah erst Margot, dann wieder den Statthalter an und sagte: „Was Sie mit der hier machen, ist Ihre Sache; sollte Fabarez aber einen meiner Männer beschuldigen, so würde ich stets ‚Im Zweifel für den Angeklagten' gelten lassen, allein schon, weil die Beschuldigung von Fabarez käme. Guten Tag, *Mijnheer* Gouverneur!"

Der Kapitän trat ab.

Aufseufzend ließ sich der Gouverneur in seinen Stuhl fallen. Über den Tisch hinweg sah er Margot an und sagte: „Zweimal mußte ich mich heute mit Ihnen beschäftigen. In einer Hinsicht teile ich die Auffassung des Kapitäns: Fabarez' Anschuldigungen gegen Sie stimme ich nicht zu. Doch andererseits konnte ich ein regelrechtes Muster aufbegehrenden Verhaltens aufdecken. Ich kann nicht weiterhin meine Zeit für Angelegenheiten wie diese verschwenden." Dann, zu Krog: „Schaffen Sie sie ins Sklavengelaß und weisen Sie ihr dort eine Arbeit zu!"

Damit nahm er seine Feder zur Hand, und Margot war entlassen.

13

Neben ihr flackerte eine schäbige, halb heruntergebrannte Kerze, deren Schein auf der rauhen, weißgetünchten Wand grosteske Schatten warf. Margot lag stöhnend auf einem halb vergammelten Strohsack. Ihre Augen brannten vom Weinen. Ihre Wangen waren kalt. Ein unkontrollierbares Zittern hatte sie gepackt.

Sie wollte die Augen zumachen, vergessen, wo sie war und was man mit ihr gemacht hatte. Irgendwie fliehen. Doch wenn sie die Augen schloß, brach erst recht alles wieder neu über sie herein: *Mevrouw* Hildas Gesicht, rot vor Wut und schweißtriefend. Ihre Arme, dick wie Baumstümpfe. Fliegende Hände. Margot brauchte bloß die Augen zumachen und fühlte wieder die Schläge, am ganzen Körper. Alles kam dann zurück – die Schmerzen und die Angst.

Nachdem sie das zweite Mal zum Gouverneur gerufen worden war, beließ man Margot gerade noch so lange in der Residenz des Gouverneurs, wie *Mevrouw* Hilda brauchte, um sie zu verprügeln. Danach wurde sie mitsamt ihrer Truhe auf einen Karren verfrachtet und in den Sklavenbezirk geschafft, wo man sie in das winzige Loch warf, in dem sie sich jetzt befand.

Die Zelle war kaum größer als die Bettstelle. Rauhe Planken, auf die ein verdreckter Strohsack geworfen worden war. Das Ganze auf einem völlig versifften Boden, feucht und kalt; es stank modrig und nach Urin. Von unten her zogen sich schimmlige Flecken die Wände hinauf. Sonst gab es in der Kammer nur noch eiserne Ketten und Fesseln – eine makabre Dekoration. An den Wänden waren braune Spritzer zu sehen – Blut?

Von außerhalb der Zelle konnte Margot endloses Stöhnen und Schreien hören. Diese Laute des Elends jagten ihr um so mehr Angst ein, so wie ihr Zittern und der auf- und abschwellende Schmerz. Sogar das Abwischen einer Träne tat weh, denn sie mußte dazu einen verwundeten Arm heben und sich über eine aufgerissene Wange streichen.

Womit hab ich das verdient? Das ist nicht fair! Ich bin doch kein schlechter Mensch, oder? Sie ließ ihre Zunge das Innere ihres Mundes untersuchen und jaulte plötzlich auf, als sie zwei tiefe Schnitte in ihrer Wange fand, die von ihren eigenen Zähnen verursacht worden waren, als man sie ins Gesicht geschlagen hatte.

Warum widerfährt mir das alles? Warum hat Gott mich verlassen?

Sie vermochte nicht zu entscheiden, was stärker war: ihr Schmerz oder ihr Zorn. Beide Empfindungen wetteiferten miteinander. Sie war bereit, sich ihnen zu überlassen und von ihnen verschlungen zu werden, bereit, den Verletzungen Raum zu geben, sich selbst zu bemitleiden, nachdem niemand anders es tat. Sie setzte ihrer Wut über all diese Ungerechtigkeit nichts mehr entgegen. Sie hatten kein Recht, sie so zu behandeln! Kein Recht – sie hatte nichts Verkehrtes getan!

Und doch hatte sie an einem einzigen Nachmittag alles verloren: ihre Stellung, ihren guten Namen, Katje, Aletta, Kapitän Danckaert. Rachel und Jan van der Kemp waren zwar nach wie vor in ihrer Nähe, aber auch sie hatte sie verloren, das wußte sie. Sie waren Leute von Stand in der Kolonie. Sie würden nie mehr kommen, um sie zu sehen – jetzt nicht mehr. Nicht im Sklavengelaß.

Wen hatte sie sonst noch? Niemanden. Und was hatte sie? Nichts.

Neue Tränen stiegen nach oben und quollen aus ihren Augenwinkeln. Das tat am allermeisten weh: der Gedanke, daß sie mutterseelenallein war. Daß niemand sich um sie kümmerte.

„Und er nahm eine Scherbe und schabte sich und saß in der Asche. Und sein Weib sprach zu ihm: Hältst du noch fest an deiner Frömmigkeit? Sage Gott ab und stirb!"

Der Klang ihrer eigenen Worte verhalf einer in ihr schlummernden Offenbarung zum Durchbruch. Wo hatte sie diese Worte schon einmal gehört? – Sylvie. Natürlich. Aus der Bibel. Sylvie hatte ihr diese Worte aus der Bibel vorgelesen. Es war die Geschichte Hiobs, des Mannes, der alles, was er besaß, an einem einzigen Tag verlor: seinen Besitz, seine Familie und seine Gesundheit.

Genau wie ich.

Behutsam, um sich nicht an den Splittern des rauhen Holzes zu verletzen, aus dem das Bettgestell zusammengezimmert war, schwang Margot ihre Beine vom Lager. Währenddessen zergrübelte sie sich den Kopf, um sich des Abends zu entsinnen, an dem sie die Geschichte von Hiob gehört hatte.

Sylvie hatte in einem Lehnstuhl gesessen und ihr aus der Bibel, die aufgeschlagen in ihrem Schoß lag, vorgelesen. Es mußte ein kühler Abend gewesen sein, denn sie tranken heißen Tee, und Sylvies Füße ruhten auf einem Fußwärmer, in dem ein Klumpen Torf vor sich hin glühte. Sie dachte daran, wie Sylvie das Elend Hiobs mit ihrer eigenen Bequemlichkeit verglichen und sich laut nachdenkend gefragt hatte, ob sie selbst wohl, falls sie alles verlöre, so wie Hiob fähig sein würde, am Glauben festzuhalten.

Ganz klar konnte Margot Sylvies Stimme hören: „Versetz dich mal an seine Stelle! Plötzlich wird dir alles weggenommen. Deine Freunde behaupten steif und fest, du müßtest irgendwas verkehrt gemacht haben, weswegen du dir dein Schicksal selbst zuzuschreiben hättest. Dein Ehegatte sagt dir, du sollst Gott verleugnen und sterben. Ich frag' mich wirklich, ob ich wohl Gott die Treue hielte, wenn mir das passierte ..."

Dann sah Margot vor sich, wie sich Sylvie wieder zu der aufgeschlagenen Bibel in ihrem Schoß wandte und sie plötzlich erregt ausgerufen hatte: „Hör dir das an!", worauf sie die Worte Hiobs vorlas: „‚Haben wir Gutes empfangen von Gott und sollten das Böse nicht auch annehmen? In diesem allen versündigte sich Hiob nicht mit seinen Lippen.'"

„Ein erstaunlicher Mann, dieser Hiob", hatte sie gesagt. „In alledem versündigte sich Hiob nicht mit seinen Lippen. Unglaublich!"

Sie las weiter: „‚Siehe, er wird mich doch erwürgen, und ich habe nichts zu hoffen; doch will ich meine Wege vor ihm verantworten.'" An dieser Stelle, so erinnerte sich Margot, hatte Sylvie die Bibel zugemacht und die Augen geschlossen. Dann hatte sie gebetet – so, als wäre sie mit Gott allein im Zimmer –: „Herr, gib mir doch den Glauben dieses Mannes Hiob."

Margot wischte sich eine Träne von ihrer wunden Wange. Ja, es tat weh, aber sie wollte sich nicht länger darum drehen. Sie kniete in der Mitte ihrer engen, modrigen Kammer auf dem kalten, klammen Lehmboden nieder. Sie schloß die Augen, aber diesmal erschien nicht das Bild *Mevrouw* Hildas vor ihr. Auch zitterte sie nicht mehr, denn Sylvies Gott war gegenwärtig und gab ihr Kraft.

„Herr, vergib mir meinen Mangel an Glauben", betete sie. „Schenk mir doch den Glauben Hiobs und den, den meine Sylvie hatte. Laß mich in all dem hier nicht mit meinen Lippen sündigen. Hilf mir doch, daß ich wie Hiob sagen kann: Auch wenn du mich erwürgst, will ich vor dir stehenbleiben."

* * *

Margot stand am Tor zum Sklavengelaß, einem rechteckigen Bauwerk mit hohen Wänden, aber ohne Dach. In der Mitte dieses ummauerten Bezirks brannte neben einem Brunnen ein offenes Feuer. In einer Ecke gab es einen Verschlag mit einer hölzernen Bank, einem kleinen Tisch und einem einzelnen Stuhl: das Büro des Sklavengelasses.

Der nackte Boden auf der anderen Seite des einflügeligen Eisentores war zu einem einzigen zäh-braunen Schlammtümpel verkommen. Mitten in diesem Dreck lagerten Scharen von Sklaven, die die Compagnie herangekarrt hatte: Malayen aus Niederländisch-Ostindien und Schwarze aus Madagaskar. Einige waren Neuankömmlinge, die darauf warteten, irgendeine Arbeit zugewiesen zu bekommen, andere Entlaufene, die zunächst Bestrafung zu gewärtigen hatten, bevor man sie ihren Besitzern wieder übergeben würde. An der weißgetünchten Mauer waren reihenweise Ketten und Handfesseln befestigt, deren nicht eine unbenutzt war.

Daß Margot sich im Sklavengelaß aufhielt, verdankte sie einer Auseinandersetzung, von der sie selbst kein einziges Wort vernommen hatte. Die Debatte war zwischen den Kolonisten und der Compagnie geführt worden und hatte den Arbeitskräftemangel zum Gegenstand, der in der Kolonie herrschte. Wie, so fragte man sich, war demselben am ehesten abzuhelfen: durch freie europäische Arbeitskräfte oder durch Sklaven?

Der eifrigste Befürworter des Einsatzes freier europäischer Arbeitskräfte war der Bruder des Gouverneurs, Kapitän de Chavonnes. Er listete sämtliche Nachteile der Sklaverei auf: ihre Unwirtschaftlichkeit, den Umstand, daß sie eher die Anlage von Plantagen förderte als intensive Landkultivierung, schließlich, daß sie die Grundbesitzer zu einer lässigen, ineffektiven Lebensweise verleite.

Freilich war de Chavonnes nur ein einsamer Rufer in der Wüste. Das Direktorium der Compagnie förderte die Einfuhr von immer mehr Sklaven. Das hatte zur Folge, daß man mehr Mitarbeiter benötigte, um die Sklaven zu überwachen, bis sie ihren Eigentümern überstellt wurden.

„*Mejuffrouw* de Campion – sind Sie das?" Die Stimme kam von hinten und klang wie ein Holzscheit, das über ausgedörrten Grund geschleift wird.

Margot drehte sich um, um den Urheber des heiseren Gekrächzes in Augenschein zu nehmen. Es kam von einem Fettwanst von Mann, dessen weißer Bauch so gewaltig war, daß sein Hemd ihn nicht völlig zu bedecken vermochte. Er hatte strubbeliges schwarzes Haar, das am Scheitel bereits dünn wurde, während es an den Seiten füllig und buschig herunterhing. Sein Gesicht hatte mehrere Tage kein Barbiermesser gesehen, und sein borstiger Schnurrbart, der sich unter der

Knollennase über das halbe Gesicht verschob, wenn er sprach, hatte das Aussehen einer Scheuerbürste.

„Ich bin Margot de Campion."

Der Mann schniefte, wischte sich mit dem Finger die Nase ab und kratzte sich den Bauch, während er sie angelegentlich von oben bis unten musterte, wobei sein Blick an der einen oder anderen Stelle gerade so lange verharrte, daß Margot unbehaglich zumute wurde.

„Ham Sie heut' abend noch was vor?" fragte er.

Margot verschränkte die Arme. „Mit wem spreche ich?"

„Ihrm Boss", sagte der Mann grinsend, wobei er einen zahnlosen Mund entblößte. „Hennig heiß' ich."

„Also, *Mijnheer* Hennig, wenn Sie mir bitte zeigen würden, was ich zu tun habe, würde ich meinen Pflichten nachgehen."

Hennig rieb sich die Nase, räusperte sich und spuckte aus. „Schnapp dir 'n Eimer und tränk die Sklaven! Guck, ob wer krank is'. Dann komms' du zurück und gibs' Bericht."

Margot nickte und schickte sich an, das Sklavengelaß zu betreten. Doch Hennig ließ sie nicht gehen, sondern krächzte ihr nach: „He!"

„Ja bitte?"

„Was is' jetz' mit heut' abend?"

„Ich fürchte, das wird nicht gehen."

„Ja, ja, versteh' ich", sagte Hennig. „Hab selbs' 'ne Menge gesellschaftliche Pflichten."

* * *

Mit einem großen Wassereimer und einer Schöpfkelle ging Margot zwischen den Sklaven herum und gab ihnen zu trinken. Sie erlebte die verschiedensten Reaktionen: Die meisten bedankten sich, einige mehrfach und in ihr unverständlichen Worten, von denen sie freilich wußte, daß sie Dank beinhalteten – er stand in ihren Augen geschrieben. Andere waren furchtsam: Sie schreckten zurück, wenn sie sich ihnen näherte. Sie konnte sich noch so sehr bemühen, beruhigend auf sie einzuwirken, während sie ihnen die Kelle hinhielt – es war aussichtslos. Wieder andere stierten sie wütend an; ihre Blicke über den Rand der Schöpfkelle hinweg, während sie tranken, waren mörderisch. Der allgemeine Gesundheitszustand der Sklaven war erbärmlich. Von oben bis unten dreckverkrustet, trieften die meisten von ihnen aus Augen und Nase. Das Husten im Sklavengelaß setzte niemals länger als fünf Sekunden aus. Viele hatten – von ihrer Gefangennahme her? – offene Wunden, die dringend hätten versorgt werden müssen. Die Ursache anderer Wunden war eindeutig: Die Ketten hatten die Haut bis aufs rohe Fleisch aufgescheuert. Die meisten Wunden waren bereits entzündet.

Als Margot ihre Runde durch den Pferch beendet hatte, war der Saum ihres Kleides mit einer klebrigen Dreckkruste verschmiert. Sie kam sich vor, als sinke sie in den Boden ein und werde von der Erde aufgesaugt.

Sie traf Hennig auf dem hölzernen Stuhl hinter seinem Tisch sitzend an. Sein Wanst wölbte sich an beiden Seiten über die Armlehnen. Er war mit drei Wachposten beschäftigt, die auf der Bank Platz genommen hatten. Als er sie herankommen sah, machte er die Wachposten auf sie aufmerksam und hob vielsagend die Augenbrauen.

„Wieviel Tote?" Die Frage galt ihr.

„Tote?"

„Ja. Also welche, die nich' mehr leben tun."

Gelächter bei den Wachposten.

„Ich habe keine Toten gesehen", sagte Margot. „Aber krank sind viele."

Hennig fluchte und spie in den Matsch. „Irgend 'ne Seuche oder sowas?"

„Nichts dergleichen. Aber der allgemeine Gesundheitszustand ist besorgniserregend. Und einige scheuern sich mit den eisernen Schellen die Handgelenke und Knöchel auf."

„Hassu nich' grad gesacht, wir hätten Kranke?" dröhnte Hennig.

„Sag' ich ja –"

„Wie viele wern vor morgen früh abkratzen, wenn sie nich behandelt wern?"

Margot zögerte. „Keiner – glaube ich zumindest."

„Dann ham wir heut' keine Kranken! Warum hassu das nich gleich gesacht?" Er zog aus einer kleinen Schublade unter seiner Tischplatte ein speckiges Stück Papier hervor und malte hingebungsvoll eine große Null an das Ende einer langen Zahlentabelle. Nach getaner Arbeit stopfte er den Wisch in die Schublade zurück und schob sie krachend zu.

„Was habe ich jetzt zu tun?" fragte Margot.

Hennig sah sie an, als sei sie nicht bei Sinnen. Dann verzog er den Mund zu einem anzüglichen Grinsen. Er blinzelte den Soldaten zu und sagte unter rachitischem Glucksen: „Da wird mir schon was einfallen!"

„Welche *Arbeit* erwarten Sie von mir?" stellte Margot klar.

„Bis Mittag gibt's nix für dich zu tun. Dann kriegen sie Fressen." Er machte eine gleichgültige Handbewegung Richtung Pferch. „Kanns' ja saubermachen oder was Weibsbilder sons' so könn'."

Die Wachposten lachten. Das gefiel ihm.

Ohne sie zu beachten, kramte Margot so lange in der Ecke des Büroverschlages herum, bis sie ein Stück Tuch gefunden hatte, von dem sie schmale Streifen abriß. Dann füllte sie aufs neue ihren Wassereimer und ging Wunden auswaschend und verbindend von einem Sklaven zum anderen.

Ein kleines Malayenmädchen hatte eine üble Platzwunde an der Stirn. Während die Mutter ihr das Kind hinhielt, wusch Margot die Verletzung aus und legte einen Verband an. Als Margot ihre Siebensachen zusammensammeln wollte, ergriff die Mutter ihre Hände und küßte sie wortlos.

Als sie in jener Nacht im Dunkel ihrer Zelle lag, überdachte Margot den vergangenen Tag. Wie damals in der ersten Nacht, die sie auf dem Schiff in der Kammer der Mädchen zubrachte, war Margot aufs neue überrascht, wie leicht es ihr fiel, mit Krankheiten und Schmerzen umzugehen. Irgendwie machten ihr Blut und Eiter im Gegensatz zu anderen gar nichts aus. Sie sah immer nur die Menschen in ihrer Not. Ihnen mußte sie einfach helfen. So hatte Gott sie nun einmal geschaffen. Er hatte Vögel zum Fliegen und Fische zum Schwimmen gemacht. Und Margot hatte er dazu gemacht, daß sie Mitleid und Fürsorge erwies, wo immer sie gebraucht wurde und was immer es sie kosten mochte.

* * *

Mit zusammengebundenen Händen wurde ein Mädchen hinter einem Pferd ins Sklavengelaß geschleift. Was sie am Leib trug, konnte man kaum mehr Kleider nennen; es waren nur noch Fetzen. Zerrissene, schmutzstarrende Lumpen, braunverkrustet wie ihre schwarzen Arme und Beine und wie das Gesicht. Hier und da hatte sie weiß-rötliche Striemen. Sie sah aus, als sei sie rücksichtslos durch den Dreck gezerrt worden.

„Abgehaun?" rief Hennig dem Mann zu Pferde zu.

Der Reiter, ein stämmiger Kerl mit einem hufeisenförmigen braunen Backenbart, nickte. Er lüftete den Hut und wischte sich mit dem Hemdsärmel den Schweiß von der Stirn. „Das zweite Mal in zwei Monaten."

„Deshalb kam sie mir bekannt vor", feixte Hennig. „Also, rein mit ihr!"

Margot beobachtete die Ankunft des Mädchens, während sie damit beschäftigt war, den entzündeten Fuß eines Malayen mittleren Alters zu bandagieren. Sie unterbrach ihre Arbeit, um zu sehen, was mit dem Mädchen geschehen würde.

Der Berittene war ein Milizionär, ein Angehöriger der Bürgerwehr, die die regulären Streitkräfte der Compagnie unterstützte. Diese Schutztruppe hatte man aufstellen müssen, als die bäuerliche Besiedlung immer weiter ins Landesinnere vordrang. Diese locker organisierten bewaffneten Haufen hatten die Aufgabe, die entlegenen Gebiete vor den häufigen örtlichen Überfällen der San und Khoi zu schützen. Im Laufe der Zeit waren ihnen immer mehr polizeiliche Kompetenzen zugewachsen, unter anderem diejenige, entlaufene Sklaven einzufangen und zurückzubringen.

Nach ihrem jugendlichen Gesicht zu urteilen, schätzte Margot den neuesten Ankömmling im Sklavengelaß auf achtzehn Jahre. Sie war hager, aber wohlproportioniert, und hatte große, anziehende Augen.

Der Milizionär befahl dem Mädchen, sich an die Mauer des Pferchs zu stellen. Gezwungenermaßen gehorchte es, während er nach getaner Arbeit davonritt.

Einer der Wachsoldaten drückte Hennig eine Peitsche in die Hand. Sie bestand aus einer Vielzahl schmaler Lederriemen, die an einem hölzernen Griff festgenäht waren.

Ungläubig richtete Margot sich auf. Ihr war, als schaue sie auf eine Bühne, auf der lustlose Mimen ein schlechtes Stück aufführten. Der Milizionär und sein Pferd verschwanden soeben hinter dem Vorhang; das Mädchen nahm seinen Platz an der Mauer ein; Hennig stand mit der Peitsche in der Hand da; die Wachen bezogen schlurfend ihre Positionen zu beiden Seiten der Entlaufenen. Die ganze Szenerie bot nur einen kleinen Hinweis darauf, daß Gefühle im Spiel waren: ein schmallippiges Lächeln unter Hennigs Scheuerbürstenschnurrbart.

„Wie bissu diesmal rausgekomm'?" fragte Hennig das Mädchen.

Ihre Augen waren leer und blicklos. Sie sagte kein Wort.

„Wo wolltest 'n hin?"

Das Mädchen grummelte irgend etwas Unverständliches.

„Du wars' doch im Schuppen eingeschlossen. Wie bissu rausgekomm'?"

„Schieben Brett an Seite, kriechen raus."

„Hat irgendwer mitgeholfen?"

Keine Antwort.

„Ich hab gefracht, ob wer mitgeholfen hat!"

„Nein, *Mijnheer.*"

Schweigend sah Hennig sie eine Weile an. Dann sagte er: „Das reicht nich. Dreh dich rum!"

Pflichtschuldig drehte sie das Gesicht zur Wand.

Hennig stellte sich auf Armeslänge hinter dem Mädchen auf.

„Nein!" Margot stapfte durch den Dreck auf ihn zu.

Der Aufseher des Sklavengelasses zeigte mit der Peitsche auf sie. „Das hier geht dich nix an. Zurück annie Arbeit, Weib!"

Margot blieb stehen, kehrte aber nicht um.

Hennig wandte seine Aufmerksamkeit wieder dem Mädchen zu und verpaßte ihr dreißig bis vierzig Streiche auf die Schultern.

Die Streiche waren gut gezielt. Bei jedem Streich verzog das Mädchen das Gesicht, gab aber keinen Laut von sich, nicht einmal ein Stöhnen.

Margot verknotete sich vor Zorn der Magen – mit jedem einzelnen Streich ein wenig fester.

„Umdrehn!" sagte Hennig, schwer atmend, zu dem Mädchen. „Und jetz' sachst du mir die Wahrheit!"

„Brett lose. Ich schieben an Seite, krabbeln raus."

Der Aufseher schüttelte den Kopf. „Du has' immer noch nich genug, wa? Los, den Rock hoch!"

Ohne zu zögern raffte das Mädchen ihre Lumpen überm Knie zusammen. Ihr Gesicht zeigte immer noch denselben unbeteiligten Ausdruck: keine Scham, keine Verlegenheit. Sie tat es, weil es ihr befohlen wurde.

Hennig fing wieder an, sie auszupeitschen, diesmal an den bloßen Waden und kein bißchen zurückhaltender als zuvor.

Nur daß das Mädchen sich jetzt bei jedem Streich vor Schmerz krümmte und unaufhörlich schrie: „Nicht, *Mijnheer*! Oh, nicht, bitte! Genug – Ihr einhalten! Bitte, Ihr einhalten!"

Margot hielt es nicht länger aus. Sie schubste einen verdutzten Hennig zur Seite und schirmte das Mädchen vor weiteren Schlägen ab, indem sie es umarmte. Das Mädchen zitterte in ihren Armen. Nach einer Weile versuchte es sich aus Margots Umarmung zu lösen, doch Margot hielt es fest.

„Ich hab dir gesacht, du solls' dich da raushalten!" schrie Hennig.

„Es war genug!" rief Margot, ohne das Mädchen loszulassen.

Hennig stieß einen Fluch aus. „Ich entscheide hier, wann's genuch is'!"

Von dort, wo sie den Kopf des Mädchens an ihre Schulter drückte, erklang eine harte, verbitterte Stimme. „Warum Ihr das tun? Dann für mich extra schlimm!"

„Ich warn' dich!" bellte Hennig. „Zur Seite mit dir!"

Margot hielt das Mädchen eng umschlungen.

Einer der Wachsoldaten meldete sich zu Wort: „Sollen wir sie da wegholen?"

„Nee", erwiderte Hennig. „Wer sein' Grips auch nur einigermaßen beisamm' hat, weiß was Besseres, als sich vor 'n Sklaven zu stellen, der die Peitsche kricht. Kann ja sein, daß so jemand aus Versehn selbs' 'n Streich abkricht!"

Margot lief es kalt den Rücken hinunter, aber sie bewegte sich keinen Millimeter.

„In Ruhe mir lassen!" Das Mädchen wand sich in ihrem Griff. „Ich abhauen, richtig mich auspeitschen! Hab verdient!"

„Niemand verdient es, so behandelt zu werden", sagte Margot.

„Wär' doch jammerschade", sagte Hennig betont laut, „wenn 'n schönes Frauenzimmer ganz aus Versehn mitten in 'ne klatschende Peitsche renn' würd'!"

Eine der Wachen machte einen Schritt auf ihn zu. „*Mijnheer* Hennig, bitte nicht –"

„Halt dich da raus!" fuhr Hennig den Mann an.

Der Soldat schreckte zurück.

„Ich heb' jetz' den Arm ...", sagte Hennig.

„Nein! Nicht das tun!" schrie das Sklavenmädchen.

„Pscht!" Margot drückte den Kopf des Mädchens an ihre Brust.

„Ich bin jetz' bereit zum Zuschlagen ...", sagte Hennig.

Margot versteifte sich.

„Noch 'ne Sekunde, und es is' zu spät ..."

Margot schloß die Augen.

Einen Augenblick war alles still. Im ganzen Sklavengelaß war kein einziger Laut zu hören, nicht einmal ein Husten.

Patsch!

Wie sengend heiße Finger schnitt das Leder in Margots Nacken.

„Hennig! Nicht!“ schrie der Wachsoldat.

Patsch!

Margot reagierte instinktiv auf den Schmerz, indem sie das Mädchen noch fester an sich zog.

Patsch!

Jeder weitere Streich war schlimmer als der vorige. Margot preßte ihre Augen so fest zu, daß sie wehtaten. Trotzdem kamen die Tränen heraus und liefen ihr über die Wangen.

Patsch!

„O Herr!“ wimmerte Margot.

Patsch!

„Das reicht!“ brüllte der Soldat.

Nach einem Augenblick, in dem es keinen weiteren Schlag gesetzt hatte, wagte Margot sich umzusehen.

Der Soldat hatte jetzt die Peitsche in der Hand. Hennig stand mit in die Hüften gestemmten Händen da. Sein gewaltiger Bauch hob und senkte sich vor Anstrengung. Von seinem Kinn tropfte der Schweiß. Sein Gesicht war zu einem fiesen Grinsen verzogen. „Hab noch nie ’n weißes Weibsstück ausgepeitscht!“ sagte er heiter zu dem Soldaten. „Hat mir gefalln!“

Margot hatte jetzt einen Arm um die Schultern des Mädchens gelegt und schickte sich an, sie wegzubringen.

„Wohin des Wegs?“ brüllte Hennig.

Margot ging weiter. Sie antwortete nicht gleich, sondern wartete ab, bis ihre Stimme nicht mehr zitterte. Sie wollte Hennig nicht die Befriedigung gönnen, zu wissen, daß er sie verletzt hatte, mochten auch die Striemen auf ihrem Rücken jedesmal, wenn nur der Stoff ihres Kleides sie berührte, wie Feuer brennen. Sie verbiß sich den Schmerz und brachte es fertig zu sagen: „Ich will mich um die Verletzungen des Mädchens kümmern.“

Hennig wollte schon widersprechen, sagte dann aber: „Sieh zu, dassu sie gut verarzes’! Morgen früh, wenn ihr Herr kommt, kricht sie wieder Prügel!“

Während Margot mit dem Mädchen auf den Brunnen in der Mitte des Pferchs zuging, folgten ihr die Augen sämtlicher Sklaven. Sie betrachteten sie wie nie zuvor. In ihren Augen lag maßloses Erstaunen, gemischt mit Dankbarkeit und Bewunderung. Selbst diejenigen, die sie beim Trinken über den Rand der Schöpfkelle hinweg angestiert hatten, machten da keine Ausnahme.

Der Zwischenfall mit der Auspeitschung rief auch die Aufmerksamkeit des Gouverneurs auf den Plan. Noch am selben Abend inspizierte er das Sklavengelaß und befragte Hennig, die Wachen und Margot.

Allerdings führte der hohe Herr seine Untersuchung durch, ohne auch nur einen Fuß in den schlammigen Pferch zu setzen. Er ging seinen Pflichten vom Sattel seines Reitpferdes aus nach.

Soweit er überrascht oder mißvergnügt darüber war, daß Margot schon wieder im Mittelpunkt einer Auseinandersetzung stand, ließ der Gouverneur es sich nicht anmerken. Er sprach unterkühlt und betont leidenschaftslos, als er sie aufforderte, ihre Sicht der Dinge zu schildern.

„Ihrer Meinung nach war also die Bestrafung dieser Entlaufenen zu heftig?“ faßte er Margots Stellungnahme zusammen.

„Ich möchte sie lieber als eine junge Dame betrachten“, sagte Margot. „Und ich denke in der Tat, daß die Strafe maßlos war.“

Der Gouverneur senkte den Kopf und dachte nach. Einen Augenblick später sagte er: „Wenn man entlaufene Sklaven nicht auspeitscht, machen sie tags darauf dasselbe nochmal und am nächsten Tag wieder. Und alle anderen Sklaven würden ihrem Beispiel folgen. Sie sind neu in der Kolonie, deshalb haben Sie keine Ahnung, was es heißt, mit Sklaven zu arbeiten. Sie täten keinen Handschlag, wenn sie nicht Angst haben müßten, ausgepeitscht zu werden. In Zukunft täten Sie gut daran, *Mejuffrouw* de Campion, diejenigen, die in diesen Dingen erfahren sind, ihre Arbeit verrichten zu lassen!“

Er ließ Margot keine Gelegenheit zu antworten. Er zog die Zügel stramm und lenkte sein Tier aus dem Pferch hinaus, allerdings nicht ohne Hennig von seinem Aufseherdienst entbunden zu haben, weil er eine Weiße mit der Peitsche traktiert hatte.

Die überraschendste Reaktion auf den Zwischenfall freilich kam von dem Sklavenmädchen selbst.

„Ihr sein Dussel“, sagte sie, als Margot zum zweitenmal ihre Wunden verarztete.

Margot tupfte gerade an einem der schlimmeren roten Striemen herum, die sich quer über die linke Wade des Mädchens erstreckten und sich am rechten Bein fortsetzten. „Interessanter Kommentar von jemandem, der gerade einigen Peitschenhieben entgangen ist“, sagte sie.

„Ich entgangen gar nix.“

„Was soll das heißen?“

„Mein Herr hören, was passieren hier, er mich verkloppen doppelt so doll.“

Margot unterbrach ihre Arbeit und sah dem Mädchen in die Augen. Sie war von verblüffender natürlicher Schönheit, strahlte aber eine innere Härte aus. Ihre Augen waren kalt. Margot konnte nicht umhin, sich zu fragen, um wieviel wohl das Leben dieser jungen Frau anders wäre, lebte sie immer noch in dem Dorf, wo sie geboren war, und hätte sich niemand an ihrer Unschuld und Jugend vergriffen.

„Wie heißt du?“ fragte Margot.

„Ndela.“

„Also hör zu, Ndela, ich konnte einfach nicht dastehen und zusehen, wie du ausgepeitscht wurdest. Wenn dein Herr morgen früh kommt, werde ich mit ihm reden. Ich glaube nicht, daß er –“

Ndela zog ihr Kleid herunter und ging auf Abstand. „Ihr machen gar nix! Ihr mir lassen zufrieden! Zufrieden, sonst nix!“

Bevor Margot noch irgend etwas tun konnte, um sie aufzuhalten, rannte Ndela davon und versteckte sich in einem dunklen Winkel des Pferchs.

* * *

Am nächsten Morgen wurde das Tor zum Sklavengelaß mit Schwung aufgestoßen, und zwei berittene Milizionäre stießen ein weiteres halbes Dutzend entlaufener Sklaven hinein. Einer der Milizionäre war Jan van der Kemp. Er saß hochaufgerichtet in seinem Sattel und sah Margot nicht. Seine ganze Aufmerksamkeit galt den Sklaven.

Sie waren ein ausgemergelter, blutiger Haufe. Entrüstet verschränkte Margot die Arme, als sie sah, in welchem Zustand sie waren. Humpelnd. Entmutigt. Zusammengeprügelt. Ihre Beine, Arme und Leiber waren dreck- und blutverkrustet. Sie wollte sich weigern zu glauben, daß Jan van der Kemp irgend etwas mit Sklaven zu tun haben könnte, und dann gar mit Sklaven, die in einem solchen Zustand waren. Aber da war er und trieb sie vor sich her wie Vieh!

In ihr staute sich eine solche Wut auf, daß sie präzise nachfühlen konnte, wie es einem Vulkan ging, der kurz vor einem Ausbruch stand.

Wenngleich Hennig nicht länger Aufseher war, hatte sich an der Routine im Sklavengelaß nichts verändert. Die Sklaven wurden an der Wand aufgestellt. Mehrere Wachsoldaten traten hinzu, Peitschen in den Händen.

„Haben Sie die Absicht, einfach so dazusitzen und die Wachen diese Männer auspeitschen zu lassen?"

Jan blickte herab und sah Margot neben seinem Pferd stehen. Seine erste, spontane Reaktion war Entrüstung darüber, daß jemand sich in seine Angelegenheiten einmischte. Als er aber sah, daß dieser Jemand Margot war, machte der Ärger einem überraschten Lächeln Platz, das aber rasch verging, als ihm klar wurde, wo er sie antraf und in welchem Zustand sie war.

„Also, Sie wollen einfach da rumsitzen und dem Schauspiel zugukken?" wiederholte sie.

„Es sind Entlaufene", antwortete er.

„Es sind Menschen!"

„Es sind Sklaven, die ungehorsam waren und Strafe verdienen."

„Aber sie sind Sklaven wider Willen! Das beweist ja gerade die Tatsache, daß sie weggelaufen sind!"

„Aber Sklaven sind sie nichtsdestoweniger!" Jan redete sich in Rage. „Und als Sklaven stehen sie unter dem Gesetz Gottes, sich wie Sklaven zu verhalten!"

„Unter Gottes Gesetz?" rief Margot.

„Jawohl, Gottes Gesetz." Er sah sie streng an. „Epheser sechs, fünf: ‚Ihr Knechte, seid gehorsam euren leiblichen Herren mit Furcht und Zittern, in Einfalt eures Herzens, als Christo.' Oder wie wär's damit – erster Petrusbrief zwei, achtzehn: ‚Ihr Knechte, seid untertan mit aller Furcht den Herren, nicht allein den gütigen und gelinden, sondern auch den wunderlichen.'"

Margot war sprachlos darüber, wie Jan immer passende Bibelstellen parat hatte. Offenkundig hatte er gründlich über das Thema nachgedacht. Aber wer die Bibel als Rechtfertigung dafür benutzte, andere Menschen per Peitsche in die Unterwerfung zu zwingen, der konnte nicht im Recht sein.

Die Hiebe hörten nicht auf. Bei jedem Zischen der Lederriemen zuckte Margot zusammen. Erneut spürte sie schmerzlich die Striemen auf ihrem Rücken.

Jan saß in seinem Sattel, ohne Gefühle zu zeigen. Keiner von beiden sah den anderen an.

Dabei gab es so viele Dinge, die Margot ihm sagen wollte. Sie wollte ihn fragen, wie es Rachel ging. Sie wollte erklären, warum sie hier im Sklavengelaß war. Sie wollte ihn wissen lassen, daß ihre Tür offenstehen würde, sollte er jemals die Absicht haben, ihr einen Besuch abzustatten.

Aber sie war zu wütend, um ihn auch nur anzusehen. Sie vermochte nichts anderes, als die Greuel zu beobachten, die sich drüben an der Mauer abspielten. Und je länger diese anhielten, um so zorniger wurde sie. Wie konnte Jan van der Kemp bloß glauben, daß so etwas seine Richtigkeit hatte?

Als die Auspeitschung zu Ende war, wurde Ndela vorgeführt. Margot blieb fast das Herz stehen, als ihr die Idee kam, daß Ndela möglicherweise den van der Kemps gehörte. Zu ihrer Erleichterung wurde sie aber dem anderen Milizionär übergeben.

Hennigs Prophezeiung war richtig gewesen. Ndelas Besitzer, ein älterer Mann mit strengem Gesicht und langem weißen Bart, befahl, daß sie nochmals ausgepeitscht würde, und drohte ihr, er werde ihren widerspenstigen Willen brechen, und wenn das das Letzte wäre, was er in seinem Leben täte.

Das Mädchen wurde vor die weiße Wand gestellt.

Ihr Besitzer schickte sich an, aus dem Sattel zu steigen, um höchstselbst die Strafe zu exekutieren.

Margot rannte los. Sie mußte jedes Gramm an Willenskraft zusammennehmen, das sie besaß – aber sie würde nicht zulassen, daß das Mädchen nochmals ausgepeitscht wurde.

Jan straffte sich, als er sah, was sie vorhatte. Dann sagte er: „Cyrus" – gemeint war der andere Milizionär –, „wir haben einen langen Ritt nach Hause. Es ist jetzt schon spät, und wenn das Mädchen zu kaputt für den Ritt ist, wird es noch später. Spar dir das für nachher auf!"

Der bärtige Milizonär ließ sich in den Sattel zurückfallen und starrte das Sklavenmädchen an. Margot konnte am Ausdruck seiner Augen sehen, daß er sie schlagen wollte. Er wollte sie schlagen, um seine Wut abzureagieren. Die Strafe als solche stand erst an zweiter Stelle.

Ohne Cyrus' Antwort abzuwarten, lenkte Jan sein Pferd Richtung Tor.

Cyrus stieß einen schweren Seufzer aus. Dann zeigte er auf Ndela und sagte: „Wir regeln das, wenn wir nach Hause kommen. Bis dahin will ich keinen Ärger mehr mit dir haben, verstehst du mich?"

„Jawohl, *Mijnheer*", murmelte Ndela. Die Art, wie sie ihn dabei ansah, ließ einem das Blut in den Adern gefrieren.

Es hätte nicht viel gefehlt, und ihr Besitzer wäre doch noch abgestiegen und handgreiflich geworden. Zweifellos hätte er das getan, wenn sie nicht gerade noch rechtzeitig den Blick gesenkt hätte.

Margot stand mitten im Schlamm und sah Jan nach, als er davonritt.

Sie hätte ihm gern dafür gedankt, daß er Ndelas zweite Auspeitschung verhindert hatte. Aber das hätte sie nur tun können, wenn er sich umgedreht und sie angesehen hätte – was er nicht machte.

14

BOMM! BOMM! BOMM! BOMM!

Durch das laute Pochen an ihrer Tür aufgeschreckt, fuhr Margot aus dem Schlaf hoch.

BOMM! BOMM! BOMM! BOMM! BOMM!

Sie war auf der Stelle hellwach. Ihr Kreislauf raste, und das Gehirn tat sein Bestes, um mitzuhalten. Sie war allein und hatte nichts, um sich zu wehren. Was sollte sie tun? Sich durch Rufen bemerkbar machen?

BOMM! BOMM! BOMM! BOMM!

„Beschütz mich, Herr!" flüsterte sie. Dann rief sie laut: „Wer ist da?"

„Margot?"

Sie erkannte die Stimme. Es war Jan van der Kemp.

„Jan? Stimmt etwas nicht?"

„Mach die Tür auf!"

Margot legte die Hand auf die Klinke. Wäre es heller Tag gewesen, so hätte sie auf der Stelle geöffnet – aber mitten in der Nacht, das war eine völlig andere Situation. Um diese Zeit kam man nicht zu Besuch, und gute Nachrichten hatten immer bis zum Morgen Zeit. Mitten in der Nacht geschahen nur schlimme Dinge.

„Margot? Bitte mach auf."

„Einen Moment bitte!" Sie zündete ein Talglicht an, griff nach der Bettdecke und legte sie sich über die Schultern, wobei sie sie vor der Brust fest zusammenraffte. Dann entriegelte sie die Tür und machte sie einen Spalt weit auf. Obwohl sie wußte, wen sie zu erwarten hatte, verschlug ihr das, was sie zu sehen bekam, doch den Atem.

Hinter Jan war eine kleine Armee angetreten – lauter Reiter mit hocherhobenen Fackeln. Die flackernden Flammen überzogen alles mit einem rötlichen Schimmer, der scharf mit den dunklen Schatten kontrastierte. Die Männer sahen grimmig und unnahbar aus. Der Widerschein der Fackeln in den Augen der Pferde ließ diese aussehen, als wären sie von Dämonen besessen.

Vor dem Hintergrund der brennenden Fackeln lag Jans Gesicht im Dunkeln. Trotzdem bemerkte Margot, daß er besorgt aussah.

„Was ist los?" fragte sie noch einmal.

Er spähte an ihr vorbei in die Kammer, als hätte er sie nicht gehört. Dann stemmte er seine Schulter gegen die Tür und schob sie mit Gewalt auf.

Margot geriet rücklings ins Stolpern und konnte sich nur mit knapper Not auf den Beinen halten. „Jan van der Kemp", schrie sie, „was bitte machen Sie hier?"

„Rachel", sagte er, während seine Augen blitzschnell die Kammer absuchten. „Ist sie hier?"

„Nein, Rachel ist nicht –"

Jan ließ sie nicht ausreden, sondern zog die andere Decke vom Bett und sah nach, was darunter war. Um sich dort verstecken zu können, hätte Rachel so dünn sein müssen wie ein Blatt Papier – dennoch zog er es vor, nachzusehen.

Nachdem das Bett, die Truhe und die zwei erwachsenen Menschen jeden Quadratzentimeter in der Kammer ausfüllten, konnte sich Rachel unmöglich in dem Raum aufhalten. Margot wollte gerade eine entsprechende sarkastische Bemerkung machen, als sie zum erstenmal deutlich Jans Gesicht sehen konnte. Seine Augenbrauen waren hochgezogen, seine Augen jedoch verrieten ein weitaus tieferes Gefühl: Sorge.

„Rachel ist verschwunden", sagte Margot und ersparte ihm, es selbst über die Lippen zu bringen.

„Ich dachte, sie wäre vielleicht hier." Während er sprach, spannte er seine Hände zu Fäusten und löste sie wieder. „Ich hab gehofft, daß sie hier wäre."

„Seit wann ist sie fort?"

Es dauerte einen Moment, bis ihre Frage sein Bewußtsein erreichte. Gedankenversunken starrte er auf den Boden. „Was hast du –"

„Wie lange –"

„Ach so." Er nickte, als ihm die Frage wieder einfiel. „Wir wissen es nicht genau. Sie ging heute abend früh auf ihr Zimmer, sagte, sie fühle sich nicht wohl. Der Alte Knob – er ist –"

„Ein Hottentotte. Rachel hat mir von ihm erzählt."

Jan nickte erneut. „Ja, also, der Alte Knob entdeckte, daß ihr Fenster offenstand. Da war es kurz vor Sonnenuntergang. Es ist nicht gut, bei Nacht die Fenster offen zu lassen – man weiß nie so genau, was da alles reinkrabbeln könnte. Ja, und da haben wir entdeckt, daß sie fort war. Ich hab ein paar von der Bürgerwehr zusammengetrommelt. Wir sind die ganze Nacht scharf durchgeritten, um hierher zu kommen." Er sah sich nochmals im Raum um – so, als könnte er mit seinen Blikken Rachel herbeizaubern. Dann trat er zur Tür. „Entschuldige, daß ich dich belästigt habe."

Margot packte ihn am Arm und sagte: „Du verschweigst mir etwas!

Warum hast du angenommen, Rachel könnte hier bei mir sein? Wieso bist du überhaupt auf die Idee gekommen, sie könnte zur Kolonie geritten sein?"

Er sah sie an, wollte etwas sagen, besann sich aber eines Besseren und bemerkte nur: „Familiensache. Ich muß jetzt weiter."

„Nein, das mußt du nicht, Jan van der Kemp! Du kannst nicht einfach mitten in der Nacht in mein Zimmer platzen, mir sagen, daß Rachel verschwunden ist, und dann mir nichts, dir nichts wieder davonspazieren!" Sie hatte ihn am Hemdsärmel gepackt, hegte aber nicht den geringsten Zweifel daran, daß sie ihn nicht würde aufhalten können, wenn er wirklich gehen wollte.

Jan blinzelte zur Tür und schob sich wieder ins Zimmer. Dann fing er leise zu sprechen an, wobei er den Blick gesenkt hielt. „Vorgestern abend hat sie Vater von dem Durbin-Jungen erzählt."

„Matthew", sagte Margot.

„Ich hab Vater noch niemals so wütend gesehen."

„Weil seine Mutter eine Malayin ist."

Jan nickte. „Halbblut – Heidenblut."

„Hat sie deinem Vater gesagt, daß sie Matthew liebt?"

Er sah sie überrascht an. „Hat sie dir das gesagt?"

„Indirekt."

„Vater ist von seinem Sessel aufgesprungen wie von der Tarantel gestochen." Jan schüttelte langsam den Kopf, als sich die Szene erneut vor seinem inneren Auge entrollte. „Es war das allererste Mal, daß ich ihn die Fassung habe verlieren sehen. Seine Stimme überschlug sich, sein Zeigefinger zitterte. Er baute sich vor Rachel auf und sagte ihr, daß sie den Jungen niemals wiedersehen werde. Er sagte, es würde ihm leichter fallen, ihren Tod zu akzeptieren, als eine Heirat mit jemandem, der Heidenblut habe."

„Das arme Ding", sagte Margot.

Dieser Kommentar brachte ihr einen mißbilligenden Blick Jans ein. „Rachel hat unrecht."

Margot wollte keinen Streit vom Zaun brechen und sagte: „Jetzt ist ja wohl das Allerwichtigste, sie zu finden und in Sicherheit zu bringen. Also, warum hast du gedacht, sie würde hierher zu mir kommen?"

„Rachel bewundert dich dafür, wie du mit van Jaarsfeld umgesprungen bist. Außerdem wußtest du von dem Durbin-Jungen."

Margot war verblüfft.

„Ja – sie hat mir erzählt, daß du die beiden an dem Abend, wo der

Empfang war, zusammen gesehen hast. Deshalb hab ich gehofft, sie würde sich hier bei dir Rat holen wollen – oder Trost. Sonst ...“

Er schien den Satz nicht zu Ende bringen zu können. Margot wußte indes genau, woran er dachte. Sonst mußte man annehmen, daß Rachel mit dem Durbin-Jungen durchgebrannt war.

„Ich komme mit dir“, entschied sie.

„Nein.“ Das kam mit allem Nachdruck. „Ich kann nicht für deine Sicherheit garantieren.“

„Darum hab ich dich auch nicht gebeten.“

Er schüttelte den Kopf und trat wieder an die Tür.

Sie stellte sich ihm in den Weg. „Was meinst du, wie Rachel wohl reagieren wird, wenn sie sieht, daß sie von einem Haufen bewaffneter Männer verfolgt wird? Vielleicht kann ich ihr helfen, sich zu erleichtern. Warte eine Minute, dann bin ich angezogen.“

Margot schob ihn aus der Tür und warf die Decke ab, in die sie sich gehüllt hatte. Da kam ihr ein unangenehmer Gedanke: Was sollte eigentlich die Milizionäre davon abhalten, aufzubrechen, während sie mit Ankleiden beschäftigt war? Hastig streifte sie ihre Kleider über und lauschte angestrengt auf sich entfernendes Hufgetrappel. Kaum war der letzte Knopf zu, als sie die Tür aufstieß.

Die Milizionäre waren noch da.

Etliche Augenpaare starrten sie mißbilligend an, als Jan ihr half, auf sein Pferd zu steigen. Sie saß kaum, als es schon losging. In Panik umklammerte Margot Jans Hüfte, um nicht herunterzufallen.

Sie brauchte eine Weile, um den Rhythmus zu finden, doch dann bewegte sie sich im Einklang sowohl mit dem Pferd als auch mit dem Mann. Jan van der Kemp so nahe zu sein, ihn mit den Armen zu umschlingen, verschaffte ihr ein schwindelerregendes, jungmädchenhaftes Gefühl. Es verwirrte sie. Solche Gefühle hatten nur dumme Gänse, die auf Männerfang waren.

Wenigstens konnte Jan nicht sehen, was er bei ihr auslöste.

Margot schalt sich selbst für ihre Gefühle. Sie beschwor sich den fordernden, seine Frau mißbrauchenden Monsieur Fabarez herauf. Den selbstsüchtigen, ehebrecherischen *Mijnheer* van Jaarsfeld. Wenn sie eines über Männer gelernt hatte, dann, daß sie Frauen nur benutzten, um zu kriegen, was sie haben wollten, um sie danach durch Vernachlässigung oder Mißbrauch wegzuwerfen. Das Beste war, allen Männern samt und sonders aus dem Weg zu gehen. Außerdem waren sie und der Mann, mit dem sie dieses Pferd teilte, viel zu verschieden. Für einen Mann, der so unerbittlich war wie Jan van der Kemp, würde sie nie im Leben tiefere Empfindungen entwickeln können.

Nachdem sie sich ihrer Gesinnungsfestigkeit, was Männer anbetraf, erneut vergewissert hatte, zwang Margot sich, an Rachel zu denken und zu überlegen, was sie tun könnte, um dem Mädel zu helfen. Doch als sie, die Arme um Jan van der Kemp geschlungen und mit der Wange immer wieder mal leicht gegen seine Schulter stoßend, dem Morgenrot am östlichen Horizont entgegenritt, konnte sie nichts dagegen tun, daß ihre Gedanken immer wieder zu ihm zurückkehrten.

* * *

Die gemischtrassigen Bewohner der Kapkolonie waren Ausgestoßene, die in einem schäbigen Viertel weitab von der Burg lebten. Dort war es eng, die Verhältnisse waren primitiv und ungesund, und die Unterkünfte bestanden aus allen möglichen Materialien. Sie glichen mehr den Hütten der Eingeborenen als den vornehmen Gebäuden der Siedler mit ihren weißen Holländergiebeln.

Das Viertel lebte vorwiegend vom Schmuggel. Die Compagnie hatte sämtliche Handelstätigkeiten einem derart strengen Reglement unterworfen, daß es quer durch die Familien, welchen sozialen Standes auch immer, nichts Ungewöhnliches war, die Regeln gelegentlich zu umgehen und unmittelbaren Handel mit den Schiffen im Hafen zu treiben. Im Viertel der Ausgestoßenen indes war die Umgehung der Regeln mehr als ein gelegentliches Vorkommnis. Es war eine Überlebensnotwendigkeit. Konspirative Treffen, Geschäfte mit korrupten Bediensteten der Compagnie, Tauschhandel, Spekulation und das Hausen in Räumen, die wie vollgestopfte kleine Hafenspeicher aussahen, bestimmten das tägliche Leben.

In dieser Umgebung wuchs Matthew Durbin als ältestes von fünf Kindern heran. Er hatte das schwarze Haar und die dunkle Haut seiner Mutter und war deshalb um so mehr auf Schläue und Charme angewiesen, um sich gegen die unablässigen abfälligen Bemerkungen zu schützen, die wie ein Steinhagel auf ihn einprasselten. Auch Rachel van der Kemp war der Junge anfangs dadurch aufgefallen, daß er angesichts all der Feindseligkeit, die ihm entgegengebracht wurde, heiteren Gleichmut bewahrte.

Rachels Lieblingsplatz im Park der Compagnie war der Pavillon. Eines Nachmittags hatte sie dort im Schatten gesessen und einen Jungen auf zwei Seeleute zugehen sehen, um ihnen eine orientalische Vase mit Tupfendekor zum Kauf anzubieten. Der größere der zwei Matrosen reagierte nur mit einem Fluch und holte zu einem Schlag aus, als sei der Junge ein lästiges Insekt.

Mit einer solchen Antwort bedacht, hätten die meisten Halbwüchsigen Reißaus genommen und sich einem zugänglicheren Käufer zugewandt – nicht aber Matthew. Der Junge lief neben den Männern her und versuchte es ein zweites Mal. Rachel war zu weit entfernt, um seine Worte ausmachen zu können, aber nicht zu weit, um sein ansteckendes Lächeln wahrzunehmen. Während er den Matrosen die Vase vor die Augen hielt, neigte sich sein Kopf lustig mal zur einen, mal zur anderen Seite, und seine Lippen waren in ständiger Bewegung.

Dieser zweite Anlauf veranlaßte die Seeleute, stehenzubleiben und einen Blick auf die Vase zu werfen. Matthew zeigte sie her, indem er sie wieder und wieder in den Händen drehte. Der größere Seemann sagte etwas, und Matthew neigte die Öffnung der Vase ihm zu, woraufhin sich der Mann vorbeugte, als wollte er das Innere des Gefäßes inspizieren. Dann spuckte er in die Vase.

Sein Spießgeselle fand das offenbar überaus erheiternd, und so schlenderten sie, einander vor Übermut puffend und schubsend, weiter die Straße hinab. Rachel beobachtete den jungen Verkäufer, wie er allein mitten auf der Straße stehenblieb, die Vase in der Hand. Sein Lächeln war verschwunden. Er sah in seine Vase und blickte dann den beiden Seeleuten nach, die sich immer noch über ihren gelungenen Scherz amüsierten. Was der Junge dann tat, beeindruckte Rachel am allermeisten.

Er rannte zu einer Stelle am Straßenrand, die dicht mit Gänseblümchen bewachsen war, riß mehrmals eine Handvoll Blumen ab, stopfte die Vase damit voll und lief den Matrosen nach. Noch im Rennen arrangierte er die Blumen.

Augenblicke später hatten die Matrosen die Vase erneut unter der Nase, diesmal hübsch mit Blumen gefüllt.

Als der lächelnde Verkäufer dem größeren Seemann ausmalte, wie es wohl wäre, wenn er die Vase mit einem solchen Blumenarrangement einer Dame überreichte, sah Rachel deutlich, wie aus dem anfänglichen Zorn der Männer echtes Interesse wurde. Dennoch schüttelte der hochgewachsene Seemann den Kopf und wollte sich davonmachen. Sein Kumpan aber packte ihn am Hemdsärmel und sagte ihm etwas, was seinen Freund zum Grinsen brachte. Die ganze Zeit über hielt Matthew den beiden lächelnd die Vase vor die Gesichter.

Als nächstes bekam Rachel mit, wie der große Seemann in seinen Taschen nach Geld suchte. Auf das erste Gebot hin verzog Matthew das Gesicht und klemmte sich die Vase unter den Arm. Auch das zweite Gebot verfing nicht, und Matthew schickte sich an, seines Weges zu ziehen. Der große Matrose sah zornig aus, aber dann sagte sein Gefährte wieder etwas zu ihm, woraufhin er ein paar weitere Münzen zutage förderte und den Handel perfekt machte.

Dann setzten die Seeleute ihren Weg fort, wobei sie stolz die Vase hochhielten und sich nickend unterhielten.

Sein ansteckendes Lächeln auf dem Gesicht, in dem jetzt ein Zug tiefer Genugtuung lag, schlug Matthew die entgegengesetzte Richtung ein. Schließlich hatte der Seemann nicht nur für die Vase und die Blumen, sondern sogar für seinen eigenen Speichel bezahlt.

Matthew erspähte die ihn anstarrende Rachel, bevor sie den Kopf abwenden konnte. Er pflückte eine weitere Handvoll Gänseblümchen ab und streckte sie ihr entgegen.

„Zwei *Stuiver* für diese lieblichen Blumen, *Mejuffrouw*?“

Aber Rachel sah die Blumen gar nicht. Sie sah nur sein unwiderstehliches Lächeln und zwei unglaublich dunkle Augen. Sie mußte den Kopf senken, um sich nicht durch die Röte ihrer Wangen zu verraten.

„Nur zwei *Stuiver*! Das ist doch kein nennenswerter Preis für eine Handvoll von Gottes Schöpfung!“

Rachel hätte ihm alles Geld der Welt gegeben. Aber sie hatte keines dabei, also fing sie ihn in seiner eigenen Schlinge, indem sie fragte: „Sie machen sich anheischig, Gottes Schöpfung zu Geld zu machen?“

„Aber ja doch, *Mejuffrouw*! Schauen Sie doch nur, wie überaus herrlich diese Blumen gearbeitet sind – ungleich feiner, als es der geschickteste Handwerker je zustandebringen könnte! Solch Meisterwerk ist ohne weiteres zehn Goldstücke wert – für Sie aber, *Mejuffrouw*, nur zwei *Stuiver*!“

Rachel mußte lächeln. „Aber, *Mijnheer*, was sollte mich wohl davon abhalten, über die Straße zu gehen und genau dort, wo diese hier gestanden haben, mir selbst ein paar Gänseblümchen zu pflücken?“

Das breite Strahlen des Jungen verblaßte und wich der Enttäuschung. „Sehen Sie, *Mejuffrouw*, diese Blumen wurden extra für Sie geborgen und quer über dieses tückische Stück Straße transportiert. Ist denn nicht der Arbeiter seines Lohnes wert?“

Er beherrschte das Spiel eindeutig besser als sie.

„Ich fürchte, *Mijnheer*", sagte sie, „daß ich kein Geld dabei habe. Selbst wenn ich Sie für Ihre Mühen bezahlen wollte, könnte ich es nicht."

Der Junge reichte ihr die Blumen. „Dann schenke ich sie Ihnen. Denn eigentlich ist es ja so, daß die Blumen dafür bezahlen müßten, daß Sie bei ihnen sitzen, ist doch Ihre Schönheit noch weitaus bemerkenswerter."

Von jenem Tag an hatte Rachel ihren Bruder kein einziges Mal mehr allein reisen lassen, wenn er Geschäfte in der Kolonie zu erledigen hatte. Immer wenn sie dort war, setzte sie sich in den Park und hoffte Matthew zu treffen, und im Laufe eines Jahres traten mehr und mehr ernste Gespräche über Freundschaft und dann über Liebe an die Stelle ihres ersten verspielten Flirts.

* * *

Es war zu jener Morgenstunde, wo die Nacht vorüber, der Tag aber noch nicht richtig angebrochen ist. Zwischen Himmel und Erde hing ein weißlicher Dunstschleier. Still betrat ein junges Paar das in tiefem Schlummer liegende Viertel der Ausgestoßenen. Der Mann führte ein Pferd am Zügel.

Der Hengst hörte das Geräusch zuerst. Er spitzte die Ohren und ließ einen klagenden Laut hören.

Da hörten es die beiden auch: ein tiefes Rumpeln.

Rachel packte Matthews Arm fester. „Du glaubst doch nicht –"

Matthew machte *scht*! und lauschte. Das Rumpeln wurde immer lauter.

„O Matthew, das können sie doch wohl noch nicht sein, oder? Jetzt doch noch nicht!"

Matthews Antwort bestand nur aus einer knappen Aufforderung: „Machen wir schnell!"

* * *

Von donnerndem Hufgetrappel wurde das Mischlingsviertel unsanft geweckt. Milizionäre galoppierten die Gassen auf und ab und riefen unablässig: „Durbin! Durbin! Durbin!"

Aus den Häusern hasteten Männer in Nachtgewändern, einige mit Feuerwaffen, andere mit Messern in den Händen. Aus Türspalten und Fenstern schauten verängstigte Frauen- und Kindergesichter.

Margot störte sich daran, unter die Unruhestifter gerechnet zu werden, die solche Ängste auslösten.

Mit einem scharfen Ruck an den Zügeln brachte Jan ihr Pferd zum Stehen und sprach einen kahlköpfigen, barfüßigen Mann an, der einen Säbel gezückt hatte. „Wo wohnen die Durbins?" Der Mann antwortete nichts, sondern verzog bloß das Gesicht. Jan rief: „Wir wollen dir und deiner Familie nichts Böses! Wir suchen nach den Durbins. Matthew hat etwas bei sich, das nicht zu ihm gehört."

Der Mann sagte kein Wort. Er stand da wie ein Fels in der Brandung, den Säbel fest in der Hand.

Jan sah sich um und fing den Blick eines anderen Mannes auf. Er hatte ein lange gerade Nase und ein fliehendes Kinn. An ihm war keine Waffe zu sehen.

„Sag du mir, wo die Durbins wohnen!"

Der Mann schwankte. Blitzschnell flogen seine Blicke zwischen Jan und Margot hin und her.

Margot tat er leid. Die Situation wurde ihr immer unangenehmer.

„Was ist jetzt?" schrie Jan.

Der Langnäsige machte einen Satz. „Da unten!" Ein zitternder Finger wies die Straße hinab.

„Das Haus mit dem Strohdach?" wollte Jan wissen.

Nervös nickte Langnase.

Jan hielt sich nicht damit auf, ihm zu danken, sondern gab seinem Pferd die Sporen. „Hier rüber!" brüllte er einigen anderen Milizionären zu, die seinen Ruf ihrerseits denen weitergaben, die am äußeren Rand des Viertels zugange waren.

Vor dem strohgedeckten Haus stand ein dunkelhaariger, mittelgroßer Holländer. Sein ausgebeultes Nachthemd ließ auf einen mächtigen Bauch schließen. Sein ausgeprägtes Kinn verbarg sich unter einem dichten graugefleckten Bart. Aus dem rechten Ärmelsaum seines Nachthemdes schaute der Lauf einer Pistole hervor.

„Sind Sie Durbin?" fragte Jan.

Drohende Augen unter buschigen Brauen fixierten Jan. Mißtrauisch sagte der Mann: „Der bin ich."

„Sie haben einen Sohn namens Matthew?"

Unter der Tür stand eine Malayin mittleren Alters. Als sie Matthews Namen hörte, legte sie die rechte Hand vor den Mund.

„Habe ich", antwortete Durbin.

Jan richtete sich im Sattel auf. Mittlerweile hatten auch die letzten der Milizionäre ein Stückchen entfernt zu beiden Seiten der Straße Aufstellung genommen. Hinter ihnen sammelten sich in den Durchgängen zwischen den Häusern immer mehr bewaffnete Schaulustige.

„Ich habe Grund zu der Annahme, daß sich meine Schwester in Begleitung Ihres Sohnes befindet. Ich bin gekommen, um sie nach Hause zu holen."

Durbin verzog das Gesicht und drehte sich nach der Frau unter der Tür um. Die zuckte die Schultern und schüttelte den Kopf.

„Sie irren sich", sagte Durbin.

Jan starrte ihn an. „Ohne sie reite ich nicht zurück."

Durbins Gesicht verfinsterte sich noch mehr. Er trat zwei herausfordernde Schritte vor und rief: „Wollen Sie mich der Lüge zeihen?"

„Ich habe gesagt, daß ich nicht ohne meine Schwester zurückreite. Wenn ich mir meinen Weg freikämpfen muß, um sie zu finden, werde ich es tun."

Durbin schwenkte drohend seine Pistole. „Kommen Sie runter von Ihrem Gaul und versuchen Sie es!"

Jan verlagerte sein Gewicht, um abzusteigen, doch Margot umklammerte seine Taille und flüsterte: „Vielleicht ist sie gar nicht da drin!"

Er verdrehte den Hals, um sie anzusehen. Seine Augen waren kalt. „Laß mich gefälligst los!"

Da tauchte Matthew Durbin in der Straße auf, und zwar allein. Er postierte sich auf halbem Wege zwischen seinem Vater und Jan van der Kemp. „*Mijnheer* van der Kemp", begrüßte er letzteren.

„Wo ist Rachel?" donnerte Jan.

„In Sicherheit", antwortete Matthew.

„Du weißt, wo die Schwester dieses Mannes ist?" gellte Durbin.

„Jawohl."

„Wieso weißt du es?"

„Rachel ist letzte Nacht von zu Hause weggelaufen, um mit mir zusammen zu sein", sagte Matthew zu seinem Vater. „Wir lieben uns und wollen heiraten."

„Niemals!" brüllte Jan. Seine Stimme war so markerschütternd, daß sein Pferd sich aufbäumte.

Auf Durbins Gesicht zeigte sich ein verschlagenes Grinsen.

Margot erklärte es sich so, daß der Mann sich wohl daran erinnerte, wie seine Verwandten und Freunde einst auf seine Ankündigung reagiert hatten, eine Malayin heiraten zu wollen.

Durbin trat zu seinem Sohn. Er legte ihm die Hand auf die Schulter, und Vater und Sohn sahen Jan an. „Ich muß in dieser Sache meinem Sohn beistehen", sagte er.

„Dann werden Sie zusammen mit Ihrem Sohn ins Gras beißen, oder ich sehe unverzüglich meine Schwester!" schrie Jan.

Durbin richtete seine Pistole auf Jan. Wie auf Kommando tauchten an allen Ecken und Enden Feuerwaffen auf: Die Milizionäre richteten die ihren auf die Bewohner, diese zielten auf Jan und die Milizionäre.

„Schluß jetzt!" rief Margot. Bevor Jan sie aufhalten konnte, glitt sie aus dem Sattel und rannte auf Matthew zu.

Durbin richtete den Lauf seiner Waffe auf sie, doch Matthew legte seinem Vater die Hand auf den ausgestreckten Arm. „Schon gut, Vater. Ich kenne sie."

„Matthew", sagte Margot, „laß mich mit Rachel reden!"

Der Junge schüttelte den Kopf. „Tut mir leid, *Mejuffrouw* de Campion."

„Nur ein paar Minuten!" flehte sie.

„Ich kann es nicht riskieren, sie hierherzubringen", sagte Matthew. „Nicht, solange diese Milizionäre hier herumstehen."

„Ich gebe Ihnen mein Wort: Sie werden nichts unternehmen."

Matthew setzte sein ansteckendes Lächeln auf. „Ihnen traue ich, *Mejuffrouw* de Campion. Indes glaube ich nicht, daß die Herren auf Sie hören würden."

Margot wandte sich nach Jan um und sagte: „Zieh deine Männer bis in die Außenbezirke des Viertels zurück!"

„Nicht bevor ich Rachel sehe", antwortete Jan.

Margot ging zu seinem Pferd, schaute zu ihm hinauf und sagte: „Es ist die einzige Möglichkeit, sie dazu zu bringen, daß sie Rachel aus ihrem Versteck holen! Also zieh deine Männer in die Außenbezirke zurück!"

Jan blieb regungslos.

„Was schadet es denn?" rief Margot. „Es wird das Morden nur ein paar Minuten verzögern!"

Widerstrebend gab Jan den Milizionären ein Zeichen. Unter seiner Führung ritten sie zum Rand der Siedlung, wo sie zwar außer Sichtweite des Durbinschen Hauses, aber immer noch nahe genug waren, um sofort zur Stelle zu sein, sobald es nötig werden sollte.

Margot wandte sich wieder an Matthew. „Kann ich jetzt Rachel sehen?"

Matthew überlegte einen Moment und machte dann eine Kopfbewegung zum Straßenrand hin.

Aus der Schar der Durbinschen Nachbarn heraus trat eine vermummte Gestalt vor. Sie nahm die Kapuze ab: Es war Rachel. Sie rannte die letzten paar Schritte auf Margot zu und stürzte in ihre Arme.

„Unter vier Augen bitte!" sagte Margot zu den beiden Durbins.

Matthew sah Rachel an. Dann nickte er zustimmend.

Augenblicke später steckten die beiden Frauen mitten auf der Straße, weit genug von allen Umstehenden entfernt, um leise miteinander sprechen zu können, ohne daß jemand ihre Worte verstand, die Köpfe zusammen. Rachel sah müde und furchtsam aus.

Margot nahm das Mädchen noch einmal in den Arm und ließ es dann los; Rachel indes hielt sie ihrerseits noch eine ganze Weile länger fest.

„Geht's dir gut?" fragte Margot.

„Ich glaub' schon." Rachel sah sich unsicher um. „Ich hab Angst."

Margot nahm Rachels Hände in die ihren. „Wer hätte die nicht?"

Rachel holte tief Luft, um auf klare Gedanken zu kommen. „Wie bist du hier reingezogen worden?"

„Dein Bruder hoffte dich bei mir zu finden."

„Vielleicht hätte ich zu dir kommen sollen." In Rachels Augen sammelten sich Tränen.

„Soll das heißen, daß du nicht bei Matthew bleiben willst?"

„Ich liebe ihn!" rief Rachel aus.

„Aber –"

Jetzt rannen die Tränen über Rachels Wangen.

Margot brachte ein Taschentuch zum Vorschein und reichte es ihr.

„Aber meine Familie liebe ich auch", sagte Rachel. „Warum bin ich gezwungen, zwischen beiden zu wählen?"

Margot ließ die Frage unbeantwortet. Es war nicht nötig, das Mädchen an den Glauben seiner Familie zu erinnern, daß sie zum Volk des Bundes gehörte. Zu einem solchen Privileg gehörte unlöslich die Verantwortung, dieses Volk rein zu erhalten – was bedeutete, daß ihr niemals zugestanden werden würde, jemand anderen als einen holländischen Calvinisten zu ehelichen, mochte ihr Auserwählter so anziehend, klug und charmant sein, wie er wollte.

„Was soll ich deinem Bruder sagen?" fragte Margot.

Rachel wischte sich schniefend Wangen und Augen ab. „Sag ihm, daß ich ihn liebhabe. Und sag ihm, ich bete, daß er eines Tages auch jemanden so sehr liebt, wie ich Matthew liebe."

„Also bleibst du hier?"

Rachel nickte.

„Und du weißt, was das heißt?"

Rachel sah zu den Leuten hinüber, die sie umstanden. „Wir Ausgestoßenen müssen zusammenhalten."

Margot mußte ihre eigenen Tränen unterdrücken. Sie breitete die Arme aus. Erneut hielten die beiden Frauen einander umschlungen. „Möge Gott mit dir sein!" flüsterte Margot.

Als sie sich abwandte, hielt Rachel sie am Arm fest. „Noch eines –"

„Ja?"

„Paßt du an meiner Stelle auf Jan auf?"

Margot fühlte ihre Wangen erröten.

Rachel lächelte warm. „Laß dich nicht durch sein borstiges Benehmen abschrecken. In Wirklichkeit ist er ein weichherziger, fürsorglicher Mann."

Damit drehten die beiden Frauen einander den Rücken zu und gingen in entgegengesetzten Richtungen davon – Rachel zu Matthew und Margot zu den holländischen Milizionären und Jan van der Kemp.

15

„Glaubst du wirklich, daß du Rachel gewinnen kannst, indem du Matthew umbringst?"

Margot und Jan standen nur Zentimeter voneinander entfernt, obwohl man von der Lautstärke ihrer Stimmen her hätte meinen können, sie unterhielten sich über einen Talkessel hinweg. Jan wollte, daß die Milizionäre ins Mischlingsviertel zurückritten und seine Schwester gewaltsam mitnahmen. „Dann wäre sie immerhin dort, wo sie hingehört!" beharrte er.

„Sie gehört zu dem Mann, den sie liebt!"

„Sie gehört zu der Familie, die *sie* liebt!"

„Sie ist bei Matthew. Er liebt sie. Und überhaupt – wenn du sie wirklich lieb hättest, würdest du sie gehen lassen!"

„Kommt nicht in Frage! Wie sollte ich sie unter diesem Gesindel zurücklassen?"

„Es ist ihre eigene Wahl."

„Aber es ist eine schlechte Wahl!"

„Sie ist eine erwachsene Frau", sagte Margot. „Sie kennt die Konsequenzen ihrer Wahl ganz genau. Mach es ihr doch nicht noch schwerer, als es sowieso schon ist."

Jan hob die Hände und lief auf und ab wie ein Tiger im Käfig. Die übrigen Milizionäre lungerten in einiger Entfernung herum und unterhielten sich flüsternd.

„Ich *kann* sie einfach nicht hier lassen!" rief Jan verzweifelt. „Was soll ich meinem Vater sagen?"

„Sag ihm die Wahrheit! Daß Rachel ihn liebt, daß sie aber auch den Mann liebt, den sie heiraten möchte. Und daß sie genau das tut, was Gott sich für einen Mann und eine Frau, die einander lieben, gedacht hat – nämlich zusammenzuleben als Mann und Frau."

Erschöpft legte Jan seine Unterarme an die Flanke seines Pferdes. Den Kopf lehnte er gegen den Sattel. „Aber dann werde ich sie niemals wiedersehen." Es war nur ein Flüstern.

„Aber das will nicht sie so, sondern du selbst."

Jan warf ihr einen kalten Blick zu und stieg ohne ein weiteres Wort in den Sattel.

Einen Augenblick lang dachte Margot, er würde ohne sie davonreiten.

Aber dann reichte er ihr die Hand.

Margot ergriff sie, und er zog sie hinauf.

Sie ritten zu den Milizionären hinüber, und Jan dankte ihnen für ihre Unterstützung. Dann befahl er ihnen, sich ohne ihn auf den Heimweg zu machen: Er werde Margot zum Sklavenkral zurückbringen und danach wieder zu ihnen aufschließen.

Einer nach dem anderen gaben die Milizionäre ihren Tieren die Sporen. Keiner versäumte es, ihm, seinem Vater und seinem Bruder sein Beileid auszusprechen. Die Stimmung, in der sie auseinandergingen, war die einer Beerdigung.

* * *

Ihr Ritt Richtung Sklavenbezirk verlief schweigsam. Margot war zutiefst betroffen von dem Kontrast zwischen dem Mann, der von dort weggeritten war, und dem, der jetzt zurückkehrte. Es war, als seien es zwei ganz verschiedene Menschen. Auf dem Hinweg hatte Jan fest, nach vorn geneigt, im Sattel gesessen, stark und entschlossen. Als er zurückritt, schwankte er im Rhythmus der Bewegungen des Pferdes schlaff von einer Seite zur anderen.

Als sie zu Margots Unterkunft kamen, lud sie ihn ein, noch eine Weile zu bleiben und sich auszuruhen, bevor er seinen langen Heimweg antrat. Im stillen hoffte sie, daß er sich gerne aussprechen würde.

Doch er schlug ihre Einladung aus. Sie sah zu, wie er niedergeschlagen kehrtmachte und Richtung Heimat aufbrach.

Dann hielt er plötzlich ohne erkennbaren Grund inne. Stimmte etwas nicht? Fühlte er sich nicht wohl? Zögernd stieg er ab. Die Zügel glitten ihm unbeachtet aus der Hand. Er stand einfach da, mit dem Rücken zu ihr, und starrte die fernen Berge an.

Still ging Margot zu ihm. Sollte sie etwas sagen? Oder wollte er alleingelassen werden? Merkte er überhaupt, daß sie direkt hinter ihm stand?

„Möchtest du ein wenig Gesellschaft?“ fragte sie leise.

Er drehte sich nicht um. Ihre Frage registrierte er überhaupt nicht.

Sie wartete einen Moment, dann drehte sie sich um und schickte sich an zu gehen.

„Bleib da“, sagte er mit trockener, heiserer Stimme.

Margot blieb stehen. Dann drehte sie sich um und sah ihn an, die Arme vor der Brust verschränkt. Er hatte die Augen gesenkt, was ihr verriet, daß er sich äußerst schwertat: Er wollte etwas sagen, fand aber keine Worte.

Jan bückte sich und rupfte von einem Busch ein hartes Blatt ab. Geistesabwesend zerrieb es zwischen seinen Fingern und riß immer wieder kleine Stückchen davon ab, die er mit Daumen und Zeigefinger wegschnippte. Schließlich fragte er: „Gehst du ein Stück mit mir?“

Margot trat an seine Seite und paßte sich seinem zögernden Schritt an.

„Ich habe Mutter versprochen, auf Rachel achtzugeben“, sagte Jan. Seine Stimme war belegt. „Ich hab's ihr versprochen an dem Tag, als sie starb.“

„Woran ist deine Mutter gestorben?“

Jan warf den Kopf zurück, verzog das Gesicht und atmete tief.

Margot hatte eine verborgene Wunde berührt. Zuerst tat es ihr fürchterlich leid, die Frage gestellt zu haben. Doch dann dachte sie, daß es oft, wenn sie die Sklaven verbunden hatte, so gewesen war, daß sie ihnen erst Schmerzen zufügen mußte, um die Wunden zum Heilen bringen zu können. Sie entschloß sich, abzuwarten und zu schauen, wie er reagieren würde.

Seine Worte kamen stockend. „Die San-Stämme hatten unsere Herden überfallen. Vater forderte Soldaten an, um sie in die Wildnis zurücktreiben zu können, aber der Gouverneur sagte, unser Land sei zu weit von der Kolonie entfernt. Er habe nicht genügend Leute. Damals gab es noch keine Milizverbände, also rief Vater ein paar Nachbarn zu Hilfe. Eines Nachts lagen wir auf der Lauer, um die San abzufangen. Und sie kamen, versteht sich. Vater gab einen Warnschuß ab, den sie ignorierten. Es kam zu einem Geplänkel, und ein paar San kamen um. In jener Nacht bekamen sie kein Stück Vieh von uns, und wir dachten, daß sie fortan Ruhe geben würden.“

Jan streckte sich – eine Verzögerungstaktik. Margot spürte, daß jetzt der entscheidende Teil der Geschichte kam. Er setzte mehrmals zum Sprechen an, bevor er sich klar zu artikulieren vermochte.

„Eines Nachmittags ritt Mutter mit uns. Sie liebte Pferde und fand immer irgendeinen Grund, um aus dem Haus zu kommen und zu reiten. Nicht, daß wir sie nicht gerne bei uns gehabt hätten. Es machte große Freude, mit ihr zusammenzusein. Sie selber meinte, sich entschuldigen zu müssen. Sie dachte, sich irgendwie dafür rechtfertigen zu müssen, daß sie ihre Pflichten vernachlässigte, um etwas zu tun, woran sie Freude hatte.“

Die Erinnerung an seine Mutter und deren Entschuldigungen

wühlte ihn augenscheinlich tief auf. Er preßte die Lippen zusammen, um sich nicht anmerken zu lassen, wie bewegt er war.

„Es geschah ohne Vorwarnung", fuhr er fort. „Eine Rotte jagender San griff uns an. Zwar schafften wir es, sie mit unseren Feuerwaffen abzuschrecken, aber bevor uns das gelang, hatte schon einer ihrer Pfeile Mutter seitlich am Hals getroffen." Sein Kinn begann zu zittern, als er krampfhaft versuchte, seine Tränen zurückzuhalten. „Die Pfeilspitzen sind eigentlich ziemlich klein, sie bestehen aus Straußenknochen – nicht viel größer als deine Fingerspitze. Sie drang nicht mal ein – es war nur ein Kratzer."

Margot zog die Augenbrauen hoch. „Wie kann ein Kratzer –"

„Gift", sagte er mit erstickter Stimme. Erst nachdem sie mehrere Schritte gegangen waren, konnte er weitersprechen. „Mutter ließ sich nichts anmerken, sagte, es gehe ihr gut. Sie sagte, es brenne nur ein bißchen. Und es schien tatsächlich, als sei nichts weiter los, so daß wir Gott für seine Bewahrung dankten und uns aufmachten, um heimzureiten. Unterwegs fing ihr Hals zu jucken an; sie mußte sich alle Mühe geben, um sich nicht zu kratzen. Aber der Juckreiz wurde immer schlimmer. Als wir zu Hause ankamen, fühlte sie sich schlapp und sprach irgendwie verschwommen. Auf der Vordertreppe brach sie zusammen. Wir halfen ihr in ihr Zimmer und legten sie aufs Bett. Bald darauf mußte sie schon um jeden Atemzug ringen."

Er verlor dem Kampf um die Selbstbeherrschung. Die Tränen ließen sich nicht mehr zurückhalten und rannen die wettergegerbten Wangen hinab.

Margot konnte sich nicht erinnern, jemals einen Mann weinen gesehen zu haben. Es beeindruckte sie sehr – so sehr, daß sie selber zu Tränen gerührt war.

„Kurz danach starb sie."

„Das tut mir leid, Jan", flüsterte Margot.

Sie gingen eine Zeitlang schweigend nebeneinander her.

Dann räusperte er sich – ein Anzeichen, daß er sich wieder soweit im Griff hatte, daß er weitersprechen konnte. „Als Mutter klar wurde, daß sie im Sterben lag, rief sie uns einzeln an ihr Bett. Dabei trug sie mir auf, auf Rachel achtzugeben. Sie war damals zwölf, ich fünfundzwanzig. Mutter hatte Angst, daß Rachel als einziges Mädchen in der Familie zu kurz kommen würde. Du mußt meinen Vater verstehen. Niemals würde er Rachel mit Mutwillen vernachlässigen. Aber er ist überaus zielstrebig. Er steckt all seine Kraft in den Hof. So muß es sein, wenn wir da draußen, wo wir sitzen, überleben wollen. Und Mutter wußte das. Aber sie wußte auch, daß sie nicht mehr für Rachel würde da sein können. Darum trug sie mir auf, mich um sie zu kümmern. Ich wurde verantwortlich für Rachel. Es war der Wunsch meiner Mutter auf ihrem Totenbett. Und ich habe ihn ihr nicht erfüllt."

„Aber Rachel ist doch nicht gestorben", sagte Margot.

„Sie ist so gut wie tot!" rief Jan aus. „Verstehst du das denn nicht?"

„Nein, das verstehe ich nicht", antwortete Margot im selben Tonfall. Sie würde sich um die Wunde kümmern, mochte das so schmerzhaft sein, wie es wollte.

Jan stieg die Röte ins Gesicht. „Rachel gehört jetzt zu den Ausgestoßenen! In Zukunft können wir keinerlei Umgang mehr mit ihr pflegen!"

„Was ist, wenn Matthew Christus annimmt?" schlug Margot vor. „Wäre er dann immer noch ein Ausgestoßener?"

„Soweit ich Rachel verstanden habe, ist Matthew bereits Christ."

„Und trotzdem lehnst du ihn ab?"

„Ja."

„Warum?"

„Wegen seines Heidenblutes!"

„Und was ist mit Vergebung? Lehrt die Bibel denn nicht, daß Christus die Schranken des Blutes niedergerissen hat, so daß es keinen Unterschied mehr gibt zwischen Juden und Heiden? Kann er zwischen Holländern und Malayen nicht dasselbe tun?"

„Du bist neu in der Kolonie. Du verstehst das nicht", sagte Jan. „Hier gehen die Uhren anders."

„Inwiefern?"

Jan sprach langsam, jedes einzelne Wort betonend. „Wir sind ein Bundesvolk. Unser ganzes Leben hängt an dem Bund, in dem wir stehen. Der Bund bindet uns an das Land. Wenn wir den Bund brechen, wie können wir dann erwarten, daß Gott uns segnet? Dann steht unser schieres Überleben auf dem Spiel! Rachel hat diesen Bund gebrochen. Sie ist verurteilt und verdammt durch ihre eigenen Taten."

„Das ist ziemlich hart, findest du nicht?"

„Hart? Sie kann von Glück sagen, daß wir sie nicht steinigen."

„Aber sie ist deine Schwester!"

Sein Gesicht verzerrte sich vor Qual. Der Damm brach. Ungehindert strömten die Tränen. „Glaubst du, ich weiß das nicht?" schluchzte er. „Glaubst du wirklich, ich weiß das nicht?"

* * *

Einen ganzen Monat lang dachte Margot immer und immer wieder an dieses Gespräch. Sie hörte nichts, weder von Jan noch von Rachel, und sie hatte auch keinerlei Gelegenheit, von sich aus Kontakt zu ihnen aufzunehmen. Als sie nichts Neues hörte, gab sie es schließlich auf, sich den Kopf darüber zu zerbrechen. Wozu sollte es gut sein, immer wieder darüber nachzugrübeln? Sie konnte ja doch nichts tun. Sie war nichts als ein Zaungast, der die Dinge von draußen beobachtete.

Außerdem hatte sie andere Gründe, sich Gedanken zu machen. Marc Fabarez war bei einer Wirtshausschlägerei umgekommen – erstochen durch einen seiner eigenen Mannschaftskameraden.

Margot wurde nicht von seinem Tod unterrichtet – warum auch? Außer dem Gouverneur und ein paar von seinen Bediensteten wußte niemand, daß es zwischen ihr und Fabarez eine Verbindung gegeben hatte. Es war Zufall, daß sie von seinem Tod erfuhr.

Margot war überrascht, was Fabarez' Tod bei ihr auslöste. Daß sie keinen Schmerz verspürte, wunderte sie nicht: Sie hatte von jeher damit gerechnet, daß Monsieur Fabarez eines Tages seine Quittung präsentiert bekommen würde. Was sie überwältigte, war die Springflut an Erinnerungen, die sie überrollte, als sie die Nachricht hörte. Schließlich eröffnete sein Tod ihr die Möglichkeit, nach Amsterdam zurückzukehren.

Sie dachte an das Haus, in dem Sylvie sie aufgezogen hatte. Margot kannte jeden Zentimeter davon – schließlich hatte sie das Haus oft genug bis in die letzten Winkel geschrubbt. Sie dachte an Sylvies Töpfe und Pfannen und die mittelalterliche Truhe, das geheime Versteck ihrer Bücher. Wem gehörte das Haus jetzt wohl – nach wie vor Fabarez? Und Sylvies Sachen, ob sie wohl noch da waren? Die Nachbarn würden es wissen. Sie würden auch gewiß beim Bürgermeister ein gutes Wort für sie einlegen können. Margot sann darüber nach, wie es wohl sein würde, wieder in Amsterdam zu leben. Abends lesend am Tisch zu sitzen. Wieder in dem Heim zu leben, das sie so gut kannte – nur daß es dann *ihr* Heim sein würde. Sicher würde sie jemanden in Kost und Logis aufnehmen können – eine Waise, der sie dann das Wissen würde weitergeben können, das sie selbst von Sylvie empfangen hatte.

Sie spürte einen starken Zug, zurückzufahren. Sie brauchte sich nur umzusehen: Sklaven, an Mauern gekettet. Wachen, die in ihrem Verschlag hockten und schlüpfrige Scherze und Geschichten austauschten. Sie selbst stand in knöcheltiefem Modder. Ihre Hände waren trokken und rauh. Die schmutzverkrusteten Säume ihres Kleides waren schwer – schwerer denn je, empfand sie. Ihre Wohnung war eine schmutzige Arrestzelle für Sklaven. Was hatte sie hier, das sich in irgendeiner Weise mit ihrem Amsterdamer Leben messen konnte?

Margot hob den Blick und sah am Horizont den Tafelberg. Sie dachte daran, wie sie ihn zum erstenmal erblickt hatte, damals an Deck der *Adler* mit Kapitän Danckaert. Damals war er ihr so majestätisch erschienen. Jetzt, mitten im Matsch des compagnieeigenen Sklavengelasses, wirkte er ganz und gar nicht mehr so auf sie. Die Bilder von zu Hause waren einfach zu mächtig.

Jeder Schritt schwappte im Schlamm, als sie sich aufmachte, um wieder ihren Pflichten nachzukommen. Doch im Sinn hatte sie nur noch Amsterdam und die Überlegung, wie sie es anstellen könnte, eine Überfahrt auf einem heimsegelnden Schiff zu ergattern.

Spät am selben Abend kehrte Margot mit schmerzenden Muskeln und wehem Rücken von all dem Stapfen im Matsch, dem Vornüberbeugen und Knien in ihre Kammer zurück. So ging es ihr jeden Tag. Es war die Stunde der abendlichen Dämmerung: Die Sonne war schon untergegangen, aber am Himmel stand noch ein herrliches Panorama tiefer Orangetöne, das ihre Pracht widerspiegelte. Als sie sich der Tür ihres Verschlages näherte, stand dort ein Pferd, und auch den Umriß eines Mannes konnte sie sehen. Er wartete auf sie.

„Schöner Abend", sagte Jan.

„In der Tat."

„So etwas gibt's nirgendwo sonst auf der Welt."

„Ach? Du hast die Welt bereist?"

Ein schiefes Grinsen war die Antwort. „Mußte ich nicht. Ich weiß einfach, daß man nirgendwo anders in der Welt solch einen Sonnenuntergang findet, wie wir ihn hier haben."

Margot verschränkte die Arme. Auch sie schmunzelte. „Und woher weißt du das, bitteschön?"

„Weil das hier mein Zuhause ist."

Sie bemühte sich, keine Reaktion zu zeigen. Seine Antwort war purer Zufall, sonst nichts. Es war unmöglich, daß er etwas von ihren Gedanken wußte, den Gedanken an eine Rückkehr, einen Tausch ihrer neuen Heimat gegen die alte.

„Warum bist du in der Stadt?" fragte sie.

„Deinetwegen.“

„Meinetwegen?“

Jetzt verschränkte auch er die Arme und grinste noch breiter. Offenkundig hatte sich die Verblüffung, die sie empfand, in allen Schattierungen auf ihrem Gesicht abgezeichnet.

Margot verschränkte die Arme noch fester vor der Brust. Die Frage, die sie stellen mußte, machte ihr beinahe angst – aber egal, sie stellte sie: „Und was möchtest du von mir?“

„Muß ich denn einen Grund haben? Kann ich nicht einfach so vorbeikommen, nur, um dich zu sehen?“ In seinen blauen Augen glitzerte der Schalk. Sein Lächeln war entwaffnend.

Margots Atem wurde flach. Ihr Herz schlug, als wolle es jeden Moment zerbersten. Irgendwie brachte sie die Worte hervor: „Na ja, ich denke ... Ich meine, das geht schon, klar ... Jedenfalls – ja, ich freue mich. Nein, das ist mir schon recht.“

Sein Lächeln nahm jetzt fast das ganze Gesicht ein. Er trat zu ihr heran und sagte: „Nun ja, eigentlich ist es eine geschäftliche Angelegenheit.“

„Geschäftlich?“ Es war nicht zu fassen: ein einziges Wort genügte, um ihre Gefühle aus den höchsten Höhen in Richtung Keller rutschen zu lassen.

Jan erklärte es ihr. „Vater, Breyton und ich haben uns unterhalten; na ja, und weil wir ja jetzt keine Frau mehr im Haus haben – ähm –, na ja, seit Rachel ...“

„Verstehe“, sagte Margot.

„Jedenfalls sind wir zu dem Schluß gekommen, daß wir eine Haushälterin brauchen. Und da hab ich natürlich an dich gedacht.“

„Natürlich.“

„Ich meine, das war ja deine Tätigkeit, als ich dich das erste Mal traf.“

Sie schwieg.

„Also, wie wär's?“ fragte er.

„Wie wär' was?“

„Hättest du Lust, unsere Haushälterin zu werden? Ich bin sicher, daß ich den Gouverneur dazu bewegen könnte, dich um unsertwillen freizugeben.“

Margot starrte ihn an. Er war hundert Prozent Arbeitgeber.

Den ganzen Rest ihres Lebens hindurch begriff Margot niemals, was als nächstes passierte; geschweige denn, daß sie es hätte erklären können. Sie spürte, wie ihre Lippen sich bewegten. Es war ihre eigene

Stimme. Und die Worte, die sie hörte, waren Worte des Einverständnisses. Ohne jede Überlegung. Ohne ihre Rückkehrabsichten nach Amsterdam auch nur in Betracht zu ziehen. Es kam einfach so heraus.

„Toll!“ sagte Jan. „Wann kannst du abreisen?“

„Wann wirst du mit dem Gouverneur sprechen?“

„Hab ich längst. Wir können aufbrechen, sobald du deine Sachen zusammengepackt hast.“

16

Die Kolonie lag hinter ihnen, und vor ihnen erstreckte sich die Ebene. Soeben brach die Sonne über den fernen Gipfeln im Osten hervor und blendete sie mit gleißendem Licht. Sie waren bereits seit einer Stunde unterwegs. Während dieser Zeit hatte Jan insgesamt fünf Wörter gesagt, und das war gleich nach dem Aufsteigen in den Sattel gewesen: „Es wird ein langer Ritt."

Margot ritt diesmal auf einem eigenen Pferd und folgte ihm mit zwei Längen Abstand. Nicht ein einziges Mal drehte er sich um, um zu sehen, ob sie überhaupt noch da war. *Du machst einen Fehler*, dachte sie, *einen großen Fehler. Wie konntest du nur so dämlich sein?*

Sie sah sich um und fragte sich, wie es möglich sein konnte, daß irgend jemand hier draußen leben wollte. Die Gegend war eine einzige Ansammlung von Staub und Geröll. Außer der einen oder anderen Schlange, die sich auf dem kargen Boden ringelte, gab es in dem verdorrten Land kaum Anzeichen von Leben.

Davon zeigte auch der Mann auf dem Pferd vor ihr ausgesprochen wenig. Er schien sich geistesabwesend dahinzuschleppen, sonst nichts. Margot erwog, ob sie sich abwerfen lassen sollte, nur um zu sehen, ob er dann Notiz von ihr nähme, oder einfach stehenzubleiben und abzuwarten, wie weit er sich entfernen würde, bevor er zurückschaute. Aber das schien ihr keine gute Idee zu sein. Wenn man aus der vergangenen Stunde etwas schließen konnte, würde er Meilen zurücklegen, bevor er sie vermißte.

Margot schlug die Zeit mit Überlegungen tot, wie sie ihre Zusage am besten rückgängig machen könnte. Jan hatte nichts darüber gesagt, auf welche Zeit ihre Beschäftigung angelegt war. Sie fragte sich, wie lange sie wohl würde bleiben müssen, um nicht unhöflich zu erscheinen. Ob ein Monat zu kurz war? Oder eine Woche?

Sie seufzte tief in der Hoffnung, daß Jan darauf reagieren werde. Nichts. Wie sollte sie es bloß schaffen, eine Woche – eine ganze Woche! – mit diesem Mann und seiner Familie auszuhalten? Da waren ja die Sklaven im Pferch höflicher und auf jeden Fall gesprächiger! Erst eine Stunde war sie mit ihm geritten, und schon das kam ihr wie eine Woche vor! Eine Woche würde ihr wie ein Jahr erscheinen und ein Monat wie die Ewigkeit!

Margot blickte mißmutig auf seinen staubigen Rücken. Man wußte nie, woran man mit ihm war! Gewöhnlich hielt er Distanz und blieb wortkarg, was ihr ja ganz recht war. Je weniger sie mit Männern zu schaffen hatte, um so besser. Aber dann wieder tat er Dinge, die in ihr das Verlangen auslösten, ihm die Arme um den Hals zu werfen – wie damals, als er gemeinsam mit ihr und Rachel das Komplott ausheckte, mit dem sie van Jaarsfeld bloßstellten, und kürzlich, als er mit ihr spazierengegangen war, an dem Tag, wo Rachel durchbrannte.

Er war offen, warmherzig und verletzlich – und zugleich ungeheuer stur. Meistens letzteres. Immer wenn sie dachte, er sei anders als die Fabarez' und van Jaarsfelds dieser Welt, sagte oder tat er etwas, das durch und durch männlich war. Und dann gab es hundertprozentig Streit.

Margot seufzte nochmal. Vielleicht war es am besten, wenn sie schweigend dahinritten.

Sie fragte sich, ob Jans Vater und sein Bruder genauso waren wie er. Obwohl es da gar nichts zu fragen gab: natürlich waren sie es! Man mußte sich ja nur vor Augen halten, was sie Rachel angetan hatten! *Du machst einen Fehler, und zwar einen großen!* Margot sagte es sich wieder und wieder. Wie hatte sie so bescheuert sein können, sich von ebendenselben Männern als Mamsell anheuern zu lassen, die Rachel verstoßen hatten? Sie mußte den Verstand verloren haben, sich in dieses Arrangement zu fügen!

Als sie anhielten, um Mittag zu essen, hatte Margot sich fest vorgenommen, wie und wann sie Jan eröffnen wollte, daß sie sich außerstande sehe, für ihn und seine Familie zu arbeiten. Sie saßen in gebührender Entfernung voneinander am Stamm eines großen Busches. Die Sonne stand hoch am Himmel, und es gab kaum Schatten.

Jan reichte ihr etwas Brot und Käse. Selbst biß er ein großes Stück Brot ab und kaute energisch, ohne auf sie zu warten. Niemals sah er sie direkt an, sondern ließ seine zusammengekniffenen Augen ziellos durch die öde Landschaft streifen.

„Wie weit noch?" fragte Margot.

„Wir sind auf halbem Wege." Er biß erneut von seinem Brot ab, ohne die Augen von der öden Ebene zu wenden.

Fünf Minuten wortlosen Kauens vergingen, bevor Margot wieder das Wort ergriff. „Das Leben hier draußen muß einem ja als gehörige Zumutung erscheinen," sagte sie, „wenn man zwischendurch mal in die Kolonie kommt."

„Wieso das?"

„Die veränderte Umgebung. Hier draußen ist alles nur flach und braun. Und die Kolonie ist so wunderschön: die blaue Weite des Ozeans auf der einen Seite und der Hang des Tafelberges auf der anderen. In diesen Anblick hab ich mich gleich verliebt, schon als ich ihn das erstemal sah, noch vom Deck des Schiffes aus."

„Kein Vergleich", sagte Jan mit Bestimmtheit, ohne mit dem Kauen aufzuhören.

Das ist ja wohl noch untertrieben, dachte Margot.

„Hier draußen ist es viel schöner", sagte Jan.

Margot war klar gewesen, daß sie und Jan die Dinge unterschiedlich sahen; aber bis zu diesem Augenblick hatte sie nicht gewußt, *wie* unterschiedlich. Wie konnte er diese platte Einöde der lieblichen Umgebung am Kap vorziehen? Der Mann hatte absolut keinen Geschmack.

Als hätte er ihre Gedanken gehört, stellte er klar: „Ich meine nicht das hier." Mit einem Stück weißem Käse in der Hand streckte er den Arm über die Ebene aus, bevor er erneut davon abbiß. „Das hier ist nichts. Warte, bis du Klaarstroom siehst!"

„Ach ja", erinnerte sich Margot, „‚Klarer Strom', so heißt ja euer Familiensitz." Sie schaute wieder in die trockene Einöde hinaus und fragte sich, ob bei dieser Namensgebung wohl der Wunsch der Vater des Gedankens gewesen war. „Erzähl mir davon!"

„Von Klaarstroom?" Ein Funkeln trat in seine Augen.

Margot ertappte sich, wie sie einen Anflug von Eifersucht niederkämpfte. Sie hatte davon geträumt, eines Tages genau dieses Funkeln in seinen Augen zu sehen, wenn er an sie dachte. *Damals, bevor mir auffiel, wie unterschiedlich wir sind*, gemahnte sie sich selbst.

Jan schüttelte den Kopf und stopfte sich das letzte Stück Käse in den Mund. „Du solltest es besser selbst sehen", sagte er kauend.

Margot war durchaus einverstanden damit, abzuwarten und sich ihr eigenes Bild von der Schönheit Klaarstrooms zu machen, doch lohnte jede Mühe, irgend etwas zu finden, das Jan zum Reden bringen könnte. Deshalb sagte sie, während sie aufstand und sich die Krümel vom Kleid strich: „Ach bitte, erzähl mir doch davon! Ich höre dir zu, während wir reiten. Dann vergeht die Zeit auch schneller."

Überraschenderweise hatte er keine Einwände. Diesmal gab er seinem Pferd nicht die Sporen, bevor sie an seiner Seite war. Allerdings fing er nicht gleich zu sprechen an, vielmehr mußte Margot ihn erst mit gerunzelter Stirn dazu auffordern, so, als wollte sie sagen: „Also, was ist jetzt?"

Dann aber grinste er wie ein kleiner Junge und fing an: „Nachts kannst du Leoparden hören. Oder manchmal, früh am Abend, hört man Paviane rufen. Solltest du Antilopen mögen – wir haben gut ein Dutzend verschiedene Arten. Ganze Herden davon sprenkeln das Tal. Und die Berge“, er rollte die Augen gen Himmel, als könnte er das passende Wort am Firmament lesen, „die Berge sind einfach unbeschreiblich! Du mußt sie einfach mit eigenen Augen sehen. Einige der Saumpfade oben in den Klippen sind so steil und schmal, daß einem ganz schwindlig wird. Auf den Höhen wachsen turmhohe Kiefern. Sie sind wie Zeigefinger, die auf Gott weisen. Und die Flüsse sind einfach großartig – kalt, mit starker Strömung und voller Forellen und Barsche, wohin das Auge blickt! Und dann die Vögel! Vögel jeder Art und Größe. Und wenn du ganz großes Glück hast – mir ist es zweimal im Leben so gegangen – kannst du im Fluß ein Nilpferd beobachten.“

Zwei Stunden lang beschrieb Jan in allen Einzelheiten, wie er in den Tälern und auf den Bergen des südafrikanischen Binnenlandes aufgewachsen war.

Mehrmals mußte Margot sich selbst ermahnen, ja den Mund zu halten. Der Grad seiner Begeisterung verblüffte sie total. Das war eine Seite Jan van der Kemps, von der sie nie zuvor etwas bemerkt hatte. Und obwohl sie angesichts der Unwirtlichkeit des Landes, das sie umgab, keine Zweifel hatte, daß er übertrieb, brachte er es doch fertig, in ihr Neugier auf das zu erwecken, was vor ihnen lag. Immer wieder ertappte sie sich dabei, wie sie erwartungsvoll den Bergen entgegensah, denen sie sich näherten.

Mit jedem Blick erhoben sie sich gewaltiger. Nach einer Weile wurde auch die Ebene immer bewachsener, und schließlich kam ein Flußlauf in Sicht.

„Wenn ich diesen Fluß überquere, kommt es mir immer vor, als überschritte ich die Grenze einer anderen Welt“, sagte Jan. „Ich freue mich immer auf diesen Übergang, denn dann habe ich es nicht mehr weit nach Hause.“

In Margot stiegen tiefe Gefühle hoch. Sie holte Luft, um ihrer Herr zu werden. Wie kam es, daß der Gedanke, nicht weit von Jans Zuhause zu sein, sie so berührte? *Weil du hier einen Fehler machst, darum!* sagte sie sich selbst und versuchte sich auf den Anblick zu konzentrieren, der sich ihr bot. Noch immer hatte sie nicht das Geringste gesehen, das zu Jans Schilderungen paßte.

„Das sind die Hottentotten-Holland-Berge“, sagte Jan und zeigte auf den Höhenzug vor ihnen. „Als die ersten holländischen Siedler so weit ins Landesinnere vordrangen, war diese Gegend hier von Hottentottenstämmen bewohnt. Einer der Siedler beschrieb dem Häuptling seine Heimat, und der gab ihm zur Antwort: ‚Das hier ist unser Holland – das Hottentotten-Holland.' Seitdem heißt das Land so."

Sie überquerten den Fluß.

Margot wußte es eigentlich besser, aber aus irgendeinem Grund hatte sie mehr erwartet. Allein, auch auf dieser Seite des Flusses war das Gras nicht grüner und der Himmel nicht blauer. Ihr kamen Erinnerungen an eine bestimmte Zeit ihrer Kindheit in den Sinn. Damals war eine Freundin Sylvies in ein größeres Haus umgezogen und konnte nicht anders, als ständig davon zu erzählen. Wochenlang hörten sie von der Frau nichts anders als Schilderungen des neuen Hauses: wie herrlich doch die Küche war, das Treppenhaus und auch das Schlafzimmer im Obergeschoß! Als Sylvie ihr dann endlich mit Margot einen Besuch abstattete, war Margot zutiefst enttäuscht. Es war nicht annähernd so pompös, wie die Frau es beschrieben hatte. Auf dem Nachhauseweg erzählte sie Sylvie von ihrer Enttäuschung. Die hatte ihr nur zärtlich die Hand getätschelt und gesagt: „Sie hat das Haus so beschrieben, wie es in ihren Augen aussieht."

Genau dasselbe läuft jetzt auch ab, schlußfolgerte Margot. *Jan beschreibt sein Zuhause so, wie er es sieht.* Solange er es für wunderschön hielt, spielte es überhaupt keine Rolle, ob sie es genauso sah oder nicht.

Jan zog die Zügel straff und stoppte, also tat sie dasselbe. „Folgen wir dem Fluß stromaufwärts!" sagte er.

„Geht's da zu deinem Haus?"

„Hmm – eigentlich nicht", sagte er verspielt. „Aber ich möchte dir was zeigen."

„Du bist der Führer", antwortete Margot amüsiert.

Sie schlugen einen Pfad ein, der am Fluß entlangführte. Es ging langsam bergauf. Erst wuchs nur Buschwerk am Weg, dann aber erblickten sie dickstämmige Kiefern, die sie im Zickzack umgehen mußten. Innerhalb von Minuten sank die Temperatur spürbar ab.

Plötzlich fiel von oben ein Kiefernzapfen herab und traf Jan mitten auf den Kopf. Verdattert schrie er „Aua!" und rieb sich den Schädel.

Margot mußte kichern. „Ich fange an, diesen Ort zu mögen!" sagte sie.

Doch dieser Heiterkeit war nur kurze Dauer beschieden, denn alsbald zischte ein Zapfen unmittelbar an ihrem eigenen Kopf vorbei. Sie rief „He!" und duckte sich.

Jan sah in die Bäume hinauf und zeigte auf etwas: einen Affen, ein graues Muttertier mit schwarzem Gesicht, das mit seinen zwei Sprößlingen weit oben auf einem Ast saß. Die Mutter sah zu ihnen herab und rupfte soeben einen weiteren Zapfen ab, den sie nach ihnen warf. Die zwei Jungen beugten sich vor, um ihn fallen zu sehen. Er verfehlte Jan nur knapp.

„Wie schön!“ rief Margot.

„Du würdest sie nicht mehr schön finden, wenn du diejenige gewesen wärst, die sie auf den Kopf getroffen hätten!“ Jan wandte den Affen das Gesicht zu und stieß einen Heullaut aus. Aufgeschreckt sprang die Mutter von Baum zu Baum. Ein Junges hielt sich an ihrem Nacken fest, das andere folgte ihr auf den Fersen.

„Jetzt hast du ihnen Angst gemacht!“

„Natürlich hab ich das! Ich wollte nicht noch 'nen Höcker auf meinem Kopf!“ Er befingerte seine Beule. „Es blutet!“ Er hielt ihr seine Finger entgegen.

Sie sah einen kleinen roten Fleck an einem Finger. „Sei nicht so ein Kindskopf! Du tust gerade so, als wenn's ans Sterben ginge!“

Jan stieg ab, kniete am Wasser nieder, machte ein Taschentuch naß und legte es sich mit schmerzverzerrtem Gesicht auf den Kopf.

Margot nutzte die Gelegenheit, sich die Beine zu vertreten. Sie hatte gar nicht gemerkt, wie steif sie geworden war, bis sie versuchte, ihren Rücken zu strecken.

Sie schlenderte ans Flußufer, schaute ins Wasser und überließ sich dem Entzücken, in das sie die schnelle Strömung und das gurgelnde Glucksen versetzten. An manchen Stellen konnte sie bis auf den Grund sehen, wo vielfarbige, glattgeschliffene Kiesel so akkurat lagen wie Dachschindeln. An anderen Stellen, wo das Wasser an vorstehenden Felsklippen wilde Strudel bildete, war das Flußbett dunkel. Dort bildete sich weißer Schaum, und ein leichter Dunstschleier stieg über dem Fluß auf, als wollte er seinen Geist aufgeben. Nachdem sie den ganzen Tag durch die dürre Ebene geritten war, verschafften ihr die frische, feuchte Luft und das Rauschen des Wassers ein herrlich belebendes Gefühl.

„Schaust du mal nach meinem Kopf?“ fragte Jan und hielt ihn ihr hin, wobei er mit beiden Händen sein Haar auseinanderschob, damit sie die Stelle sehen konnte, an der ihn der Kiefernzapfen getroffen hatte.

Margot warf einen Blick darauf. „Es ist bloß ein Kratzer.“

„Fühlt sich aber nach mehr an“, sagte er, während er sich aufrichtete und sein Haar in Ordnung brachte. „Können wir weiter? Wir müssen uns beeilen, sonst ist es dunkel, bevor wir auf Klaarstroom ankommen.“

Der Weg stieg beharrlich weiter an. Als sie die Bäume hinter sich ließen, stieß Margot einen kleinen spitzen Schrei aus.

Jan sah sich nach ihr um. Augenscheinlich erfreute ihn ihre Reaktion.

Sie drückte eine Hand gegen ihre Brust und rief aus: „O Jan! Das raubt mir den Atem! Du hast ja maßlos untertrieben!"

Vor ihnen lag eine weite offene Fläche, die dicht an dicht von Blüten bedeckt war, so daß es aussah wie ein kunstvoller orientalischer Teppich. Purpurrote Erika mischten sich mit scharlachfarbenen wilden Schwertlilien und Feuerblumen von hellem Orange. Dazwischen gestreut breiteten sich weiß-blaue Waldorchideen aus.

„Jetzt weiß ich, wo Jakob die Idee für Josephs bunten Rock hernahm", sagte sie.

In der Ferne erhob sich eine Reihe schwindelerregender Klippen, die wie stille Wächter über dem Blumenteppich aufragten. Zwischen ihren dunklen, scharfkantigen Umrissen suchten sich geheimnisvolle Alabasterwolken auf leisen Sohlen ihren Weg.

„Also, wie findest du jetzt meine Heimat?" fragte Jan.

Margot schüttelte ungläubig den Kopf. „Ich bin sprachlos."

„Nur noch ein kleines Stückchen, dann zeige ich dir, warum ich dich hier raufgeführt habe."

„Gibt's denn noch mehr als das hier zu sehen?"

Die Blütenfläche zu durchqueren war, als glitte man auf einem Blumenmeer dahin. Sogar Margots Pferd schien etwas von der Schönheit des Ortes zu empfinden: keine Spur mehr von der schwerfälligen Gangart, mit der es sie über die Ebene getragen hatte. Jetzt bewegte sich das Tier weich und mühelos durch die Farbenpracht.

Jan führte sie zwischen zwei weit auseinanderstehenden Felsklippen hindurch, die für Margot wie zwei massive steinerne Unterarme aussahen, die sich gen Himmel reckten. Erneut war der Fluß zu hören. Je weiter sie in die Schlucht hineinkamen, um so lauter wurde das erregende Rauschen stürzenden Wassers.

Jan stieg ab und machte stolz, die Hände in den Hüften, ein paar Schritte nach vorne. Er sagte kein Wort, sondern ließ die Szenerie für sich selber sprechen.

Von einem Überhang hoch oben stürzte sich der Fluß in einen felsigen Abgrund. Es sah aus, als zögerte das Wasser einen Augenblick, überrascht, kein Flußbett mehr unter sich zu haben, dann aber warf es sich immer schneller den Felsen drunten im Talkessel entgegen, wo es klatschend und prasselnd aufkam und sich auf wunderbare Weise in einen lichten Nebel verwandelte, der um einen Regenbogen wirbelte. Ein kristallklarer Teich sammelte die fallenden Tropfen und ließ sie in eine enge Schlucht ablaufen, von wo aus der Fluß die Blumenwiese erreichte und weiter zu Tal ging.

Margot stand auf einem kühlen grünen Moospolster, das sich bis zum Fuß der Klippen erstreckte, wo es an mehreren Stellen sinnloserweise versuchte, die steilen Felsen zu erklimmen. Das Licht des späten Nachmittags fiel in steilem Winkel in die enge Schlucht ein und überzog das Tal, wo immer es hinkam, mit allen möglichen leuchtenden Farben.

„Dies ist mein allerliebster Platz auf der Welt", sagte Jan.

Margot vollführte eine langsame Pirouette, während sie staunend das Meisterwerk des Schöpfers in sich aufnahm. In ganz Europa fand sich keine Kathedrale, die es jemals mit dieser Schlucht würde aufnehmen können, wenn es darum ging, die Sinne eines Menschen auf Gott auszurichten.

„Vielen Dank, Jan", sagte sie. Ihre Worte hörten sich angesichts der erhabenen Schönheit des Wasserfalls platt und belanglos an, aber andere fielen ihr nicht ein. „Danke, daß du mir das gezeigt hast."

„Ich wollte es gerne mit dir teilen", erwiderte er.

Er stellte sich neben sie, so dicht, daß sie die Wärme seines Armes an dem ihren spüren konnte. Ein paar Sekunden früher hatte Margot noch gedacht, daß nichts sie so schnell von der Schönheit der Schlucht würde ablenken können. Indes, sie hatte sich getäuscht. Inmitten all der natürlichen Pracht nahm sie jetzt nur eines wahr: wie nahe sie Jan van der Kemp war.

Er senkte den Kopf und sprach mit so leiser Stimme, daß seine Worte vor dem Rauschen des Falls kaum zu verstehen waren. „Die ganze Zeit seit heute morgen hab ich nach den richtigen Worten gesucht, um dir dafür zu danken, daß du mir mit Rachel so geholfen hast. Erst die Sache mit van Jaarsfeld und dann – dann an dem Tag, als sie davonlief. Ich hab mich so gefreut, als du darauf bestandst, mit mir zu reiten, um sie zu holen. Ich wußte: Wenn Rachel auf irgendwen hört, dann auf dich. Ich weiß gar nicht, ob du dir bewußt bist, wie sehr sie dich bewundert."

„Das beruht auf Gegenseitigkeit", sagte Margot. „Rachel und ich sind uns in vielem ähnlich."

Jan trat vor Margot hin, so daß sie Auge in Auge standen. Die blaßblauen Augen, die jemandem in aller Schärfe auf den Grund der Seele zu blicken vermochten, waren jetzt so ruhig wie der Wasserspiegel des

Teichs hinter ihm. „Rachel ist nicht das einzige Mitglied der Familie van der Kemp, das dich mag", sagte er.

„Ja?" Margot fühlte, wie ihr das Blut in die Wangen stieg. Sie versuchte fest zu bleiben und seinem Blick standzuhalten. Aber sie vermochte es nicht und senkte den Kopf.

Zögernd hob er ihr seine Hand entgegen. Warm drückte sich seine Handfläche gegen ihr Gesicht. Sie schloß die Augen und spürte ihn noch intensiver. Langsam liebkoste er mit seinem Daumen ihre Wange, nur ein einziges Mal.

„Ich glaube, du weißt, was ich für dich empfinde", flüsterte er.

Sie hob den Kopf und schlug die Augen auf. Das, so hoffte sie, würde ihm signalisieren, daß sie sich einem etwaigen Versuch seinerseits, sie zu küssen, nicht entziehen würde. Doch als sie die Augen wieder aufmachte, war er fort! Im selben Augenblick hatte er seine Hand von ihrem Gesicht zurückgezogen. Sie sah nur noch seinen Hinterkopf.

Fröhlich rief er ihr über die Schulter zu: „Hier wird es rasch dunkel! Ich möchte, daß du noch vor Sonnenuntergang das Haus siehst."

Wie im Taumel versuchte Margot einen klaren Kopf zu bekommen. Sie kam sich vor, als seien all ihre Gefühle zu Boden gekullert und rollten nun nach allen Himmelsrichtungen davon. Sie wußte nicht, welches sie als erstes einzufangen versuchen sollte: Ärger oder Freude, Enttäuschung oder Liebe?

Irgendwie brachte sie es fertig, ihr Pferd zu besteigen und Jan nachzusetzen, der schon aus der Schlucht hinausritt.

* * *

Als sie sich dem van der Kempschen Anwesen näherten, schmiegte sich die Sonne bereits dicht an den westlichen Horizont.

Je näher sie Klaarstroom kamen, um so offensichtlicher änderte sich Jans Haltung. Alle Wärme und Freundlichkeit verschwanden. Sein Rücken straffte sich, sein Blick wurde hart und unerbittlich, der Mund war nur noch ein dünne, schmale Linie.

„Wir sind fast da", sagte er.

Margot nickte angespannt. Sie hatte ungute Vorahnungen, und Jans Verkrampftheit war nicht gerade hilfreich. Gleich würde sie seinem Vater und seinem Bruder gegenüberstehen. *Du machst einen Fehler!*

Seite an Seite ritten sie eine Allee halbwüchsiger Eichen entlang. „All diese Bäume wurden auf Anordnung der Compagnie gepflanzt", erklärte Jan. „Einer unserer früheren Gouverneure hatte eine Schwäche für Eichen. Unser Nutzungsvertrag für dieses Land enthielt eine Klausel, derzufolge wir Eichen anzupflanzen hatten. Ich selbst habe als kleiner Junge mitgeholfen, die Löcher auszuheben." Sie kamen an eine Einfahrt, die scharf rechts abzweigte. „Da sind wir!"

Seine Worte lagen Margot wie in Kloß im Magen. Jan ritt voran, und sie lenkte ihr Pferd die breite Zufahrt entlang, die durch eine Obstplantage führte. Am Ende des Weges erhob sich ein großes weißes Haus mit einem Holländergiebel.

„Oh, wie hübsch!" rief sie aus.

Das war kein leeres Kompliment. Sie war echt beeindruckt, daß so tief im Landesinneren ein solches Gebäude stand. Das Haus der van der Kemps war groß und geräumig. Es hatte die landestypischen mit Muschelkalk weißgetünchten Außenwände. Die Vorderfront war als repräsentative Fassade ausgeführt, die nach oben in einen gerundeten Giebel auslief. Zu beiden Seiten war die Fassade auf halber Höhe mit Ornamenten verziert, die wie die Enden zweier aufgewickelter Schriftrollen aussahen. Dichter am Giebel wiederholten sich diese Verzierungen, nur kleiner. Die Mitte der vorderen Front bildete ein breites, doppelflügeliges Fenster im ersten Stock.

Über die ganze Breite des Hauses erstreckte sich eine erhöhte Veranda. Die Eingangstür wurde von zwei symmetrischen Fenstern flankiert. Als Dachstützen dienten viereckige, efeuumrankte Pfeiler. Von der Vorderseite aus konnte man nicht auf direktem Wege auf die Veranda gelangen, sondern mußte einen von zwei Treppenaufgängen benutzen, die parallel zur Fassade verliefen und sich in der Mitte zu einer breiten Freitreppe vereinigten.

„Gefällt es dir?" wollte Jan wissen.

„Es ist sehr schön."

„Ich kann mich nicht damit brüsten", antwortete er. „Mein Vater und mein Bruder haben es gebaut. Allerdings haben sie sich beinahe gegenseitig umgebracht, bevor es fertig wurde."

Der Kloß wurde immer dicker.

„Gehen wir rein! Ich stelle dich vor."

Als Margot einen letzten Blick von draußen auf das Haus warf, berührte die Sonne in ihrem Rücken den Horizont. Plötzlich trafen die Sonnenstrahlen fast waagerecht auf die Fensterscheiben auf. Die Pracht der Sonne widerspiegelnd, glänzten die Fenster, als beständen sie aus Gold.

17

Das Haus der van der Kemps entsprach der typischen Bauweise am Kap. Nachdem Jan Margot durch die Vordertür eingelassen hatte, fand sie sich in einem geräumigen, lichten und luftigen Heim. Verglichen mit den kleinen, düsteren Zimmern, in denen sie in Amsterdam aufgewachsen war, war dies geradezu ein Herrenhaus.

Der Grundriß des Hauses bildete ein großes T, wobei die Fassade den Querstrich darstellte. Linkerhand lagen Speisezimmer und Küche, während sich nach rechts zu die Eingangshalle zu einem großen Salon verbreiterte. Die übrigen Zimmer lagen hinten hinaus und ergaben den senkrechten Strich des T. Im Schnittpunkt der beiden Linien führte eine Treppe nach oben. Margot nahm an, daß sie zu dem Zimmer im ersten Stock führte, dessen doppelflügeliges Fenster den Mittelpunkt der Vorderfront des Hauses bildete.

Die Decken waren in einem hellen, gelblichen Holz gehalten, abgesetzt durch reichverzierte rote Balken aus einem Holz, das die Kapbewohner des merkwürdigen Geruchs wegen, der entstand, wenn man es zersägte, „Stinkholz“ nannten. Aus demselben dunklen Holz waren die Fußböden gearbeitet, wodurch die hellen Decken noch mehr abstachen. Alle Zimmer waren mit hübschen, handgemachten Möbeln eingerichtet, die ebenfalls aus „Stinkholz“ bestanden und schlichte Intarsien trugen.

Margot strich mit dem Finger über die polierte Lehne eines Stuhls, der neben der Tür stand, und rief aus: „Welch schöne Arbeit! Diese Stühle sind wesentlich feiner als die in der Residenz. Ich wußte gar nicht, daß es in der Kolonie einen Handwerker gibt, der solche Arbeiten herstellen kann.“

„In der Kolonie gibt's auch keinen“, antwortete Jan. „Der Mann, der den Stuhl gebaut hat, wohnt in diesem Haus: mein Bruder Breyton. Er hat übrigens auch die übrigen Möbel in diesem Haus angefertigt.“

Margot ließ ihren Blick von einem Stück zum nächsten wandern. „Es sind wunderschöne Arbeiten.“

„Was Breyton macht, das macht er gut“, sagte Jan. „Nur laß ihn nicht wissen, daß ich dir das gesagt habe.“

Während sie die Einrichtung bewunderte, nahm Margot zugleich eine rasche Einschätzung des Pflegezustands der Räume vor; denn sie wollte wissen, wieviel und was für Arbeit sie vor sich hatte. Zu ihrer freudigen Überraschung – gemessen daran, daß das Haus im wesentlichen von drei Männern bewohnt wurde – waren sie ganz gut in Schuß. Sicher, es gab einiges zu tun, aber doch nicht mehr als eine gründliche Reinigung. Es würde nur ein paar Tage dauern, bis die Böden und das Mobiliar genauso glänzen würden wie das Inventar der Gouverneursresidenz.

Jan brachte sie an die Treppe und sagte: „Dein Zimmer ist oben."

Margot linste die Treppe hinauf.

„Es war Rachels Zimmer", fügte er hinzu. Als er den Namen aussprach, machte sich ein kurzes Zittern in seiner Stimme bemerkbar.

„Und meine Truhe?"

„Wie ich schon sagte, bevor wir losritten, habe ich Sorge dafür getragen, daß sie angeliefert wird. Unser nächster Nachbar, Cyrus Steenkamp, wird sie mitbringen, wenn er mit Vorräten aus der Kolonie zurückkehrt. In zwei Tagen sollte er hier sein."

Als Jan gekommen war, um sie zu holen, hatte er nicht erwartet, daß sie eine derart ausladende Truhe ihr eigen nannte. Sonst, hatte er gesagt, wäre er mit dem Wagen gekommen. Margot fragte sich, wie er wohl reagieren würde, wenn er wüßte, daß die Truhe einst Uys van Jaarsfeld gehörte.

Die Eingangstür ging auf, und Margot erkannte Pieter und Breyton van der Kemp wieder, die sie auf dem van Jaarsfeldschen Empfang gesehen hatte. Sie verspürte ein heftiges Angstgefühl in der Magengrube. Sie erkannte die beiden Männer von dem Empfang her wieder – würden auch sie sich an sie, Margot, erinnern? Schließlich war es van Jaarsfeld damals trefflich gelungen, sie vor jedermann zu erniedrigen.

„Wo bist du gewesen?" donnerte Pieter. „Du hast wahrhaftig lange genug gebraucht, um dich hier wieder sehen zu lassen. Bist du über Batavia gekommen?" Nach seinem Gesichtsausdruck zu urteilen, kannte er keinerlei Humor.

Jan ignorierte den väterlichen Ausbruch und umging es, direkt auf Pieters Frage zu antworten. Statt dessen sagte er: „Vater, Breyton, das hier ist Margot de Campion, unsere neue Haushälterin."

Pieter trat vor und gab ihr die Hand. Lebenserfahrene Augen musterten sie. Sie blickten höflich drein, nicht aber freundlich.

Margot war erneut verblüfft, wie ähnlich Jan seinem Vater war. Der Mann, der ihr die Hand drückte, sah haargenau wie Jan aus, nur um einiges älter. Plötzlich sah sie einen Funken des Wiedererkennens in seinen Augen aufblinken, und ihr sank das Herz.

Als Pieter van der Kemp sprach, klang es wie eine richterliche

Urteilsverkündung. „Sie sind das Mädchen vom Empfang!“ sagte er und ließ abrupt ihre Hand los.

Margot fühlte, wie ihr die Hitze ins Gesicht stieg.

„Ah, da habe ich also das Gesicht schon gesehen!“ fiel Breyton, der hinter seinem Vater stand, ein. Jans jüngerer Bruder hatte ein vergnügtes, gewinnendes Lächeln. „Vater“, sagte er, „du wirst zugeben müssen, daß van Jaarsfeld sie seinerzeit äußerst unfreundlich behandelte!“

„Er hat's ihr heimgezahlt“, fügte Jan hinzu. „Auf der Überfahrt hierher versuchte van Jaarsfeld Margot zu verführen. Sie hat ihm einen Strich durch die Rechnung gemacht.“

Beide van-der-Kemp-Söhne sprachen van Jaarsfelds Namen mit demselben Ekel aus.

Pieter indes schien nach wie vor nicht völlig überzeugt, daß Margot die Behandlung, die ihr auf dem Empfang zuteilgeworden war, nicht doch irgendwie verdient hatte, sagte aber zögernd: „Nun ja, wie alle wissen ja, woran wir mit *Mijnheer* van Jaarsfeld sind, nicht wahr?“

Der jüngste van der Kemp trat zwischen seinen Vater und Margot und sagte: „Ich bin Breyton.“

Er war schlanker als die beiden anderen, und seine Hände waren feiner, ohne die Schwielen des Vaters und des Bruders. Er hatte dunkle Haare und Augen, und ihr fiel erneut auf, daß er zwar den anderen ähnlich war, aber weitaus mehr Rachel glich als Vater und Bruder. Was ihn aber am schärfsten von den anderen abhob, war sein sorgfältig gestutzter, der neuesten Mode entsprechender Schnurrbart.

„Ich war gerade dabei, Ihre handwerkliche Kunst zu bewundern“, sagte Margot und zeigte auf das Mobiliar.

Breyton schien sich über ihr Kompliment zu freuen. „Vielen Dank, meine Dame“, sagte er. Seine Persönlichkeit hatte etwas Einnehmendes und Elegantes an sich, das sowohl seinem Vater als auch Jan abging.

„Das also ist das Mädchen, das dir ins Auge gestochen ist“, sagte Pieter barsch zu Jan. „Nun, hübsch ist sie ja – aber bös dünn. Kann sie denn kochen und putzen?“

Jan wurde rot.

„Ich bin eine gute Haushälterin“, versicherte Margot rasch, um sich nichts von ihrer Verlegenheit anmerken zu lassen.

„Hören Sie nicht auf ihn“, sagte Breyton. „Es ist nur, weil Jan immerhin einunddreißig ist und es vor Ihnen noch keinem einzigen Mädchen gelungen ist, auch nur sein Interesse zu erwecken.“

Margot errötete.

„Ich habe sie als Haushälterin hergeholt und sonst nichts!“ ereiferte sich Jan.

Pieter verschränkte die Arme und fragte: „Glauben Sie an Gott?“

„Ja“, antwortete Margot. Sie war froh, aber zugleich etwas überrascht über den jähen Themenwechsel.

„Und an die Bibel?“

„Vater, du bist nicht die Inquisition!“ wandte Breyton ein.

Pieter reagierte mit einer Aufgebrachtheit, die weit übers Ziel hinausschoß. Der Grad seiner Ungnade ließ auf ein seit langem schwieriges Vater-Sohn-Verhältnis schließen.

Am meisten entsetzt jedoch war Margot über Breytons Reaktion. Der Jüngere strahlte auf einmal etwas ganz anderes aus. Hätte sie nicht persönlich diesen Wandel mit angesehen, so wäre sie überzeugt gewesen, er habe eine Maske aufgesetzt. Seine Augen loderten, und sein Gesicht wurde düster, ja böse. Margot verstand nicht, wie jemand von derart düsterer Ausstrahlung Möbelstücke von solch himmlischer Vollkommenheit herstellen konnte.

„Ich werde nicht dulden, daß eine Heidin unter meinem Dach lebt!“ bellte Pieter.

„Es macht mir nichts aus, die Frage zu beantworten“, sagte Margot in der Hoffnung, den Streit ins Leere laufen lassen zu können. „Jawohl, ich glaube an die Bibel.“

„Ihre Eltern sind beide Christen und beide Holländer?“

Breyton warf den Kopf zurück und lachte. „Das ist ja lächerlich!“

Margot antwortete rasch, um ihm zuvorzukommen. „Meine Eltern wurden umgebracht, als ich klein war. Sie waren Franzosen, Hugenotten.“

Doch Breyton gab sich nicht zufrieden, sondern fuhr seinen Vater an: „Was ist mit dem Alten Knob? Er ist 'n Heide und lebt unter deinem Dach!“

„Er lebt in seiner eigenen Hütte!“ dröhnte Pieter.

„Welchselbige direkt neben unserem Haus steht, und zwar auf unserem Grund und Boden!“ schrie Breyton zurück. „Das ist für mich nichts anderes, als unter diesem Dach zu leben!“

„Ja, für dich, selbstverständlich!“ brüllte Pieter. „Du hast ja sowieso zuhauf verdrehte und verderbte Ideen in deinem Schädel!“

„Vater –“ Jan versuchte sich einzumischen, indem er seinem Vater die Hand auf den Arm legte. Er sprach beschwichtigend. „Es war ein langer Ritt für Margot. Wenn das alles wäre, würde ich ihr gern ihr Zimmer zeigen.“

„Tu das!" bellte Pieter unverändert wütend. Er ließ Breyton nicht aus den Augen. Der schnaubte nur, schüttelte den Kopf und ging steifbeinig hinaus, nicht ohne die Tür krachend ins Schloß zu werfen.

Pieter stierte ihm nach.

Jan bedeutete Margot, ihm nach oben zu folgen, was sie nur allzu gerne tat.

* * *

Das Zimmer am oberen Ende der Treppe war das schönste, in dem Margot jemals gelebt hatte. Es hatte die gleiche Holzdecke, die gleichen rötlichen Deckenbalken und Fußbodendielen wie das übrige Haus. Die Bettstelle war ein exquisites Stück mit feingedrechselten Pfosten. Sie bestand aus dem gleichen feinen, rötlichen Holz wie ein passend gearbeiteter Stuhl und eine Kommode mit Spiegel.

Von dem doppelflügeligen Fenster aus überschaute man die Obstplantage, die sich vor dem Haus erstreckte. Von ihrem erhöhten Aussichtspunkt konnte Margot sehen, daß die Plantage in Form eines Achtecks angelegt war und im rechten Winkel von zwei Fahrwegen durchzogen wurde, die wie ein großes Pluszeichen aussahen.

Doch so elegant ihre Umgebung auch sein mochte, Margot fand keine Entspannung. Zum einen roch das Zimmer nach Rachel – eine unheimliche Erinnerung an die Abwesenheit des Mädchens und sein Schicksal. Und dann war da der ungleiche Empfang, der Margot vonseiten der van der Kemps zuteilgeworden war. In was für eine Fehde war sie da hineingeraten? Und was in aller Welt mochte Jan seinem Vater und seinem Bruder gesagt haben, daß sie solche Bemerkungen über sein Interesse an ihr machten? Das Bild van Jaarsfelds drängte sich in ihre Gedanken. War sie schon wieder mit irgendwelchen verdorbenen Absichten in eine prekäre Situation hineingelockt worden?

Wie ein unaufhörlicher Kehrreim spukten die Worte in ihrem Kopf herum, die sie während des Ritts über die Ebene gedacht hatte: *Du machst einen Fehler! Du machst einen Fehler!*

Ihre erste Klaarstroomer Nacht verbrachte Margot auf dem gedrechselten Stuhl sitzend. Sie fand keine Ruhe. Erst als die Morgensonne einen langen Schatten über die achteckige Plantage warf, stand sie aus dem Stuhl auf.

* * *

Margot war erleichtert, als sie feststellte, daß sie den ersten Tag auf Klaarstroom allein verbringen würde.

Sie kam die Treppe herab und traf in der Küche einen schwarzen Sklaven an, der sich als Ding vorstellte. Er war ein fröhlicher Mann mit großen weißen Zähnen. Als sie auftauchte, saß er auf einer Arbeitsplatte. Kaum war er ihrer ansichtig geworden, hopste er herunter und unterrichtete Margot, daß die *Mijnheers* van der Kemp den ganzen Tag außer Haus sein würden. Pieter und Jan seien fortgeritten, um nach den Herden zu sehen, und Breyton sei – nun ja, weg. Sobald er die Nachricht losgeworden war, verkündete Ding, daß er an seine Arbeit draußen auf den Feldern zurückkehren werde. Mit blitzenden weißen Zähnen ließ er sie stolz wissen, er sei der Vorarbeiter der Sklaven, die in der Feldarbeit eingesetzt waren.

„Warte noch!“ rief Margot. „Werden die *Mijnheers* van der Kemp zum Abendessen zurück sein?“

„O nein, *Mejuffrouw*. Die kommen spät erst.“

„Ja, und ist denn hier niemand, der mir zeigen kann, wo ich meine Sachen finde?“

„Sachen?“

„Putzmittel, Besen, solche Sachen eben.“

Ding nickte. „Sachen finden Sie in der Kammer.“

„Warte!“ rief Margot erneut. „Sind noch andere im Haus?“

„Andere?“

„Dienstboten, Verwandte, die ich noch nicht kenne-“

Ding sah verwirrt aus. „Außer Ihnen ist keiner da.“

Margot dachte an den langen Korridor und fragte sich, wie viele Zimmer es wohl noch geben mochte, von denen sie noch nichts gesehen hatte. „Nun ja, wenn es so steht“, sagte sie, „dann muß ich wohl klarkommen.“

Ding legte den Kopf schief. „Scheuen Sie die Arbeit, *Mejuffrouw*?“

„Wie bitte? – O nein, überhaupt nicht“, stammelte sie. „Danke –“, ihr fiel sein Name nicht mehr ein, „Dong.“

„Ding“, verbesserte er.

„Tut mir leid, Ding.“

„Ich geh’ dann.“ Er wandte sich zur Tür.

„Ist gut, und nochmals danke.“

„Sie wiederholen sich“, sagte Ding zwischen Tür und Angel und zeigte seine Zähne, ausgesprochen viele Zähne. „Sie sind anständig, *Mejuffrouw*. Aber wenn man in einem neuen Land ist, sollte man das Sprichwort beherzigen, das mir meine Mutter früher immer sagte: ‚Die Küchenfliege scheut den Fettnapf.'“ Es kamen noch ein paar Zähne mehr zum Vorschein, dann war er fort.

Am Ende ihres ersten Tages war Margot erschöpft. Nachdem sie den Vormittag gebraucht hatte, um alle Räume zu erkunden, hatte sie den Nachmittag mit Scheuern, Wischen und Polieren verbracht. Abgesehen von Begegnungen mit Sklaven, die gelegentlich kamen und gingen und sie neugierig musterten, sah sie niemanden. Auch aß sie nichts, sondern zog es vor, durchzuarbeiten. Nachdem sie erst einmal begonnen hatte, mochte sie einfach nicht aufhören. Es war so gut, wieder mit Putzen beschäftigt zu sein und sich über makellos glänzende Zimmer zu freuen. Dieses Gefühl des Stolzes auf gute Arbeit erinnerte sie an Sylvie und an Holland.

Es war schon spät, als sie endlich die Treppe zu ihrem Zimmer hinaufstieg und ins Bett fiel. Minuten später schlief sie so fest, daß sie die zu Pferde heimkommenden Männer nicht mehr hörte.

* * *

Als Margot am nächsten Morgen aufstand, waren die van der Kemps schon wieder fort. Diesmal hatten sie niemanden zurückgelassen, um ihr eine Nachricht zu überbringen, also machte sie sich Frühstück und begann mit dem Putzen.

Kurz nach dem Mittag band Jan sein Pferd vor dem Haus an und kam gerade lang genug herein, um ihr zu sagen, daß sie abends ein Essen wünschten. Auf ihre Frage, was sie denn kochen solle, antwortete er mit einem bloßen Schulterzucken und der Bemerkung, sie solle halt zubereiten, was sie so finde. Dann ritt er wieder davon.

„Wie wär's mit etwas Wasser und Seife?“ fragte sie mit Blick auf die Tür, die hinter ihm ins Schloß gefallen war. „*Das* hab ich gefunden!“

Nachdem sie ein wenig in der Speisekammer herumgekramt hatte, bereitete Margot eine Mahlzeit aus Hammelfleisch, Kohl und Karotten zu. Auch etwas Brot und Käse hatte sie vorgefunden. Lange bevor die Männer heimkehrten, stand das Essen fertig auf dem Tisch.

Während sie wartete, kam Margot vor Angst beinahe um. Sie hatte keine Ahnung, wann die Männer kommen würden; sie wußte nicht, was sie mochten und was nicht oder wie sie ihr Essen zubereitet haben wollten; und außerdem wurde es, je weiter die Uhrzeiger vorrückten, immer schwieriger, das Mahl warmzuhalten, ohne es zu verderben. Jedesmal wenn sie Hufgetrappel näherkommen hörte, machte ihr Herz einen Satz. Sie wünschte so sehr, daß sie heimkamen, bevor das Essen hinüber war – und andererseits sah sie den Männern mit Schrecken entgegen.

Als Pieter und Jan endlich kamen, war es spät geworden. Breyton war nicht in ihrer Begleitung.

Pieter war der erste, der durch die Tür polterte. Gesicht, Hände und Kleider waren mit einer dicken Staubschicht überzogen. Ohne Margot zu begrüßen, fragte er sie, ob sie Breyton gesehen habe. Als sie verneinte, grummelte er etwas Unverständliches und stapfte Richtung hintere Räume davon.

Jan folgte ihm auf dem Fuße, noch verdreckter als sein Vater, soweit das überhaupt möglich war. Mit einem knappen Seitenblick auf Margot ging er seinem Vater durch den langen Korridor nach.

Margot begab sich wieder in die Küche und wartete, nervös ihr Essen hütend, auf die Rückkehr der Männer.

Bevor sie wieder auftauchten, verging beinahe eine halbe Stunde. Immerhin waren sie gewaschen und trugen frische Kleider. Sie setzten sich an den Tisch, und Margot trug das Essen auf.

Im selben Augenblick flog die Eingangstür auf, und Breyton schlenderte herein. An ihm war keinerlei Schmutz zu sehen. Er marschierte geradewegs auf den Tisch zu und nahm Platz.

Pieter stierte ihn an.

Breyton mied geflissentlich den Blick seines Vaters.

Margot sah eilfertig zu, daß sie ihre Speisen aufgetragen bekam. Während sie mehrmals zwischen Küche und Speisezimmer hin- und herging, saßen die drei Männer schweigend am Tisch und sahen weder sie noch einander an. Als die letzte Schüssel auf dem Tisch stand, drehte Margot sich um und wollte wieder in die Küche gehen.

„Da fehlt ein Gedeck“, sagte Pieter.

„Tut mir leid“, sagte Margot, „ich wußte nicht, daß Sie noch jemanden erwarten. Ich stelle sofort noch eines dazu.“

Augenblicke später kam sie mit einem weiteren Gedeck an.

Pieter bedeutete ihr, für die vierte Person an seiner Seite und Jan gegenüber zu decken.

Margot arrangierte den Teller aus chinesischem Porzellan sowie das Besteck und wandte sich erneut zum Gehen.

„Wo gehen Sie hin?“ fragte Pieter.

„Falls Sie etwas brauchen – ich bin in der Küche.“

„Haben Sie denn schon gegessen?“

Margot schüttelte den Kopf.

„Sie essen mit uns“, sagte Pieter und bedeutete ihr, neben ihm Platz zu nehmen.

Margot sah Jan und Breyton an. Beide beobachteten sie.

„Ich glaube wirklich nicht, daß das angemessen ist“, sagte sie.

„Warum nicht?“

„Na ja, ich bin doch nur die Haushälterin.“

„Unsinn! Setzen Sie sich hin!“ sagte Pieter.

Verlegen ihre Röcke glattstreichend, zog Margot den ihr angewiesenen Stuhl hervor und setzte sich neben Pieter van der Kemp.

Kaum hatte sie Platz genommen, als der Patriarch der van der Kemps auch schon den Kopf neigte und ein Dankgebet für das Essen sprach.

Danach war eine lange Zeit nichts anderes zu hören als das Klirren der silbernen Bestecke und des chinesischen Porzellans.

Margot hob die Augen nicht von ihrem Teller.

„Mit welchem Schiff sind Sie hier angekommen?“

Margot sah auf. Pieter van der Kemp sprach mit ihr. Hastig schluckte sie, um antworten zu können – zu hastig. Sie bekam das Essen nicht herunter, verschluckte sich hustend und versuchte es nochmal. Endlich klappte es.

„Ich bitte um Entschuldigung“, sagte sie. „Mit der *Adler*. Ich bin an Bord der *Adler* gekommen.“

Pieters ganzes Gesicht hellte sich auf. „Hans Danckaerts Schiff! Ein guter Mann. Habe jahrelang Geschäfte mit ihm gemacht. Wußten Sie, daß sein Schiff draußen vor der Küste unterging?“

„Ich habe davon gehört“, sagte Margot traurig.

Einen Augenblick lang starrte Pieter ins Leere, dann begann er zu schmunzeln. „Es ist verrückt“, er lachte in sich hinein, „aber als ich Danckaert zum letzten Mal sah, hat er mir eine schier unglaubliche Geschichte erzählt.“ Das Schmunzeln wurde noch breiter. „Sein Schiff muß wohl mal unter Beschuß von Piraten gekommen sein. Und mitten in der Schlacht kamen welche von den ‚Nichten des Königs‘, die er an Bord hatte, an Deck, ein Dutzend oder so.“ Er lachte auf. „Mitten in der Schlacht! Danckaert mußte also den Kampf unterbrechen, bloß um mit diesen Frauenzimmern zu verhandeln!“

Jan und Breyton folgten der väterlichen Erzählung breit grinsend.

„Also befahl er ihnen, unter Deck zu verschwinden – aber sie weigerten sich!" Jetzt konnte Pieter nicht mehr an sich halten. „Endlich schaffte er es, sie nach unten zu kriegen. Aber statt in ihre Unterkunft marschieren sie stracks wieder aufs Geschützdeck! Das Schiff liegt unter Beschuß von tödlich genau treffenden Piratenkanonen, und da stehen diese Frauen mitten auf dem Geschützdeck herum! Der Erste Offizier befiehlt ihnen, ihre Unterkunft aufzusuchen – aber sie weigern sich erneut!"

„Warum weigerten sie sich?" wollte Jan wissen.

„Sie wollten sich im Kampf gegen die Piraten nützlich machen!" wieherte Pieter.

Jetzt lachten auch Jan und Breyton lauthals.

Pieter legte Messer und Gabel weg und hob die Hand zum Zeichen für Jan, daß die Geschichte noch weiterging. „Das Beste kommt erst noch! Eines der Geschütze war nicht bemannt. Die Mannschaft war durch einen direkten Treffer umgekommen. Und diese Frauen haben es fertiggekriegt, den Ersten Offizier so lange zu beknien, bis er ihnen zeigte, wie man die Kanone lädt und abfeuert!"

„Nein!" Jan brüllte vor Lachen.

Pieter nickte, als habe er eine Sprungfeder im Hals. „Könnt ihr euch das vorstellen? Die Piratengeschütze machen Hackfleisch aus ihnen, und der Erste Offizier ist damit beschäftigt, aus diesen Mädchen Seeleute zu machen! Aber das ist immer noch nicht das Beste: Die Frauen waren es, die die Piratenschiffe vertrieben – allesamt!"

„Die Frauen?" rief Jan.

„Die Frauen!" bekräftigte Pieter. „Haben zwei oder drei Kaperfahrer in die Flucht geschlagen!"

„Es war nur ein Schiff", sagte Margot leise.

Pieter verzog das Gesicht. Ganz offensichtlich paßte es ihm nicht, daß sie seinen Bericht in Zweifel zog. Das Lachen war verschwunden. Nachdrücklich sagte er: „Ich bin sicher, daß Danckaert von mehr als einem Schiff sprach."

„Dann hat Kapitän Danckaert übertrieben", erwiderte Margot. „Es war nur ein Kaperschiff. Wir trafen seinen Großmast."

„Wir?" fragte Pieter ungläubig.

Alle drei Männer sahen Margot an, die sittsam die Hände in den Schoß gelegt hatte.

„Ich war eine der Frauen auf dem Geschützdeck", sagte sie, wobei sie sich alle Mühe gab, nicht zu zeigen, wie sehr ihr die aufgerissenen Münder der van-der-Kemps schmeichelten.

Pieter sah sie mit unverhohlener Bewunderung an. „Und der Rest der Geschichte – stimmt der denn?"

„Im großen und ganzen lief es schon so ab, wie Sie es erzählt haben", antwortete sie.

„Dann waren Sie eine der ‚Nichten des Königs' –"

Margot schüttelte den Kopf. „Nein. Ich war nicht als ‚Nichte des Königs' auf dem Schiff." In aller Kürze berichtete sie von den Ereignissen, die sie an Bord der *Adler* gebracht hatten. Sie begann mit Fabarez' Beschuldigung der Hexerei, wobei sie die Nußschale und ihre Lesefähigkeit nicht ausließ, und endete mit Fabarez' kürzlichem Auftauchen in der Kolonie und seinem Tod. Sie nahm all ihre Kühnheit zusammen, um ihre Geschichte loszuwerden. Sie hoffte, daß der konservative Patriarch an irgend etwas in ihrer Erzählung Anstoß nehmen und zu dem Schluß gelangen würde, sie sei nicht die passende Mamsell für sein Haus. Wenn er sie entließe, so ihre Überlegung, würde sie nicht von sich aus um ihren Abschied bitten müssen. Als sie mit ihrem Bericht fertig war, wartete sie gespannt, wie Pieter reagieren würde.

Der ältere van der Kemp sah Jan an und sagte: „Dieses Mädchen ist genauso stark und klug wie deine Mutter. Sie wird sich hier draußen gut machen. Sie ist eine Überlebenskünstlerin." Dann wandte er sich wieder Margot zu und sagte: „Sie können lesen, sagen Sie?"

Reflexartig verkrampfte Margot sich, nickte dann aber.

„Das ist mehr, als ich von diesen zweien sagen kann", stellte Pieter mit einem abschätzigen Blick auf seine Söhne fest. „Seit sie Jungen waren, haben sie alle beide eine ausgeprägte Unlust an jeder Art von geistiger Beschäftigung. Dergleichen umgehen sie, obwohl ich ihnen wieder und wieder eingeschärft habe, daß man mehr als einen breiten Rücken und einen starken Willen braucht, wenn man in dieser Welt bestehen will."

Es ließ sich nicht verbergen, daß Jan sich bei diesen Worten seines Vaters unbehaglich fühlte.

Breytons Blick verriet, daß seine Gedanken in die Ferne schweiften. Er zollte der Unterhaltung am Tisch keinerlei Aufmerksamkeit mehr.

Pieter richtete sich gerade auf und sagte: „Mein Vater war Bäcker in Utrecht, wo ich auch zur Welt kam. Wir waren zusammen zehn Kinder. Ich war der Älteste und lernte schon in jungen Jahren, daß man seine Tage mit harter Arbeit verbringen muß." Er streckte seine kräftigen Arme vor. „Daher kommen diese Muskeln – vom Teigkneten. Tag für Tag habe ich mit meinem Vater gearbeitet. Und Tag für Tag sagte er mir, daß man zwei Dinge braucht, um in dieser Welt voranzukommen: harte Arbeit und einen klugen Kopf. ‚Was bringt dir harte Arbeit', pflegte er zu mir zu sagen, ‚wenn du nicht weißt, was du wert bist? Aber was nützt dir ein kluger Kopf, wenn du nicht arbeitest?' So mußte ich jeden Abend, nach einem harten Tagwerk in der Backstube, meine Buchstaben und Ziffern pauken. Ich erinnere mich, daß mein Vater mir mehr als einmal eine Kopfnuß verpaßte und rief: ‚Denk nach, Pieter! Denk nach!'"

Pieter van der Kemp hielt inne und sah seine Söhne an. „Manchmal denke ich, ich hätte meinen Jungs mehr Kopfnüsse verpassen sollen. Vielleicht könnten sie dann lesen."

Jan hörte mit gesenktem Kopf zu, ohne aufzublicken.

Breyton nahm augenscheinlich kein Wort von dem auf, was sein Vater sagte.

„Was hat Sie hierher in die Kapkolonie gezogen?" fragte Margot.

„Nichts. Ich hatte nie vor, hierherzukommen."

Er schmunzelte über ihr verblüfftes Gesicht. „Haben Sie jemals von den *Zielverkoopers* gehört?"

„Den Seelenverkäufern?" Margot schüttelte den Kopf.

„Anwerber der Niederländisch-Ostindischen Compagnie", erklärte Pieter. „Wie gesagt, ich war der älteste Sohn meiner Familie. Folglich erwartete mein Vater, daß ich Bäcker würde, genau wie er, sein Vater und sein Großvater. Aber mir war alles an der Bäckerei verhaßt. Ich verabscheute sie. Und obwohl mein Vater nie dahinterkam, war es sein Beharren darauf, daß ich Lesen lernte, was mich so unzufrieden machte. Ein Freund nämlich lieh mir ein Buch mit Seefahrtsgeschichten, und nachdem ich das gelesen hatte, wollte ich ein Abenteurer werden und sonst gar nichts. Und so geschah es eines Tages, daß ich auf meinem Auslieferungsgang diesem *Zielverkooper* über den Weg lief, der in den Straßen herumstrich und nach genau solchen Jungs Ausschau hielt, wie ich einer war."

Margot war gepackt. Sie beugte sich vor, um genau zuzuhören. Das Stichwort „Seefahrtsgeschichten" fachte ihre Erinnerungen an die Abende mit Sylvie an, während derer sie mit ihrer Mutter in der Geborgenheit ihres Wohnzimmers Reisen in ferne Länder unternommen hatte.

„Wochenlang", fuhr Pieter fort, „habe ich mich jeden Donnerstag beim Ausliefern abgehetzt, um in einer Kneipe den *Zielverkooper* treffen zu können, ohne daß mein Vater es merkte. Der *Zielverkooper* gab mir einen aus und erzählte mir eine Geschichte nach der anderen von jungen Kerlen, die bei der Compagnie unterschrieben und nach Batavia aussegelten. Binnen Monaten, nachdem sie dort ankamen, war jeder einzelne von ihnen wohlhabender, als er es in Utrecht jemals hätte werden können. Mir gefiel zwar der Gedanke an Reichtum, was mich aber wirklich reizte, war der Gedanke daran, nach fernen Ländern zu segeln." Pieter machte eine Pause, gerade lang genug, um einen Schluck zu trinken. Er lachte in sich hinein. „Damals hätte ich eine der Kopfnüsse meines Vaters ziemlich gut brauchen können! Wie Sie sich denken können, bin ich niemals nach Ostindien gekommen. Das Schiff spie uns alle, die wir blöde genug waren, Einverständniserklärungen zu unterzeichnen, mit denen wir uns verpflichteten, für die Compagnie zu arbeiten, an den Gestaden der Tafelbucht aus. Es war wohl so, daß sie Arbeitskräfte zur Errichtung der Burg brauchten, und das war ihre Methode, einfache Arbeiter zu rekrutieren. Seitdem ist mein Leben mit der Compagnie verbunden geblieben."

„Was brachte Sie dazu, zu bleiben?" fragte Margot. „Sie hätten doch sicher nach Batavia oder zurück nach Holland gehen können."

„Zwei Dinge", lächelte Pieter. „Das Land – und eine gute Frau. So wie ich es sehe, hat Gott meine Dusseligkeit für seine Zwecke benutzt, und zwar zu meinem eigenen Besten." Er machte eine Handbewegung zur Vorderfront des Hauses hin. „Wo sonst könnte ich in einem so schönen, geräumigen Heim leben? Und hier habe ich Antijie getroffen und geheiratet, die Liebe meines Lebens. Gottes Güte ermöglichte es mir, ein Freibürger zu werden. Ich kann Ihnen die Erregung nicht beschreiben, die Antijie und ich an dem Tag verspürten, als wir begannen, diesen Besitz abzustecken. Seinen Mittelpunkt bildet das Achteck draußen vor dem Haus."

„Wo die zwei Fahrwege sich kreuzen", warf Jan ein.

„Gemäß den Richtlinien der Compagnie begannen wir an jenem Fleck und ritten im Schritt eine halbe Stunde lang in jede der vier Himmelsrichtungen. Alles, was im Umkreis dieser vier Eckpunkte lag, wurde unser Besitz. Alles, was Sie hier um uns herum sehen können, alle Gebäude, die Sklavenunterkünfte, die Plantage, die Felder – alles haben Antijie und ich gebaut oder angelegt."

„Genaugenommen gehört das Land nicht uns", fügte Jan hinzu. „Wir zahlen Pacht dafür an die Compagnie."

„Denen gehört vielleicht der Grund und Boden", donnerte Pieter, „aber dieses Haus hier ist mein Eigentum!"

Sein Ausbruch rief Breytons Aufmerksamkeit wach. Der Gesichtsausdruck des jüngeren der Brüder wandelte sich von Gleichgültigkeit zu Abscheu.

Jan pflichtete nickend seinem Vater bei und sagte: „Das ist ein schwieriger Punkt. Die Compagnie ändert fortlaufend ihre Regeln. Erst letztes Jahr hat man entschieden, daß wir nicht nur einen Pachtzins dafür entrichten müssen, daß wir dieses Land bebauen, sondern auch noch den Zehnten von unseren Ernten und dem Vieh abzugeben haben, das auf dem Land steht."

„Diebsgesindel!" schimpfte Pieter. „Wir beackern dieses Land mit unserem eigenen Schweiß und Blut, wir haben etwas daraus gemacht, worauf wir stolz sein können. Derweil sitzen sich diese Pfeffersäcke von Compagnie-Direktoren in Holland den Hintern platt und bestimmen, daß sie mehr Geld sehen wollen. Aber arbeiten die dafür? Nein, sie greifen uns in die Taschen!"

Im Zimmer wurde es still.

„Das Leben hier draußen ist nicht leicht", sagte Pieter in sich gekehrt. „Aber wir haben uns gut behauptet. Zucker, Gewürze, Kaffee und unsere Kleider kaufen wir in der Kolonie ein. Davon abgesehen bleiben wir für uns und kümmern uns um unsere eigenen Angelegenheiten. Unsere Sklaven werden gut behandelt, solange sie gehorchen. Wir sind ein gottesfürchtiges Volk, und ich glaube, daß Gott uns für unsere Treue segnen wird."

Am Ende der Tafel wurde ein Stuhl zurückgeschoben, und Breyton stand auf.

„Wohin des Wegs?" fragte Pieter.

„Ich mache einen Spaziergang."

„Nein, das tust du nicht. Wir müssen morgen früh raus."

„Ich komme nicht mit", sagte Breyton.

„Und ob du mitkommst!"

Breyton schüttelte den Kopf. „Du weißt, daß ich euch da draußen nichts nütze. Du bist es, der diese Kühe liebt, nicht ich."

„Es wird Zeit, daß du hier für deine Kosten aufkommst!"

Pieters Worte lösten eine jähe Veränderung bei Breyton aus, dieselbe, die Margot bereits am Abend ihrer Ankunft miterlebt hatte. Schlagartig trat ein düsterer, haßerfüllter Ausdruck an die Stelle seiner üblichen liebenswürdigen Züge. „Für meine Kosten aufkommen!" dröhnte er. „Hast du vergessen, wer dieses Haus gebaut hat?"

„Du hättest nicht mal gewußt, wo anfangen, wenn ich es dir nicht gezeigt hätte! Und außerdem liegt das Jahre zurück. Was tust du denn jetzt?"

„Ich würde ja den zweiten Stock ausbauen, aber du verhinderst es!"

„Zeit- und Geldverschwendung!"

„Deiner Ansicht nach.“
„Jawohl, das ist meine Ansicht! Und wenn du Grips im Kopf hättest, wäre das auch deine Ansicht!“
Breyton wandte sich zum Gehen.
„Du bleibst hier!“ brüllte Pieter.
Breyton ignorierte den Einwand seines Vaters und ging hinaus.

* * *

Nachdem der Abendbrottisch abgedeckt und das Geschirr gespült war, zog sich Margot zum Schlafen zurück. Während sie ihr Nachtzeug anzog und sich das Haar bürstete, dachte sie über die Ereignisse des Tages nach. Wie sich herausgestellt hatte, waren ihre Befürchtungen hinsichtlich des Abendessens unbegründet gewesen. Allen drei Männern hatte es geschmeckt. Nicht, daß sie ihr das gesagt hätten. Sie hatte es daran gemerkt, daß alle Schüsseln, die sie abtrug, restlos leer waren.

Und die Art, wie sie behandelt wurde: eingeladen, mit zu Tisch zu sitzen. Und angenommen – nein, mehr als das: Pieter war offensichtlich von ihr beeindruckt. Und sie von ihm. Die unausgesprochene Zuneigung des Patriarchen für das Land und den van der Kempschen Besitz rief in ihr dieselben Gefühle hervor. Seine Aufmerksamkeit für sie hatte ihr geschmeichelt, doch sie hatte das Gefühl, damit in eine Falle geraten zu sein. Er machte es ihr noch schwerer, zu gehen.

Schließlich Jan. In Gegenwart seines Vaters war er so anders. Seitdem sie Jan das erste Mal gesehen hatte, war er ihr immer wie eine wandelnde steinerne Statue des holländischen Männlichkeitsideals vorgekommen. Nicht, daß er gefühllos war. Sie war ja Zeugin seiner Gefühle geworden, aber auch diese schienen zu jemandem zu passen, der ein Standbild der Männlichkeit war. Zum Beispiel seine Tränen, als er in Angst um Rachel war: Es waren „steinerne“ Tränen gewesen. Und am Fuße des Wasserfalls hatte die Statue ein „steinernes“ Lächeln aufgesetzt. Doch wenn sein Vater im Zimmer war, stand es ganz anders um Jan: Dann wurde er zu einem kleinen Jungen. Der Mann aus Stein nahm Fleisch und Blut an.

An dieser Stelle ihres Nachsinnens hörte Margot von draußen ein Geräusch. Ihre Haarbürste hielt auf halber Länge inne. Es war der Schrei einer großen Katze in der Ferne. Atemlos wartete und lauschte sie. Sie hörte es wieder. *Nachts kann man Leoparden hören,* hatte Jan gesagt. Sie war überrascht, wie sie darauf reagierte. Sie spürte, wie ihr Puls sich beschleunigte – nicht vor Angst, sondern vor Erregung.

Sie trat ans Fenster. Während sie in die Nacht hinausschaute, nahm die Haarbürste ihre Arbeit wieder auf. Sie bezweifelte, daß der Leopard verwegen genug sein würde, in die Nähe des Hauses zu kommen, und erwartete folglich nicht, ihn zu Gesicht zu kriegen. Doch irgendwie erhöhte es ihre Spannung noch, zu denken, daß irgendwo draußen in der Dunkelheit vielleicht der Leopard sie anstarrte.

Da nahm sie eine Bewegung wahr, in der Plantage. Kein Leopard, sondern ein Mann – ein Mann, der ein Pferd am Zügel führte. Mensch und Tier gingen langsam in den düsteren Schatten auf. Dann blieben sie stehen, und der Mann stieg auf. Das Pferd und sein Reiter bogen in den Weg ein, der vom Haus wegführte, und damit in den Lichtschein, der aus Margots Fenster fiel.

Der Reiter gab dem Pferd die Sporen und stob davon – aber nicht, ohne einen Blick zurückzuwerfen. Das Licht fiel ihm geradewegs ins Gesicht. Es war Breyton.

Einen Moment lang suchte er Margots Blick. Dann war er fort.

18

Im Schutz der Dunkelheit schlug Breyton eine flotte Gangart an, um noch während der Nacht möglichst weit von Klaarstroom wegzukommen. Daß Margot ihn beobachtete, als er aufgebrochen war, verunsicherte ihn. Ob sie etwas sagen würde?

Er beantwortete sich die Frage mit einer zweiten: Was sollte es ihr nützen, etwas zu sagen? Er konnte sich nichts vorstellen. Sie hatte ja mit ihm nichts zu schaffen. Und außerdem spielte es auch keine Rolle. Er war fort. Während des Heimritts konnte er sich für alle Fälle immer noch ein, zwei Geschichtchen ausdenken, um sein Verschwinden zu begründen. Für den Augenblick gab es angenehmere Dinge, an die er denken konnte.

Breyton van der Kemp wußte, daß das, was er tat, falsch war, aber er scherte sich nicht darum. Schon vor Monaten hatte er beschlossen, sich nicht darum zu kümmern. Für ihn war das Ganze nicht länger eine Angelegenheit des Verstandes, sondern eine Herzenssache.

Das verstand nicht jeder – sein Vater zum Beispiel nicht. Wenn Pieter van der Kemp wüßte, was sein Sohn machte, würde er puterrot anlaufen und an einem Schlaganfall sterben. Bei dem Gedanken lachte Breyton bitter auf. Es würde dem alten Mann recht geschehen – dafür, daß er seinen Bund mit Gott und das Land mehr liebte als seinen Sohn.

Breyton war sich darüber im klaren, daß er das Denken seines Vaters niemals würde ändern können. Darum die Heimlichtuerei und das Rendezvous mitten in der Nacht. Er wußte, daß er im Falle seiner Entdeckung alles verlieren würde: das van der Kempsche Haus, ein Lebenswerk an kunstvoll gearbeitetem Mobiliar, seine Familie und seinen Status als Freibürger. Er wäre dann genauso dran wie seine Schwester Rachel – nein, noch schlimmer: ein Paria, ein Aussätziger. Vater und Bruder würden ihn verstoßen. Niemals wieder würde er in der Kolonie arbeiten, Handel treiben, kaufen oder verkaufen können. Doch all das kümmerte Breyton nicht. Allemal war sie das wert, mehr als das.

* * *

Schemenhaft traten in der Ferne die Umrisse des Gehöftes von Cyrus Steenkamp aus der Dunkelheit hervor. Nirgendwo brannte Licht. In sicherer Entfernung vom Gebäude stieg Breyton ab, band sein Pferd an einen dicken Ast und ging den Rest des Weges zu Fuß.

Die Luft war kühl, was ihn, zusammen mit dem Gefühl verbotener Erregung, unwillkürlich zittern ließ. Sein Inneres schwirrte wie Windmühlenflügel; nur mahlte diese Mühle nicht Korn zu Mehl, sondern nahm das Risiko des Erwischtwerdens auf und machte um so gespanntere Erregung daraus.

Zweimal kratzte Breyton leise am groben Holz der Scheunentür und wartete.

„Verschwinde! Dies *Mijnheer* Steenkamps Scheune!"

Breyton grinste. Er erkannte die Stimme – und, was noch wichtiger war, die korrekte Antwort auf sein Zeichen an der Tür. Die Antwort besagte, daß sie da war, und zwar allein. Nach einem letzten vorsichtigen Rundblick zog Breyton die Tür auf. Sie quietschte, als wollte sie sich dagegen verwahren, zu so später Stunde noch bemüht zu werden. Es stand kein Mond am Himmel, so daß die Landschaft im Hintergrund düster war, aber im Inneren der Scheune war es noch dunkler. Voller Erwartung trat er über die Schwelle und ging ein paar Schritte in den Bau hinein.

„Wo bist du?" flüsterte er.

„Hier oben – Boden."

Mit vorgestreckten Händen ertastete sich Breyton, durch Staub und Stroh schlurfend, seinen Weg. „Ich kann nichts sehen!" flüsterte er.

„Augen sich gewöhnen. Du gehn richtig."

Allmählich vermochte er die Umrisse von Pfosten und Viehboxen auszumachen. Er manövrierte sich an ihnen vorbei. Sein Herz raste bei dem Gedanken an ihr verborgenes Stelldichein. Immer noch vorsichtig schlurfend, erkannte er die hölzerne Leiter, die auf den Boden hinaufführte. Er stieg hinauf und blickte sich nach ihr um, sah aber nichts. Mit jeder Sprosse, die er raufgeklettert war, wurde es ein Stückchen düsterer.

Da kam eine weibliche Stimme aus der finstersten Ecke. „Hier drüben! Du beeilen!"

Breyton hörte in ihrer Stimme einen drängenden Unterton, und sein Herz wurde noch schneller. Er krabbelte über das aufgeschichtete Heu auf die Stimme zu.

„Soll ich Laterne anzünden?"

„Du hast eine Laterne?"

„Ja, hab ich.“

„Wenn du eine Laterne hast, warum hast du mich dann die ganze Zeit im Dunkeln hier rumtappen lassen?“

„Wollte sehn, wie doll dein’ Sehnsucht“, gurrte sie.

Ein geschmeicheltes Lächeln umspielte Breytons Lippen. „Du Hexe!“

Die Laterne wurde entzündet. In der Ecke des Heubodens saß scheu, mit weitaufgerissenen, unschuldig dreinschauenden Augen, Ndela, die sechzehnjährige schwarze Sklavin Cyrus Steenkamps.

Sie öffnete ihre Arme, und Breyton warf sich hinein.

In diesem Augenblick hörte für Breyton die ganze Welt auf zu existieren. In der Wärme ihrer Umarmung lösten sich alle Gedanken daran auf, was andere meinen mochten und wie sie wohl reagierten, wenn sie ihn engumschlungen mit einer schwarzen Sklavin erwischten. Nichts zählte mehr, außer daß er mit ihr zusammen war.

Seit dem Tag ihrer Ankunft auf dem Steenkampschen Hof war Breyton hingerissen von Ndela. Seitdem konnte er sich mühen, soviel er wollte, um den Drang, in ihrer Nähe zu sein, niederzuringen – er fühlte sich ihrer Schönheit immer hilfloser verfallen. Fortan ging er dazu über, Anlässe zu schaffen, um zum Hof der Steenkamps zu reiten, wenn sie sich nicht häufig genug von allein boten.

Alles, was er wollte, war, sie anzuschauen – zumindest redete er sich das ein. Als Künstler faszinierte ihn die Anmut ihrer Haltung. Er bewunderte die weichen Bewegungen ihrer Arme und die Feingliedrigkeit ihrer Finger. Als er sie immer unverwandter und kühner anstarrte, bemerkte sie ihn.

Zuerst hatte Ndela, wie es ihr zukam, pflichtschuldig die Augen gesenkt. Aber dann kam ein Tag, an dem sie seinen Blick keck erwiderte und ihm ihrerseits kühn standhielt. War es eine Sekunde lang gewesen oder zwei? Breyton hatte keine Ahnung. Für ihn hörte in jenem Moment die Zeit auf zu existieren. Er sah nichts mehr außer dunklen, kessen Augen. Und war verloren.

Alsbald bemerkte Breyton, daß Ndela, sobald er auf den Hof ritt, ihre Arbeit unterbrach, um ihm eine Erfrischung anzubieten, sich um sein Pferd kümmerte und ihrer Bewunderung für die Schönheit seiner Arbeit Ausdruck verlieh, wann immer er ihrem Herrn ein Möbelstück anlieferte. Die kurzen Augenblicke, die sie zusammen hatten, genügten, um romantische Gefühle ins Kraut schießen zu lassen. Es war nur ein kurzes Lachen oder ein rasches Wort. Eine leichte Berührung im Vorübergehen – erst unwillkürlich, dann gesucht. Knappe intime Augenblicke miteinander. Schließlich ein Kuß. Von da an begann Breyton sich zu nächtlicher Stunde zum Steenkampschen Gehöft zu schleichen. Er war bereit, alles zu tun und bis ans Ende der Welt zu gehen, nur um sich in Ndelas Armen zu verlieren.

„Mach Licht aus“, sagte Ndela. „Rauch mich in Augen brennen.“

Breyton richtete sich auf und blies die Flamme aus. Dann kuschelte er sich so dicht wie irgend möglich an sie und bettete seinen Kopf in ihren Schoß.

Ndela strich ihm übers Haar. „Ich laufen wieder weg.“

„Du hast mir versprochen, daß du das nicht wieder machst!“

„Ich müssen. Dein Vater mich niemals kaufen.“

Das stimmte. Als im Hause van der Kemp der Beschluß gefällt worden war, daß man eine Haushälterin brauche, hatte Breyton seinen Vater gedrängt, Ndela zu kaufen. Pieter hatte den Vorschlag brüsk zurückgewiesen. Er wolle, sagte er, nichts mit einer Sklavin zu tun haben, die schon zweimal fortgelaufen sei. Als Breyton andeutete, daß sie vielleicht ja nur der schlechten Behandlung durch Cyrus Steenkamp wegen ausgerissen sei, hatte sein Vater bloß höhnisch gelacht. Und bevor Breyton noch Gelegenheit für einen dritten Versuch fand, die Stelle im Haushalt für Ndela zu sichern, hatte man beschlossen, daß Jan nach Kapstadt reiten und Margot de Campion die Anstellung anbieten solle. Nachdem Margot angekommen war, hatte Breyton zwar Ndela schon wieder gesehen, aber er hatte noch nicht die Worte gefunden, ihr mitzuteilen, wie die Dinge lagen.

„Ich werde einen Weg finden, das Geld zusammenzukriegen, um dich zu kaufen“, sagte er. „Ich werde noch mehr Möbel herstellen und verkaufen. Ich kenne in der Kolonie diverse Leute, an die ich herantreten kann.“

„Das dauern viel zu lange! Jetzt ich muß weglaufen!“

„Die werden dich nur wieder erwischen und auspeitschen!“

„Nicht, wenn ich haben Pferd.“

„Und woher willst du ein Pferd nehmen?“

Sie schmiegte sich dicht an sein Ohr und tuschelte: „Du kannst kriegen zwei Pferd’, und wir abhauen zusammen.“

Er wollte es nur allzu gerne. Beinahe ein Jahr hatte er davon geträumt, wie es wäre, wenn sie in Freiheit zusammen sein und so leben könnten, wie es ihnen paßte. Doch jedes Mal, wenn er daran dachte, flammte in ihm ein Fünkchen Realitätssinn auf: Wohin sollten sie gehen? Wovon leben? Es gab nur eine Möglichkeit: in die Wüste zu fliehen. Aber wie sollten sie dort durchkommen? Er war Handwerker, nicht Ackerbauer oder Viehzüchter.

„Wir dann immer zusammen“, gurrte Ndela.

Breyton schloß die Augen. Sie zog seinen Kopf zu sich heran und wiegte ihn in den Armen, als wäre er ihr Baby. Die Hitze ihres Körpers drang durch ihre Kleider und wärmte seine Wange. Breytons letzter noch verbliebener Widerstand schmolz dahin.

„Ich werde ein paar Tage brauchen, um alles vorzubereiten“, sagte er.

Ndela wiegte sich glücklich und umschlang seinen Kopf noch fester. Es war zu dunkel, als daß Breyton in ihren Augen das Schimmern kalten Triumphs hätte bemerken können.

Im nächsten Augenblick flog in einer Staub- und Strohwolke das Scheunentor auf. Durch den wirbelnden Staub waren drei hochgehaltene Laternen zu erkennen. Dahinter kam, eine Muskete schwenkend, Cyrus Steenkamp in Sicht.

Ndela kreischte und ließ strampelnd Breytons Kopf fallen, während sie sich in den hintersten Winkel der Bodenecke verkroch. Breyton rappelte sich auf die Knie hoch und nahm eine Position zwischen dem Mädchen und den Lampen ein.

„Eine Bewegung, und ich feuere!“ Steenkamp zielte mit der Muskete auf den offenen Heuboden.

Breyton erstarrte. Hinter sich konnte er Ndela weinen hören. Ihre Beine machten immer noch strampelnde Bewegungen, obwohl sie sich so tief in die Ecke verzogen hatte, wie es nur irgend ging.

Eine nach der anderen kamen die Laternen, gehalten von drei schwarzen Sklaven, die Leiter herauf. Die drei Sklaven hatten den Mund zusammengekniffen, und das Weiße in ihren Augen wirkte bedrohlich. Ihre Lampen übergossen den Heuboden mit Licht. Der einzige dunkle Fleck, der übrigblieb, war Breytons Schatten, der sich zur Ecke hin erstreckte und Ndela verbarg.

Schwerfällig arbeitete sich der graubärtige Cyrus Steenkamp mit seiner Muskete bis auf den Dachboden hinauf. Als seine Füße auf dem Holzboden festen Halt gefunden hatten, richtete er sich, die Waffe im Anschlag, zu voller Größe auf. Blinzelnde Augen erkannten erst Breyton und blickten dann an ihm vorbei auf Ndela. Langsam schüttelte er den Kopf, und sein Mund verzog sich vor Abscheu.

* * *

Erst als sie mitbekam, daß man den jüngsten van der Kemp vermißte, sagte Margot Pieter und Jan, daß sie Breyton am Vorabend hatte davonreiten sehen. Das Frühstück wurde schweigend eingenommen. Pieter kaute zornig vor sich hin, und Jan starrte die ganze Zeit nur seinen Teller an. Als Pieter seinen Stuhl zurückschob, nahm Jan eilig einen letzten Bissen und folgte seinem Vater hinaus.

Aus dem Fenster sah Margot sie fortreiten. Das Schweigen der Männer war dazu angetan gewesen, sie zu erinnern, daß sie lediglich Zaungast der Familie war. Zuschauen ließ man sie, aber sie gehörte nicht dazu.

Da es keine andere Arbeit zu tun gab, machte sich Margot daran, den Frühstückstisch abzudecken.

Sobald der Abwasch gemacht war, schleppte sie einen Kübel Schmutzwasser zur Plantage hinaus, um ihn am Fuß eines Baumes auszuschütten. Da hörte sie von der Seite des Hauses her ein seltsam klickendes Geräusch, begleitet von einem zweiten, das wie das Jaulen eines kleinen Tieres klang. Mit ihrem leeren Eimer in der Hand schlug sie die Richtung ein, aus der die Töne kamen, um zu sehen, was es war.

An der Westseite des Hauses erblickte sie eine Hütte, erbaut aus Pfählen, die kreisförmig in den Boden gerammt waren und nach oben hin schräg zuliefen, so daß sie eine Art Kuppel bildeten. Zwischen die Pfähle waren als Wände dicht an dicht dünne Äste gestopft. Über das Ganze waren Schilfmatten gelegt, darüber wiederum – mit ungleichmäßigen Zwischenräumen – Tierhäute ausgespannt.

Im Eingang der Hütte, unter dem zurückgeschlagenen Fellstück, das als Türvorhang diente, saß mitten im Staub des Bodens ein halbnackter, dunkelhäutiger Mann. Sein ganzer Körper war faltig und runzlig, das Fleisch hing ihm schlaff herab. Er gackerte wie eine Henne, und seine Hände spielten mit Kuhfladen. Aus dem Dung ragten dünne Zweige hervor, so daß die Fladen aussahen wie kleine Tiere mit mageren Beinen. Als er Margots Schatten wahrnahm, machte er einen leichten Satz und warf die Kuhfladen hinter sich wie ein Kind, das sein Spielzeug verbirgt.

„Tut mir leid, daß ich Sie erschreckt habe", sagte Margot.

Der kleine braunhäutige Mann legte den Kopf schief und musterte sie, während sie ihn auch genauer betrachtete.

Noch nie zuvor war Margot einem Hottentotten so nahe gekommen, so daß sie nicht auf den Geruch vorbereitet war. Er war so stechend, daß sie um ein Haar in Ohnmacht gefallen wäre. Der Mann sah aus, als ob er sich in Staub und Dung gewälzt und noch nie in seinem Leben ein Bad gesehen hätte. Doch der Gestank ging nicht allein von seiner Person aus. Er trug eine käppchenartige Kopfbedeckung aus Kuhmist, der mit ranzigem Fett versetzt war. Um den Hals hatte er sich die Gedärme eines Tieres drapiert. Margot kannte sich nicht genug aus, um zu erkennen, was für ein Tier es gewesen war, doch konnte man an mehreren Stellen den Darminhalt noch erkennen, und danach zu urteilen handelte es sich jedenfalls um einen Grasfresser.

Sie erinnerte sich an eine Beschreibung, die sie einst gelesen hatte. Da hatte ein früher Siedler die Hottentotten „eher wilde Tiere in Menschenhaut als Menschen in Tierhäuten" genannt. Soweit der Mann, der vor ihr kauerte, in irgendeiner Weise repräsentativ für die gesamte Hottentotten-Bevölkerung war, hielt Margot diese Formulierung für eine Untertreibung.

Der kleine braune Mann erhob sich. Er war nicht mal anderthalb Meter groß. Er zupfte sich in seinem kurzgelockten schwarzen Haar herum – nicht viel anders, als sich ein Hund kratzt, wenn er eine Fliege verscheuchen will, dachte Margot – und sagte: „Ihr sein Jans Frau?"

Was hat Jan hier bloß über mich herumerzählt? Margot kam in Rage. „Nein, ich bin nicht Jans Frau!"

„Gut. Zu mager für Frau von Viehbauer."

Margot konnte ihn zwar verstehen, aber sein Idiom war ein Kauderwelsch aus schlechtem Holländisch und den Schnalzlauten seiner Muttersprache.

„Ich heiße Margot. Ich bin die Haushälterin."

„Dann Ihr sein Jans Frau!"

Margot wurde rot vor Zorn. „Nein, ich bin *nicht* Jans Frau!"

Der kleine braune Mann zuckte die Schultern. „Ihr mich machen durcheinander." Er betrat seine Hütte und bedeutete ihr, ihm zu folgen. „Kommen, kommen!" Der Fellappen vor dem Eingang fiel wieder herab, und er war verschwunden.

Margot starrte das Stück Fell an. Sie wollte nicht in die Hütte des Hottentotten eintreten. Würde es ihn verletzen, wenn sie die Einladung ablehnte?

Da lugte der dungbedeckte Kopf mit dem schwarzen Wuschelhaar aus der Öffnung hervor. „Kommen, kommen!"

Margot bückte sich und trat ein.

Drinnen war der Gestank noch schlimmer. Zum Ersticken. An den Seitenwänden der Hütte waren Wasserbeutel aufgehängt, die aus Rindermägen hergestellt waren. Daneben gab es – ebenfalls an den Wänden hängend, und zwar in Netzen – verschiedene Lebensmittel: in Streifen geschnittenes Dörrfleisch, Wurzeln, Kräuter und allerlei andere Absonderlichkeiten.

„Sitzen! Sitzen!“ Der kleine Mann wies auf den Boden. Er selbst ließ sich im Schneidersitz nieder.

Margot untersuchte den Boden, bevor sie sich setzte. Er war festgestampft und schien mit irgendeinem dunklen Farbstoff bearbeitet worden zu sein. Margot ging erst einmal auf die Knie und berührte den Boden mit der Hand. Was sie fühlte, war Wachs – wahrscheinlich Bienenwachs, damit der Untergrund glänzte.

„Ich – Knobkerrie.“ Der braune Mann schlug sich an die Brust.

„Ich habe von Ihnen gehört. Durch Rachel.“

Der Mann grinste und nickte. „Alt' Knob – Knobkerrie. Mein Name.“

„Ich freue mich, Sie kennenzulernen.“

„Nett?“ Der Alte Knob deutete auf das Innere seiner Hütte.

Margot folgte der Bewegung seines ausgestreckten Arms. „O ja, nett! Aber ja, Ihre Hütte ist nett.“ Sie mußte daran denken, was Sylvie wohl von dieser Behausung halten würde, und konnte sich das Schmunzeln nicht verkneifen – Sylvie, die die Stufen vor der Haustür so lange geschrubbt hatte, bis sie beinahe wegpoliert waren.

„Ihr und Jan – Hochzeit?“

„Ich weiß nicht, was *Mijnheer* van der Kemp Ihnen gesagt hat, aber er und ich werden nicht heiraten. Ich bin die Haushälterin der van der Kemps und sonst gar nichts.“

„Gute Leut', Jan und Pieter. Viel Siedler nix gut. Van der Kemps gut, zu Land und Altes Knob.“ Das sagte er nicht bloß pro forma. In seinen Augen glitzerte der Widerschein echter Gefühle.

Margot wollte nicht unfreundlich erscheinen, aber sie wollte auch nicht länger als unbedingt nötig in der Hottentottenhütte verharren. Aus Höflichkeit fragte sie nach seiner Familie.

Sein Gesicht wurde traurig. „Tot. Tot – alle. Alles mein Dorf – tot. Großes Krankheit von Schiffe. Viel Khoikhoi totgehen.“

„Das tut mir leid“, sagte Margot, „wirklich.“ Sie erkannte, daß sie einem der eingeborenen Überlebenden der Pockenepidemie von 1713 gegenübersaß.

„Als mein Dorf totgeworden, Pieter mich erlauben, hier Hütte bauen. Als Ehrenplatz, wie gehört sich für ein König mit kein Dorf.“

„Ehrenplatz?“

„An Westseite von Siedlung. Wo sehen Sonne, das aufgeht, zuerst.“

Margot blickte sich verstohlen in der Hütte um und fragte dann: „Würden Sie gerne in ein Zimmer im Haus ziehen? Ich könnte *Mijnheer* van der Kemp für Sie fragen."

Der Alte Knob schüttelte entschieden den Kopf. „Er mich fragen. Ich nix wollen. Nix gut, leben wie sie. Nix gesund."

Margot schluckte ein Lachen hinunter. Dieser Mann, dreckstarrend, mit Kuhfladen auf dem Kopf und Tiergekröse als Halsschmuck, erklärte das van der Kempsche Haus für ungesund. Sie schickte sich an, aufzustehen, und sagte: „Vielen Dank, *Mijnheer* Knobkerrie, für Ihre Gastfreund-"

„Sitzen! Sitzen!" nötigte sie der Alte Knob. „Hören Geschichte von mein Vorfahr, Xhore."

Die Art und Weise, wie der Alte Knob darauf bestand, daß sie noch blieb, erinnerte Margot an einige ältere Damen in Amsterdam. Einsam und begierig auf Gesellschaft, konnten sie es überhaupt nicht haben, einen Besucher gehen zu sehen. Einsamkeit war offenbar etwas, das in allen Kulturen vorkam.

„Xhore ist gewesen Vater von mein Vater", sagte der Alte Knob mit einem wehmütigen Ausdruck in den Augen. „Als Schiffe fahren nach England, nehmen Xhore mit. Wollte nix gehn. War auf Schiff nur für Gucken. Schiffmänner einfach losfahren. Xhore ihnen sagen: ‚Xhore nach Haus gehen – Saldania gehen!' Immer wieder sagen."

„Saldania?"

„Hier. Dies Land – Saldania."

Margot nickte verstehend. Saldania – der Khoi-Name für Südafrika.

„Xhore anziehen wie Engländer: lange Hosen. Schuh' mit Schnalle. Hut mit Feder. Kommen zusammen mit englisch König, heißen Jakob. Der ihn fragen viel Sachen. Lachen über Xhores Geschichten von Saldania. Aber Xhore nix froh weit weg von zu Haus. Sagen: ‚Xhore nach Haus gehen – Saldania gehen!' Immer wieder sagen. Xhore sich fürchten, weil Leut' starren ihm an. Nix sonst Khoikhoi in England. Bloß er."

„Ich kann mir vorstellen, daß das ziemlich schrecklich war."

„Ich noch wissen Tag, wenn Xhore kommen heim. Sehen aus wie klein' Engländer. Wir denken, reich, reich! Überall Messing: Halskette aus Messing. Ring an Finger aus Messing. Schnalle an Schuh' aus Messing. Er sagen, Messing nix wert in England. König Jakob wollen Gold in Saldania. Sagen, Xhore ihn helfen suchen Gold, nix Messing. Xhore gehen aus englisch Schiff in Tafelbucht, sagen, kommen zurück in drei Tag'. Aber dann er reden mit Leut' von sein Dorf, die sagen: nix gehn zurück! Also Xhore nix zurück. Dann wir anfangen, wollen mehr von englisch' Leute. Vieh mehr wert als Messing, Xhore das lernen. Engländer nix gefallen, was Xhore lernen." Er schüttelte traurig den Kopf. „Was Xhore lernen, bringen Haß zwischen Englisch' und Khoikhoi."

Der alte Mann versank für eine Weile in seinen Erinnerungen, und Margot unterbrach ihn nicht, sondern wartete bereitwillig ab, während er überlegte, was er mitteilen wollte und was nicht.

Plötzlich sprang der braune Mann auf die Füße. „Bleiben da!" sagte er. „Nix gehn weg!"

Er sprang zur anderen Seite der Hütte und durchwühlte hastig einen Haufen weggelegter Kleidungsstücke und Felle. Alsbald fand er, was er suchte, und kam stolz damit zurück. Er drückte sich eine kupferne Brustwehr an den Leib und hatte einen Wurfspeer in der Hand.

„Englisch. Das Xhore tragen, wenn nach Hause kommen. Xhore mich geben, sein' besten Enkel. Xhore sehr lieben Knobkerrie. Sehr. Knobkerrie ein Tag groß' König. Das er sagen."

Der kindliche Stolz des alten Knob über die Gegenstände brachte Margot zum Lächeln. „Das sind schöne Sachen. Familienerbstücke. Danke, daß Sie sie mir gezeigt haben." Sie versuchte erneut aufzustehen.

„Sitzen! Sitzen!" rief der Alte Knob, wobei er von einem Fuß auf den anderen hüpfte. „Nix Geschichte zu Ende! Xhore finden mehr Schatz in England als Messing. Mehr als König Jakob sein Gold."

Margot ließ sich wieder nieder. „Was fand er denn?"

„Hab selbst gehört, wie Xhore sagen. Sagen so: Schiffkapitän kommen zu Xhore. Will handeln mit ihn. Erzählen Xhore von England und englisch Gott. Dann fragen, was Gott von Khoi. Xhore sagen: ‚England haben Gott, groß' Gott. Saldania – nix Gott.'" Die letzten drei Wörter sagte der Alte Knob unverkennbar traurig. Doch dann fügte er wesentlich heiterer hinzu: „Aber dann Xhore sagen: ‚Englisch Gott – mein Gott!'"

Margot schmunzelte – sowohl über den Gedanken an sich als auch darüber, mit welchem Enthusiasmus der Alte vom Glauben seines Großvaters sprach.

„Und jetzt – heute. Ich sagen, Xhores Gott – mein Gott. Englisch Gott – auch mein Gott!" Er strahlte.

Noch nie zuvor hatte Margot ein so schlichtes, aber grundehrliches Glaubensbekenntnis gehört.

„Deshalb Knob bleiben bei Pieter und Jan. Selbes Gott!"

Das Licht in den Augen des alten Hottentotten bestätigte, daß er die Wahrheit sagte. Und von diesem Moment an machte Margot, wann immer sie den kleinen braunen Mann traf, seine persönliche Hygiene längst nicht mehr so viel aus. Schließlich schlug unter der verkrusteten alten Schale das Herz eines wahrhaft Gläubigen.

„Van der Kemp!"

Die Stimme kam von draußen.

„Van der Kemp!"

Der Ruf klang abschreckend, nicht nach jemandem, der gute Nachrichten überbringt, und auch nicht nach einem Besucher, der seine gesellschaftliche Aufwartung macht.

Den Hottentotten auf den Füßen, rannte Margot aus der Hütte des alten Knob.

Vor dem Haus trafen sie, hoch zu Roß, Cyrus Steenkamp an, der immer noch nach dem Hausherrn brüllte. Unter den linken Arm hatte er sich eine Muskete geklemmt, während er mit der Rechten ein zweites Pferd am Zügel hielt. Auf diesem saß, mit gefesselten Händen und gebeugtem Haupt, Breyton.

„Van der Kemp!"

„Es ist niemand zu Hause."

Steenkamp wirbelte herum, um zu sehen, woher die weibliche Stimme kam, die ihm antwortete. Mit halb zugekniffenen Augen starrte er Margot an. Sie bemerkte, daß er sie wiedererkannte; aber offenbar wußte er nicht genau, wo sie ihm begegnet war. Dann nickte er, wobei sein langer grauer Bart wie ein Pendel hin und her schwang. „Das Sklavengelaß", sagte er. „Die sich für Ndela schlagen ließ – das warst du."

Breytons Kopf schnellte hoch. Es war unverkennbar, daß er von dieser Sache bisher noch nichts gehört hatte.

„Was hast du hier zu schaffen?" fragte Steenkamp.

„Ich bin Haushälterin bei den van der Kemps."

„Dann war das deine Truhe, die ich hier raufgekarrt habe?"

„Jawohl."

„Hätte ich das gewußt, so hätte ich sie in Kapstadt gelassen."

„Es tut mir leid, daß Sie so empfinden."

„So empfinde ich über jeden, der gottgegebene Autorität untergräbt!" bellte Steenkamp. Mit einem Blick auf Breyton fügte er hinzu: „Oder der sich selber zum Narren macht, weil er nicht mehr Verstand hat als ein brünstiges Vieh!"

Irgend etwas erregte Steenkamps Aufmerksamkeit. Er sah auf, an Margot vorbei. Sie hörte Hufgetrappel näherkommen, drehte sich um und erblickte Pieter und Jan.

Pieters Gesicht wurde rot vor Zorn, als er Breyton in Fesseln sah. „Was geht hier vor?“ rief er in forderndem Ton.

Der graubärtige Nachbar sah ihn abschätzig an und sagte: „Es gab 'ne Zeit, da habe ich dich respektiert, van der Kemp. Aber das ist vorbei.“

Jan stieg aus dem Sattel und stellte sich neben Margot. Den Blick freilich konnte er nicht von den Fesseln lassen, mit denen sein Bruder gebunden war. „Was soll das alles?“ flüsterte er.

„Sie sind gerade erst gekommen“, antwortete Margot.

Pieter blieb im Sattel, auf Augenhöhe mit seinem Nachbarn. Ohne die Zügel loszulassen, beugte er sich vor und fragte: „Warum hast du meinen Sohn gebunden?“ Er brachte es fertig, seinen Ton zu mäßigen, aber die Röte an seinem Hals verriet, daß es ihn große Mühe kostete.

Steenkamp warf die Zügel von Breytons Pferd in Pieters Richtung. Sie klatschten auf den Boden. „Den Kerl hier hab ich letzte Nacht auf dem Heuboden erwischt, mit einer meiner Sklavinnen.“

Pieter sah seinen jüngeren Sohn an.

Breyton hielt den Blick gesenkt und weigerte sich, seinen Vater anzusehen.

„Bei allem, was heilig ist, van der Kemp: Was hast du bloß deinen Kindern beigebracht? Eins aus deiner Brut brennt mit 'nem Malayen durch, der Nächste liegt mit meiner Sklavin im Bett, und jetzt holst du dir auch noch dieses Weibsbild zweifelhaften Rufs in dein Haus.“ Er bedachte den Alten Knob mit einem Seitenblick, als wollte er auch über ihn etwas sagen, besann sich dann aber offenbar eines Besseren. „Van der Kemp, hast du keine Gottesfurcht?“

Pieter konnte nicht verhindern, daß die Zügel in seiner Hand zu zittern begannen. Er brauchte eine Weile, bis er sich so weit in der Gewalt hatte, daß er sprechen konnte. „Wir sind viel zu lange Nachbarn gewesen, um so miteinander zu reden, Cyrus“, sagte er. „Ich will vergessen, was du gesagt hast. Und du kannst sicher sein, daß mein Sohn bekommt, was er verdient hat.“

„Na, dann sieh zu! Und halt ihn von meiner Sklavin fern!“ Mit einem Blick auf Margot fügte er hinzu: „Und die da möchte ich nicht auf meinem Hof sehen! Sie bringt nur Schwierigkeiten.“ Er riß an seinem Zügel und stob davon.

Pieter van der Kemp sah Steenkamp nach. Er setzte sich wieder auf und atmete hörbar aus, was freilich keineswegs den Grad seines Zorns zu vermindern schien. Sein Gesicht und seine Hände waren puterrot; nur die Fingerknöchel hoben sich weiß ab und ließen erkennen, wie fest sich die Hände um die Zügel krampften.

Der Alte Knob ging zu seiner Hütte zurück, ohne ein Wort zu sagen.

Margot entschloß sich, seinem Beispiel zu folgen und das Haus aufzusuchen. Sie hatte den van der Kemps schon den Rücken zugekehrt, als sie Pieters Stimme vernahm.

„Jan, mit dir rede ich später. Ich will wissen, was du mir über diese Frau verschweigst. Und *du* kommst mit mir!"

Margot hielt sich eine Zeitlang in der Küche beschäftigt. Einmal ging sie nach oben, um sich ein Taschentuch zu holen, als ein klatschendes Geräusch ihre Aufmerksamkeit fesselte. Sie trat ans Fenster und sah Breyton und Pieter in der Scheune. Der jüngere van der Kemp stand gegen einen Pfosten gelehnt. Hinter ihm war sein Vater. In der Hand eine Lederpeitsche, verpaßte er seinem Sohn Streich auf Streich auf den bloßen Rücken. Bei jedem Streich warf Breyton vor Schmerz den Kopf zurück.

Pieter war gestaltgewordene Rache: das zornverzerrte Gesicht rot angelaufen. Die Zähne zusammengebissen. Der kräftige rechte Arm hoch erhoben. Die Peitsche hielt auf dem Höhepunkt ihrer Bahn in einem kurzen Zögern inne, bevor sie strafend niederfuhr.

Die Hand mit dem Taschentuch preßte sich gegen Margots Mund. Sie biß in den Stoff. Das konnte sie nicht mit ansehen. Als sie sich abwandte, sah sie zufällig Jan. Er stand hinter einem Baum und sah der Auspeitschung seines Bruders zu. Dann wandte er sich ab und wischte sich mit beiden Händen die Tränen von den Wangen.

19

Margot versuchte, nicht an die Auspeitschung zu denken. Sie schnitt in der Küche Karotten und anderes Gemüse klein. Doch das Geräusch des Messers am Hackbrett erinnerte sie an das Zischen der Lederpeitsche auf Breytons Rücken. Sie holte Fleisch für einen Eintopf aus der Speisekammer. Als sie es in der Hand trug, sah sie darin das rotwunde Fleisch von Breytons Rücken.

Sie sagte sich immer wieder, daß sie schon öfter gesehen hatte, wie Männer ausgepeitscht wurden. Im Sklavengelaß der Kolonie geschah das tagtäglich. Warum brachte sie Breytons Auspeitschung dann so durcheinander? Es geschah in der Familie – das war es. Was sich draußen in der Scheune abspielte, das war nicht irgendein Aufseher, der einen ungehorsamen Sklaven verprügelte. Es war ein Vater, der seinen Sohn schlug, ein Vater, der voller Wut sein eigen Fleisch und Blut auspeitschte.

Entsetzt schrie Margot auf und rannte zur Hintertür hinaus. Sie schloß die Augen und holte tief Luft. *Versuch nicht dran zu denken!* sagte sie sich. *Wirf es aus deinem Kopf raus! Denk an die Sonne, die dir ins Gesicht scheint. Die klare Luft und* – da: ein Schrei, von der Scheune her. Breyton. Sie konnte jetzt nicht mehr sehen, was vor sich ging, aber dafür hörte sie es.

Margot bedeckte ihre Augen. „Bitte, Herr, laß ihn aufhören! Laß ihn aufhören!" Sie preßte sich die Hände an die Schläfen und gab sich alle Mühe, nichts mehr zu hören.

Jemand zupfte an ihrer Schürze.

Erschrocken machte sie die Augen auf. Im selben Moment grüßte sie ein fauliger, gleichwohl vertrauter Geruch.

Es war der Alte Knob, der zu ihr hochsah. „*Mejuffrouw* Hausmamsell haben Schmerzen?"

„Sobald das aufhört, geht's mir wieder gut." Gerade als sie zur Scheune hinzeigte, zerriß ein weiterer Heulton die Luft.

Auch der Alte Knob drehte den Kopf zum Schauplatz der Auspeitschung, obwohl das Haus ihnen beiden jede Sicht auf das Geschehen nahm. „Richtig, was *Mijnheer* Pieter tun."

„Wie können Sie das sagen?" schrie Margot.

„Breyton muß lernen. Pflanzen Same von sein eigen Untergang. *Mijnheer* Pieter versuchen, sie zerstören, bevor Wurzeln schlagen."

„Ich kann mir nicht vorstellen, daß man das Beste tut, um einen Sohn zurechtzuweisen, indem man ihn dermaßen verprügelt!"

Der Alte Knob starrte sie einen Augenblick an und ging dann auf eine Ulme zu. „Kommen!“ Er bedeutete Margot, ihm zu folgen. „Kommen! Kommen!“

Er setzte sich an den Fuß des Baumes. Dort sah der alte Hottentotte, der völlig fehl am Platz gewirkt hätte, wenn er sich auf einen der auf Hochglanz polierten Stühle im van der Kempschen Hause gesetzt hätte, total natürlich aus. Der Mann und seine Umgebung waren eine völlige Einheit.

„Werd' Euch Geschichte erzählen. Alt' Geschichte. Ich hören von Vater von mein' Vater.“

Margot setzte sich neben den alten Mann, an seine dem Wind zugewandte Seite.

Mit großem Behagen vertiefte sich der Alte Knob in seine Erzählung.

* * *

In Saldania war Frühling, die Pflaumenbäume standen in Blüte. Hoch oben in einem der Bäume lebte Mutter Taube mit ihren zwei wohlgenährten Babies. Eines Tages, sie sang gerade ihren Babies etwas vor, hörte sie einen Schakal.

„Wie viele Babies hast du?“ rief der Schakal zur Taube hinauf.

Mutter Taube antwortete: „Zwei. Zwei.“

„Schmeiß eines runter“, sagte der Schakal. „Dann brauchst du nur noch eines zu füttern.“

„Nein! Nein!“ schrie Mutter Taube. „Ich liebe beide Babies.“

Der Schakal machte sich lang, sah zu ihr hinauf und stieß einen Schrei aus: „Aouu! Aouu! Schmeiß ein Baby runter, oder ich kletter' hoch und esse alle beide auf!“

Mutter Taube war so ängstlich, daß sie vergaß: Schakale können überhaupt nicht auf Bäume klettern. Also schmiß sie eines ihrer Babies runter, um das andere zu retten.

Knurps! Der Schakal schlang das Taubenbaby mit einemmal runter. (Margot zuckte zusammen, als der Alte das Geräusch knackender Knochen nachmachte. Das schien dem alten Geschichtenerzähler sehr zu gefallen.)

„Mein armes Baby!“ klagte Mutter Taube.

Der Schakal schnürte hin und her, um zu sehen, ob jemand

zuschaute. „Grrr!“ knurrte er. „Schmeiß das andere Baby runter, oder ich komme rauf und fresse dich und das blöde Stöckernest gleich mit!“

Mutter Taube war so verängstigt, daß sie ihm das zweite Baby runterschmiß.

Knurps! Der Schakal schlang auch die zweite Babytaube mit einem Mal runter. (Diesmal zuckte Margot nicht zusammen, und der Alte Knob sah ein bißchen enttäuscht aus.)

Danach schleckte sich der Schakal die Lefzen und trottete davon.

Mutter Taube sah in ihr leeres Nest. „O weh! O weh! was hab ich getan? Wie soll ich jetzt leben, ohne meine Babies?“

Ihr Gejammer hörte ein Kranich. „Warum bist du so betrübt?“ fragte er.

Mutter Taube erzählte ihm, was passiert war.

„Deine Babies waren in Sicherheit!“ rief der Kranich. „Wer hat dir erzählt, daß Schakale auf Bäume klettern können?“

„Er fing ja schon damit an! Er war schon halb den Stamm hoch. Und ich hab nicht geglaubt, daß er da bleiben würde!“

„Der Schakal hat dich ausgetrickst“, sagte der Kranich. „Gut, jetzt ist es an uns, ihn auszutricksen. Er hat dir vorgemacht, er könne auf Bäume klettern. Ich werde ihm einreden, daß er lernen kann zu fliegen.“ Damit flog der Kranich davon und hielt Ausschau nach dem Schakal.

Er fand ihn in schnellem Lauf. Sein Pelz war feucht vor Schweiß.

„Mach langsam!“ rief der Kranich. „Du rennst dich noch zu Tode!“

„Ein Sturm zieht auf“, sagte der Schakal. „Ich muß nach Hause, bevor er losbricht.“

„Zu blöd, daß du auf dem Boden langrennen mußt“, sagte der Kranich. „Für uns, die wir fliegen, bedeuten große Entfernungen überhaupt nichts. Warum kommst du nicht wieder her, wenn der Sturm vorüber ist? Ich werde hier auf dich warten. Dann bring’ ich dir das Fliegen bei.“

Diese Idee gefiel dem Schakal, also versprach er wiederzukommen. Sobald der Sturm sich gelegt hatte, war er wieder zur Stelle. Der Kranich erwartete ihn schon. „Jetzt bring mir das Fliegen bei!“ sagte der Schakal.

Der Kranich sagte dem Schakal, wenn er fliegen wolle, müsse er sich am ganzen Leib mit Harz einreiben. Also beschmierte sich der Schakal von vorne bis hinten mit dem Harz des Mimosenbaumes. „Mein ganzes Fell ist verklebt!“ rief der Schakal. „Gefällt mir gar nicht, wie sich das anfühlt!“

Der Kranich sagte nichts. Er zupfte sich ein paar Federn aus und klebte sie in dem verschmierten Fell des Schakals fest.

Das wiederum gefiel dem Schakal ganz außerordentlich. „Ich bin ein Vogel!“ schrie er. Er lief auf seinen Hinterläufen umher und wedelte mit den Vorderpfoten auf und ab. Allein, er kam nicht vom Grund los. Schließlich beklagte er sich: „Du hast aus mir einen Vogel gemacht, der nicht fliegen kann!“

„Ich muß dir das Fliegen genauso beibringen, wie ich es meinen Kindern beibringe“, sagte der Kranich. „Setz dich auf meinen Rücken. Ich bring dich rauf in die Luft. Wenn wir hoch genug sind, mußt du abspringen und einfach losfliegen.“

Der Schakal sah nach oben in die Luft.

„Du hast Angst, stimmt's?“ fragte der Kranich.

„Nein, nein“, sagte der Schakal. „Ich hab nur mal geguckt, wie hoch der Himmel ist.“

Schließlich stieg der Schakal dem Kranich auf den Rücken. Dieser ließ seine Flügel schneller und schneller schlagen und hob schließlich ab. Als sie hoch oben waren, sagte der Kranich dem Schakal, er solle abspringen. Der zögerte, und der Kranich machte sich von ihm frei. Der Schakal fiel tief hinab, bis auf den Boden. Er traf hart auf, und beim Aufprall plumpsten ihm die beiden Taubenbabies geradewegs aus dem Maul!

Der Kranich stieß hinab, sammelte die Taubenbabys auf und brachte sie ihrer Mutter ins Nest zurück.

Mutter Taube war überglücklich, ihre Babies wiederzuhaben, und dankte dem Kranich wieder und wieder.

Der Schakal war nicht tot. Er schleppte sich an einen Fluß und begann sein verfilztes Fell zu säubern. Alle anderen Tiere lachten über den Schakal, der über und über mit Federn beklebt war.

Der Kranich flog über ihn hinweg und sagte: „Das ist ein wahres Sprichwort: ‚Wer andern eine Grube gräbt, fällt selbst hinein!‘“

* * *

Der Alte Knob wiegte sich hin und her. Sich selbst an der Weisheit seiner Geschichte erfreuend, schloß er: „*Mijnheer* Breyton muß lernen Lehre von Schakal, oder er fallen selber in Grube. Xhores Geschichte Euch gefallen?“

„Eine Geschichte voller Weisheit", sagte Margot. „Und dennoch meine ich nicht –"

„Margot?" Es war Jans Stimme. Er stand ganz in der Nähe. „Kann ich dich mal sprechen?"

Der Alte Knob und Margot erhoben sich.

„Dankeschön, Knobkerrie", sagte sie.

Der alte Hottentotte schüttelte den Kopf. „Will kein Dank. Dank nix brauchen. In Saldania einer dem andern helfen, helfen überleben. Gesetz von Wildnis. Nix dankeschön. Warum danken ein Mann, bloß weil was richtig macht?" Womit er um die Hausecke verschwand.

„Margot", sagte Jan, „du hast doch im Sklavengelaß eine Menge Wunden verarztet ..."

Margot nickte. Wunden hatte sie fürs Leben genug gesehen.

„Würdest du – das heißt, könntest du dir vielleicht vorstellen ..." Jan rang mit sich um die richtigen Worte.

Margot legte ihm tröstend die Hand auf den Unterarm. „Ich brauche sauberes Wasser und saubere Tücher."

* * *

Breyton saß auf einem Schemel in der Scheune. Margot brauchte eine halbe Stunde, um die Striemen auf seinem Rücken zu verbinden. Beide schwiegen. Sie war sich nicht sicher, ob sie jemals schlimmere Folgen einer Auspeitschung zu Gesicht bekommen hatte. Jedesmal, wenn sie ihn mit dem Tuch berührte, fuhr er zusammen und kniff die Augen zu, um des Schmerzes Herr zu werden. Mehrmals hob er die Hand und wischte sich die Tränen ab. Doch gab er keinen einzigen Laut von sich. Und wenn seine Augen offen waren, richteten sie sich starr auf den Fußboden. Der Schatten des Hasses, den sie über sein Gesicht hatte schweifen sehen, als er mit seinem Vater in Streit geriet, war jetzt ständig da und wurde noch verschärft durch einen Zug finsterer Entschlossenheit.

„Das werden wir für eine Weile einmal am Tag machen müssen", sagte Margot, „damit die Wunden nicht eitern."

Breyton zeigte keine Regung.

„Ich habe Ndela im Sklavengelaß getroffen", sagte Margot, „als sie weggelaufen war. Auch ihre Wunden habe ich behandelt."

Sie hielt inne und wartete auf irgendeine Reaktion. Sie hoffte, Breyton werde nun mit ihr sprechen. Was sie von Ndela noch am klarsten im Sinn hatte, waren die kalten Augen des Mädchens und ihre merkwürdige Verwahrung gegen Margots Eintreten zu ihren Gunsten. Was Breyton in dem Mädchen sah, beunruhigte sie. Die beiden gehörten verschiedenen Welten an, hatten unvereinbare Hintergründe: eine Sklavin und ein freier Mann. Die eine verrichtete niedere Arbeiten, der andere fertigte herrliche Möbelstücke an ...

Breytons Rücken hob und senkte sich mit jedem Atemzug – das einzige Anzeichen, daß er überhaupt am Leben war.

„Sie werden eine Zeitlang Schmerzen haben. Mit dem Schlafen wird es nicht so einfach." Margot tupfte an dem letzten der Striemen herum. „Am besten ziehen Sie für eine Weile kein Hemd an."

Breyton stand auf und langte nach seinem Hemd. Als er den Rücken durchdrückte, um in die Ärmel zu kommen, verzog er das Gesicht.

„Dann lassen Sie mich Ihnen wenigstens helfen", bot Margot an.

Breyton entzog sich ihr. Mit zusammengebissenen Zähnen und verkniffenen Augen schlüpfte er erst in einen Ärmel, dann in den anderen. Mehrmals mußte er pausieren. Dann atmete er einige Sekunden lang schwer, bevor er weitermachte. Schließlich gelang es ihm, das Hemd ganz überzuziehen. Er ging auf das Scheunentor zu. Wo der Hemdstoff seinen Rücken berührte, zeichneten sich längliche rote Flecken ab.

Ohne sich umzuwenden, sagte er: „Im Sklavengelaß ist irgendwas passiert, wovon ich nichts weiß. Sonst hätte Steenkamp Sie nicht so behandelt, wie er es tat. Was immer Sie für Ndela getan haben – vielen Dank."

„Warum jemandem danken, bloß weil er das Richtige getan hat?" erwiderte Margot. „Hier draußen müssen wir aufeinander achtgeben."

Mit ihrem Bündel blutiger Lappen ging sie auf das Haus zu.

Als sie an der Vordertreppe ankam, nahm sie aus dem Augenwinkel eine Gestalt wahr. Am Schnittpunkt der Fahrwege inmitten der Plantage stand – *Rachel!* Margot brauchte einen Moment, um sie zu erkennen. Sie war unfrisiert und trug ein schlichtes Kleid, glich überhaupt nicht mehr der verzärtelten, gehätschelten Rachel, an die Margot gewöhnt war. Hinter dem Mädchen, in sicherer Entfernung, stand Matthew.

„*Helloa,* Margot!"

„Rachel!"

Margot fiel ein, was sie in der Hand hatte. Rasch warf sie die Lappen hinter sich und rannte los, um die Freundin zu umarmen.

Das jüngere Mädchen blieb an dem Kreuzweg stehen, warf sich aber Margot inbrünstig in die Arme. Während Margot die Freundin eng umschlungen hielt, sah sie über Rachels Schulter hinweg Matthew an.

Er setzte sein ansteckendes Lächeln auf und winkte Margot zu.

Margot trat einen Schritt zurück und fragte: „Seid ihr verheiratet?“

Rachel lief rot an und nickte.

„Meinen Glückwunsch!“ Margot umarmte sie erneut.

„Und schwanger bin ich auch!“ flüsterte Rachel.

Margot machte sich los. „Bist du sicher?“

Rachels Augen zwinkerten aufgeregt. Wieder nickte sie.

„Das ist ja wunderschön!“ Die dritte Umarmung fiel noch fester aus als die vorigen beiden. „Ich freu’ mich ja so für dich!“ rief Margot aus.

„*Helloa*, Breyton!“ rief Rachel über Margots Schulter hinweg.

Margot ließ Rachel los und trat beiseite. Breyton stand mit gebogenem Rücken nahe der Vordertreppe des Hauses. Margot wußte, warum: damit sein Hemd nicht das rohe Fleisch berührte. Auf seinem Gesicht zeigte sich kein Lächeln. Er sagte kein Wort, sondern stand nur da.

Pieter und Jan traten aus dem Haus.

„*Helloa*, Vater. *Helloa*, Jan“, sagte Rachel leise.

Pieter ging bis zum Ende der Treppe, Jan blieb hinter ihm. Ihre Gesichter verrieten so wenig Emotionen wie das Breytons. Sie starrten Rachel an, sagten aber nichts. Die Männer sahen aus wie drei Viehzüchter, die für ein Ölgemälde posieren.

„Ich mußte euch sehen“, sagte Rachel zögernd. Ihre Stimme war kaum zu hören. Beim Sprechen konnte sie ihren Vater nicht ansehen, sondern starrte ihre Hände an, die sich wie zur Ermutigung gegenseitig zu drücken schienen. „Ich habe Neuigkeiten“, fuhr sie fort.

Rachel blickte kurz auf, so daß eine Pause entstand. Es lag auf der Hand, daß sie hoffte, irgendein ermutigendes Zeichen von ihren Angehörigen zu bekommen.

Doch die Hoffnung trog. Das einzige, was sie sah, waren drei Männergesichter aus Stein, die sie anstarrten.

Rachel sprach trotzdem weiter. „Matthew und ich haben geheiratet“, sagte sie, wobei sie über die Schulter ihren Mann ansah.

Matthew wandte den Blick nicht von den van-der-Kemp-Männern. Ihnen schenkte er nicht, wie Margot, sein ansteckendes Lächeln, sondern begegnete ihrem eisigen Starren in gleicher Manier.

Rachel senkte den Kopf und fing an zu weinen. „Ich hätte nicht kommen sollen“, flüsterte sie so leise, daß nur Margot es hören konnte.

„Du machst genau das Richtige", antwortete Margot. „Erzähl deinen Leuten von dem Baby!"

„Ich kann nicht!" Jetzt schluchzte Rachel laut.

„Runter von meinem Land!"

Pieters Befehl kam mit einer solchen Donnerstimme, daß Rachel vor Schreck die Tränen versiegten. Ihr Gesicht gefror zu einem einzigen ungläubigen Fragezeichen. Sie brauchte eine ganze Weile, um sich zu fassen. Als sie sich wieder in der Gewalt hatte, sah Margot zu ihrem Schrecken, wie sich ein Schleier des Hasses über die jugendlich-unschuldigen Augen des Mädchens legte.

Diesen Ausdruck hatte Margot bereits gesehen. Er war von solcher Kälte, daß es einen frösteln machte. Es war dergleiche Ausdruck, den sie in Breytons Augen wahrgenommen hatte.

Rachel machte auf dem Absatz kehrt und schickte sich an zu gehen.

„Warte! Rachel, nicht!" Margot lief ihr nach und verstellte ihr den Weg.

„Lassen Sie sie gehen!" dröhnte Pieter.

Rachel versuchte Margot zu umgehen, aber diese stellte sich dem Mädchen erneut in den Weg. In Pieters Richtung rief Margot: „Rachel und Matthew sind den ganzen Weg gekommen, nur um Ihnen etwas zu sagen! Das Mindeste, was Sie tun können, ist, ihnen zuzuhören!"

„Sie können meinetwegen dem Wind etwas sagen."

„Sag's ihm, Rachel!" flüsterte Margot. „Sag's ihm! Er ist dein Vater!"

Der haßerfüllte Zug hatte sich in Rachels Augen festgesetzt und gab ihr eine ganz andere Ausstrahlung. Hätte Margot nicht gewußt, daß es Rachel war, die vor ihr stand, so hätte sie sie nicht als dieselbe Person erkannt.

„Wenn du es nicht deinem Vater sagst, werde ich es tun!" drohte Margot.

Der Blick, den Margot zur Antwort erhielt, trieb ihr die Tränen in die Augen. Rachels Züge verhärteten sich. Ihre Augen bargen den Haß nicht länger, sie schufen ihn. Die liebliche, sorglose Rachel, die Margot gekannt hatte, wurde von innen zerfressen, und an ihre Stelle trat ein verschrecktes, getriebenes Tier. Margot wußte: wenn sie nicht bald etwas unternahm, würde sie Rachel verlieren.

Über Rachels Schulter hinweg schrie Margot: „Ihre Tochter ist in anderen Umständen!"

Keinerlei Reaktion aufseiten der drei Männer.

„Sie bringt Ihr Enkelkind zur Welt!"

Es kam nicht gleich eine Antwort. Doch die Botschaft war angekommen. Der Überbringerin blieb nichts anderes übrig, als abzuwarten, wie Pieter van der Kemp damit umgehen würde.

Der murmelte mit rauher, bitterer Stimme: „Ich habe kein Enkelkind, denn ich habe keine Tochter mehr."

Rachel zuckte zusammen.

In Margot stieg eine Zornesflut von solcher Intensität hoch, wie sie sie nie zuvor erlebt hatte. Mit ihrer Wut gingen Zittern und Tränen einher. Ihre Worte wurden nicht ausgesprochen – ihr Mund katapultierte sie hervor. „Was sind Sie für ein Vater? Was für ein christlicher Mann sagt wohl solche Dinge zu seiner Tochter?"

Jan machte einen Schritt nach vorne, eine Hand vorgestreckt. „Margot, nicht –"

Pieter schnitt ihm das Wort ab. „In diesem Haushalt wird niemand etwas mit dieser Frau und ihrem Gatten zu schaffen haben. Niemand und niemals! Das gilt auch Ihnen, *Mejuffrouw* de Campion! Entweder Sie lassen sie jetzt stehen, oder Sie packen Ihre Sachen und sehen zu, daß Sie von meinem Grund und Boden kommen!"

„Oder was? Wollen Sie mich auch auspeitschen?" Die Worte waren schon hervorgesprudelt, bevor sie sie einhalten konnte.

Pieter ballte die Fäuste.

„Margot, laß es." Das war Rachel. Für einen Augenblick war sie wieder da, die Rachel, die Margot kannte und liebgewonnen hatte. „Bitte laß es. Du kannst mir doch nicht helfen – aber Jan. Er liebt dich, und du kannst ihn retten. Niemand sonst kann das, nur du. Bitte geh weg von mir. Geh bitte."

„Rachel, in einem Haus wie diesem kann ich nicht leben."

„Du mußt. Du kannst sie verändern. Jan wird auf dich hören."

Margot schüttelte den Kopf.

„Bitte."

Margot sah die Männer an, wie sie dastanden: stur und unerbittlich – sogar Breyton, die frischen Striemen noch auf dem Rücken. Und Jan. Glimmte da wirklich ein Funken Menschlichkeit hinter der steinernen Fassade? Unter Tränen umarmte Margot Rachel und flüsterte: „Gott mit dir." Dann trat sie beiseite und ließ Rachel vorbei.

Still ging Rachel von ihrer Familie weg. Nach einigen Schritten warf sie einen einzigen Blick zurück. Der Schleier lag wieder über ihren Augen. Ohne Wärme, ohne Sehnsucht sah sie ihren Vater an, nur mit Bitterkeit, Verletztheit und Haß.

Gleich nachdem Matthew und Rachel fort waren, verschwanden die drei van-der-Kemp-Männer im Haus, ohne daß ein weiteres Wort fiel.

Eine lange Weile stand Margot mutterseelenallein auf dem Fahrweg. In ihr lieferten sich Vernunft und Gefühle eine heftige Fehde. Sie stolperte bis zu der Stelle, wo die beiden Wege sich kreuzten, der Stelle, an der Rachel gestanden und ihren Versuch der Versöhnung gemacht hatte. Dort am Kreuzweg wurde Margot von ihren Gefühlen überwältigt. Sie brach zusammen, wo sie stand, und weinte. Unfähig zu denken, unfähig zu beten, konnte sie nur noch Schmerz empfinden.

20

Über eine Zeitspanne von mehreren Wochen nach Rachels Besuch glich der van der Kempsche Haushalt einer Gruft. Der Besuch wurde kein einziges Mal erwähnt. Es war, als hätte er nie stattgefunden, ja, als hätte es eine Rachel niemals gegeben. Jan und Breyton schlurften über das Anwesen und wechselten bestenfalls ein Dutzend Worte miteinander. Am schlimmsten war es abends bei Tisch: vier Personen an einer Tafel und jeder für sich allein. Soweit überhaupt etwas geredet wurde, war es Pieter, der das Wort ergriff.

Und was er sagte, waren scharfe, schneidende Worte. Er machte sich laut denkend Sorgen darüber, was ihre Nachbarn wohl sagen mochten. Wenn schon Steenkamp, ihr nächster Nachbar, mit dem sie jahrelang befreundet gewesen waren, die Moral ihrer Familie in Frage stellte, was mußten dann erst die übrigen Nachbarn von ihnen sagen? Und wer konnte es ihnen verdenken, wo doch keines seiner Kinder die Werte auslebte, die sie zu einem Volk des Bundes gemacht hatten?

Er hackte auf Jans Unfähigkeit zu lesen herum, indem er sich beklagte, daß er Jan nach Kapstadt begleiten müsse wie einen kleinen Jungen, sobald Geschäfte abzuschließen waren.

Breyton bezichtigte er, ein Schnorrer zu sein, dem es an Männlichkeit fehle, weil er sich weigere, als Rinderzüchter seinen Mann zu stehen, und seine Zuflucht dazu nehme, Sklavinnen nachzustellen, statt ehrbaren Frauen den Hof zu machen.

Niemand entkräftete seine Tiraden. Niemand erhob einen Einwand. Jan und Breyton saßen dumpf auf ihren Plätzen und nahmen die Gardinenpredigten hin – Abend für Abend.

Margot gewöhnte sich an, Gott jeden Tag für die Stunden bei Tageslicht zu danken, in denen die Männer fort waren; denn in dieser Zeit fand sie einen gewissen Frieden. Während die van der Kemps draußen beim Vieh oder auf den Feldern waren, putzte und schrubbte und polierte sie, bis ihr die Arme wehtaten, ihr Zorn sich löste und ihre Seele ein Stück Erfrischung empfand. Putzen war die beste Therapie für sie. Dabei konnte sie Wut und Frustration abreagieren. Irgendwie gingen die Gefühle, die in ihr brodelten, in ihre Arme über und verschafften sich durch die Finger ein Ventil – bis die van der Kempschen Fußböden wie Spiegel glänzten und das Eßgeschirr die Talglichter so hell widerspiegelte, daß das Zimmer, in dem sie brannten, gleich doppelt so licht war.

Während dieser wortlosen Periode fand Margot Gesellschaft und Sympathie bei einigen der Bediensteten, besonders beim Alten Knob und bei Ding, dem schwarzen Vorarbeiter. Beide Männer stimmten darin überein, daß sie das Haus van der Kemp noch nie zuvor unter solch düsteren Schatten erlebt hatten.

Zu Pieters Besorgnis hinsichtlich der Nachbarn sagte Ding: „Wie meine Mutter immer sagte: ‚Die Frösche können ruhig glotzen, die Kühe saufen doch.' Mit anderen Worten: Man soll die Leute reden lassen, was sie wollen."

Der Alte Knob pflegte, wenn er nicht selber draußen bei den Rindern war, an der Küchentür Halt zu machen und um ein paar von Margots Pfannkuchen zu bitten. Der Hottentotte behauptete, die mehligen Fladen seien die beste Speise. Soweit er sie nicht auf der Stelle vertilgte, verstaute er sie in seinen Kleidern, um sie später aufzuessen. Dings hoffnungsfrohe Sprüche und die beruhigende Gegenwart des Alten Knob halfen Margot, die Hoffnung nicht fahren zu lassen, daß das Sturmtief, das zwischen den van-der-Kemp-Männern tobte, sich irgendwann legen würde.

Und dann gab es noch das Land selbst, das sie bald nicht minder missen mochte als Ding oder den Alten Knob. Einmal am Tag, gewöhnlich bei Sonnenuntergang, machte sie einen Spaziergang. Die Stille der Abenddämmerung gab ihr Trost, und die unverrückbaren Berge vermittelten auch ihr ein gewisses Gefühl von Sicherheit. Oft ließ sie sich am Rand einer Felsklippe nieder und verhielt sich so ruhig wie möglich, während ihre Augen das Land nach Anzeichen von Leben absuchten.

Diese Zeit des Tages erinnerte sie an die Abende, an denen sie mit Sylvie auf der Bank vor ihrem Amsterdamer Haus gesessen und sich mit den Nachbarn unterhalten hatte. Auch hier hatte sie ab und zu Nachbarn: eine Antilope, ein Erdferkel oder ein Stachelschwein. Den Himmel teilte sie mit Schwärmen von Wildgänsen oder schwarzköpfigen Ibissen, und von Zeit zu Zeit glitt ein Kranich durchs Firmament, der sie an die Geschichte erinnerte, die der Alte Knob ihr erzählte. Eines Abends saß sie da und beobachtete gebannt, wie ein Adler ohne jede Mühe vor dem dunkler werdenden Himmel durch die Luft segelte. Je länger sie zusah, um so mehr schien ihr der Vogel die Fähigkeit zu haben, ihren Geist gen Himmel zu ziehen, fort von der bedrückenden Stimmung im Hause van der Kemp.

Doch so bezaubernd Margot die südafrikanische Landschaft auch empfand, irgendwie war diese zugleich Wasser auf die Mühle eines immer wiederkehrenden Alptraums.

* * *

Sie meinte auf ihrem abendlichen Spaziergang zu sein. Die Luft war kühl. Wie kleine Kinder, die sich hinter einem Vorhang verstecken, lugten die ersten Sterne durch den blauen Himmelsschleier hervor. In der Ferne glitt eine Herde Antilopen, rank und anmutig, vor dem Horizont dahin.

Dann änderten die Antilopen ohne erkennbaren Grund ihre Richtung und kamen direkt auf sie zu. Das Donnern ihrer Hufe ließ den Boden erzittern. Je näher sie herankamen, um so größer erschienen sie natürlich. Nicht natürlich war, daß sie immer größer aussahen, weil sie sich veränderten. Sie wurden kräftiger, ihre Köpfe breiter. Vergrößerte Nüstern schnaubten zornig. Die Augen wölbten sich vor, weiß und aufgerissen. Es waren keine Antilopen mehr, sondern Pferde. Pferde, auf denen Reiter saßen, Männer. Starke Männer, die die Arme wie zum Angriff erhoben hatten – so wie Pieter, als er Breyton auspeitschte.

In Todesangst rannte Margot los, um Unterschlupf zu suchen. Aber es gab kein Haus, das Obdach zu bieten vermochte. Da waren nur Büsche, Büsche mit kläglich dünnem Laubwerk.

Dann tauchte aus dem Nichts ihre Mutter auf. Nicht Sylvie, sondern ihre leibliche Mutter. Sie wedelte mit den Armen und versuchte die Pferde und die Reiter von Margots Weg abzubringen. Dann tauchte Vater auf, und die Eltern fuchtelten und schrien mit vereinten Kräften – vergeblich. Sie stellten sich der heranpreschenden Stampede in den Weg. Doch was sie auch taten, die Reiter hielten Kurs.

Jetzt schwangen die Reiter blitzende Schwerter über ihrem Kopf. Sie waren für Margot gedacht. Niemand hob ein Schwert gegen ihre Eltern. Das war auch nicht nötig: Die ersten Rosse, die Vater und Mutter erreichten, rissen die Mäuler auf und schlangen die Eltern mit einem Mal hinunter. Dafür mußten sie noch nicht einmal ihren Lauf verlangsamen. Sie kamen näher und näher, schneller und schneller. Wie Blitze vom Himmel blinkten die Schwerter hoch über den Köpfen: bereit zum Zuschlagen, gierig auf ihr Blut. Margot kroch tief unter die Büsche und deckte ihren Kopf zu. Sie war hilflos. Preisgegeben. Sie konnte nichts tun als zuzusehen, wie Pferde, Reiter und Schwerter näher und immer näher kamen.

Hoch oben in der Luft hielt ein Adler in seinem kreisförmigen Flug inne und sah dem Spektakel zu. Hinter einem Felsen zusammengekauert fiepte ein Erdferkel, während ein Stachelschwein sich von dem Anblick abwandte. Die Sonne stand still. Der Wind weigerte sich zu blasen. Die ganze Natur hielt den Atem an, schockiert darüber, daß der Mensch so sehr von Haß erfüllt zu sein vermochte, daß er willentlich und höhnisch die von Gott der Kreatur gegebene Lebenskraft in den Staub trat.

Die Blätter an den Zweigen konnten sie nicht verbergen. Der Boden erzitterte. Die Pferde waren jetzt so nahe, daß Margot ihr Schnauben hörte, einen japsenden Abgesang. Sie biß sich auf die Finger, um nicht loszuschreien, so lange, bis sie Blut schmeckte. Sie schloß die Augen. Die dubiose Überlegung, daß man ihr nichts antun würde, wenn sie selbst nichts sehen konnte, war ihre einzige Hoffnung.

Sie wartete und wartete – nichts geschah. Hatte es funktioniert? Waren sie fort? Zögernd spreizte sie die Finger vor den Augen. Nur einen Spalt – gerade so viel, daß sie hindurchlinsen konnte. Ein Pferd wieherte, die Augen des Reiters spuckten Feuer, seine silberne Klinge reckte sich hoch und zischte dann flirrend durch die Luft.

Margot schrie auf. Ihr Versuch, die Hände über den Kopf zu heben, um die Klinge abzuwehren, scheiterte an der Bettdecke. Die Füße strampelten und verhedderten sich bei dem Versuch zu entfliehen.

Dann wachte sie auf und sah nichts als dunkle Schemen um sich – ein Schränkchen, ein Fenster, einen Nachttisch. Es gab weder Pferde, noch Reiter, noch silberne Klingen, nur silbriges Mondlicht, das durchs Fenster hereinschien. Doch die vertraute Umgebung vermochte Margots rasendes Herz so wenig zu beruhigen wie vernünftige Überlegung. Beides konnte auch ihren Schweiß nicht trocknen oder ihr den Atem zurückgeben, der von ihr weggeflogen war wie ein Vogel aus einem Bauer. Mit der Zeit, wenn die Sinne vollends erwachten, verspürte sie einen Schmerz an den Fingerspitzen. Sie zeigten Bißmale – ihre eigenen.

Margot war sich nicht im klaren, was genau die Alpträume auslöste. Sie hatte schon einmal darunter gelitten, damals als kleines Mädchen, in den ersten Amsterdamer Tagen mit Marc und Sylvie Fabarez. Aber das lag viele Jahre zurück.

Voll wach, stand Margot auf und trat ans Fenster. Die Plantage lag vom Mondlicht übergossen da. Die Berge standen rabenschwarz vorm Horizont. Kein Laut war zu hören, keine Bewegung zu sehen. Die Welt schlief. Nur Margot nicht.

Und doch stimmte etwas nicht. Die Stille der Nacht schien bloß eine Decke zu sein, eine Decke über haltlosem Schrecken, der unter der

Erdoberfläche lauerte. Den würde die Welt nicht endlos zurückhalten können. Eines Tages würde er hervorbrechen. Das sagten ihr die Alpträume. Davor wollten sie sie warnen. Von der Wüste her näherte sich der Tod. Und sie konnte ihn nicht aufhalten.

* * *

Er führte die Pferde am Zügel durch die Dunkelheit, bis er außer Sichtweite des Hauses war. Bevor er aufstieg, ging er in Gedanken noch einmal seine Vorkehrungen durch: Kleider, Proviant für eine Woche – er hätte gern mehr mitgenommen, hatte aber nicht mehr ergattern können –, eine Muskete samt Munition. Er würde aus allem, was die Einöde gerade bot, einen Unterschlupf bauen müssen. Das bereitete ihm keine Sorge. Mit seinen Händen war er tüchtig.

Nachdem er sich seiner Vorräte vergewissert hatte, stieg er ohne zu zögern in den Sattel. Schließlich ließ er nichts hinter sich zurück. Die Striemen, die sich kreuz und quer über seinen Rücken zogen, machten ihn dessen gewiß. Auf Klaarstroom gab es nichts mehr, was ihn hielt. Jedenfalls nichts von Bedeutung. Er ritt heute abend fort von Erniedrigungen, Verletzungen und Entwürdigungen. Wenn der neue Tag anbrach, würde er ein neues Leben beginnen, mit der Frau, die er liebte. Nie im Leben hatte Breyton sich lebendiger gefühlt.

In der Dunkelheit sah er die Umrisse des Steenkampschen Gehöfts vor sich. Nach seiner Gewohnheit näherte er sich der Scheune zu Fuß, nachdem er die Pferde in sicherer Entfernung angebunden hatte. Er blieb stehen und hielt nach verdächtigen Bewegungen Ausschau. Alles war ruhig.

Mit der Wange am Scheunentor flüsterte Breyton: „Ndela?"

Er wartete auf Antwort, und als keine kam, sank ihm das Herz. Hatte irgend jemand seine Nachricht abgefangen? Oder war Ndela zu dem Schluß gekommen, daß es zu gefährlich war, ihn zu treffen? Wenn sie nicht hier war, wie sollte er sie finden, ohne sämtliche Sklaven aufzuwecken? In seinem Inneren sproß eine Wurzel des Entsetzens auf. Waren seine Anstrengungen heute abend vergeblich gewesen?

Er flüsterte nochmal. „Ndela?"

Kein Laut.

Dann ging das Scheunentor einen Spalt weit auf. Das Mondlicht schien auf die Öffnung und ließ ihre weit aufgerissenen Augen aufblitzen.

„Du hast meine Nachricht bekommen!"

„Ich Angst haben, es zu glauben!"

„Du kannst es glauben! Ich habe zwei Pferde für uns dabei."

„Wirklich? Du haben zwei Pferden?"

Breyton drehte sich abrupt um, um sich nach hinten abzusichern, und der Schmerz legte sich wie ein Streifenmuster über seinen Rükken. „Mach schnell, sonst kommt noch jemand!" mahnte er.

Das Scheunentor öffnete sich quietschend gerade so weit, daß Ndelas schlanke Gestalt sich hindurchzwängen konnte. Sie trug ein Bündel mit Kleidern in der Hand.

„Hast du alles dabei? Zurück kommen wir nicht mehr."

„Ich nackend gehn wollen, wenn nur endlich hier wegkommen!"

Den Kopf nervös hin- und herwerfend, sondierte Breyton das Terrain. Dann legte er seinen Arm um die ranken Schultern der jugendlichen Sklavin Cyrus Steenkamps und führte sie zu den Pferden. Er fühlte einen Schauer durch ihren Körper laufen.

„Hast du Angst?"

Das Gesicht voll im bläulichen Mondlicht, sah Ndela zu ihm auf. Leuchtende Augen und ein kurzes Lächeln antworteten ihm. „Nix Angst!" sagte sie. „Ich aufgeregt! Endlich ich werde frei – endlich!"

„Reiten kannst du doch, oder?"

„Du zusehen, ob du mitkommen mit mir!"

Sekunden später ritten zwei Gestalten nebeneinander in die Finsternis. Sie schlugen den Weg in die Berge ein, weit über die Grenzpfähle der äußersten Vorposten der Kolonie hinaus.

* * *

„Hast du Breyton heute morgen schon gesehen?" Jan stand auf der Schwelle der Küchentür.

Margot rührte den Teig für eine Riesenportion Pfannkuchen, wovon die eine Hälfte für die van der Kemps und die andere für den Alten Knob gedacht war.

„Ich habe ihn nicht gesehen."

Jan schüttelte den Kopf. „In seinem Zimmer ist er nicht. Ich mache mir Sorgen, daß er wieder auf und davon ist."

„Um Ndela zu treffen?"
„Womöglich. Ich weiß nicht."
Hinter Jan stieß jemand energisch die Haustür auf. Schwere Stiefel stapften über den Holzboden. Es war Pieter.
„Zwei Pferde sind fort", sagte er.
„Zwei?"
Pieters Mund preßte sich zu einer dünnen Linie zusammen. Zur Antwort auf Jans Frage nickte er bloß.
„Glaubst du, er ist ihr nachgestiegen?"
Bevor Pieter noch antworten konnte, ertönte von der Vorderseite des Hauses her ein gellender Ruf.
„Van der Kemp!"
Jan sah seinen Vater an und sagte: „Steenkamp!"
„Van der Kemp!"
Pieter ging auf die Veranda hinaus. Jan folgte ihm auf dem Fuße. Margot hielt ein paar Schritte Abstand.
Der graubärtige Nachbar der van der Kemps war hoch zu Roß, hatte eine Muskete quer über dem Schoß liegen und brüllte: „Wo ist dein mißratener Sohn? Ndela, meine Sklavin, ist fort!"
„Breyton ist auch nicht da", sagte Pieter.
Steenkamp stierte ihn an. „Wo steckt er?"
Pieter verschränkte die Arme. „Ich weiß es nicht. Aber von unseren Pferden fehlen zwei."
Wie angeekelt hob Steenkamp das Gesicht zum Himmel, so daß sein langer Bart waagerecht von ihm abstand. „Das wäre nicht geschehen, van der Kemp, wenn du deinen Bengel an die Kandare genommen hättest!"
Ein kräftiger Finger durchstach die Luft und richtete sich auf Steenkamp. „Sag du mir nicht, wie ich meine Jungs zu erziehen habe!" drohte Pieter. „Breyton hat Striemen auf dem Rücken, die in einem Monat noch nicht verheilt sein werden! Außerdem wissen wir nicht, ob er irgendetwas mit dem Verschwinden deiner Sklavin zu tun hat. Wär ja nicht das erste Mal, daß sie ausreißt – ohne seine Hilfe!"
„Wie soll's denn sonst sein?" dröhnte Steenkamp. „Zwei von deinen Pferden fehlen. Und Breyton. Er kann wohl kaum beide Pferde reiten – das zweite muß für jemand anders sein: Ndela – das hab ich im Urin!"
Jan mischte sich ein. „Es gibt nur einen Weg, Sicherheit zu erlangen. Cyrus, du reitest die Straße lang und alarmierst die anderen Milizionäre. Sag ihnen, sie sollen Proviant für drei Tage zurechtmachen und

sich hier sammeln. Und treib sie zur Eile! Falls Breyton und Ndela beieinander sind, sind sie uns schon mehrere Stunden voraus!“

Dieser Vorschlag schien Cyrus Steenkamp zu gefallen; jedenfalls nickte er und machte sich auf den Weg.

Jan wandte sich an Margot. „Ich brauche Proviant für drei Tage.“

Sie nickte und ging Richtung Küche. Dabei bekam sie mit, was Pieter seinem Sohn, dem Milizionär, sagte: „Du findest ihn bestimmt und bringst ihn hierher zurück. Sollte er tatsächlich dem Sklavenmädel beim Abhauen geholfen haben, so stehe der Himmel ihm bei! Dann wird er ein ganzes Jahr lang nicht auf dem Rücken liegen können.“

* * *

Breyton und Ndela hatten die Paßhöhe hinter sich gebracht. Vor ihnen erstreckte sich eine scheinbar endlose, einsame Hochebene. Hier lebten die Stämme der San und der Khoi wie auch die Boer, nomadisierende Wilderer, die sich von den kargen Früchten der Einöde nährten und sich zusätzlich an Schafen und Rindern schadlos hielten, die sie von den Gehöften drunten in den Tälern stahlen. An diesem Morgen hatte sich die Bewohnerschaft der weiten Wildnis um zwei Köpfe vermehrt.

Nach einem nächtlichen Ritt, bei dem sie sich nichts geschenkt hatten, legten die erschöpften Reisenden eine Pause ein, indem sie sich in ein ausgetrocknetes Flußbett zurückzogen. Breyton verschränkte die Arme hinterm Kopf und legte sich in den Schatten zweier hochgewachsener Büsche, die die Einheimischen *Fynbos* nannten. Durch halbgeschlossene Lider sah er Ndela einiges von den Lebensmitteln, Kleidern, Werkzeugen und sonstigen Utensilien aus- und wieder einpacken, die er auf den Pferderücken verzurrt hatte.

Danach kniete sie an ihrem kleinen Lagerfeuer und schürte mit einem Stock die Flammen. Ihre Bewegungen waren flink und geschickt.

„Hör auf, dir Sorgen zu machen“, sagte Breyton. „Wir haben einen guten Vorsprung. Außerdem brauchen die Pferde Ruhe, genau wie wir.“

Sie warf ihm einen Seitenblick zu. „Das ich wissen!“ In ihrer Stimme lag ein scharfer Unterton. Sie stocherte energisch im Feuer herum, so daß die Funken stiebten.

„Komm her." Breyton streckte ihr den Arm entgegen.

„Ich nix in Stimmung für sowas."

„Wie – sowas? Alles, was ich will, ist, ein paar Minuten ausspannen. Dir wird's dann auch besser gehen."

Ohne ihn anzusehen, sagte sie: „Mir geht auch so ganz gut."

Grunzend stand Breyton auf, trat hinter sie und legte ihr seine bleichen Hände auf die dunklen Schultern.

Sie verspannte sich.

„Komm, leg dich hin."

„Will nich hinlegen."

„Ndela, du wirst dich besser –"

Sie schlug ihm mit ihrem Knüppel ans Schienbein. „Ich dir sagen, ich fühlen gut da, wo sein!"

Breyton machte einen Satz nach hinten und faßte sich ans Schienbein. „Das hat wehgetan!"

Ndela ließ sich erweichen. Ihre Augen verrieten keine Feindseligkeit mehr. „Au weia, 'tschuldigung, mir leidtun!" sagte sie. „Is' bloß nervös. Du mir Zeit geben, dann wird gut. Jetzt du gehen da rüber und schlafen bißchen. Wenn aufwachen, alles gut mit mir. Bestimmt!"

Offenkundig behagte ihr etwas nicht, und das beunruhigte Breyton. Aber für den Augenblick fiel ihm nichts ein, was er tun konnte. Er sehnte sich danach, sie in die Arme zu nehmen und ihr zu versichern, daß alles in Ordnung kommen werde. Doch im Moment ließ sie ihn nicht an sich heran. Also entschied er sich für eine ruhige Gangart. Daß sie tatsächlich frei waren und gemeinsam ein neues Leben begannen, war wahrlich überwältigend. Er mußte ihr bloß etwas Zeit lassen.

Wie sie es wünschte, machte Breyton es sich im Schatten der *Fynbos*-Büsche bequem. Er dachte, er werde einen Augenblick schlafen und neue Kräfte sammeln, bevor sie die Reise fortsetzten, wiewohl er immer noch keine genaue Vorstellung davon hatte, wohin es eigentlich gehen sollte.

Er machte die Augen zu und überließ sich dem Schlummer, der sich wie eine warme Decke über seine Gedanken legte. Doch so sehr er auch versuchen mochte abzuschalten, seine Gedanken kamen nicht zur Ruhe. Unruhig hing er in der Schwebe zwischen unbewußtem Dämmer und wachem Grübeln. Bilder von Klaarstroom kamen und gingen: das große Haus, der Fußboden aus „Stinkholz", den er Diele für Diele verlegt hatte, die Intarsien an den Möbeln, geschnitzt von seiner Hand.

Darüber legten sich heimtückisch Bilder vom Steenkampschen Hof und von Ndela: intime Augenblicke, verstohlene Blicke. Wie er sich zuerst in ihren Augen und dann in ihren Armen verloren hatte. Er erinnerte sich des zu Tode erschrockenen Blicks des alten Cyrus Steenkamp, als dieser sie auf seinem Heuboden erwischt hatte – und fragte sich, wie dasselbe Gesicht wohl heute morgen ausgesehen haben mochte, als Cyrus entdeckt hatte, daß Ndela fort war.

Ein Rascheln holte ihn in die Sphäre des Bewußtseins zurück, aber nicht weit genug, als daß er die Augen aufgeschlagen hätte. Ndela machte sich am Feuer zu schaffen.

Sein Mund formte ein glückseliges Lächeln, als seine Gedanken zu der Frau abschweiften, die er liebte und mit der er jetzt ein neues, gemeinsames Leben begann. Alles hatte er für sie aufgegeben, aber sie war es auch wert. Es gab nichts, was er nicht getan hätte, um diese Augen zum Singen und Tanzen zu bringen. Und ihr Lächeln – dieses verspielte, einladende Lächeln. Im Moment war nichts davon zu sehen. Aber es würde wiederkehren. Sie war verängstigt – wer wäre es nicht? Auch er fürchtete sich. Gib ihr Zeit! Wenn die Nacht anbrach, würde er wieder da sein, dieser Ausdruck in ihren Augen, der ihn so fesselte. Welch wunderbarer Gedanke! Heute abend – sie beide allein, am Feuer kuschelnd und in Träume über ihr neues Leben versunken-

Ein Klicken schreckte ihn auf. Es war einer jener scharfen Laute, die den Nebel des Schlummers zerschneiden und einen auf der Stelle hellwach machen. Ein Blitzschlag könnte einen nicht mehr erschrecken. Es war das Klicken des Abzugs einer Muskete.

Er riß die Augen auf.

Ndela stand über ihm, die Muskete in der Hand. Die Mündung war auf seinen Kopf gerichtet. Dieser Anblick genügte, um sein Herz auf Touren zu bringen, aber was es restlos in Raserei versetzte, waren ihre Augen. Sie waren eiskalt und ohne jedes Gefühl.

„Ndela, sieh dich mit der Kanone vor! Es ist gefährlich, sie so auf jemanden zu richten!“

„Ich wissen, was tun.“ Ihre Stimme stand den Augen an Kälte nicht nach.

Langsam richtete sich Breyton zu einer sitzenden Haltung auf. „Ich versteh' nicht. Was meinst du denn, was du tust?“

„Klar du nix verstehn. Du sein Dummkopf.“

„Ndela, du hast bloß ein bißchen Angst, ich verstehe das –“

„Nix ich Angst! Ich genau wissen, was tun! Ich abhauen.“

„Aber wir sind doch schon abgehauen! Ndela, du bist frei – frei!“

„Nix ganz so“, sagte sie gepreßt. „Bald aber. Wenn du tot und ich reiten weg von hier allein – dann frei.“

Breyton schüttelte den Kopf. „Aber nein, du bist nur verschreckt. Niemals werde ich dich behandeln wie Steenkamp. Ich liebe dich, das weißt du. Und du liebst mich, das hab ich in deinen Augen gesehen."

„Ich nie nich dir lieben. Nie nich! Mich überraschen, daß du nie merken, wie mir eklig – jedesmal, als du mich anfassen. Du nur dürfen anfassen, damit du mir helfen abhauen."

„Nein, nein, du liebst mich."

„Ich alles tun, um freiwerden! Alles! Sogar, daß reicher Siedlerbengel an mir rumfummeln tut! Aber jetz', was ich will, ich haben: Muskete und Pferd." Ein fieses Grinsen. „Zwei Pferden."

Breyton schüttelte den Kopf. Er wollte das alles nicht glauben.

„Is' völlig wurscht, du mir glauben oder glauben nich. Paar Minuten noch, dann du tot – und ich frei." Mit einer vollkommen gefühlsleeren Kälte drückte sie Breyton den Gewehrlauf in den Bauch.

„Ndela, tu das nicht!"

Wumm!

Eine glühende Faust rammte sich in Breytons Bauch. Er überschlug sich. Instinktiv drückte er beide Hände gegen die Wunde. Doch sie vermochten nichts auszurichten, außer daß sie ihm bestätigten, was sein Kopf noch immer nicht wahrhaben wollte. Was er einfach nicht glauben konnte.

Doch sein Herz konnte nicht länger beiseiteschieben, was die Sinne aufnahmen. Wie ein Anwalt fügte sein Verstand Beweise zu einem klaren Befund zusammen. Da waren Schmerzen, schlimme Schmerzen: das erste Beweisstück. Rote Finger, Blut, die Kraft, die ihn verließ, der Kopf, der ihm schwirrte, Dunkelheit, die sein Bewußtsein verschlingen, sich gewaltsam Zugang verschaffen wollte. Und doch war nach wie vor etwas in ihm, das glauben wollte, sie habe das nicht absichtlich getan. Daß es ein Unfall gewesen war.

An dieser Stelle legte sein nüchternes Gehirn das stärkste Beweisstück vor: Ndelas Geständnis. Hochaufgerichtet stand sie über ihm, der Rauch aus der Mündung des Gewehrlaufs kringelte sich um ihren Kopf herum in die Luft. Ihre Augen: kalt. Rachsüchtig. Sie lächelte – nein, grinste, lachte. Aus voller Brust. Triumphierend.

„Jedesmal, als du mich anrühren", schnaubte sie, „ich machen Augen zu, denken an jetz', dieses Augenblick. Aber weißt du? Jetz', wo dich schießen – sehen dich liegen da, kratzen ab –, jetz' ich alles das würd' nochmal machen. Bloß für Gelegenheit, nochmal dich schießen."

Zusammengerollt wie eine Kugel, den Kopf im Dreck, lag Breyton auf der Seite und sah zu, wie Ndela die letzten Ausrüstungsgegenstände auf den Pferden verstaute. Sie war fröhlich. Unbeschwert. Als sie davonritt und ihn dem Tod überließ, summte sie eine heitere Melodie.

21

Breyton wollte nicht mehr leben. Er wollte, daß die Schmerzen aufhörten. Er wollte nichts mehr fühlen. Er wollte nicht denken. Er wollte in eine Dunkelheit eintauchen, wo es keine Gefühle mehr gab, für immer verschwinden. Solange er lebte, war er gelehrt worden, an ein Leben nach dem Tod zu glauben. Jetzt betete er, es möge keines geben. Denn wenn es eines gab, würde er mit Fragen konfrontiert, würde Rechenschaft geben müssen. Dann würden Gericht und Verdammnis seiner warten. Und das wollte er nicht. Er wollte nur alleingelassen werden – für immer.

Der Schmerz preßte ein unwillkürliches Stöhnen aus ihm heraus. Er drehte den Kopf hin und her. Von seinen Augenbrauen lief ihm der Schweiß die Schläfe hinab ins Ohr.

Er verfluchte Gott, daß er ihn nicht hatte sterben lassen. Warum ließ Gott ihn nicht einfach die Augen schließen und zum Staub der Erde zurückkehren, als wäre er nie geboren worden? Was war das für ein Gott, der ihn sich hier im Schmutz wälzen ließ, weder tot noch lebendig?

Je länger er so dalag, um so mehr starben seine Gefühle ab, bis er keine mehr hatte – außer einem: Wut. Sie brannte fast ebenso heiß in seinem Leib wie die Wunde. Ätzend. Immer mehr zunehmend, bis sie ihn total erfaßt hatte. Nur seine Wut hielt ihn körperlich am Leben, ließ ihn in der Einöde durchhalten. Und als die Zeit gekommen war, daß die Sonne den westlichen Horizont berührte, fühlte sich Breyton in der Gesellschaft dieses neuen Gefährten leidlich wohl. Mochten alle anderen ihn verlassen haben, auf seine Wut konnte er zählen, das wußte er. Sie würde ihn nie im Stich lassen. Wann immer er Kraft brauchen würde, würde die Wut zur Stelle sein, um sie ihm darzureichen.

Stimmen brachen sich an den Böschungen des Flußbettes. Männliche Stimmen, die sich entspannt unterhielten.

Das Gesicht vor Schmerzen verzerrt, schaffte Breyton es, hinter die *Fynbos*-Büsche zu rutschen, in deren Schatten er sich eigentlich hatte ausruhen wollen. Das Stöhnen, das sich während dessen seiner Kehle entringen wollte, schluckte er herunter. Als er die Stelle hinter den Büschen erreicht hatte, fiel es ihm nicht schwer, still liegenzubleiben. Die Anstrengung hatte ihn alle verbliebene Kraft gekostet. Er konnte kaum noch die Augen offenhalten. Seine einzige Hoffnung war, unentdeckt zu bleiben, denn in seinem Zustand würde er sich gegen niemanden zur Wehr setzen können.

Der Gedanke amüsierte ihn. Warum sollte jemand, der sterben wollte, eigentlich darüber nachdenken, sich zu verteidigen, wenn es so leicht war, den Tod durch feindliche Hand zu suchen? Ein Stöhnen, ein Rascheln genügte, um einen giftigen San-Pfeil oder Khoi-Speer auf sich zu ziehen, um zu vollbringen, was Gott sich zu tun weigerte.

Die Stimmen wurden lauter, begleitet vom weichen Tritt von Pferdehufen auf dem Grund des trockenen Flußbettes. Die San hatten keine Pferde. Die Khoi auch nicht. Aber die Boer. Das war noch besser. Die Boer hatten Feuerwaffen. Das würde seinen Tod beschleunigen.

Breyton linste durch die Zweige des Gebüschs und wartete, daß die Vollstrecker seines Todes auf der Bildfläche erschienen. Er streckte den Arm aus und griff nach einem dicken Zweig. Er würde abwarten, bis sie dicht bei ihm waren. Dann würde er einen Schrei ausstoßen und den Busch ordentlich schütteln, in der Hoffnung, sie aufzuschrecken.

Jetzt konnte er Pferdeköpfe sehen. Gleich danach die Hände und Arme der Reiter. Als die Gesichter in seinem Blickfeld auftauchten, ließ Breytons Hand geräuschlos den *Fynbos*-Zweig los. Seine Augen wurden zu schmalen Schlitzen. Sein ganzer Haß konzentrierte sich auf die Gesichter der Männer, die er erkannte, die ihn aber noch nicht entdeckt hatten.

Es waren Cyrus Steenkamp und Jan, die Seite an Seite den trockenen Flußlauf entlangritten.

„Da vorne! Ein Lagerfeuer." Jan zeigte auf den Aschenhaufen neben den Büschen, hinter denen sich sein Bruder verbarg.

Die zwei Männer machten an der Feuerstelle Halt und stiegen ab. Jan bückte sich und prüfte, ob die Asche noch warm war, während der ältere Mann die Hände ins Kreuz stemmte und sich streckte.

„Kalte Asche", stellte Jan fest.

Steenkamp schüttelte den Kopf. „Diesmal verkaufe ich sie, soviel ist sicher. So eine hatte ich noch nie. Ich behandle sie gut. Sie leben besser als draußen bei ihren Stämmen. Man sollte doch meinen, daß sie einem Dank erwiesen."

Jan richtete sich auf und reckte sich ebenfalls. „Heute abend bekommen wir sie nicht mehr. Willst du hier übernachten oder noch weiterreiten?"

Steenkamp antwortete nicht gleich. Er streckte sich nochmals, diesmal unter behaglichem Knurren. Dann stand er mit den Händen in den Hüften da und sah sich um, blickte den Flußlauf hinauf, zum Himmel, zum Ufer. Die beiden *Fynbos*-Büsche an der Uferkante musterte er mit zusammengekniffenen Augen.

Breyton hielt den Atem an, als wäre er so weniger gut zu sehen.

Der alte Mann mit seinem grauen Bart stand eine Weile einfach da, wie festgefroren. Schließlich sagte er: „Reiten wir weiter den Fluß rauf!" und wandte sich stehenden Fußes in die angegebene Richtung. „Vielleicht treffen wir dort 'n paar von den anderen. Nichts für ungut, aber hier draußen fühl' ich mich sicherer, wenn wir nicht bloß zu zweit das Nachtlager aufschlagen."

Jan nahm ihm augenscheinlich nichts übel. Er stieg in den Sattel.

Steenkamp mußte mehrmals Schwung holen, um sein Bein so hoch zu kriegen, daß er es über den Pferderücken schwingen konnte, und als es ihm endlich gelang, stieß er ein lautes Ächzen aus. „Dafür wird sie bezahlen", sagte er. „Ich bin zu alt, um noch Jagd auf Sklaven zu machen. Was, meinst du, wird dein Vater mit Breyton machen?"

„Daran zu denken macht mir angst. Vater ist willens, ihn totzuschlagen. Du hast nicht gesehen, wie er Breyton beim letztenmal gepeitscht hat. Damals dachte ich schon, er schlägt ihn tot."

Steenkamp räusperte sich abfällig. „Hat ja viel geholfen."

„Breyton ist an sich nicht schlecht. Er und Vater haben von jeher unterschiedliche Ansichten gehabt, einfach andere Wertvorstellungen. Aber Breyton war stets ein tüchtiger Handwerker, der es liebte, etwas zu schaffen. Ich kann mir beim besten Willen nicht vorstellen, wie er hier draußen leben will."

„Warum hat er's dann gemacht?" rief Steenkamp.

Jan schüttelte den Kopf. „Irgendwas ist über ihn gekommen. Seit wir Kinder waren, waren er und ich immer verschieden, aber wir sind uns nie auf die Nerven gegangen. Wir haben uns verstanden. Bis vor kurzem. Er hat sich verändert. Ich versteh' ihn nicht mehr. Wenn ich's nicht besser wüßte, würde ich denken, er ist verhext oder besessen."

„Ndela. Sie versteht es, Leute dazu zu bringen, daß sie total nach ihrer Pfeife tanzen."

„Kann sein. Aber Breyton ist alt genug, um selbst zu denken. Aber in letzter Zeit hat er ein paar bescheuerte Entscheidungen getroffen."

Die zwei Milizionäre lenkten ihre Pferde flußaufwärts.

„Da ist was in mir, das meinen Bruder nicht erwischen will", sagte Jan. „Vielleicht findet er ja hier seinen Frieden. Zu Hause hatte er ganz bestimmt keinen mehr."

Steenkamp und Jan ritten außer Hörweite.

Breyton warf sich herum und kam auf den Rücken zu liegen. Die Striemen brannten unerträglich, so daß er sich wieder auf die Seite drehen mußte, was auf die Schußwunde drückte. Es fühlte sich an, als ragte eine Stiefelspitze in seinen Unterleib. Über seine Augen legte sich ein Nebel, und er begann das Bewußtsein zu verlieren.

Sein letzter wacher Gedanke galt den Worten seines Bruders: *Vielleicht findet er ja hier seinen Frieden.* Voll Bitterkeit lachte er auf. Mit Frieden war es nichts. Er hatte nur Wut, verzehrende, eifernde Wut. Die hatte er gefunden. Und zum erstenmal, seit er angeschossen worden war, wußte Breyton, daß er weiterleben würde. Seine Wut würde ihn am Leben halten – nein, mehr noch: Sie gab ihm einen Grund zum Weiterleben.

Zwei Tage schwankte Breyton zwischen Bewußtsein und Ohnmacht hin und her, bei Tag von der Sonne gebraten, nachts schlotternd vor Kälte. Dann, am dritten Tag, fand ihn ein Boer-Clan.

* * *

Vier Tage, nachdem sie ausgeritten waren, um Breyton und Ndela zu finden, kehrten die Milizionäre mit leeren Händen zurück. Der fünfköpfige Haushalt der van der Kemps, einst ein Musterbeispiel eines holländischen Kolonialtraums, bestand fortan aus zwei freudlosen Männern und ihrer Haushälterin.

Eine Woche nach Breytons Verschwinden kehrte Margot zum erstenmal in ihrer Klaarstroomer Zeit nach Kapstadt zurück. Jan erschien in der Küche und verkündete, er und sein Vater hätten Geschäfte in der Kolonie zu erledigen, und sie sollte sie begleiten. Warum sie die Reise mitmachen sollte, sagte er nicht. Es war eine Feststellung, keine Frage.

Pieter ritt dem Wagen, auf dem sein Sohn mit Margot saß, voraus. Die Reise verlief schweigsam, so, als hätten die Männer die Grabesatmosphäre ihres Hauses aufgeladen und mitgenommen.

Margot war das einerlei. Es tat einfach gut, aus dem Haus zu kommen. Der Himmel erstreckte sich von einem Horizont zum anderen in wolkenlosem Blau. Selbst die wüste Einöde bot einen willkommenen Anblick. Die Luft war frisch. Und nichts roch nach Bohnerwachs oder Seife oder sonst einem Putzmittel – abgesehen davon, daß sie ein paarmal die Hände ans Gesicht hob.

Den Ozean konnte sie fühlen, lange bevor sie ihn sah. Nachdem sie den größten Teil ihres Lebens in Küstennähe zugebracht hatte, fiel ihr jetzt zum erstenmal auf, wie sehr ihr die See fehlte. Das erste, was sie registrierte, war eine veränderte Temperatur. Eine feuchte Kühle berührte ihre Wangen und Hände. Sie spürte es ganz deutlich – es war, als träte man aus einem geschlossenen, von der Sonne geheizten Zimmer auf eine luftige, schattige Veranda. Als sie über den Bergrükken kamen, der die Kolonie und das Flachland trennte, begrüßte sie endgültig eine steife Meeresbrise.

Am höchsten Punkt der Paßstraße öffnete sich ihr der Blick über den endlosen Ozean. In der Bucht lagen Schiffe auf Reede. Sie blickte auf den geschäftigen Hafen mit seinem Gewimmel von Männern, Frauen und Fuhrwerken. Über ihrem Kopf kreisten verschiedene Seevögel. Von Zeit zu Zeit schoß einer pfeilschnell Richtung Wasseroberfläche hinab. Gleich einem eingelegten Edelstein hoben sich die schimmernden Bauten der Kolonie stolz von der weiten Wasserfläche ab. Als dann der Wagen in die Stadt hinunterfuhr, bot sich ihr der vertraute Anblick des Tafelberges. Von all den Bergen, die sie zu Gesicht bekommen hatte, seitdem sie hier eingetroffen war, war ihr dieser nach wie vor der liebste.

Da keine Unterhaltung geführt wurde, konnte sie ihre Gedanken durch die Erinnerungen streifen lassen, während sie die Richtung der Burg einschlugen. Nicht, daß alle Erinnerungen angenehm waren; aber sie waren ein Teil von ihr. Sie kamen am Sklavengelaß und der kleinen Kammer vorbei, die sie eine Zeitlang ihr Zuhause genannt hatte. Den Park der Compagnie passierten sie zwar nicht, aber es gelang ihr, einen Blick darauf zu erhaschen, als sie zur Burg hin abbogen. Und während die van-der-Kemps ernst und wortlos den Exerzierplatz überquerten, dachte sie daran zurück, wie sie ihn das erste Mal betreten hatte, mit Kapitän Danckaert. Er fehlte ihr so!

Im Innenhof der Burg sah sie den Brunnen. Margot mußte sich auf die Unterlippe beißen, um nicht zu grinsen, als sie daran dachte, wie van Jaarsfeld im Brunnenteich herumgetanzt war, um dem spätabendlichen Gewitter *Mevrouw* Hildas zu entrinnen. Verstohlen sah sie Jan an, der an ihrer Seite saß: Ob er ihre Erinnerungen teilte? Doch sein Gesicht sah nicht anders aus als während ihrer gesamten Reise: reglos und versunken.

Jan hielt den Wagen an. Pieter stieg ab und ging auf das Portal zu, das in die Residenz des Gouverneurs führte. Jan kletterte vom Fuhrwerk, ohne ihr irgendwelche Anweisungen zu erteilen.

„Soll ich mit reinkommen oder hier warten?"

„Ja."

Ohne ihr in die Augen zu sehen, half er ihr beim Absteigen. Warum sah er sie nicht an? Margot fing an, die Mosaiksteinchen zusammenzufügen. Aus welchem Grund sollte sie die Männer in die Kolonie begleiten? Ihr fiel keiner ein. Und falls es einen Grund gab, warum sagte Jan ihn ihr nicht – doch wohl nur, weil er nicht wollte, daß sie ihn kannte, oder sich nicht überwinden konnte, ihn ihr zu sagen. Und dann die Fahrt selbst. Sie hatte sich gedacht, die Schweigsamkeit komme von der anhaltenden Traurigkeit über Rachel und Breyton. Was aber, wenn es noch einen anderen Anlaß dafür gab?

Margot folgte Pieter und Jan die Stufen zur Residenz hinauf. Als sie das Portal durchschritten, war es die Vertrautheit der Umgebung, die einen verheerenden Gedanken in ihr wachrief, der alles erklärte: Sie brachten sie zurück! Sie würden sie hierlassen, sie wieder den Händen von *Mevrouw* Hilda übergeben.

Genau in diesem Moment erschien *Mevrouw* Hilda auf der Bildfläche. Mit einem sehr jungen Mädchen im Schlepptau schob sie sich in die Eingangshalle. Die Mamsell fuchtelte mit ihrem feisten Zeigefinger vor der Nase des Mädchens herum und ließ eine Tirade wegen unbefriedigender Arbeit über es ergehen. Das Mädchen, blutjung und verängstigt, war den Tränen nahe. Doch der stetige Strom scheltender Worte brach abrupt ab, als *Mevrouw* Hilda Margot erblickte. Überraschung blitzte in den Augen der Mamsell auf, machte aber umgehend einem wohleinstudierten Ausdruck hochmütiger Geringschätzung Platz.

Pieter und Jan ließen die Mamsell stehen, ohne ihr auch nur einen Blick zu gönnen. Margot ging ihnen nach, konnte sich aber nicht eines zunehmenden Entsetzens erwehren: Bald schon würde sie dieser Tyrannin wieder auf Gedeih und Verderb ausgeliefert sein.

Der Gouverneur begrüßte Pieter und Jan van der Kemp mit berufsmäßiger Freundlichkeit. Neben ihm stand pflichteifrig *Mijnheer* Daniel Krog, der gestrenge Beamte des Polizei-Rates. Auf dem Gesicht des Gouverneurs wie des Beamten mit seinem vierschrötigen Kinn spiegelte sich Überraschung, als Margot nach den van der Kemps eintrat. Ohne irgendwelche Höflichkeitsfloskeln erteilte Pieter ihr die Anweisung, sich auf einen Stuhl an der Wand zu setzen und zu warten, während er und Jan Geschäftliches besprächen.

Die vier Männer debattierten über Angelegenheiten der Rinderzucht. Der Gouverneur zog verschiedene Papiere hervor, die er Pieter überreichte. Dieser las sie sorgfältig durch, während der Gouverneur immer wieder mit dem Finger auf einzelne Passagen zeigte. Jan sah seinem Vater über die Schulter und richtete seine Aufmerksamkeit auf die Unterlagen, als läse er sie seinerseits. Im einzelnen ging es darum, daß die Rinderzüchter vermehrten Kontrollen und einem strengeren Reglement unterzogen werden sollten. Das Direktorium der Siebzehn hatte dem Gouverneur entsprechende Anweisungen zukommen lassen. Pieter schien die Sache nicht gerade zu gefallen.

Margot indes schnappte nur wenig vom Inhalt oder der Bedeutung der Angelegenheit auf. Ihre Gedanken drehten sich um den Tagesordnungspunkt, von dem sie überzeugt war, daß er als nächster zur Sprache kommen würde: ihre Entlassung.

Sie weigerte sich, deswegen Gefühle in sich zuzulassen. Es war ja am besten so. Als sie nach Klaarstroom kam, hatte sie gewußt, daß ihr Aufenthalt dort nur von kurzer Dauer sein würde. Ja, sie hatte es selbst so gewollt. Sie taten ihr einen Gefallen. Sie konnte auf ihren Plan zurückkommen, nach Amsterdam heimzukehren.

Pieter bat darum, sich vertraulich mit seinem Sohn besprechen zu dürfen, und zog Jan zur Seite. Pieter flüsterte hastig, aber erregt, und zeigte mit fahrigem Finger auf einige Abschnitte des Papiers. Jan seinerseits beugte sich vor und tat, als läse er sie, während sein Kopf zu allem nickte, was sein Vater sagte. Einmal, als dieser sich gerade über irgend etwas ereiferte, sah er auf und traf Margots Blick. Ein schuldbewußter Ausdruck huschte ihm übers Gesicht, verschwand aber gleich wieder, als er die Brauen hochzog und sich erneut auf die Papiere konzentrierte.

Der kurze Blick bestätigte Margots Argwohn. Wenn Jan und Pieter van der Kemp an diesem Tag die Residenz des Gouverneurs wieder verlassen hätten, würde sie nicht mehr bei ihnen sein.

Die Frage des Rinderzüchter-Reglements wurde beigelegt, ohne daß eine der beiden Seiten eine für sie befriedigende Lösung erzielt hatte. Das Gespräch wandte sich anderen Gegenständen beiderseitigen Interesses zu. Es gab Hinweise darauf, daß die Boer draußen im Busch zunehmend unruhig wurden, und der Gouverneur bat Jan, das an die anderen Milizionäre weiterzugeben. Er war der Auffassung, daß die Boer nach Vorwänden suchten, um die einsamen Gehöfte der Rinderzüchter zu überfallen. Sollte es zu sich verschlimmernden Feindseligkeiten kommen, so sei man bereit, Truppen zu entsenden.

Pieter bat, ihn über den aktuellen Stand der Dinge hinsichtlich der allgemeinen Lage der Kolonie zu unterrichten, und die Unterhaltung drehte sich um alles mögliche – von der Ankunft oder Abfahrt dieses oder jenes Schiffes über gemeinsame Bekannte bis hin zum Wetter. Nichts von Bedeutung. Margots Anwesenheit schienen die Männer ganz vergessen zu haben – außer Jan, der ihr ein paarmal ausdruckslose Blicke zuwarf.

Dann klopfte es an der Tür, und Krog rief anstelle des Gouverneurs „Herein!". Es war *Mevrouw* Hilda. Während sie sich zum Schreibtisch des Gouverneurs vorschob, blickte die herrschsüchtige Matrone Margot mit unheilverheißendem Stirnrunzeln an.

Obwohl Margot sich immer wieder versicherte, daß dies schließlich genau das sei, was sie wollte, hatte sie einen Kloß in der Brust, den sie fast als körperlichen Schmerz fühlte. Sie mußte daran denken, wie ihr Leben sein würde, wenn sie in den Schlafsaal und die Zimmerfluchten der Statthalterresidenz zurückkehrte – vor allem aber unter die eisenharte Autorität *Mevrouw* Hildas.

Der Gouverneur bat um Entschuldigung. *Mevrouw* Hilda flüsterte ihm etwas ins Ohr, worauf er mit einem zornigen Blick und heftigen Gesten antwortete. Freilich hob er nicht die Stimme, so daß außer *Mevrouw* Hilda niemand verstehen konnte, was er sagte. Die Mamsell nickte kurz und ging hinaus, nicht ohne Margot einen weiteren bösen Blick zuzuwerfen.

„Bitte entschuldigen Sie diese Unterbrechung, meine Herren", sagte der Gouverneur. „Soeben sind einige reisende Honoratioren aus Utrecht eingetroffen – Handlungsbevollmächtigte, müssen Sie wissen –, und in solchen Fällen müssen immer einige Vorkehrungen getroffen werden, damit die Herren alles zu ihrer Zufriedenheit vorfinden." Dann fügte er, als käme ihm dieser Gedanke soeben hinzu: „Würde es Ihnen etwas ausmachen, sich heute abend zu unseren Gästen zu gesellen? Wir können leicht zwei weitere Gedecke auftragen lassen und Ihnen Nachtquartier anbieten."

„Das wäre vortrefflich!" sagte Pieter. „Das heißt, falls wir uns frühzeitig empfehlen dürften. Wir müssen morgen nach Klaarstroom zurück."

„Selbstverständlich", sagte der Gouverneur. „Krog, sorgen Sie für das Nötige."

Jan mischte sich ein. „Exzellenz, wenn ich hinzufügen dürfte –"

„Ja bitte?"

„Wir brauchten drei Gedecke zum Abendessen. Und ein weiteres Zimmer. *Mejuffrouw* de Campion wäre in unserer Begleitung."

Es war, als wäre Margot urplötzlich aus dem Nichts aufgetaucht.

Eben noch kam ihr nicht mehr Bedeutung zu als einem x-beliebigen Möbelstück; im nächsten Augenblick starrte jeder Mann im Zimmer sie an.

Mit amüsiertem Schmunzeln sagte der Gouverneur: „Jeder Ihrer Gäste ist in meinem Haus willkommen."

Als sie gingen, küßten sowohl der Gouverneur als auch Krog Margot die Hand.

Die Freitreppe vom Amtssitz des Gouverneurs in den Innenhof schwebte Margot hinab. Jan half ihr auf den Wagen – als sie von Klaarstroom losgefahren waren, hatte er das nicht getan. Wie zuvor ritt Pieter voran, während Jan und Margot ihm mit dem Fuhrwerk folgten.

Als sie das äußere Tor des Burgbezirks durchfuhren, sagte Margot: „Vielen Dank, Jan. Das war nett von dir."

„Nicht der Rede wert."

„Aber ich kann nicht auf einem Empfang erscheinen."

Er schien ehrlich enttäuscht zu sein – eine Reaktion, die ihr gefiel. „Warum nicht?"

„Zum einen hab ich nichts anzuziehen. Ich habe nichts dabei, was für ein Dinner mit dem Gouverneur und seinen Gästen angemessen wäre."

„Die Dienerschaft des Gouverneurs ist darauf eingerichtet, dich auszustaffieren. Das weißt du doch."

„Aber das ist nur der eine Grund."

„Und worin besteht der andere?"

„Jan, ich bin eure *Haushälterin*!"

„Na und?"

„Männer nehmen nicht ihre Haushälterinnen auf offizielle Empfänge in der Residenz des Gouverneurs mit!"

„Andere vielleicht nicht. Ich schon."

Margot schüttelte den Kopf. „Das kann ich nicht machen."

Jan geriet in Rage. „Wieso nicht?" rief er.

„Ich hab hier gearbeitet! Ich hab in jenem Salon Leute bedient. Wenn ich da heute abend hinginge und jemand Wein nachgeschenkt haben wollte, würde ich wahrscheinlich aufspringen und ihm einschenken!"

„Wenn das deine einzige Sorge ist, ist die Sache entschieden: Du gehst mit."

Margot sah ihn ungläubig an.

Mit jungenhaftem Grinsen sagte Jan: „Sobald du irgendeine Regung zeigst, aufzuspringen und jemanden zu bedienen, werde ich dich auf dem Stuhl festhalten."

Bei dem Gedanken mußte Margot lachen.

„Also nimm bitte meine Einladung an, als mein Gast hinzugehen."

Ihr schwirrte der Kopf. Noch vor einigen Minuten war sie fest davon überzeugt gewesen, daß er sie verlassen würde, und jetzt wurde sie als Gast Jan van der Kemps zu einem Empfang im Palais des Gouverneurs gebeten.

Mit errötenden Wangen sagte sie: „Also, ich nehme an."

22

Ich hab einfach zu viele Gefühle.

Zu diesem Schluß gelangte Margot, während sie gemütlich auf einer Bank im Pavillon des Compagnie-Parks faulenzte. Sie war allein. Mit geschlossenen Augen ließ sie die warmen Sonnenstrahlen ihr Gesicht streicheln. Immer würde sie dieses Gefühl von Frieden mit diesem Ort verbinden – und die Erinnerung an die Zeit mit Rachel, die sie in diesen Gärten erlebt hatte. Margot ließ ihre Gedanken auf Wanderschaft gehen und durchlebte noch einmal die unterschiedlichen Gefühle, die sie empfunden hatte, seit sie vor Stunden in Kapstadt angelangt war.

Gelegenheit zu dieser Binnenschau verschaffte ihr der Umstand, daß Pieter und Jan am Hafen zu tun hatten, wo sie Bekanntschaften auffrischten, Geschäfte abschlossen, Vorräte besorgten und im direkten Tauschhandel mit den Kapitänen der Schiffe, die gerade in der Tafelbucht vor Anker lagen, die verschiedensten Waren umschlugen. Nachdem er miterlebt hatte, wie Margot bei der Besprechung mit dem Gouverneur ins Abseits geschoben worden war, hatte Jan sie gefragt, ob sie jemanden besuchen oder Einkäufe machen wolle, während er und sein Vater sich um die Geschäfte kümmerten. Margot hatte ihn gebeten, sie am Compagnie-Park abzusetzen.

Womit sie sich wieder der offenen Frage widmen konnte: Was war der eigentliche Grund dafür, daß die Männer sie mitgenommen hatten? Sie lachte in sich hinein. Daß sie zuvor auf diese Frage so übertrieben reagiert hatte, hatte ihr eine Menge unnützer Seelenpein eingebracht. Sie hatte vorschnelle Schlüsse gezogen, derer sie sich jetzt, wo alles vorüber war, schämte. Freilich war die Frage nach wie vor unbeantwortet. Warum war sie denn nun mitgenommen worden?

Margot beschloß, sich einfach in Geduld zu fassen und zu warten, bis die Antwort sich von selbst ergab. Vorerst wollte sie sich entspannen. Das war ein Luxus. Es gab wirklich nicht so viele Tage ohne Schrubben, Bohnern und Kochen, und sie war entschlossen, das Beste daraus zu machen. Sie saugte den Duft der Blumen ein und streckte sich genüßlich. Als sie die Augen wieder aufschlug, mußte sie erst ein paarmal zwinkern, um sich an die Helligkeit zu gewöhnen. Sie sah wieder das grüne Gras und die Blumenpracht, die sich in allen Regenbogenfarben vom dunklen Hintergrund des Tafelberges abhob. Der Anblick entlockte ihr ein wohliges Gurren.

„Laßt euch nur Zeit", flüsterte Margot und meinte ihre abwesenden Reisegefährten. „So könnte ich's den ganzen Tag haben."

Eine tiefe, schroffe Stimme ließ die friedliche Stimmung verfliegen: „Hau ab, Mann! Ich will das Ding nicht!"

Ein junger Mann mit schwarzen Haaren, in der Hand eine geblümte Vase, hüpfte vor der Nase eines Seemanns herum. „Aber, mein Herr, diese chinesische Vase ist äußerst wertvoll – nicht nur vom Gelde her betrachtet, sondern auch, was ihre Qualitäten anbetrifft, wenn's um die Gunst der Damen geht!" Der junge Mann bückte sich wie ein geölter Blitz, rupfte ein paar Blumen ab und stellte sie in die Vase. Dann hielt er beides dem Seemann hin und sagte: „Welche Frau könnte wohl einem solchen Geschenk widerstehen?"

„Mach dich fort!" bellte der Seemann. „Ich hab keine Frau und will auch keine!"

Der scharzhaarige Verkäufer wollte just zu einem weiteren Versuch ansetzen, als er Margot im Pavillon sitzen sah. Daraufhin ließ er, nicht ohne lächelnd seine weißen Zähne zu zeigen, den Fremden ziehen. „Wie wär's mit einer Vase, Madame?"

Margot gewährte Rachels Mann ein warmes Lächeln und sagte: „Matthew, kommt die Vase da tatsächlich aus China?"

Der junge Mann zuckte die Schultern. „Spielt das 'ne Rolle? Die Matrosen kaufen die Dinger nicht ihres Werts wegen, sondern um sie ihren Mädels zu schenken. Und wenn die Vase der Herzdame gefällt, war sie jeden *Stuiver* wert, den er dafür ausgegeben hat – oder?"

Margot lachte. „Was bist du, Matthew: ein Romantiker oder ein Schwindler?"

Matthew zeigte sein allerbreitestes Lächeln. „Man hat mich schon beides genannt."

„Wie schön, dich zu sehen. Wie geht's Rachel?"

„Morgens ist ihr schlecht, und müde ist sie sowieso meistens, aber wie ich höre, ist das normal."

Margot nickte. „Wie geht's ihr innerlich?"

Matthews Lächeln erlosch so jäh, daß es beängstigend war. Er sah sich um. „Bist du allein?"

„Pieter und Jan sind am Kai. Im Augenblick bin ich allein."

Matthew kontrollierte nochmals, ob die Luft rein war, so als könnten die zwei bei der bloßen Nennung ihrer Namen auftauchen. Erst als er sich überzeugt hatte, daß sie wirklich nicht in der Nähe waren, sagte er: „Seit dem Tag, als wir in Klaarstroom waren, ist Rachel nicht mehr dieselbe."

Margots Züge bewölkten sich. „Das habe ich befürchtet. Als sie ging, habe ich in ihren Augen eine Mischung aus Schmerz und Wut wahrgenommen, die mich entsetzt hat."

Matthew setzte sich auf die Stufen des Pavillons. Margot lud ihn ein, sich zu ihr auf die Bank zu setzen, was er mit der Begründung ablehnte, es schicke sich nicht für sie beide, in der Öffentlichkeit zusammen auf einer Bank zu sitzen. Darauf sagte Margot, das verstehe sie, und dankte ihm dafür, daß er so rücksichtsvoll mit ihr umgehe.

„Rachel hat sich wirklich verändert", sagte Matthew traurig. „Es gibt Augenblicke, wo ich wieder die Frau in ihr sehe, in die ich mich verliebt habe, aber sie sind selten. Ich hab alles versucht, was mir irgend eingefallen ist, um sie aufzuheitern, aber es scheint alles umsonst zu sein."

„Das tut mir so leid, Matthew. Ich wünschte, ich könnte irgendwas für euch tun."

„Das wünschte ich mir auch." Seine Züge hellten sich auf. „Kannst du nicht vorbeikommen und mit ihr reden? Vielleicht gelingt es dir, sie aufzumuntern."

„Das würde ich liebend gerne tun, aber ich kann hier nicht weg. Ich hab keine Ahnung, wann Pieter und Jan zurückkommen. Und ich möchte nicht wissen, was sie täten, wenn ich dann nicht hier wäre."

Traurig schüttelte Matthew den Kopf. „Trotzdem mußte ich dich fragen", sagte er. „Weißt du, ich fühl' mich einfach hilflos, weil ich sie absolut nicht frohmachen kann. Wenn ein Baby kommt, das sollte doch eigentlich eine glückliche Zeit sein für ein junges Paar. Sie benimmt sich so, als stünde 'ne Beerdigung bevor."

„Matthew-"

„Ja?"

„Was machst du, wenn du jemandem eine Vase anbietest und er sie nicht kaufen will?"

„Ich biete sie nochmal an."

„Und wenn die Leute nochmal ablehnen?"

Matthew zuckte die Schultern, als verstehe sich die Antwort von selbst. „Ich ändere die Taktik und versuche es nochmal. Manchmal nehme ich Blumen dazu. Oder ich appelliere an ihren guten Geschmack. Es gibt eine Menge Methoden, um die Leute zu überzeugen, daß sie meine Vasen unbedingt kaufen sollten. Es kommt nur darauf an, das jeweils zugkräftigste Argument herauszufinden."

„Also. Jetzt denk mal nach: Nehmen wir an, ich möchte mich mit Rachel unterhalten, aber es ist mir nicht möglich, sie zu Hause aufzusuchen. Streng mal deinen erfinderischen Grips an: Welche Weise gibt es noch, auf die ich mit ihr in Verbindung treten könnte?"

Beim Nachdenken verdrehte Matthew die Augen gen Himmel. „Du könntest mir sagen, was du ihr mitteilen möchtest, und ich könnt's Rachel weitersagen."

„Das möchte vielleicht für heute genügen; ich dachte aber mehr an eine Art System, mit dem wir einigermaßen regelmäßig Kontakt zueinander pflegen könnten."

„Du hast recht – heute haben wir uns ja nur durch Zufall getroffen. Darauf können wir uns auf die Dauer nicht verlassen." Er dachte angestrengt nach. „Wenn du jemanden wüßtest, der schreiben kann, das könnte helfen ..."

„Ich kann schreiben."

Matthews Blick war voller Skepsis.

„Ich kann lesen und schreiben", versicherte Margot ihm. „Aber Rachel nicht. Und du?"

„Nein, aber mein Vater kann's! Er könnte ihr deine Briefe vorlesen und ihre Antworten niederschreiben."

„Aber wie befördern wir die Briefe hin und her?" fragte Margot.

Grübelnd zog Matthew die Augenbrauen hoch. Dann rief er aus: „Poststeine!"

„Poststeine? Was soll das sein?"

Matthew sprang auf und lief auf einen einigermaßen quaderförmigen Felsbrocken zu, der in der Nähe des Pavillons stand. „Das hier ist ein Poststein. Der hier steht als eine Art Denkmal da. Aber in den frühen Tagen der Kolonie, als noch nicht mal die Burg errichtet war, geschweige denn die anderen Häuser, pflegten die Schiffsführungen, wenn sie hier am Kap ankerten, sich gegenseitig Dokumente und Nachrichten dadurch zukommen zu lassen, daß sie sie unter Steinen wie dem hier ablegten. An der Oberseite des Steins waren Zeichen eingeritzt, die erkennen ließen, an wen der Brief unten drunter gerichtet war."

Margot griff seinen Gedanken auf. „Das würde also heißen, daß ich, wann immer ich in die Stadt komme, einen Brief an Rachel unter diesen Poststein schieben könnte –"

„Und ich könnte von Zeit zu Zeit nachgucken, ob ein Brief von dir daliegt – und Rachels Antworten an dich drunterschieben."

„Wie kommt es, daß du von diesen Poststeinen weißt?" fragte Margot.

„Mein Vater ist zur See gefahren. Er hat mir von den alten Zeiten erzählt.“ Matthew griff nach seiner Vase und schickte sich an, fluchtartig das Weite zu suchen.

„Wohin willst du?“

Die Antwort kam über die Schulter, schon im Laufen. „Papier, Feder und Tinte besorgen, damit du Rachel ’n Brief schreiben kannst!“

Eine halbe Stunde später schrieb Margot unter Matthews wachsamen Augen ihren ersten Brief an Rachel.

Gebannt, als vollführe sie irgendein magisches Geheimritual, starrte der junge Mann auf ihre Hand, die Buchstaben um Buchstaben aufs Papier kratzte.

Sie hielt inne. „Möchtest du, daß ich ihn dir vorlese?“

Matthew nickte.

Margot hob den Bogen vor die Augen und las laut vor:

Liebe Rachel!

Es vergeht kein Tag, an dem ich nicht an Dich denke. In jedem Raum auf Klaarstroom verspüre ich Deine Gegenwart. Aber am meisten in Deinem Schlafzimmer. Ich werde immer Dein Schlafzimmer darin sehen, das Du freundlicherweise mit mir teilst. Und jeden Tag, wenn ich an Dich denke, bete ich darum, daß Gott Dich mit Gesundheit und Glück segnen möge.

Meine liebe Rachel, wenn ich daran denke, wie Du Dich behandeln lassen mußtest, als Du zum letzten Mal Klaarstroom besuchtest, dann ist mein Herz voll und ganz mit Dir. Aber zu sehen, was das bei Dir ausgelöst hat, hat mich noch mehr verstört. Ich bete zu Gott, daß ein Tag kommt, an dem Du, Dein Vater und Deine Brüder versöhnt seid. Aber bis es soweit ist, laß nicht zu, daß deren Kurzsichtigkeit Dich der Freude und Liebe beraubt, die so sehr zu Dir gehörten. Überlaß Dich nicht Deinem Zorn. Laß nicht den Haß Dir den Segen rauben, den Gott Dir gegeben hat. Segen? Aber ja! Du hast einen Mann, der Dich liebt. Und die Frucht Eurer Liebe wächst schon in Deinem Leib heran. Sei glücklich. Lehre Dein Kind, stark zu sein in Liebe und Vergebungsbereitschaft.

Bete für Deinen Bruder Breyton. Er ist auf und davon, mit einem Sklavenmädchen in die Wildnis. Wir wissen nichts von seinem Ergehen. Und bete für Deinen Vater und für Jan. Sie können es nicht mal sich selbst eingestehen, aber sie haben Dich lieb.

Halt mich auf dem laufenden, wie es mit Deiner Schwanger-

schaft weitergeht. Jedesmal, wenn ich nach Kapstadt komme, werde ich Dir einen Brief hinterlegen und hoffe auch von Dir zu hören.
Sei Gott dankbar für Matthew. Er betet Dich an.

Margot senkte das Blatt. „Dann ist er mit meinem Namen unterschrieben. Möchtest Du, daß ich noch irgend etwas hinzufüge?"
„Na ja ...", zögerte Matthew.
„Was?"
„Du könntest ihr noch sagen, daß du sie liebhast. Ist doch so, oder?"
Margots Augen füllten sich mit Tränen. „Wir haben ja nur kurze Zeit zusammen verbracht, aber in dieser Zeit hab ich sie unheimlich liebgewonnen."
„Du liebst sie also sehr?"
Margot lachte. „O ja, ich liebe sie sehr."
Margot steckte ihre Feder noch einmal in die Tinte und setzte über ihrem Namenszug hinzu:

In aufrichtiger Liebe, Deine Freundin

Sobald die Tinte trocken war, schnappte Matthew den Brief, faltete ihn und schickte sich an, ihn unter dem Poststein zu deponieren.
„Was machst du da?" fragte Margot. „Warum bringst du ihn nicht stracks zu ihr?"
Matthew schüttelte den Kopf. „Ich bring' sie morgen hierher. Rachel liebt Überraschungen. Auf diese Art kann sie den Brief selber finden. Dann wird er ihr noch mehr bedeuten."
„Du bist wirklich ein Mann, der nachdenkt, Matthew Durbin."
Als der Brief an Ort und Stelle lag, sah Matthew sich erneut nach irgendeinem Anzeichen der van der Kemps um. Dann sagte er: „Vielen, vielen Dank. Du bist eine ganz besondere Frau mit einer ganz besonderen Begabung."
„Das kann ich mir nicht auf die Fahne schreiben", sagte Margot. „Meine Mutter hat mir Lesen und Schreiben beigebracht."
Matthew bedachte sie mit einem verwirrten Blick. „Davon hab ich gar nicht geredet."
„Wie jetzt?"

„Du hast eine besondere Art, Menschen zu helfen. Du schaffst es, daß sie mit sich zufrieden werden."

Margot errötete. „An dem, was ich tue, ist überhaupt nichts Besonderes."

„O doch!" rief Matthew aus. „Rachel hat mich darauf gebracht. Daraufhin hab ich es selbst auch gesehen. Ständig hilfst du irgend jemandem und bringst die besten Seiten der Leute zum Aufleuchten. Das gefällt Rachel am meisten an dir."

„Das ist wirklich nett von ihr, aber –"

„Du bist dir dessen wirklich nicht bewußt, oder?" Verblüfft legte Matthew den Kopf in den Nacken.

„Matthew, du machst mich verlegen."

„Ich mein's ernst", sagte Matthew. „Ob du da bist oder nicht, das macht einen echten Unterschied. Ich hätt' nicht gedacht, daß du selber das gar nicht merkst."

„Ich – ich weiß gar nicht, was ich sagen soll. Aber dankeschön, Matthew. Das tut mir wirklich gut."

Nachdem sie sich unter vielen guten Wünschen voneinander verabschiedet hatten, ließ Matthew sie allein.

Margot dachte über das Gesagte nach. Sie hatte sich selbst nie als jemanden gesehen, der einen Einfluß auf das Leben anderer ausübte. Aber daß Rachel diesen Zug in ihr sah, gefiel ihr. Nur – war es wirklich so? Oder meinte Rachel es nur freundlich? Wenn es nämlich stimmte, warum hatte sie es selbst noch nicht wahrgenommen?

Als sie Pieter und Jan zu Pferd herankommen sah, betete Margot zu Gott, daß er diese Gabe bestätigen möchte, sollte sie sie denn wirklich besitzen. Und falls es so war, so betete sie, möchte es ihr möglich werden, im Leben der Familie van der Kemp eine Veränderung zu bewirken.

* * *

Das ganze Erlebnis des Empfangs im Hause des Gouverneurs glich einem phantastischen Traum.

Als sie wieder bei der Residenz ankamen, wurde Margot auf ihr Zimmer geleitet. Das Zimmer kannte sie in- und auswendig, hatte sie es doch mindestens fünfzigmal gewienert. Dann schleppten drei weibliche Bedienstete des Gouverneurs eine Kollektion Kleider, Schuhe und Schmuck herbei, aus der sie auswählen konnte, was sie am Abend tragen wollte. Ihre Wahl fiel auf eine zurückhaltende, aber schicke grüne Seidenrobe und ein schlichtes Diamantcollier.

Kurz bevor das Essen begann, erschien Jan, um sie in den Saal zu geleiten. Auch er war von den Hausdienern des Gouverneurs ausstaffiert worden, so daß man ihn kaum wiedererkannte: seidenes Rüschenhemd, Handschuhe, die muskulösen Waden in feingewirkten Strümpfen. Seine Manieren und seine Konversation waren nicht gerade übersprudelnd, aber freundlich, was gegenüber der schweigsamen Versunkenheit ihrer Reise durch die Ebene eine erhebliche Verbesserung bedeutete.

Am meisten freilich genoß Margot den Empfang selbst. Die Gäste waren nach außen hin fröhlich und feierlicher Stimmung – so weit, so gut. Was ihr aber richtig Spaß machte, war der Umgang mit dem Gesinde und den Aufwarterinnen, von denen sie etliche wiedererkannten. Immer wenn jemand sie bediente, bedankte sie sich und lobte die Mädchen für ihren Fleiß, ihre Freundlichkeit und alles, was ihr eben einfiel. Zu sagen, daß diese Nettigkeiten das Personal schockierten, wäre noch eine Untertreibung. So fragte sie nach den Namen der Dienstmägde, und die Frage allein genügte, um diesen den Angstschweiß auf die Stirn zu treiben. Als sie aber begriffen, daß sie nichts anderes im Sinn hatte, als sich namentlich bei ihnen zu bedanken, begann ein wahrer Wettbewerb: Sie hatte den Eindruck, daß man sich unter den Bediensteten geradezu darum riß, ihr als erste aufzuwarten.

Das Sahnehäubchen auf der ganzen Sache war für Margot, daß auch die anderen Gäste die Aufmerksamkeit bemerkten, die ihr zuteil wurde. Denn jetzt begannen auch sie den Kellnerinnen zu danken – und bald wurden sie ebenso zuvorkommend bedient. Nach einer Weile hatte sich die ganze Atmosphäre des Empfangs gewandelt: Statt förmlicher Höflichkeit erfüllte herzliches Lachen den Raum, und man spürte, wie die Menschen einander echte Zuneigung entgegenbrachten. Das alles nahm seinen Anfang damit, daß jemand denen, die zu Tisch dienten, schlichte Höflichkeit erwies.

Als Margot in dieser Nacht allein in ihrem Zimmer lag, war an Schlaf nicht zu denken. Sie mußte über das nachdenken, was Matthew über sie gesagt hatte. Eine Gabe hatte er es genannt. Die Begabung, einen Unterschied herbeizuführen. Ja, sie hatte an Bord der *Adler* einen Unterschied bewirkt, nicht wahr? Und bei Rachel. Und dann heute abend: Es war eine so schlichte Sache gewesen, was sie tat, aber dieses schlichte Andershandeln verwandelte alles. Und dabei war es nur ein Abendempfang gewesen. Ob sie wohl auch bei Dingen, in denen es wirklich um etwas ging, einen Unterschied herbeiführen konnte?

23

Am nächsten Morgen brach Pieter früh auf und ließ das langsamere Fuhrwerk nachkommen.

„Auf dem Rückweg reitet Vater immer voraus", erklärte Jan, während er das Gespann durch die von Menschen wimmelnden frühmorgendlichen Straßen Kapstadts bugsierte. „Er schafft es nie, lange von Klaarstroom wegzubleiben. Deshalb kam Rachel immer mit mir her – damit ich auf dem Rückweg Gesellschaft hatte. Na ja, jedenfalls war das *ein* Grund. Natürlich liebte sie es auch, die Kolonie zu besuchen – schon als Kind."

Es war gut, Jan über seine Schwester sprechen zu hören. Diese Sätze hätte er niemals ausgesprochen, wenn sein Vater in der Nähe gewesen wäre. „Hast du mich deswegen mitgenommen?" fragte Margot. „Um dir Gesellschaft zu leisten?"

„Zum Teil." Er ließ die Pferde anhalten und sprang ab. „Bin gleich zurück!"

Er verschwand hinter der Tür eines Ladengeschäfts, an dem nichts angeschrieben war.

„Zum Teil?" Margot sprach zu sich selbst.

Augenblicke später kam Jan zurück, einen prallvollen Kornsack auf der Schulter. Er wuchtete ihn hinten auf den Wagen, ging nochmals in den Laden und holte einen zweiten. Margot konnte keine Beschäftigten sehen. Es fand auch kein Handel statt. Und seine Bewegungen waren hastig, nicht nur ungeduldig, was man auf die lange Rückreise hätte schieben können, die sie ja noch vor sich hatten.

Er sprang wieder auf den Kutschbock, ließ sich neben sie plumpsen und trieb auf der Stelle die Pferde vorwärts. Für Margot hatte er nur einen raschen Seitenblick, aber der genügte, um ihn die Brauen hochziehen zu lassen. „Was ist?" fragte er.

„Ich hab nichts gesagt."

„Das mußt du auch nicht. Wieso guckst du so komisch?"

Margot wandte sich ab. „Gucke ich komisch? So gucke ich doch immer."

Jan schüttelte den Kopf. Er war anderer Meinung. Er sah sich nach den Säcken auf der Ladefläche um. „Die haben wir gestern gekauft", sagte er.

„Ich hab dich nicht beschuldigt, sie geklaut zu haben!" rief Margot.

„Das hab ich auch nicht behauptet!"

„Aber angedeutet."
„Na ja, du hast durchblicken lassen, daß du dachtest, ich täte was Unrechtes."
„Habe ich nicht!"
„Und ob du hast – so, wie du geguckt hast!"
Unschuldige Augen starrten ihn an. „Ich *hab* nicht anders geguckt als sonst!"
Jan murmelte etwas und wandte seine Aufmerksamkeit dem Kutschieren zu. „Also gut, wir haben die Compagnie ausgetrickst", sagte er schließlich. „Bei den Regeln, die die Compagnie aufgestellt hat, ist das die einzige Methode, um zu überleben. Das macht jeder!"
„Deshalb ist es noch lange nicht richtig."
„Was sollen wir denn machen? Wenn wir jede Vorschrift beachten wollten, die die Compagnie aufgestellt hat, wären wir aus dem Geschäft. Willst du wissen, was nicht richtig ist? Ich sag's dir: Die Art, wie die Compagnie uns die Luft abschnürt, ist nicht richtig!"
„Und trotzdem ist das, was du tust, nicht richtig! Wie kannst du in manchen Lebensbereichen dermaßen streng denken, was richtig und falsch angeht, und dann wieder illegal handeln wie jetzt?"
Er wurde wütend. Sein Hals lief rot an. „Ich glaube, wir sollten lieber das Thema wechseln."
Sie fuhren eine Weile schweigend.
Dann sagte Margot leise: „Ich werde also mit geschmuggeltem Mehl Brot backen."
Jan biß die Zähne zusammen, sagte aber kein Wort.
Wieder sprachen sie lange nicht. Margot sah zum Compagnie-Park hinüber, der an ihrer Seite des Fahrzeugs vorüberglitt. Sie sah den Pavillon und dachte an die erholsame Zeit, die sie dort verbracht hatte. Sie sah den Poststein und dachte an Matthew und Rachel.
Sollte sie Jan von Rachel erzählen? Immerhin hatte er sie an diesem Morgen schon einmal erwähnt. Nein. Sie beschloß, ihre Verbindung zu Rachel geheimzuhalten. Sie wollte nicht riskieren, daß Jan den Briefwechsel mißbilligte. Einen Augenblick lang empfand sie, wie einen Schlag in die Magengrube, Schuldgefühle. Tat *sie* etwas Falsches, indem sie Verbindung mit Rachel hielt? Oder indem sie es für sich behielt? Sie schüttelte das Gefühl ab und entschied, daß sie nichts verkehrt mache. Es waren die van der Kemps, die Rachel schnitten, nicht sie. Und was die Geheimhaltung betraf, so diente sie Rachels Schutz und sollte niemanden verletzen oder täuschen. Margot kam zu dem

Schluß, daß sie sich in keiner Weise schämen würde, sollte ihre Handlungsweise je bekannt werden.

Das Fuhrwerk brachte die zwei schweigsamen Gestalten über den Paß in die Hochebene. Oben drehte Margot sich um, um einen letzten Blick auf den Tafelberg, die Kolonie und das Meer zu erhaschen. Sie wußte ja nicht, wann sie all das wiedersehen würde.

„Vielen Dank, daß ich gestern abend dein Gast sein durfte", sagte sie.

Endlich lächelte er. „Danke, daß du mitgekommen bist. Ich weiß, daß das nicht leicht für dich war."

Dann hörte man wieder nur das Knirschen und Quietschen der Wagenräder, die sich durch Kot und Staub furchten, mal in ausgefahrenen Spuren rollten und mal über Stock und Stein, jedenfalls aber die zwei Gestalten auf dem Bock fortwährend durchschüttelten, hin- und herschwanken und von Zeit zu Zeit auch zusammenprallen ließen.

„Wie machst du das?" nahm Jan das Gespräch wieder auf.

„Wie mache ich was?"

„Gestern abend, bei dem Empfang. Wie machst du das?"

Margots Gesicht zeigte eine Mischung von Schmunzeln und Verwirrung. „Ich weiß immer noch nicht, wovon du redest."

Jan drehte den Kopf zur Seite und musterte sie. „Weißt du es wirklich nicht?"

Margot schüttelte den Kopf.

„Bemerkenswert."

„Wovon redest du?" rief Margot.

Jan holte tief Luft und setzte sich zurecht. „Es ist noch nicht lange her, daß du bei einem Empfang im selben Saal anwesend warst – als Dienstmagd. Gestern abend warst du in Gesellschaft der Leute, die du beim vorigen Mal bedient hast. Und du bist ihnen nicht im geringsten unfreundlich begegnet. Ich hab dich beobachtet. Du hast nichts vorgespielt. Das war echt."

„Warum sollte ich unfreundlich zu ihnen sein?"

„Wegen der Art, wie sie dich behandelt haben, als du Hausmagd warst! Sie waren grob, hochfahrend. Und als van Jaarsfeld dich damals nach Kräften blamierte, haben sie sich auf deine Kosten auf die Schenkel geklatscht! Wenn ich an deiner Stelle gewesen wäre, wollte ich mit denen nichts zu schaffen haben!"

„Hast du mich deswegen als deinen Gast eingeladen? Damit ich Gelegenheit hätte, mich an ihnen zu rächen?"

„Zum Teil ja."

Schon wieder *zum Teil*! Wann endlich würde sie den ganzen Grund erfahren, weshalb man sie auf diese Fahrt mitnahm? Freilich, für den Augenblick war das zweitrangig. „Dann tut's mir leid, dich enttäuscht zu haben", sagte sie.

„Mich enttäuscht? Aber nicht im geringsten! Du warst toll!"

Das trug auch nicht zu Margots Klarheit bei.

„Du hast sie beschämt!" Er lachte triumphierend. „Verstehst du nicht? Sie waren vollkommen perplex. Sie hatten sich alle Mühe gegeben, dich zu erniedrigen, und du hast deine Rechnung mit ihnen beglichen, indem du eimerweise Freundlichkeiten über sie ausgeschüttet hast. Das war stark! Sie kamen sich so dämlich vor, so bloßgestellt!"

„Glaubst du, daß ich mich deswegen so benommen habe, wie ich's tat? Um sie bloßzustellen?"

Sie sah, daß er in ihren Zügen las. Aus den Seinen verschwand jede Spur von Heiterkeit.

„Wenn du das denkst, Jan van der Kemp, kennst du mich sehr wenig." Sie mußte die Tränen unterdrücken, was ihr nur gelang, weil sie sich so tief verletzt fühlte, daß zugleich Zorn in ihr aufstieg. Dennoch kostete es harten Kampf, die Wangen trocken zu halten.

„Was hab ich denn gesagt?" fragte Jan bedrückt. „Ich hab dir doch 'n Kompliment gemacht!"

Margot verschränkte die Arme und wandte sich von ihm ab. Der Wagen rollte ins Flachland hinein, und die Stimmung auf dem Kutschbock war ebenso trostlos wie die Landschaft, die sie umgab.

Die ganze Strecke vom Rand der Kolonie, das die Ebene zur einen Seite hin begrenzte, bis zum Fluß, der das andere Ende markierte, sprachen weder Margot noch Jan. Meile um Meile rang sie mit ihren Gefühlen, und mehr und mehr wichen Verletzung und Enttäuschung einer Wut.

Sosehr sie auch versuchen mochte, sich selbst zu überzeugen, daß Jan tief in seinem Inneren anders war als die Männer, die sie kennengelernt hatte – jetzt gestand sie sich ein, daß sie sich getäuscht hatte: Sie hatte nach etwas in ihm gesucht, das es nicht gab. Er war kein bißchen anders als Fabarez, van Jaarsfeld, die Gatten von Katje und Aletta, Hennig, die anderen van der Kemps – gefühllose Rohlinge, einer wie der andere. Selbstsüchtig und fordernd. Daß sie das jetzt auch an Jan erkennen mußte, machte sie so wütend, daß sie losschreien wollte.

Nur eine Ausnahme von der Regel fiel ihr ein: Kapitän Danckaert. Das war ein Mann mit einem guten Herzen gewesen. Und trotzdem kein Schwächling. Sie dachte an sein Bulldoggengesicht. *Sie werden mir nicht die ganze Reise hindurch Schwierigkeiten machen, nicht wahr?*

Diskret zückte Margot ein Taschentuch, um sich zu schnäuzen. Wenn sie ihn doch nur wiedersehen könnte! Mit ihm reden! Er war der einzige anständige Mann, den sie je kennengelernt hatte.

Das Fuhrwerk spritzte durch einen Bach. Und ohne ihr ein Wort oder auch nur einen Blick zu gönnen, lenkte Jan flußaufwärts.

„Was machst du?“ fragte Margot.

Keine Antwort.

„Wir haben keine Zeit für so etwas“, sagte sie. „Fahr mich geradewegs zum Haus!“

Keine Bewegung.

„Was bist du nur für ein Sturkopf! Also gut, ich weiß ja nicht, was du erwartest, aber sei gewiß, ich werde hier auf diesem Bock sitzen bleiben, bis wir vor dem Haus stehen! Und du kannst sagen oder machen, was du willst, dabei bleibt es!“

Es war nicht auszumachen, ob er auch nur ein Wort von dem gehört hatte, was sie sagte.

Den Kopf gesenkt und die Lippen zusammengepreßt, entschloß sich Margot, nicht zuzugestehen, daß Jan van der Kemp die Schönheit der Landschaft als Mittel gebrauchte, auf daß sie ihre Bollwerke niederlege und ihres Zorns vergesse.

Nachdem sie die Kiefern hinter sich gelassen hatten, glitt der Wagen wie auf Kufen durch das Blumenmeer. Purpurne, scharlachrote, orange, weiße und blaue Blüten ergaben ein wogendes Muster von unvorstellbarer Schönheit, bewacht von turmhohen steinernen Wächtern, die den Kopf in die Wolken steckten. Margot hatte angenommen, der Anblick werde sie nicht wieder so bezaubern wie beim ersten Mal. Und tatsächlich gab es einen gewissen Unterschied der Wirkung zwischen ihrem ersten und diesem zweiten Besuch: Jetzt berührte die Schönheit der Landschaft sie sogar noch tiefer.

Wut, Bitterkeit, Enttäuschung waren in diesem Reich unerwünschte Eindringlinge. Diese bezaubernde Welt verbannte sie ein- für allemal.

Sie fuhren durch das Tor aus den beiden himmelhohen granitenen Vorsprüngen und kamen in den natürlichen Dom mit den atemberaubenden Felswänden, dem rauschenden Wasserfall und dem glitzernden Teich. Der Wagen stand still. Jan lief auf dem moosgrünen Teppich und sah nach oben. Seine Augen folgten dem Katarakt bis hinauf zu der Klippe, wo sich das Wasser brach und in die Tiefe stürzte.

Er forderte Margot nicht auf, sich zu ihm zu gesellen.

„Deshalb hast du mich auf die Reise mitgenommen“, sagte sie.

Jan wandte sich ihr zu. Mit dem Wasserfall, den Felsklüften und dem

Teich im Hintergrund sah er nicht mehr wie das tumbe Scheusal aus, das sie in ihm ausgemacht hatte. Seine Augen waren weich, die Züge ruhig. „Als wir zum letzten Mal hier waren, habe ich einen Blick bei dir gesehen, den ich sonst nie sah – weder davor noch danach."

„Einen Blick?"

Um Worte ringend, sah Jan zu Boden. „Himmlisch – wie bei einem Engel."

„Einem Engel?" Margot mußte lachen.

Jan runzelte die Stirn. „Du lachst mich aus."

„Nein, Jan. Tut mir leid. Nur hat mich noch niemand mit einem Engel verglichen." Als sie den Ausdruck seiner Augen sah, tat es ihr um so mehr leid. Er meinte es ernst.

Ohne aufzublicken sagte er: „Dein Gesichtsausdruck damals, das war – reine Unschuld. Staunen. So, glaube ich, werden wir alle gukken, wenn wir zum ersten Mal Gott sehen."

„So habe ich geguckt?"

Jan nickte. Sein Kopf blieb gesenkt.

Margot stieg vom Wagen. Die Kühle des Mooses drang ihr durch die Schuhe und erfrischte ihre Füße. Jan stand unmittelbar am Abgrund. Sie kam sich vor wie in der Gegenwart Gottes. Und in seiner Gegenwart lösten sich ihr ganzer Zorn und die feste Entschlossenheit, zu der sie unten in der Ebene gelangt war, in Luft auf. Inmitten solcher Erhabenheit kam ihr ihr Gekränktsein lachhaft und kindisch vor.

Das Gesicht zum Wasserfall, stand sie an seiner Seite. Er kehrte dem Naturschauspiel den Rücken zu.

„Es tut mir leid, daß ich dich wütend gemacht habe", sagte er.

Jetzt war es an ihr zu schweigen. Zu schnell wollte sie ihm auch nicht vergeben. Es genügte nicht, daß es ihm leidtat, sie erbost zu haben. Er mußte erkennen, daß er ihr falsche Motive unterstellt hatte. *Das* hatte sie getroffen.

„Jedesmal, wenn ich in deiner Nähe bin, denke ich an eine biblische Geschichte aus dem Alten Testament", sagte er.

„Welche?"

Er schüttelte den Kopf.

„Bitte sag's mir."

„Keine bekannte Geschichte. Vielleicht hast du sie noch nie gehört."

Margot wartete. Sie würde ihm die Geschichte nicht aus der Nase ziehen. Wenn er sie ihr erzählen wollte, würde er es tun.

Jan räusperte sich und rieb sich die Nase. „Ich meine die Geschichte von Nabal und Abigail."

Margots Kopf schnellte herum wie der Blitz. Hatte er mit dem Mann eines der Mädchen vom Schiff geredet? Sie studierte seine Gesichtszüge auf ein Anzeichen dafür, daß er Spott mit ihr trieb.

Sie fand keines. Seine Blicke gingen nach innen. Er scherzte nicht. „Falls du die Geschichte nicht kennst: Es geht darin um einen Mann und seine Frau. Der Mann ist ein Dämlack, aber seine Frau ist nicht nur schön, sondern auch klug. Bloß daß er viel zu dämlich ist, es zu bemerken."

„Ich kenne die Geschichte."

Er sah sie befangen an und wandte den Kopf rasch wieder ab. Schulterzuckend sagte er: „Dann wirst du verstehen, warum ich an diese Geschichte denke. Sicher, wir sind nicht verheiratet oder irgend sowas, aber jedenfalls bist du schön und klug – so sehr, daß ich mir daneben wie ein Volltrottel vorkomme."

Margot wußte nicht recht, was sie sagen sollte.

„Den ganzen Weg durch die Ebene hab ich nachgedacht", fuhr er fort. „Und jetzt begreife ich, daß du nicht zu den Leuten gehörst, die losgehen und gegen irgend jemanden auf Rache sinnen. Ich war im Irrtum, als ich das von dir dachte. Du bist ganz und gar nicht so."

„Danke", sagte Margot leise.

„Ich bin ein Dummkopf, wie gesagt."

Der Wasserfall spielte ein kurzes Zwischenstück. Jan drehte sich um und schaute in dieselbe Richtung wie Margot.

„Aber warum hast du's dann getan?" fragte er.

Margot zog die Nase kraus. „Was getan?"

„Warum warst du freundlich zu den Leuten, die dir wehgetan haben?"

„Für das, was sie tun, bin ich nicht verantwortlich", sagte Margot. „Aber für das, was ich tue. Bloß weil sie grob und selbstsüchtig sind, muß ich nicht auch grob und selbstsüchtig sein."

Jan kaute auf diesem Gedanken herum wie auf einem zähen Stück Fleisch, das nicht die Kehle hinunter wollte. Schließlich sagte er: „Die Bibel sagt aber: ‚Auge um Auge.'"

„Die Bibel sagt auch: ‚Ihr habt gehört, daß da gesagt ist: *Auge um Auge, Zahn um Zahn.* Ich aber sage euch, daß ihr nicht widerstreben sollt dem Übel; sondern, so dir jemand einen Streich gibt auf deinen rechten Backen, dem biete den andern auch dar.'"

„Das geht nicht", sagte Jan.

„Dann sag mir bitte: Wieso sollte Gott uns ein Gebot geben, von dem er wüßte, daß wir es unmöglich erfüllen können?"

„Aber wenn jemand falsch handelt –"

„– ist es an Gott, ihn zu richten, nicht an uns, uns zu rächen!" rief Margot. „In deiner Welt gibt es nur Schwarz und Weiß, Gut und Schlecht. Jeder ist entweder Feind oder Freund. Wenn jemand deinen Erwartungen nicht zu entsprechen vermag, schneidest du ihn." Margot wußte, daß sie jetzt zu weit ging, aber diese Worte hatten sich seit langem in ihr aufgestaut. Sie mußten einfach raus. „In deiner Welt gibt es Liebe nur für jemanden, der deinen Maßstäben entspricht. Ein Ausrutscher, ein falsches Urteil, ein Fehler, und dem anderen wird die Liebe entzogen. Was muß das für ein miserables Dasein sein, wenn du Tag für Tag mit der Furcht lebst, daß eine einzige falsche Entscheidung dein Leben zerstören kann!"

Jan wirkte verdattert. Dann sagte er mit kaum hörbarer Stimme: „Es ist viel schlimmer, als du es dir vorstellst. In meiner Welt kannst du Zuneigung nicht bloß dadurch einbüßen, daß du eine falsche Wahl triffst, sondern auch dadurch, daß du nicht oft genug die richtige triffst – daß du nicht gut genug bist."

Damals, als sie das Komplott gegen van Jaarsfeld schmiedeten, hatte Margot einen hinterlistigen Jan gesehen. Sie hatte ihn voll Bitterkeit weinen sehen über den Verlust seiner Schwester, und sie hatte ihn, damals an der Festtafel neben seinem Vater, wie einen kleinen Jungen wirken sehen. Doch niemals hatte sie ihn so gesehen wie jetzt: ängstlich und zerbrochen.

„Nichts, was ich mache, stellt ihn zufrieden", sagte er. In seiner Stimme lag keine Bitterkeit, nur Resignation angesichts einer nicht zu ändernden Tatsache.

Margots Instinkte sagten ihr, die Hand auszustrecken und ihn zu berühren. Sie widerstand diesem Drang, indem sie die Arme verschränkte.

„In seinen Augen bin ich kein erwachsener Mensch und werde vielleicht nie einer sein." Plötzlich lachte er auf. „Früher dachte ich, wenn ich nur Lesen lernen könnte, wäre alles anders."

„Ich hab gesehen, was im Büro des Gouverneurs ablief."

Jan schloß die Augen. „Erbärmlich, nicht? Jedesmal macht er das so. Er schämt sich meiner, weil ich nicht lesen kann. Vielleicht ist das sein gutes Recht."

„Jan, der Wert eines Mannes hängt nicht an einer einzigen Fertigkeit."

„Versuch das mal meinem Vater zu erklären. Außerdem hast du leicht reden. Du kannst ja lesen. Hast du gesehen, wie die Augen meines Vaters sich an dem Abend aufhellten, als er hörte, daß du lesen kannst? Das hat ihn wirklich beeindruckt."

Margot suchte nach Worten, um ihn zu trösten, fand aber keine.

„Willst du das Schlimmste wissen?" fragte er. „Ich bin seine letzte Hoffnung, und ich glaube, das macht ihm angst."

„Ihm oder dir?"

Jan lächelte. „Uns beiden. Was ist, wenn ich nicht gut genug bin? Ich könnte alles einbüßen, was wir im Lauf der Jahre aufgebaut haben."

„Und was wäre dann?"

Jan sah sie an, als könnte er nicht glauben, daß sie diese Frage gestellt hatte.

„In der Tat, was wäre, wenn du alles verlörst? Du kannst nichts verlieren, was nicht wieder aufgebaut werden könnte. Das Allerwichtigste im Leben sind Beziehungen – in erster Linie zu Gott und dann zu anderen Menschen. Alles andere taugt nicht."

„Du bist einfach außergewöhnlich", sagte Jan leise. „Du siehst die Dinge so klar. Ich hab mein ganzes Leben für solche Dinge verausgabt wie Vieh züchten, das Land bebauen, einen Besitz schaffen ..."

„Wenn du all das wegnimmst, was bleibt dir?"

„Gott."

Margot nickte. „Und die, die du liebst."

Jan kam zu ihr, bis sie Auge in Auge standen. Er nahm ihre Hände.

Margot zuckte zusammen. „Was machst du da?"

Er sah sie nur an.

Sie wollte ihre Hände losmachen.

Er hielt sie fest umklammert.

„Was machst du?" fragte sie wieder.

„Margot, ich glaube, du weißt, was ich für dich empfinde."

Ihre Hände zappelten wie Kaninchen in der Falle. „Jan – laß meine Hände los."

Stirnrunzelnd tat er es. „Was ist los? Ich habe keinen Hehl aus meinen Absichten gemacht, oder?"

„Wem gegenüber?"

„Dir gegenüber."

Margot schüttelte den Kopf. „Kann sein, daß du aller Welt deine Absichten klargemacht hast. Mir sind sie nicht besonders klargeworden."

„Wie meinst du das?"

Margot stemmte die Hände in die Hüften. „Nehmen wir nur mal das, was du überall über uns rumposaunt hast ..."

„Was meinst du?"
„Na ja, bei deinem Vater, deinem Bruder, dem Alten Knob –"
Jetzt stemmte auch Jan die Hände in die Hüften.
„Dem Alten Knob?"
„Jawohl! Weißt du, was er sagte, als ich ihn zum erstenmal traf? Er sagte: ‚Du Frau von Jan?' Und woher, bitteschön, soll er solch eine Idee genommen haben, wenn nicht von dir?"
„Nie im Leben hab ich dem Alten Knob irgendwas gesagt, was ihn darauf hätte bringen können!"
„Aber irgendwoher muß er es ja genommen haben!"
Jan warf die Hände in die Luft und marschierte einmal im Kreis herum. „Ich weiß nicht, was ich sagen soll ..."
Die Hände nach wie vor in den Hüften, gab sich Margot damit zufrieden, abzuwarten, bis ihm etwas eingefallen war. Sie sah ihm zu, wie er im Kreis herumwanderte. Sie sah, wie sein Gesicht erst Unruhe, dann Mutlosigkeit ausstrahlte.
Er ging zum Wagen, sagte: „Wir fahren besser. Ob ich dir nun meine Gefühle klarmachen konnte oder nicht – wie du über mich fühlst, liegt so ziemlich auf der Hand."
Margot trat an ihre Seite des Wagens. „Jan –"
Er hob die Hand, damit sie nicht weitersprach, und sagte: „Schon gut. Ich hab verstanden. Nabal und Abigail."

* * *

Es war spät, als sie auf Klaarstroom ankamen. Ding und ein paar Landarbeiter sprangen herbei, um den Wagen zu entladen. Margot trottete hinter Jan die Freitreppe zur Veranda hinauf.
„Sieh den Mond an", sagte sie.
Soeben stieg eine große weiße Scheibe über den Kamm der Hottentotten-Holland-Berge hoch. Jan blieb einen Augenblick stehen und sah hin.
„Danke, daß du mich nach Kapstadt mitgenommen hast", sagte sie. „Und an den Wasserfall."
„Oh, bitte sehr." Er wandte sich der Haustür zu.
„Jan?"
„Hm?"
Margot sah verstohlen erst in die eine, dann in die andere Richtung.

Jan tat es ihr, verständnislos dreinschauend, nach.
Sie trat dicht an sein Ohr. „Wenn du willst, bringe ich dir Lesen bei."
Jan trat einen Schritt zurück und sah sie an.
„Glaubst du, ich kann das nicht?" fragte Margot.
„Ich bin ein erwachsener Mann! Ich kann nicht mehr lernen."
„Wieso nicht?"
„Man lernt entweder als Kind oder überhaupt nicht."
Margot verschränkte die Arme. „Wer hat dir das erzählt?"
„Das hat mir keiner erzählt. So ist es einfach."
„Vielleicht hast du recht. Bitte entschuldige, daß ich davon angefangen habe. Ich hatte den Eindruck, es sei dir wichtig, Lesen zu lernen."
„Lesen *können* ist wichtig für mich. Lesen *lernen* ist für Kinder."
Margot legte spöttisch den Kopf schief.
„Das machte jetzt keinen Sinn, was?" sagte Jan bedröppelt.
Margot schüttelte den Kopf.
„Denkst du wirklich, ich könnte Lesen lernen?"
„Und ob ich das denke."
„Wie lange würde es dauern?"
„Das hängt von zweierlei ab. Erstens: Wie hart bist du bereit zu arbeiten? Und zweitens: Wann fangen wir an?"
„Können wir morgen anfangen?"

24

Das Angebot an Jan, ihm Lesen beizubringen, war Margot nicht leichtgefallen. Zum einen entsprach es nicht der Illusion, die sie ihr Leben lang gehegt hatte: eines Tages mit ihrer eigenen Tochter dazusitzen und sie das Wort des Lebens zu lehren – genauso, wie sie es von Sylvie gelernt hatte. Niemals hatte Margot sich vorgestellt, daß neben ihr bei dieser Tätigkeit ein erwachsener Mann sitzen würde.

Das Zweite, was sie zunächst zögern ließ, war der Umstand, daß ihr zwar das Lesen über die Jahre ein wundervolles Vorrecht gewesen war, ihr zugleich aber auch eine ganze Reihe von Problemen eingetragen hatte. Es war schwer zu vergessen, wie die Schriftstelle in der ausgehöhlten Nuß, die sie Sylvie um den Hals gebunden, ihr Leben aus der Bahn geworfen hatte. Auch die Schwierigkeiten, in die ihre biblischen Geschichten Katje und Aletta gestürzt hatten, gingen ihr noch nach. Sie hatte lernen müssen, daß nicht jedem Wissen so willkommen war wie ihr selbst. Und sie vermochte nicht im geringsten vorherzusehen, in welcher Weise es Jan van der Kemps Leben beeinflussen würde.

„Wann kommt dein Vater nach Hause?“ fragte Margot.

Jan zuckte die Schultern. „Normalerweise bleibt er draußen, bis es dunkel geworden ist. Aber sicher wissen kann man das nicht. Wir sperren einfach die Ohren auf.“

Es war Jans Entscheidung gewesen, seine Leseübungen geheimzuhalten. Seine Überlegung war, daß sein Vater bei den Lektionen würde mitmachen wollen, wenn er von dem Unterricht wüßte. Und es waren die frühen Versuche des Vaters gewesen, seinen Jungs Lesen beizubringen, die es diesen ein- für allemal verleidet hatten. Margot akzeptierte seine Entscheidung, machte sich aber klar, daß es so auch leichter für Jan sein würde, die Sache aufzustecken, wenn es zu schwer für ihn würde. Um so mehr würde sie dafür sorgen müssen, daß es so weit nicht kam.

„Du hast die Bibel dabei?“ fragte Margot.

Jan legte eine Bibel auf den Eßtisch.

Margot blätterte darin herum. Es war eine holländische Bibel. Sie legte eine Feder und Papier daneben und stellte ein Tintenfaß auf.

„Du sitzt dort.“ Sie zeigte auf einen Stuhl.

„Und was ist, wenn ich nicht auf diesem Stuhl sitzen möchte?“

Margot sah ihn genervt an. „Willst du jetzt –“

Er grinste von einem Ohr zum anderen.

Margot fiel in sein Lachen ein. „Ich sehe jetzt schon, wer in dieser Klasse die Störenfriede sind."

Als sie Seite an Seite saßen, faltete Margot ihre Hände auf der Bibel und sagte: „Zuerst beten wir."

„Um ein Wunder?"

„Würdest du bitte den nötigen Ernst zeigen, Jan van der Kemp! So hat Sylvie es mich gelehrt, und so werde ich's dich lehren. Sylvie sagte immer: ‚Die Mühe wird Frucht tragen, wenn Gott seinen Segen dazu gibt.' Also neig deinen Kopf."

Jan schloß die Augen und neigte den Kopf.

Margot tat es ihm gleich. Es wurde still. Einige Sekunden vergingen.

Jan machte die Augen wieder auf. „Worauf wartest du?"

„Mit Sylvie war das was anderes. Ich habe bis jetzt noch nie mit einem Mann gebetet. Also betest du."

„Nö, du bist die Lehrerin, also betest du."

Margot schüttelte den Kopf. „Ich kann nicht. Gott wird dir die Worte geben. Du betest."

Sie neigten erneut die Köpfe.

Jan betete: „Allmächtiger Vater im Himmel! Mein ganzes Leben bin ich wie Nabal im Alten Testament gewesen. Aber ich will nicht mehr so sein. Bitte schenk mir Weisheit, indem du mich Lesen lernen läßt. Amen."

„Das war doch gut", sagte Margot und schlug die Bibel auf, ganz am Anfang. „Also, siehst du das hier?" Sie zeigte auf den ersten Buchstaben. „Das ist ein Buchstabe. Wörter bestehen aus Buchstaben."

Jan lehnte sich nach hinten und rief: „Das weiß ich!"

„Jan van der Kemp, du wirst nie im Leben lesen lernen, wenn du mich ständig unterbrichst!"

„Dann bring mir was bei, was ich nicht schon weiß!"

Margot hob den Kopf und brachte ein Sprichwort an: „Man soll immer mit dem Anfang anfangen."

„Von Sylvie?" fragte Jan.

„Von Sylvie. Darf ich jetzt bitte fortfahren?"

Jan beugte sich vor und betrachtete das Wort, unter dem Margots Finger lag.

„Hier, diese Zwischenräume trennen die einzelnen Wörter. Und ein Satz besteht aus einer Reihe von Wörtern, an deren Ende irgendein Zeichen steht, in diesem Falle ein Punkt. Irgendwelche Fragen?"

„Könnte einfacher sein, als ich dachte."

„Darauf würd' ich mich nicht verlassen. Also weiter: Kennst du die Buchstaben?"

„Die meisten."

„Was für ein Buchstabe ist das hier?" Margot zeigte auf den ersten Buchstaben von 1. Mose 1,1.

„Das ist ein *A*."

„Ein großes *A*", verbesserte Margot. „Von allen Buchstaben gibt es eine große und eine kleine Version, und das hier ist ein großes *A*. Alle Satzanfänge beginnen mit einem Großbuchstaben." Sie zog das Stück Papier zu sich heran und tauchte die Feder ins Tintenfaß. Säuberlich malte sie ein großes *A* auf den Bogen. „Da. Den Ersten habe ich dir hingeschrieben. Jetzt schreibe bitte eine Reihe große *A's*." Sie schob ihm das Blatt zu.

Er nahm die Feder in die Hand, hielt sie aber total unbeholfen.

„Nein, warte ..." Margot legte ihm die Feder korrekt zwischen die Finger.

Während sie das tat, sah er sie an. Ihre Gesichter waren nur Zentimeter auseinander.

„Bitte versuch dich auf große *A's* zu konzentrieren", sagte sie.

Mit verbissener Entschlossenheit schrieb Jan eine Reihe großer *A's* oben auf die Seite. Sie fing gerade an, fiel dann aber zum Ende hin immer mehr nach unten ab.

„Wir werden an deiner Federbeherrschung arbeiten müssen. Nun gut, der nächste Buchstabe?"

„*M*." Dann, bevor Margot ihn noch verbessern konnte: „Ein kleines m."

„So ist es richtig. Und so schreibt man ein kleines *m*." Sie malte ihm das erste hin.

Er tat, als habe er schon wieder vergessen, wie die Feder zu halten war.

Margot schmunzelte. „Darauf fall' ich nicht rein, *Mijnheer* van der Kemp."

Er nahm die Feder richtig in die Hand und pinselte eine Reihe kleiner *m's*.

„Gut. Diese beiden Buchstaben bilden das erste Wort des Satzes: *A* und *m*. Zusammen ergeben sie das Wort *Am*." Sie ließ ihn eine Zeile *Am's* zu Papier bringen. Und so führte sie ihn Wort für Wort durch die erste Hälfte des ersten Satzes der Bibel. Die meiste Zeit brauchten sie für das Wort *Anfang*.

Jan brachte eine weitere Zeile zu Ende.

„Jetzt lies es mir vor“, sagte Margot.

Er hielt das Papier hoch, kniff die Augen zusammen und las: „Am ... An ... An ... An ...“

„Anfang. Nochmal!“

Jan seufzte. „Am ... An ... fang ... sch ... schuf ... Gott.“

„Am Anfang schuf Gott“, wiederholte Margot. „Das ist gut, Jan: Gott steht am Anfang. Ich glaube, du machst auch einen guten Anfang.“

Jan ließ den Zettel auf den Tisch fallen und stieß einen tiefen Seufzer aus. „Das ist schwieriger, als 'ne ganze Herde Rinder zu treiben.“

Im selben Augenblick ging die Haustür auf.

„Jan? Bist du hier?“ dröhnte Pieters Stimme durchs Haus.

Margot und Jan räumten hektisch die Tischplatte ab. Die Bibel ließ Jan rasch auf die Sitzfläche eines Stuhles fallen, den er unter den Tisch schob. Auf die beschriebenen Zettel setzte er sich kurzerhand drauf.

Margot sprang auf und versteckte Feder und Tinte hinter ihrem Rücken – Sekundenbruchteile bevor Pieter den Raum betrat.

„Ah, da bist du –“ Er brach inmitten des Satzes ab und sah von Jan zu Margot und wieder auf Jan. Dann sagte er mit verlegenem Grinsen: „Ähm – ja, äh, ich wußte ja nicht- Na ja, ich glaub', ihr beide wollt alleine sein. Gut, dann geh' ich mal raus ... Jan, wenn du fertig bist – also, wenn du wieder Zeit hast ... Ja, dann würd' ich dich gern mal sprechen. Ich bin – ich bin grad draußen vorm Haus.“ Er räusperte sich, bat um Entschuldigung und war fort.

Kaum war die Haustür ins Schloß gefallen, als Jan schallend zu lachen anfing. „Er dachte, wir wären –“

Sein Lachen erstarb, als er den Ausdruck auf Margots Gesicht sah.

* * *

Pieter erwähnte nie, was er sah oder nicht sah oder zu sehen gemeint hatte, als er in Jans und Margots erste Lesestunde platzte. Doch was auch immer er gesehen hatte, es schien ihm gefallen zu haben. Fast über Nacht begann die Stimmung im Hause van der Kemp sich zu bessern. Das dumpfe Grübeln über Breyton war vorbei. Gutmütiges Lachen, wie es schon ausgestorben zu sein schien, kehrte zurück, und zwar nicht zu knapp. Bei den Mahlzeiten herrschte keine Beerdigungsatmosphäre mehr, sondern es waren wieder angenehme Zusammenkünfte.

Einige Monate nach Jans erster Lesestunde saßen die drei gerade am Frühstückstisch, als Ding durch die Haustür hereinplatzte.

„*Mijnheer* van der Kemp – was Schreckliches –" Der junge Schwarze, sonst immer heiter und glücklich, war vornübergebeugt, außer Atem und zitterte vor Schreck.

Augenblicklich standen Pieter und Jan bei ihm. „Was ist los, Ding?"

„Schrecklich, es ist schrecklich!" schrie Ding und versuchte zu Atem zu kommen. „Ein Überfall!"

„Hier bei uns?" rief Pieter.

„Nein, nicht hier – bei Steenkamps – heut' nacht."

„Jan, die Musketen!"

Ding winkte ab. „Sind schon weg, bloß – was für Unheil – solch' Unheil ..."

„Woher weißt du das?" rief Pieter.

„Von Fanie ... Sie gehört *Mijnheer* Steenkamp. Ist abgehauen und hierhergekommen."

„Waren es Boer?" fragte Pieter.

Ding nickte.

Margot blieb im Haus, während Pieter und Jan zum Steenkampschen Hof hinüberritten, so daß sie die Folgen des Überfalls nicht mit eigenen Augen sah. Was sie aber merkte, war, was er bei den beiden van der Kemps auslöste. Die ganze Familie Steenkamp war ermordet worden. Ihr Haus und alle Nebengebäude hatte man niedergebrannt. Die Ernte war verloren, die Rinder und Schafe fortgetrieben in die Berge. Noch Wochen danach sprangen Jan und sein Vater beim kleinsten Laut ans Fenster und beruhigten sich erst wieder, wenn das Geräusch als harmlos identifizert war.

* * *

„Der Alte Knob weiß, daß du Lesen lernst", sagte Margot.

„Hast du's ihm gesagt?"

„Natürlich nicht."

„Woher weiß er es dann?"

Margot lachte. „Er lauscht am Fenster."

„Dieser hinterlistige Hottentotte!"

„Ich hab ihm gesagt, daß es ein Geheimnis ist. Er hat versprochen, es niemandem zu sagen."

Jan lehnte sich auf dem Kutschbock zurück, die Bibel auf dem Schoß. Er war jetzt seit zehn Monaten am Lernen und machte gute Fortschritte. Er war bis zum 24. Kapitel des ersten Buches Mose gekommen.

Sie durchquerten die Ebene auf dem Weg nach Kapstadt, und Margot führte die Zügel. Jeden zweiten Monat machten die beiden die Reise in die Kolonie, um Vorräte einzukaufen. Jan gefiel es nicht, Klaarstroom alleinzulassen, nachdem die Boer-Überfälle sich verschlimmerten, aber der Gedanke, Margot allein die Reise nach Kapstadt antreten zu lassen, war völlig abwegig. Es war ihre Idee, die Zeit so gut auszunutzen wie möglich, indem sie ihn lesen ließ, während sie fuhren.

„Lies weiter", sagte sie.

Jan hob die Bibel vors Gesicht. Er brauchte einen Moment, um beim Schütteln des Wagens die richtige Zeile wiederzufinden. „Und war aus ... aus ..." Er hielt Margot das Buch hin.

Sie sah auf die Stelle, die sein Finger anzeigte, und half aus: „Ausgegangen."

„... ausgegangen, zu beten auf dem Felde um den Abend, und hob seine Augen auf und sah, daß Kamele daherkamen. Und Rebekka hob ihre Augen auf und sah Isaak; da stieg sie eilend vom Kamel und sprach zu dem Knecht: Wer ist der Mann, der uns entgegenkommt auf dem Felde? Der Knecht sprach: Das ist mein Herr. Da nahm sie den Mantel und verhüllte sich. Und der Knecht erzählte Isaak alle Sachen, die er ausgerichtet hatte. Da führte sie Isaak in die Hütte seiner Mutter Sara, und sie ward sein Weib, und er gewann sie lieb. Also ward Isaak getröstet über seine Mutter."

Jan ließ das Buch in seinen Schoß fallen.

„Das ist eine meiner liebsten Bibelgeschichten", sagte Margot. „Allerdings, früher mochte ich sie nicht. Ich glaube, das ist eine der Geschichten, in die man sich erst hineinfinden muß. Möchtest du noch etwas weiterlesen?"

Jan schüttelte den Kopf. „Meine Augen sind müde. Ich glaub', ich laß sie 'ne Weile ausruhen." Er schloß die Augen und ließ den Kopf zurücksinken.

„Du machst das schon sehr gut", sagte Margot. „Ein paar Wörter betonst du noch falsch, aber im großen und ganzen machst du's gut."

Jans Kopf schnellte hoch. „Ich beton' keine Wörter falsch!"

„Sicher tust du das!" Sie nannte ihm einige Beispiele.

„*Du* betonst sie falsch!" widersprach Jan.

„Was soll das denn heißen?"
„Jeder weit und breit spricht sie genauso aus, wie ich es tue."
„Wenn alle was Falsches tun, ist es deshalb noch lange nicht richtig!"
„Und ob es das ist."
Margot schüttelte lachend den Kopf. „Wenn du nach Amsterdam kämst – *dort* würdest du die Wörter richtig ausgesprochen hören!"
„Wir sind aber nicht in Amsterdam. Wir sind in Kapstadt, Afrika. Und die Leute, die hier leben, sprechen die Wörter anders aus."
„Na ja, wir leben vielleicht auf einem anderen Kontinent, aber Holländer sind wir immer noch."
„Nein, das sind wir nicht."
Margot sah ihn an. „Du bist kein Holländer?"
„Nein. Ich sehe mich nicht als Holländer. Ich bin hier auf dem afrikanischen Kontinent geboren und aufgewachsen. Ich bin Afrikaander."
Es war das erste Mal, daß Margot jemanden sich so identifizieren hörte. Aber seitdem fing sie an zu bemerken, daß die Menschen in der Kapkolonie stolz auf ihre eigenen Sitten und Gebräuche waren, die ganz anders waren als die ihrer niederländischen Vorfahren. Und je länger sie in Afrika lebte, um so mehr empfand sie auch sich selbst als Afrikaanderin.

* * *

Margot saß im Pavillon des Compagnie-Parks. Sie hielt ein Blatt Papier in der Hand, als plötzlich Jan auftauchte.
„Was ist das?" fragte er.
Sie hielt ihm das Blatt hin und sagte: „Lies selbst!"
Er sah sie an, als dächte er, sie mache einen Scherz.
„Na los! Ich helf' dir, falls nötig."
Jan setzte sich neben sie, nahm das Papier und musterte es. Dann rief er aus: „Da geht's um Rachel!" Das Blatt rutschte beinahe zu Boden.
„Lies!" sagte Margot.
„Ich glaube nicht, daß ich das sollte."
„Es ist ein Brief, den Matthews Vater nach Rachels Diktat geschrieben hat. Sie und ich korrespondieren seit Monaten." Margot erklärte ihm, wie sie und Matthew das alte Poststein-System wiederbelebt hatten, um Briefe austauschen zu können. „Also los jetzt, lies ihn! Und bitte lies laut."

„Margot, das solltest du nicht machen. Vater –"
„Lies!" schrie sie ihn an.
Widerstrebend hob Jan den Brief vor die Augen und las:

Liebe Margot!
Diese Worte sage ich voller Freude. Ich bin Mutter geworden. Heute ist es einen Monat her, daß uns die kleine Deborah – was für ein großer Name für solch ein kleines Baby! – geboren wurde. Die ganze Durbin-Sippe ist so glücklich, solch ein süßes kleines Mädchen in ihrer Familie zu haben. Du solltest sehen, wie Matthew strahlt, wenn er seine Tochter im Arm hat. Man möchte meinen, er platze gleich vor Stolz.
Da wir ja nicht wissen, an welchem Tag Du kommst, hat Matthew sich bereiterklärt, jeden Tag unter dem Stein nachzugukken, um zu sehen, ob Du diesen Brief schon gefunden hast oder nicht. Margot, darf ich Dich um was bitten? Würdest Du mir erlauben, Dir mein Baby zu zeigen? Ich glaube, Du wirst es genauso liebhaben wie ich. Ich weiß, daß es zuviel verlangt wäre, Dich um einen Besuch hier bei uns zu bitten. Aber wenn Du einverstanden bist, wird Matthew mich und das Baby holen. Wir treffen Dich dann beim Pavillon.
Solltest Du das aber für keine gute Idee halten, dann verstehe ich das auch.

In Liebe Deine Rachel.

Jan ließ das Blatt sinken.

Bevor er noch etwas sagen konnte, bemerkte Margot: „Matthew war schon da. Sie sind unterwegs."

Es fiel Jan schwer zu bleiben, aber er tat es.

Es dauerte nur Minuten, bis Matthew und Rachel Durbin sich dem Pavillon näherten. Rachel hielt die kleine Deborah im Arm. Als sie ihren Bruder bei Margot stehen sah, blieb sie stehen und drückte den Säugling eng an sich. Matthew legte seiner Frau schützend den Arm um die Schulter und zog die Stirn in Falten.

„Schon gut!" sagte Margot. „Er hat deinen Brief gelesen und war einverstanden, hierzubleiben."

Rachel bewegte sich nicht. Ihrem Gesichtsausdruck nach zu urteilen fühlte sie sich hintergangen.

Also ergriff Margot die Initiative. Sie stieg die Stufen des Pavillons hinab und ging zu Rachel hinüber. „Darf ich dein Baby sehen?"

Der Mutterstolz besiegte das Mißtrauen. Rachel hob eine Decke nach der anderen hoch und zeigte Margot das Neugeborene.

„Wie süß!"

Mutter und Vater strahlten.

„Darf ich sie mal halten?"

Rachel sah Matthew an. Der nickte. Vorsichtig bekam Margot das Kleine in den Arm gelegt. Als sie das Baby an sich drückte, spürte sie dessen Wärme. Sie wiegte Deborah eine Weile hin und her. Dann drehte sie sich wortlos um und ging auf den Pavillon zu.

„Margot –", begann Rachel.

Margot rief über ihre Schulter zurück: „Ich paß gut auf dein Baby auf!" Sie stieg die Stufen zum Pavillon empor.

Jan wich zurück.

„Du mußt keine Angst vor ihr haben", sagte Margot. „Sie hat noch keine Zähne."

Er blieb stehen und ließ Margot näher herankommen.

„Deborah, darf ich dir deinen *Oom*, deinen Onkel, vorstellen? Jan, das ist deine Nichte. Sie heißt Deborah."

Jan beugte sich zu einem raschen Blick vor, dann richtete er sich wieder auf und zwang sich ein Lächeln ab.

„Oh, das genügt noch nicht", sagte Margot. „Hier." Sie reichte Jan das Baby so schnell, daß der es schon im Arm hatte, bevor er noch wußte, wie ihm geschah. Margot ging weg.

„Margot", sagte Jan, „bitte nimm das Baby wieder an dich." Er schob sich langsam auf sie zu.

„Nein", sagte sie, „ich denke, ihr zwei solltet euch bekanntmachen." Sie stieg die Stufen hinab und kam zu Matthew und Rachel zurück.

Matthew sagte: „Margot, ich glaube wirklich nicht, daß es Jan gefällt –"

„Natürlich gefällt's ihm", sagte sie. „Er weiß es nur noch nicht." Verstohlen sah sie Rachel an.

Diese lächelte so breit, wie Margot es noch nie zuvor bei ihr gesehen hatte.

„Wenn das kein Anblick ist, Jan!" lachte Rachel. „Nie im Leben hätt' ich mir vorstellen können, daß du mal ein Baby in der Hand hältst! Möcht' wissen, wer mehr Angst hat, du oder Deborah!"

Tatsächlich hatte Deborah zu jaulen angefangen, was Jans Unsicherheit noch vermehrte.

„Würde mir bitte mal jemand helfen?“ sagte er. „Bitte!“

„Würdest du bitte deinem Bruder aus der Patsche helfen?“ bat Margot Rachel.

Rachel stieg die Stufen hinauf und nahm Jan das Baby aus dem Arm. Matthew und Margot folgten ihr auf dem Fuße.

Dann saßen die vier beinahe eine Stunde beieinander und redeten, bevor Jan und Margot sich wieder gen Klaarstroom aufmachten.

25

Was Margot beinahe sprachlos machte, war das, was Jan seiner Schwester und Matthew zum Abschied sagte. Es begann damit, daß er Rachel bat, Deborah noch einmal anschauen zu dürfen.

Rachel stellte sich dicht an den Wagen und beugte sich, liebevoll seinem Wunsch entsprechend, mit dem Baby im Arm vor.

Jan strich mit seinem kräftigen, rauhen Zeigefinger zärtlich über die rosige Wange der Kleinen. Dann sagte er: „Kommst du mich besuchen? Und bring deine Mutter und deinen Vater mit."

Rachel drückte das Baby an sich und machte einen Schritt rückwärts.

Jan war von ihrer Reaktion nicht gekränkt. „Ich rede mit Vater. Und ob er dich zu Hause sehen will oder nicht, ich will es jedenfalls. Du bist auf Klaarstroom willkommen. Immer." Damit fuhr er ab.

Den ganzen Weg durch die Ebene warf Margot Jan verstohlene Seitenblicke zu. Hatte er sich während der letzten vier Monate so verändert, oder lernte sie erst jetzt den wahren Jan van der Kemp kennen? Die geheimen Stunden, die sie zusammen verbracht hatten, damit er Lesen lernte, hatten eine Seite von ihm ans Licht gebracht, von der sie vorher nie etwas sah.

Er zeigte großen Lerneifer, und zwar nicht nur, was das Lesen anging. Sie redeten viel über verschiedene Lebenssituationen, meistens ausgehend von biblischen Geschichten wie derjenigen über Nabal und Abigail. Und obwohl er deutlich machte, daß ihm seine „gesetzliche" Prägung eine gewisse Sicherheit vermittelte, spürte er doch auch zutiefst deren Grenzen und Beschwernisse.

Das drückte er Margot gegenüber so aus: „Du hast recht gehabt, als du mir vorwarfst, alles entweder schwarz oder weiß zu sehen. Es macht das Leben einfach leichter, wenn du nur zwei Schubladen, zwei Möglichkeiten hast. Aber das alles ist für mich in Fluß gekommen, als ich bei dem Empfang beim Gouverneur gesehen habe, welchen Einfluß du auf die Leute ausübst, die sich einst alle Mühe gegeben hatten, dich zu verletzen. Als ich das in mein Schwarz-weiß-Schema einzuordnen versuchte, merkte ich, daß ich dir damit nicht gerecht werden konnte – ich weiß auch nicht, wieso. Aber heute habe ich's begriffen: als ich Rachel wiedergesehen habe und ihr Lachen hörte. Und als du die kleine Deborah in meine Arme hast gleiten lassen. Die Gefühle, die ich für sie hatte, für Rachels Baby! Meine Nichte. Plötzlich hab ich die anderen Farben gesehen. Und jetzt weiß ich nicht, ob ich jemals wieder Schwarz-Weiß denken kann."

Als Margot ihn das sagen hörte, hätte sie sich am liebsten in seine Arme geworfen – was sie selbstverständlich schön bleiben ließ.

* * *

Ich glaube nicht, daß ich dieses Ortes jemals überdrüssig werden könnte, dachte Margot. Sie saß auf einer Decke und folgte mit den Augen den Kaskaden des Wasserfalls.

„Da, ich hab's", sagte Jan. Er lag neben ihr auf der Decke ausgestreckt. Jetzt stützte er seinen Kopf in eine Hand, während er mit der anderen die Bibel aufgeschlagen hielt. Er las: „Und sie hörten die Stimme Gottes des Herrn, der im Garten ging, da der Tag kühl geworden war" (1. Mose 3,8).

„Eine schöne Stelle", murmelte Margot.

„Ich mag sie sehr. Sie erinnert mich an diesen Ort. Immer wenn ich hierher komme, höre ich die Stimme Gottes, der umhergeht."

Margot sah ihn lächelnd an.

„Schlecht ist bloß, daß es nicht dabei blieb. Es dauerte nicht mal einen Vers lang."

„Wie meinst du das?"

Jan las weiter. „Und Adam versteckte sich mit seinem Weibe vor dem Angesicht Gottes des Herrn unter die Bäume im Garten."

„Ja, stimmt", sagte sie. „Drittes Kapitel: die Versuchung, durch die die Sünde in die Welt kam."

„Wie kommt es, daß das Gute nie bleibt?"

„Ist das deine dezente Art, mir klarzumachen, daß es für uns Zeit wird zu gehen?"

Jan lachte. Er klappte die Bibel zu, legte sie beiseite und rutschte ein Stückchen näher an Margot heran.

Ihre erste Regung war, weiterzurücken und den Abstand zwischen ihnen aufrechtzuerhalten. Sie tat es nicht, war sich aber deutlich der Empfindungen bewußt, die seine Nähe bei ihr auslösten.

„Ich dachte eigentlich an was anderes: In meiner Familie hat sich so viel verändert, und immer zum Schlechten: der Tod meiner Mutter, Rachel, Breyton, die Art und Weise, in der das Vater beeinflußt hat –"

„– die Anstellung einer Haushälterin", ergänzte Margot.

„Du bist so ziemlich das einzig Angenehme, das sich verändert hat – abgesehen natürlich von der Geburt von Klein-Deborah." Er streckte die Hand aus und strich Margot über die Schulter.

Sie zuckte zusammen. Dann stand sie auf, um ihre Reaktion zu verschleiern, und zog sich das Kleid glatt. „Red kein dummes Zeug", sagte sie. Ohne ihn anzusehen, ging sie ein paar Schritte, streckte ihren Rücken und blickte starr auf den Wasserfall.

Nur daß sie nicht an den Wasserfall dachte. Sie dachte daran, wie warm sich seine Hand auf ihrer Schulter angefühlt hatte. Sie spürte, wie ihr Herz schneller schlug und ihr Atem flach wurde, und schalt sich selbst für die Gefühle, die sie empfand.

„Wovor hast du Angst?" Seine Stimme ließ sie aufschrecken. Sie war dicht an ihrem Ohr. Sie hatte gar nicht gehört, daß er hinter sie getreten war.

Margot verschränkte die Arme. „Angst – wieso? Wie kommst du darauf, daß ich vor irgendwas Angst hätte?"

„Du läßt niemanden an dich heran."

„Ich weiß nicht, wovon du redest." Es drängte sie, ein Stück wegzugehen, aber das hätte nur bestätigt, was er sagte; also blieb sie, wo sie war.

„Ich hab dich lange genug beobachtet, um zu wissen, daß es so ist. Immer wenn dir jemand nahekommt, ziehst du dich zurück."

„Du hast mich beobachtet?"

„Das klappt nicht."

„Was klappt nicht?"

„Das Thema zu wechseln. Warum willst du niemanden an dich heranlassen? Hat dir jemand so sehr wehgetan?"

In Margot brachen Emotionen auf, die wie große Wogen über sie hinwegzurollen drohten. Hastig schüttete sie „Deiche" auf, damit das nicht geschehen konnte. „Es ist Zeit, daß wir uns auf den Heimweg machen", sagte sie und ging auf den Wagen zu.

Starke, warme Hände packten sie von hinten an den Schultern und hielten sie fest, so daß sie nicht weitergehen konnte.

„Lauf nicht vor mir davon", sagte Jan. „Ich muß es wissen."

Margot versuchte sich von seinem Griff freizumachen – eigentlich nur, um zu sehen, ob er nachgeben würde. Er gab nicht nach. Sie schloß die Augen und seufzte tief. „Was mußt du wissen?"

„Machen dir alle Männer angst? Oder bloß ich?"

„Mir macht gar kein Mann angst", sagte sie tonlos.

„Dann liegt's an mir."

„Auch du machst mir keine Angst, Jan van der Kemp."
„Warum zitterst du dann?"
Sie zitterte tatsächlich – sehr zu ihrem Mißfallen.
„Weißt du, was ich denke?" fragte er.
„Also, was denkst du?"
„Ich denke, daß du genau dasselbe tust, was ich getan habe, nur daß du es da tust, wo es um Männer geht."
„Wie jetzt?"
„Schwarz-weiß. Jeden Mann, der dir jemals über den Weg gelaufen ist, hast du entweder unter Schwarz oder unter Weiß einsortiert. Und ich bin mir ziemlich sicher, daß die meisten bei Schwarz gelandet sind."
„Lächerlich!" Sie federte seine Worte rasch ab, noch bevor sie darüber nachgedacht hatte.
„Für dich wird nie ein Mann gut genug sein, denn jeder Mann hat Fehler. Also siehst du ihn schwarz. Unannehmbar. In deiner Welt gibt es keinen Platz für einen unvollkommenen Mann, der dich liebt."
„Das stimmt nicht", flüsterte Margot.
„Nicht?"
Sanft drehte Jan sie zu sich um, bis er ihr in die Augen sehen konnte. Seine Hände ruhten nach wie vor auf ihren Schultern.
Margot sah auf. Nach der Art und Weise, wie er sie in Frage stellte, erwartete sie einen hochmütigen Blick in seinen Augen zu sehen, durchsetzt mit Genugtuung – oder auch Schalk, falls er womöglich seinen Spott mit ihr trieb. Aber was sie sah, war große Offenheit; und tief im Hintergrund seiner Augen stand Schmerz. Sie senkte wieder den Kopf.
„Sieh mich an!" forderte er flüsternd.
Langsam und zögernd hob sie den Kopf.
„Es stimmt nicht? Nun gut, *Mejuffrouw* de Campion, was also werden Sie mit mir anfangen?"
„Wie meinst du das?"
„Vor dir steht ein Mann mit Fehlern. Ein Mann, der dich liebt."
Margot machte die Augen zu. „Bitte sag das nicht!" flüsterte sie.
„Findest du mich denn so abstoßend?"
Ihr traten die Tränen in die Augen. Sie schüttelte den Kopf.
„Warum willst du dann nicht, daß ich es sage? So empfinde ich für dich."
„Weil es mir angst macht." Margot schniefte und wischte sich die Tränen ab.

„Ich mache dir angst?“
Sie antwortete nichts.
„Nabal und Abigail“, sagte er traurig.
„Wirst du wohl damit aufhören!“ rief Margot.
„Es stimmt aber. Nabal verdiente Abigail nicht. Und ich verdiene nicht jemanden wie dich.“
Er ließ sie los.
Da, wo seine Hände auf ihren Schultern gelegen hatten, kam jetzt die feuchte Luft wieder hin. Margot fröstelte und begann erneut zu zittern.
„Sieh zu, daß du in die Sonne kommst“, sagte er.
Margot blieb stehen, wo sie war. „Mir ist nicht kalt“, sagte sie. Sie hob den Kopf und sah ihn an. Nichts zwang sie, so nahe bei ihm stehenzubleiben, und doch tat sie es. „Ich hab dir gesagt, ich hätte Angst. Aber nicht vor dir. Ich hab Angst vor mir selbst. Ich fühle etwas für dich, was ich noch nie einem Mann gegenüber gefühlt habe. Und diese Gefühle machen mir angst.“
„Wie kann ich dir helfen?“
Sie vermochte der aufsteigenden Flut nicht länger Herr zu werden. Der Damm in ihrem Inneren brach. „Halt mich fest“, flüsterte sie.
Eine Sekunde später preßte er sie an seine Brust, umklammerte sie mit den Armen. Seine Wange drückte sich auf ihren Scheitel. Sie verlor sich in der Wärme und dem Duft seiner Umarmung. Dieser winzige Raum in seinen Armen, das war ihre Welt: dunkel, warm und sicher. Und sie spürte, daß sie in dieser Welt für alle Zeit leben konnte.

26

„Möchtest du wissen, wann ich mich das erste Mal von dir angezogen fühlte?"

Margot schaute zu dem Mann auf, der ihr diese Frage stellte. Sie saß dicht neben Jan auf dem Kutschbock des Wagens, ihren Arm mit dem seinen verschränkt und den Kopf an seine Schulter gelegt. Das Mondlicht meißelte seine Gesichtszüge vor dem Hintergrund des Sternenhimmels scharf heraus.

„Es war damals im Flur des Gouverneurspalais."

„Nein!"

Jan nickte. „Du nanntest mich einen schönen Bruder, weil du der Meinung warst, ich wollte Rachel mit van Jaarsfeld verheiraten."

Margot lachte und vergrub ihre Stirn in seiner Armbeuge. „Wenn ich mich recht entsinne", entgegnete sie, „hast du mich geschimpft, weil ich dich mit *Monsieur* angesprochen hatte."

„Auf französisch – genau! Das habe ich ganz vergessen."

„Also, was war es dann, was mich für dich anziehend gemacht hat?"

Jan lächelte sie verliebt an. „Deine leidenschaftliche Geradlinigkeit. Du warfst dich für Rachel in die Bresche, ohne sie überhaupt zu kennen."

Margot setzte sich aufrecht. „Du hast mich angeschrien! Du sagtest, das gehe mich überhaupt nichts an." Ihr Ton war neckend.

„Tat es auch nicht! Aber dann traten van Jaarsfelds Absichten und sein wahrer Charakter zutage, und ich sah, daß du keine eitle Wichtigtuerin warst, die bloß überall ihre Nase drinhaben wollte. Ich begriff, wie schwierig das, was du tatest, für dich war. Wie mitfühlend du warst. Da hab ich mich in dich verliebt."

„Du hast mich ganz schön an der Nase rumgeführt", erwiderte Margot. „Hast deine Gefühle schön unter der Decke gehalten."

Jan zuckte die Schultern. „Das ist eine meiner leichtesten Übungen."

Margot kicherte und erschrak selbst darüber, wie sich das anhörte: leicht und locker, wie seinerzeit das Kichern von Katje, wenn sie über Männer sprach. Solche Töne hatte Margot noch nie aus ihrem eigenen Mund kommen hören. Es beunruhigte sie. Sollte sie etwa eines Mannes wegen zu einem albernen kleinen Mädchen werden? Eine erschreckende Aussicht! Man mußte ja nur hingucken, wie das für Katje ausgegangen war!

„Willst du wissen, wann ich zum ersten Mal wußte, daß ich dich liebte?"

„Mann o Mann, heute abend sprudeln wir aber über vor lauter Geständnissen, was?"

Jan zuckte wieder die Schultern. Er war in ausgelassener Stimmung. „Jetzt müssen wir sie ja nicht mehr zurückhalten, nicht wahr?" Dann verschwand sein Lächeln, als sich das Bild der Erinnerung einstellte. „Das war an dem Tag, nachdem wir Ndela aus dem Sklavengelaß geholt hatten. Da hörte ich, was Hennig dir angetan hatte." Er biß die Zähne zusammen und ballte die Fäuste.

Margot spürte, wie seine Armmuskeln sich anspannten, bis sie zu zittern begannen. Instinktiv und fast unmerklich zog sie sich zurück.

„Cyrus Steenkamp mußte mich mit physischer Gewalt davon abhalten, zum Pferch zu reiten und Hennig alle Glieder einzeln rauszureißen. Wäre ich zurückgekommen, so hätte ich ihn umgebracht. Ganz bestimmt, ich hätte ihm das Licht ausgeblasen!"

„Jan!"

Nickend gab er ihr in ihrer Empörung Recht. „Ich war selbst über mich erschrocken. Daran habe ich erkannt, wieviel du mir bedeutetest."

Die nächsten Augenblicke war es still. Margots Gedanken wirbelten konfus durcheinander. Die Wendung zum Ernsten, die ihr Gespräch genommen hatte, gefiel ihr nicht. Der Gedanke, daß ein Mann solche Gefühle für sie haben konnte wie Jan, wärmte ihr das Herz und schreckte sie zugleich dermaßen, daß sie am liebsten vom Wagen gesprungen und davongerannt wäre. Sie sehnte sich danach, die Wärme festzuhalten, aber die Furcht vor seiner Stärke hielt sie auf Abstand. Was würde sein, wenn die Wärme sich abkühlte und nur noch die Stärke übrigblieb? War nicht genau das bei Sylvie und Monsieur Fabarez geschehen?

„Woran denkst du?" fragte Jan.

Seine Worte rissen sie von den widerstreitenden Gedanken los, die auf sie eingestürmt waren. Es klang leichthin und doch seltsam gezwungen, als sie sagte: „Und dann hast du also jedermann auf Klaarstroom erzählt, was du für mich empfandest!"

Er lachte. „Nein! Ehrlich nicht! Nie hab ich auch nur einen Ton zu irgend jemandem gesagt! Es hat mich genauso verblüfft wie dich, daß sie's rausgekriegt haben."

Das Fuhrwerk war am Anfang des Fahrweges angekommen, der die Plantage in der Mitte durchschnitt und zum Haus führte. Jan lenkte den Wagen in die Fahrspur, und die weißgetünchten Holländergiebel tauchten vor ihnen auf.

Ich hab einfach zu viele Gefühle! warf Margot sich selbst vor. Sie wäre am liebsten davongelaufen. Aber wie sollte sie? Das winzig kleine Universum, das sie in Jans Umarmung gefunden hatte, zog sie mit unsichtbaren Kräften an. Sie legte ihm die Hand auf die Schulter.

„Da seid ihr ja!“ Pieters Stimme dröhnte ihnen von der Veranda her entgegen. Er kam im Laufschritt die Stufen herunter und auf den Wagen zu. „Wo seid ihr bloß gewesen? Ihr hättet schon seit Stunden hier sein sollen!“

Margots Hand wanderte in ihren Schoß zurück. Hier stimmte etwas nicht. Pieter stand eine Sorge ins Gesicht geschrieben, die nicht bloß von ihrer verspäteten Rückkehr rühren konnte.

Jan merkte offenkundig nichts davon. „Wir haben am Wasserfall 'ne Pause gemacht“, sagte er.

Doch Pieter hörte ihn gar nicht. Er stand jetzt neben dem Fuhrwerk. Seinem Sohn die kräftige Rechte auf den Unterarm legend, sagte er: „Die Boer haben zwei weitere Gehöfte angegriffen und bis auf die Grundmauern niedergebrannt. Die Familien sind samt und sonders umgekommen.“

„Herr, sei ihnen gnädig!“ schluchzte Margot und schlug sich mit der Hand vor den Mund.

Jan schloß die Augen und verzog das Gesicht.

„Als ich ankam, waren Slabbert und Nortje hier. Sie sind in Sorge, daß einer von uns als nächster dran sein könnte. Wir haben einen Plan entworfen, wie wir ein Auge aufeinander haben können. Und wir haben einen Brief an den Gouverneur entworfen, damit er uns Truppen sendet. Freilich weiß nur Gott allein, ob die hier sein können, bevor die Boer erneut zuschlagen.“

„Wir müssen alles in seine Hände legen“, sagte Margot.

Die beiden Männer nickten zustimmend.

„Das ist noch nicht alles“, sagte Pieter. „Es sieht so aus, als ob die Boer nicht alleine zugange sind. Könnte sein, daß die San zu ihnen gestoßen sind.“

* * *

Jan saß allein auf seinem Lieblingsstuhl im Speisezimmer, die Hände zwischen den Knien gefaltet und den Kopf gesenkt. Diesen Stuhl hatte Breyton speziell für ihn angefertigt. Margot bemerkte gleich, als sie die

Treppe herunterkam, noch während sie die letzten Feinheiten ihrer Frisur richtete, seine Niedergeschlagenheit. Und sie wußte auf der Stelle, wo der Hase im Pfeffer lag.

„Wo steckt dein Vater?“ fragte sie.

Ohne aufzusehen sagte Jan: „Er ist heute morgen schon früh losgeritten.“

„Tut mir leid.“

„Mir auch.“

Margot trat zu ihm und legte ihm tröstend die Hand in den Nacken. „Ich habe darum gebetet, daß er andern Sinnes wird.“

„Gott wird meinen Vater nicht zwingen, sich zu ändern, solange er es nicht selbst will.“

„Glaubst du, daß Matthew und Rachel enttäuscht sein werden?“

Jan lachte bitter. „Ich glaube, sie wären mehr schockiert gewesen, wenn sie ihn hier vorgefunden hätten. Und wenigstens hat er nicht verboten, daß sie den Fuß auf seinen Grund setzen.“

„Das verdanken sie dir“, sagte Margot.

Jans Mitteilung, daß er Rachel mit ihrem Neugeborenen zu einem Besuch auf Klaarstroom eingeladen hatte, hatte zwei Wochen offener Feldschlacht zwischen den beiden Männern ausgelöst. Zeitweise mußte Margot dem Drängen widerstehen, ihre Meinung zu der Angelegenheit zu sagen. Es gelang ihr, indem sie sich daran erinnerte, daß sie nur die Haushälterin war.

Wie sich herausstellte, war ihre Stellungnahme auch gar nicht vonnöten. Jan widerstand seinem Vater mannhaft. Folgerichtig und leidenschaftlich warf er sich für Barmherzigkeit und Vergebung in die Bresche. Schließlich gab Pieter soweit nach, daß er Jan das Recht zugestand, die Einladung auszusprechen, so unangebracht sie für ihn, Pieter, auch war. Den Anspruch an Pieter aber, daß er an diesen sündhaften Irrungen auch noch teilnahm, den sprach der Vater seinem Sohn rundweg ab.

„Sie sind da.“ Margot sah aus dem Fenster und kündigte die Ankunft ihrer Gäste an.

Jan hielt ihr die Tür auf, und die beiden traten nebeneinander auf die Veranda. Matthew und Rachel standen Seite an Seite im Mittelpunkt der Plantage, am Kreuzweg der beiden Fahrspuren. Es war dieselbe Stelle, an der Rachel vor fast einem Jahr gestanden hatte, als ihr Vater sie von seinem Grund und Boden wies. Die kleine Deborah lag warm eingehüllt in ihren Armen verborgen.

Für einen Moment stand die Zeit still. Selbst aus der Entfernung konnte Margot die Furcht und Unsicherheit deutlich von Rachels Gesicht ablesen.

Margot vergaß ihre Haushälterinrolle und flog die Stufen hinab. „Matthew, Rachel, schön, daß ihr gekommen seid! Laßt mich die Kleine sehen!"

Jan kam mit langsameren, weniger zielstrebigen Schritten hinterher. Als er zu den vieren getreten war, hieß er Matthew herzlich willkommen und dankte ihm für den Besuch. Dann wandte er sich seiner Schwester zu und sagte: „Willkommen zu Hause, Rachel."

Margot riß rasch das Baby aus Rachels Armen, damit es in der Umarmung von Bruder und Schwester, die sich anschloß, keinen Schaden nahm.

* * *

Über eine Stunde saßen sie gemütlich im Salon beieinander. Das Sonnenlicht fiel durch die Fenster herein und schuf eine entspannte Nachmittagsatmosphäre. Klein-Deborah lag schlummernd in Margots Armen. Als der Säugling zu quaken begann und Rachel ihm aus Dekken eine Bettstatt auf dem Boden hatte bereiten wollen, hatte Margot darauf bestanden, die Kleine im Arm zu haben, bis sie schlief. Sie genoß die verstohlenen Blicke, die Jan ihr ständig von der Seite zuwarf, während sie das Baby wiegte.

Sie verbrachten die Zeit mit dem Austausch von Neuigkeiten. Matthew und Rachel erzählten, wie es ihnen als Eltern erging, und Jan berichtete, wie es auf dem Hof stand. Auch Breytons Verschwinden und Pieters Gesundheitszustand – er war stets stark und kräftig gewesen, hatte aber im Laufe des vergangenen Jahres deutliche Anzeichen des Verfalls erkennen lassen – kamen zur Sprache.

Beide Paare umgingen es, davon zu sprechen, daß Pieter nicht da war. Matthew und Rachel fragten nicht danach, und Jan und Margot gaben weder eine Erklärung noch eine Entschuldigung dazu ab.

Auch sagten Jan und Margot nichts über die Entwicklung ihrer Beziehung, aber so, wie Rachel vom einen zum anderen schielte, lag es auf der Hand, daß sie ihre eigenen Gedanken zu diesem Thema hatte.

Plötzlich flog mit lautem Krachen die Haustür auf. Aufgeschreckt fing die kleine Deborah zu weinen an. Durch die Tür stolperte Ding herein. „*Mijnheer* van der Kemp, kommt schnell! Die Boer! Sie greifen an!"

27

Pieter und der Alte Knob kauerten hinter ein paar Felsbrocken. Pieter hatte sich mit einer Muskete bewaffnet. Gemeinsam mit den Landarbeitern hatten sie den ersten Angriff der Boer erfolgreich abschlagen können. Pieter schickte dann drei Mann los, jeden in eine andere Richtung, um von den nahegelegenen Gehöften Hilfe zu holen, wohl wissend, daß es Stunden dauern würde, bevor einer der Nachbarn zur Stelle sein konnte. Zusätzlich trug Pieter seinen Leuten auf, sich nach den Truppen zu erkundigen, die der Gouverneur in Aussicht gestellt hatte.

„Das ist nun schon zwei Wochen her, und wir haben nichts davon gehört", beklagte er sich bei seinem Hottentotten-Gefährten. „Das paßt doch mal wieder zur Compagnie, findest du nicht? Die Hand aufhalten, wenn sie was von uns wollen, darin sind sie fix; aber wenn wir sie brauchen, sind sie lahm."

„Jan kommen. Er uns helfen", sagte der Alte Knob.

„Hoffen wir, daß er bald da ist."

Es war in den früheren Morgenstunden gewesen, daß die Boer plötzlich von den Bergen heruntergefegt waren. An ihrer Bekleidung, ihren Waffen und den verschiedenen Hautfarben konnte man sehen, daß es ein buntscheckiger Haufen war, der sich zusammengerottet hatte, um jenseits der Grenzen der normalen Gesellschaft zu überleben. Die Boer waren Nomaden, die in der Einöde der Hochebenen herumstreiften und von Zeit zu Zeit allein siedelnde Gehöfte überfielen, um sich Fleisch zu verschaffen. Die Bande, mit der Pieter van der Kemp es zu tun bekam, war noch ruchloser und unversöhnlicher als die anderen. Erst seit kurzem hörte man, daß Boer das Eigentum der Siedler zerstörten und die Menschen selbst umbrachten. Es gab diese oder jene Theorie, wie es wohl zu der plötzlichen Radikalisierung gekommen sein könnte, aber das waren eben nur Theorien. Eine befriedigende Erklärung für das mutwillige Töten vermochte niemand zu bieten.

Der Alte Knob robbte ein Stück nach hinten, wo er seine Siebensachen abgelegt hatte. Flach auf den Boden gekauert, zog er eine metallene Brustwehr hervor. Aus einem Felsspalt förderte er einen Wurfspeer zutage.

„Was machst du da?" fragte Pieter.

„Ich kommen, Schlacht kämpfen", erwiderte der Alte Knob. Er

hantierte mit der Brustwehr herum, versuchte sie anzulegen – was bei seiner waagerechten Körperhaltung gar nicht einfach war.

„Das ist die, die Xhore dir gegeben hat."

Der Alte Knob nickte. „Von England. Wie stehen in Bibel: Brustpanzer von Rechtheit."

Pieter grinste. „Panzer der Gerechtigkeit."

„Das auch."

Hinter sich hörten sie Pferde näherkommen. Pieter schnellte herum und sah seinen Sohn herannahen. In sicherer Entfernung sprang Jan vom Pferd ab und rannte den Rest der Strecke in gebückter Haltung. Zu seiner Begrüßung wurde ein Hagel von Musketenkugeln abgefeuert, von denen ein paar direkt neben seinem Kopf vorbeizischten und ihn zwangen, sich zu Boden zu werfen. Stolpernd warf er sich hinter den Felsbrocken in Deckung.

„Alles klar mit dir?" fragte er seinen Vater.

„Fünf Feldarbeiter sind tot. Wir haben's geschafft, sie dahinten in der Schlucht in Schach zu halten." Er wies über ein Stück offenes Land auf die zerklüfteten Klippen des Berghanges. „So wie die Dinge jetzt liegen, haben wir den Wolf an den Ohren: Solange wir ihn festhalten können, kann er uns nicht beißen, aber wir können ihn auch nicht loslassen. Was ist mit Margot und –" Rachels Name lag ihm auf der Zunge, aber er brachte ihn nicht über die Lippen – „den anderen?"

„Ich hab Ding bei ihnen gelassen. Matthew ist auch da, aber er hat erst ein einziges Mal im Leben einen Schuß aus 'ner Muskete abgegeben. Ich hab ihm schnell gezeigt, wie's geht."

Pieter verzog das Gesicht und richtete die Augen wieder auf die Klippen. „Ich denke, wir werden sie einfach davon abhalten müssen, zum Haus zu kommen."

„*Obiqua! Obiqua!*" schrie der Alte Knob gellend. „Räuber und Mörder!"

Nachdem die ersten Schüsse gefallen waren, hatte sich das Vieh zur Rechten des Alten Knob gelagert. Jetzt schlichen sich von der anderen Seite her sechs San in ihrer üblichen Jagdhaltung, geduckt kriechend, an die Tiere heran. Jeder von ihnen trug einen kleinen Bogen vor sich her, den Pfeil bereits angelegt, und zupfte mit den Fingern an der Sehne herum. Jahrhundertelang hatten die nomadischen San den Khoi, die Viehzüchter waren, ihre Tiere gestohlen. Hinter dem Ausruf des Alten Knob stand die Feindseligkeit ganzer Generationen.

Knob sprang auf, hüpfte erregt von einem Fuß auf den anderen und schlug mit den Fäusten in die Luft. „*Obiqua! Obiqua*!"

„Knob! Bleib gefälligst –", schrie Pieter.

Die Felsen rund um den Hottentotten wurden von Flintenkugeln durchlöchert. Der Alte Knob stürzte zu Boden.

„Knob!"

Der kleine schwarze Mann rollte und kugelte auf der Erde herum.

Dicht am Boden bleibend, robbten Pieter und Jan auf Händen und Knien zu ihm.

Der Alte Knob kam mit dem Gesicht nach oben zu liegen und hörte auf, sich herumzuwälzen. Nervös schlug er die Lider auf. „Diesmal Knobkerrie beinahe sehen Angesicht von Gott."

Nachdem er sich vergewissert hatte, daß der Alte Knob nicht getroffen worden war, schalt Pieter ihn, daß er leichtsinnig gewesen sei.

Der Hottentotte schlug sich an die Brust. „Brustpanzer der Rechtheit mich beschützen."

Es war höchste Zeit, daß sie ihre Aufmerksamkeit wieder den vordringenden San-Kriegern zuwandten. Pieter und Jan stimmten freilich darin überein, daß sie sich glücklich schätzen konnten, wenn sie nichts weiter zu beklagen haben würden als den Verlust von ein paar Rindern.

Der Alte Knob jedoch beharrte darauf, daß die San, wenn man ihnen erlaubte, sich am Vieh zu vergreifen, bald wiederkehren und sich noch mehr holen würden.

Bevor noch einer der van der Kemps ihn zurückhalten konnte, krabbelte der Alte Knob schon auf die Herde zu. Pieter und Jan blieb nichts anderes übrig, als zuzusehen und zu versuchen, ihm aus der Ferne Feuerschutz zu geben. Als er bei den Tieren angekommen war, arbeitete er sich zwischen ihren Beinen weiter vorwärts. Es dauerte nicht lange, da konnten sie ihn zwischen den vielen Rinderbeinen nicht mehr sehen.

„Wenn wir ihn nicht sehen können, können die's auch nicht." Jan sprach seine Hoffnung laut aus.

„Es gibt kein Anzeichen dafür, daß die San ihn gesehen haben", fügte Pieter, gleichermaßen hoffend, hinzu. Sie sahen die Krieger einige Tiere vom Rest der Herde wegtreiben.

Plötzlich sprang der Alte Knob zwischen den Rindern hervor, rief den San Schimpfworte zu und schwenkte seinen Speer. Die San waren so überrumpelt, daß sie auf der Stelle Fersengeld gaben – freilich erst, nachdem sie einen ganzen Schwarm von Pfeilen auf den Alten Knob abgeschossen hatten. Als der Hottentotte die Pfeile kommen sah, standen Überraschung und Schrecken in seinem Gesicht. Dann aber, als sie auf seinen Brustpanzer trafen und harmlos zu Boden trudelten, brüllte und tanzte er, unablässig mit seinem Speer herumfuchtelnd, nur um so ekstatischer. Er schlug sich mit der Hand an die Brust und rief: „Brustpanzer der Rechtheit retten alt' Knobkerrie!" Dann, mit dem Gesicht zu Pieter und Jan: „*Obiqua* kaputt von Xhores Brustpanzer der Rechtheit!"

Während die San-Krieger sich in die Hügel zurückzogen, tanzte und sang der Alte Knob mitten unter den Tieren. Nachdem er auf demselben Weg, auf dem er losgezogen war – nämlich zwischen den Beinen der Rinder hindurchkrabbelnd –, wieder zu Pieter und Jan gelangt war, wuchs er unter den lachenden Hochrufen seiner beiden Freunde triumphierend über sich selbst hinaus.

Knobkerrie schlug mit der flachen Hand an seine Brustwehr. „Sanpfeile einfach prallen ab. Xhore stolz sein würden auf Knobkerrie. Er mir ein Tag sagen, ich werden groß' König."

Während er sprach, rieb der Alte Knob an seiner Schulter herum. Minuten später tat er das immer noch.

Pieter rief ihn zu sich, um nach dem Rechten zu sehen.

Während Pieter Knobs Schulter untersuchte, legte der Hottentotte den Kopf schief und sah selber hin. „Och, nix schlimm", war sein Kommentar.

Pieter sah erst ihn, dann Jan an. „Ich kann keine Pfeilspitze finden, aber da ist ein Schnitt in der Haut."

„Herr, nein!" sagte Jan.

Knobkerrie lächelte. „Nix Sorgen machen", sagte er zu Pieter. „Euer Gott mein Gott. Heute Knobkerrie sehen Gesicht von Gott. Sehen vielleicht Xhore, ihm sagen, ein Pfeil gehn an Brustpanzer von Rechtheit vorbei."

Es dauerte nur Minuten, bis der Alte Knob zunehmend schläfrig wurde.

„Sieh nur! Sie kommen wieder!"

Die sechs San-Krieger hatten sich von ihrem Schreck erholt und pirschten sich aufs neue an die Rinder heran.

„*Obiqua!*" Der Alte Knob sprang auf die Füße.

Sowohl Pieter als auch Jan versuchten ihn zu packen, aber er entschlüpfte ihnen. Diesmal rannte er aufrecht auf die Herde zu, freilich nicht in gerader Linie: Er taumelte vielmehr in Halbkreisen herum und schlug bei jedem dritten Schritt lang hin.

„*Obiqua! Obiqua!*"

Als er die ersten Tiere der Herde erreicht hatte, gelang es ihm, einem

Bullen auf den Rücken zu springen. Bullenreiten war für den Alten Knob nichts Neues, das hatte er sein Leben lang getan. Dies war das erste Mal, daß er Mühe hatte, die Balance zu halten.

Mit einem gellenden Schrei lenkte er das Tier auf die San-Krieger zu, die ihn fassungslos anstarrten. Der alte Hottentotte mit seiner Dungkappe und seinem Messingschild vor der Brust stürmte mit dem Bullen quer durch die Herde, die sich teilte wie die Wasser des Roten Meeres, als Mose das Volk Israel hindurchführte.

Die San ließen einen weiteren Pfeilhagel losschnellen. Einige Pfeile trafen die Brustwehr und fielen harmlos zu Boden. Der Alte Knob sang vor Vergnügen über seinen Brustpanzer der Rechtheit. Und wenn es auch noch ein paar Pfeile gab, die in sein Fleisch eindrangen, machte ihm das gar nichts aus.

„Sanpfeile mich nix mehr verletzen!“ schrie er. „Sterben – nur einmal! Nix Angst mehr!“

Der Bulle schoß auf die San zu. Der Alte Knob torkelte von einer Seite zur anderen. Zweimal wäre er um ein Haar abgestürzt. Aber irgendwie schaffte er es, oben zu bleiben.

„Ahhheeeeeee!“ schrie er glücklich.

Die San ließen ihre Waffen fallen und nahmen Reißaus. Sie zerstreuten sich in ganz verschiedene Richtungen.

„Ahhheeeeeee!“

Er ritt direkten Wegs auf die Hügel und die Boer zu.

„Ahhheeeeeee!“

PENG! PENG! PENG!

Die Boer eröffneten das Feuer. Der Bulle, der den Alten Knob trug, strauchelte und stürzte. Der alte Hottentotte flog im hohen Bogen über den Kopf des Tieres, schlug hart auf den Boden auf und überschlug sich mehrere Male. Dann war alles still. Weder Mensch noch Tier bewegten sich mehr.

„Was siehst du jetzt, alter Freund?“ murmelte Pieter traurig. „Was siehst du, wenn du Gott ins Angesicht schaust?“

28

„Van der Kemp!“

Pieter und Jan sahen sich an. Die Stimme, die ihren Namen rief, kam von den zerklüfteten Klippen her.

„Pieter van der Kemp!“

„Was glaubst du, was die wollen?“ fragte Jan.

Pieter zuckte die Schultern. „Wir werden's rausfinden.“ Dann wandte er sich den Felsen zu und brüllte: „Ich bin Pieter van der Kemp!“

Die beiden Männer warteten auf Antwort. Als keine kam, sagte Jan: „Entweder haben sie dir nicht geglaubt, oder du hast sie abgeschreckt.“

Da kam von drüben ein Schrei: „Zeig, wo du bist!“

Jan sah seinen Vater an und schüttelte den Kopf.

„Wir müssen die Sache hier lösen, so oder so“, sagte Pieter. Er nahm sein Taschentuch, knüpfte es an die Mündung seiner Muskete und schwenkte es über dem Kopf.

Überall um sie her erstarrten die Feldarbeiter, die sich hinter allem, was sich irgend anbot, Deckung gesucht hatten.

Pieter zog die Flagge wieder ein und wartete auf erneute Kontaktaufnahme.

„Komm hinter den Felsen raus und stell dich in die Mitte der Koppel! Ohne Waffe!“

Jan sah ungläubig drein. „Für wie dämlich halten die uns?“

Pieter gab ihm seine Muskete.

„Vater, du gehst doch da nicht raus!“

„Das, mein Sohn, ist nicht das erste Mal, daß ich ein Risiko eingehe, um Klaarstroom zu retten.“

„Hoffen wir, daß es auch nicht das letzte Mal ist“, erwiderte Jan.

Die Hände seitlich von sich gestreckt, stand Pieter auf und sah zu den Bergen hinüber. Falls die Boer ihn nicht erschießen wollten, überlegte er, mußten sie etwas anderes im Sinn haben, also trat er hinter den Felsbrokken hervor und ging auf die Mitte der Weide zu, wobei ihm der leblose Körper des Alten Knob, der zu seiner Rechten lag, nicht aus dem Sinn ging. In der Mitte angekommen, bezog er Position und wartete.

Eine ganze Weile geschah überhaupt nichts. Der Wind pfiff, zuweilen heulte er durch die Felsspalten, und Pieter van der Kemp stand allein auf weiter Flur. Er war jetzt dichter am Gegner und konnte

Gesichter erkennen, die hinter Felsbrocken und Bäumen hervorlinsten. Feinde. Und er schutzlos preisgegeben.

Aus einer Schlucht löste sich die Gestalt eines Boer und begann auf ihn zuzugehen. Der Mann trug einen weiten, ausgebeulten Umhang – um eine Waffe zu verbergen? Er hatte dunkles, volles Haar und ebensolchen Bartwuchs. Aus der Ferne war sein Gesicht nichts weiter als zwei Augen und eine Nase, die aus einem wuscheligen Pelz hervorschaute. Ein paar Meter weit weg blieb der Mann stehen. Wohl eine volle Minute lang sagte er kein Wort.

„Du hast dich nicht sehr verändert, Vater."

Pieter versuchte mit den Augen das dichte Haar zu durchdringen. „*Breyton*?"

Keine Antwort.

Pieter beugte sich vor, um seine Züge erkennen zu können. „Breyton?"

„Willst du etwa so tun, als würdest du mich nicht erkennen?"

Es war Breytons Stimme.

„Du hast dich sehr verändert."

„Hab mir gedacht, daß dir mein neues Ich gefallen würde", sagte Breyton. „Hast dich ja von jeher beklagt, ich sei zu weich, zu träge – ich sei eben kein ganzer Mann, der anständig mit dem Vieh umgehen kann. Überraschung, Überraschung! Jetzt kann ich's."

„Steckst du hinter all dem? Und was ist mit Steenkamps Hof? All diese Verwüstung, das Morden – die Familien, die Kinder?"

Breyton antwortete nicht. Es war auch nicht nötig. Er sah in seinen Augen den Teufel tanzen. Nicht nur, daß er verantwortlich war, es bereitete ihm auch noch Vergnügen.

Diese Wahrheit erkennen zu müssen, war mehr, als Pieter ertragen konnte. Er taumelte zur Seite und konnte sich gerade noch fangen, bevor er stürzte. „Du – bist – nicht – mein Sohn!"

„Ich bin noch nie dein Sohn gewesen! Nie war ich dein Sohn! Nie!" Breyton brüllte es zum Himmel hinauf. Seine Augen glichen denen eines in die Enge getriebenen, verwundeten Tieres, das sich immer noch zu schützen versucht, wiewohl es weiß, daß es umkommen wird. Sein Schrei trug keinen Schmerz in sich und keine Trauer – nur Wut, eine Wut, die nach Gewalt, Zerstörung und Quälerei dürstete.

Pieter wich zurück. Als er sprach, klang es, als erzähle er von einem Alptraum, als weigere er sich zu glauben, was so offenkundig auf der Hand lag. „Wie ein tollwütiger Wolf. Du mußt vernichtet werden. Vernichtet – zur Sicherheit aller."

Breyton zog ein langes Messer unter seinem Umhang hervor. „Dieser Wolf hat Zähne!“

Pieter trat zurück.

Breyton kam auf ihn zu. „Und die anderen Höfe? Damit wollte ich nur deine Aufmerksamkeit wachrufen. All diese Leute hab ich umgebracht, damit du wach wirst. Und das ist mir gelungen, oder nicht?“ Er lachte, es klang wie bei einer rasenden Hyäne. „Siehst du nicht die Ironie in alledem? Mein ganzes Leben lang hab ich versucht, deine Aufmerksamkeit zu gewinnen.“ Sein Kopf schnellte vor, er biß die Zähne zusammen und fügte hinzu: „Und endlich – hab ich – einen Weg gefunden!“

Pieter trat einen Schritt nach hinten.

„Das wollte ich dich nur wissen lassen, bevor ich dich töte. Weil ich nämlich will, daß du dich verantwortlich fühlst für den Tod dieser Leute. Ich will, daß du über diesen Toten zerbrichst, bevor du dich zu ihnen gesellst!“

„Breyton.“ Indem Pieter den Namen aussprach, blieb er stehen. Er richtete sich gerade auf und machte einen Schritt auf seinen Sohn zu.

Der Junge legte den Kopf schief und zog das Gesicht in Falten. Daß sein Vater die Initiative ergriff, damit hatte er nicht gerechnet.

„Breyton“, sagte Pieter wieder, „ich kann verstehen, daß du mich haßt und daß du mich töten willst. Also schön. Ich bin bereit, von deiner Hand zu sterben.“

Mit höhnischem Grinsen packte Breyton das Messer, um es zu benutzen.

„Du kannst mich umbringen“, sagte sein Vater. „Aber dann ist es vorbei. Dann hast du deine Rache gehabt. Geh in die Wildnis zurück und komm nie mehr wieder.“

Breytons Lachen klang so fies, daß Pieter eine Gänsehaut bekam.

„Du verstehst nichts, alter Mann. Ich will dich nicht einfach nur töten. Ich will, daß du leidest, daß du dich hier auf dieser Koppel in Agonie windest, dir den Tod wünschst und weißt, daß es bis dahin noch ein weiter Weg ist. Ich will, daß du alles, wofür du gearbeitet hast, niederbrennen siehst, bis nur noch schwarze Asche übrig ist. Du sollst mit ansehen, wie deinem Lieblingssohn der Bauch aufgeschlitzt wird, während du selber schon zu sehr am Krepieren bist, um ihm noch zu helfen. Vielleicht kapierst du dann, wie ich Jahr um Jahr um Jahr gelitten habe – ich, der Sohn, der nie eine Chance hatte, dir etwas recht zu machen!“

„Du bist irre!“

„Ziemlich!“ Langsam und provozierend kam Breyton auf seinen Vater zu.

Pieter wich zurück. Er stieß mit der Hacke gegen irgend etwas, stolperte, fiel rücklings, stürzte zu Boden und bekam keine Luft mehr.

„Ho, ho, ho!“ dröhnte Breyton. „Du machst es mir zu einfach, alter Mann!“ Er hob die gezackte Klinge und wollte zustechen.

PENG!

Breyton schnellte herum. Das Messer fiel ihm aus der Hand. Er griff sich an die Schulter. Pieter rappelte sich hoch, japste nach Luft und taumelte hinter seine Felsendeckung zurück.

PENG! PENG!

Flintenkugeln schwirrten an ihm vorbei. Einige prallten von den Felsen ab. Er ließ sich neben Jan, der mit der Muskete im Anschlag auf das Feld hinausstarrte, auf den Boden fallen. Seine Augen waren weit vor Schrecken.

Draußen auf der Koppel hatte Breyton sein Messer wieder an sich genommen und hieb damit voller Zorn in den Boden, indem er die Klinge wieder und wieder fluchend und zeternd in die Erde stieß.

„Bring ihn um!“ schrie Pieter. „Bring ihn um, solange wir Gelegenheit dazu haben!“

Jan sah seinen Vater hilflos an. „Ich kann nicht meinen eigenen Bruder töten!“

„Er würde dich umbringen!“ rief Pieter. „Töte ihn!“

„Ich kann nicht!“

Pieter riß ihm die Muskete aus der Hand und legte sie über den Felsbrocken hinweg an.

Es war zu spät. Breyton rannte auf die Schlucht zu. Im Nu war er außer Reichweite.

Pieter riß die Muskete vom Felsen herunter. Er setzte sich und lehnte mit bebender Brust seinen Kopf an den Stein.

„Herr, vergib mir!“ Sein Gesicht war verzerrt vor Pein. „Vergib mir! Bitte vergib mir!“ Er preßte die Lider zusammen, so fest er konnte, um das irre Flackern in Breytons Blick zu vergessen. Es gelang ihm nicht. In der Düsternis seiner eigenen Seele hallten Breytons tollwütiges Stieren und Spotten und sein hyänenhaftes Lachen als Hohn wider.

Etwas berührte seinen Arm. Er fuhr auf.

Es war Jan. „Vater?“

Pieter tätschelte seinem Sohn die Hand. „Der Junge ist verrückt. Er wird keine Ruhe geben, bis er uns alle umgebracht und Klaarstroom in Schutt und Asche gelegt hat.“

Es war, als fachten seine eigenen Worte eine Flamme an. In der Ferne, dort, wo das Haus stand, stieg eine dicke Rauchwolke hoch.

„Siehst du das, alter Mann?“ Breyton stand am Eingang der Schlucht. „Das ist dein Haus! Dein kostbares Haus!“

„Margot!“ Jan schnellte hoch.

„Mensch, was für ’ne schöne Rauchsäule! Ich wußte genau, daß all diese Stühle und Tische, die ich gemacht hab, eines Tages ’n herrliches Feuerchen hergeben würden!“

„Vater, ich muß zurück. Margot braucht mich.“

„Du hast mich immer behandelt, als wäre ich der Blödmann! Aber wer guckt denn jetzt blöd aus der Wäsche? Du stierst auf die eine Bedrohung, und währenddessen schleicht einer seelenruhig hinter deinem Rücken hin und brennt dein Haus nieder. Kein schlechter Plan für ’nen schwachsinnigen Sohn, nicht wahr, alter Mann?“

„Geh!“ sagte Pieter. „Irgendwie halten wir die Lage hier unter Kontrolle.“

Jan sah zum Haus, auf seinen Vater und dann wieder zum Haus.

„Geh!“ sagte Pieter wieder, diesmal nachdrücklich.

29

Jan hob seine Muskete auf und rannte gebückt auf die Pferde zu. Einer Gruppe von Arbeitern gab er ein Zeichen, einen Wagen zu nehmen und ihm zu folgen. Dann sprang er auf sein Pferd und trieb es zum Galopp. Die ganze Zeit wandte er den Blick kein einziges Mal von der vor ihm hochsteigenden Rauchsäule ab. Er tadelte sich selbst dafür, nicht mehr Männer zum Schutz der Frauen beim Haus zurückgelassen zu haben. Er wußte, daß er es sich niemals würde verzeihen können, sollte ihnen aufgrund seiner Kurzsichtigkeit irgend etwas zustoßen.

„O Herr, lieber Herr, bitte schütze Margot und Rachel und Deborah in deinen Armen!" betete er. „Bitte, Herr, breite deine Arme über ihnen aus!"

* * *

Margot sah sie durchs Fenster: Boer – abgerissen und dreckig. Alle Mann waren bewaffnet. Sie waren in der Plantage und arbeiteten sich von Baum zu Baum auf das Haus zu.

„Matthew! Sie kommen von vorne!"

Der Mischlingsjunge trat, eine Muskete in der Hand, aus dem Korridor herein. „Wie viele?"

„Ich hab fünf gezählt. Vielleicht sind's auch sechs."

„Vier kommen von hinten", sagte er.

Rachel wimmerte. Sie saß auf einem Stuhl und wiegte Deborah fieberhaft hin und her. Das Baby jammerte – vielleicht spürte es die Furcht seiner Mutter. „Matthew –", rief Rachel.

„Wohin führt die?" Matthew zeigte auf die Treppe.

„In mein Zimmer", sagten Margot und Rachel unisono.

„Gibt's dort eine Tür nach draußen?"

„Nein", sagte Margot.

Rachel war schon aufgesprungen. Sie weinte. „Matthew, laß nicht zu, daß diese Bande mein Baby umbringt!"

Matthew sah hilflos erst zur hinteren Seite des Hauses, dann zur Haustür. „Wie soll ich die alle aufhalten? Wir haben nur die eine Flinte!" Panisch sah er Frau und Kind an. Er trat nervös von einem

Fuß auf den anderen, bewegte sich aber nicht von der Stelle. Der Schweiß rann ihm in Bächen die Wangen herab.

„Matthew", sagte Margot, „jetzt denk mal nach! Da wollen welche rein – wie können wir sie davon überzeugen, kehrtzumachen?"

Nachdenklich kaute Matthew auf seiner Unterlippe herum, immer noch von einem Fuß auf den anderen tretend. „Zwingen können wir sie nicht. Sie sind die Überlegenen. Überzeugen, kehrtzumachen- Überzeugen-"

Margot und Rachel tauschten besorgte Blicke aus.

Dann sagte er: „Man muß es so machen, daß sie kehrtmachen *wollen*! Sie müssen meinen, es ist in ihrem eigenen Interesse, kehrtzumachen!"

„Sie mit ihren eigenen Waffen schlagen!" rief Rachel. „So, wie wir's mit van Jaarsfeld gemacht haben! Ihre eigenen Waffen gegen sie kehren!"

„Gute Idee!" rief Margot. „Was sind ihre eigenen Waffen?"

Die ersten Boer wagten sich aus der Deckung der Bäume hervor.

„Sie greifen an, um was zu kriegen", sagte Matthew.

„Sie sind auf Beute aus", fiel Rachel ein.

„Sie wollen Beute machen. Nehmen wir ihnen also die Beute weg!" rief Matthew. Seine Augen wurden hell. Sie hatten jetzt die Schärfe eines Mannes, der weiß, was er tun will. „Los, alle nach oben!"

„Aber dort gibt es keinen Fluchtweg!" schrie Rachel.

Margot packte sie bei den Schultern und schob sie zur Treppe. „Vertrau seinen Instinkten! Tu, was er sagt!"

Während Rachel ihr Baby die Stufen hinauftrug, ergriff Matthew Margot am Arm. „Wir brauchen Sachen, die gut brennen und eine Menge Rauch verursachen. Eine Menge Rauch, hörst du!"

Margot nickte und rannte in die Küche. Sie schnappte sich einen Krug mit Öl, ein Bündel Talglichter, Körbe mit Kräutern und Gewürzen, kurzum alles, wovon sie glaubte, daß es gut räuchern würde.

Matthew wartete am Fuß der Treppe auf sie, die Muskete auf die Haustür zielend im Anschlag. Margot hörte, was er hörte: Schritte auf der Veranda.

„Die Treppe rauf! Schnell!" schrie er.

Im selben Augenblick, in dem die Haustür krachend geöffnet wurde, fühlte Margot seine Hand auf ihrem Rücken, die sie nach oben schob. Laut polterten ihre Füße auf der hölzernen Treppe.

Als die zwei in das Schlafzimmer gestürmt kamen und die Tür hinter sich zuknallten, sprang Rachel auf. Das Baby begann zu weinen. Rachel besänftigte es und hielt es fest an sich gepreßt.

Blitzschnell sah Matthew sich im Raum um.

„Wonach suchst du?" rief Margot.

„Da!" Er zeigte auf die Truhe in der Ecke – die, die einst van Jaarsfeld gehört hatte – und sagte zu Margot, die immer noch beide Hände mit den in der Küche zusammengerafften Sachen voll hatte: „Horch du an der Tür! Sag mir, was du hörst!" Als er an Rachel vorbeiging, drückte er ihr die Muskete in die Hand. „Halt mal!"

Es war ein merkwürdiger Anblick, den Rachel bot, wie sie da auf der Bettkante saß: in der einen Hand den Säugling, in der anderen die Flinte.

„Ich höre was von unten", sagte Margot. „Kann aber nicht verstehen, was sie sagen."

Matthew riß den Deckel der Truhe auf. So viel an Kleidern mit den Armen herausschaufelnd, wie er nur konnte, hatte er sie binnen zwei Sekunden leer und schob sie vor die Tür. „Alles hier rein!" sagte er. „Und gib mir auch die Öllampe da!" Er zeigte auf die Lampe auf dem Nachttischchen.

Margot holte sie rasch.

„Den Nachttisch auch!" sagte Matthew.

Es war ein kleiner Nachttisch, wie das meiste Mobiliar im Haus von Breytons Hand.

Unten hörte man jetzt Rufe und das Geräusch berstender Möbelstücke, die gegen die Wände geschleudert wurden.

„Also gut, hört zu", sagte Matthew zu den Mädchen, während er eine schwere Wolldecke in die gegenüberliegende Zimmerecke schmiß und die Matratze zum Fenster zu zerren begann. „Wir müssen sie also überzeugen, daß es besser wäre, das Haus wieder zu verlassen, stimmt's? Wer will schon in einem Haus bleiben, wo's brennt? Also, folgendes hab ich vor-" Während er ihnen klarmachte, was sie zu tun haben würden, warf er alles, was er noch an Brennbarem fand, in die Truhe. Dann nahm er die brennende Lampe in die Hand und wartete ab, bis auf der Treppe Schritte zu hören waren. Es dauerte nicht lange. Er zeigte auf Margot.

Die begann zu schreien: „Was machen Sie da? Nein! Sie sind ja von Sinnen! Nicht! Lassen Sie das!"

Matthew warf die Lampe in die Truhe und sprang zurück. Er zeigte auf Rachel.

„Tut mir leid, Kleines", flüsterte sie. Dann kniff sie das Baby fest ins Ärmchen. Klein-Deborahs Aufschrei durchschnitt die Atmosphäre. Gleich darauf kreischte ihre Mutter los: „Ausmachen! Ausmachen! Bitte, ich will nicht verbrennen!"

Margot fiel in ihr Geschrei ein, Matthew ebenfalls. Das Feuer in der Truhe brannte derweil heißer und höher. Das Zimmer füllte sich mit Rauch. Sie fingen an zu keuchen und zu husten, schrien aber unablässig weiter.

„Bringen Sie uns hier raus! Bringen Sie uns raus!" brüllte Margot.

Matthew trat mit dem Fuß gegen die Tür. Dabei mußte er durch das Feuer hindurchtreten. Als die Flammen an seinem Bein emporleckten, verzog er das Gesicht. Beim vierten Tritt sprang die Tür auf. Die Luft vom Treppenaufgang strömte herein, und die Flammen schlugen sofort höher. Auf der Stelle war das Treppenhaus voller Rauch. Matthew stürzte schreiend zu Boden. Seine Hosenbeine standen in Flammen.

Margot warf eine Decke darüber und erstickte das Feuer. Aus dem Untergeschoß hörte sie gellende Männerstimmen: „Feuer! Es brennt im Haus!"

Rachel sah aus dem Fenster und rief: „Es funktioniert! Sie rennen raus!"

Nachdem seine Kleider nicht mehr brannten, befahl Matthew: „Schnell! Unter die Decke!"

Keuchend kauerte sich Rachel auf dem Fußboden unter der Bettdecke zusammen. Margot folgte ihrem Beispiel.

„Ist das zweite Feuer denn noch nötig?" fragte sie Matthew.

„Wir müssen sie überzeugen, wenn wir nicht wollen, daß sie allzubald wieder hier sind."

Er zündete die Matratze an und fächelte den anfänglichen Flämmchen Luft zu. Dann wickelte er ein Stück Stoff um seine Hand und schlug gegen die Fensterscheiben, bis mehrere von ihnen zersprungen waren.

„Aaaahhhh!" schrie Matthew und fuchtelte panisch mit den Armen. „Hilfe! Helft uns! Mein Weib! Mein Kind!" Der Rauch nahm ihm die Luft und schnitt ihm das Wort ab. Er hustete und keuchte.

„Schnell, komm hier runter!" Margot hob einen Zipfel der Decke an. Er schlüpfte darunter und gesellte sich zu ihr und seiner Familie.

Das Baby schrie unter der Decke aus Leibeskräften, während die drei Erwachsenen würgten und husteten. Matthew hob immer wieder einen Deckenzipfel hoch, um zu kontrollieren, daß sich das Feuer nicht weiter ausbreitete, als er es geplant hatte.

„Wie lange müssen wir hier drunter bleiben?" fragte Rachel drängend.

„Nur noch einen Moment", antwortete Matthew. „Wenn sie nicht bald überzeugt sind, werden sie's nie sein." Er prüfte erneut die beiden Feuer.

In der Truhe loderte es wie geplant, doch das Matratzenfeuer fing an, sich auf dem Fußboden fortzufressen.

„Bleibt hier!" sagte Matthew. Er warf die Decke von sich und sprang auf.

Margot schnappte sich einen Zipfel der Decke und hielt ihn sich unaufhörlich und unkontrollierbar hustend vor den Mund. Mit brennenden, tränenden Augen sah sie Matthew das Matratzenfeuer niederschlagen. Als das geschafft war, sah er aus dem Fenster, um festzustellen, was die Boer machten. Seine Schultern sackten herunter. Margot wußte: Das bedeutete nichts Gutes.

„Die stehen einfach da und glotzen!" rief er ungläubig aus. „Warum stehen die da immer noch rum? Haben die heute keine anderen Leute umzubringen?"

Rachel hustete so keuchend, daß sie kaum noch Luft bekam. Margot fühlte sich, als würde sich bei jedem Keuchen ihr Innerstes nach außen kehren. Matthew blieb am Fenster stehen. Er lehnte mit dem Arm an der Wand und stützte seine Stirn damit ab.

„Sobald wir runtergehen, nehmen sie uns in Empfang. Warum hab ich nicht –"

Blitzartig richtete er sich auf und starrte ungläubig aus dem Fenster.

„Was geht da vor? Warum sind sie –" Er entblößte seine Zähne zu dem das ganze Gesicht erfassenden Grinsen, das Margot sofort einzufallen pflegte, wenn sie an ihn dachte. „Jan! Es ist Jan!"

Während Margot noch Rachel auf die Füße half, schob Matthew die schon brennende Truhe beiseite, so daß sie durch die Tür nach unten konnten. Als sich dann die Frauen die Treppe hinunterquälten, bei jedem neuen Hustenanfall erschöpft sich gegen die Wand lehnend, schlug er die Flammen in der Truhe mit einer Decke aus.

Margot half Rachel zu einem Verandastuhl und ließ sich dann selbst in den nächsten fallen. Kaum im Leben hatte sie bemerkt, daß die Luft so köstlich roch und schmeckte. Sie hätte sie am liebsten in Riesenschlucken in sich hineingesogen; doch brach sie bei jedem Atemzug in Husten aus, so daß sie sich mit kleinen Japsern begnügen mußte.

Im selben Moment, in dem Matthew aus dem Haus trat, sprang Jan auf die Veranda. Er brüllte den Sklaven zu, sie sollten Eimer heranschaffen, um das Feuer im Haus zu löschen. Dann packte er Margot. „Bist du verletzt? Hast du dich verbrannt?" Angsterfüllte Augen suchten sie von oben bis unten nach Brandwunden ab.

„Nicht verletzt", konnte sie gerade noch sagen, bevor sie an seine Schulter gelehnt einen neuen Hustenanfall über sich ergehen lassen mußte. Sie versuchte ihm zu sagen, daß das Haus nicht brenne, aber sie bekam es nicht heraus.

Jan zog ihren Kopf an seine Brust. Seine Lippen lagen auf ihrem Scheitel. „Ich hatte Angst, dich verloren zu haben. Das hätte ich mir nie verzeihen können. Niemals." Seine Arme fielen auf ihre Schultern herab, und sie fand sich aufs neue in ihrem kleinen Universum der Geborgenheit wieder. Er hielt sie fest an sich gedrückt, bis der Husten endlich aufhörte.

Einer der Sklaven kam aus dem Haus. „Feuer war in Kiste", sagte er, augenscheinlich ziemlich durcheinander. „Und nix verbrannt, bloß ein' Matratze."

Jan schaute nicht weniger verdattert drein als der Diener.

Margot machte sich gerade so weit von Jan los, daß sie ihm ins Gesicht sehen konnte. „Matthew hat uns gerettet", sagte sie, „indem er den Boer vorgaukelte, das Haus stehe in Flammen."

Frau und Kind in seinen Armen bergend, sagte Matthew: „War kein guter Plan. Hat fast nicht funktioniert."

„Es war ein schlauer Plan!" widersprach Margot. „Und er hat so lange funktioniert, wie er mußte."

„Es war der Rauch, der mich hat herkommen lassen", sagte Jan.

Rachel sah stolz zu ihrem Mann auf. „Es hat besser funktioniert, als du dachtest."

Jan sah sich um. „Es ist noch nicht vorbei. Wir haben schon mehrere Männer verloren." Er schlug die Augen nieder und fügte hinzu: „Auch den Alten Knob."

„Nein", sagte Margot leise.

„Es kommt noch schlimmer", sagte Jan. „Breyton ist derjenige, der diese Überfälle anführt."

„Breyton?" rief Rachel ungläubig. „Das glaub' ich nicht!"

„Ich auch nicht!" stimmte Margot zu.

Angst trat in Jans Augen. „Er ist ein anderer geworden."

30

„Vielleicht kann ich etwas ausrichten, was die Situation verändert!"

Jan verschränkte die Arme und schüttelte den Kopf. „Margot, wenn du Breyton gesehen hättest, hättest du erkannt, daß man nichts mehr ausrichten kann."

„Laß es mich wenigstens versuchen!"

„Nein."

„Laß mich ihn selbst sehen!"

„Nein!"

Jetzt war es an Margot, die Arme zu verschränken. „Warum bist du nur so stur in diesem Punkt?"

„Stur?" Jan breitete die Arme aus. „Das hat nichts mit Sturheit zu tun. Ich möchte dich nicht mit rausnehmen, weil ich dich liebe und dich nicht verlieren will!"

„Aber du kannst mich nicht vor allem und jedem beschützen!" rief sie.

„Das vielleicht nicht, aber vor meinem Bruder *kann* ich dich beschützen!"

Für den Moment stand es unentschieden zwischen ihnen. Margot saß auf der Veranda auf einem Stuhl, Jan stand vor ihr. Sie waren allein. Matthew und Rachel hatten das Baby ins Haus geschafft, in der Hoffnung, es beruhigen und zum Einschlafen bringen zu können.

Margot schlug mit den Händen auf die Lehnen des Stuhls und stand auf, obwohl Jan so dicht vor ihr stand, daß ihr kaum Platz blieb. Trotzdem rührte Jan sich nicht vom Fleck. Sie aber auch nicht. Nur Zentimeter trennten sie. „Ich gehe jetzt raus", beharrte sie.

„Du bleibst hier, wo du bist."

Sie versuchte ihn mit beiden Händen beiseitezuschieben. Doch sie konnte sich noch so anstrengen, er blieb, wo er war. „Jan van der Kemp, mach mir Platz!" forderte sie.

„Ich kann dich nicht da rausreiten lassen", sagte er.

Margot fühlte ihren Zorn hochkommen. „Laß uns eines ganz klar sehen", sagte sie. „Du bist nicht mein Besitzer. Wir sind nicht verheiratet. Also gibt es keinen Grund, warum ich dir gehorchen müßte."

„Abgesehen von der Tatsache, daß du für uns arbeitest."

„Dann kündige ich eben!" Sie ging an ihm vorbei.

„Margot –" Er sprach sanft. Versöhnlich. Er berührte sie am Arm; sie riß sich los. „Mein ganzes Leben hab ich auf jemanden wie dich gewartet. Die meisten dieser Jahre wußte ich nicht mal, daß ich wartete. Und jetzt ging es so schnell, daß du einen Wunsch in mir wachgerufen und ihn zugleich erfüllt hast. Ich geb' ja zu, daß ich selbstsüchtig bin. Ich will einfach nicht mit einer Leere leben, die niemand außer dir füllen kann."

Margot blieb an der Vorderfront der Veranda stehen, den Blick auf die Plantage gerichtet, so daß sie ihm den Rücken zuwandte. Sie schlug den gleichen Tonfall an wie er. „Jan, mir geht's doch ganz genauso. Du hast in mir Gefühle erweckt, von denen ich mir jahrelang eingeredet hatte, daß es sie nicht gebe. Und so schwer es mir auch fällt, das zuzugeben, aber sie gefallen mir, diese Gefühle." Sie schloß die Augen. Ihr kamen die Tränen. Sie flüsterte: „Ich will dich doch auch nicht verlieren."

Sie fühlte, wie seine Hände ihre Schultern bedeckten und seine Lippen wie seine Nasenspitze ihren Hinterkopf berührten. Sie drehte sich um, so daß er von ihr ablassen mußte. „Aber ich bin auch keine chinesische Vase, die du auf ein Kaminsims stellen und bewundern kannst! Ob's dir gefällt oder nicht, ich liebe dieses Land genau wie du. Und wenn es eine Hoffnung darauf geben soll, daß wir beide 'ne gemeinsame Zukunft aufbauen können, dann werden wir dieses Land zusammen retten müssen!"

Es war, als redete sie zu einer Statue. Hart und unnachgiebig starrte er sie an. Doch dann sah sie fasziniert, wie der Stein weich wurde und sein Gesicht wieder menschliche Züge annahm. Eine einzelne Träne rann seine Wange hinab. Mit leidenschaftlicher Wärme zog er sie an sich und sagte: „Ich hab nur das eine Pferd. Du wirst schon mit mir reiten müssen."

* * *

Den Ausdruck auf Pieters Gesicht, als sie tiefgebückt auf die Felsbrokken zurannten, hinter denen die van der Kemps seit dem ersten Angriff Deckung gesucht hatten, würde Margot ihr Leben lang nicht vergessen.

„Was fällt dir ein, eine Frau hierherzubringen?" schrie er Jan an.

Margot ließ Jan nicht zu Wort kommen. „Ich bin gekommen, um mit Breyton zu reden", sagte sie.

Sie warfen sich hinter den Feldsteinen zu Boden, Jan zwischen seinem Vater und Margot. Er wandte sich ihr zu. „Ich hab nicht gesagt, du könntest mit ihm reden. Du sagtest, du wolltest dir die Lage selbst ansehen!“

Pieter boxte seinen Sohn in die Seite, damit dieser ihm zuhörte. Jan drehte seinen Kopf dem Vater zu.

„Das ist kein Ort für eine Frau!“ sagte der. „Was hast du dir bloß dabei gedacht?“

„Sie hat darauf bestanden –“

Margot rüttelte an Jans Schulter. „Ich dachte, wir wären uns einig geworden!“

„Sind wir ja!“ rief Jan. „Aber ich hab niemals zugestimmt, daß du da raus –“

Pieter puffte seinen Sohn erneut in die Seite. „Junge, sieh mich gefälligst an, wenn ich mit dir rede!“

Jan wandte sich dem Vater zu.

Während die beiden Männer sich darüber stritten, wie klug oder unklug es gewesen sei, Margot an den Ort der Auseinandersetzung mitzubringen, verschaffte sich diese einen Überblick über das freie Feld, das vor ihnen lag. Weit vorne entdeckte sie von Zeit zu Zeit einen Kopf, der hinter einem Baumstamm oder einem Felsbrocken hervorlugte. Ab und zu war auch ein Gewehr zu erkennen, das erhoben und dann wieder gesenkt wurde.

Sie sah auf Jans Hinterkopf. Er war in eifriger Bewegung. Er und sein Vater redeten gleichzeitig, keiner hörte dem anderen zu.

Margot stand auf und ging über das Feld auf die Boer zu.

Hinter ihr erscholl entsetztes Rufen. Zuerst hörte sie Pieter: „Was macht sie denn bloß? Schnapp sie dir!“

Dann Jan: „Margot! Komm sofort zurück! Bleib in Deckung!“

Seine Hand versuchte sie zu fassen, rutschte aber an ihren Kleidern ab.

Sie warf einen flüchtigen Blick nach hinten, ließ sich aber nicht aufhalten.

Jan setzte ihr über die Felsbrocken hinweg nach.

PENG! PENG!

Sie blieb stehen. Die Kugeln hatten die Felsen getroffen, und Jan bekam einen Regen von Gesteinssplittern ab. Er ging rücklings zu Boden. Margot schloß daraus, daß die Geschosse dazu gedacht waren, ihn zurückzuhalten, nicht aber sie. Sie achtete nicht auf Pieters und Jans nunmehr flehentliches Rufen, sondern marschierte in die Mitte der Koppel und blieb wartend stehen.

Jetzt konnte sie die Gesichter, die über die zerklüftete Schlucht verstreut waren, besser erkennen. Schmutzig und hungrig sahen sie aus. Harte, rücksichtslose Augen waren auf sie geheftet. Zu ihrer Rechten zog etwas ihre Aufmerksamkeit an. Es war ein toter Stier. Direkt daneben lag, klein und gebrochen, ein menschlicher Körper. Braunhäutig. Ein Brustschild aus Messing fing einen Sonnenstrahl auf und warf ihn zu ihr zurück.

Margot schloß die Augen. Das Herz tat ihr weh. Der Alte Knob. Sie dachte daran, wie er im Eingang seiner Hütte gehockt und mit Dung und Stöcken gespielt hatte, als wären es kleine Tierchen. Sie erinnerte sich an seine Geschichte von dem Schakal und der Taubenmutter. Es hatte den Anschein, daß die Befürchtungen des alten Hottentotten, was Breyton betraf, wahr geworden waren. Der Same der Zerstörung war eingelegt worden, und jetzt reifte er aus.

Von der Schlucht her schlenderte eine bärtige Gestalt in einem übergroßen Mantel auf sie zu. Als der Mann näher herankam, bemerkte Margot, daß der Mantel an der rechten Schulter einen Riß hatte. Um das Loch herum hatte sich ein Blutfleck ausgebreitet.

Jan hatte gesagt, daß sie Breyton nicht wiedererkennen würde. Sie hatte das für übertrieben gehalten. Jetzt war sie sich nicht mehr so sicher. Der Mann, der sich ihr näherte, hatte nichts von dem Breyton an sich, den sie kannte. War er es? Sie sah genauer hin. Das Gesicht war so sehr von Haaren überwuchert, daß man seine Züge kaum erkennen konnte.

Just als sie den Schluß zog, der Mann, der da kam, sei kein van der Kemp, sagte er: „Margot! Das ist aber eine komische Überraschung."

Es war Breytons Stimme. Und jetzt, wo er vor ihr stand, konnte sie sehen, daß der Mann auch Breytons Augen hatte.

„Breyton, warum tun Sie das?"

Ihr Gegenüber grinste. Es war indes keine menschliche Miene, sondern eine Fratze, wie man sie eher bei einem Schakal erwarten würde. „Auf der Stelle zur Sache!" Mit gespielter Betrübtheit schüttelte er den Kopf. „Mir scheint, Jan hat keinen guten Einfluß auf dich. Ich hätte gedacht, wir würden unsere Unterhaltung mit ein paar Nettigkeiten einleiten."

Margot lenkte ein. „Na schön – wie geht's Ndela?"

Das Schakalgrinsen verschwand. Breytons Lippen begannen zu zittern. In seinen Augen blitzte haltloser Zorn auf. Und zum ersten Mal bekam Margot echte Angst, daß sie diese Koppel nicht lebend verlassen würde.

„Sie ist tot. Ich hab ihre Spur aufgenommen und sie umgebracht."

Margot war so erschrocken über die Kälte, mit der er den Mord zugab, daß sie sich unwillkürlich die Hand vor den Mund schlug.

Er riß die Augen weit auf. „Der Klaps eines Liebhabers." Er lachte über seinen zynischen Humor. „Ich hab ihr bloß heimgezahlt, was sie mir angetan hat." Er zog seinen Mantel auseinander und schob das Hemd hoch.

Der Anblick ließ Margot zusammenzucken. Breyton hatte eine tiefe Kerbe in der seitlichen Magengegend, umgeben von schlecht vernarbtem, schwärzlich-rotem Fleisch.

Breyton zog sein Hemd wieder herunter und machte eine drohende Geste mit dem Zeigefinger. „Schlaf niemals ein, wenn die Person, die du liebst, 'ne Muskete in der Hand hat!" Sein Lachen klang aggressiv. Der Schakal war wieder da.

„Breyton –"

Er hob die Hand, um sie zu unterbrechen. „Ich will's nicht hören. Außerdem würde es nichts helfen."

„Warum sind Sie dann hergekommen, um mit mir zu reden?"

„Um dich zu überzeugen."

„Mich überzeugen? Wovon?"

„Daß ich euch alle um die Ecke bringen und diesen Hof in Schutt und Asche legen werde. Ich hab dem alten Mann gesagt, ich würde es tun, aber ich denke, er hat's mir nicht geglaubt. Aber dir werden sie's glauben, wenn du es ihnen erzählst."

„Ich glaube nicht, daß Sie das tun können", sagte Margot.

Der Schakal lachte. „Bevor die Sonne untergeht, wirst du's glauben!"

„Rachel ist auch hier. Drüben im Haus. Sie hat ein Baby, es heißt Deborah. Ich glaube kaum, daß Sie den beiden wehtun wollen."

„Rachel hat ein Baby?" Seine kalten Augen wurden etwas weicher.

„Die kleine Deborah – Ihre Nichte."

„Wie alt ist sie?"

Margot lächelte. „Erst ein paar Monate."

Breyton lächelte ebenfalls, freilich ohne jede Wärme. „Dann wird sie in Unschuld sterben und nie erfahren, wie durch und durch schlecht diese Welt sein kann!"

„Du willst einen Säugling umbringen? Deine eigene Nichte?" rief Margot.

Erneut riß Breyton die Augen auf, aber es war nichts als Schlechtigkeit darin auszumachen. „Alles, was zu dem alten Mann gehört, werde ich vernichten! Alles, hörst du? Alles!“ Sein Mund verzog sich, während er das hervorstieß, als hätte er Zahnschmerzen. Die Augen aber blieben starr auf Margot gerichtet. Der Mann war wie ein wildes Tier. Alle Güte war von ihm gewichen.

„Willst du mich auch umbringen?“ Margot konnte kaum glauben, wie fest ihre Stimme klang. Sie verriet in nichts das zunehmende Entsetzen, das sie innerlich fühlte.

Zur Antwort zeigte er ihr das Schakalgrinsen. „Du gehörst jetzt zu ihm. Du mußt auch sterben.“

Margot holte tief Luft. „Dann bring's hinter dich. Töte mich!“

Der Schakal stierte sie auf eine Weise an, die Margot an die Geschichte des Alten Knob gemahnte. Genauso hatte sie sich den Blick des Schakals vorgestellt, als er der Taubenmutter befahl, ihre Kleinen runterzuwerfen, damit er sie fressen könne.

Breyton schüttelte den Kopf. „Noch nicht. Bald, aber jetzt noch nicht. Eine Weile laß ich dich noch am Leben.“

„Zu welchem Zweck?“

„Zweck – Zweck!“ Er breitete die Arme aus, warf den Kopf in den Nacken und sandte einen Aufschrei gen Himmel – zu Gott? Einem Dämon? Oder einfach ins Blaue? „Warum muß immer alles einen Zweck haben?!“ Dann sagte er, jetzt wieder zu Margot: „Einen Zweck? Brauchst du wirklich einen Zweck zum Sterben? Wieso können die Leute nicht einfach abkratzen, schlicht weil sie jemand umbringt?“

Der Mann schäumte. Margot trat einen Schritt zurück.

Doch ebenso schnell, wie er sich in Raserei hineingesteigert hatte, kam er wieder auf den Boden zurück, sprach jetzt ruhig und gelassen: „Ich werde dir einen Zweck sagen, wenn du denn wirklich einen brauchst.“

Margot antwortete nicht.

Er sprach trotzdem weiter, im Tonfall eines gütigen Vaters, der seiner Tochter einschärft, auf einen bestimmten Punkt gepflegter Manieren besonders achtzuhaben.

„Siehst du, meine Gnädigste, ich werde dich nicht jetzt gleich töten, weil es so meinen Plänen besser zupaß kommt. Indem ich dich nicht auf der Stelle töte, demonstriere ich große Geduld und Güte. Schließlich sind wir verwandte Seelen, du und ich, nicht wahr? Jeder von uns ist das eine oder andere Mal dem natürlichen, aber hinterhältigen Charme der großäugigen Ndela verfallen. Du für deinen Teil hast dich zugunsten dieser armen, unglücklichen Seele auspeitschen lassen; ich habe ihr zur Flucht verholfen. Alle beide hat sie uns getäuscht. Siehst du: Seelenverwandtschaft und so weiter – nicht wahr?"

Margot trat einen weiteren Schritt zurück. Der Süßholz raspelnde Breyton war noch furchterregender als der rasende Irre. Blitzschnell streckte er den Arm aus und packte sie am Handgelenk. Sein Griff war wie eine eiserne Fessel.

Von hinten hörte Margot Jan, der ihren Namen rief.

„Doch in folgendem sind wir unterschiedlich." Der säuselnde Breyton biß die Zähne zusammen. „Auf die zweifelhafte Liebenswürdigkeit Pieter van der Kemps ist nur einer von uns reingefallen. Nur einer von uns steht nach wie vor auf seiner Seite. Und nur einer von uns erkennt klarsichtig, wie böse der Mann in Wahrheit ist, der die Bibel auf den Lippen führt und seinen eigenen Sohn haßt. Der eine von uns, der sich mit dem gemein macht, der muß sterben wie alle anderen auch. Eine Sache des Prinzips, meine Liebe. So gerne ich auch in deinem Fall eine Ausnahme machen würde, ich fürchte, es würde ein schlechtes Beispiel abgeben. Es hilft nichts: Ich werde dich töten müssen!"

Genauso unversehens, wie er ihn gepackt hatte, ließ er ihren Arm wieder los.

Bis zu diesem Augenblick hatte Margot gar nicht bemerkt, wie sehr sie sich angestrengt hatte, um von ihm loszukommen. Als er sie jäh freigab, stolperte sie rücklings und konnte sich gerade noch auf den Beinen halten.

Seinen übergroßen Mantel um die Schultern gelegt, drehte sich Breyton schwungvoll um und marschierte auf die Felsklüfte zu. Doch plötzlich kam er wieder zurück und streckte Margot den Finger entgegen. „Du wirst dem alten Mann da sagen, daß heute sein letztes Stündlein geschlagen hat! Aber es kommt erst, nachdem er alles vernichtet gesehen hat, woran sein Herz hängt! Das wirst du ihm sagen!"

Damit ließ Breyton Margot mitten auf der Koppel stehen.

31

In derselben Sekunde, in der Margot hinter den Felsbrocken ankam, lag sie schon in Jans Armen. Den Rückweg quer über die Koppel hatte sie beherrscht hinter sich gebracht – jetzt aber, wo alles vorbei war, begann sie unkontrolliert zu zittern und versuchte krampfhaft den Sturzbach von Tränen zurückzuhalten, der aus ihr hervorbrechen wollte.

„Was ich auch sagte, was ich auch versuchte – vergeblich! Ich dachte, ich könnte eine Änderung bewirken, den alten Breyton erreichen, an seine Menschlichkeit appellieren. Aber was ich auch sagte oder tat, es prallte alles an ihm ab. Aber auch alles! Er will uns umbringen. Und wenn wir nicht eine Möglichkeit finden, ihn davon abzuhalten, dann tut er es auch."

Sie riß sich soweit zusammen, daß sie ihnen die Passagen erzählen konnte, die sie nicht selber mithören konnten. Kaum war sie damit fertig, als ein Ruf des Entsetzens die van der Kempschen Schlachtreihen entlanglief.

„Sie kommen! Sie kommen!"

Ganze Horden brüllender, ihre Waffen schwenkender Boer brachen aus den Klüften in das Feld hervor.

„Sie müssen auf Verstärkung gewartet haben!" schrie Pieter.

Es kamen immer noch welche – unzählbar viele.

Jan schnappte seine Muskete und legte an.

PENG!

Ein untersetzter Boer griff sich ans Bein und wälzte sich am Boden.

Pieter legte Jan die Hand auf die Schulter und rief: „Es sind zu viele!"

Jan sah nochmal hin und mußte zugeben, daß sein Vater recht hatte.

„Zieh dich zum Haus zurück! Dort können wir uns besser verteidigen! Los!"

Jan streckte die Hand nach Margot aus. Zu seinem Vater sagte er: „Du kommst doch auch, oder?"

Pieter nickte. „Ich sag's nur den anderen. Dann komme ich sofort nach."

Gebückt rennend folgten Margot und Jan ihren eigenen Fußspuren zu den Pferden. Gewehrkugeln zischten an ihnen vorbei. Jan stieg als erster auf und zog Margot zu sich hoch.

Sie sah sich ängstlich nach seinem Vater um.

Pieter rannte zur einen Seite der Felsen, formte seine Hände zum

Trichter und rief etwas. Dann tat er dasselbe an der anderen Seite. Daraufhin kamen allenthalben hinter Feldsteinen, Bäumen und Büschen Männer zum Vorschein, die samt und sonders auf das Haus zurannten. Sie sah Ding, der ein Fuhrwerk kutschierte. Von allen Seiten rannten Feldarbeiter darauf zu und sprangen auf die Pritsche.

Das Pferd machte eine kurze Drehung, als Jan es in Richtung des Hauses lenkte. Es wurde schneller, so daß die Entfernung zwischen ihnen und den Boer, die sie zu Fuß verfolgten, zunahm. Der Fahrtwind rauschte an ihnen vorbei, aber Margots Herz klopfte so laut, daß sie fast nichts anderes hören konnte. Was sie aber hörte, ließ ihr das Herz vor Schreck springen.

Es war Dings Stimme.

„*Mijnheer* van der Kemp! *Mijnheer* van der Kemp!"

Sie drehte sich nach Pieter um, der sich gerade hochrappelte. Sein Pferd war gestürzt und schlitterte neben ihm über den Boden, augenscheinlich nicht in der Lage, sich wieder zu erheben. Staub wirbelte um Pieter herum hoch. Er suchte sich selbst und das Pferd nach Verletzungen ab. Von hinten kam eine wahre Mauer von Boer auf ihn zu. „Jan!" brüllte Margot. „Zurück! Dein Vater!"

Jan sah sich um. Kaum hatte er das Mißgeschick seines Vaters wahrgenommen, verlangsamte er ihren Ritt und drehte um.

Auch Ding hatte Pieter gesehen. Er lenkte sein Gespann auf ihn zu. Er war dichter am Geschehen gewesen und erreichte Pieter als erster. Mit einem Satz war der Patriarch der van der Kemps auf der Pritsche. Sofort ließ Ding seine Pferde die Peitsche spüren. Blitzartig preschten sie los, und jeder auf dem Wagen versuchte sich in Panik an irgend etwas festzuhalten, um nicht abzustürzen.

Hinten auf dem Wagen kauernd, sah Pieter seinen Sohn und machte ihm ein Zeichen, sich zu beeilen.

Jan zwang sein Pferd zu einer knappen Drehung, und im gestreckten Galopp ging es aufs Haus zu, wobei Jan sich alle paar Minuten umsah, um sich zu vergewissern, daß sein Vater noch da war. Dennoch geriet der Wagen zuletzt außer Sicht, da er viel langsamer vorankam als das dahinpreschende Pferd.

* * *

Als sie eintrafen, stand Matthew mit angelegter Muskete auf der vorderen Veranda.

„Sie kommen!“ rief Jan ihm und den Sklaven, die in Hörweite waren, zu. Alle ohne Ausnahme sahen Jan an und warteten auf seine Befehle.

Margot sprang aus dem Sattel und gesellte sich zu Matthew.

„Wo ist Rachel?“ schrie Jan beim Absteigen.

„Hat sich mit dem Baby in deinem Zimmer hingelegt.“

„Bring sie nach oben! Matthew, du bleibst bei ihnen und beschützt sie!“

Matthew nickte und verschwand im Haus.

Den umstehenden Bediensteten rief Jan zu: „Sucht euch Verteidigungsposten – im Haus, in der Scheune und in den Sklavenhütten!“

Sie stiebten in alle Richtungen davon.

„Wo willst du mich haben?“ fragte Margot.

„Oben, bei Rachel und dem Baby.“

Margot warf ihm einen bösen Blick zu. „Ich dachte, den Punkt hätten wir geklärt.“

Jan schüttelte den Kopf. „Irgendwer muß den oberen Stock verteidigen.“ Er gab ihr eine Muskete. „Kannst du damit feuern?“

„Ich glaub' schon.“

Das nahm er als Ja. „Matthew hat auch eine. Einer von euch bezieht Posten am Fenster, der andere an der Tür. Wenn jemand den beiden zu nahe kommen will, schießt ihr! Nicht reden – schießen!“

Margot nahm die Flinte. „Was nimmst du?“

„Ich werd' mir 'ne andere Muskete suchen.“

„Und wo wirst du Posten beziehen?“

„Vermutlich im Erdgeschoß. Und jetzt beeil dich!“

Margot nickte, lief auf die Haustür zu, kam nochmal zu Jan zurück, warf sich in seine Arme und küßte ihn mit aller Macht. „Ich liebe dich! Gott mit dir!“ flüsterte sie.

„Mit dir auch.“

Als Margot zur Treppe kam, half Matthew gerade Rachel und dem Baby hinauf. „Mir ist, als hätten wir das schon mal gemacht“, sagte Matthew, als er seine Frau den rußgeschwärzten Treppenflur entlangführte.

„Hoffen wir bloß, daß wir nicht nochmal Feuer legen müssen“, erwiderte Margot.

Das erste, was sie beim Eintreten in das Zimmer sah, waren die verkohlten Überreste der van Jaarsfeldschen Truhe. Als nächstes fiel ihr Blick auf die verbrannte Matratze und die zerbrochenen Fensterscheiben. Dieses Zimmer war das netteste gewesen, das sie jemals bewohnt hatte. Es tat ihr weh, es in diesem Zustand zu sehen. Für Rachel, stellte sie sich vor, mußte es noch viel schlimmer sein.

Matthew zerrte die angebrannte Matratze zur Seite, während Rachel sich mit der Wolldecke in eine Ecke des Zimmers zurückzog.

Während Matthew sich am Fenster aufstellte, ging Margot zu Mutter und Kind hinüber. „Wie geht's Klein-Deborah?"

Rachel sah ihr Baby mit traurigem Blick an. „Sie hustet immer noch von dem Rauch", sie unterbrach sich, weil sie selbst husten mußte, und lachte dann, „und mir geht's genauso. Aber davon abgesehen scheint sie wohlauf zu sein."

Margot bückte sich und hob einen Zipfel der Babydecke an, um das Kind besser sehen zu können. Klein-Deborahs braune Wangen hatten einen Stich ins Pinkfarbene. Sie bewegte den Mund, als wollte sie nukkeln, war aber nicht unruhig. Die Augen hatte sie friedlich geschlossen. Von all dem Kampf um sie her bekam sie nicht das Geringste mit.

„Herr, erbarme dich!" rief Matthew am Fenster aus. „Ich sehe sie kommen – es sind Hunderte!"

Rachel stand das Entsetzen in die Augen geschrieben.

„Gott wird uns hier durchbringen", sagte Margot und tätschelte wie eine Mutter mit dem Handrücken Rachels Wange.

„Das weiß ich. Ich glaube an Wunder."

Lächelnd nickte Margot.

„Wer nicht?" sagte Matthew vom Fenster her. „Allein, daß wir hier sind, müßte genügen, um jedermann zu überzeugen, daß es Wunder gibt."

Die Mädchen brachten ein Lächeln zuwege. Jans Einladung und die Ankunft der Durbins auf Klaarstroom schienen zu einem anderen Leben zu gehören.

Vom Fuß der Treppe waren schwere Fußtritte zu hören. Matthew und Margot richteten blitzartig ihre Gewehrläufe auf die Tür.

„Nicht schießen! Ich bin's!" Jan trat ein. Er schwenkte einen Lederbeutel gleich dem, den er selbst über der Schulter hängen hatte. In der anderen Hand trug er eine Muskete. „Extra-Munition", sagte er. „Hoffen wir, daß ihr sie nicht brauchen werdet."

Matthew dankte ihm und schlang sich den Tragriemen des Beutels um die Schulter.

Jan ging zu seiner Schwester und kniete neben ihr nieder. „Scheint, als hätte ich keinen besonders guten Tag dafür ausgesucht, daß du nach Hause kommst."

Ein warmes Lächeln trat auf ihr Gesicht, aber nur flüchtig. „Darüber hatten wir gerade gesprochen. Du hast schon Talent, einen großen Empfang auszurichten, Jan."

„Ich fürchte bloß, mich ein wenig über die Gästeliste beschweren zu müssen", fügte Matthew hinzu, ohne den Blick vom Fenster zu wenden. „Würde vorschlagen, daß du sie beim nächsten Mal 'n bißchen zusammenstreichst."

Bevor er sich neben Matthew ans Fenster stellte, fragte Jan Rachel: „Darf ich sie küssen?"

Rachel standen Tränen in den Augen, als sie die Decke zurückschlug. Jan bückte sich und gab Klein-Deborah einen Kuß auf die Wange. Während er den Kopf gesenkt hatte, sah Rachel auf und suchte Margots Blick, als wollte sie sagen: Ich kann nicht glauben, daß das mein Bruder ist!

Ans Fenster getreten, sah Jan nach den näherkommenden Boer. Sie sähen aus wie ein heraufziehender Sturm, berichtete er, der Dings Wagen direkt vor sich hertreibe. „Vater und Ding sind auf dem Wagen – wie's aussieht, nicht in unmittelbarer Gefahr."

Plötzlich knallten Schüsse, die in die Fassade des Hauses einschlugen. Sie kamen aus der Plantage. Noch mehr Boer?

„Wo kamen die her?" schrie Jan. Seine Blicke gingen wieder zu dem heranrasenden Fuhrwerk. „Sie geraten ins Kreuzfeuer! Ich muß sie warnen!"

Er war mit einem Satz an der Tür, drehte sich aber nochmal herum.

„Denkt daran: Wenn irgend jemand diese Treppe heraufkommt, schießt ihr! Und bleibt vom Fenster weg!"

Die Tür knallte ins Schloß, und weg war er.

Margot sah Rachel und Matthew an und umgekehrt. Sie mußte an ein Bild aus einer von Sylvies Seefahrergeschichten denken. Es war, als wären die drei auf einer Insel gestrandet und Jan schwimme durch haiverseuchte Gewässer, um Hilfe zu holen. Margot konnte nicht anders, als sich zu fragen, ob sie ihn wohl jemals lebend wiedersehen würde.

32

Hilflos stand Jan an einem der vorderen Fenster und sah den Wagen mit Ding und seinem Vater näher herankommen. Seine Augen suchten die Plantage ab. Sie wimmelte von Boer. Wo waren die alle hergekommen? Dann sah er wieder nach dem Wagen. Ding war der einzige, der nach vorn schaute. Alle anderen konnten die Blicke nicht von der Horde wenden, die ihnen nachjagte.

Irgendwie mußte Jan es fertigbringen, Ding eine Warnung zukommen zu lassen, bevor der Wagen vorm Haus ankam. Doch wie? Er konnte nicht hinausgehen, um ihnen ein Zeichen zu geben. Das war ihm klar, seit er mit den Wachen gesprochen hatte, die an der Rückseite des Hauses postiert waren: Jeder, der auch nur einen Schritt aus dem Haus hinaus machte, würde eine erstklassige Zielscheibe abgeben. Es würde das Leben eines Menschen kosten, dem Wagen ein Zeichen zukommen zu lassen, und selbst um diesen Preis könnte niemand garantieren, daß sein Vater und Ding das Zeichen auch mitbekamen.

Er holte tief Luft, wie um sich nochmals dessen zu vergewissern, was in seinem Herzen schon feststand: Und wenn es sein Leben kosten würde, die Insassen des Wagens und seinen Vater zu retten, er würde es tun. Aber andererseits wollte er sein Leben nicht leichtfertig wegwerfen, solange es noch einen anderen Weg gab.

Plötzlich hatte er eine Idee. Er brach eine Fensterscheibe heraus.

Der Wagen kam immer näher. Mittlerweile verlangsamte er das Tempo.

Jan richtete den Lauf seiner Flinte durch die Fensteröffnung auf den Wagen. Wie konnte man jemanden besser dazu bringen, fernzubleiben, als mit einem Warnschuß? Er legte an. Doch wohin schießen? Über ihre Köpfe hinweg? Dann würden sie zwar den Knall hören, würden sie aber in dem Lärm, den der fahrende Wagen verursachte, rechtzeitig ausmachen können, woher der Schuß gekommen war? Er entschloß sich, in den Boden zu feuern. Wenn zu dem Geräusch einer feuernden Muskete noch die vor ihnen aufspritzende Erde kam, wäre das eine doppelte Warnung. Er suchte sich einen Zielpunkt aus und wartete ab, bis der Wagen noch ein wenig dichter heran war.

Jetzt konnte man Dings Gesicht deutlich sehen. Er schwitzte und hatte Angst. Pieter saß neben ihm auf dem Bock, hatte das Gesicht aber nach hinten gewandt.

Gerade als Jan den Finger an den Abzug legte, drehte sein Vater den Kopf nach vorne. Irgend etwas hatte seine Aufmerksamkeit erregt. Da – er sah die Boer in der Plantage! Gellend rief er Ding etwas zu.

Der erschrockene Kutscher sah entsetzt zu den Bäumen hinüber. In der nächsten Sekunde zog er die Zügel straff nach links und lenkte das Fuhrwerk von der Plantage fort.

Jan ließ den Abzug los – zu spät.

PENG!

Vor den Pferden schoß eine kleine Staubfontäne hoch. Sie scheuten und brachen scharf nach links aus. Der Wagen schleuderte, die Räder warfen brockenweise Erde hoch. Dann hörte das Schleudern abrupt auf, die Räder waren an irgend etwas hängengeblieben. Der Wagen neigte sich zur Seite.

„Nein!" schrie Jan.

Voll Entsetzen sah er, wie menschliche Körper in alle Richtungen geschleudert wurden. Die Pferde strauchelten und stürzten übereinander. Kaskaden von Staub wurden aufgeworfen und hüllten das zersplitterte Holz und die hingestreckten Körper ein.

Der Wagen kam wieder hinter dem Staubvorhang zum Vorschein; der Schwung seiner Fahrt bewirkte, daß er noch ein Stück schlitterte und nicht allzuweit vom Haus entfernt auf der Seite zu liegen kam. Die Pferde versuchten zappelnd auf die Füße zu kommen. Ihr Zuggeschirr war zerrissen, die Deichsel zerbrochen, so daß sie sich freimachen konnten und davonstiebten. Einige Männer taten es ihnen gleich, verfolgt von einem Hagel von Schüssen aus der Plantage, deren Mündungsfeuer zwischen den Obstbäumen dichten Rauch aufquellen ließ. Diejenigen, die noch beweglich genug waren, um davonzurennen, bekamen einer wie der andere das Musketenfeuer zu spüren, brachen zusammen und stürzten zu Boden.

Jan schlug mit der Faust gegen die Hauswand und schrie immerzu: „Neeiiin!"

* * *

Im oberen Geschoß schaute Margot Matthew über die Schulter. Entsetzt sahen sie, wie der Wagen schlingernd außer Kontrolle geriet. Es war so gräßlich anzusehen, daß sie am liebsten die Augen davor verschlossen hätten, aber sie konnten nicht anders als hinzuschauen.

Matthew erstattete Rachel, die immer noch mit Deborah im Arm in ihrer Ecke saß, Bericht von dem, was draußen vorging.
„Mein Vater!“ rief sie. „Siehst du meinen Vater?“
„Zu viel Staub. Im Augenblick sehe ich überhaupt nichts.“
Eine Reihe scharfer Detonationen war zu hören – Musketen, die aus dem Schutz der Plantage heraus Rauch und Tod ausspien. Margot schirmte mit der Hand ihre Augen ab, obwohl sie schon hinter Matthews Rücken stand.
„Was passiert da draußen?“ fragte Rachel wimmernd.
Ohne aus Matthews Schutz herauszutreten, sagte Margot: „Die Boer feuern auf sie.“
„Vater!“ Rachel hielt das Baby nur noch mit einem Arm, so daß sie den anderen frei hatte, um sich aus der Ecke hochzustemmen.
Margot schüttelte den Kopf. „Nein, Liebe, bleib, wo du bist!“
„Mein Vater ist da unten!“ sagte Rachel, ohne auf Margots Aufforderung zu achten.
„Ich sehe ihn!“ schrie Matthew. „Er lebt!“ Er sah Rachel an. „Der Wagen liegt auf der Seite. Er und Ding benutzen ihn als Deckung. Für den Moment kann ihm nichts passieren.“
Rachel steckte den Versuch auf, auf die Füße zu kommen. Sie ließ den Kopf gegen die Wand fallen und weinte leise, mit geschlossenen Augen, vor sich hin.
Margot wagte wieder einen Blick über Matthews Schulter hinweg und zeigte auf den Wagen. „Pieter hat irgendwas am Bein. Und Ding hält sich den Arm.“ Dann, zu Rachel gewandt: „Aber sie sitzen beide aufrecht. Der Wagen schützt sie vor den Geschossen der Boer. Sie sehen verschrammt und abgerissen aus, aber sonst scheinen sie in Ordnung zu sein.“
Rachel sah sie nickend an; die Nachricht tat ihr sichtlich wohl.
„Ich seh’ keine Waffen bei ihnen“, sagte Matthew.
Margot sah genauer hin. „Ich auch nicht. Aber die Boer wissen nicht, daß sie keine Waffen haben.“
„Zumindest noch nicht“, sagte Matthew.
„Zumindest noch nicht“, echote Margot.

* * *

Jans Atem ging leichter, als er von seinem Beobachtungsposten am Wohnzimmerfenster aus wahrnahm, daß sein Vater und Ding hinter der hochkant stehenden Pritsche des Wagens Schutz gefunden hatten.

„Aber sie haben keinerlei Waffen“, flüsterte er sich selbst zu.

Schnell sah er zu der heranrückenden Bande hinüber. Er erkannte Breyton am Gang und dann auch an seinem Bart und übergroßen Mantel. Es war nur noch eine Frage von Minuten, bis sie da sein würden.

Jan mußte einen Weg finden, seinem Vater und Ding eine Muskete samt Munition hinauszubringen, bevor sie zur Stelle waren. Wenn er es bis zur Verandaecke schaffen würde, könnte er ihnen eine Muskete und einen Sack mit Munition zuschleudern.

Er ging zur Haustür. Sein Plan war einfach: die Tür aufreißen, dann von Pfeiler zu Pfeiler sich quer über die Veranda vorkämpfen und seine Muskete samt Munitionsbeutel seinem Vater zuwerfen.

Jan legte die Hand auf den Türknauf, atmete tief durch und zog an der Tür.

PENG! PENG! PENG! PENG! PENG! PENG!

Flintenkugeln prasselten wie schwere Regentropfen gegen die Hausfassade. Splitter von Fensterglas ergossen sich über Möbel und Fußböden. Jan machte einen Satz rückwärts. Wie eine Einladung ins Jenseits stand die Haustür neben ihm klaffend offen – wenn er hindurchginge, würde es das Letzte sein, was er in diesem Leben tun würde.

* * *

Margot packte Matthew an der Schulter.

„Was war das?“ schrie sie, als sie das Trommelfeuer gegen die Hauswand hörte.

„Ich glaube, Jan denkt, was wir denken, und hat versucht, Hilfe zum Wagen zu bringen.“

Margot brauchte nur Sekundenbruchteile, um zu begreifen, wohin das hatte führen können. Als es ihr aufging, rief sie leise: „Jan?“ Dann in Panik: „Jan!“ Sie rannte zur Schlafzimmertür und riß sie auf. *„Jan!“*

„Bleib da oben! Komm hier nicht runter!“

Seine Stimme zu hören hieß, daß er am Leben war. Erleichtert ließ sie sich gegen den Türpfosten sacken. „Bist du getroffen?“

„Nein! Aber die Tür ist weit offen. Also komm nicht runter!“

„Bist du sicher, daß du in Ordnung bist?"
„Ja, ich bin in Ordnung."
Margot lehnte den Kopf gegen den Türpfosten. „Danke, lieber Herr. Vielen Dank."
„Ich habe eine Idee!" rief Matthew vom Fenster her. Er verließ seinen Standort. „Wie bringt man Leute dazu, daß sie aufhören, auf einen zu schießen?"
Margot sah Rachel an. Keine der Frauen begriff, worauf er hinauswollte.
„Wie bringt man Leute dazu, daß sie aufhören, auf einen zu schießen?" wiederholte er seine Frage, diesmal mit seinem berühmten Lächeln, dem mit den vielen Zähnen.
Ebendiesem Lächeln nach zu urteilen, war Margot sich sicher, daß ihm seine Idee immer besser gefiel, je mehr er darüber nachdachte.
Er beantwortete sich seine Frage selbst: „Indem man sie glauben macht, man sei längst tot!" Triumphierendes Grinsen.
Rachel teilte sein Schmunzeln nicht. „Ich glaube nicht, daß mir dieser Plan gefällt."
„Hört sich aber reizvoll an. Was hast du vor?" fragte Margot.
Matthew schilderte seinen Plan.
Bei jedem Schritt, den er beschrieb, schüttelte Rachel den Kopf etwas heftiger und sagte immerzu: „Nein, nein."
„Was meinst du, Margot?" erkundigte sich Matthew.
„Es ist riskant. Sehr riskant."
„Aber wird es gehen?"
„Könnte sein."
„Nein! Ich laß das nicht zu!" rief Rachel aus ihrer Ecke.
Indem er sich hütete, in die Fensteröffnung zu treten, ging Matthew zu ihr hinüber. Er kniete sich neben sie und liebkoste ihr die Wange.
„Nein!" beharrte sie und fing an zu weinen.
„Rachel, ich kann's schaffen. Aber was noch mehr zählt: Ich muß es schaffen!"
„Nein, mußt du nicht!"
„Und ob ich muß. Die Männer da draußen wollen uns umbringen. Dein Vater und Jan und all die anderen setzen ihr Leben aufs Spiel, um sie aufzuhalten. Ich muß meinen Teil tun. Ich kann nicht hier oben rumsitzen und nichts machen!"
Rachel wandte den Kopf ab. Sie weigerte sich, ihn anzusehen.
„Und sollten wir durch irgendein Wunder lebend hier rauskommen", fuhr er fort, „wie soll ich dann jemals deinen Vater und Jan

davon überzeugen, daß ich würdig bin, ein Mitglied dieser Familie zu sein, wenn sie wissen, ich hätte etwas tun können, um zu helfen, und tat es nicht?“

„Das müßten sie ja nie erfahren!“ sagte Rachel.

„Aber ich wüßte darum!“ rief Matthew. „Sieh mich an!“

Rachel weigerte sich.

Matthew legte die Muskete beiseite, nahm ihr Gesicht sanft in beide Hände und drehte es zu sich hin. „Entweder wir gehören zu dieser Familie, oder wir tun es nicht. Was sie von uns halten, ist zweitrangig. Wenn wir wahrhaftig ein Teil dieser Familie sind, dann müssen wir dementsprechend handeln.“

Tränen ohne Ende strömten über Rachels Wangen.

„Also sag mir bitte: Sind wir ein Teil dieser Familie oder nicht?“

Aus feuchten Augen sah Rachel ihren Ehemann liebevoll an. „Wir gehören zu dieser Familie“, flüsterte sie. „Sei vorsichtig.“

„Ich liebe dich“, sagte er. Dann küßte er seine Frau und seine kleine Tochter, packte die Muskete und sagte zu Margot: „Sag Jan, daß ich rausgehe! Er soll nicht auf mich schießen!“

* * *

Jan hatte sich nicht von der Stelle bewegt. Er stand nahe der Haustür an die Wand gelehnt und strengte sich an zu verstehen, was Margot sagte.

„Das ist Irrsinn!“ schrie er zurück.

„Aber wir müssen was unternehmen!“ brüllte Margot. „Sie sind schon fast hier!“

Jan schlug seinen Hinterkopf gegen die Wand und flüsterte: „O Gott, hilf uns!“

Margots Stimme kam von der Treppe. „Er ist soweit! Bist du bereit?“

Jan prüfte seine Waffe und schloß die Augen. „Ich bin soweit!“

„Auf drei!“

Jan hörte Margot laut zählen und atmete tief durch.

„Eins! Zwei!“

Er trat einen Schritt von der Wand weg.

„Drei!“

Blitzartig zielte Jan mit seiner Muskete durch die Türöffnung und feuerte.

33

Im oberen Zimmer tat Matthew genau das gleiche wie Jan. Bei „drei“ stieß er seine Muskete durch ein Loch im Fensterglas und feuerte. Dann sprang er zur Seite, um der erwarteten Antwort zu entgehen. Er wurde nicht enttäuscht. Ein Kugelhagel schlug in die Wand und ins Fenster. Glas splitterte, und Scherben flogen durch den ganzen Raum.

Er sah in die Zimmerecke. Rachel und das Baby waren unter der wollenen Decke in Sicherheit. Dann schaute er nach Margot. Sie kauerte gebückt in der Zimmertür und wandte ihm den Rücken zu. Die Wucht der Einschüsse hatte den Boden um ihre Füße mit Glasscherben übersät, aber sie selbst war ebenfalls unverletzt.

Sie drehte sich um und sah ihn nickend an. „Gott mit dir.“

Matthew trat einen Schritt zurück. Dann stürzte er sich mit einem markerschütternden Schrei aus dem Fenster, kullerte über das Verandadach, ließ sich von dessen Rand herunterfallen und schlug dumpf auf den Boden auf.

Durch das zerbrochene Fenster trug der Wind das Siegesgeschrei der Boer ins Zimmer.

* * *

Nach seinem Schuß gelang es Jan, rasch zur Seite zu springen und sich in Sicherheit zu bringen, bevor ein Sturm von Bleikugeln gegen das Haus prasselte. Mehrere Geschosse zischten durch die offene Tür an ihm vorbei. Die holzvertäfelten Wände der Halle und des Salons zersplitterten an mehreren Stellen. Mit dem Rücken dicht an die Außenwand gelehnt, spürte Jan die Erschütterungen mehrerer Einschläge, die ihn selbst getroffen hätten, wenn das Haus, das Breyton gebaut hatte, nicht so solide gewesen wäre.

Plangemäß hörte Jan Matthew quer über das Verandadach kullern. Zusammenzuckend registrierte er den dumpfen Aufprall, als der Junge auf den Boden schlug. Bei den Triumphrufen der Boer, die aus den verschiedensten Richtungen kamen, zog sich ihm der Magen zusammen.

Er mußte nachsehen. Vorsichtig um den Türpfosten herum spähend sah er Matthew mit dem Gesicht nach unten auf der Erde liegen. Noch immer tanzten dünne Staubschleier um seinen Körper, die der Aufprall hochgewirbelt hatte. Es sah aus, als sei der Junge tot. Jan biß sich auf die Unterlippe und wartete.

* * *

„Was kannst du sehen?“ Rachel hatte die Wolldecke von sich geworfen. Deborah quengelte in ihren Armen, doch Rachel schien das Kind nicht zu hören.

Margot stand jetzt an Matthews Platz dicht am Fenster. „Er ist da unten“, sagte sie schwach. Mehr fiel ihr nicht ein.

„Bewegt er sich?“

„Nein.“

Eine Minute verging, dann noch eine.

„Passiert irgendwas?“ rief Rachel.

Margot schlug die Hand vor den Mund und starrte den bewegungslosen Körper an, der dort unten im Staub lag. Langsam schüttelte sie den Kopf.

* * *

Es war das zwölfte Mal, daß Jan durch die offene Tür spähte. Matthew hatte sich immer noch nicht bewegt. *Es war zu riskant! Ich hätte es ihn nicht tun lassen dürfen!* Er hoffte auf irgendein Lebenszeichen: daß Matthews Brustkorb sich hob und senkte. Ein Arm oder Bein sich regte. Doch nichts dergleichen war zu sehen. Breyton und die Bande kamen unaufhaltsam näher. Es war zu spät. Matthew hatte sein Leben für nichts geopfert.

Jan sah zu Ding und seinem Vater hinüber. Beide starrten verblüfft Matthews Leichnam an.

* * *

„Was war das für'n Geräusch?" wollte Rachel wissen.

„Breyton und die andern. Sie sind da."

„Und Matthew?" Ihre Stimme klang schrill. In ihren Augen stand das nackte Entsetzen.

Margot schüttelte traurig den Kopf. „Hat sich nicht bewegt."

Von draußen war Jubelgeheul zu hören: Breyton war zu seinen Genossen in der Plantage gestoßen. Margot sah, wie sie sich um ihren Anführer sammelten und ihm lachend und schulterklopfend Anerkennung zollten. Es war, als feierten sie schon ihren Sieg – als sei alles vorbei.

Rachel preßte ihr Gesicht gegen das Kind. Sie gab sich alle Mühe, nicht in Tränen auszubrechen – vergeblich.

Margot konnte nicht mehr weinen. Sie fühlte nichts außer eisigem Entsetzen. War wirklich schon alles vorbei? Zum ersten Mal, seit Sylvie gestorben war, wußte sie, was es hieß zu lieben. Warum mußte es so rasch vorüber sein?

Da sah sie aus dem Augenwinkel eine flinke Bewegung: Matthew! Er sprang auf die Füße und flitzte auf den Wagen zu.

* * *

„Ich glaub's nicht!" Jans Ausruf drückte eine Mischung aus Verblüffung und Triumph aus. Gerade hatte er Matthew abgeschrieben, als der Junge aufsprang und zum Wagen hinüberrannnte. Die Boer wurden völlig überrumpelt. Keiner von ihnen bemerkte ihn auch nur, bevor er fast an seinem Ziel war.

„Matthew!" schrie Margot. „Er lebt! Lauf, Matthew, lauf! Lauf!"

Wie der Blitz schnellte Rachel aus ihrer Ecke hervor. Mit Deborah im Arm kam sie just in dem Moment bei Margot an, in dem die Musketen feuerten.

PENG! PENG! PENG! PENG!

Rachel und Margot hielten den Atem an.

Matthew strauchelte und fiel hin.

„Nein!" kreischte Rachel.

Er kullerte über den Boden, bis er hinter dem umgestürzten Wagen war, wo er Pieter und Ding, die sprachlos zugesehen hatten, vor die Füße rollte. Dann sah er aus der sicheren Deckung zu dem Fenster hinauf, wo seine Frau stand, und zeigte grinsend seine blendend weißen Zähne.

„Er hat's geschafft! Er hat's geschafft!" jubelte Rachel.

Die beiden Frauen fielen einander in die Arme.

Im Erdgeschoß schüttelte Jan voll Bewunderung den Kopf. „Also, ich ... Ich weiß nicht ... Sowas hab ich mein Lebtag noch nicht gesehen!"

Pieter rief seinem Sohn etwas zu. Als Jan zu ihm hinübersah, hielt er triumphierend Matthews Muskete samt Munitionsbeutel in die Höhe. Ding klopfte Matthew unentwegt auf die Schulter.

Jan nickte und ballte die Faust zum Zeichen des Sieges. Ihr kleiner Triumph brachte die Siegesfeier der Boer ins Stocken.

Dann sah er Breytons Blick.

Nie in seinem Leben hatte Jan wirklich Angst gehabt. Sicher, als Kind hatte er im Dunkeln die üblichen Angstphantasien durchlebt, die einem das Herz im Leibe stillstehen lassen. Aber das war nichts gewesen, verglichen mit der unbändigen nackten Furcht, die ihn in diesem Augenblick überkam, als er seinem Bruder in die Augen sah.

* * *

Die Begeisterung, die der Erfolg von Matthews cleverer List im oberen Zimmer ausgelöst hatte, konnte nicht lange die Oberhand behalten; denn nach wie vor waren Pieter, Ding und Matthew zwischen den Boer und dem Haus eingeschlossen. Die nächste Etappe des Plans, die jetzt Margots Gedanken beherrschte, war, sie sicher ins Haus zu bekommen. Erst wenn das vollbracht war, konnten sie sich darauf konzentrieren, das Haus zu verteidigen.

Eine Weile geschah nichts. Breyton beriet sich in der Plantage mit seinen um ihn gescharten Männern. Sie diskutierten über irgend etwas. Pieter, Ding und Matthew lagen dicht aneinandergekauert hinter dem umgekippten Wagen. Auch sie beredeten etwas. Margot zog es nach unten, zu Jan, aber sie konnte Rachel und das Baby nicht alleinlassen. Also wartete sie darauf, daß jemand den nächsten Schritt tat.

Es bedurfte nur eines kurzen Kommandos, um den Sturm loszulassen. Er richtete sich nicht gegen das Haus, sondern gegen den Wagen. Scheinbar hatte Breyton jedem einzelnen Boer-Schützen befohlen, seine Waffe auf das umgekippte Gefährt zu richten. Auf seinen Zuruf zersplitterte dessen Holz unter Trommelfeuer. Die Splitter flogen in alle Richtungen davon.

Die drei Männer hinter der Pritsche kauerten sich eng aneinandergeschmiegt nieder.

* * *

Jan beobachtete entsetzt, welche Taktik sein Bruder anwandte. Er rannte in die Halle und rief allen, die bewaffnet waren, zu, sie sollten das Feuer der Boer erwidern. Nachdem er seine Position an der Tür wieder eingenommen hatte, lud und feuerte und lud und feuerte er so flink, wie seine Finger sich irgend bewegen konnten. Insgesamt aber war das Gegenfeuer aus dem Haus nicht mehr als ein erbärmlicher Versuch. Zudem setzte es seinen Vater und die anderen einem Kreuzfeuer aus. Es war ebensogut möglich, daß sie von einem Fehlschuß, der aus dem Haus kam, tödlich getroffen wurden, wie von einem Geschoß, das ein Boer abgefeuert hatte. Aber es half nichts: Irgend etwas mußten sie tun, um die Boer zu vertreiben. Jedenfalls versuchen mußten sie es.

Während Jan einen Schuß nach dem anderen abfeuerte, versuchte er sich eine bessere Taktik auszudenken. Doch vor lauter Wut fiel es ihm schwer, klare Gedanken zu fassen. Er versuchte, die aggressiven Gefühle in sich zu unterdrücken, aber es gelang ihm nicht. Und das machte ihn noch wilder.

* * *

„Was machen sie?" schrie Rachel. „Matthew! Mein Matthew!"

Der konzentrierte Beschuß forderte von dem hölzernen Fuhrwerk seinen Tribut. Immer größere Bauteile und Holzstücke flogen davon. Stellenweise klafften bereits Löcher in der Beplankung. Die drei Männer, die hinter dem Gefährt Deckung suchten, warfen sich mal zur einen Seite, mal zur anderen – aus Furcht? Oder trafen die Bleikugeln ihre eigentlichen Ziele?

Von ihrem erhöhten Standort aus konnte Margot Breyton sehen, der hinter mehreren Boer-Kampfreihen stand. In der Pose eines Generals hatte er sie dreireihig aufgestellt. Während die erste Reihe feuerte, luden die zweite und dritte nach. Sobald die Salve abgeschossen war, trat die erste Reihe zurück, und die nächste rückte vor, um zu feuern. So lag der Wagen unentwegt unter todbringendem Beschuß.

Das war keine typische Boer-Taktik. Das war Breyton pur.

Margot hob die Muskete auf die Schulter. Man mußte ihn stoppen. Sie richtete den Lauf aus und bekam einen Boer in der vordersten Reihe ins Visier. Sie ließ die Waffe über die zweite Reihe streichen, dann über die dritte und schließlich über den Mann, der den Beschuß koordinierte. Sie zielte mit der Kimme auf Breytons Brust. Plötzlich schweifte ein Bild aus der Vergangenheit durch ihren Kopf: die *Adler*. Das Geschützdeck. Weiße Rauchwolken, die aus dem Bauch eines Piratenschiffes hervorquollen. Damals, wie jetzt wieder, gab es nur einen Gedanken: *Haltet sie auf! Haltet sie auf!*

Sie hielt den Atem an und drückte den Abzug.

PENG!

Von einem Baumstamm dicht an Breytons Kopf splitterte ein Holzscheit ab. Instinktiv duckte er sich, den Kopf mit Armen und Händen beschirmend. Sein Gesicht verriet Schrecken und Furcht. Er schaute in die Richtung, aus der der Schuß gekommen war. Als er Margot erkannte, veränderten sich seine Gesichtszüge: Er grinste verschlagen. Dann lachte er.

Von unten, von der Veranda her, erscholl eine Stimme. Es war die von Jan.

„Breyton! Halt ein! Halt ein!"

Dann tauchte Jan unten auf. Er trat unter dem Verandadach hervor ins Freie.

„Jan!" schrie Margot. „Was machst du da? Jan! Jan!"

Sie rannte zur Treppe. Rachel folgte ihr auf dem Fuß, immer noch mit Deborah auf dem Arm.

Am unteren Ende der Treppe angekommen, sah Margot durch die offene Tür Jan dastehen. Er hatte die Hände erhoben. Sie waren leer. Doch hinten in seinem Gürtel war der Griff eines Messers zu erkennen.

Das Schießen hörte auf. Alles war still.

„Jan!" gellte Margots Schrei.

Er gab durch nichts zu erkennen, daß er sie gehört hatte.

Gemeinsam mit Rachel rannte sie auf die Veranda hinaus.

Alle Augen waren auf Jan van der Kemp gerichtet. Die Boer in der Plantage starrten ihn an, etliche mit auf ihn gerichteten Waffen.

„Was machst du da? Geh wieder rein!" schrie sein Vater.

Breyton trat zwischen den Obstbäumen hervor und sah seinen Bruder an.

In diesem Moment kreischte Rachel: „Matthew!“ Noch ehe Margot sie aufhalten konnte, sprang sie von der Veranda und rannte auf den Wagen zu.

Breyton hob eine Hand zum Zeichen, daß niemand feuern sollte.

„Rachel!“ brüllte Jan. „Nein! Zurück!“

Sie hörte nicht. Deborah schwankte laut weinend in den Armen ihrer Mutter hin und her. Da sah Margot, warum Rachel es nicht ausgehalten hatte, dem Wagen fernzubleiben: Blut. Alle drei Männer waren blutbefleckt, und das Rot auf ihren Kleidern breitete sich weiter aus.

Ohne sich umzudrehen sagte Jan zu Margot: „Schaff sie ins Haus zurück!“

Margot nickte und gesellte sich zu Rachel und den Männern hinterm Wagen.

Ding hatte eine Wunde am Arm. Er drückte mit der anderen Hand dagegen. Pieter hatte zwei Treffer erhalten: einen in die Hand und einen ins Bein.

Matthew hatte es am schlimmsten erwischt. Der untere Teil seines Hemdes war voller Blut. Seine Augen waren halb geschlossen. Er wurde zusehends schwächer. Flüsternd sagte er: „Rachel, geh zurück ins Haus!“ Als sie ihm nicht gehorchte, wandte er sich an Margot. „Bring sie ins Haus zurück! Bitte!“

Margot unternahm mehrere Versuche, Rachel fortzuziehen. Sie rührte sich nicht vom Fleck.

„Kommst du, um dich zu ergeben?“ Breytons Frage galt Jan.

„Ja“, erwiderte dieser.

„Wieso? Du weißt doch, daß ich dich so oder so umbringe?“

Jans Hände zuckten.

Margot blickte verstohlen auf das verborgene Messer. Sie war sich sicher, daß Pieter es auch sah.

„Das ist eine Familienangelegenheit, Breyton“, sagte Jan. „Wir können die Sache zwischen uns abmachen. Schick die anderen Leute weg.“

Breyton schnaubte. „'ne pathetische Ouvertüre, Jan. Du glaubst nicht wirklich, daß ich das tun werde, oder?“

„Jan hat recht“, sagte Pieter. Der Senior der van der Kemps richtete sich mühsam auf und humpelte unter Schmerzen auf seine beiden Söhne zu. „Breyton, das ist eine Sache zwischen dir und mir.“

Ohne den Blick von seinem Vater zu wenden, schrie Breyton: „Und was wäre ich ohne meine Freunde?“

Hinter ihm erscholl ein höhnisches Lachen.

„Und was wären sie ohne mich?“ fügte er hinzu. „Ich bin derjenige, der ihnen beigebracht hat, wie man Überfälle macht. Ich hab ihnen die anderen Höfe ausgeliefert, und diesen hier gebe ich ihnen auch!“

Erneutes Lachen.

Jan meldete sich zu Wort. „Als ich sagte, dies sei eine Familienangelegenheit, habe ich gemeint, wenn du uns alle tot sehen willst, solltest du uns selber umbringen.“

„Und du denkst nicht, daß ich das tun könnte?“

„Könntest du es? Daß du Vater und mich töten könntest, das glaube ich. Aber Rachel? Könntest du sie auch umbringen?“

Breyton sah zu seiner Schwester und ihrem Kind hinüber.

„Und Margot?“

Breyton lachte auf. Dann sah er wieder Jan an und sagte: „Aber ja! Ich meine schon, daß ich es könnte – und mit dem alten Mann fange ich an!“ Er zückte sein gezacktes Messer und war mit einem Satz bei seinem Vater, stach aber nicht zu, sondern drehte ihn herum und nahm ihn von hinten in den Würgegriff.

Die plötzliche Bewegung ließ Jan nach seinem verborgenen Messer greifen.

„Hoho!“ höhnte Breyton genüßlich, als er die Klinge erblickte. Er schob seinen Vater vor sich und mißbrauchte ihn als Schild. „Du überraschst mich, Jan! Du warst doch immer derjenige, der keine Ideen hatte! Aber dieser kleine Trick hat mich überrascht, das muß ich zugeben!“

Aus der Ferne kam ein grollendes Geräusch, das Breyton für eine Sekunde ablenkte.

Jan dachte, dies sei der Moment, und machte einen Schritt nach vorn.

Doch Breyton war schon wieder auf der Hut.

„Mach dir keine Gedanken um mich, Jan“, sagte Pieter. „Töte Breyton, jetzt sofort!“

Breyton fuchtelte nur Zentimeter vom Gesicht seines Vaters entfernt mit seiner Messerspitze herum. „Das schafft Jan nicht“, sagte er zu Pieter. „Er liebt dich viel zu sehr. Aber ich nicht.“

Das Messer streifte Pieters Wange. Ein roter Streifen bildete sich.

„Breyton!“ schrie Jan. „Laß ihn los!“

„Siehst du, Jan? Der Vorteil ist ganz auf meiner Seite.“

„Töte ihn! Laß nicht zu, daß er mich in Stücke schneidet!“

Hilflos sah Jan von seinem Vater zu seinem Bruder.

Das ferne Grollen wurde lauter.

„Was ist das?“ rief Breyton den Männern in seinem Rücken zu. Als er feststellte, daß niemand die Antwort wußte, befahl er ihnen, es herauszufinden.

* * *

Hinter dem Wagen hatte Rachel Matthews Kopf in ihren Schoß gebettet und streichelte ihn und das Baby.

Margot versorgte seine Wunde.

„Sieht übel aus, oder?“ sagte Matthew.

Margot konnte ihm nicht widersprechen.

Zu Frau und Tochter aufblickend, sagte er: „Ich will euch nicht so zurücklassen, aber es scheint, als hätte ich keine Wahl. Wenn Deborah alt genug ist, um es zu verstehen, wirst du ihr sagen, daß ich sie liebe, ja? Daß ich sie nicht verlassen wollte? Wirst du ihr sagen, daß ich niemals jemanden so sehr geliebt habe wie sie und ihre Mutter?“

Rachel legte ihm die Hand auf den Mund. Ihre Tränen fielen auf seine Stirn.

Zu Margot sagte er: „Wirst du dich an meiner Stelle um sie kümmern?“

Margot nickte.

Er schloß die Augen und holte tief Luft. Sein Atem rasselte, und er hatte Schmerzen dabei. Als er die Augen wieder aufmachte, sah Margot einen vertrauten Schimmer, wie er immer dann in seinen Augen gestanden hatte, wenn er sich einen genialen Plan ausdachte, um Vasen an Leute zu verkaufen, die niemals gewußt hatten, daß sie unbedingt eine erstehen wollten. „Wer könnte eine Kugel besser verkraften als jemand, der schon tot ist?“ flüsterte er Margot zu.

Margots Augen füllten sich mit Tränen. Sie verstand.

Ohne die Versorgung ihres Patienten zu unterbrechen, streckte Margot beiläufig die Hand nach der herumliegenden Muskete aus und schob sie dicht an Matthews Hand heran.

* * *

„Laß das Messer fallen!“ sagte Breyton zu Jan.
„Töte ihn!“ rief Pieter gellend.
Jan zauderte.
„Laß das Messer fallen!“ Breyton stach seinem Vater in die Seite.
Pieter verdrehte die Augen und stöhnte vor Schmerz.
„Davon kommt er noch nicht um, aber der nächste ist tödlich. Laß das Messer fallen!“
Das Messer fiel Jan aus der Hand und landete auf dem Boden.
Breyton lachte unbändig. „Du bist ’n Dummkopf! Du hättest auf deinen Vater hören sollen! Da waren wir zum ersten Mal einer Meinung!“
Von der Plantage her schrie einer der Boer: „Soldaten! Da kommen Soldaten!“
Die Plantage erwachte zum Leben. Es hörte sich an, als sei ein riesiger Bienenschwarm über die Obstbäume hergefallen.
„Dann müssen wir hier eben kurzen Prozeß machen!“ brüllte Breyton seinen Leuten zu. Da erregte eine Bewegung zu seiner Linken seine Aufmerksamkeit.
Es war Matthew. Mit erhobener Waffe.
Breyton schnellte herum und schob erneut seinen Vater als lebenden Schild vor. „Schießt ihn nieder!“ befahl er seinen Männern.
PENG! PENG! PENG!
Matthew wurde herumgeschleudert und fiel auf die Knie.
Breyton rammte seinem Vater das Messer in den Rücken.
„Nein!“ Jan stürzte nach vorne. Er packte seinen Vater und zog ihn zu Boden.
Breyton stand ohne Deckung da.
Matthew hob mühsam die Waffe noch einmal hoch, legte an und feuerte.
PENG!
Breyton erhielt einen Volltreffer in die Brust. Der Schuß riß ihn rücklings zu Boden.
Das nächste, was Jan mitbekam, waren Pferde und Männer, überall. Die Gouverneursgarde war aus der Kolonie eingetroffen.

34

Pieter van der Kemp lag auf seinem Bett. Margot wagte nicht zu hoffen, daß er noch lange leben würde.

Er rief nach seinem Sohn und fragte: „Die Boer – was ist mit ihnen?"

„Die Soldaten haben sie in die Berge zurückgetrieben", antwortete Jan.

„Breyton?"

„Er ist tot."

„Und dieser Junge – der Malaye?"

„Matthew lebt auch nicht mehr."

„Rachel hat sich einen guten Mann ausgesucht", sagte Pieter.

„Ich wünschte, du würdest ihr das selber sagen."

„Wo ist sie?"

„Bei Matthew", sagte Margot.

Pieter nickte. Seine Augen wurden müde. „Jan?"

„Ja, Vater?"

„Holst du bitte die Familienbibel?"

Jan brachte die Bibel aus dem Salon herbei.

Pieter wies ihn an, sie Margot zu geben.

„Margot, Liebes", sagte Pieter, „würdest du mir etwas vorlesen? Ich möchte gern, daß die letzten Worte, die ich in diesem Leben höre, Gottes Worte sind."

Margot sah Pieter liebevoll an. Dann reichte sie die Bibel an Jan weiter.

Pieter schaute verwirrt drein.

Jan schlug die Familienbibel auf. Er fing an, Sprüche 4,1-7 vorzulesen: „‚Höret, meine Kinder, die Zucht eures Vaters; merkt auf, daß ihr lernet und klug werdet!'"

Erst zeigte Pieters Gesicht nur erschrockene Verblüffung, dann aber, als er die Augen schloß, machte diese Platz für Freude und Stolz.

„‚Denn ich gebe euch eine gute Lehre; verlasset mein Gesetz nicht. Denn ich war meines Vaters Sohn, ein zarter und ein einziger vor meiner Mutter. Und er lehrte mich und sprach: Laß dein Herz meine Worte aufnehmen; halte meine Gebote, so wirst du leben. Nimm an Weisheit, nimm an Verstand; vergiß nicht und weiche nicht von der Rede meines Mundes. Verlaß sie nicht, so wird sie dich bewahren; liebe sie, so wird sie dich behüten. Denn der Weisheit Anfang ist, wenn man sie gerne hört und die Klugkeit lieber hat als alle Güter.'"

Während er seinem Sohn zuhörte, der ihm aus der Bibel vorlas, starb Pieter van der Kemp.

* * *

Klaarstroom vibrierte von aufgeregter Festtagsstimmung. Es war ein Tag des Feierns. Das neuvermählte Paar stand glücklich auf der Veranda und begrüßte seine Gäste.

„Ich freu' mich so für dich", sagte Rachel, als sie Margot um den Hals fiel. „Ich mochte dich vom ersten Tag an, an dem ich dich traf. Da hatte ich natürlich keine Ahnung, daß du eines Tages zur Familie gehören würdest."

„Vielen Dank, Rachel, du Liebe", sagte Margot. „Ich hab nie eine Schwester gehabt, aber du kommst dem gleich. Und wenn ich mir eine Schwester hätte aussuchen können, so hätte ich keine bessere finden können als dich."

„Wo steckt Deborah?" fragte Jan.

Rachel sah sich unter den Gästen um. „Als ich sie zum letzten Mal sah, hatte Ding sie. Sie liebt ihn so! Dauernd beguckt sie seine Haut und reibt daran herum. Ich glaube, sie denkt, die schwarze Farbe ist aufgemalt."

Jan und Margot lachten.

„Das war wirklich nett, was du für ihn getan hast", sagte Rachel. „Er ist dermaßen stolz darauf, daß seine Familie eine der ersten freien Schwarzen in Kapstadt ist, daß ich manchmal denke, er platzt gleich." Sie sah ihren Bruder verschmitzt an. „Weißt du, ich dachte immer, du und Vater wärt total aus dem gleichen Holz geschnitzt. Aber du tust Dinge, die Vater niemals getan hätte." An Margot gewandt fügte sie hinzu: „Bleib dran – du bringst es fertig und machst noch einen passablen Mann aus ihm!"

Jan sprach leise mit Rachel. „Weißt du, Vater hat dich liebgehabt – auf seine eigene Weise. Als du gingst, starb ein Teil von ihm. Danach war er nie mehr derselbe."

Rachel neigte den Kopf. Tränen fielen zu Boden. „Am Tag des Überfalls kam ich in der Hoffnung her, mit ihm reden zu können, ihn um Vergebung zu bitten. Ich hab nicht erwartet, daß er sie mir gewährt, aber bitten mußte ich ihn darum. Und jetzt wird er nie mehr erfahren, wie schlecht ich mir vorgekommen bin, daß ich ihn so verletzt habe, indem ich ihm nicht gehorchte. Ich weiß nicht, wie ich damit leben soll."

Margot legte ihr tröstend die Hand auf die Schulter. „Ich bin sicher, daß er ganz genau weiß, wie du dich fühlst. Ja, er weiß es jetzt besser, als wenn er noch am Leben wäre. Darf ich einen Vorschlag machen?"

Rachel wischte sich eine Träne ab und nickte.

„Als meine Sylvie starb, habe ich den Entschluß getroffen, daß das Beste, was ich zu Ehren ihres Gedenkens tun könnte, war, daß ich ihr Glaubensvermächtnis bewahrte. Dasselbe kannst du für deinen Vater und deine Mutter tun. Sobald Klein-Deborah alt genug ist, mußt du ihr von ihren Großeltern, ihrer Liebe zu diesem Land und ihrer Leidenschaft für Gott und sein Wort erzählen. Bring ihr bei, es ihren eigenen Kindern und Enkeln weiterzugeben. Das kannst du für deinen Vater tun. Und das wird ihn stolz machen."

Rachel nickte und umarmte Margot. „Gott sei mein Zeuge", flüsterte sie ihr ins Ohr, „daß ich meinen Vater stolz machen werde."

Danach ging Rachel zu Jan und fiel ihm um den Hals.

„Bitte überleg nochmal, ob du nicht doch nach Klaarstroom zurückkommen willst", sagte er.

„Ja", ergänzte Margot. „Bitte komm doch her und bleib bei uns."

Rachel schüttelte den Kopf. „Wenn es nur um mich ginge, täte ich's. Aber wir wissen doch alle, daß die anderen Kinder Deborah niemals akzeptieren würden. Sie hat's besser unter ihresgleichen. Wir besitzen nicht viel, aber zumindest wird sie angenommen."

Margot wünschte, sie hätte etwas gegen dieses Argument sagen können, aber sie mußte Rachel Recht geben. Deborah war ein Mischlingskind. Viele ihrer Nachbarn würden sie nie akzeptieren.

„Aber du kommst doch oft zu Besuch?" fragte Jan.

Rachel nickte und umarmte ihren Bruder so fest sie konnte.

Als die Hochzeitsgäste gegangen waren, machten sich Jan und Margot van der Kemp zu einem Spaziergang auf. Die spätnachmittägliche Luft war kühl und frisch. Die Hottentotten-Holland-Berge waren scharf und deutlich zu sehen. Schweigend erklommen sie einen Felsvorsprung, von dem aus man ihr Anwesen überschaute.

Die untergehende Sonne stand gerade im richtigen Winkel zum Haus. Ihre schwächer werdenden Strahlen brachen sich in den Fensterscheiben, so daß diese aussahen, als seien sie aus Gold. Über ihnen gingen die ersten Abendsterne auf.

Jan nahm seine Braut bei der Hand und zog sie an sich.

Margot fühlte den starken Arm ihres Mannes um sich, sah auf zu den Sternen und fragte sich, ob Sylvie sie jetzt wohl sehen konnte – ob Sylvie wußte, wie glücklich sie in diesem Augenblick war.

In der »Südafrika Saga« von Jack Cavanaugh liegt ebenfalls vor:

Sie suchten das verheißene Land
Bestell-Nr. 330 390
ISBN 3-86122-390-2
324 Seiten, Paperback

Südafrika im 19. Jahrhundert. Die Kolonie wird von den Briten regiert. Die Nachfahren holländischer Einwanderer, die afrikanischen Ureinwohner und die Mischlinge kämpfen um ihre Existenz in einem Land, in dem die afrikanische Identität durch das Christentum, aber auch durch die reichen Bodenschätze beeinflußt wird.

Das Buch schildert das Schicksal der Familie Christiaan von der Kemp, die sich auf einen gefahrvollen Treck begibt, um in der unerforschten Wildnis eine neue Heimat zu finden.

Eine dramatische Geschichte aus einem unruhigen Land und einer bewegten Zeit.

Australien Saga –
Die spannende Serie von Patricia Hickman

Diese Serie führt uns zurück in die Zeit Ende des 18. Jahrhunderts, als Australien Strafkolonie war. Vor diesem Hintergrund werden in dieser historischen Abenteuerserie die spannenden und ergreifenden Erlebnisse einer mutigen Familie angesichts fast unüberwindbarer Lebensumstände geschildert.

Reise ohne Wiederkehr
Australien Saga – Band 1
Bestell-Nr. 330 246
ISBN 3-86122-246-9
280 Seiten, Paperback

Engel in der Wildnis
Australien Saga – Band 2
Bestell-Nr. 330 303
ISBN 3-86122-303-1
280 Seiten, Paperback

Flammen der Sehnsucht
Australien Saga – Band 3
Bestell-Nr. 330 317
ISBN 3-86122-317-1
272 Seiten, Paperback

An stürmischen Ufern
Australien Saga – Band 4
Bestell-Nr. 330 381
ISBN 3-86122-381-3
304 Seiten, Paperback

Auf der Suche nach dem Glück
Australien Saga – Band 5
Bestell-Nr. 330 422
ISBN 3-86122-422-4
450 Seiten, Paperback

FRANCKE
Verlag der Francke-Buchhandlung GmbH